Nuova Narrativa Newton

12

Titolo originale: *Fatal Gift*

Traduzione di Maria Eugenia Morin

Prima edizione: gennaio 2006

Roma, Casella postale 6214

ISBN 88-8183-965-2

Fotocomposizione: GI Grafica Internazionale s.r.l., Roma
Stampato e allestito nel gennaio 2006 presso la Legatoria del Sud s.r.l., Ariccia (RM)

H. Michael Frase

La sensitiva

Newton Compton editori

Per Anita

La calda e luminosa primavera
che un lungo inverno promette
impallidisce accanto alla radiosa
bellezza della vera primavera...
quando infine giunge.

Capitolo primo

Mentre si chinava penosamente sul minuscolo lavabo di porcellana sbrecciata e macchiata dalla negligenza pluridecennale di un interminabile flusso di nomadi urbani, Kasey Riteman trattenne a stento un conato di vomito.

Non era la vaschetta ingiallita, né l'odore di muffa della biancheria sporca, dimenticata in un angolo nascosto del bagno, a farle ballare lo stomaco come al ritmo di un silenzioso lamento funebre.

Era la tequila.

Aveva la bocca arida come la sabbia e gli occhi castani arrossati che la fissavano torpidamente dallo specchio opaco erano appena riconoscibili.

Appoggiò la fronte contro il vetro fresco per un'ora, o un secondo – il suo cervello rifiutò di percepire la differenza – poi rivolse una seconda, lunga, deprimente occhiata allo specchio.

Una persona che le sembrava di conoscere un tempo la fissò disgustata.

La vista non era meno angosciosa, malgrado l'aspetto familiare: forse l'angoscia era persino accresciuta dalla consapevolezza che quegli occhi tristi appartenevano a qualcuno che conosceva bene ma che ormai raramente le piaceva.

Batté piano la fronte contro lo specchio imprecando silenziosamente fra sé: «Perfetto, Kasey. Proprio perfetto. La tua mamma sarebbe fiera di te, questa volta».

Chiuse gli occhi e tentò di vincere lo stordimento che le offuscava il cervello quando un improvviso e violento ronfare nasale, come un inatteso scoppio di tuono, ruppe il silenzio. Lei volse riluttante gli occhi verso l'origine del suono.

La camera da letto adiacente al piccolo bagno era quasi completamente buia: gli scuri dell'unica finestrella erano ermeticamente chiusi e l'ultimo raggio di luce cercava di passare attraverso le pesanti tende scolorite, fermate a intervalli di qualche centimetro da mollette di legno da poco prezzo.

L'unica illuminazione delle due stanze filtrava attraverso uno strappo nella plastica nera fissata con punti metallici alla piccola finestra sopra il gabinetto. Il raggio di pura luce bianca che s'insinuava nella fessura annunciava una splendida giornata di primavera, fuori, in un altro mondo, al di là dell'intonaco screpolato e della carta da parati mezza staccata, ma nelle due stanzette squallide, che puzzavano di sporco e di sudore e di sesso, regnava il più solenne e tetro degli inverni.

Sbirciando verso il letto, non riconobbe la forma del viso seminascosto fra le lenzuola di cotone spiegazzate e il guanciale di piume, floscio e infossato, che lo copriva in parte.

Silenziosamente, si avvicinò al corpo e s'inginocchiò accanto al materasso, quasi perdendo l'equilibrio nell'accovacciarsi e puntellandosi contro il muro per evitare di svegliare accidentalmente qualcuno, o qualcosa, che preferiva lasciar dormire.

Un'occhiata più attenta confermò che il suo istinto era giusto: era l'idiota che la sera prima al bar non voleva darsi per vinto. Kasey non ricordava assolutamente quando aveva finito per cedere. Si consolò pensando che forse non aveva effettivamente *pronunciato* la parola "sì".

Aveva fatto bene a non svegliarlo.

Forse, con un po' di fortuna, avrebbe potuto radunare le sue cose e andarsene senza aver a che fare con lui da sobria, o quasi. La sua testa e il suo stomaco non erano ben sicuri del grado di sobrietà. Si alzò troppo bruscamente e dovette serrare strettamente le palpebre per impedire al cervello martellante di spingere gli occhi fuori dalle orbite. Tornò la nausea.

Un po' per non farsi scoprire e un po' perché rimettersi in piedi rischiava di essere troppo penoso, Kasey strisciò sulla moquette infeltrita il più silenziosamente possibile, cercando a tasto le sue cose in mezzo al disordine. Trovò prima i jeans. Poi la camicia. Ma dovette frugare fra il mucchio dei *suoi* abiti per recuperare il reggiseno. Rabbrividì e cercò di bloccare le immagini vivide che sembravano formarsi involontariamente nel suo cervello. Le mutandine erano introvabili, ma ora la cosa sembrava poco importante.

Quando un altro violento ronfo scosse improvvisamente la stanza, decise che le sarebbe bastato ritrovare il suo paio di stivali preferiti e andarsene dall'appartamento sconosciuto il più presto possibile.

Malgrado un'affannosa ricerca nella penombra dell'angusta stanzetta, gli stivali rimasero introvabili. Aveva osato persino allungare una mano nell'abisso sotto il letto, finché un babau infantile non l'aveva avvertita di non avventurarsi oltre nel suo regno se non voleva essere risucchiata e sparire per sempre. Voleva gli stivali, maledizione, quasi quanto voleva essere dovunque tranne in questa stanza.

Quasi, ma non proprio.

Stringendo in mano gli indumenti che aveva trovato, si volse e strisciò per il breve spazio fino alla porta della stanza, imprecando fra sé per aver smarrito gli stivali.

Quando si alzò finalmente in piedi, il suo cranio tentò di esplodere. Fu assalita da una vertigine e si sentì svenire. Sbatté rumorosamente contro il muro e dovette aggrapparsi alla maniglia della porta per non cadere. Era sicura che il fracasso fosse stato pari almeno a quello di una palla da demolizione che frantumasse la parete. I suoi occhi tornarono immediatamente a lui. A pochi metri di distanza s'intravedeva la sagoma scura del suo corpo seminudo, ma la sua unica risposta al frastuono fu un ronfo più forte degli altri.

Lei emise un lungo sospiro di gratitudine.

Respirò profondamente più volte e dopo che il cervello le ebbe assicurato di poterle fornire una certa stabilità almeno per i prossimi momenti, provò ad aprire la porta.

La maniglia girò con un lieve cigolio, ma in confronto al chiasso di poco prima era impercettibile.

Kasey socchiuse appena la porta nel timore che, dalla stanza accanto, la smagliante luce mattutina dilagasse nella camera da letto come un fiume attraverso una diga sfondata, svegliando l'incubo da cui era quasi riuscita a fuggire.

Come le altre, tuttavia, anche questa stanza era quasi completamente buia, le pesanti tende opache chiuse e fermate accuratamente.

Il pensiero di aver trascorso la notte in questo morboso appartamento le fece venire la pelle d'oca su tutto il corpo nudo, come piccole onde su un mare di pelle.

La porta si chiuse alle sue spalle quasi senza rumore e lei si diresse rapidamente verso la sagoma vaga di un divano appoggiato alla parete di fronte. La testa le martellava a ogni passo.

Mentre si lasciava cadere sul cuscino centrale e cominciava a infilare la gamba destra nei jeans, il piede sinistro sfiorò qualcosa sul pavimento.

Allungò una mano e trovò lo stivale sinistro, sì!, il destro doveva essere sicuramente lì vicino, pregò. Fece scorrere la mano sul tappeto e sentì qualcosa sporgere da sotto le nappine della frangia che adornava il bordo inferiore del divano: era l'altra metà dell'intero salario netto settimanale che, dopo tutto, avrebbe portato via con sé, con suo grande sollievo; in quella orrenda stanza da letto aveva deciso di barattare gli stivali con la libertà.

Indossati i jeans e chiusa la lampo, Kasey infilò le braccia nelle maniche della camicia di cotone. Abbottonò soltanto gli ultimi due dei sei bottoni e ficcò il reggiseno nella tasca posteriore dei jeans, nascosta dal lembo della camicia che aveva lasciato penzolare fuori.

Controllò le altre tasche.

«Maledizione!», borbottò con rabbioso disappunto: niente chiavi della macchina. S'inginocchiò davanti al divano e passò le mani avanti e indietro sulla moquette.

Niente.

«Dannazione, dannazione, dannazione!», gemette di nuovo e l'accento della Louisiana, che conservava ancora dopo un decennio in Tennessee, aggiunse colore al suo tono disgustato. Stivali in mano, andò alla porta d'ingresso.

Kasey non rammentava di aver visto un mattino più splendido di quello che accolse il suo cervello martellante e i suoi occhi annebbiati quando la porta cedette alla sua pressione sulla maniglia.

La luce la investì e la fece quasi cadere a terra come se avesse avuto peso e consistenza: quasi fosse stata qualcosa di fisico come il vento o il mare.

Tutto diventò bianco in un lampo, poi completamente nero all'istantaneo restringersi delle pupille mentre le palpebre si abbassavano bruscamente per proteggere gli occhi. Dietro di esse rimase soltanto una latente immagine rossastra del vano rettangolare della porta.

I suoi occhi impiegarono quasi un minuto per accettare la sfida e cominciare a delineare forme che il cervello era in grado di riconoscere. Si tirò dietro la vecchia porta di legno, senza accertarsi di averla chiusa. Era sicura che nessuno desiderasse *entrare* nell'appartamento da cui era appena uscita.

Appoggiandosi al muro esterno, s'incamminò lungo una fila di porte identiche verso il primo spiazzo asfaltato che vide.

«Fatti trovare! *Ti preego*, baby, fatti trovare!», implorò ansiosamente sottovoce mentre camminava con passo gradatamente più stabile verso il parcheggio. «Ti prego, fai che non abbia perso anche il cervello oltre al buon gusto in fatto di uomini».

Kasey fece una risatina ascoltando la propria implorazione, grata di aver serbato intatto il suo senso dell'umorismo. A più tardi i rimorsi e le recriminazioni, giurò: al momento il mezzo di trasporto era prioritario.

Come un leale e nobile destriero in un western di John Ford, la sua fedele vettura attendeva il suo ritorno pazientemente, anche se meno gloriosamente che in un'epopea hollywoodiana. La ruota anteriore destra era appollaiata precariamente sul bordo del marciapiede e quella posteriore premeva contro il cemento ruvido, il fianco malamente graffiato da quest'ultima di numerose offese.

Controllò immediatamente l'accensione: le chiavi pendevano dove le aveva lasciate. Alzò gli occhi al cielo e disse un muto ma sincero "grazie".

Kasey esaminò poi velocemente la minuscola auto e non vide nuove ammaccature. In qualche modo aveva guidato fino qui – ma dove si trovava questo posto? si chiese – senza usare il cervello, ma anche senza aver allungato la lista di incidenti stradali ancora insoluti presso il dipartimento di polizia.

Rivolse un secondo «grazie» al cielo, questa volta a voce alta.

Sebbene la macchina avesse passato notti peggiori, Kasey era ancora irritata con se stessa per averla parcheggiata così male e per essersi messa al volante invece di tornare a casa con Brenda o una delle altre ragazze, come avrebbe dovuto. Rifiutò di esaminare il motivo per cui alla fine aveva ovviamente detto sì alla creatura ronfante.

Ancora fedele, malgrado un decennio di scarsa cura da parte della sua unica proprietaria, la sbiadita CRX azzurra e argento si mise in moto al primo tentativo senza protestare. Kasey carezzò con gratitudine il cruscotto, come aveva fatto tante volte prima, sicura che il suo sincero affetto per la vecchia Honda fosse l'unica ragione per cui l'auto aveva accettato di portarla fino a casa ancora una volta, pur sapendo che avrebbe apprezzato molto di più un cambio d'olio e tergicristalli nuovi.

Nemmeno tre minuti dopo aver lasciato l'ignoto complesso immobiliare, Kasey aveva trovato un punto di riferimento fra i sobborghi collinosi di Nashville e aveva fatto le svolte necessarie per condurla a Murfreesboro Road e poi al suo appartamento.

Mentre le gomme fischiavano ritmicamente sull'asfalto e la tiepida aria di aprile che entrava a fiotti dai finestrini aperti cominciava a rianimare il suo corpo dolorante, giurò di non bere mai più tequila finché viveva.

Nemmeno se fosse vissuta fino a cent'anni... mille anni!

Fino al giorno in cui il Sud sarebbe insorto di nuovo!

Rifletté sulla validità della sua solenne e convinta risoluzione mentre i cordoli dell'asfalto scorrevano con un monotono tac tac sotto le ruote. Mai più, a meno di non dare prima le chiavi a una delle altre ragazze, corresse leggermente.

Infilò una cassetta consunta di *Heart Shaped World* di Chris Isaak nell'apposita fessura della sua radio e alzò il volume abbastanza perché la melodia sentimentale di *Wicked Game* sovrastasse il vento e le gomme e l'irosa vocina interiore che aveva iniziato il suo tardivo sermone.

Kasey ascoltava sempre Chris Isaak a volume altissimo quando voleva dimenticare.

Quando la Honda si fermò puntualmente al suo posto, Kasey saltò praticamente giù dalla macchina, prendendo le chiavi questa volta, ma senza darsi la pena di chiudere a chiave lo sportello. Sam sicuramente l'aspettava, irritato con lei perché era stata fuori tutta la notte, specie dopo aver promesso a lui, e a se stessa, di comportarsi meglio quest'anno.

Arrivando in cima alle scale che portavano al suo appartamento al terzo piano, Kasey vide i suoi occhi che la fissavano fra le tende socchiuse del soggiorno.

Individuò rapidamente la chiave di casa fra quelle attaccate al piccolo portachiavi che stringeva in mano e aprì adagio la porta.

Capitolo secondo

Lui era perso nell'affascinante, ipnotica immagine dei lunghi capelli biondi sparsi sul suo petto, come un campo di grano dorato del Kansas ondeggiante alla brezza leggera. O forse, ripensandoci, erano più simili a un fiume di seta, splendente di morbidi riflessi di miele e d'ambra sotto un caldo sole pomeridiano.

La vista di quei capelli faceva sempre nascere nuove fantasie nella sua mente e sebbene fossero passati molti anni dalla sua infanzia nelle strade malfamate di Chicago, gli sembrava sempre di tornare un po' ragazzo quando era con lei. Forse per quello veniva a trovarla a Nashville ogni volta che riusciva a rubare un giorno. Forse questa volta l'avrebbe portata con sé: amava possedere le cose belle.

L'idea lo divertì e gli piacque. Ormai poche cose nella sua vita complicata avevano tale potere.

Improvvisamente, conficcò le unghie nel letto e un profondo respiro gli si fermò in gola; la schiena s'inarcò e il capo affondò nel guanciale. Poi, altrettanto rapidamente, ogni muscolo del suo corpo robusto e tarchiato si rilassò di colpo e lui si afflosciò sulle lenzuola: era la seconda volta in due ore. Era straordinaria, si rammentò quando il suo cervello fu di nuovo in grado di formulare pensieri coerenti.

Lei sollevò velocemente il capo, gettando la lunga chioma dorata dietro le spalle, e gli sorrise. «Ti piace, vero?».

La domanda era assurda come chiedere a un pesce se gli piaceva l'acqua. Le dita grosse, forti dell'uomo, capaci di brutale crudeltà, le sfiorarono la guancia e tracciarono il contorno delle sue labbra turgide e lucenti. «Poco, o nulla, di quello che fai non mi piace, anche se devo confessare che forse preferisco quello».

Tutti gli uomini lo preferiscono, osservò silenziosamente lei sorridendogli con calore.

Il forte accento italiano dell'uomo, risultato della segregazione culturale voluta dalla sua famiglia, non si era attenuato dopo quasi sei decenni di vita nel Midwest americano. Lui si considerava ancora di casa nel West Side di Chicago (i suoi genitori si erano stabiliti lì fuggendo dalla turbolenta Sicilia prebellica nel 1933), sebbene ora i suoi indirizzi fossero la Lake Point Tower, dove possedeva un attico di dodici stanze con vista sul lago Michigan, e una villa di venti stanze in una pittoresca comunità accademica a nord della città.

Desiderando per i loro figli più di quanto la vita nei bassifondi italiani promettesse, l'umile ciabattino e sua moglie consideravano importante dare loro una casa sicura, una casa in cui abitare, in cui crescere: una casa in America. E così, cinquantanove anni prima, Mario Antonio Giacano era divenuto il primogenito di Augusto e Prietta Giacano, neo immigranti nella "Terra delle Opportunità". Negli anni seguiti alla morte del padre, Mario Giacano aveva fatto di quelle tre parole la sua forza trainante ed era salito, con l'intrigo e la crudeltà, fino alla posizione di capo indiscusso della più potente famiglia criminale del Midwest. Nel 1985, con dieci milioni di proventi settimanali del gioco d'azzardo, prostituzione, estorsione e droga, l'impero di Giacano aveva raggiunto una stasi. Mario aveva deciso che era arrivato il momento di "sviluppare" gli affari espandendo il suo territorio e le sue opportunità. Il vecchio campo di attività non rendeva più come in passato. Erano gli anni Novanta: tempo di nuove idee e nuove opportunità. La sua mente si era rivolta alle case da gioco galleggianti che affollavano il fiume Mississippi e la Golf Coast.

Voleva la sua parte.

«Mi porti qualcosa da bere?», chiese. «Mi hai tolto tutta la forza, temo».

«Come Sansone e Dalila?», lo canzonò.

Le sorrise con gli occhi ma non parlò.

«Faccio in un attimo. Va bene una mimosa?».

Il mento sporgente si mosse lentamente in su e in giù. Ripiegò le braccia corte e robuste dietro la testa e attese che lei si alzasse: per lui guardarla era bello quasi quanto penetrarla, e certamente meno sconvolgente.

Lei scivolò bocconi fino in fondo al letto e posò le ginocchia sulla moquette di lana spessa. Rimase lì, premuta contro le lenzuola, fissandolo con gli occhi azzurri canzonatori, sapendo che aspettava.

Afferrò con tutte e due le mani il piumino che era scivolato sul pavimento e si coprì pudicamente alzandosi.

Lui incrociò le braccia sul petto e i duri occhi castani, incorniciati da innumerevoli linee che solcavano la pelle scura come screpolature nel cuoio vecchio, le ordinarono e la supplicarono al tempo stesso di mostrarsi.

Mentre stava per parlare, lei lasciò cadere il piumino.

Di riflesso il respiro dell'uomo si fece più profondo: era sicuramente la più desiderabile espressione di donna che avesse mai conosciuto in vita sua. Da quando la sua verginità aveva ceduto alle avances di una "anziana" diciassettenne nel sedile posteriore di una Packard V-12, c'erano state molte donne, troppe per poterle contare e persino ricordare. Avevano rappresentato l'intera gamma di colori, età e lineamenti, ma l'indimenticabile era lei: quella rara fusione di perfezione fisica e di sensualità da cui nascono tutti i sogni, e le fantasie, sessuali.

Lei si eresse con fierezza, ma senza vanità, in completo silenzio. Quando fu sicura che la sua immagine gli sarebbe rimasta impressa in mente fino alla prossima visita, andò in cucina.

Lui chiuse gli occhi e decise di portarla con sé. Sapeva che non avrebbe rifiutato; lui non era il tipo di persona a cui si dice no.

Quando lei tornò con il drink, indossava la sua camicia di seta, abbottonata solo in fondo. Mentre si sedeva sul bordo del letto e gli porgeva uno dei calici di peltro a gambo lungo, la camicia si aprì leggermente, rivelando in parte il seno sinistro, il capezzolo rosa pallido rigido ed eretto.

Lei finse di non badarci, anche se c'erano voluti anni di pratica per dare un'apparenza innocente e non premeditata a un gesto erotico accuratamente studiato.

«A che cosa brindiamo?», chiese con un caldo sorriso.

«Alle Packard», rispose lui con un sorriso riservato, gli occhi fissi sul capezzolo, la memoria perduta nel sedile posteriore della sua prima automobile.

«Alle Packard?», indagò lei.

Lui batté il calice contro il suo con un secco "tink" e bevve un sorso abbondante. Il succo d'arancia era agro e lo champagne freddo e ossigenato.

«Forse un giorno te lo mostrerò», ridacchiò. «Temo che sia impossibile tradurre quel pensiero in semplici parole».

«Alle Packard, allora», brindò lei, pur non sapendo assolutamente a che cosa stava brindando.

Donna Stanton toccò il telecomando sul comodino e alzò di parecchie ottave il volume del piccolo stereo Bose. L'emittente FM specializzata in classici aveva appena iniziato a trasmettere una canzone che lei ricordava come una delle preferite di Mario. Lui sorrise e posò il calice sul comodino accanto al telecomando formato carta di credito. «Non dimentichi nulla», osservò con ammirazione.

«Conosco un po' i tuoi gusti, ma non so ancora tutto. Devi dirmi che cosa vuoi che rammenti. Altrimenti come posso mostrarti quanto sei importante per me?».

Si chinò di nuovo sul suo petto e lo baciò sulle labbra. Poi si alzò e posò il drink sul comodino accanto a lui. Sbottonò l'unico bottone e posò la camicia fatta a mano sulla sedia alla sua sinistra. «Ti andrebbe di venire a fare l'idromassaggio con me?», chiese, sapendo che né lui né alcun altro uomo poteva rifiutare una simile offerta.

Lui tese la mano destra e lei vi mise la sua. Iniziando dai piedi, la percorse lentamente con gli occhi finché i loro sguardi s'incontrarono di nuovo. «Fra poco, dolcezza mia. Prima devo occuparmi di una questione importante. Vuoi scusarmi per qualche minuto mentre sbrigo una faccenduola necessaria? Anch'io devo guadagnarmi da vivere».

Le baciò il dorso della mano e la strinse delicatamente.

«Certo. Ti aspetto», rispose lei e andò nel bagno grande con il drink in mano.

Mario Giacano si sedette sul bordo del letto e controllò il quadrante di diamante del Rolex President che portava ancora al polso: era ora di fare la telefonata.

Posò il calice sul comodino e compose accuratamente a memoria il numero di sette cifre.

Il ricevitore fu alzato al secondo squillo.

«Pronto», disse la calda voce profonda all'altro capo del filo. La chiamata era stata programmata in precedenza e ormai da molto tempo i due uomini non sentivano più il bisogno di perdersi in convenevoli.

Non lo avrebbero fatto comunque.

Il rapporto difficile durava ormai da quattro anni.

«Com'è andato il tuo incontro con il nostro nuovo gruppo di amici?», chiese Giacano. «Spero che abbiano fatto tutti la scelta più saggia e abbiano deciso, come gli altri, che è molto meglio unirsi a noi che contrastarci».

Le sue parole non tradivano alcuna emozione: era impossibile capire se fosse agitato o curioso. Per lui, negli affari non c'era posto per i sentimenti e questi erano affari grossi.

«C'è stato un piccolo problema. Temo che due della nostra lista non ci seguiranno se non otterranno quote maggiori».

«Hai spiegato chiaramente quali erano le alternative?»

«Le alternative!? Cristo Gesù, signor Giacano, non sono andato a dirgli che li avrebbe fatti ammazzare se non si univano a noi, se è questo che intende». Nel momento stesso in cui gli era uscito di bocca il nome di Giacano, l'altro sapeva di aver infranto una regola basilare, la prima che era stata stabilita fra loro. Chiuse gli occhi e attese.

Mario Giacano bevve un breve sorso impaziente del suo drink e lo riposò frettolosamente sul comodino. Per caso, la base del calice si appoggiò sul bordo del telecomando dello stereo, sottile come un'ostia, premendo lo stop che sporgeva leggermente. Lo stereo tacque e la stanza piombò nel silenzio.

Dapprima lui notò appena l'assenza di suono mentre cercava una risposta adatta alle ultime parole dell'uomo. Trasse un profondo respiro ed espirò lentamente. «Vedo che non sei soltanto un incapace, ma anche uno stupido». La voce era gelida. «Due difetti per cui ho poca pazienza e che mi sono di scarsa utilità. Forse ho sbagliato a sceglierti. Non pensare nemmeno per un attimo che io esiterei a troncare il nostro rapporto se lo ritenessi improduttivo o compromettente per la mia posizione».

Giacano decise di lasciare che la parola "troncare" penetrasse fino in fondo con tutto il suo peso prima di riprendere a parlare. Udì soltanto silenzio all'altro capo del filo: il silenzio rispettoso che nasce dal vedere la propria vita scorrere davanti ai propri occhi.

L'altro uomo pensò di parlare in sua difesa, ma vi rinunciò. Comunque non trovava le parole adatte.

Giacano, soddisfatto di aver chiarito il punto, appoggiò il ricevitore sulla coscia nuda e allungò di nuovo la mano verso il calice.

Fu allora che lo notò: un lieve suono acuto, ripetitivo, stranamente fuori luogo nel silenzio della camera da letto.

Si chinò verso il comodino.

Di tutte le sacre regole di vita e di lavoro, ce n'era soltanto una che non poteva essere infranta. Considerava il tradimento il peggiore dei peccati, l'atto per cui non poteva mai esservi assoluzione. Avvicinò di nuovo il telefono alla bocca. «È successo qualcosa. Ti richiamo più tardi. Stai pronto».

Giacano non riagganciò il ricevitore, ma invece tenne premuto il pulsante con l'indice destro come se dovesse fare un'altra telefonata. Il lieve sibilo cessò istantaneamente. Lasciò andare il pulsante e premette forte il ricevitore contro la coscia nuda per smorzare il segnale di linea libera. Come temeva, il sibilo riprese.

«Maledizione!», imprecò con muta rabbia. «Vai all'inferno, puttana!».

Chiuse gli occhi e serrò la mascella fin quasi allo spasimo: una parte del suo cuore, che credeva morta da quarant'anni, si stava spezzando. Rimase in quello stato per quasi un minuto, una sofferenza molto più lunga di quando, a diciannove anni, aveva ucciso il suo primo uomo con le mani nude.

Lasciò il ricevitore sganciato e pregò ancora di sbagliarsi.

Impiegò solo un minuto per localizzare il minuscolo registratore, il sottile astuccio dorato saldamente fissato col Velcro al fondo del comodino, un interruttore per l'avvio automatico abilmente inserito nella linea telefonica, pronto a scattare ogni volta che veniva alzato il ricevitore.

Il suo impulso immediato fu quello di strapparlo via dal comodino e ficcarlo in gola alla donna nell'altra stanza, ma si ricordò di essere stato in questa stessa camera almeno in quattro precedenti occasioni: quante volte aveva fatto la stessa telefonata? «Maledizione!», imprecò di nuovo: due certamente. Forse tre.

Lasciò il registratore al suo posto per non farle capire che lo aveva scoperto e si vestì in fretta, assicurandosi di non lasciare niente di suo nella stanza.

Mentre stava sulla soglia della porta del bagno a osservare la sua splendida figura immersa nell'acqua limpida e calda dell'immensa vasca per l'idromassaggio, la odiava per la sua slealtà.

Quali che fossero le sue ragioni, adesso non avevano importanza, anche se lui sentiva il bisogno di conoscerle, di udirle dalle sue dolci labbra tanto quanto desiderava tenerle la bella testa sott'acqua fino a farle pagare appieno il suo tradimento.

La sua voce quasi s'incrinò per la rabbia nel dire: «Mi dispiace, tesoro, ma ora temo di doverti lasciare».

Le parole sommesse esprimevano tutto il calore e il rimpianto di cui era capace in quel momento.

«Oh, così presto», protestò lei, ridestata bruscamente da un languido sopore. Si rizzò a sedere nella vasca di marmo nero e si girò verso di lui. L'acqua le scorreva sulla pelle e gocciolava dai seni. «Contavo di pranzare con te come al solito». Protese il labbro inferiore come una bambina di quattro anni a cui veniva detto che la sua festa di compleanno era finita. Se lui riusciva a resistere al suo corpo nudo e alla sua espressione desolata, allora il motivo della sua partenza improvvisa doveva essere proprio ineluttabile.

«Rimarrai qui per il resto della giornata?», le chiese. «Devo incontrare una persona importante e vorrei che conoscesse anche te».

Lei si sporse sul bordo della vasca e tese un lungo braccio snello. «Sono sempre a tua disposizione, Mario, quando mi vuoi».

Lui le strinse la mano e fissò per l'ultima volta gli occhi più azzurri che avesse mai visto.

Le sue guardie del corpo, che aveva lasciato fuori dalla porta d'ingresso quasi tre ore prima, lo raggiunsero nell'ascensore. Mentre le porte di ottone lucente si chiudevano e la cabina iniziava la sua discesa dall'attico, lui batté violentemente il pugno destro contro una delle superfici lucide, lasciando un'ammaccatura dove aveva colpito il metallo col lato della mano. Persino i massicci omaccioni ai suoi fianchi avevano un sacro rispetto per la forza che ancora rimaneva nelle braccia dell'uomo più anziano. Sebbene fossero dieci o dodici centimetri più alti di lui e pesassero almeno trenta chili di più, al momento nessuno dei due avrebbe cambiato posto volentieri con la porta di ottone.

Durante il breve viaggio fino al garage sotterraneo, lui costrinse la propria mente a mettere da parte la rabbia e il dolore che gli straziavano il cuore e a concentrarsi sull'affare in corso.

C'era molto da fare e molto poco tempo per farlo.

«Oh, Sam, tesoro, scusami tanto», implorò Kasey non appena la porta si chiuse dietro di lei. «Sei infuriato con me stavolta, vero?».

Certo che era infuriato, infuriato eccome! Che cosa credeva, che gli *piacesse* essere lasciato solo tutta la notte mentre lei faceva quello che gli esseri umani facevano quando non stavano a casa a prendersi cura dei loro animali come avrebbero dovuto? Girò la testa e finse d'infischiarsi che fosse tornata.

Kasey s'inginocchiò davanti al divano dove Sam-I-Am (diminutivo Sam), un flessuoso, viziato gatto birmano nero di sette anni, aveva passato la notte precedente. Lo baciò sul naso e giocherellò delicatamente con la punta dell'orecchio mentre gli sussurrava una litania di scuse e di promesse.

Apparentemente, ottenere il perdono non sarebbe stato facile come sperava. Era la seconda, no, la terza volta in questo mese, notò con una punta di vergogna, che lo aveva lasciato tutta la notte a guardia della casa, affidato a se stesso.

Questa volta le sarebbe costato caro, e non soltanto una mezza ciotola di Fancy Feast. Quella poteva rimediare a qualche lieve peccatuccio, ma in questo caso ci voleva un'offerta di pace più seria. Forse i bastoncini di pollo che aveva portato a casa dal lavoro venerdì, o meglio ancora, la scatola da due etti e mezzo di filetti di tonno bianco al naturale che aveva messo da parte per il suo pranzo.

Sì, vada per il tonno, decise.

Sam rimase caparbiamente solo nel soggiorno finché l'apriscatole non ebbe quasi finito di ronzare, prima di saltare giù dal divano e girare l'angolo della porta di cucina.

Squillò il telefono.

«Pronto», rispose Kasey.

Finì di riempire la ciotola di Sam, il telefono portatile incastrato fra il mento e la spalla.

«Signora Riteman?».

Non riconobbe la voce maschile.

«Sì, sono Kasey Riteman».

«Vengo subito al punto, signora Riteman. Sono il signor Polson della Consolidated Collection. La chiamo a proposito del suo conto in sospeso con il dottor Walter L. Magnason».

Oh, maledizione, perché mai aveva risposto al telefono prima di bere una tazza di caffè e fare la doccia? Era troppo presto per trattare con gli addetti al recupero crediti. Rivide il tizio del bar mentre ascoltava Polson.

«Ho inviato venti dollari al dottor Magnason appena un paio di settimane fa», dichiarò in sua difesa.

«Per l'esattezza, signora Riteman, l'ultimo pagamento che l'ufficio del dottore ha ricevuto da lei – credo che fossero venti dollari – risale a quarantuno giorni fa. Il suo conto è stato successivamente passato a noi per l'incasso».

A Kasey tornò l'emicrania e imprecò ad alta voce per non aver lasciato che rispondesse la segreteria telefonica. Era stanca di esattori di crediti, ma apparentemente non riusciva mai a liberarsene. Appena ne aveva liquidato uno, un altro prendeva il suo posto, come la sanguinella. Andava avanti così da quasi cinque anni. «Oh, è ridicolo, signor Polson! Il dottor Magnason sa che lo pagherò, lo pago sempre. Non gli ho mai fregato un centesimo nei cinque anni che sono andata da lui. Maledizione, non è colpa mia se ho dovuto farmi canalizzare una radice e incapsulare un dente in gennaio!».

«Può anche darsi che sia così, signora Riteman, ma a noi non risulta. Secondo i suoi registri, lei ha impiegato oltre quattordici mesi per saldare l'ultimo conto che aveva in sospeso con il suo gabinetto».

La voce dell'uomo era piatta e inerte, quasi come una voce elettronica.

«Non può essere. Quattordici mesi?»

«Temo di sì, signora Riteman. Perciò il suo conto è stato passato a noi. Per sua informazione, il suo saldo attuale è di 529,50 dollari. Quando riceveremo un assegno circolare o un vaglia per l'intera somma?»

«L'intera somma? Potrebbero essere cinquemila dollari come cinquecento. Non ho una somma del genere, signor Polson. Già così riesco a malapena a mettere la benzina nella macchina per andare a lavorare».

«Un assegno circolare, signora Riteman; quando lo riceveremo?»

«Non sente una parola di quello che dico, vero? Al momento non ho i soldi».

Polson non sentiva niente che non avesse già sentito migliaia di volte; continuò senza mancare un colpo: era una macchina. «Allora, signora Riteman, sembra che non avremo altra scelta che rivolgerci a un tribunale per riscuotere i nostri soldi».

«Oh, magnifico. In questo momento mancava proprio che qualcuno minacciasse di farmi causa. Così la mia vita è quasi perfetta».

Respirò profondamente. «Senta un po': se non posso pagare il conto del dottor Magnason così com'è, *come diavolo si aspetta che lo paghi con una tonnellata di spese legali in più!?*».

Ebbe la tentazione di scaraventare il telefono dall'altra parte della stanza, ma pensò che poi avrebbe dovuto rimpiazzarlo.

«Sono certo che troverà un modo, signora Riteman. I tipi come lei lo trovano sempre quando la situazione si fa critica».

«*I tipi come me!*». Ora l'aveva veramente punta nel vivo.

Fece per replicare ma Polson continuò imperturbabile: «Dal momento che apparentemente questa è la sua ultima parola, signora Riteman, riceverà una lettera del nostro legale fra otto o dieci giorni. Tanti saluti e grazie».

«Quella non è la mia ultima parola, pallone gonfiato che non sei altro! Tu e la tua Consolidated Collection potete...».

Prima che potesse terminare la tirata che desiderava tanto propinargli, udì un clic all'altro capo del filo, seguito dall'indisponente segnale di linea libera.

Kasey chiuse la comunicazione premendo il pulsante con tanta forza da spezzarsi l'unghia.

«*Aaahhh!*», urlò in un impeto di rabbia impotente. «Non ne posso più!».

Sam osservò un momento la sua padrona per stabilire se doveva prepararsi a schivare un lancio di oggetti contundenti e poi tornò al suo filetto di tonno bianco al naturale.

Con qualche ora libera inaspettatamente a disposizione, Donna Stanton si concesse il lusso di crogiolarsi nella vasca, dedicando un po' di tempo a depilarsi le gambe con particolare cura, sebbene, avendole depilate meno di diciotto ore prima, fossero ancora lisce come la porcellana. Ma lei trovava che le gambe non lo erano mai troppo.

Era come essere troppo ricca o troppo bella.

Si sedette davanti alla toilette e si spazzolò i lunghi capelli ondulati, aggiungendo appena un tocco di fon per dar loro un po' di corpo. Aveva la fortuna di possedere dei capelli invidiabili, glielo avevano detto e ripetuto fin da quando era bambina: il tipo di capelli che stanno bene tanto bagnati fradici quanto asciutti e acconciati.

Uscendo dalla vasca, si era asciugata delicatamente con un morbido telo di spugna spessa e sebbene vi fosse una sontuosa vestaglia di mussola appesa dietro la porta del bagno, era rimasta nuda, una sensazione che preferiva anche alla biancheria più fine.

Donna Stanton si diresse tranquillamente in cucina a prepararsi un'altra mimosa.

Entrando nel corridoio adiacente alla camera matrimoniale, ebbe la sensazione che qualcuno la stesse osservando.

Si girò di scatto ma non vide né udì niente.

Poi comprese che cos'era: non *udiva* nulla.

Perché la musica non suonava più?

Con il calice vuoto ancora in mano, si gettò sul letto e allungò una mano verso il telecomando. Fu quando vide il calice dell'uomo appoggiato sul bordo superiore del telecomando che fece il collegamento con la sua strana sensazione: lui aveva spento lo stereo.

Ma perché?

Il volume non era abbastanza alto da disturbare la telefonata. C'era qualche altra ragione, allora?

Tentò, desiderò di lasciar correre, ma la stranezza di quel semplice atto dominava i suoi pensieri.

Preoccupata, sollevò il telefono dalla sua base e seppellì il ricevitore sotto il guanciale accanto a lei per non udire più il segnale di libero. Il suono più terrificante che avesse mai udito divenne l'orrendo prezzo della sua curiosità: lui aveva sentito lo stesso lieve sibilo? E in caso affermativo, ne aveva compreso l'origine?

Dapprima il pensiero le sembrò assurdo, ma poi rammentò con chi aveva a che fare. Gli errori o i giudizi sbagliati venivano pagati col sangue.

Si sporse dal letto e avvicinò la testa alla base del comodino: il suono, intensificato dallo spazio aperto sotto il letto, quasi le urlò negli orecchi. Le venne la nausea.

Per quella che sembrò una vita, Donna rimase agghiacciata e tremante fra le lenzuola di raso sgualcite. Ora capiva l'improvviso e urgente bisogno di Mario di andarsene. Sapeva anche chi voleva farle incontrare nel pomeriggio: non ne conosceva il nome, naturalmente, ma l'occupazione, l'intento.

Guardò il piccolo quadrante digitale verde sul davanti del videoregistratore nella camera da letto. Erano esattamente le dodici e tre minuti: se voleva salvarsi la vita, non aveva un attimo da perdere.

Kasey mandò giù quattro Advil con un bicchiere di acqua tiepida mentre Sam si sistemava, la pancia piena di deliziose offerte di pace e la notte precedente ormai dimenticata, sulla moquette del soggiorno, nel punto preciso dove il sole creava una piccola chiazza calda di una forma bizzarra.

Stabilizzati i rapporti familiari, era ora di ripulirsi e fare qualche commissione prima di andare al ristorante.

Si tolse la blusa della sera prima e la gettò nel cestino di vimini accanto al lavandino nel bagno del suo quadricamere. Il reggiseno, ripescato dalla tasca posteriore dei bluejeans, andò ad aggiungersi al mucchietto di biancheria sporca, seguito dai jeans. Avrebbe lavato tutto la mattina dopo. Mercoledì al più tardi. Sebbene il suo appartamento fosse piccolo e non nella zona migliore della città, Kasey non era stata allevata nel disordine e si vantava di avere sempre una casa pulita e presentabile. Un giorno, giurava, quando avrebbe fatto carriera, avrebbe avuto una domestica, forse anche una cuoca. Intanto, le piaceva tenere le cose pulite e ordinate, anche se erano soltanto rimanenze o roba comprata di seconda mano. «La classe, come la panna, viene sempre a galla», diceva spesso suo padre. Per un fugace attimo sentì terribilmente la sua mancanza. Era un sentimento familiare.

La doccia le piovve sul viso e le scrosciò sulla pelle, lavando via l'odore e il ricordo dell'"errore di valutazione" della sera prima. Mentre l'acqua calda e il guanto di spugna insaponata disegnavano lentamente le curve del corpo, le sue dita sfiorarono le due piccole cicatrici rotonde sul lato del seno sinistro, ciascuna larga poco più di mezzo centimetro e distanti circa due centimetri fra loro, ora fredde e inerti al tatto. Un'immagine di quella notte orribile le attraversò la mente come un lampo infernale. Le venne un nodo allo stomaco e ritirò bruscamente la mano. L'immagine e l'emozione sarebbero svanite come tante altre volte, si rammentò e costrinse la mente a pensare a cose più piacevoli.

Kasey rimase sotto la doccia finché l'acqua cominciò a venire fredda. Mentre si asciugava, la sua immagine rosea riempì lo stretto specchio sullo sportello dell'armadio a muro nel corridoio di fronte al bagno. Tutto sommato, era abbastanza soddisfatta della sua figura e non rimpiangeva più di non essere diventata la modella sottile e slanciata delle riviste di moda della sua gioventù. Strada facendo, aveva accettato il fatto di avere avuto in sorte un corpo normale con proporzioni normali.

C'erano soltanto quei punti irritanti dove i chili in più si sarebbero depositati volentieri se non fosse stata una tenace, sebbene un po' riluttante, devota del jogging e delle videocassette di Kathy Smith.

Ogni mattina, tranne nelle "cattive mattinate" come questa, usciva dal suo appartamento al terzo piano prima delle sette, dopo aver sudato durante tutto uno dei sei video di allenamento: quello che sembrava più adatto all'umore di quella particolare mattina; e non tornava finché non aveva percorso cinque estenuanti miglia a un'andatura di un'impressionante regolarità.

L'esercizio fisico aiutava a far sì che le curve piacevoli e nei limiti della norma non diventassero troppo abbondanti.

In verità, c'era poco di cui lamentarsi nella sua figura o nei suoi lineamenti e nessun uomo aveva mai trovato qualcosa da ridire. Qualcuno le aveva persino detto che era bella in momenti in cui le parole non gli erano state suggerite dall'ardore della passione. Sebbene Kasey spesso sentisse di non aver imparato abbastanza nei sette anni da quando era diventata "adulta", *sapeva* che non bisognava fidarsi di ciò che veniva detto in presenza di un'erezione.

Dopo una puntata al Wal-Mart per fare il grosso della spesa e prendere tutte le cose che si erano accumulate sul block-notes attaccato al frigorifero durante la settimana precedente, seguita da una sosta da Kroger per comprare pane, latte, caffè e un'altra scatola di tonno, Kasey tornò verso casa a prepararsi per il lavoro.

La divisa di rigore al ristorante anche per le capoturno, grado a cui Kasey era stata promossa di recente, era composta da pantaloni neri e una blusa sempre pulita di oxford bianco a righe rosse. Kasey stirava e inamidava cinque camicette ogni domenica mattina e stirava meticolosamente altrettante paia di ampi pantaloni di cotone nero. Così non doveva più toccare il ferro durante la settimana, un lavoro casalingo che detestava. La biancheria veniva lavata man mano che si accumulava nel cesto, ma il ferro da stiro veniva usato soltanto una volta la settimana; la sua ipotetica domestica avrebbe dovuto essere disposta a stirare.

Sebbene Kasey si sforzasse di non pensare al suo capo mentre finiva di truccarsi, le riusciva sempre più difficile ignorarlo. Ancora più di quando aveva iniziato a lavorare al ristorante diciotto mesi prima. Dopo il commento di Cal venerdì, sapeva che oggi il turno rischiava di essere molto lungo.

Mentre tentava di riempirsi la mente di pensieri più gradevoli, la situazione da cui era fuggita poche ore prima, accompagnata dall'irritante signor Polson della Consolidated Collection, prese il posto di Cal come un incubo stereofonico. Strizzò gli occhi e chinò il capo sul petto.

Oggi Cal avrebbe fatto meglio a tenere le mani a posto, giurò a se stessa.

Capitolo terzo

Donna Stanton sfogliò accuratamente il diario, leggendo ogni annotazione manoscritta e lanciando occhiate nervose all'orologio accanto al letto: aveva ancora qualche minuto di tempo, si consolò, pur rispettando l'orario che si era imposta. Dopo tutto, nessuno dei suoi clienti sapeva nulla di sua sorella o della casa a Belle Meade dove abitavano le due donne.

Donna aveva pianificato tutto con cura, in primo luogo per tenere Laurie al riparo da una vita che la minore delle sorelle – o meglio, sorellastre – non avrebbe capito o approvato, ma anche per avere un luogo dove rifugiarsi quando la tensione emotiva diventava troppo forte. Ma, nonostante l'attenta pianificazione, Donna non aveva previsto, né avrebbe potuto prevedere il catastrofico errore che aveva sconvolto l'accurata coreografia della sua vita.

Quando arrivò all'ultima pagina, la strappò via aggiungendola a quelle già strappate dal diario.

Erano quattro in tutto.

Prese poi la custodia di plastica trasparente con le sue venti tasche, contenenti ognuna una microcassetta della durata di sessanta minuti.

Confrontò la data già scritta con cura su ogni etichetta con le date annotate sulle quattro pagine strappate. Sfilò tre cassette dalle loro tasche e le aggiunse ai fogli. Un quarto nastro – quello con il sibilo che aveva registrato le ultime due ore di paura e ora imponeva l'imprevisto ma inderogabile esodo – andò a raggiungere il terzetto di nastri identici.

Avvolse strettamente le pagine scritte intorno alle microcassette e chiuse il prezioso involto con un elastico marrone.

Aprì il portasigarette d'argento e gettò le Dunhill Menthol 100 sul letto: il pacchettino prese il loro posto come se l'astuccio fosse stato fatto apposta per quel particolare scopo.

Dopo aver richiuso il coperchio lucente, rimise il portasigarette nella borsetta. Ma quella soluzione non la convinse e Donna optò per la cintura dei pantaloni bianchi da jogging, sul davanti, dove la felpa era più arricciata e lei poteva controllare facilmente la presenza del piccolo involto.

Soddisfatta, passò all'ultima fase dell'operazione: mettere in valigia tutti i gioielli. Aveva impiegato quasi cinque anni per accumulare l'impressionante assortimento di tesori che riempiva quasi completamente l'astuccio di legno di ciliegio e non intendeva certo lasciarlo lì. Avrebbe potuto ricavarne una bella somma in qualunque parte del mondo se avesse finito gli altri soldi, sebbene fosse sicura di aver messo da parte abbastanza per evitare quella spiacevole eventualità per molti anni.

Donna chiuse la cerniera lampo della valigia e gettò un'ultima occhiata alla stanza.

Per la seconda volta in due ore Mario Antonio Giacano compose lo stesso numero urbano e attese che squillasse, ormai spazientito. Era fermo a un telefono pubblico di fronte al cancello C-24 del terminal dell'American Airlines all'aeroporto internazionale di Nashville. Il volo 1198 per Chicago era già stato chiamato, ma lui aveva ancora una faccenda da sbrigare prima d'imbarcarsi. Aveva preferito mandare il suo jet privato a Chicago senza di lui. Voleva che lo vedessero partire il più presto possibile nella giornata.

Il telefono venne alzato mentre squillava. «Sì, signore».

«Non perderò tempo a chiederti se sapevi che la donna, quella che *tu* mi hai presentato, registrava le nostre conversazioni, perché so che non sei abbastanza coraggioso né abbastanza stupido. Voglio sapere soltanto una cosa da te: c'è qualche possibilità, ripeto, qualche possibilità che lavori per i federali?».

L'altro sapeva che qualcosa era andato storto quella mattina ma non si aspettava di sentirsi rivolgere quella domanda. Il suo primo impulso fu di chiedere a Giacano se era sicuro. Dopo un istante ci ripensò.

«Nessuna», dichiarò sulla difensiva. «Ho fatto controllare accuratamente tutti i suoi precedenti fino alle elementari, per amor del cielo! Non le avrei mai permesso di venirle vicino se vi fosse stata anche la minima possibilità che lavorasse per qualcun altro. Non so che cos'abbia in mente, ma sono sicuro che lavora in proprio».

«Qualunque fosse il motivo, è già abbastanza che l'abbia scoperto. Vorrei potermi occupare di lei personalmente. Quel compito, mio incompetente socio, ora ricade sulle tue spalle. Devo avere tre ore di tempo per arrivare in un luogo pubblico a Chicago. A quel punto voglio sentirti dire che hai messo il nostro uccellino in gabbia».

«Tre ore?». L'ulcera gli serrò lo stomaco come la cima di un nostromo.

«Ancora una cosa».

«Signore...».

«Voglio quei nastri».

«I nastri. Certo. Li avrà».

«Non dirmi che sono andati distrutti o smarriti. Ci penso io. Chiaro?»

«Perfettamente».

«Ti sarà comunicato il mio arrivo. Mi aspetto delle buone notizie».

«Non dubiti, signore, e mi dispiace per stamat...».

Un freddo segnale di libero mise bruscamente fine alla sua supplica.

«Yo-huu!», gridò Maggie Ketchum dal prato davanti casa, agitando una mano quando vide Donna Stanton scendere di corsa il vialetto verso la sua macchina. La signora Ketchum stava lavorando in una delle sue aiole come al solito, decisa a vincere il titolo di Giardino del Mese per la terza volta di seguito. Erano anni che non accadeva a Davidson County.

L'anziana donna, sempre pronta ad accogliere con l'ultimo

pettegolezzo e un bicchiere di tè dolce chiunque si fermava a farle una visitina, trovò strano che la più bella delle due sorelle non ricambiasse il saluto. Lo ripeté a voce più alta, poi guardò in silenzio la sua vicina gettare un'unica valigia nel baule della sua Cadillac e uscire rapidamente a marcia indietro dal vialetto.

«Deve avere una fretta terribile», si disse, sempre disposta a concedere a tutti il beneficio del dubbio. «Probabilmente sta andando in vacanza». Tornò alle sue begonie. «Mi fa piacere per lei».

Sebbene in genere fosse ben lieta di passare un minuto o due con la sua amichevole ma indiscreta vicina, oggi Donna Stanton aveva altro per la testa. In effetti non aveva neppure visto la donna che stava ancora inginocchiata a meno di cinquanta metri da dove era parcheggiata la Cadillac: la sua attenzione era tutta rivolta alla Florida e all'ampia scelta di isole caraibiche giù a sud.

Si diresse velocemente a nord lungo Belle Meade Road per mezzo miglio fino a Harding Place, poi a est per tre miglia fino alla più vicina autostrada per il Sud. Mentre si avvicinava alla rampa di accesso, una squillante risata le sgorgò spontaneamente dalle labbra: uno sfogo nervoso dopo la paura e l'ansia che l'avevano attanagliata da quando aveva capito di essere stata scoperta.

Quando vide passare accanto al finestrino di destra il cartello con la scritta I-65S, seppe che stava per conquistare la tanto sospirata libertà. Sentì il polso battere più in fretta e si mise a tremare come se fosse stata nuda in mezzo alla neve.

Con la mente infantile perduta fra le vivide sabbie color cioccolata delle Barbados, Donna Stanton non badò al camioncino nero nuovo che s'infilò abilmente dietro di lei sull'autostrada e la seguì, tenendosi sempre esattamente a tre macchine di distanza.

Donna Stanton si presentò allo sportello della banca con l'assegno accompagnato dai due documenti d'identità richiesti; aveva bisogno di un po' di soldi contanti, sebbene non desiderasse avere con sé più di quanto poteva contenere facilmente la sua borsetta. Avrebbe trasferito poi il resto dei fondi sul suo nuovo conto corrente, dovunque fosse.

La donna dalla faccia acida dietro il banco di marmo verde – Tammy Akers, stando alla targhetta di plastica uso legno con il nome scritto da una parte e il rituale "Prego rivolgersi allo sportello accanto" dall'altra – fissò la minuscola foto sulla patente del Tennessee, poi di nuovo la donna per tre volte in dieci secondi.

I capelli erano un poco più scuri nella foto, ma altrimenti sembrava la stessa Angela Marie Jackson che figurava sulla patente.

L'impiegata prese l'assegno e inserì rapidamente il numero di conto della signora Jackson nel suo terminale. Dubitava segretamente che sul conto vi fosse una somma che si avvicinasse sia pure lontanamente ai diecimila dollari desiderati, ma tenne per sé i propri dubbi. Scoprire che l'assegno sarebbe potuto passare dieci volte con una rimanenza pari al suo reddito annuale lordo non migliorò il suo umore, né la sua espressione acida. La Akers non poteva sapere che questo conto era soltanto uno di molti altri simili che Donna Stanton aveva aperto sotto altri nomi in tutto il Tennessee.

Come richiesto e senza pronunciare parola, Tammy Akers contò esattamente cento banconote fruscianti da cento dollari che poi fece controllare dal capo cassiere alla sua destra. Assicuratasi che la somma era esatta, riordinò le banconote con rapida destrezza come un esperto croupier di Las Vegas avrebbe riordinato un mazzo di carte, poi spinse il mucchietto ben squadrato attraverso il piano di marmo con un sorriso forzato che durò appena il tempo necessario perché la cliente lo contraccambiasse.

Donna Stanton prese i soldi, la patente e la Mastercard intestata ad Angela Jackson e li ripose frettolosamente nella borsetta, ficcando le banconote bene in fondo. Si rimise gli occhiali da sole.

La bella bionda, ora con diecimila dollari di più in tasca, indugiò sulla soglia della banca a Columbia, Tennessee, quaranta stupende miglia più lontana dal suo problema e quaranta miglia più vicina alla libertà. Un largo sorriso le schiudeva le labbra e gli occhi sorridevano sotto le lenti quasi nere. I dieci bigliettoni le sarebbero bastati per parecchie settimane anche fuggendo, decise, e avrebbe avuto tutto il tempo di elaborare un piano a lungo termine e fare un bilancio per il futuro una volta sistemata.

Alzò la maniglia della lucente Seville bianca e scivolò agilmente nel sedile di pelle rossa.

Appena chiuso lo sportello, si trovò un pugnale di venti centimetri puntato alla gola; la sottile lama affilata le punse la pelle e sentì un filo di sangue scivolarle sul collo dove la carne calda era a contatto con l'acciaio temprato. Gettò un'occhiata nello specchietto retrovisore, ma riuscì a vedere soltanto un lato della testa del suo assalitore. Era completamente rasato e si scorgeva parte di un tatuaggio sopra l'orecchio destro; sembrava il piede di un animale, con larghe scaglie verdi e lunghi, orribili artigli grondanti sangue. Si fece quasi pipì addosso e le sembrò che il cuore le scoppiasse in petto.

«La mamma non ti ha mai detto di chiudere lo sportello della macchina per non farti acchiappare dal babau?», le sussurrò all'orecchio la voce beffarda dell'uomo. Aveva il fiato pesante, un nauseante miscuglio di sigarette, caffè e bourbon da poco prezzo.

Le venne voglia di vomitare.

«Ora fai la brava bambina e segui il bel camioncino nero. So che sei abbastanza intelligente per non andare in cerca di guai. D'accordo? Non sono un tipo da contrariare, specie al nostro primo appuntamento». L'uomo senza volto le passò lentamente la lingua umida dietro l'orecchio, aumentando al tempo stesso la pressione della lama sul collo.

Lei scosse obbedientemente la testa, stando bene attenta a non muovere il collo.

Sebbene le sembrasse impossibile, lui accostò ancora di più le labbra al suo orecchio, abbassando la voce ad un lieve bisbiglio beffardo: «Ottimo. Andremo perfettamente d'accordo. E pensare che ci avevano dato a intendere che avresti potuto fare un sacco di storie e rifiutarti di modificare i tuoi programmi di viaggio e venire con noi».

Gli occhi di Donna si riempirono di lacrime mentre metteva in moto la Cadillac.

Dieci minuti dopo i due veicoli erano a nord-est di Columbia, diretti verso i campi coltivati e le fattorie che si trovavano più avanti.

I tre dovevano fare soltanto un'altra sosta prima di arrivare a destinazione.

Capitolo quarto

Mario Giacano inserì un quarto di dollaro in un telefono pubblico e compose lo stesso numero che aveva già chiamato due volte quel giorno. Non voleva lasciare traccia di quelle telefonate, neppure da uno dei suoi apparecchi cellulari. Una volta ancora, non si perse in convenevoli quando l'altro rispose. «Sono a O'Hare», disse in tono piatto. «Spero che tu abbia buone notizie per me riguardo al nostro piccolo problema».

Questa volta non vi furono sbagli. L'altro sapeva anche troppo bene che il precedente passo falso lo aveva posto in imminente pericolo di diventare parte di un parcheggio o delle fondamenta di un edificio: una sensazione poco gradita a un uomo nella sua posizione, o a qualsiasi uomo, se per quello.

Si augurò di riguadagnare la fiducia di Giacano con la sua pronta risposta. «Ho mandato a chiamare quelli delle pulizie non appena ho saputo della perdita», disse, esprimendosi nel modo più eufemistico possibile, come aveva visto alla Tv. «Hanno prelevato l'oggetto e dovrebbero eliminare la macchia prima di mezzanotte. Mi era parso di capire che lei non desiderava più vedere l'oggetto in questione e l'ho fatto presente agli uomini delle pulizie». Esitò, ma solo un attimo: «Sono spiacente di averle causato qualche problema».

"Problema?", pensò Giacano. "Io causo problemi. Un piccolo insetto insignificante come te può causare solo irritazione".

«Assicurati semplicemente che questa faccenda non mi procuri più fastidi. Devo aggiungere altro?»

«No. Sono i miei due uomini migliori e lavorano bene. Ci scommetterei la testa».

«Oh, ma l'hai fatto, amico mio», replicò freddamente Giacano. «L'hai fatto, eccome».

Il corpulento italiano percorse a passo svelto il dedalo di corridoi e scale mobili che forma il più vasto aeroporto di Chicago, ansioso di lasciarsi alle spalle la mattinata e il problema.

Prima di montare nella limousine in attesa, i due guardaspalle appena un passo dietro di lui, Giacano volse un attimo lo sguardo a sud, verso Nashville e l'incredibile donna che un tempo gli aveva arrecato tanto piacere. Imprecò di nuovo fra i denti e ordinò rabbiosamente al suo autista di condurlo da Garibaldi's.

Durante i tre o quattro giorni seguenti, sapendo che la medicina legale era spesso incapace di stabilire l'ora della morte con un margine inferiore a ventiquattr'ore prima e dopo, sarebbe stato importante che quanta più gente possibile lo vedesse a Chicago.

Kasey parcheggiò la macchina al solito posto fra la grande Dumpster marrone e il muretto che cintava il retro e il lato destro del ristorante. Sebbene lo spazio fosse minimo, la sua piccola CRX vi entrava senza difficoltà. Inoltre, era a pochi passi dall'ingresso della cucina, cosa molto comoda in caso di pioggia.

Entrando nel parcheggio, Kasey aveva notato che era quasi vuoto. Preferiva una buona affluenza: le mance erano maggiori, il tempo passava più in fretta e, sebbene significasse più lavoro per tutto il personale, offriva l'indiretto ma sicuro vantaggio di tenere Cal lontano da lei.

Fece un respiro profondo, si tolse i falsi Ray-Ban da cinque dollari ed entrò nella relativa oscurità della cucina.

«Ciao, Kasey», la salutò Desmondo, il capo cuoco del turno serale.

«Ciao, Mondo», rispose cordialmente.

Kasey provava simpatia per il cuoco argentino e spesso parlava a lungo con lui quando i loro turni combaciavano e le serate erano lunghe. Mondo, come lo chiamava lei, le aveva fatto balenare davanti agli occhi vivide immagini della sua patria, una terra di vaste spiagge sabbiose e lussureggiante vegetazione tropicale, dove la gente era di buon carattere e molto cordiale con gli stranieri. Kasey aveva deciso di visitare l'Argentina dopo aver fatto fortuna.

«Dov'è Cal stasera, Mondo?», chiese mettendogli un braccio intorno alla vita e annusando la salsa molto piccante che lui stava rimestando con un lungo cucchiaio di legno. Il cuoco le mise il cucchiaio sotto il naso, meritandosi un largo sorriso per la sua arte culinaria.

«In sala, immagino. Non è più stato qui da quando sono montato di turno alle tre».

«Forse oggi è ammalato», si augurò lei a voce alta.

«No, spiacente, è qui. L'ho visto volteggiare nella sala, sai, per farsi bello con la nuova ragazza che sta istruendo». Desmondo fece un'imitazione esagerata del modo di camminare del loro capo, brandendo il cucchiaio di legno con la mano destra e appoggiando la sinistra sul fianco, il gomito tutto proteso in fuori. Kasey dovette coprirsi la bocca con la mano per non ridere troppo forte.

Desmondo tornò alla sua salsa e fece una smorfia sopra la spalla a Kasey. Anche a lui non piaceva Cal e lo irritava il fatto che lei dovesse sopportare le sue stronzate. Tutti se n'erano accorti, ma nessuno voleva essere il primo a parlare o a informare la sede centrale. Cal sapeva di essere molto stimato a Cincinnati, sede sociale della catena Leonard's Steak House, e sarebbe stata la loro parola contro la sua. Kasey era una ragazza grande, avevano deciso quando ne avevano parlato fra loro. Sicuramente poteva badare a se stessa e lo avrebbe fatto.

Kasey dette una pacca sulle spalle a Mondo e andò al suo armadietto.

Cal Hardt scorse seduto al bar un avventore che faceva parte della élite legale di Nashville. Porse subito il panno che aveva in mano alla nuova cameriera. «Continua pure a lavorare», disse con un gesto noncurante: al momento la ragazza non lo interessava più.

S'insinuò fra l'avvocato e la sua attraente compagna, posando una mano sulle spalle di entrambi. «Signor Sevier, è un grande piacere averla di nuovo qui da noi. E la sua deliziosa ospite, è anche lei uno dei più quotati procuratori d'azienda di Nashville?». Volse lo sguardo alla donna ben vestita sulla ventina alla sua sinistra. Lei arrossì, non conoscendo Cal Hardt.

Sevier lo considerava poco più di un seccatore con modi accattivanti, ma era abbastanza del mestiere per tenere ben celati i propri pensieri e usare a suo vantaggio i lati peggiori dell'uomo. «Non ancora, Cal, ma presto, forse. Frequenta l'ultimo anno di legge alla Vanderbilt. Sto meditando d'invitarla a entrare nel nostro studio. Ha una media di quaranta».

«Perbacco. Beh, congratulazioni, signorina...».

«Masterson. Tina Masterson», si presentò lei.

Cal le baciò la mano. Sevier roteò gli occhi ma riprese subito la sua espressione da avvocato. Tina sorrise con calore, le lusinghiere parole di Sevier ancora negli orecchi.

«Mi permetta di offrire a lei e al signor Sevier un drink di congratulazione. Non ci accade spesso di avere nel nostro umile locale tanto potere e beltà al tempo stesso». Schioccò le dita al barista, sebbene fosse a un metro di distanza. «Champagne per i miei ospiti, Todd. Una bottiglia della mia riserva speciale».

Todd Christopher sapeva che Hardt non aveva una "riserva speciale", ma amava il suo lavoro e aveva visto il suo capo esibirsi in questo giochetto trito e ritrito almeno una dozzina di volte. Annuì educatamente e prese una delle sei identiche bottiglie di Brut che stavano in fresco nel piccolo frigorifero dietro il bar, ma ebbe cura di non mostrare il mediocre champagne ai due avvocati.

«Se c'è qualcosa che posso fare per rendere più piacevole la vostra visita», sorrise alternativamente ai due volti distanti pochi centimetri, «non esitate a chiedermelo».

"Beh, ti potresti sempre suicidare", pensò Sevier dietro il suo caldo sorriso.

«Troppo gentile», disse Tina, imbarazzata dall'inattesa premura.

Cal strinse la spalla di Sevier e gli lanciò un veloce, furtivo sguardo che diceva "fortunato bastardo", poi corse via, come se qualche faccenda urgente richiedesse esclusivamente il suo tocco personale.

Todd riempì rapidamente due sottili calici, poi rivolse di nuovo la sua attenzione al piccolo televisore in fondo al bar che trasmetteva a volume basso la partita dei Braves.

Cal guardò l'orologio mentre attraversava la sala da pranzo e ripassò velocemente col pensiero i turni di lavoro dei dipendenti.

Il risultato fu un sorriso compiaciuto.

Kasey chiuse l'armadietto e si girò. Cal accolse con uno smagliante sorriso la sua espressione sorpresa. Era a meno di un palmo di distanza, mani intrecciate dietro la schiena in un atteggiamento quasi da scolaretto.

«Buon pomeriggio, Kasey», disse con calore. «Puntuale come sempre, vedo».

"Certo che sono puntuale, idiota", pensò lei. "Arrivo puntuale ogni giorno da diciotto mesi". «Buon pomeriggio, signor Hardt», disse, misurando con lo sguardo lo spazio fra lui e gli scaffali nella speranza di riuscire a sgusciargli accanto senza sfiorarlo. Niente da fare. Rimase accanto all'armadietto. «Posso fare qualcosa per lei?»

«Non esattamente. È soltanto che per me il momento migliore della giornata è sempre quando arrivi tu. Sei un tale gradito sollievo dopo tutti quei poveri cretini che ho intorno, l'unica oasi in un immenso deserto d'incompetenza». Il sorriso si allargò.

Kasey avrebbe voluto sputargli in un occhio: era proprio uno zotico con il fascino di un rospo. Ogni volta che era tentata di schiaffeggiare quella sua stupida faccia sorridente, rammentava i 400 dollari di affitto, i 100 dollari di spese varie, i 75 dollari di benzina e il suo desiderio di continuare a mangiare regolarmente. Si sforzò di ricambiare il sorriso. «Non sono diversa dal resto del personale, signor Hardt. Ha un sacco di persone competenti alle sue dipendenze. Non è giusto né gentile definirle cretine».

«Competente, forse qualcuno, ma nessuno con la tua bellezza, il tuo stile e la tua raffinatezza». Il suo tono si era addolcito. I muscoli di Kasey s'irrigidirono.

«Via, signor Hardt. Mi sembrava che io e lei avessimo convenuto un anno fa di mantenere il nostro rapporto su un piano strettamente professionale, lavorando entrambi per il bene del ristorante». Tentò di sgusciargli accanto. «Permesso, scusi».

Hardt tese un braccio e lo appoggiò sullo scaffale alla sua destra, bloccandole il passaggio. Lei si fermò di botto e si girò verso di lui, spalle allo scaffale. Lui accostò il viso al suo finché si trovarono quasi naso a naso. «Oh, sì, è vero, ma succedeva più di un anno fa. Le cose cambiano, sai. La vita è dinamica, Kasey, devi imparare a seguire la corrente».

"Certo", pensò lei, "le cose cambiano. La ragazzetta diciannovenne che stava con te ha avuto il buon senso di mollarti in asso e ora mi stai di nuovo addosso". «Beh, per me non è cambiato nulla, signor Hardt», rispose sfidandolo coraggiosamente, mentre l'immagine volpina di Polson della Consolidated Collection veniva spontaneamente ad accrescere la sua frustrazione che già montava rapidamente. «Sono ancora una semplice impiegata e lei è ancora il mio capo. Non c'è nient'altro e non ci sarà mai. Credo di essere stata abbastanza chiara visto che non mi pare di balbettare», volse gli occhi a destra, poi glieli piantò di nuovo in faccia, «e so che lei è abbastanza vicino da sentirmi».

Quando vide la sua espressione vacua, capì che era come parlare al muro.

Hardt sospirò pensieroso. «È una pazzia, Kasey: potremmo fare tante più cose insieme. Potresti diventare vice direttrice fra un paio di mesi, forse anche fra qualche settimana. Pensa a tutto quello che potresti fare con il denaro in più, alle cose che potresti comprare, ai posti dove potresti andare. Potresti persino tornare nella tua amata New Orleans. Ad ogni modo, non dovresti sicuramente più servire a tavola e mendicare mance fra una busta paga e l'altra. So che vuoi molto di più dalla vita». Le toccò le labbra con la punta del dito. «Dimmi che sbaglio».

Kasey chiuse gli occhi e formulò lentamente le parole. «Mi piacerebbe molto avere più soldi, a chi non piacerebbe, ma se ottengo una promozione, dev'essere perché faccio bene il mio lavoro», gli afferrò il polso e strappò via la mano dal viso, «e non perché mi scopo il principale».

«Ooh», gemette lui in tono teatrale. «Adoro il modo come dici "scopo"».

Kasey lo spinse da parte con una spallata e si diresse in cucina. A qualche metro di distanza, Mondo sollevò una grossa mannaia e la sbatté rumorosamente su un pesante tagliere, mozzando di netto la zampa di un pollo. Non aveva sentito esattamente quello che Hardt stava dicendo a Kasey, ma aveva capito che a lei non faceva piacere. Il resto del personale di cucina teneva gli occhi fissi sul proprio lavoro; alcuni fingevano di non sentire, altri sapevano semplicemente che potevano fare ben poco.

«Per amor del cielo, signor Hardt», lo fulminò volgendosi a guardarlo mentre entrava nella grande cucina, «la smetta. Mi lasci fare il lavoro per cui mi ha assunta. Sono un'ottima cameriera». Infilò rabbiosamente la biro nell'apposita scanalatura del suo blocchetto delle ordinazioni, come un soldato che rinfodera la sciabola, e si diresse in sala da pranzo.

Hardt rimase con il sorriso ebete incollato sul viso finché lei sparì, del tutto sordo alle sue parole o alla sua irritazione.

Appena Kasey scomparve nella sala principale del ristorante, la sua mente tornò alla nuova ragazza... come si chiamava.

Brenda Poole arrivò alle cinque, un'ora dopo Kasey. Era la sua migliore amica, non soltanto al ristorante, ma anche al di fuori del lavoro. Era stata lei a convincere Kasey che l'uomo che non voleva arrendersi la domenica sera magari non era poi così male. Erano passate oltre sedici ore da quando si erano lasciate la sera prima e Brenda era ansiosa di sapere se aveva avuto ragione. E di sentire tutti i particolari.

Normalmente avrebbe chiamato la mattina presto, ma il secondo e il quarto lunedì del mese dalle 8 alle 16, come pure il primo e il terzo sabato dalle 10 alle 18, erano gli unici giorni che poteva passare con suo figlio. Alex viveva con il padre nel Kentucky, quaranta miglia a nord. Dopo aver mantenuto il suo impiego al ristorante per un intero anno, Brenda aveva intenzione di chiedere al tribunale pari diritti di visita. Forse anche la custodia congiunta, fantasticava, anche se dubitava segretamente che gliel'avrebbero mai concessa. La famiglia di lui era troppo ricca e troppo ben piazzata in Kentucky e lei era soltanto una cameriera, un impulsivo atto di sfida da parte dell'uomo qualche anno prima. Tuttavia, rimaneva per lei un sogno e uno scopo, un sogno che Kasey incoraggiava e a cui l'aiutava ad aggrapparsi. Kasey le aveva fatto anche un piano spese e l'aveva aiutata a trovare un'auto decente per andare e tornare dal lavoro ogni giorno. Brenda era sicura che senza l'appoggio e l'amicizia di Kasey in certi momenti non ce l'avrebbe fatta.

Scorse l'amica mentre portava un ordine in cucina. La prese per un braccio e la trascinò nella toilette del personale. «Allora, sii sincera, Kasey, com'era? Tremendo come pensavi tu, vero?». Kasey aprì la bocca per rispondere, ma Brenda le tagliò la parola: «Oh, mio Dio! Non era tremendo, era incredibile, vero? Lo sapevo, lo sapevo. I bei maschioni non servono mai a nulla come le tette a un toro e quelli che sembrano un disastro sono sempre una meraviglia quando li conosci, giusto? Dico bene? Era straordinario, vero?».

Brenda prendeva raramente fiato fra una parola e l'altra, ma Kasey c'era abituata. Sapeva che l'amica avrebbe finito per esaurire la carica e allora sarebbe toccato a lei parlare.

Afferrò l'occasione al volo. «Aveva inchiodato della plastica nera molto spessa su tutte le finestre», disse con aria disgustata, ricordando a malincuore l'appartamento che sembrava lontano mille miglia e cento anni.

«Puah! Plastica. È una bugia, Kasey. Grossa come una casa. Dimmi che è una bugia».

«Plastica», articolò in silenzio Kasey e divaricò il pollice e l'indice di mezzo centimetro.

«Puah!», gemette di nuovo Brenda.

«Sì, ma penso che in realtà fosse più un bene che un male, a giudicare dal puzzo che regnava in quella casa. Per fortuna ero troppo sbronza per vedere in quale cesso abitava quel tizio», ridacchiò. «A essere sincera, non ricordo nemmeno di avervi lasciati ieri sera. Non ricordo nulla fino a stamani all'alba». Kasey si sedette sul gabinetto chiuso e si addossò al muro, appoggiando il gomito sul coperchio dello sciacquone.

Brenda emise un profondo sospiro. «Beh, ti avevo avvertito di non andare a casa sua, ma tu non dai mai retta a nessuno, specialmente a me. Ti sta bene». Brenda controllò il trucco degli occhi allo specchio e ritoccò leggermente un sopracciglio con la punta di un dito inumidito. Kasey si limitò a sorridere in silenzio; sapeva che probabilmente era stata Brenda a perorare la causa dell'uomo fino a farla cedere.

Con il suo metro e sessanta scarso, Brenda era oltre dieci centimetri più bassa della sua amica, ma pesava quattro o cinque chili di più. Tutto considerato, però, era una donna piacente di trentasette anni, con un sorriso cordiale e un carattere audace, pronta a fare più o meno qualsiasi cosa per scommessa. «Stento ancora a crederci... allora era proprio orrendo come sembrava, eh». Brenda si appoggiò alla parete di fronte al lavandino. «È un vero peccato, dolcezza. Avresti dovuto avere più buon senso».

«Oh, beh, penso che sarebbe potuto andare peggio». Kasey sentì un leggero brivido correrle addosso.

Brenda inarcò le sopracciglia: «Non vedo come». Si rese subito conto che così non migliorava le cose. «Voglio dire... beh... che cosa poteva essere peggio della plastica nera?», soggiunse in fretta con voce incerta, scrollando ingenuamente le spalle.

«Poteva essere sveglio quando me ne sono andata».

Ora fu Brenda a rabbrividire. «Oh, hai ragione. *Quello* sarebbe stato peggio».

Scoppiarono entrambe a ridere, sperando che le loro voci non si udissero fuori della porta.

Prima che le due amiche si ricomponessero, vi fu un colpo

secco alla porta, seguito dalla consueta frase di Cal: «Stasera non lavora nessuno?».

Kasey fece rapidamente segno a Brenda che sarebbe uscita prima lei e di seguirla dopo pochi secondi perché Hardt non avesse il tempo di bloccarla. Alle due ragazze bastarono pochi gesti muti per mettersi d'accordo: entrambe conoscevano Hardt da quella che sembrava tutta una vita.

Kasey finse di asciugarsi le mani mentre sgusciava davanti a Hardt. Non lo guardò e non parlò. Prima che lui potesse fare uno dei suoi commenti, Brenda uscì come un bolide dal bagno, asciugandosi anche lei le mani con una salvietta di carta.

«L'igiene non è mai troppa nell'industria alimentare, signor Hardt», disse sorridendo, senza mostrargli che si stava asciugando sempre lo stesso dito medio teso.

Lei e Kasey si guardarono arricciando il naso in muta derisione mentre si dirigevano verso la relativa sicurezza della sala da pranzo principale.

Alle sei, la cena era in pieno svolgimento. Durante la settimana i clienti tendevano a mangiare presto e a passare meno tempo al ristorante che nel weekend. Anche l'avvicendamento ai tavoli era più veloce, ma veniva compensato dal minore affollamento e il lavoro procedeva a ritmo regolare. Quello di cui Kasey sentiva più la mancanza non lavorando il sabato erano le mance. Generalmente i clienti erano meno larghi di mance dalla domenica al giovedì di quanto lo fossero il venerdì e il sabato, un po' perché bevevano di più nei weekend e un po' perché tenevano di più a far colpo sugli amici, i soci d'affari o le ragazze con cui uscivano. Ma, avendo ottenuto i sabati liberi dopo quindici mesi, Kasey non intendeva tornare ai weekend a orario pieno, anche se significava cento dollari di meno al mese.

Era appena andata nel retro a controllare l'ordine del tavolo 12 quando Hardt la prese per un braccio e la trascinò nel piccolo tinello adiacente alla cucina, vicino allo spogliatoio del personale. Il gesto improvviso la colse completamente di sorpresa.

«Gesù, signor Hardt, mi ha spaventata. Qualcosa non va?». Il suo primo pensiero fu di aver commesso qualche svista durante il servizio, sebbene non riuscisse a immaginare quale, passando velocemente in rassegna l'ultima ora nella sua mente.

«L'unica cosa che *non va* è che continui a fare la ritrosa, mentre so che mi desideri quanto ti desidero io. Smettiamola con i giochetti e andiamo al sodo. Con Shirley che va a Boston in luglio, devo cominciare a istruire una nuova vice direttrice e ho deciso che sarai tu». Le mise le mani sulle natiche e premette i fianchi contro i suoi. «Ora, credo che sia venuto il momento di dimostrarmi la tua gratitudine». Protese la bocca verso la sua, passandosi lentamente la lingua sui denti.

Lei gli premette la mano destra contro il petto. Poi, per istinto di sopravvivenza o sdegno femminile, agì d'impulso, senza bisogno di pensare: piegò la gamba destra e sferrò una ginocchiata fra le gambe di Cal con tale feroce violenza che parve sollevarlo di peso dal pavimento; contemporaneamente, lo colpì alla mascella con la prima arma che trovò a portata di mano: un grosso barattolo di fagiolini giganti Blue Lake. La combinazione dei due colpi fu molto efficace. Cal cadde in ginocchio come un bimbo traballante, poi crollò avanti, prima contro le cosce rigide di Kasey e poi sul pavimento di linoleum. L'unico suono che proveniva dalla sua bocca sanguinante era un gorgoglio confuso.

Kasey sbatté di nuovo il barattolo di fagiolini sullo scaffale e scavalcò vittoriosamente la forma contorta di Cal.

Desmondo, Brenda e il resto del personale di cucina avevano assistito all'ultima fase dello scontro dall'altra stanza e le fecero un applauso silenzioso quando Kasey strappò la targhetta col nome dalla blusa inamidata e uscendo la gettò con gesto di sfida nell'insalata mista all'italiana.

Capitolo quinto

Alle sette di sera il vento era tiepido, ma l'odore familiare di pioggia recente impregnava l'aria. Questo aprile aveva già visto più pioggia di quello dello scorso anno e mancava ancora un'intera settimana alla fine del mese. Kasey guardò il cielo invernale e rimpianse di non aver cambiato i tergicristalli. Prese nota mentalmente e subito dopo se ne dimenticò. Erano tre anni che non li cambiava.

L'aria tiepida nei capelli le dava una piacevole sensazione e le miglia scorrevano rapide. Guardò il piccolo orologio verde inserito nella radio della sua Honda e notò che stava guidando da più di un'ora, diretta a sud, via da Cal Hardt... via da se stessa.

Le venne da piangere, ma trattenne le lacrime come aveva sempre fatto. Pensò di ascoltare uno dei suoi nastri pieni di sentimento, di urlare forte, ma invece sedette muta e pensierosa al volante, diretta a sud.

Un cartello con la scritta Columbia, Tennessee, apparve alla sua destra e lei imboccò l'uscita successiva: Sharp Road. Non aveva intenzione di entrare in città. Voleva fare un tragitto meno frequentato, lontano dalla gente.

Magari una strada che non era stata percorsa da giorni... settimane.

Ogni qualvolta arrivava ad una biforcazione o a un incrocio, Kasey sceglieva semplicemente la strada più campestre. Diventò quasi un gioco mentre sedeva al volante e guardava il sole tramontare nel lunotto posteriore.

Gradatamente, le strade maestre diventarono strade secondarie e poi strade di campagna: sempre asfaltate, ma larghe appena per un'automobile e mezza.

O un trattore.

Non aveva notato che il pneumatico posteriore destro, che aveva strusciato contro il cordone del marciapiede la sera prima, si stava sgonfiando sempre più.

A una brusca svolta a sinistra, si accorse che qualcosa non andava nel retro della macchina, qualcosa che prima non c'era. Lanciò un'occhiata nello specchietto laterale per vedere se fosse montata su una sponda erbosa. Sembrava di no, ma la sua vecchia e fedele amica continuò a mostrare un equilibrio instabile. Kasey ebbe l'inquietante sensazione che la cosa non si sarebbe risolta da sola.

«Maledizione!», borbottò.

Ormai assodato che il problema sussisteva, era ora d'indagare.

Kasey cercò un posto sicuro dove fermarsi, ma dopo l'ultima curva la strada era diventata ancora più stretta, riducendosi a una sola corsia con ripide spallette e alberi e cespugli fin sul bordo della massicciata.

Rallentò, avendo deciso di fermarsi sul selciato quando, subito prima di una curva brusca a destra, scorse uno stretto viottolo sterrato sul lato del passeggero. Sterzò tutto a destra e, uscendo completamente dalla strada asfaltata, si fermò al centro del viottolo.

Seccata che la sua vena contemplativa fosse stata interrotta da un incidente banale come una gomma sgonfia, Kasey scese brontolando dall'auto ed esaminò i pneumatici dalla parte del conducente: sembravano entrambi in perfetto stato. Girò di malavoglia dietro la macchina e ispezionò gli altri due pneumatici: quello anteriore era bello gonfio e pieno d'aria, ma quello posteriore destro sembrava un pezzo di cioccolata fondente che era stato lasciato su una stufa bollente.

S'inginocchiò accanto alla gomma infortunata e passò la mano sul battistrada visibile: se c'era un chiodo, doveva essere nella parte che stava a contatto col terreno. In realtà aveva poca importanza; la gomma si era sgonfiata per un motivo o per l'altro e al momento il "perché" contava poco. Scoprire la misteriosa causa non avrebbe rigonfiato miracolosamente la gomma. Quella stronza era sgonfia e lei era bloccata... beh... Dio sapeva sicuramente dove, ma lei non ne aveva la minima idea.

Kasey incrociò le braccia sul petto e appoggiò il sedere contro il parafango posteriore.

«Maledizione, maledizione, maledizione», imprecò e aggiunse un vibrante e conclusivo: «Proprio quello che ci voleva!» che si sarebbe potuto udire a un quarto di miglio di distanza... se ci fosse stato qualcuno a portata di orecchio.

Tornò sulla vicina strada asfaltata e si piazzò in mezzo all'unica corsia. Imbruniva e il sole tramontava rapidamente. Di macchine neppure l'ombra, ma d'altronde lei non ricordava di averne vista una negli ultimi venti minuti, sulla strada o fuori. Guardò alle sue spalle, verso est: la luna piena era sorta sopra il filare di grandi querce, ma, come a ovest, non si vedeva anima viva.

«È incredibile!», urlò, nel caso che la sua rabbia non fosse stata ben compresa la prima volta.

Kasey oltrepassò l'auto in panne e proseguì lungo il viottolo sterrato nella speranza di avvistare la casa: c'era una cassetta per le lettere, sebbene vecchia e malridotta, sul ciglio della strada asfaltata. "Vuol dire che qualcuno abita in fondo a questo viottolo", pensò speranzosa.

Poteva spaziare con lo sguardo per quasi mezzo miglio lungo una collina in dolce declivio fino a un gruppo di alberi che si profilava sulla cima.

Niente case.

Scosse la testa disgustata e cominciò a sbottonare la blusa pulita: se non c'era nessuno nelle vicinanze per aiutarla a cambiare la ruota, sicuramente nessuno l'avrebbe vista cambiarsi d'abito. Aprendo il portellone posteriore, posò con cura i pantaloni eleganti e la blusa a righe nel compartimento dietro i sedili anteriori e afferrò un paio di brache di felpa color prugna con il sopra uguale.

Tre dei quattro bulloni vennero via facilmente, ma il quarto sembrava saldato al cerchione e rifiutava di svitarsi sebbene lei usasse tutti i mezzi più persuasivi, spingendo, tirando e dando calci alla chiave. Kasey posizionò il lungo braccio curvo della chiave a mezzogiorno e si puntellò con il piede destro contro l'incavo del parafango, il sedere per terra accanto al fianco dell'auto. La gomma flaccida tremolò leggermente mentre lei tirava con tutta la sua forza.

Ma l'ultimo bullone rifiutò ostinatamente di muoversi.

Sempre più spazientita, dette un ultimo, violento strattone. Le quattro nocche della mano sinistra si spellarono immediatamente quando l'inadeguata chiave scivolò via dal bullone; la mano strusciò contro il bordo tagliente del cerchione, ruvido e deformato da numerosi scontri con i cordoni dei marciapiedi.

Per un momento, Kasey pensò di essersi strappata via il dorso della mano ed esitò a guardare finché non passò la prima ondata di dolore. Constatò con sollievo che il danno non era grave, anche se questa scoperta non placò la sua rabbia crescente.

Stette lì con la chiave stretta in mano e fu seriamente tentata di sbatterla contro il lunotto posteriore; le vennero in mente tutte le parolacce che aveva sentito in vita sua, sebbene non ne pronunciasse nessuna.

Invece, lasciò cadere rumorosamente la chiave accanto al piccolo cric infilato sotto il centro della macchina e aprì lo sportello di destra.

Nel cassetto del cruscotto trovò uno straccio bianco pulito che usava per pulire il parabrezza e gli specchietti. Si sedette al posto del passeggero e avvolse accuratamente lo straccio intorno alle nocche contuse. Al contatto con le quattro abrasioni rosse, sierose, grandi quasi come una moneta da dieci centesimi, la fasciatura le procurò un forte bruciore e una lacrima le scivolò lungo la guancia.

«Maledizione», gemette sottovoce. «Non è giusto».

Guardò l'orologio: presto si sarebbe fatto buio.

Kasey camminava da quasi dieci minuti quando arrivò in cima alla collinetta dove sperava che finisse il viottolo. Non era così; il viottolo si arrampicava su una seconda collina più ripida, visibile ad altri quattrocento metri di distanza.

Si fermò sulla prima altura e si girò a guardare la sua auto azzoppata. Ormai era scesa la sera e lei non riusciva più a distinguere la sagoma della macchina nella penombra grigio-azzurra.

Alla sua sinistra, qualcosa frusciò nella fitta boscaglia. Lei lanciò un grido involontario e balzò al centro del vecchio viottolo sterrato, il più lontano possibile dai bordi.

Kasey fissò attentamente gli occhi verso la fonte del suono, pronta a fuggire da una parte o dall'altra se qualche orrenda creatura fosse sbucata dai cespugli con l'intenzione di divorarla per cena. Un grosso scoiattolo rosso si arrampicò su un pino a dieci metri da lei e s'immobilizzò, più o meno ad altezza d'occhi dell'essere umano che fissò a sua volta, pronto a fuggire da una parte o dall'altra se il mostro al centro della strada avesse fatto improvvisamente una mossa minacciosa verso di lui.

Kasey si premette le mani sul cuore ed emise un profondo sospiro di sollievo. Sotto le palme, sentiva il cuore battere come un tamburo.

Sebbene il sole fosse tramontato da quasi un quarto d'ora, la luna splendente, che sembrava riempire il cielo sempre più scuro, spandeva un chiarore fluorescente nella notte di aprile. Spesse nuvole grigie cominciarono ad addensarsi su in alto, come blocchi di ghiaccio in un fiume che scorreva lento, nascondendo ogni tanto la luna e immergendo momentaneamente tutto in una oscurità misteriosa e malevola. Kasey sapeva di dover trovare aiuto: non le andava l'idea di passare la notte in una macchina bloccata su una stradina sperduta del Tennessee.

Dopo aver camminato a passo svelto ancora per parecchi minuti, rallentando fino quasi a fermarsi ogni volta che la luna spariva dietro una nuvola, Kasey si trovò quasi in fondo al viottolo. Poco più avanti, sulla cima della seconda collina, si vedeva il profilo di una casa. Nel cortile a fianco, si distingueva anche la sagoma di una macchina. Non si vedevano luci all'interno dell'edificio. Tuttavia, Kasey procedette cautamente per gli ultimi duecento metri, sicura che una famiglia si riposasse, comodamente adagiata sul divano del soggiorno, dopo una dura giornata di lavoro nei campi e una gradevole cena in comune.

Cena: che idea meravigliosa.

Kasey si rese conto di non aver mangiato da prima di mezzogiorno, oltre otto ore prima. Subito, sentì un gran vuoto allo stomaco e dovette fermarsi un momento per vincere un'improvvisa vertigine.

Da qualche parte, nei profondi recessi del suo cervello, l'emicrania, effetto della tequila, cominciò a risvegliarsi, accrescendo la desolazione del momento.

Se ne stette ferma in mezzo alla strada, piegata in avanti, le mani sulle cosce e respirò profondamente parecchie volte, sperando di vincere il senso di nausea e disorientamento che l'aveva invasa. Fortunatamente, dopo pochi secondi la nausea passò e lei percorse i rimanenti quaranta metri fino alla casa dove sperava di trovare il sospirato aiuto.

Solo quando si fermò al limitare di quello che un tempo era stato il cortile, Kasey si rese conto che l'invitante fattoria non era altro che un guscio vuoto, abbandonato e semidiroccato.

Un tempo la capanna di legno e carta catramata aveva ospitato un mezzadro e la sua famiglia di sei persone, sebbene lei non potesse saperlo né potesse sapere dove fossero finiti i suoi presunti soccorritori; le bastava constatare che se n'erano andati.

Nel cortile una Ford Fairlane del 1963, crivellata di pallottole e ormai ridotta a un rottame, giaceva fra le erbacce: era stata il bersaglio preferito di tutti i ragazzi della zona armati di un nuovo fucile BB o di una carabina .22 per oltre un decennio.

Sparsi dappertutto c'erano barattoli di birra, bottiglie di whisky da poco prezzo, mozziconi di sigarette e vecchi preservativi usati, secchi e raggrinziti come vermi morti su un rovente marciapiede estivo.

Quando la drammaticità della situazione divenne chiara, Kasey si lasciò cadere a terra, disperata, e appoggiò la fronte sulle braccia piegate sopra le ginocchia.

Le lacrime sgorgarono a fiotti e le gocciolarono giù dal mento per diventare informi palline marroni sul terreno arido in mezzo ai suoi piedi. Non sapeva che cosa fare, ora che aveva la certezza che lì non c'era nessuno per aiutarla.

Ora che era completamente in balia di se stessa.

I suoi genitori, morti da quasi dieci anni, riempirono la sua mente spaventata di vivide immagini mai dimenticate. Anche loro l'avevano lasciata a cavarsela da sola.

Le lacrime aumentarono, scaturendo da silenziosi e solitari recessi del suo animo che ormai esplorava raramente.

Fu il suono di una voce di donna a strappare Kasey dal doloroso isolamento in cui si era ritratta, risvegliando i suoi sensi al mondo circostante e costringendo le porte segrete a richiudersi.

Kasey alzò lo sguardo e tese l'orecchio, dubbiosa di aver udito bene. Girò il capo di qua e di là, alla maniera di un cucciolo, cercando di capire da dove venivano le flebili parole che erano riuscite a filtrare attraverso il dolore e la disperazione e l'avevano riportata alla realtà.

Niente. Silenzio.

Doveva essere stato il vento.

No, eccola di nuovo! Questa volta l'aveva udita con certezza.

Da qualche parte dietro di lei una donna stava parlando, o piangendo: Kasey non ne era sicura. Di una cosa, comunque, era sicura: non era più sola.

Sì! Le si allargò il cuore.

Balzò in piedi e andò verso la voce. Ora la udiva chiaramente: proveniva dall'altro versante della collina, fuori vista, oltre il punto dove terminava la vecchia stradina sterrata.

Stava per chiamare quando udì una voce di uomo e si fermò di botto. Urlava e le sue parole, sebbene confuse, suonavano irate. Kasey si coprì la bocca con la punta delle dita e fece qualche altro passo verso la coppia. Una fitta sterpaglia le sbarrò la strada.

Nell'irreale chiarore lunare, osservò la scena: la strada finiva lì; la vecchia baracca e l'auto giacevano nei resti dell'unica radura che riusciva a scorgere, a destra della strada; da una parte e dall'altra, fitti boschi incorniciavano la stretta striscia di terra gialla del Tennessee. Quasi come se la strada avesse dovuto proseguire verso sud, molti anni prima, gli alberi proprio davanti a lei erano stati tagliati e dove un tempo si ergevano querce maestose e pini svettanti, ora cresceva soltanto l'erba alta e folta.

Kasey cercò invano un passaggio in mezzo alla sterpaglia, oltre la casa e la Ford arrugginita, nei fitti boschi che circondavano la collina incolta.

Non esisteva un sentiero battuto.

Guardò dietro di sé, a nord, dove doveva essere la sua CRX. Non poteva vedere oltre la prima collina, ma sapeva che la macchina era ancora lì, zoppa, in attesa.

Sapeva anche che non sarebbe venuto alcun aiuto da quella direzione.

Si acquattò sulla strada e strinse bene i lacci delle sue Reebok, assicurandoli con un doppio nodo. Tirò i calzini di cotone bianco sopra i pantaloni della tuta, fin dove arrivavano, perché niente potesse venire a contatto con la pelle a livello del terreno.

Raddrizzandosi, infilò il blusotto nella cintura dei pantaloni e si coprì le mani con le maniche, tenendo i polsini stretti nei pugni ben nascosti. Non voleva esporre più carne del necessario alle zecche, pulci e simili che infestavano sempre l'erba alta, aspettando pazientemente che passasse un animale a sangue caldo.

Non volle neppure contemplare l'eventualità che vi fossero serpenti nella macchia. Ricordava con certezza di aver visto in un documentario televisivo sulla natura che quasi tutti i serpenti dormono la notte. Quel pensiero confortante, giusto o sbagliato, le diede il coraggio di continuare.

Quando udì nuovamente la voce della donna, Kasey fece un

lungo respiro e si aprì un varco nell'erba alta a forza di braccia.

Donna Stanton stava inginocchiata fra due meli nel frutteto abbandonato che si trovava qualche centinaio di metri a sud della baracca del mezzadro, ai piedi di una collinetta. I pantaloni della tuta bianca da jogging erano bagnati ai ginocchi dove stavano a contatto con il terreno umido; le reni le dolevano molto per essere stata in quella umiliante posizione per quella che sembrava un'ora.

Malgrado il disagio, non staccava mai gli occhi dall'uomo che l'aveva portata in questo luogo sinistro e che ora la dominava dall'alto, parlandole in tono rabbioso.

Sapeva che appena gli avesse detto quello che voleva sapere, lei sarebbe morta. Non si faceva illusioni sulla collera o lo sdegno di Giacano. La sua unica speranza era di attenersi alla sua storia e pregare che quest'uomo avesse ricevuto l'ordine di non farle del male finché non recuperava i nastri.

Pregava anche di avere l'opportunità di spiegare a Mario il perché di quelle registrazioni; era sicura che se avesse potuto guardarlo negli occhi, sarebbe riuscita a fargli capire le sue ragioni e a ottenere il suo perdono. L'uomo si girò e si allontanò di qualche passo da lei, poi tornò indietro, come aveva già fatto una dozzina di volte.

Sembrava un animale in gabbia, che andava avanti e indietro lungo le sbarre.

Borbottò fra sé una sfilza di parole incomprensibili, poi disse in tono chiaro e pacato: «Bene, signora Stanton – posso chiamarti Donna? – forse siamo partiti col piede sbagliato, io e te». La voce era più bassa e molto meno tesa. «Ho un lavoro da fare, tutto qui. Non voglio far male a nessuno. Se mi aiuti a fare il mio lavoro, possiamo tornarcene tutti e due a casa. È molto semplice. Il mio capo vuole i nastri delle tue registrazioni e non appena me li consegnerai, sarai libera di andartene. Non vuole nient'altro da te, non vuole farti del male, se è questo che ti preoccupa, non dopo tutto quello che c'è stato fra voi. Sono stato chiaro, tesoro?».

Piegò un ginocchio a pochi palmi da lei e la fissò dritta negli occhi.

Lei sostenne il suo sguardo, impassibile.

Nella strana luce grigia della luna piena, lui sembrava quasi un fantasma. Gli occhi quasi neri completavano l'aspetto spettrale e le davano i brividi.

«So che non mi credi», implorò lei, «ma non li ho con me».

Non era una bugia: quando le aveva ordinato di scendere dal camioncino, dopo essersi fermato accanto ai due alberi dove ora lei stava inginocchiata, aveva approfittato dell'occasione per sfilare il portasigarette dalla cintura dei pantaloni e gettarlo nell'erba alta al limitare del frutteto. In quel momento lui era occupato a spegnere i fari, accendere le luci di posizione e chiudere lo sportello e non si era accorto di nulla.

«Quando mi sono accorta che Mario aveva scoperto che registravo le sue telefonate, ho avuto paura. Non sapevo cosa fare e sono scappata. Sai che tipo di uomo è. Puoi capire la mia paura, vero?». Chinò il capo e si mise a piangere. «Ho lasciato i nastri, tutti i nastri, nascosti nel mio appartamento. Lo giuro».

Era la prima volta che Donna indicava l'ubicazione precisa dei nastri. Sperava di resistere abbastanza per rendere credibile la lacrimevole confessione.

Kasey si fece faticosamente strada in mezzo alla boscaglia folta e lussureggiante dopo anni di crescita incontrollata. Era caduta inciampando due volte quando la luna era scomparsa dietro una delle spesse nuvole che sembravano più numerose di minuto in minuto.

Dopo ogni caduta, era rimasta un momento ferma, con l'orecchio teso per cercare di captare quello che si dicevano i due invisibili interlocutori, sicura che fosse un litigio d'innamorati, ma senza mai riuscire a decifrare le parole.

Temendo di spaventarli e magari d'irritare l'uomo, palesemente agitato, al punto di rifiutarsi di aiutarla, Kasey avanzò con passo lento e furtivo, tenendosi bassa e ben nascosta.

Nello scostare un altro folto ciuffo di erbacce, si trovò davanti a un recinto di filo spinato. Si acquattò subito, accanto a un paletto, e sbirciò attraverso l'erba alta che dal suo lato superava il recinto di un buon palmo. Dal lato del frutteto l'erba era stata tagliata di recente ed era alta solo pochi centimetri.

Kasey si accorse con sorpresa di essere a meno di dieci metri dalla coppia.

«Fammi capire bene», affermò l'uomo con il suo forte accento strascicato dell'Alabama. «Vuoi dire che dopo tutta la pena che ti sei data per registrare le telefonate, non hai portato con te quei dannati nastri quando hai lasciato la città? Hai acchiappato soltanto una valigia piena di vestiti e te la sei data a gambe? È questo che stai cercando di dirmi, Donna?»

«Sì, esattamente questo. Torna lì e guarda tu stesso. Ho lasciato tutto nel mio appartamento».

I dolci occhi azzurri non tradivano il suo terrore.

L'uomo chinò un poco la testa e la scosse.

«Beh, non è proprio così, vero?», sogghignò, estraendo dalla tasca dei jeans un paio dei suoi gioielli più riconoscibili. «Hai anche avuto il tempo di riempire una scatola con questi graziosi gingilli e poi ti sei fermata lungo la strada a prendere una quintalata di soldi contanti, rammenti?». Piegò la testa e alzò il mento con aria sarcastica. «Immagino che non avessi intenzione di tornare molto presto, eh, Donna?».

Donna Stanton guardò gli oggetti un tempo custoditi gelosamente e, cosa strana, si distaccò emotivamente da loro con poco rimpianto. Se avessero contribuito a garantirle la libertà, avrebbero più che assolto la loro funzione.

«Ascolta, nel mio portagioie c'è più che abbastanza per comprarti tutto quello che vuoi», gli offrì in fretta. «Prendili tutti, sono tuoi».

«Lo so», sogghignò lui. «Ce li ho io, no?». Ficcò di nuovo i gioielli nella tasca dei jeans, poi si raddrizzò e si ritrasse. Scosse la testa come se fosse confuso e attese un lungo momento prima di proseguire. «Non so, Donna, devo pensarci su. Vorrei crederti, ma mi è stato ordinato di non tornare senza la roba del capo. Potresti mentirmi e non mi piacerebbe affatto. Detesto che la gente mi dica delle bugie».

«Non sto mentendo, lo giuro su Dio! Quello che cerchi è nel mio appartamento, non qui. Portami lì e ti darò tutto. Poi potrai consegnarli a Mario personalmente. Sarai tu l'eroe e soltanto tu e io sapremo che hai preso i gioielli. Così avrai un doppio guadagno». Lo fissò, osservando ogni sua mossa. Era stato il suo discorso più convincente.

L'uomo continuò a scuotere la testa e ricominciò a borbottare fra sé. Aveva bisogno di una sigaretta. Quando voltò le spalle per prendere l'accendino e le Camel che aveva posato sull'erba, Donna istintivamente guardò verso il punto dove aveva gettato i nastri. L'ultima cosa che si aspettava di vedere erano gli occhi sbalorditi di un'altra donna che la fissavano in mezzo all'erba alta al limitare del frutteto.

Mario Giacano non aveva aperto bocca da quasi mezz'ora. Gli altri tre uomini nel retro della Lincoln limousine avvertivano la tensione che emanava dal loro capo e nessuno di loro desiderava rompere per primo il silenzio gelido. Sapevano che lui non gradiva i tentativi di tirargli su il morale quando era accigliato o arrabbiato.

Infine, mentre osservava il traffico serale scorrere incessante fuori dal finestrino, Giacano parlò. «Hai avuto difficoltà a prenotare un tavolo?», chiese al più anziano degli altri tre.

Michael Filippo non aveva idea di che cosa preoccupasse il suo principale e amico, ma era stato con lui abbastanza a lungo per sapere che lo avrebbe scoperto quando Giacano avrebbe deciso di confidarsi con lui. «Naturalmente no, Mario. Mamma G sembrava contenta che tu andassi a trovarla stasera. Ha detto di dirti che era passato troppo tempo dalla tua ultima visita e che ti avrebbe riservato il solito tavolo».

Filippo sorrise con calore. Il suo tentativo di scherzare era fallito.

Giacano annuì, muto e inespressivo, e volse di nuovo lo sguardo assente al fiume di macchine alla sua sinistra. L'incredibile corpo nudo di lei, ritta in fondo al letto, cominciò a prendere forma e la confusa tavolozza di riflessi nel vetro scuro andò componendosi a poco a poco finché l'immagine, a pochi centimetri di distanza, gli sembrò vera come un dipinto. Una dura mano scura si tese involontariamente per carezzarla. Invece divenne un pugno chiuso, minaccioso.

Giacano chiuse gli occhi e appoggiò il capo contro il sedile di pelle.

Michael Filippo toccò il ginocchio dell'amico con gesto rassicurante, poi fece scivolare fuori due Advil da una boccetta di plastica che aveva estratto dalla tasca della giacca. Una delle due guardie del corpo riempì velocemente un bicchiere di cristallo di Evian ghiacciata e lo porse a Filippo.

Giacano prese il bicchiere e fece un semplice gesto con l'indice destro. L'altro guardaspalle batté sul vetro divisorio, indicando all'autista di accelerare.

La limousine s'immise nella corsia veloce mentre una pioggerella di fine aprile cominciava a cadere sulla città e l'autostrada si liquefaceva in una calda poltiglia grigiastra.

Kasey rimase agghiacciata dal lato incolto del recinto, a meno di dieci metri dalla donna che ora fissava muta e incredula nella sua direzione.

Sebbene avesse pensato di rivolgersi alla coppia per aiuto, ora Kasey, come stretta nella morsa protettiva di una forza primordiale, si trovò trascinata involontariamente a terra. Giacendo immobile come una statua, era certa che la donna non poteva più vederla, benché lei potesse distinguerne ancora il viso e quasi tutta la sagoma attraverso una piccola apertura alla base delle folte erbacce.

La donna continuò a guardare fisso verso il recinto ancora per qualche secondo, poi girò di nuovo la faccia verso l'uomo. Con stupore di Kasey, non gl'indicò in alcun modo che non erano più soli.

Accesa la sigaretta, l'uomo lasciò cadere di nuovo il vecchio Zippo nell'erba ruvida ai suoi piedi, il vistoso emblema nero e rosso della Harley ancora visibile alla luce gialla delle luci di posizione del camioncino. Aspirò una profonda boccata di fumo grigio-azzurro e lo esalò lentamente dal naso. Borbottando ancora fra sé, si girò e affrontò di nuovo Donna. «Dove nel tuo appartamento, Donna?», le chiese gentilmente, poi con più fermezza: «Dove esattamente?»

«Attaccati con nastro adesivo al fondo del lavandino nel mio bagno», rispose lei in fretta, con il cuore che ricominciava a batterle forte.

«Vedi, devo saperlo con esattezza. Non posso presentarmi a mani vuote, lo sai. Non voglio trovarmi nella merda con il vecchio perché sei stata tanto stupida da mentirmi».

«Non ho mentito», implorò Donna. «Giuro che te li darò se mi riporti nel mio appartamento». Aspettò attentamente una sua reazione, un segno che le credeva.

Sebbene fino a poche ore prima il suo appartamento fosse l'ultimo posto dove Donna Stanton aveva intenzione di tornare, adesso era ansiosa di rivederlo. Accuratamente celate in due nascondigli ben dissimulati, ma facilmente accessibili, c'erano due derringer uguali .32. Era sicura di poterne prendere una e piazzare una pallottola micidiale nel cervello di questo sacco di merda prima che lui se ne rendesse conto. Perché diavolo non aveva infilato anche una delle due pistole formato ridotto nella cintura dei pantaloni prima di andarsene?

Kasey cercò di seguire la conversazione discontinua come meglio poté, ma non riuscì ugualmente a capire che cosa stesse accadendo fra i due. "Perché lei sta inginocchiata?", si chiese. "Per quale motivo stanno litigando?". Ora l'uomo sembrava più calmo, non era più in collera. Forse era il momento buono per mostrarsi e chiedere aiuto; era stanca di stare sdraiata nell'erba umida e di attimo in attimo diventava sempre più difficile scacciare la visione di zecche assetate di sangue che strisciavano su ogni centimetro quadrato della sua pelle.

Pensò a quello che avrebbe detto, poi s'immaginò mentre emergeva dall'erba farfugliando la storia della gomma sgonfia. "Perché la donna non ha detto di avermi vista dietro il recinto?".

Riflettendoci meglio, il momento non sembrava quello giusto.

«Maledizione! Maledizione!», gemette.

Forse fra qualche minuto, dopo che si erano baciati e avevano fatto pace. "È proprio da stupido farla stare in ginocchio mentre la strapazza", pensò Kasey. «Digli di fare un bagno nel bayou, ragazza mia. Io glielo direi di certo», mormorò irritata.

Pronta a muoversi, Kasey cercò d'identificare la loro macchina. Dapprima, scorse soltanto le luci di posizione e il faretto giallo anteriore destro. Impiegò un minuto a riconoscere la sagoma confusa di un camioncino. La luce chiara della luna di aprile batteva sulla superficie nera e la forma scura si distingueva appena contro lo sfondo opaco dell'erba e degli alberi che riempivano il frutteto. Decise che era un nuovo "muletto" Dodge Ram, uguale a quello che Mondo si riprometteva di possedere un giorno; aveva attaccato la foto pubblicitaria di un modello rosso fuoco con quattro ruote motrici all'esterno del suo armadietto e la carezzava come se fosse stato un inserto con la "ragazza del mese", ogni volta che passava.

«Beh, come minimo mi daranno un passaggio fino in città», mormorò fra sé Kasey. Le cose cominciavano a migliorare. «Ora, se soltanto la smettessero di litigare e io potessi riprendere le mie normali attività, avrebbero la mia eterna gratitudine». Kasey pensò a Sam e a come si sarebbe arrabbiato se lei non fosse tornata a casa in orario per due sere di seguito.

Scostò alcuni lunghi fili d'erba che le bloccavano la visuale dell'uomo e si chiese quanto ancora sarebbe durata questa storia.

L'uomo si avvicinò a Donna Stanton e s'inginocchiò nell'erba proprio davanti a lei, a meno di un metro di distanza, volgendo completamente le spalle al recinto: era la prima volta da quando erano scesi dal camioncino che le si era avvicinato tanto. Convinta di potergli leggere facilmente nel pensiero e intuire il suo umore, Donna capiva che quest'uomo era pericoloso, malgrado il suo aspetto accettabile e le sue maniere affettate da gentiluomo del Sud.

Slammer, l'uomo con il coltello in agguato nel sedile posteriore della sua auto, era chiaramente un tipaccio della peggior specie: Donna lo aveva sentito nelle viscere. Un alone di malvagità lo circondava. Era stata ben lieta di separarsi da lui intatta e illesa e, pur essendo ancora prigioniera, avrebbe certamente preferito il suo attuale carceriere a Slammer in qualunque momento. Per quanto assurdo potesse sembrare, era addirittura grata di avere *quest'uomo* di fronte adesso e non quello con il rettile preistorico tatuato sul cranio e sulla schiena.

«Stammi a sentire, Donna», disse lui. «Tu vuoi andartene di qui e proseguire per la tua strada, giusto?». Inarcò le sopracciglia in attesa di una risposta.

«Oh, sì, per favore», supplicò lei, gli occhi di nuovo pieni di lacrime. «Ti prego, lasciami andare».

«Potrei farlo», sorrise, «ma solo a due condizioni». Le toccò lievemente il seno destro con la mano sinistra, stringendo ancora nella destra il mozzicone della Camel senza filtro.

«Quali?», gli chiese in fretta, sebbene avesse pochi dubbi su almeno una delle condizioni per il suo rilascio.

«Primo, devi giurare sulla tua vita che la roba del capo è nel tuo appartamento, sotto il lavandino proprio come hai detto e che me la darai appena arriviamo lì. Niente scherzi, capito, tesoro?»

«Capisco. È tutto lì, lo giuro. Proprio come ho detto», piagnucolò. Attese di sentirgli enunciare l'altra condizione, chiedendosi come si sarebbe espresso.

L'uomo assentì con aria di approvazione, come se fosse pienamente convinto della sua sincerità, poi tirò una lunga boccata di fumo della sigaretta e lo soffiò volutamente lontano da lei.

«Secondo, mi devi scopare, come facevi con tutti quei ricchi bastardi. Ho avuto un sacco di passere in vita mia, ma non sono mai stato con una persona veramente di classe come te. Dovrebbe essere un vero spasso».

Donna Stanton sapeva che la seconda condizione sarebbe stato il sesso. Nessun uomo aveva mai rinunciato all'opportunità di avere rapporti sessuali con lei, nemmeno suo zio quando aveva appena tredici anni. Poteva sopportarlo ancora una volta. Avrebbe chiuso gli occhi e immaginato l'unico ragazzo che aveva amato veramente tanti anni prima, con le sue parole gentili e le sue dolci carezze, come faceva sempre. Fra pochi minuti sarebbe stato tutto finito. «Ci divertiremo un sacco tutti e due», disse, scavando dentro di sé per trovare la forza necessaria. «Che cosa vuoi che faccia?», sorrise.

Sebbene Kasey potesse afferrare soltanto alcune delle parole che la coppia si scambiava sottovoce, aveva visto l'uomo toccare il seno della donna e l'aveva vista sorridergli a sua volta. «Oh, non ci posso credere!», gemette a denti stretti. «Dovrò aspettare che questi due piccioncini facciano l'amore prima di convincerli a darmi una mano con quella dannata macchina».

Strizzò gli occhi e appoggiò la fronte sulla mano stretta a pugno, muovendo la testa avanti e indietro. «Stupendo. Che cos'altro può andare storto oggi?».

Se ci fosse stato un altro essere umano nel raggio di dieci miglia, giurò, non sarebbe stata seduta fra le erbacce, augurandosi caldamente che la notte i serpenti dormissero davvero.

«Voglio guardare il tuo corpo», disse l'uomo senza esitazione. «Piano piano, come se fossi sul palcoscenico». Le fece cenno di alzarsi.

Donna Stanton prese silenziosamente fiato e si alzò adagio, penosamente, mentre il sangue affluiva di nuovo ai polpacci e ai piedi.

L'uomo lo notò e lo trovò divertente. Gettò via la sigaretta.

Con la testa di nuovo sgombra, Donna si sfilò le scarpe da ginnastica. Dopo aver tirato un altro profondo respiro, afferrò l'orlo della felpa con entrambe le mani e la sfilò dalla testa in un sol gesto.

«Piano!», abbaiò l'uomo. «Vai più piano. Non m'imbrogliare, Donna, abbiamo fatto un patto. Se devo riportarti a casa fra poco e non rivederti più, voglio che questo duri molto».

Donna lasciò cadere la felpa sull'erba alle sue spalle e rimase immobile, alta ed eretta. I grandi seni rotondi premevano forte contro il reggiseno di delicato pizzo francese, riempiendo le due coppe. Dall'inclinazione del capo e dal sorriso infantile che gli illuminava gli occhi, era evidente che l'uomo non aveva mai visto una donna bella come lei. Senza togliersi il reggiseno, fece scivolare lentamente i pantaloni della tuta lungo le gambe slanciate.

Sotto i pantaloni spessi, un paio di mutandine di seta bianca salivano molto in alto sui fianchi ben modellati. I pantaloni della tuta vennero tirati su, con eccitante lentezza, sulle cosce, sul ventre e sui seni, poi lasciati cadere accanto alla felpa.

«Gesù, Donna, sei proprio una bellezza, questo è sicuro. Non mi stupisce che tu abbia ricevuto tutti quei brillanti e altro. Per la miseria, anch'io ti avrei dato fino all'ultimo centesimo!».

Rise della sua battuta, poi le fece cenno di girarsi lentamente.

Kasey guardò l'altra donna spogliarsi. Si spostò quasi inconsciamente verso l'apertura nell'erba per vedere meglio. Tutti gli impulsi voyeuristici che aveva represso la travolsero come un gelido vento della prateria. Guardò istintivamente da una parte e dall'altra per assicurarsi di non essere osservata mentre spiava la coppia.

Si meravigliò per un attimo dell'atto apparentemente ridicolo, poi volse di nuovo lo sguardo verso la piccola radura illuminata fra gli alberi.

Al chiarore dorato delle luci di posizione del camioncino, la donna era veramente bella: alta e snella, Kasey notò con una punta d'invidia; ma l'uomo rimaneva immerso nella penombra, volgendole sempre le spalle come nei venti minuti da che lei era lì. Prima, quando si era girato a prendere le sigarette, Kasey avrebbe potuto vederlo in faccia, ma in quel momento la sua attenzione era tutta concentrata sulla donna che la fissava a sua volta.

Mentre l'uomo fissava silenziosamente il suo corpo stupendo, come un bambino ipnotizzato da una statuina di porcellana che gira lentamente su un carillon, gli occhi di Donna Stanton frugarono freneticamente nei cespugli in cerca della faccia vista pochi momenti prima.

Kasey interpretò il gesto come un tentativo di comunicare con lei e si sollevò leggermente dalla posizione prona, alle spalle dell'uomo, per incontrare di nuovo gli occhi della donna.

«Aiutami», articolò silenziosamente Donna facendo appello a tutto il suo coraggio e pregando che l'uomo s'interessasse più al suo corpo che al suo viso. «Per favore».

"Aiutarti? Aiutarti come? Cristo Gesù", pensò Kasey incredula, "non ti posso aiutare. Sono io che ho bisogno di aiuto!". «Cosa?», articolò Kasey, scostando l'erba quanto poteva senza esporsi. «Cosa vuoi?».

«Togliti anche il resto», ordinò la profonda voce maschile e sebbene le parole fossero pronunciate in tono sommesso, squarciarono il silenzio, costringendo Donna a puntare di nuovo lo sguardo su di lui. «E fallo molto piano, ricordati».

Donna si concentrò di nuovo sul suo compito: soddisfare questo figlio di puttana e poi filarsela in tutta fretta.

Distolse i suoi pensieri dalla sconosciuta dietro il recinto. Ci sarebbero state migliori opportunità di fuggire o di chiedere aiuto quando arrivava a Nashville, ma per fare entrambe le cose, doveva prima sopravvivere. Chiuse un attimo gli occhi e cercò di raffigurarsi il ragazzo di tanto tempo prima. "Presto sarà finita", continuò a ripetersi.

Con movimenti sensuali eseguiti alla perfezione dopo anni

di pratica, Donna fece scivolare dalle spalle entrambe le spalline del reggiseno e allo stesso tempo prese fra le dita il gancio centrale. Sfilò il gancetto di metallo dal delicato anellino di raso e si tolse il reggiseno con la mano destra, coprendosi velocemente il petto con il braccio sinistro mentre il pizzo scivolava lentamente via dai seni turgidi.

L'uomo dette segni palesi di irrequietezza, dondolandosi impazientemente avanti e indietro mentre guardava. Quando lei abbassò entrambe le mani sui fianchi, lo udì imprecare sottovoce.

Fece scivolare le mutandine di seta alla francese fino a metà delle lunghe gambe prima di lasciarle cadere a terra. Le spinse da parte con la punta del piede, senza mai distogliere gli occhi da lui.

Il dondolio nervoso si arrestò e lui sembrò fissare lo sguardo sui peli biondi naturali del pube. Dopo un lungo momento, l'uomo le fece cenno di voltarsi di nuovo. «Dio, sei stupenda, sai?», disse con un fischio sommesso.

«Grazie», mentì, ubbidendo al suo cenno.

«Ho bisogno di una sigaretta», annunciò lui rapidamente. «Siediti, ma non toccare gli abiti».

Senza darle il tempo di rispondere, girò intorno al camioncino e sparì. Passando raccattò l'accendino e il pacchetto di sigarette vuoto che gettò, accartocciato, dentro il camioncino attraverso il finestrino aperto dal lato del conducente.

Di fianco al camioncino, accanto al vetro posteriore, l'uomo sganciò un angolo dell'incerata nera che copriva il pianale. Prese una lunga sacca di tela e tornò verso la donna.

Donna Stanton fece un veloce respiro profondo e lo trattenne.

L'uomo posò delicatamente la sacca nel punto dove prima aveva gettato l'accendino e aprì tutta la cerniera lampo.

Donna portò le mani alla bocca e lo osservò attentamente. Dopo aver frugato per qualche secondo dentro la sacca, ne estrasse una stecca di Camel ancora intatta.

Kasey riprese a respirare nel momento stesso in cui Donna Stanton emise un breve sospiro di sollievo.

L'uomo guardò la donna nuda seduta a poca distanza e scosse la testa. «È soltanto una stecca di sigarette, Donna. Gesù, pensavi che avessi un maledetto serpente a sonagli qui dentro». Prese un pacchetto, gettò la stecca nella sacca e le andò vicino. «Per la miseria, se avessi voluto farti male, Donna, a quest'ora l'avrei già fatto, non ti pare? Sei troppo maledettamente bella perché un uomo ti lasci un segno addosso, me compreso. Perciò rilassati. Ci divertiremo, io e te. Al diavolo, fumerò dopo», rise. «Ora ho voglia di fare l'amore».

Kasey lo guardò sbottonare la camicia a vivaci colori stile western e gettarla verso la sacca di tela. Poi si sfilò la maglietta passandola sopra la testa. Gli stivaletti, i calzini e i Levi's seguirono la camicia. Non portava mutande.

Ora l'uomo stava nudo di fronte a Donna Stanton e Kasey non riuscì a distogliere lo sguardo. Era come ammaliata.

Si avvicinò ancora di più al recinto con il cuore che batteva forte.

L'uomo afferrò delicatamente i capelli della donna e le tirò la testa verso il suo pene eretto in attesa. Mentre lei operava la sua magia, lui inarcò la schiena e protese la faccia verso il cielo, aspirando lentamente dalle narici. Dopo un minuto o due, si allontanò velocemente dalla bocca di lei. Si mise in ginocchio di fronte alla donna e la spinse con noncuranza sul mucchietto di abiti che giaceva dietro di lei. L'agguantò saldamente dietro le ginocchia e spinse bruscamente il suo pube verso di sé, divaricandole a forza le cosce il più possibile.

Lei ebbe la sensazione che i tendini dell'inguine si lacerassero e fece una smorfia, sforzandosi al tempo stesso di mantenere un'espressione seducente.

Goffamente, frettolosamente, lui la montò, premendole il corpo contro i seni e mozzandole il fiato. Dopo parecchie stoccate andate a vuoto, si appoggiò su una mano quasi con rabbia e ficcò il pene nella sua vagina con l'altra.

Dopo meno di un minuto di sporadici grugniti e sussulti raggiunse l'orgasmo e le crollò addosso con tutto il suo peso, il mento affondato dolorosamente nell'incavo del collo.

Improvvisamente Kasey provò un'incredibile compassione per l'altra donna, una persona di cui non sapeva nulla, ma ugualmente sorella in spirito. Sebbene la donna avesse apparentemente accettato di avere rapporti sessuali con quell'uomo, Kasey era sicura che non lo aveva fatto per passione o desiderio. Sia che fosse un suo boyfriend o un uomo appena conosciuto, non era sicuramente una grande conquista.

Kasey pensò a Cal Hardt e all'uomo del bar con cui era stata la notte prima e crollò a sedere dietro il suo muro erboso, rabbiosa e disgustata.

"Forse ora", pensò, "potrò finalmente chiedere a quell'idiota di aiutarmi. Spero che avrà ancora la forza di svitare un maledetto bullone".

Mentre pensava al modo migliore di annunciare la sua presenza, schiacciò una zanzara che le si era posata sulla guancia, stupita che fosse l'unica ad averla scovata nella sterpaglia.

"Datemi solo due minuti del vostro tempo e me ne andrò per la mia strada", borbottò silenziosamente. "Qualunque sia il motivo del vostro litigio, non mi riguarda. Ho già troppi problemi miei per preoccuparmi dei vostri battibecchi".

Volse di nuovo lo sguardo al recinto per vedere se Don Giovanni era risorto.

Con sua sorpresa, l'uomo stava in piedi sopra la donna nuda, le gambe ancora tese e divaricate. Semidistesa, lei si appoggiava sui gomiti e lo guardava negli occhi. «Ti è piaciuto?», chiese umilmente, sebbene avrebbe preferito molto tagliargli la gola.

Lui sorrise brevemente e si chinò a toglierle un filo d'erba dai capelli arruffati. Afferrò la maglietta e si pulì, gettandogliela poi fra le gambe perché la usasse allo stesso scopo.

Donna continuò a ostentare un sorriso radioso, come per assicurargli che era uno dei migliori amanti che avesse mai avuto.

L'uomo si girò senza dire una parola e andò verso i suoi abiti, inginocchiandosi accanto alla sacca aperta. Recuperò il pacchetto di sigarette che aveva preso dalla stecca poco prima e lo aprì con l'unghia del pollice. Si ficcò una sigaretta fra le labbra e l'accese con il vecchio Zippo, alzando il tappino e facendo scaturire la fiammella con un'unica, rapida mossa, come aveva imparato a fare da bambino al riformatorio.

Donna Stanton non sopportava più di guardare quell'essere ignobile e si mise in ginocchio, volgendogli le spalle, attenta a celare i suoi sentimenti. Frugò fra gli abiti spiegazzati dinanzi a lei e trovò la felpa. Mentre una lacrima le scivolava sulla guancia, se la infilò e si coprì i seni nudi.

Pregò che presto fosse tutto finito.

In macabra risposta alla sua implorazione, misericordiosamente non si accorse che l'uomo impugnava un fucile a canne mozze calibro 12 a meno di un palmo dalla bellissima testa con i lunghi riccioli biondi.

L'impatto dell'enorme proiettile fece un foro del diametro di un mezzo dollaro nella sommità del suo cranio e attraversò il centro del cervello distruggendo un'ingente quantità di tessuto e acquistando massa e abbrivo strada facendo fino ad uscire, grande come una palla da softball, in mezzo agli splendidi occhi celesti.

Il contraccolpo fu tale che il petto nudo e la faccia dell'uomo si coprirono di sangue, frammenti di cervello e ciocche di capelli setosi, fuorusciti dal foro d'entrata del proiettile.

Lui sputò le particelle e batté più volte le palpebre per schiarirsi la vista.

Una grossa stilla di sangue violaceo gocciolò dalla punta del naso.

«Merda!», esclamò a voce alta, sorpreso dalla quantità di residui che l'avevano imbrattato. «Devo essermi avvicinato troppo questa fottuta volta!».

Kasey si urinò addosso mentre la vivida palla di fuoco incandescente sembrava avvolgere la testa della donna.

Avrebbe voluto urlare di terrore ma non emise suono; qualcosa istintivamente le diceva che il minimo rumore proveniente dalla sua direzione avrebbe significato semplicemente *due* omicidi invece di quello a cui aveva appena assistito. Fu presa dal panico.

Si distese silenziosamente bocconi, appiattendosi il più possibile sul tappeto di erba umida, scavando con le unghie nel disperato tentativo di aderire ancora di più al terreno, di sprofondarvi addirittura per non essere vista dall'uomo col fucile.

Mentre giaceva paralizzata dall'orrore, l'immagine del viso della donna che letteralmente esplodeva le si parò dinanzi, replicandosi spietatamente nei minimi dettagli, diventando ogni volta più orrenda e brutale.

La sua mente implorò che sparisse, ma lo scoppio assordante che cominciò a risuonarle negli orecchi scatenò tutta una nuova serie d'immagini: come in una inesorabile ripresa al rallentatore, enormi schizzi di sangue e brandelli di carne e di ossa volavano in tutte le direzioni.

Le venne da vomitare ma si premette la mano sulla bocca con tanta forza che i denti inferiori le si conficcarono nel labbro. Non sentì alcun dolore.

Come un coniglio inchiodato a terra dallo sguardo di un lupo affamato, Kasey giacque lì muta, incapace di muoversi, incapace di pensare, guidata da un puro e semplice istinto di sopravvivenza sviluppato durante innumerevoli secoli di evoluzione. Ogni cupa emozione che aveva mai provato le scorreva lungo la spina dorsale come lava liquefatta attraverso un campo di canne, riducendola a una massa tremante di disperazione e di sgomento.

Avrebbe voluto che l'uomo premesse semplicemente il grilletto una seconda volta e ponesse fine all'angosciosa attesa.

L'uomo allungò una mano accanto al corpo esanime di Donna per raccogliere la sua maglietta che usò per ripulirsi il viso, le braccia e il petto dal sangue e dai residui. Rimasero lunghe striature scarlatte che conferivano alla sua pelle abbronzata un aspetto empio, sacrificale. Prese una bottiglia di vodka dalla sacca e ne inzuppò il tessuto. L'alcool rimosse le ultime tracce di rosso dal suo corpo, ma la maglietta assunse un nauseabondo colore roseo.

Lui guardò i resti umani ai suoi piedi che, pochi attimi prima, erano stati una donna vibrante di vita. La sua forma contorta giaceva inerte sul mucchietto di scarpe e tuta da ginnastica, i capelli biondi ondulati ora una massa confusa d'oro e cremisi.

L'uomo dette un calcio al suo tallone destro.

Non vi fu alcun movimento, nemmeno il riflesso nervoso che a volte rimane in un corpo per qualche momento dopo la morte.

Lui si chinò, sfilò le delicate mutandine bianche da sotto i fianchi della donna morta e se le strofinò lentamente contro la guancia. «Devo riconoscere, signora, che eri sicuramente la più bella puttana che abbia mai visto. Peccato che tu abbia fatto incazzare l'uomo sbagliato».

Quando Kasey udì di nuovo la sua voce e si rese conto che stava ancora accanto al cadavere della donna, sollevò lentamente il capo e lo girò verso la piccola apertura fra gli sterpi. Era a più di mezzo metro alla sua destra. Era impossibile vedere qualcosa dal punto dove giaceva e non voleva correre il rischio di fare il minimo rumore.

Appoggiò la guancia sull'erba umida e pregò Dio che l'uomo se ne andasse.

Dopo aver riposto il fucile a canne mozze nella sacca di tela, l'uomo si rivestì: non con la fretta di chi ha appena commesso un atroce delitto, ma con la pigra noncuranza di chi si preparara a fare quattro passi il sabato mattina.

Ficcò nella sacca anche la maglietta ormai ridotta a uno straccio insanguinato e tirò fuori una pala pieghevole e un rastrello col manico corto. In meno di un quarto d'ora, aveva scavato una fossa abbastanza lunga e profonda per nascondere il cadavere.

A quel punto, prese la pala e fece rotolare il cadavere verso la fossa: il corpo inerte fece un mezzo giro a sinistra e cadde nel buco in posizione supina.

L'unica parte del corpo di Donna che non era nuda era il torso: la felpa che si era infilata le copriva ancora il petto e quasi tutto l'addome.

L'uomo si rese conto che il pesante indumento rappresentava un piccolo ostacolo da eliminare per sbarazzarsi in modo sicuro del cadavere. Estrasse un coltello a serramanico dalla tasca posteriore dei jeans, s'inginocchiò sul bordo della tomba e tagliò la felpa dal colletto alla cintola, scostò i due lembi rovesciandoli di qua e di là e scoprendo il corpo stupendo che aveva usato appena venti minuti prima.

Facendo forza con tutto il suo peso sulla lama della pala, schiacciò la cassa toracica e aprì il petto e l'addome. Così, quando il corpo avrebbe iniziato a decomporsi nei prossimi giorni e settimane, non sarebbe rimasto alcun avvallamento visibile nel terreno: il suo compagno di cella nella Brushy Mountain Prison gli aveva insegnato tutti gli accorgimenti da usare nel nascondere un corpo.

Ora l'uomo era contento di averlo ascoltato con molta attenzione.

Kasey sollevò il capo quando le parve di sentire scavare. Pregò che il suono nascondesse l'eventuale rumore che lei poteva fare.

Scostò un poco gli sterpi, ottenendo un'altra piccola apertura sotto l'ultimo giro di filo spinato e guardò l'uomo gettare il corpo della donna nella fossa poco profonda e poi schiacciarne brutalmente i resti. Le vennero le vertigini al vederlo saltare su e giù sulla pala e si sentì mancare. Una forza interiore le impedì di svenire e i suoi occhi fissarono la scena morbosa che si svolgeva a dieci metri da lei.

Quando anche tutto il terreno fu ben pressato e le zolle erbose che erano state scalzate furono rimesse accuratamente a posto in modo che la tomba non si distinguesse dal resto del prato sotto i meli, rimaneva ancora un bel mucchietto di terra scura e grassa.

L'uomo imprecò a voce alta, poi raccolse una palata di terra.

Kasey quasi si urinò di nuovo addosso quando l'uomo venne proprio verso di lei. "Non vorrà mica buttare la terra al di là del recinto!".

"Oh, Dio, certo che vuole buttarla qui!", realizzò all'improvviso. "Deve eliminare ogni traccia della sua presenza". E quando sarebbe arrivato vicino al recinto, l'avrebbe sicuramente scoperta e uccisa come l'altra donna. Forse con ancora meno esitazione o pietà.

Si morsicò il labbro quasi a sangue mentre tentava di decidere che cosa fare. Fra pochi secondi l'avrebbe individuata.

"Pensa, Kasey!".

Fece per alzarsi e fuggire su per la collina, ma i muscoli non vollero rispondere agli ordini confusi del cervello.

Kasey volse rapidamente gli occhi verso l'apertura nell'erba per vedere quanto tempo le restava per agire: con suo orrore, ormai l'uomo era a meno di cinque metri da lei.

Affondò il viso nell'erba e attese il peggio, ancora incapace di muovere un muscolo.

Non per sua volontà, Kasey fu invasa da una sensazione che non aveva mai provato in tutta la sua vita; un sentimento che soltanto chi si era trovato in circostanze analoghe conosceva. Voleva vivere!

Sapeva di aver già visto la morte in faccia: il bagliore di due fari sbucati all'improvviso da una curva quando aveva fatto un sorpasso arrischiato su una strada a due corsie, o l'istante in cui aveva deciso di passare invece di fermarsi al semaforo, ma erano millisecondi di possibile tragedia, diluiti nella loro intensità dall'immediata necessità di accelerare o sterzare o dare un colpo di freni. Era passato tutto in un lampo, senza quasi contatto con la realtà e raramente le aveva lasciato più che un sapore aspro in bocca, quasi come se avesse aggiunto dei peperoni piccanti a un normale sandwich di tacchino. Questo momento non aveva nulla d'ipotetico, e nemmeno quest'uomo diabolico.

La fine della sua vita, le sue speranze, la sua *esistenza* erano in gioco e i passi dell'uomo si avvicinavano sempre più.

Il desiderio di vivere divenne molto più che il semplice desiderio di *non* morire, di vedere un'altra alba o ridere con gli amici. Divenne un bisogno di continuare a esistere, di non essere privata del tempo che le era stato promesso: di ogni singolo, insignificante attimo, magari sprecato davanti al televisore.

Era sicura che lui udisse il battito affannoso del suo cuore come lei udiva i suoi passi pesanti.

Ormai era a tre metri di distanza.

"Oh, Gesù, Gesù mio", urlò la sua mente. "Ti prego, fammi vivere!".

Tutto a un tratto qualcosa la colpì sulla sommità del capo e poi fu come se piovesse terriccio: zolle fredde e scure cadevano tutto intorno a lei. La sua mente e il suo cuore urlavano ma le labbra e i denti rimasero sigillati.

Quando la pioggia di terra cessò, udì i passi dell'uomo che si allontanavano. I suoi occhi andarono alla finestra che aveva creato: apparentemente l'uomo, per grazia di Dio, si era fermato a una certa distanza dal recinto e aveva lanciato la palata di terra da quella posizione.

Kasey pensò che il cuore le scoppiasse.

Lacrime di sollievo le sgorgarono dagli occhi, peggiorando la vista già annebbiata.

Dopo altri sei viaggi analoghi, il cumulo di terra era scomparso.

Ogni volta che i grumi di terra le piovevano addosso, il suo corpo tremava come se fosse stato percorso da una corrente elettrica; le sembrava di essere all'inferno: non l'equivalente terrestre che aveva già sperimentato molte volte, ma il luogo biblico, dove i peccatori erano condannati a patire atroci tormenti per tutta l'eternità.

Per un momento Kasey si chiese se fosse effettivamente morta e fosse stata condannata da Dio a languire per sempre con la visione della donna morente davanti agli occhi e il rumore della fucilata negli orecchi.

Nel Vecchio Testamento l'inferno non era mai stato dipinto con più vivezza.

Quando ebbe rastrellato accuratamente tutta l'area e l'ebbe controllata con l'aiuto della torcia elettrica che aveva portato, l'uomo ripose tutti gli attrezzi nella sacca di tela e chiuse la zip. Tornò al camioncino, gettò la sacca dietro e rimise a posto l'incerata.

Kasey stette a guardare attentamente; il pensiero che lui finalmente se ne andasse la rendeva euforica.

L'uomo aprì lo sportello della cabina di guida e si ficcò una sigaretta fra le labbra per la quarta volta in venti minuti. L'accese con un solo scatto dell'accendino. La luce interna del camioncino brillò come un proiettore nel frutteto buio, illuminando il lato destro del viso e del corpo dell'uomo e facendolo apparire come una mezza persona, l'altra mezza immersa nell'oscurità.

Kasey fissò quel profilo, ma i suoi occhi erano troppo annebbiati per vederlo chiaramente. Li strofinò con il dorso dei due indici ma le lacrime e il sudore rifiutarono di arrendersi alle sue mani umide: il gesto servì soltanto a formare un denso impasto salato che si mescolò con il trucco e le fece bruciare ancora di più gli occhi.

Improvvisamente, lui accese i fari, spandendo un fiume di vivida luce bianca sullo spiazzo erboso fra i filari di alberi e montò sul predellino, seguendo con lo sguardo i due raggi di luce. Anche Kasey volse gli occhi verso il tratto di terreno dove l'uomo aveva lavorato con tanta diligenza durante gli ultimi quaranta minuti. Niente. Non si scorgeva la minima traccia della presenza della donna o del suo omicidio! Kasey lo trovò più oltraggioso della vista del suo corpo che giaceva inerte sull'erba.

Ora nulla di quanto era accaduto le sembrava reale e per un folle attimo, tentò di convincersi che era stata tutta un'allucinazione e niente più. I suoi occhi continuarono a scrutare il piccolo spiazzo erboso fra gli alberi.

Niente.

Soddisfatto del suo lavoro, lui mise in moto, ingranò la marcia e diede gas al potente motore; il camioncino girò rombando in semicerchio fino a puntare il muso in direzione opposta alla tomba.

Un urlo incontenibile eruppe dalle labbra di Kasey mentre il rumore inatteso riempiva il frutteto, e venne soffocato dal rombo gutturale del doppio scappamento del camioncino.

Lei si premette le mani sulla bocca e fissò lo sportello del conducente: quando vide che rimaneva chiuso, poté tirare di nuovo il fiato.

L'uomo ingranò una marcia più alta e descrisse lentamente un lungo arco verso sud prima di dirigersi a est, via da Kasey, e tuffarsi nell'oscurità rotta soltanto dalla luce dei fari.

Quando il retro del camioncino apparve alla sua vista, Kasey poté leggere la targa, affissa al centro di un massiccio paraurti cromato fra due coppie di enormi pneumatici Goodyear.

Era una targa personalizzata del Tennessee e le sette lettere maiuscole, blu scuro sul fondo bianco lucido, formavano un'unica parola volgare: «JOEYBOY».

Capitolo sesto

Kasey giacque nell'erba finché la sagoma del camioncino scomparve a est dietro l'orizzonte. Scrutò ansiosamente attraverso la "finestra" improvvisata fra gli sterpi per controllare che non vi fosse più alcun segno di movimento nella radura al di là del vecchio recinto di filo spinato.

Quando fu sicura di essere l'unica persona rimasta a portata di orecchio o di occhio, si costrinse ad alzarsi in piedi. I muscoli doloranti, tesi fino allo spasimo per quasi un'ora, tremarono incontrollabilmente, poi cedettero e lei si accasciò a terra esausta.

Per pura forza di volontà e assolutamente decisa ad andarsene da quel luogo maledetto, Kasey provò di nuovo ad alzarsi, aggrappandosi al filo spinato e mettendo accuratamente le mani fra gli spunzoni ritorti e acuminati, disposti a qualche centimetro di distanza l'uno dall'altro. Le gambe le tremavano ancora e il cuore le doleva come un muscolo affaticato; aveva un groppo in gola e le labbra pulsavano come se le avessero dato un pugno in bocca.

Kasey fissò un momento lo spiazzo fra i primi due meli, ora immerso in una pace irreale: sembrava uguale a tutto il resto del frutteto.

Se non fosse stata tutta un dolore e non avesse puzzato di sporcizia, di sudore e di urina, forse sarebbe riuscita ancora a convincersi che era stato tutto un sogno orribile.

Quando i muscoli delle gambe piano piano si sciolsero, Kasey si allontanò dal recinto. Si costrinse a correre, a risalire la collina verso la casa del mezzadro e a tornare infine alla macchina che aveva abbandonato: quando era stato... cento, no, mille anni prima.

Lungo il cammino cadde due volte: la prima volta, quando le scarpe da ginnastica scivolarono sull'erba bagnata che cresceva ai bordi della vecchia strada sterrata; e la seconda volta quando i muscoli delle gambe cedettero e lei cadde a faccia avanti in mezzo alla ghiaia e alla polvere.

Se il suo corpo fosse stato ancora in grado di provare dolore, sarebbe stata una caduta rovinosa, con dolorose lacerazioni su entrambe le palme delle mani e il lato sinistro del viso, ma, nel suo stato mentale, il cervello non registrò alcuna lesione.

Alla fine, per grazia di Dio, raggiunse la sagoma familiare della sua povera CRX.

Per la prima volta, dopo oltre dieci minuti di corsa affannosa, Kasey si fermò a riprendere fiato. Poi i sentimenti eruppero dal fondo del suo animo: tutta la sofferenza, tutta la paura, tutto l'orrore. Si buttò praticamente in ginocchio accanto allo sportello del conducente, scossa da violenti, irrefrenabili conati di vomito finché non rimase altro che un bruciore acido.

Mentre stava carponi nella polvere accanto all'auto, tossendo, piangendo, pregando che tutto finisse, udì un suono che trasformò il suo corpo in un blocco di ghiaccio: l'inconfondibile rombo gutturale dello scappamento di un camion, il *suo* camion, un suono che il suo cervello non le avrebbe mai permesso di dimenticare. «Oh, Dio!», esclamò a voce alta, strisciando verso la sterpaglia sul ciglio della strada. «Oh, Gesù! Dio, ti prego, aiutami!».

Kasey trascinò il suo corpo martoriato fuori dalla carreggiata e si nascose fra i pini e i cespugli ispidi che fiancheggiavano lo stretto viottolo e la strada.

A giudicare dal rombo sommesso, sembrava che il camion procedesse con deliberata lentezza, come se cercasse qualcosa.

O qualcuno.

Avendo appena percorso correndo tutta la lunga stradina, Kasey era certa che il suono non poteva provenire da dietro di lei. Strisciando per terra a due o tre metri dal ciglio della strada, ben nascosta dal fogliame, arrivò fino al punto poco distante dove il viottolo sterrato tagliava la strada asfaltata. Da lì, al chiaro di luna che filtrava attraverso le nuvole, poteva vedere a non più di una dozzina di metri di distanza nelle due direzioni: a ovest, il tratto di strada che aveva percorso due ore prima; a est, il punto dove una curva sembrava inghiottire il selciato.

Voltò ripetutamente la testa di qua e di là, ma non vide ancora traccia di Joeyboy o del camioncino.

Eppure il suono diventava sempre più forte e più vicino.

Kasey affondò la faccia in una spessa coltre di aghi di pino e si sforzò di dominare la paura crescente. Sapeva di dover riflettere, agire, fare quello che era necessario per rimanere in vita.

Guardò di nuovo a sinistra.

Niente.

Voltò di scatto la testa a destra appena in tempo per vedere l'odiosa sagoma nera del camioncino sbucare lentamente dalla curva a fari spenti, sfruttando quel poco chiaro di luna che rimaneva per orizzontarsi.

Sebbene fosse già schiacciata a terra, Kasey istintivamente abbassò il capo.

Quando il camioncino passò accanto al suo nascondiglio, su un piccolo dosso fra i tronchi di due pini torreggianti, Kasey si trovò a livello del conducente, a meno di tre metri di distanza. Mentre procedeva lentamente, a non più di otto o dieci chilometri l'ora, Joeyboy aspirò una lunga boccata dell'onnipresente Camel e la brace della sigaretta brillò vivida, tingendo il suo profilo di satanici riflessi rossastri e ambrati.

Kasey sapeva che l'attimo seguente era cruciale e avrebbe significato per lei vita o morte: se Joeyboy scorgeva la sua auto, non avrebbe impiegato molto a localizzare il conducente e lei non era sicura di avere ancora la forza di fuggire.

Mentre lui oltrepassava il viottolo, un raggio di luna che batteva sul vetro posteriore della CRX, attirò momentaneamente l'attenzione di Joeyboy. Ma quando si voltò verso di esso, era scomparso, come se fosse stata un'apparizione.

Aspirò un'altra boccata di fumo e rivolse di nuovo gli occhi e la mente alla strada.

Kasey lasciò andare il fiato che aveva trattenuto in gola.

Poi notò qualcosa di nuovo, qualcosa che non aveva udito finché il camioncino non era passato. Girò bruscamente il capo a destra: il camioncino Dodge era seguito da un altro veicolo, anch'esso a fari spenti.

Questo secondo veicolo, che apparentemente andava adagio come l'altro, aveva i finestrini molto scuri e Kasey non riuscì a vedere neppure il profilo del conducente. Riconobbe una Jaguar ultimo modello, una delle sue preferite. A parte le ruote di tipo insolito – a raggi luccicanti, color d'oro – la macchina era tutta nera.

S'irrigidì di nuovo quando la Jaguar si avvicinò alla stradina sterrata, ma anch'essa passò oltre senza incidenti.

Kasey appoggiò la testa sugli aghi di pino e pianse.

Piazzò la chiave sull'ostinato, maledetto quarto bullone – il figlio di puttana che le aveva sconvolto la vita – e sistemò il braccio alle ore nove. Aprì il bagagliaio e si aggrappò al pesante portellone. Con un salto deciso, spinta dal ridestato desiderio di festeggiare un altro compleanno, scaricò tutto il suo peso sulla chiave.

Il bullone si allentò.

Poco importava che anche lei scivolasse e battesse il sedere per terra.

Ripensandoci, lo avrebbe considerato il momento culminante di una lunga serata colma di orrore.

Cambiò in fretta la ruota, gettando quella bucata, gli attrezzi e il cric alla rinfusa nel bagagliaio dietro i sedili anteriori.

Tornò a marcia indietro sulla strada e filò velocemente a est, in direzione opposta a Joeyboy e al suo misterioso compare.

Soltanto quando ebbe superata la curva, accese i fari. Dovunque portasse la strada, un fatto era inconfutabile e di primaria importanza per lei in quel momento: si allontanava da loro.

Dopo circa mezzo miglio, Kasey arrivò in cima alla collina che formava il limitare sud-orientale del frutteto.

Sulla vetta, curvando leggermente a ovest, un altro viottolo tagliava la strada maestra, l'unico che avesse oltrepassato dall'inizio della sua fuga.

Per qualche ragione, rallentò e poi si fermò.

Alla sua destra c'era un cancello su cui pendeva una vecchia insegna di compensato, tutta sbilenca, con la scritta "Fattoria dell'Acqua Dolce" a caratteri neri scrostati e due mele rosse sbiadite ai lati.

Quando un lampo squarciò il cielo, come un colossale flash, lei poté distinguere chiaramente gli ordinati filari di alberi e il vecchio recinto di filo spinato che correva lungo il perimetro settentrionale del frutteto: il recinto che le aveva involontariamente salvato la vita.

Veloce come il lampo, anche la scena scomparve, lasciando il frutteto immerso nel buio nero come la pece. Le venne di nuovo la nausea quando la sua mente tramutò il lampo nella vampata di un fucile a canne mozze.

Kasey guidò senza curarsi dell'ora o della distanza, filando a tutta velocità lungo ogni strada o autostrada che andava in direzione opposta al frutteto, sperando che una, alla fine, la riportasse a Nashville. Le strade avevano nomi come Berlin Verona e Wade Brown, Ownby e Wiles Lane.

Si era perduta.

Finalmente, a un incrocio deserto, dove si fermò a scrutare attraverso il parabrezza nel buio della notte per quella che le sembrò un'ora, le apparve un cartello con l'indicazione US-31A Nord. Era la stessa autostrada che attraversava il centro di Nashville col nome di 8th Avenue.

Meno di cinquanta minuti dopo, parcheggiò nel suo solito posto ai Bradbury Arms Apartments e spense il motore. Il suo corpo voleva crollare lì ma la sua mente aveva bisogno della protezione di quattro pareti e di una porta chiusa a chiave.

Quando salì faticosamente l'ultima rampa di scale che portava al numero 3381, il suo appartamento, le mancò il piede sullo scalino di mezzo e cadde battendo le ginocchia e la faccia.

Furente, spaventata, con tutti i muscoli e le giunture doloranti, giacque lì singhiozzando e cercando di trovare in sé la forza e la volontà di alzarsi e fare quegli ultimi pochi passi. Aveva dato tanto per tanto tempo che sembrava non avere più risorse a cui attingere. In quel preciso momento, non le importava più di morire. Almeno sarebbe morta a casa sua, in un ambiente familiare e non in un campo sperduto e infestato di zecche dove nessuno avrebbe trovato il suo corpo.

Quando le labbra della donna che imploravano silenziosamente aiuto supplicando che qualcuno la salvasse le apparvero di nuovo dinanzi agli occhi, Kasey fece appello alle sue ultime energie e si alzò.

Con la porta ben chiusa e sprangata, si gettò bocconi sul divano del soggiorno; un braccio penzoloni sul pavimento, la faccia affondata nella fessura fra i cuscini e la spalliera.

Sam si acciambellò sulle sue reni e si addormentò, grato e contento che la sua unica amica fosse finalmente tornata.

Il ristorante Garibaldi aveva due qualità di particolare interesse per Mario Giacano al momento: un'autentica cucina italiana, che gli mancava molto ogni volta che passava un po' di tempo nel Sud, e una vasta clientela notturna che, lui sperava, avrebbe ricordato la sua presenza a Chicago mentre Donna Stanton pagava il fio della sua colpa.

Ogni lunedì sera, a partire dalle sette, il Garibaldi's Fine Italian Restaurant serviva lasagne a volontà, una delle specialità della signora Garibaldi. Il signor Garibaldi era morto otto anni prima e il lunedì c'era raramente un posto libero nel locale perché le famiglie del quartiere sceglievano quella sera per andare a cena nel loro ristorante preferito e i ragazzi dell'università attraversavano mezza città per rimpinzarsi per meno di dieci dollari. Spesso era l'unico pasto abbondante che potevano permettersi in una settimana e la signora

Garibaldi – Mamma G, come la chiamavano quasi tutti – era ben lieta di offrirlo agli studenti che le ricordavano suo figlio Leo. Il suo nome, insieme ad altri cinquantottomila, era inciso su un muro di marmo nero a Washington, D.C., all'ombra del Lincoln Memorial. Avrebbe compiuto quarantaquattro anni quell'estate e così, da venticinque anni, il lunedì sera c'erano sempre le lasagne, il piatto preferito di Leo. All'inizio, il pasto speciale era riservato ai parenti stretti e a pochi amici intimi, ma ben presto era diventato una tradizione popolare.

Malgrado la folla, accresciuta dalla bella serata tiepida e dalla splendida luna piena, un séparé con un alto schienale di legno nell'angolo in fondo a sinistra rimaneva vuoto. Anche ai due tavoli vicini, tre delle quattro sedie erano vuote.

Nessuno si azzardò a chiedere se poteva prendere in prestito le sei sedie libere, né si avventurò verso il séparé vuoto.

Se richiesto, il personale diceva chiaramente che il séparé e le sedie non erano disponibili. La maggioranza degli avventori decise ben presto che gli uomini dall'aspetto sgradevole seduti accanto al séparé non erano venuti a mangiare: le facce erano impassibili, ma gli occhi cattivi osservavano tutto.

Gli altri clienti si stringevano semplicemente intorno ai rispettivi tavoli, facendo spazio per cinque o sei persone dove normalmente ne sedevano quattro, mentre Mamma G trovava altre sedie e le distribuiva senza esitazioni e senza rimostranze.

L'uomo che deteneva l'ipoteca sulla sua piccola azienda stava per arrivare e il suo abituale séparé era pronto per lui come promesso. La cosa non la offendeva; Giacano aveva rilevato il documento da una banca vari anni prima, indicando semplicemente che desiderava avere un luogo dove poteva mangiare bene in un'atmosfera calma e indisturbata. A Mamma G piaceva il suo padrone di casa. In quasi dieci anni non le aveva mai chiesto di versargli un dollaro, pur essendo venuto a mangiare nel locale, il *suo* locale, solo in rare occasioni. Personalmente Mamma G riteneva che il *signor*

Giacano possedesse vari ristoranti in tutta Chicago e lo considerava un uomo straordinariamente gentile e generoso, forse persino un filantropo (era quello il termine esatto) che desiderava semplicemente mangiare in pace. Lo accoglieva con calore ogni volta che veniva. Perdere una manciata di clienti paganti per qualche ora una o due volte l'anno era un prezzo trascurabile da pagare per la sua splendida generosità.

Inoltre, la comitiva del signor Giacano pagava sempre il conto fino all'ultimo centesimo. In contanti.

Anche se Mamma G non aveva mai presentato un conto, né l'avrebbe mai fatto, uno degli uomini seduti ai due tavoli lasciava sempre una somma più che sufficiente per pagare le consumazioni, compresa una lauta mancia.

Sebbene avesse avuto solo un'ora di preavviso, Mamma G aveva riscaldato per il signor Giacano e i suoi ospiti una teglia delle speciali lasagne con salsiccia e pepe, che aveva preparato in precedenza per la sua famiglia.

Ogni qualvolta un cliente era stato tanto maleducato da esprimere un parere sfavorevole sul suo stimato padrone di casa, o fare un commento villano quando alla televisione o sul «Sun Times» compariva qualche accenno alle sue presunte attività criminose, Mamma G lo invitava semplicemente e senza tante cerimonie ad andare a mangiare altrove a Chicago. Per tutto il resto della vita.

Quelli che conoscevano Giacano seguivano le regole quando la sua comitiva era al ristorante. Alcuni, i più pusillanimi, se ne andavano quando notavano che il séparé d'angolo era tenuto libero da uomini massicci senza collo. Ma per la maggioranza, il cibo era troppo buono per preoccuparsi dei vicini di tavolo. Interi filoni di pane caldo, abbondantemente spalmato di burro e aglio, venivano divorati insieme a grandi teglie colme di lasagne e il Chianti scorreva come l'acqua da un idrante aperto in una calda giornata di luglio.

Dopo tutto, ragionavano quelli che rimanevano, un gangster non era diverso da un serpente: se lo lasciavi in pace, andava tutto bene; se lo stuzzicavi, avevi scarse probabilità di cavartela senza un morso.

Giacano fissò attraverso il tavolo Michael Filippo, il suo più fido luogotenente, responsabile dell'applicazione delle leggi nel vasto impero del boss.

Filippo, un ometto irascibile vicino alla sessantina, non aveva pronunciato parola da quasi venti minuti mentre ascoltava con attenzione tutto quello che il suo capo aveva da dire sulla situazione che si era creata inaspettatamente a Nashville. L'idea che una persona, e specialmente la donna di cui il suo capo era tanto innamorato, commettesse un atto di tradimento lo turbava e sapeva che poteva esserci un'unica conclusione.

Giacano sapeva come la pensava Filippo, fra loro bastava una parola per capirsi al volo, ma qualcosa lo spingeva a raccontare tutta la storia all'unico uomo di cui si fidava completamente. Nessun accenno al dispiacere, alla delusione per i progetti morti e sepolti. Filippo lo capiva dalla collera che brillava negli occhi stanchi del boss mentre parlava. Era il miglior amico di Giacano dall'età di dieci anni, un titolo che portava ancora con onore più di cinquant'anni dopo.

Filippo aveva bisogno solo di istruzioni riguardo agli altri membri del "cast" a Nashville. Il destino della donna era segnato. Giacano non l'avrebbe risparmiata neppure se fosse stata sua sorella.

Quando smise di parlare, Giacano aveva la gola secca. Guardò il suo bicchiere che venne riempito automaticamente dall'omaccione silenzioso in piedi alla sua sinistra, una delle sei guardie del corpo all'interno del ristorante. Fuori, ce n'era un'altra mezza dozzina: tutte equipaggiate con un giubbotto antiproiettile nascosto sotto l'abito e armate di Glock .45 automatici, sorvegliavano la facciata, i lati e il retro dell'edificio.

Il Presidente cenava con minore protezione ma, d'altro canto, la sua morte avrebbe influito meno sugli affari nel Midwest.

«Allora, che cosa ne pensi, amico mio?», chiese Giacano.

«È una situazione delicata, Mario, comunque la guardi. Dobbiamo mettere le mani su quei nastri, questo è certo. Se i federali li trovano prima di noi, avremo un bel daffare a sistemare ogni cosa. Non è più come ai vecchi tempi. Ora quella fottuta puttana che hanno messo a dirigere tutta la baracca non scherza».

Giacano lo sapeva, naturalmente, ma gli faceva piacere sentire il parere del suo più stretto collaboratore; o forse, sperava che il parlarne potesse alleviare il dolore che provava.

Speranza vana.

Sorseggiò il vino. «Hai un piano, Michael?»

«Abbiamo un uomo ben piazzato a Nashville che può seguire la situazione di momento in momento e, nell'improbabile eventualità che i nastri ricompaiano in altre mani, farà in modo che non arrivino mai ai federali».

«Lo conosco?», chiese Giacano.

«Non lo hai mai incontrato, è un acquisto recente. Un uomo avido ma capace che sarebbe felice di farci un altro favore».

«Un altro favore?»

«Un paio di mesi fa, si è occupato di quel legislatore statale che ha tentato di tagliarci fuori dai suoi maneggi. Rammenti, Fordyce... di Memphis».

Giacano annuì.

«Un lavoro molto pulito, se ben ricordi. Nessun dubbio che non fosse un incidente. Sarebbe ben lieto di aiutarci di nuovo».

«Che cosa vuole?», chiese Giacano, vuotando il bicchiere di vino, che fu riempito prima che la sua mano toccasse la forchetta.

«Un pensionamento anticipato. Vuole stare seduto in barca e dedicarsi alla pesca d'altura per il resto della sua vita. Dice che è stanco di servire l'interesse pubblico; da ora in poi vuole servire i propri interessi».

Filippo cominciò a mangiare prima che la sua cena si raffreddasse del tutto. Detestava le lasagne fredde.

«Pensionamento?»

«Dalla Metro di Nashville. È un poliziotto».

«Mi piacciono i poliziotti corrotti», dichiarò Giacano. «Sono così... così fidati». Pronunciò la parola con voluta lentezza, quasi assaporandola. Il vecchio sorrise per la prima volta da metà mattina. Intrecciò le mani, appoggiando i gomiti sul tavolo. «Dirai al nostro "fidato" poliziotto che quando mi consegnerà personalmente i nastri, gli comprerò uno yacht per andare a pescare».

«E riguardo agli altri?», indagò Filippo, senza fare ipotesi.

Giacano fissò la fiamma della candela dinanzi a lui. «Limitiamoci a tenerli d'occhio per il momento... ma con attenzione. Finché i nastri non compaiono nelle mani sbagliate, possiamo andare avanti e alcuni di loro ci saranno ancora utili. Dopo tutto, Michael, non dimentichiamo il nostro piano. Abbiamo impiegato quattro anni per arrivare fin qui, sempre alle prese con bigotti e politici onesti, e non intendo rinunciare a uno dei migliori affari della mia vita per colpa di una puttana». Allungò la mano sul tavolo e la tenne sopra la candela a palmo in giù, muovendola lentamente di qua e di là, gli occhi fissi sulla candela guizzante. Dopo un attimo di silenzio, serrò il pugno e lo appoggiò sulle labbra. «Per il momento tieni d'occhio la situazione, Michael».

Girò il capo verso il fronte del ristorante, guardando senza vederle le molte facce che ridevano e parlavano e divoravano le lasagne di Mamma G; gli occhi verdiazzurri di Donna lo fissavano, ossessivi, da ogni tavolo, schernendolo per non aver capito prima il suo gioco, beffandolo per essere diventato tenero e imprudente in vecchiaia.

Abbassò lentamente le palpebre e tentò ancora una volta di rammentare a se stesso che ben presto lei non sarebbe più esistita. Servì a poco.

Capitolo settimo

Un clangore sordo echeggiò nel profondo del cervello di Kasey, intimandole di uscire dal suo nascondiglio e salutare il nuovo giorno, sorto mentre lei dormiva. La punta di un dito, che premeva leggermente sulla moquette dove era rimasto immobile per le ultime otto ore insieme al resto della mano a cui era attaccato, ebbe una lieve contrazione al suono subliminale della sveglia. Il movimento era appena visibile persino agli occhi smeraldini di Sam, che normalmente non si lasciavano sfuggire quasi nulla. Se non fosse stato per il respiro breve che alzava e abbassava la lurida felpa color prugna ogni pochi secondi, Kasey sarebbe potuta benissimo passare per morta.

Il dito non si mosse più e la campanella nel cervello tacque per il momento.

Erano quasi le dieci di mattina.

A mezzogiorno il cervello era nuovamente inquieto e scelse un approccio più diretto: lo stomaco di Kasey si mise a brontolare per la fame – non mangiava da venti ore – e iniziò la sua lunga e abitualmente efficace richiesta di attenzione.

Come prima, la mano destra tentò di svegliarsi, solo per un momento, ma il resto del corpo continuò a mostrarsi poco propenso a seguire il suo esempio. Kasey non aveva quasi cambiato posizione da quando era sprofondata nei cuscini ben imbottiti quasi mezza giornata prima.

Alle due pomeridiane, la campana nel suo subconscio suonò a stormo, avendo deciso che il corpo aveva dormito abbastanza per il momento. Visto che finora nessuna delle tattiche più sottili aveva funzionato, decise di provare con il dolore, rievocando la più recente delle molte sofferenze che aveva immagazzinato; lo scoppio del fucile a canne mozze echeggiò negli orecchi di Kasey mentre il viso angelico della donna impotente esplodeva in mille frammenti insanguinati dinanzi ai suoi occhi: la macabra scena "a colori su schermo panoramico e suono stereofonico" avrebbe fatto invidia ai più grotteschi effetti speciali di un film dell'orrore hollywoodiano.

Kasey si alzò di scatto come se le avessero dato un calcio; gli occhi ancora semichiusi cercavano disperatamente di adattarsi alla luce bianco-azzurra di mezzogiorno che entrava a fiotti dalle tendine aperte; la mente mendicava un punto di riferimento; il cuore implorava di sapere se le immagini erano nuovamente reali o solo un altro orrendo incubo.

«Merda!», esclamò per il dolore mentre sbatteva contro una parete e si accasciava sulla moquette.

Gli occhi sgranati come dollari d'argento, Kasey si guardò velocemente intorno, ancora disorientata, e cominciò lentamente a rendersi conto che era a casa sua. Sedette, respirando a scatti attraverso le labbra gonfie. La lingua le dava la sensazione che l'avessero calpestata.

Sam si avvicinò cautamente a Kasey e annusò con grande interesse iniziale i suoi abiti luridi. Impiegò solo un momento per rendersi conto che sarebbe stato meglio sulla poltrona accanto al tavolino basso; i nuovi odori non erano interessanti dopo tutto: erano disgustosi e basta.

Kasey si strofinò gli occhi con le palme delle mani per spazzare via dal viso il sonno e i capelli arruffati. Appena le palme martoriate toccarono le guance piene di lividi e di graffi, credette di svenire dal dolore: sentì un acuto bruciore nel punto dove aveva sfiorato il sopracciglio sinistro e le vennero le lacrime agli occhi.

Si girò verso il bagno.

Era tempo di valutare i danni e iniziare l'opera di restauro.

Kasey buttò in lavatrice gli abiti puzzolenti, sporchi di terra e intrisi di sudore e di urina e versò un po' di detersivo nella vaschetta. Studiò le bollicine bianche e azzurre che cominciavano a formarsi nell'acqua e decise di aggiungere più detersivo. Molto di più.

Scelse il programma "molto sporco", poi si mise nuda davanti allo specchio lungo attaccato alla porta dello sgabuzzino nel corridoio e si guardò. I lunghi capelli castani ramati, tirati indietro e fermati con una molletta, lasciavano completamente esposto il corpo che sembrava caduto da un treno in corsa: il dorso del naso era scorticato da cima a fondo; entrambi gli occhi erano gonfi e una lacerazione attraversava diagonalmente il sopracciglio sinistro; il mento era ammaccato e aveva due abrasioni grandi come una moneta da dieci centesimi, distanti mezzo centimetro l'una dall'altra; e la guancia destra aveva una serie di brutti graffi che correvano dallo zigomo alla mascella appena sotto l'orecchio.

Dappertutto, cominciavano ad affiorare chiazze nere e violacee, circondate da innaturali aloni giallastri. Ma, sebbene il viso le dolesse ogni volta che muoveva uno dei numerosi muscoli e le costole ammaccate le dessero la sensazione di essere stata presa a calci da un mulo, erano le palme delle mani quelle che le facevano più male: ognuna aveva una serie di tagli dalla punta delle dita ai polsi. Ricordava vagamente di essere caduta in avanti sulla strada ghiaiosa quando le gambe avevano ceduto, ma l'urto vero e proprio si perdeva in un groviglio di immagini confuse. Apparentemente, le mani erano riuscite a impedire danni più gravi alla faccia, ma avevano pagato a caro prezzo il loro eroismo.

Il volto di Donna che esplodeva cominciò a delinearsi lentamente di fronte a lei, nell'aria, come un ologramma tridimensionale. Batté velocemente le palpebre per scacciarlo, ma sapeva che non era l'ultima volta che sarebbe stata costretta a bandire l'orrenda visione.

Kasey non ricordava di essersi mai sentita così impotente e scombussolata in vita sua, un momento infernale che sembrava non possedere limiti alla sua dose di sofferenza. Si accasciò sul gabinetto chiuso e appoggiò un braccio e la fronte contro il lavandino fresco. L'acqua calda scrosciò rumorosamente nella vasca. «Sam», chiamò piano, la voce incrinata.

Il fedele compagno apparve come per magia.

«Eccoti, vecchio mio». Kasey sollevò Sam e se lo strinse al petto, accarezzandogli dolcemente il muso mentre parlava. «Abbiamo un bel problema, tu e io. Niente lavoro. Esattori di conti. E ora...».

Kasey si accorse di non poterne nemmeno parlare. Lasciò la frase in sospeso come se il pensiero fosse svanito.

Non era così.

Ogni volta che un'immagine dell'evento tentava di affiorare, lei si sforzava di relegarla in un segreto recesso della sua memoria. Sam la guardò come a chiederle perché avesse smesso di parlare. Gli piaceva quando gli parlava. Non capiva l'improvviso silenzio e quando lei smise di accarezzarlo, si stufò e scomparve velocemente com'era apparso.

Kasey cercò di non piangere, ma le lacrime scivolarono agevolmente fra le palpebre chiuse. Per quanto le stringesse forte, la liquida sofferenza riusciva ugualmente a filtrare.

Si calò nell'acqua calda e immobile.

Per due volte nell'ora seguente, quando l'acqua cominciava a raffreddarsi intorno al suo corpo, ne aggiunse altra calda, azionando abilmente il rubinetto con le dita del piede destro: era meno arduo che tirarsi su e usare le mani doloranti.

Senza più l'odore della morte addosso, la mente di Kasey cominciò a rilassarsi un po', permettendo al corpo di seguire il suo esempio. I morsi della fame le artigliarono il ventre e le rammentarono che, malgrado tutto quello che era successo, il misterioso processo della guarigione, fisica *ed* emotiva, era già iniziato.

Con cautela, attenta alle mani doloranti, frugò negli scaffali della dispensa, posando un oggetto dopo l'altro sul bancone, in cerca di qualcosa di stuzzicante. Non aveva idea di che cosa potesse essere, ma sapeva che vedendolo lo avrebbe individuato subito.

Sam adorava questa operazione: aveva a che fare con il cibo.

Mentre Kasey se ne stava raggomitolata sul divano a sgranocchiare cracker di farina integrale ripieni di burro di noccioline croccanti e crema di malvaccione collosa, tentando di decidere come riferire alla polizia gli avvenimenti della sera prima, l'unico telefono nell'appartamento si mise a squillare. Il suono improvviso che ruppe il tranquillo silenzio la fece sobbalzare.

Proveniva dalla stanza da letto in fondo al breve corridoio; aveva lasciato il telefono portatile sul letto quando era andata al lavoro il giorno prima e non ci aveva più pensato.

"È buffo", rifletté, "come alcune cose che prima erano essenziali diventino insignificanti quando ti viene somministrata improvvisamente una dose massiccia di realtà".

S'infilò in bocca un cracker e si diresse con penosa lentezza verso il rumore molesto. Rispose al settimo squillo con un «Pronto» sommesso ed esitante.

«Kasey?», l'assalì la voce impaziente all'altro capo del filo.

Era Cal, l'ultima persona con cui voleva parlare.

Il suo desiderio di cedergli non era aumentato con gli eventi delle ultime ventuno ore. «Che cosa vuoi, Cal?»

«Ehi, sono contento di averti trovata. È da ieri pomeriggio che chiamo. Perché non hai risposto al telefono?».

Lei non rispose e non fornì spiegazioni per la sua assenza.

Cal attese finché fu chiaro che avrebbe dovuto fare tutto da solo, senza il suo aiuto. «Beh, comunque, volevo soltanto scusarmi per essere stato un po' sfacciato con te al lavoro ieri. È stata... beh», scelse le parole con cura, «una mancanza di tatto da parte mia».

Kasey capì che scusarsi gli riusciva difficile e innaturale. Se non fosse stato per la sera prima, lo avrebbe trovato molto divertente.

«Mancanza di tatto?», borbottò in tono incredulo, stupita dalla sua scelta di parole.

Lui lasciò correre.

«Oggi vieni a lavorare... così possiamo... beh... così possiamo parlarne, vero?». Kasey lo udì deglutire con sforzo. Peccato che il barattolo di fagiolini non fosse una mazza.

L'indignazione cominciò a montarle dentro.

«Non so, Cal. A essere sincera, non ho pensato molto al lavoro. Ho avuto un sacco di preoccupazioni». Sapeva di non poter servire i clienti con la faccia tutta sgraffiata e le mani doloranti, a prescindere da quanto lui desiderava che venisse, o quanto le servissero i soldi.

«Sembri strana, Kasey. Va tutto bene?».

"Tutto bene? A parte aver assistito allo stupro e al brutale omicidio di un'altra donna ed essere rimasta distesa fra gli sterpi per metà della notte, coperta di piscio e di zanzare? Vuoi dire, va tutto bene a parte *quello*, stupido arrogante?".

Mandò giù a forza il groppo di rabbia che le chiudeva la gola. «No, Cal, *non* va tutto bene».

Con quell'unica semplice dichiarazione, la sua mente stanca cancellò il confine della realtà fra Cal e Joeyboy. «Anzi, signor Hardt, il mio avvocato mi ha consigliato di non parlare con lei finché il suo avvocato e l'avvocato della Leonard's non avranno preparato ciascuno un parere formale sulla questione della nostra prossima causa per molestie sessuali e saranno pronti a discutere un accordo, o meglio ancora, ad andare in *tribunale*!».

Il rapido flusso di pensieri si era appena organizzato in frasi con un nesso logico quando le scaturì di bocca. Non aveva un avvocato, non ne conosceva neppure uno personalmente. Pur avendo parlato d'impulso, sapeva, tuttavia, che le sue parole avrebbero avuto un profondo effetto sul beniamino della società Leonard's, signor Calvin S. (come Stronzo!) Hardt.

Attese.

Silenzio assoluto.

Kasey s'incamminò nel corridoio verso il soggiorno, il telefono premuto leggermente contro l'orecchio.

«Avvocato? Molestie sessuali? Causa? Stai scherzando, Riteman!».

Kasey non fiatò, sapendo istintivamente che la prima persona che parlava avrebbe perduto.

Ora attese lui.

All'altro capo del filo passò un momento interminabile mentre Cal vedeva i suoi dodici anni di carriera vaporizzarsi sotto i suoi occhi. Immaginava già i reporter di «Hard Copy» che irrompevano nel ristorante, il suo ristorante, il sabato sera, nell'ora di massima affluenza, con le loro maledette macchine fotografiche e i flash che lampeggiavano come cannoni. Goccioline di sudore gli imperlarono la fronte a quell'immagine. Fece per gridare, ma s'impose di rimanere calmo. Nessuna delle altre ragazze aveva mai reagito così. "Cristo Gesù!", urlò il suo cervello infuriato, "che maledetta puttana!".

Cal respirò con deliberata calma. «Senti, Kasey, capisco che sei turbata. Probabilmente hai bisogno di un po' di riposo. Perché domani non ti prendi la giornata libera... eh... magari, il resto della settimana? Dirò al contabile che sei assente per malattia. Approverò personalmente il permesso... a stipendio pieno e con l'intera quota di mance che ti spetta, naturalmente», aggiunse in fretta. «Quando tornerai lunedì prossimo, dopo una settimana di riposo, parleremo un po', tu e io soli. Che te ne pare?».

Non riusciva a capire perché una donna reagisse così. Avrebbe voluto strangolarla, non trattare con lei.

Il suo patetico, meschino mercanteggiare e la sua finta umiltà non erano affatto ciò che Kasey desiderava sentire.

Adesso era furente.

«Credi di poter evitare una causa da milioni di dollari per molestie sessuali comprandomi con pochi centesimi del mio maledetto denaro!?».

Non voleva avere più niente a che fare con quest'uomo, oggi.

«Sai che cosa, Calvin», detestava essere chiamato Calvin, «ti suggerisco di chiamare il tuo avvocato *e* la sede centrale. Digli che sei stato un bambino cattivo, perché io lo farò di sicuro!».

La sua voce raggiunse l'apice nel pronunciare le ultime rabbiose parole.

Spense l'apparecchio, premendo l'indice sul pulsante con

tutta la sua forza nella speranza di sottolineare così il suo profondo disprezzo.

Gettò il telefono sul divano e si lasciò cadere sui cuscini. Sam schizzò dietro la poltrona accanto alla finestra, fissandola guardingo.

«Non male, eh, ragazzo? Ti è piaciuta la parte sull'avvocato e il milione di dollari? Un tocco da maestro, non ti pare? Potevi sentire il vecchio Cal tremare come una foglia». Sorrise compiaciuta, come se avesse ucciso un drago; vestita soltanto con un paio di short sfilacciati e una maglietta corta che arrivava appena sotto i seni, il suo corpo pieno di lividi e di graffi aggiungeva un tocco di autenticità all'illusione. «Scommetto che alla direzione centrale andranno su tutte le furie, eh?».

L'ultimo pensiero venne formulato a mezza voce e finì in un bisbiglio.

Per un momento, un momento solo, pensò a che cosa avrebbe fatto con un milione di dollari. L'immagine si dissolse prima che le permettesse di prendere forma; non era destinata a essere ricca. Fra le molte incertezze della vita, quel fatto almeno sembrava scolpito nella pietra.

Kasey si adagiò indietro, incrociò le gambe doloranti alla maniera yoga e si ficcò un cuscinetto fra le cosce. «Che perfetto imbecille», borbottò.

Accese la Tv, ma il suo sciocco chiacchiericcio pomeridiano le fece venire subito il mal di testa. La zittì e fissò immobile la luce che filtrava tra le tapparelle abbassate.

Sam si raggomitolò in una pallina stretta stretta sulla poltrona e scivolò nel sonno, incurante del telefono che continuava a squillare invano.

Kasey sapeva che non era stato Cal a ridurla così. La muta implorazione di aiuto della donna la rendeva sorda a qualsiasi altro suono nell'appartamento.

La berlina lucida era parcheggiata con il paraurti posteriore a pochi centimetri dal portellone di lamiera ondulata che era stato abbassato, nascondendola completamente all'interno della vecchia costruzione di metallo. C'era a malapena spazio sufficiente nel capannone ma, spostando un lungo bancone arrugginito contro una parete, erano riusciti a farcela entrare. Non era visibile dall'esterno. Quanto a quello, la vecchia costruzione stessa, abbandonata e dimenticata da quasi due decenni, era appena visibile dall'alto. La polverosa strada d'accesso era coperta di erbacce per mancanza di traffico e gli alberi vicino al capannone, mai più potati da quando il bilancio era stato drasticamente tagliato alla fine degli anni Settanta, avevano formato una cupola scarruffata sopra il tetto rotondo di metallo. Sorgeva a più di un miglio di distanza dalla strada asfaltata più vicina e non era stato usato ufficialmente da quando la Ferrovia CSX aveva smesso di usare la vicina diramazione all'inizio del 1980. Prima, serviva per tagliare i tronconi di rotaie e per la riparazione e saldatura dei carri merci chiusi e senza sponde.

Attualmente era adibito alla demolizione di auto rubate; la sua ultima vittima: la Cadillac Seville bianco perla di Donna Stanton.

«Che cosa vuole che ne facciamo del telaio quando abbiamo finito di smantellarlo?», chiese Slammer all'altro uomo, asciugandosi il cranio tatuato, madido di sudore, con un panno sudicio.

I due avevano cominciato a lavorare d'impegno da meno di quattro ore e l'auto aveva già fruttato un generoso bottino di articoli smerciabili: radio AM/FM con mangianastri, commutatore CD, sedili in pelle, quattro sportelli in perfetto stato con serrature e alzacristalli elettrici, telefono cellulare, radar detector, pompa del carburante elettrica, ruote in lega di magnesio con pneumatici radiali Michelin nuovi e il pregiato motore a iniezione Northstar con il cambio automatico overdrive a quattro marce. Ne avrebbero ricavato parecchi quattrini tutti per loro, un compenso supplementare per un lavoro ben fatto.

I pezzi dell'auto non rappresentavano, tuttavia, l'intero pagamento per il modo pulito ed efficiente in cui avevano eliminato la Stanton. Sommati ai soldi che lei aveva ritirato dalla banca, oltre a tutti i suoi splendidi gioielli, avevano reso tutta l'impresa quanto mai redditizia. Meglio ancora, nessuno sapeva dei contanti o dei gioielli, tranne loro due.

«Assicurati solo che non sia rimasto qualche fottuto numero di serie sul telaio o sotto, prima che lo portiamo via. Sai dove sono. Tagliali via tutti con la fiamma ossidrica. Quando abbiamo finito, dobbiamo scaricare i resti dell'auto nel fiume Tennessee. Penso di buttarli subito a sud di Paris Landing. Se mai li troveranno, non riusciranno a risalire a lei». Joeyboy smise di lavorare e si stravaccò in uno dei sedili ribaltabili rivestiti in pelle, che avevano tolto dalla Cadillac. Slammer si accomodò nell'altro, seguendo l'esempio di Joeyboy e concedendosi una breve pausa.

«Ehi, non mi hai detto che cosa hai fatto con la puttana. Come l'hai fatta fuori?». Fissò il compare con morboso interesse.

«Che cosa credi, imbecille?». Joeyboy guardò incredulo il compagno che sogghignava e alzò due volte le sopracciglia in rapida successione con un sorriso perverso.

«Oh, merda! Quanto sei andato vicino?». Slammer si protese avanti, eccitato all'idea.

«Non so... mezzo metro.... forse meno». Joeyboy finse di non saperlo, ma era orgoglioso di essere riuscito praticamente a puntare il fucile nell'orecchio della Stanton senza farsene accorgere.

Non era la prima volta ed era sicuro che non sarebbe stata l'ultima. Gli piaceva il suo lavoro.

«Oh, merda, è brutto! Molto brutto!». Slammer batté i pesanti stivaletti sul pavimento di cemento. «Se n'è accorta?»

«Mai nella vita. Mi voltava le spalle. Le avevo detto che la portavo a casa».

«Oh, merda! Sei il migliore in assoluto, per la miseria». Slammer si adagiò indietro nel sedile, assaporando per un momento la macabra scena che la sua mente andava dipingendo. Un'espressione demenziale gli attraversò il viso e il sorriso svanì. «Te la sei fatta prima?»

«Che cosa credi, imbecille? Che mi sarei lasciato scappare

un bel bocconcino come quello, eh? Sei matto nel cervello o cosa?». S'infilò una Camel fra le labbra e azionò il vecchio Zippo, facendone scaturire una grande fiamma gialla.

«Maledizione, lo sapevo! Avevi detto che le avresti sparato e poi l'avresti sepolta e basta. Perché diavolo non me l'hai lasciata fottere mentre era qui? Era una così bella puttana, la più bella che abbia mai visto». Slammer era visibilmente irritato per aver mancato l'occasione di avere rapporti sessuali con una donna così bella e raffinata.

«D'accordo, signor cervellone, così l'avresti spaventata a morte prima che mi dicesse dove sono infrattati i nastri. Sarebbe stata proprio una drittata, cretino. Immagino che sia per questo che il vecchio mi ha affidato la direzione di questa faccenda, eh, testa di rapa?»

«Già, beh, e se quella puttana ti avesse mentito?»

«Impossibile. Era terrorizzata e inoltre l'ho convinta a fidarsi di me. Le puttane non mentono mai quando si fidano di te. Perciò puoi fotterle così facilmente. So dove ha nascosto i nastri, ci scommetterei la tua testa». Joeyboy ridacchiò e soffiò il fumo in faccia all'amico.

Slammer sedette con aria truce senza batter ciglio, poi fece un largo sorriso. Avrebbe superato la delusione; i due ne avevano passate tante insieme e ci sarebbero state altre occasioni. Tuttavia, il pensiero di essersi lasciato sfuggire Donna Stanton lo avrebbe assillato per quasi tutta la giornata.

Cambiò argomento. «Com'è andata? C'era qualche ficcanaso?»

«No. Soltanto la bella piccola signora e io. Era quasi romantico, con il chiaro di luna e stronzate del genere». Ammiccò al compare, sapendo di fargli rabbia. «Inoltre, eravamo troppo lontani dalla strada per essere visti anche se fosse passata una macchina. In realtà, non ne ho viste altre finché... sono arrivato... a...». Joeyboy esitò mentre un'immagine, vaga come una forma ignota sulla sponda opposta di un lago avvolto nella nebbia, tentava di farsi strada nella sua mente.

«Cosa c'è?», chiese Slammer, scartocciando una gomma alla frutta.

«Niente, solo...».
«Solo *cosa*?»
«Non so, qualcosa che ho visto, credo».
«Tu credi? Quando?»
«Quando andavo via dal frutteto, più o meno a mezzo miglio dal vecchio cancello, sai, tornando verso Columbia». L'apparizione rimaneva confusa, incapace d'indurre il cervello a migliorare la sua immagine e a metterla bene a fuoco.

«Beh, che cosa diavolo era? Una persona? Credi che qualcuno ti possa aver visto andare via da lì?». Questa eventualità preoccupò Slammer, ancor più del pensiero di aver mancato la sua occasione con la donna.

«Non era niente. Rilassati. Voglio dire, non ho *visto* niente, sai, visto con i miei occhi e nessuno mi ha visto. Era soltanto una strana sensazione che avevo mentre me ne andavo».

«Forse eri solo spaventato. Sai, ti è venuta la tremarella o qualche stronzata del genere», lo canzonò Slammer.

«Vaffanculo, imbecille. Non mi spavento per delle stronzate e lo sai. Non mi è venuta la tremarella da quando avevo tre anni». Joeyboy si alzò.

Diceva la verità, giacché Slammer non aveva mai incontrato una persona meno paurosa in vita sua, nemmeno fra i duri e i pazzoidi delle molte prigioni dove aveva soggiornato per gran parte della sua adolescenza e maturità. Di fronte alla paura, Joeyboy aveva sempre la stessa reazione: agiva, e questo significava generalmente che la persona responsabile di quello sgradito sentimento veniva presto liberata prematuramente dagli affanni della vita.

«Finiamo questa cosa. Sono pronto ad andare al club a farmi qualche birra. Questo somiglia troppo a un vero lavoro per i miei gusti», disse bruscamente Joeyboy, lanciando la sigaretta in faccia all'amico.

Slammer, che gli stava intorno da anni, anticipò la mossa e bloccò la cicca con la mano. Una pioggia di scintille scaturì dalla brace ardente quando sfiorò la pelle dura come il cuoio.

L'uomo stette accanto all'amico mentre Joeyboy si chinava

sul parafango destro per smontare il servofreno e il cilindro principale. «Ok, furbacchione, allora dove ha nascosto quei figli di puttana?».

Kasey studiò il tastierino del telefono portatile. Lo stava fissando da quasi un'ora senza premere nemmeno un tasto. Sapeva che doveva, *voleva* informare la polizia, ma ogni volta che si ascoltava raccontare gli eventi che l'avevano portata a essere distesa fra gli sterpi vicino al recinto di filo spinato nel preciso momento dell'omicidio della donna, la storia suonava sempre più assurda.

Era sinceramente addolorata per la donna, ma non desiderava essere implicata nella sua morte. Secondo lei, la folle storia che iniziava con le avance sessuali di Cal (che lui avrebbe negato) e terminava con un bullone inceppato che lei stranamente era riuscita ad allentare solo *dopo* aver assistito innocentemente a un omicidio non avrebbe convinto uno studente del primo anno di legge, figuriamoci poi l'esperto procuratore distrettuale di Davidson County.

Tamburellò sul lato del telefonino con un'unghia spezzata, cercando di decidersi.

Quando il telefono squillò improvvisamente, Kasey per poco non lo scagliò in aria.

Sam alzò lo sguardo dalla variopinta coperta a uncinetto su cui era acciambellato a pochi metri di distanza e stabilì definitivamente che la sua padrona era impazzita. Voltò le spalle alla follia e tentò di prendersi un po' di ben meritato riposo.

Kasey guardò le luci sul tastierino lampeggiare ad ogni squillo e finalmente rispose.

«Pronto».

«Kasey?». Era Brenda Poole.

«Ciao, Brenda». Sebbene fosse la prima volta che l'amica si faceva viva durante le ventiquattr'ore più dure della sua vita, Kasey non era in vena di parlare. Aveva pensato di chiamare Brenda una dozzina di volte da quando si era svegliata, ma ogni volta che aveva preso in mano il telefono, i ricordi della sera prima le avevano inaridito la bocca e non era stata in grado di formulare le parole capaci di descrivere adeguatamente l'orrore: a chiunque, persino alla sua migliore amica, una persona con cui aveva sempre potuto dividere tutto fino a quel giorno. L'immagine della donna morente, pochi momenti dopo aver silenziosamente implorato l'aiuto di Kasey, la faceva sentire responsabile della sua morte. Avrebbe potuto e dovuto fare qualcosa di più che restarsene distesa lì come un coniglio spaventato, proteggendo la propria vita a spese di quella della sconosciuta. Il costante rimprovero era quasi assordante all'orecchio della mente.

«Stai bene, Kasey?», chiese Brenda con voce preoccupata.

Kasey si mise a piangere. Respirò a fondo, lentamente, attenta a non farsi sentire all'altro capo del filo. «Sì, sto benissimo, Brenda. Sono solo stressata, tutto qui. Ho appena parlato al telefono con Cal». Per il momento almeno, una mezza verità era meglio di una bugia.

O dell'intera verità.

«Quel bastardo di Cal è proprio un figlio di puttana. Ma non riesco ancora a credere che tu l'abbia colpito con quel barattolo. Nessuno di noi ci crede. Oh, mio Dio, Kasey! La storia ha fatto il giro del ristorante. Accidenti, ne parlavano persino i ragazzi del parcheggio alla fine della serata». Brenda era partita in quarta. Kasey si appoggiò il telefono al petto e lasciò che la sua loquace amica chiacchierasse a ruota libera per un po'.

«Brenda», la interruppe.

L'altra si fermò a metà di una frase. «Cosa?»

«Ho un'emicrania infernale. Ti dispiace se parliamo domattina?»

«Non vieni a lavorare stasera?», chiese Brenda, stupita dalle ultime parole di Kasey.

«Cal mi ha offerto un paio di giorni di permesso e ho intenzione di approfittarne e starmene un po' tranquilla. Magari andare a fare spese. Non me la sento di affrontarlo al momento». Una bugia; Kasey poteva incassare tutto da Cal, anzi da quasi tutti gli uomini, e restituirlo con gli interessi quando voleva e Brenda lo sapeva, ma era una scusa abbastanza buona per farle guadagnare un po' di tempo prima dell'inevitabile, lunga conversazione con l'amica.

«Mi sembra una buona idea, Kase. Vuoi che venga a fare spese con te?».

Kasey aveva ancora meno desiderio di compagnia che di conversazione. Pensò al suo viso pesto e si rese conto di non potersi mostrare in giro ancora per parecchi giorni, senza dover spiegare che, no, non era vittima di violenze domestiche né di un incidente motociclistico. Ma non aveva importanza. Non era in vena di avventurarsi fuori dal sicuro rifugio delle sue quattro mura. «No, grazie. Forse non uscirò nemmeno».

«Sei sicura? Posso essere da te fra un quarto d'ora se cambi idea».

«Sicurissima. Voglio soltanto stare un po' sola. Grazie lo stesso».

«Nessun problema. Senti, se hai bisogno di soldi, di qualsiasi cosa, telefonami, d'accordo?».

Kasey sorrise, commossa dalla lealtà e generosità dell'amica. Brenda aveva ancora meno soldi di lei, ma le avrebbe dato volentieri fino all'ultimo centesimo se glielo avesse chiesto.

«D'accordo. Ti chiamo più tardi».

«Sai dove trovarmi».

«Sì, grazie».

Kasey spense il telefono e lo posò sul bracciolo del divano. La conversazione con l'amica, anche se breve, era bastata a convincerla che non era il momento di chiamare la polizia. Sarebbe crollata durante l'interrogatorio e l'esame minuzioso. La donna morta, chiunque fosse, non si sarebbe mossa e non avrebbe fatto differenza se lei avesse dato il nome di Joeyboy alla polizia domani o dopodomani anziché oggi.

Il ragionamento zoppo non la soddisfece. Kasey sapeva di mentire a se stessa; ciò che la tratteneva dal chiamare la polizia era la paura che le cresceva in cuore, la paura che lui sarebbe venuto a cercarla.

Prese Sam e se lo mise in grembo. Si raggomitolarono insieme sul divano e stavano ancora così quando ormai, fuori dalle tende aperte, si era fatto buio da un pezzo e l'unica luce che penetrava nel soggiorno proveniva dal lume sul comodino in fondo al corridoio.

Mercoledì mattina Kasey si sentiva un po' meglio, anche se le palme delle mani e la ferita sopra l'occhio sinistro le facevano ancora molto male. La sera di martedì si era addormentata sul divano, Sam stretto fra le braccia, e aveva dormito fino alle sette del mattino seguente, quando Brenda le aveva telefonato. Era riuscita a chiudere la conversazione senza dover rispondere alle incessanti domande di Brenda sul suo stato mentale e senza dover accettare di incontrarla al centro commerciale.

Appena riagganciato il telefono, fu assalita da un'irrequietezza che la scosse quasi a forza dal suo volontario letargo. Sapeva che se si fosse tenuta occupata, non avrebbe dovuto pensare a lunedì sera. Aveva cose da fare e poteva trovarne; avrebbe detto a chiunque le avesse chiesto come si era procurata tutte quelle strane ferite che era inciampata facendo jogging. Vaffanculo. Kasey ora aveva bisogno di evadere dalla prigione in cui si era rifugiata quasi quanto aveva avuto bisogno di sentirsi protetta trentadue ore prima. La sua mente divagava e aveva difficoltà a pensare con chiarezza. Sempre, immagini dall'inferno tentavano di affiorare a forza dal suo subconscio e il solo tenerle a bada la stancava. Richiamò Brenda e le propose di mangiare qualcosa insieme al centro commerciale. Brenda ne fu felice.

Davanti a una grande fetta di pizza ripiena di carne e una Dr Pepper della Pizzeria Sbarro, dopo aver spiegato alla sua amica di essere caduta mentre faceva jogging per sfogare la rabbia repressa (fortunatamente Brenda accettò la spiegazione senza discutere), Kasey riferì la conversazione che aveva avuto con Cal il martedì pomeriggio e Brenda capì improvvisamente perché lui fosse rimasto chiuso in ufficio durante tutto il suo turno. Lo scambio di aneddoti sul loro ripugnante capo fece ridere le due donne fino alle lacrime. Kasey non rideva così da giorni e si sentì immensamente sollevata.

Brenda era stata ben lieta di riferire che l'assenza dell'occhio sempre vigile di Cal era stato un piacevole cambiamento al ristorante, anche dopo un solo giorno, e le trasmise un "grazie" collettivo da parte dei colleghi.

Dopo aver esaminato superficialmente l'idea quanto mai gradevole di fare effettivamente causa a Calvin S. Hardt per molestie sessuali – una conversazione che aveva provocato un secondo scoppio di risate – le due continuarono a parlare del più e del meno, da buone amiche. Nelle quasi tre ore passate insieme a Brenda, Kasey non fece il minimo accenno agli eventi del lunedì sera.

Appena uscita dal centro commerciale, Kasey si fermò alla Crest Honda in Murfreesboro Road per comprare un nuovo emblema da mettere al centro del coprimozzo posteriore destro (era sicura di averlo perso nella fretta di cambiare la gomma lunedì sera), ma quasi vi rinunciò quando il commesso le disse che costava ben dodici dollari.

Rigirò il dischetto fra le mani. «Dodici dollari? Per questa cosina!?», protestò. La sua indignazione non valse a ridurre il prezzo dell'emblema, ma quando venne istallato nel parcheggio e le quattro ruote ripresero il loro aspetto originario, il denaro le sembrò speso bene. La vecchia amica l'aveva servita fedelmente per anni e il meno che meritava erano quattro scarpe uguali.

I tergicristalli avrebbero dovuto attendere ancora.

Alla fine, Kasey tornò a malincuore verso casa, quasi timorosa di stare sola con se stessa. Sapeva che le immagini sarebbero riapparse non appena avrebbe smesso di riempire il tempo con banali faccende casalinghe e attività poco impegnative.

Benché normalmente detestasse stirare, oggi le sembrò facile e rilassante. La sua mente assillata gradì la pausa. Lo show televisivo condotto da Oprah Winfrey ronzava sommessamente in sottofondo mentre Kasey passava distrattamente il ferro a vapore sopra un paio di jeans color indaco, stirando sempre lo stesso punto quattro o cinque volte.

Per il momento, lunedì sembrava lontano una vita. Si era

quasi convinta di poter tenere a bada le brutte immagini con la sola forza di volontà. Col tempo, sarebbe diventata una seconda natura, come dopo la morte dei suoi genitori.

Kasey si accorse improvvisamente di avere di nuovo fame, un fenomeno che non turbò affatto Sam. Mentre andava verso il divano, con un toast al prosciutto e formaggio in mano e Sam alle calcagna, il Canale 9 della televisione mostrò improvvisamente la fotografia di una bellissima donna con la sola parola SCOMPARSA scritta sotto.

Kasey si bloccò e fissò incredula la fotografia.

Era *lei*.

In un batter d'occhio le tornò tutto in mente, come se fosse accaduto pochi momenti prima. Kasey si sedette lentamente, posando il piattino sulla moquette ai suoi piedi. Senza mai distogliere gli occhi dallo schermo, cercò il telecomando che aveva infilato fra i cuscini del divano e alzò rapidamente il volume abbastanza per sentire. Contrazioni nervose le serravano lo stomaco e il cuore le batteva forte.

La foto della donna, che non occupava più tutto lo schermo, ora poggiava sopra la spalla sinistra della giornalista televisiva, Brandie Mueller, mentre parlava:

Donna Louise Stanton, anni 33, di Nashville, è stata data per scomparsa questa mattina dalla sorellastra, Laurie Ann Latham, pure di Nashville. Le due abitavano insieme da tre anni in una casa a Belle Meade.

La signorina Latham ha avvertito la polizia metropolitana dopo aver atteso invano una telefonata di sua sorella che era scomparsa improvvisamente da casa lunedì pomeriggio. Andarsene così senza dire nulla, sostiene la signorina Latham, non rientra assolutamente nelle abitudini di sua sorella.

La polizia ha rifiutato di avanzare congetture sulla possibilità che si tratti di un delitto e ha appena avviato un'indagine preliminare sulla faccenda, secondo quanto ci ha detto il tenente della Metro, Pete Vanover...

La fotografia del volto della Stanton fu rimpiazzata da un'altra sua foto a figura intera in uno splendido abito da sera molto scollato, in piedi fra due uomini in smoking, uno stile western e l'altro più classico. Kasey li riconobbe entrambi.

...I telespettatori ricorderanno forse la signorina Stanton in un precedente servizio di Canale 9, quando intervenne al ballo inaugurale del governatore Buddy Williams in compagnia della superstar della musica country, Rocky McCall. All'epoca si diceva che i due fossero fidanzati, ma poi si separarono con grande battage pubblicitario dei media. Non è stato possibile raggiungere McCall, in tournée con il suo complesso in Scozia, per un commento sulla scomparsa.

Secondo una fonte anonima, dopo la rottura, la signorina Stanton passava gran parte del suo tempo con altre celebrità e dirigenti del mondo della musica country, nonché numerosi politici e importanti uomini d'affari dell'intero Stato.

Vi daremo altri particolari dell'improvvisa e apparentemente inspiegabile scomparsa di Donna Stanton nel nostro notiziario delle dieci.

Come sempre, rimanete sintonizzati su Canale 9 per tutte le notizie dal Metroplex... e da tutto il mondo.

Qui Brandie Mueller in diretta dagli studi di Canale 9.

Kasey tolse l'audio e si abbandonò sul divano. Ora sapeva perché le era sembrato di conoscere la donna nel frutteto: almeno in due occasioni durante il suo turno di lavoro, Donna Stanton aveva pranzato al ristorante. Una volta, ricordò Kasey, con un produttore discografico noto per uscire con tutte le belle donne di Nashville e l'altra volta con un uomo che non aveva mai visto al ristorante né prima né dopo.

Kasey ripensò alla fotografia di Donna Stanton che aveva appena visto: splendida, raffinata, orgogliosa... *viva*. Ricordò la donna nel frutteto, la stessa donna, umiliata, spaventata, che implorava di essere portata a casa. Le venne la nausea e corse in bagno, la bocca e gli occhi umidi.

Quando tornò, Sam si stava mangiando con metodica calma il toast di prosciutto e formaggio, avendo concluso che era stato lasciato lì per lui. Kasey raccolse il piatto e i resti della crosta e li gettò nel lavabo; le era passato l'appetito e Sam non era obbligato a mangiare tutto quanto, anche se non sarebbe stato sicuramente d'accordo se glielo avesse chiesto. Telefonò a Brenda. Mercoledì era l'unico giorno della settimana in cui Brenda non lavorava.

«Pronto», rispose l'amica al primo squillo.

«Brenda, stavi guardando Oprah?»

«Che domanda stupida. Non dirmi che la stavi guardando. Non guardi spettacoli come quello. Hai visto che cosa indossava quell'idiota. Sono una donna e non...».

«Brenda!», interruppe Kasey.

«Cosa?»

«Hai visto quel servizio sulla donna scomparsa?»

«Vuoi dire la Stanton, quella che girava con tutte quelle star della musica country?»

«Sì, proprio *quella*», confermò ironica Kasey. A volte la sua amica era un po' lenta di comprendonio.

«Cosa le è successo?», chiese Brenda, cercando di ascoltare contemporaneamente Kasey e il suo talk show.

«Non l'hai riconosciuta? Voglio dire, l'avevi già vista al ristorante?».

Brenda esitò un momento. Poi: «Oh, sì! Sapevo di averla vista da qualche parte. Fa uno strano effetto: è stata nel nostro locale e ora è scomparsa». Improvvisamente la Tv la interessava poco. «Credi che qualcuno l'abbia rapita? Uno di quei ricconi con cui usciva sempre? Forse uno di loro si è arrabbiato con lei perché lo ha lasciato o roba del genere. Potrebbe essere Rocky McCall, che ne dici? Sai che era fidanzata con lui un paio di anni fa. Scommetto che lui sta solo fingendo di essere all'estero... oppure... forse è fuggita con lui e ora vivono...».

«Brenda!». Kasey non cessava mai di stupirsi delle infinite direzioni che poteva prendere la mente dell'amica. Ma, nonostante la sua fervida immaginazione, Brenda sarebbe rimasta sconvolta e ammutolita per una volta nella vita, se avesse saputo la vera verità.

«Cosa?», rispose quasi stizzita, non avendo idea del motivo di quell'interruzione.

«Volevo soltanto sapere se conoscevi l'uomo con cui è venuta al ristorante circa un mese fa. Un tipo da far paura, fra i cinquanta e i sessanta. Occhi truci. Stavano seduti vicino al bar, credo, ma non ne sono sicura».

Brenda rifletté di nuovo un momento. «No. Non ricordo di averlo visto. Forse era il mio giorno libero. Ricordo soltanto che un giorno lei era al bar con quel produttore della RCA o qualche altra grossa casa discografica, ma quel tipo non aveva sicuramente cinquant'anni, a mio parere. Perché t'interessi a lei, Kase?»

«Oh, non è nulla. Pensavo soltanto che potessi ricordare quell'altro tizio, tutto qui». Per una ragione che non era ben chiara nemmeno a lei, Kasey sperava che Brenda sapesse chi era l'uomo dagli occhi truci. Non aveva importanza, decise: probabilmente il collegamento esisteva soltanto nella sua testa.

Brenda insisté: «Credi che quel tale abbia qualcosa a che fare con la sua scomparsa, vero?». Brenda era seduta in pizzo alla sedia. Arrivò persino a togliere l'audio della televisione. «Chiamerai i poliziotti e dirai loro quello che sai?»

«Gesù, Brenda, non so niente. Era una semplice domanda. Devi smetterla di guardare quegli sceneggiati e tornare nel mondo reale, ragazza mia». Appena pronunciate quelle parole, Kasey si rese conto di quanto suonassero grottesche venendo da lei; quello che era successo nel suo mondo negli ultimi giorni aveva superato qualsiasi cosa avesse visto alla televisione nella fascia meridiana.

«Per me sono il mondo reale, Kasey, non capisci? Alle persone come me e te non succede mai niente di eccitante. Scommetto un dollaro che in questo preciso momento Donna Stanwick è seduta su una spiaggia alle Bahamas a prendere il sole, mentre la sua povera sorella si preoccupa da morire per lei».

«Stanton».

«Cosa?»

«Si chiamava Stanton, non Stanwick».
«Comunque sia».
Kasey scosse il capo. «Torna a Oprah. Ci sentiamo più tardi, ok?»
«A più tardi», confermò Brenda e spense il telefonino.

Joeyboy e Slammer smisero di lavorare per quel giorno e si chiusero la porta dell'officina alle spalle. Le loro Harley, una vecchia di qualche anno e l'altra ancora splendente della prima lucidatura, aspettavano dietro il capannone dove erano state parcheggiate da metà mattina. Slammer inforcò velocemente la più vecchia delle due e mise in moto senza esitare. Dette gas e partì rombando lungo la strada sterrata, cercando di avvolgere Joeyboy in una nuvola di polvere e di pietrisco sollevata dalla sua grossa gomma posteriore. La vittima predestinata di questo interminabile gioco a sopraffarsi a vicenda s'inclinò tutta a sinistra e dette contemporaneamente gas, evitando di misura la grandinata di sassolini, ognuno inteso a raschiare via un po' di nuovo dalla sua motocicletta.

Sebbene il casco fosse obbligatorio in Tennessee, entrambi gli uomini avevano la testa nuda, a parte un paio di Okley Blades con le lenti a specchio: l'obbligo di portare il casco veniva considerato una violazione del loro inalienabile diritto di correre liberi nel vento. Venivano fermati di rado, tuttavia, perché i loro normali percorsi li portavano raramente attraverso quartieri ben pattugliati. Fianco a fianco, saettarono sui nastri neri delle strade secondarie, diretti al bar con le cameriere in topless che era la loro seconda casa.

Mentre Slammer ficcava una banconota da un dollaro tutta spiegazzata nel tanga dell'ultima ballerina comparsa in scena, strofinando con mossa eloquente la mano libera sul dietro e il lato della coscia e poi sulle natiche, Joeyboy finì di versarsi la seconda birra. Se ne sarebbe scolata un'altra dozzina prima di andarsene con la sua spogliarellista di turno verso le due del mattino. Era il solito rituale che si ripeteva praticamente ogni notte: bere birra, fumare un po' d'erba e accoppiarsi con le ballerine nude.

Oggi, ci sarebbe stata una piccolissima deviazione dalla normale routine; avrebbe distolto Joeyboy dal suo intrattenimento solo per un minuto.

Strizzando gli occhi, cercò di vedere il quadrante del suo orologio alla scarsa luce del locale semibuio. I filtri di plastica colorata applicati sui faretti che illuminavano il palcoscenico non fornivano la luce ideale per leggere: erano destinati a tutt'altro scopo. Pochi clienti passavano il tempo a leggere altro che le etichette delle bottiglie di birra.

Joeyboy girò il polso finché la luce batté sulle lancette dell'orologio: erano quasi le sei pomeridiane.

Si alzò e andò all'unico telefono a gettoni nel piccolo locale, dietro l'angolo del bar, fra le toilette. Arrivando, vide che il telefono era occupato. Non conosceva l'uomo che lo stava usando e comunque non avrebbe fatto alcuna differenza per Joeyboy anche se fosse stato un amico di lunga data. Guardò di nuovo l'orologio, più velocemente questa volta: le luci in questa parte della stanza non erano schermate come quelle che illuminavano la scena.

Aveva meno di un minuto.

«Ehi, che cosa diavolo ti prende!?», esclamò indignato l'uomo al telefono quando Joeyboy glielo strappò di mano e lo sbatté nella forcella. L'uomo stava guardando nell'altra direzione, appoggiato al muro e si girò di scatto, pronto e disposto a sottolineare la sua sorpresa e irritazione con un pugno.

«Il telefono serve a me, stronzo. Hai qualcosa da obiettare?». Joeyboy non si avvicinò allo sconosciuto, non alzò nemmeno un dito. Si piazzò semplicemente accanto al telefono, le braccia penzoloni sui fianchi, masticando con energia uno stuzzicadenti di legno.

L'altro uomo, a pugni stretti, guardò un momento in faccia il suo avversario; gli bastò. In quel secondo scarso, decise saggiamente di ripensarci. Non fu tanto una scelta consapevole della mente quanto una risoluzione dell'anima in difesa della vita che le era stata affidata. Qualcosa nella faccia calma, rilassata del biondo disse allo sconosciuto che colpire il bersaglio con un pugno ben assestato sarebbe stato un errore. Un grave errore. Subito sotto la superficie, fra le rughe sottili, la pelle cotta dal sole e i capelli quasi platinati, la morte stava in agguato: la morte pura e schietta, senza fronzoli né scrupoli di coscienza.

«Uh... no... scusami. È tutto tuo». Mormorò le parole quasi in tono dimesso mentre si ritirava in buon ordine. Joeyboy gli voltò sprezzantemente le spalle, senza più occuparsi dell'uomo che uscì frettolosamente dal bar.

Il telefono squillò quasi subito.

«*Quiiii Johnny*», rispose Joeyboy, sarcastico.

«Lì non c'erano, maledizione!», esclamò l'altro uomo, agitatissimo.

«Hai guardato sotto il lavandino del bagno grande, come ti ho detto?». Joeyboy odiava l'uomo all'altro capo del filo e se ne infischiava dei suoi preziosi nastri. Era stato interamente pagato per eliminare la Stanton: i nastri erano un problema che riguardava esclusivamente l'altro uomo, non lui.

«Certo che ho guardato sotto il lavandino, pezzo d'imbecille! C'era soltanto una fottuta pistola infilata in mezzo a due asciugamani!».

Joeyboy sogghignò, ben lieto di aver deciso di non riportare la donna a casa a prendere i nastri. Ancora una volta, il destino gli aveva sorriso rafforzando la sua convinzione di essere baciato dalla fortuna: la morte lo evitava sempre così come ghermiva inesorabilmente gli altri. «Beh, è proprio un bel guaio. Spiacente, ma quella puttana mi ha detto che erano lì». Studiò le scritte sul muro, più interessato da una poesia scarabocchiata in fretta e mai vista prima che da ciò che diceva la voce irritante al telefono.

«Ah, sì? Beh, ha mentito, stupido imbecille! Il vecchio sta dando i numeri. Vuole assolutamente avere quei maledetti nastri. Mi ha ossessionato per due giorni interi e ora mi racconti queste stronzate! Sei proprio un deficiente, sai, Joey? Non avresti *mai* dovuto fare fuori la donna prima che io avessi in mano quei fottuti nastri. Li *voglio* e subito!».

Joeyboy, che sentiva soltanto quello che voleva sentire della tediosa conversazione, rise forte quando ebbe finito di leggere la poesiola lasciva. Era pronto a tornare dalla ballerina che si era lavorato per tutta l'ora precedente: Lacey, Laura... un nome che iniziava con L.

Gettò via lo stuzzicadenti e accese una Camel, soffiando rumorosamente il fumo nel ricevitore. «Beh, in tal caso, signor detective, visto che sei tanto furbo, ti suggerisco di trovarli da te. È la prima cosa che insegnano a voi piccoli bastardi alla scuola d'investigazione, no? A scoprire le cose? Allora vai a investigare, testa di cazzo. Io ho da fare».

Sbatté giù il telefono e rilesse la poesia, imparandola a memoria per uso immediato. Slammer si sarebbe divertito un mondo.

Così pure lei... come si chiamava.

Capitolo ottavo

Il servizio delle sei pomeridiane sulla scomparsa di Donna Louise Stanton era assai più dettagliato del breve annuncio precedente. Seduta sul pavimento del soggiorno, Kasey fissava lo schermo, i quotidiani del mattino sparsi intorno a lei. Laurie Latham aveva denunciato la scomparsa della sorellastra dopo che i giornali erano già andati in macchina e quindi il «Banner» non vi faceva alcun accenno; Kasey se lo aspettava, ma non aveva resistito alla tentazione di comprarne una copia al Mapco Express sotto il suo caseggiato e scorrerne le pagine. Giusto in caso.

Si era sorpresa a camminare nervosamente per la stanza durante l'ora precedente, aspettando il telegiornale della sera. Almeno dodici volte, dalle quattro in poi, era passata velocemente da un canale all'altro, sperando che uno di quelli locali trasmettesse la storia. Non aveva appreso nulla di più.

Frustrata e impaziente, aveva atteso. Appena Brandie Mueller, conduttrice del telegiornale su Canale 9, apparve sullo schermo con la foto di Donna Stanton nuovamente sopra la spalla, Kasey alzò ancora un po' il volume:

Qualche ora fa, il telegiornale di Canale 9 vi ha informato della misteriosa scomparsa di Donna Louise Stanton, ben nota negli ambienti mondani di Nashville e fidanzata un tempo con la superstar della musica country, Rocky McCall.

Dopo quel primo annuncio, Canale 9 ha parlato con una vicina della Stanton, la signora Maggie Ketchum, la quale ha dichiarato che la Stanton sembrava molto turbata mentre si allontanava da casa in macchina nel pomeriggio di lunedì scorso. Da allora non si sono più avute sue notizie.

Vi trasmettiamo ora un servizio di Deb Jensen, registrato qualche ora fa in casa della Ketchum a Belle Meade:

Jensen: «Signora Ketchum, che cosa può dirci riguardo alla strana e improvvisa scomparsa di Donna Louise Stanton?».

Ketchum: «Beh, effettivamente mi è parso un po' strano che se ne andasse così, senza neppure salutarmi. Di solito è una signorina molto cordiale e sempre così educata. Ricordo...».

Jensen:«Le è sembrato che la signorina Stanton avesse insolitamente fretta?».

Ketchum: «Sa, direi proprio di sì. Ha buttato le valige nel portabagagli di quella sua grande Cadillac bianca ed è partita. Nemmeno un accenno di saluto anche quando io...».

Jensen: «Signora Ketchum, la sua vicina le è apparsa turbata o sconvolta?».

Ketchum: «Beh, non direi esattamente turbata, ora che ho avuto tempo di rifletterci sopra. Era piuttosto come... in un altro mondo. Distante, come se pensasse ad altro, ma non direi esattamente sconvolta. Abitualmente, si fermava ad ammirare i miei fiori. Ho vinto il premio per il Giardino del Mese due volte in...».

Jensen: «Ha qualche idea del possibile motivo per cui la signorina Stanton aveva tanta fretta di partire?».

Ketchum: «Andava e veniva continuamente, come una stella del cinema. Le Bahamas, il Messico. Credo che una volta sia stata anche in Italia. Immagino che fosse semplicemente in ritardo e pensasse a dove stava andando. Ho sempre desiderato andare...».

Jensen: «Grazie, signora Ketchum». Poi volgendosi verso la telecamera: «Vedo il detective Pete Vanover uscire in questo momento da casa della Stanton. Sentirò se possiamo scambiare due parole con lui».

La Jensen e il cameraman si dirigono rapidamente verso l'auto di Vanover: «Scusi, detective, sono Deb Jensen del TG *di Canale 9. Può fornirci qualche chiarimento sulla strana scomparsa della signorina Stanton?».*

Vanover: «Al momento, signorina Jensen, non posso affer-

mare che si tratti di una "scomparsa", almeno non nel normale significato della parola. Potrebbe darsi che la signorina Stanton sia partita semplicemente per una vacanza imprevista senza preoccuparsi d'informare sua sorella».

Jensen: «Quindi, non sospetta che la sua scomparsa nasconda qualcosa d'illecito o criminoso?».

Vanover: «È lei che continua a usare il termine "scomparsa", non io, e no, non sospetto nulla del genere. Sua sorella e io abbiamo fatto una rapida ispezione. A quanto ci risulta, manca almeno una valigia. Sembra che manchino anche vari indumenti e alcuni effetti personali».

Jensen: «Effetti personali?».

Vanover: «Sa, spazzolino da denti, asciugacapelli. Inoltre, secondo sua sorella...».

«Laurie Latham, la donna che ha denunciato la scomparsa?».

Vanover: «Esatto. Secondo la signorina Latham, sua sorella ha preso con sé anche alcuni gioielli e la macchina fotografica. Mi sembra che la signora volesse semplicemente andarsene per un po'».

Jensen: «Dobbiamo quindi presumere che la polizia di Nashville cancellerà il nome della signorina Stanton dall'elenco delle persone scomparse?».

Vanover: «Per il momento sì. A meno che ulteriori informazioni non giustifichino nuove indagini».

Jensen: «Grazie, detective Vanover».

Jensen alla telecamera: «Beh, questo è quanto. L'improvvisa e inspiegabile scomparsa di uno dei volti più famosi di Nashville ora sembra ridursi a una semplice decisione di fuggire via da tutto.

Qui è Deb Jensen, TG, Canale 9».

«*Fuggire via da tutto!* Cristo, stupida ragazza, non hai la minima idea di quello che sta accadendo!», gridò rabbiosamente Kasey, ora tutta concentrata sul televisore, come se il tono di voce più alto potesse in qualche modo sospingere le parole oltre lo schermo, lungo i fili e attraverso l'etere fino alla stazione televisiva dove sarebbero arrivate miracolosamente nell'auricolare della Jensen. «Morire è una bella maniera di fuggire via da tutto!».

Spense bruscamente il televisore e gettò il telecomando sul divano.

Afferrò la prima penna che le capitò sottomano in un tazzone omaggio del caffè Garfield, che stava sul mobile di cucina e conteneva un assortimento di penne, matite e aggeggi vari, e scribacchiò il nome del tenente di polizia. Aveva deciso.

Sfogliò con mano impaziente le pagine azzurre dell'elenco telefonico e trovò infine il numero giusto: Amministrazione municipale di Davidson County, Polizia metropolitana, Squadra investigativa, Omicidi. Si stupì che fosse così ben nascosto in mezzo alla serie infinita di uffici e dipartimenti e fu lieta di non averlo dovuto cercare mentre un maniaco omicida tentava di abbattere la porta della sua camera da letto.

Annotò il numero telefonico su un pezzetto di carta, vi scribacchiò vicino «squadra omicidi» e tirò un profondo respiro.

Era ora che apprendessero l'orribile verità su Donna Stanton.

E su Joeyboy.

Mentre finiva di comporre le sette cifre del numero che aveva scritto, un pensiero raggelante l'assalì all'improvviso. Premette rapidamente la forcella, annullando la chiamata.

«Oh, Dio, c'è mancato poco», mormorò a Sam, realizzando che, nella fretta d'informare la polizia dell'assassinio della Stanton, aveva quasi fornito loro inavvertitamente il suo nome, cognome e indirizzo. «Non è una buona idea, non è affatto una buona idea», si rimproverò ad alta voce, ricordando che Nashville – tutta Davidson County se per quello – usava il sistema 911 perfezionato che permetteva a ogni centralinista e addetto allo smistamento dei vigili del fuoco e della polizia di conoscere tutti i dati relativi a chi telefonava prima ancora di rispondere alla chiamata. Se voleva rimanere fuori dall'inevitabile giostra di aule di tribunale, avvocati, polizia e giornalisti che sarebbe stata irrimediabilmente messa in moto dalla notizia sensazionale dell'orrendo omicidio di

Donna Stanton, non poteva dare il suo nome, né usare il suo telefono.

Un'immagine di Joeyboy che si puliva il viso imbrattato di sangue e di frammenti di materia cerebrale, con meno emozione di uno che si pulisce il mento sporco di salsa al ragù, si formò improvvisamente sulla parete dinanzi a lei. La scacciò battendo le palpebre.

Si strinse Sam al petto con un braccio mentre il telefono penzolava, muto, dall'altro braccio. Doveva riflettere più attentamente sul da farsi.

Si sforzò di eliminare il sentimento dalla sua visione dei fatti per poter pensare lucidamente, confrontando i propri interessi con quelli dell'altra donna: una persona che non poteva più patire le offese della vita. Un suo eventuale coinvolgimento non avrebbe modificato in alcun modo il fatto che Donna Stanton era morta e Joeyboy era colpevole. Sarebbe stato certamente molto più facile per lei fare una telefonata anonima e poi tirarsi indietro, evitando di farsi prendere nel vortice, piuttosto che dare il proprio nome ed essere inevitabilmente coinvolta, forse implicata nell'omicidio. O peggio ancora, il pensiero l'assalì con improvvisa violenza, diventare lei stessa il bersaglio dell'assassino. Sapeva che Joeyboy, al pari degli uomini che probabilmente l'avevano assoldato, non sarebbe stato con le mani in mano mentre lei aspettava di andare a testimoniare in tribunale su quello che aveva visto. Dovette lottare contro altre immagini orribili che andavano formandosi dinanzi ai suoi occhi. Ebbe meno successo di quanto avrebbe desiderato. Forse se avesse semplicemente telefonato, fatto quello che sapeva di dover infine fare, le immagini sarebbero cessate.

Depose Sam sulla poltrona del soggiorno e frugò in fondo alla borsetta. Con un paio di monete da un quarto di dollaro, il foglietto con il nome e il numero e le chiavi in mano, chiuse la porta e attraversò di corsa il complesso immobiliare dove abitava fino al Mapco Express all'angolo di Murfreesboro Road e Glengarry, lo stesso emporio dove aveva comprato il giornale qualche ora prima.

I telefoni a gettone erano situati sulla facciata del negozio, a sinistra della grande porta a vetri, accanto a una doppia fila di bombole di propano bianche che venivano avidamente consumate durante la primavera e l'estate dai cuochi della domenica per cucinare le loro salse segrete, avvolti in grembiuli con la scritta «Baciate il Cuoco» o «Bar-B-Que Nudo». Kasey dovette aspettare parecchi minuti perché l'unico telefono funzionante al momento era occupato. Quello accanto, l'unico altro telefono a gettone in vista, aveva il filo rotto e mancava il ricevitore.

Incrociò le braccia e si appoggiò al muro, sbattendo leggermente il sedere contro i mattoni e fremendo d'impazienza mentre tre ragazzi con gli skateboard telefonavano a una ragazza, salutandola ognuno a turno e illustrandole nei minimi dettagli il loro programma per la giornata. Lanciò un'occhiataccia all'ultimo dei tre sperando di mettergli fretta e infatti la telefonata terminò rapidamente, sebbene il ragazzo destinatario dell'occhiataccia le facesse una sonora e spavalda pernacchia mentre filava via attraverso il parcheggio con i suoi compagni.

Il cuore le batteva forte sotto la camicia.

«Omicidi. Parla il tenente Vanover», rispose la voce piena e autoritaria del detective che alzò il ricevitore al primo squillo.

Senza dire una parola, Kasey buttò giù immediatamente il telefono. Non si aspettava che rispondesse proprio l'uomo che cercava di contattare. Per quanto sciocco potesse sembrare, aveva contato sull'intervallo che passa normalmente fra parlare con il centralino e attendere che l'altra persona alzi il telefono per concentrarsi.

Si sentì stupida, ma si consolò pensando che quando avrebbe richiamato, Vanover non poteva sapere che era stata lei a riattaccare così sgarbatamente.

Avrebbe aspettato qualche minuto prima di riprovare.

Kasey attese. Attese e preparò il suo discorsetto. L'idea era di raccontare in fretta i dettagli importanti dell'omicidio di Donna Stanton e del luogo dov'era sepolta e poi tagliare subito la comunicazione senza aggiungere una parola.

Silenziosamente, fece la prova della finta conversazione.

Anche alla luce obliqua della prima sera, con una dolce brezza tiepida che spirava da sud, il sudore le colava giù per la schiena e fra i seni come se fosse stata in mezzo a un parcheggio asfaltato a mezzogiorno in pieno luglio; aveva anche le palme bagnate e dovette asciugarle sui jeans. Il sudore salaticcio irritò i graffi che non si erano ancora rimarginati.

Kasey appoggiò la fronte contro la grande cassetta quadrata del telefono e s'impose di stare calma.

"Respira piano e profondo", si rammentò. "Come quando fai jogging".

«Ha intenzione di usare quell'arnese o di farci l'amore?».

Kasey per poco non lanciò un urlo e si voltò di scatto verso la voce d'uomo. «Cosa?», chiese in un bisbiglio allarmato, sobbalzando alla sua inattesa comparsa.

L'uomo si rese conto di averla spaventata e usò un tono meno sarcastico. «Devo usare il telefono», disse indicandolo con un lieve cenno di mano. «È una cosa lunga?».

Kasey si ritrasse in fretta, scendendo dal marciapiede nello spiazzo del parcheggio e gli fece cenno di accomodarsi pure.

«Grazie», disse l'uomo, tirando fuori di tasca gli spiccioli e meravigliandosi in silenzio per lo strano comportamento della donna. Rimase al telefono meno di un minuto, avendo ricevuto le indicazioni per arrivare a un vicino cantiere edile dalla persona all'altro capo del filo. Kasey lo guardò montare in un camion rosso polveroso e andare via.

Alla fine, giudicando che fosse ormai trascorso abbastanza tempo per distanziarsi convenientemente dalla persona che aveva riattaccato il telefono in faccia alla polizia, inserì nell'apposita fessura l'altro quarto di dollaro. Armeggiò con il foglietto spiegazzato e compose il numero sbagliato invertendo le ultime due cifre. Con dita nervose, tremanti, abbassò la forcella, raccolse dalla vaschetta la moneta che l'apparecchio le aveva fortunatamente restituito, la reinserì e compose di nuovo lentamente i sette numeri, questa volta senza sbagliare. Il suo cuore cessò di battere mentre il telefono le squillava, irritante, nell'orecchio.

«Squadra investigativa. Parla il sergente Stark».

«Il tenente Vanover, per favore». Si soprese a cercare di camuffare la voce come se Vanover potesse capire chi era soltanto al sentirla parlare. Ridacchiò.

«Chi lo vuole?». Il tono era brusco, ma efficiente.

Kasey si sentì gelare. "Gesù!", pensò. "Perché vuole saperlo? Non gli hanno insegnato l'educazione?". Esitò. «Mary Jones», ripose in fretta prima di rendersi conto di quanto suonasse ridicolo.

«Va bene, signora Jones. Vedo se lo posso rintracciare».

Kasey sapeva che il nome non lo aveva convinto.

Il sergente Brad Stark guardò il suo collega e immediato superiore attraverso la scrivania. Il tenente Peter "Pete" Vanover era un bell'uomo alto di trentanove anni, con capelli castani chiari e vivaci occhi grigi. Come primo classificato del suo corso all'accademia quindici anni prima, Vanover aveva fatto una carriera più rapida del suo compagno quarantatreenne. A Stark questo non andava giù, ma teneva per sé il suo risentimento e capiva che Vanover era un detective più bravo di lui, forse il migliore della polizia, con una memoria quasi fotografica e un fiuto infallibile per le cose che puzzavano di losco. Tutto sommato i due andavano d'accordo.

Stark mise giù il ricevitore. «Una chiamata per te sulla due, Pete. Ha detto di chiamarsi "Mary Jones", ma non è il suo vero nome».

Appoggiò i gomiti sulla scrivania e fece uno sbadiglio annoiato mentre Vanover firmava un rapporto a cui stava lavorando.

Il tenente alzò lo sguardo, divertito. «Mary Jones, eh? Molto originale». Ridacchiò e spense la sua Marlboro in un posacenere di vetro già stracolmo di cicche. «Dalla voce sembra carina?».

Stark scrollò le spalle. «A me sembra una donna e basta».

Vanover si schiarì la voce e premette il pulsante giallo lampeggiante. «Signora Jones, parla il tenente Vanover. In cosa posso esserle utile?».

Kasey tirò un profondo respiro e iniziò il discorso imparato a metà, seguendo il filo dei pensieri e pregando di non essere interrotta prima di aver detto tutto: «L'ho appena visto nel telegiornale delle sei, mentre veniva intervistato da quella giornalista di Canale 9. Sa, riguardo alla scomparsa di Donna Stanton. Ho delle informazioni in proposito che credo le interessino».

Una goccia di sudore le scivolò sul petto. Esitò appena il tempo necessario per prendere fiato. «Non è in vacanza... è...». Le parole non volevano uscirle di bocca; serrò le palpebre e ondeggiò avanti e indietro all'estremità del filo d'acciaio del telefono, il ricevitore stretto fra le mani. «Non è in vacanza», ripeté lentamente, «è... è stata assassinata!».

Le parole quasi bruciavano nell'uscirle di bocca. Una lacrima le scese sulla guancia. La palla infuocata avvolse la bella testa bionda e il rombo della fucilata le echeggiò negli orecchi. Le venne la nausea.

Vanover tenne il ricevitore premuto contro l'orecchio mentre girava in alto il microfono. «Rintraccia la chiamata!», ordinò impazientemente a Stark muovendo solo le labbra. L'altro dette subito corso alla richiesta di Vanover: sarebbe stata esaudita non appena trasmessa al centralino dalla parte opposta dell'edificio. La squadra investigativa non aveva modo di rintracciare le chiamate.

Stark compose il numero e fece cenno col capo al suo collega che la ricerca era avviata.

«Signora Jones, Mary, vero?», chiese Vanover, guadagnando qualche secondo prezioso.

«Cosa?», mormorò Kasey, rivedendo con gli occhi della mente l'orribile notte come se tutto stesse accadendo in quel momento. Le parole "è stata assassinata" avevano suscitato emozioni forti e terrificanti.

Si girò rapidamente quando sentì Joeyboy dietro di lei. Era soltanto il vento che sospingeva lentamente un pezzo di carta attraverso il parcheggio.

«Le ho chiesto se si chiama Mary. È il nome che ha detto al mio collega, no?». Guardò Stark che gli fece segno di tirare per le lunghe: la lentezza non dipendeva dal processo elettronico, i dati digitali relativi ad ogni chiamata si potevano ottenere in millisecondi; era la trafila burocratica che richiedeva tempo. Tutte le procedure necessarie per rintracciare una chiamata dovevano partire dal centralino dove venivano smistate le telefonate in arrivo e il centralino si trovava all'estremo opposto del vasto edificio municipale rispetto alla squadra omicidi.

«Sì, esatto», mormorò Kasey. «Mary Jones». Sentiva come un tintinnio negli orecchi e aveva di nuovo l'impressione che ci fosse qualcuno dietro di lei. Si voltò di scatto una seconda volta; gli unici occhi che incontrò erano nella sua mente.

«Signora Jones, la notizia che ha appena buttato lì, sulla mia scrivania, non è una cosetta da poco. Mi domando se sarebbe possibile convincerla a venire alla Centrale per dirmi tutto quello che sa su Donna Stanton. M'interessa sapere come è venuta in possesso di questa sensazionale informazione, ammesso che sia vera». Lanciò un'occhiata impaziente a Stark. L'altro detective scribacchiò rapidamente su un foglietto giallo, lo spinse verso Vanover, poi fece un largo sorriso di evidente soddisfazione.

«Allora, signora Jones, sarebbe disposta a incontrarsi con me, dal momento che sembra essere la sola persona a conoscenza di informazioni che dobbiamo verificare?», incalzò Vanover. Lesse quello che aveva scritto Stark. «Manda un'auto sul posto, immediatamente!», disse al collega, muovendo solo le labbra.

Di nuovo, Stark trasmise la richiesta.

Kasey, udendo poco più delle parole imploranti di Donna che le risuonavano negli orecchi all'infinito, fece un altro profondo respiro e si asciugò la fronte madida di sudore. «Non posso... devo andare. Forse la richiamerò più tardi». Avrebbe voluto riagganciare, ma la sua mano continuò a stringere il ricevitore.

"Che cos'altro voglio dire? Perché non riaggancio?", si chiese. Doveva soltanto mettere giù il telefono e andarsene.

I piedi rifiutavano di muoversi.

«No, signora Jones Mary. La prego, non riattacchi. Ho bisogno di parlare un momento con lei. Ovviamente ha qualcosa d'importante da dire e vorrei sentire che cos'è». Pete Vanover cercò di suonare il meno minaccioso possibile, un amico che tendeva semplicemente una mano consolatrice a un'amica.

«Non posso. Sono spiacente, ma non posso venire. Ora devo andare», disse lei in tono vago, sconnesso.

«Almeno rimanga al Mapco Express e la raggiungerò lì».

Kasey impietrì.

"Oh, Dio!", pensò.

Ricordò: ma certo, il sistema 911 perfezionato! Appunto per quello aveva usato un telefono diverso. Ma era sembrato tutto troppo rapido, troppo reale, troppo minaccioso quando il detective aveva indicato per nome il luogo dove si trovava. Si rese conto che quel bastardo aveva cercato di guadagnare tempo mentre inviava probabilmente un'auto sul posto.

Era ora di scappare.

Senza il minimo riguardo per la proprietà della Bell South, Kasey praticamente scaraventò il ricevitore nella forcella, mancando completamente il bersaglio, e attraversò correndo Glengarry per tornare al suo appartamento.

A metà strada, lanciata a tutta velocità, si trovò proprio sul percorso di una Toyota blu scura che aveva rallentato per voltare in Murfreesboro. Il conducente, sorpreso dall'improvvisa comparsa di una donna proprio nella sua corsia, frenò di colpo con grande stridio di ruote e un denso fumo di gomma. Non aveva avuto i riflessi abbastanza pronti: l'estremità destra del paraurti anteriore urtò la gamba destra di Kasey e la scagliò, roteando come un pattinatore artistico, su un ciuffo di erba ispida sul ciglio della strada. Mancò di stretta misura un grosso palo elettrico di cemento e cadde al suolo con un tonfo pesante.

Quando il conducente riuscì a fermare la sua anziana Celica, pochi metri oltre il punto d'impatto, e saltare giù dall'auto per vedere se aveva ucciso la pazza che si era materializzata dal nulla, la donna era scomparsa.

Anche zoppicando per il dolore a uno stinco che cominciava a illividirsi, Kasey era riuscita a raggiungere il suo rifugio al terzo piano in meno di due minuti. Strappò quasi le tende per la violenza con cui le chiuse; le mini tapparelle furono rapidamente srotolate e tirato il paletto.

Girò verso la finestra la poltrona imbottita di Sam che stava accanto alla porta e vi si lasciò cadere, massaggiando la gamba con entrambe le mani e sbirciando l'incrocio sottostante da una minuscola fessura.

Sapeva che sarebbero venuti a cercarla.

Vanover e Stark montarono nell'auto civetta e partirono a gran velocità in direzione di Murfreesboro Road e Glengarry. Il breve percorso avrebbe richiesto meno di dieci minuti, anche nel traffico del venerdì. Nessuno dei due parlò mentre filavano verso la località identificata dal loro sistema di rintraccio delle chiamate, un sistema che, sebbene più sofisticato, non era dissimile da quello usato dalla maggior parte degli apparecchi d'identificazione del chiamante presenti in molte case private.

Nel parcheggio del Mapco Express, la più vicina autopattuglia disponibile, che aveva risposto alla chiamata, si fermò bruscamente, quasi sfiorando con le ruote anteriori lo stretto marciapiede davanti ai telefoni pubblici. Entrambi gli agenti saltarono giù e cominciarono a perlustrare la zona. Il loro obiettivo: una donna di razza caucasica, fra i venticinque e i trent'anni, probabilmente sola, nelle immediate vicinanze del negozio, secondo la descrizione fornita da Vanover che aveva tirato a indovinare basandosi sulla voce, le maniere e la sua esperienza pluriennale.

Mentre uno degli agenti dava un'occhiata all'interno, interrogando sia il commesso che l'unico cliente – un giovanotto tutto preso da un video game – il suo compagno chiamò con un fischio i tre ragazzi sugli skateboard che attraversavano Glengarry in direzione del negozio e fece loro cenno di avvicinarsi. I ragazzi non avevano trovato a casa il loro quarto compagno di scorribande e avevano deciso di provare a richiamare la ragazza dallo stesso telefono di prima.

«Salve, ragazzi», li salutò l'agente Meadows quando ebbero attraversato la strada e quasi tutto il parcheggio. «Avete un minuto?».

Meadows, un bel pezzo d'uomo con gli occhi e la pelle neri quasi come il carbone, era alto più di un metro e novanta e pesava centodieci chili, ma aveva un fisico asciutto. Dopo dieci anni trascorsi nel Sud, conservava ancora una traccia del suo accento di Brooklyn. Malgrado un'indole insolitamente amabile, dava l'impressione che fosse meglio obbedirgli.

Il maggiore del gruppo, David, che frequentava la settima classe alla Antioch Middle School, fu il primo a parlare, come al solito. «Allora, che succede?», chiese, nel suo tono più freddo ma pur sempre rispettoso. Dopo aver osservato bene il gigante che li aveva chiamati, David decise di estendere al massimo la sua collaborazione.

«Voi ragazzi stavate qui in giro stamattina?».

I ragazzi apparvero subito allarmati e nessuno si assunse spontaneamente l'incarico di rispondere.

«Va tutto bene, nessuno di voi ha fatto qualcosa di male. Stiamo solo cercando di rintracciare qualcuno: una persona adulta».

Meadows incrociò le braccia e cercò di fare l'indifferente. Sapeva che i ragazzi avrebbero tradito un adulto più facilmente di un coetaneo. A turno fissarono tutti la pistola che portava sul fianco destro.

«Non so, forse. Stiamo stati quasi sempre giù al centro commerciale. Hanno il miglior asfalto e delle belle discese». Gli altri due schettinatori annuirono. Il loro sogno erano vaste superfici levigate e lunghe colline ondulate.

«Cinque o dieci minuti fa, non eravate mica in questi paraggi, per caso?». Il compagno di Meadows li raggiunse in mezzo al parcheggio, vicino alle pompe di benzina, e scosse la testa per indicare che non aveva trovato nessuna persona corrispondente alla descrizione né dentro il negozio né sul retro. «Assicurati che nessuno tocchi i telefoni a gettone finché non arrivano quelli della scientifica, capito, Eddie?», lo istruì Meadows e rivolse di nuovo la sua attenzione al terzetto di schettinatori. Il suo sguardo ripeté in silenzio la domanda.

«Sì, direi che eravamo qui. Dopo siamo andati a vedere se il nostro amico Charlie era a casa. Abita lì». David indicò il quartiere a est del negozio.

«Splendido. Rammentate di aver visto una donna bianca, probabilmente sui venticinque o trent'anni, usare quel telefono a gettone laggiù?». Si tolse gli occhiali neri e li fissò gravemente tutti e tre, uno alla volta, indicando che dovevano pensarci bene prima di inventare una storia.

I ragazzi bisbigliarono un momento fra loro. David fece ancora da portavoce: «Non lo so. Abbiamo visto questa donna, era bianca come ha detto lei, ma era, sa, molto carina...».

«Sì, e aveva un corpo magnifico», aggiunse Brian, il più giovane del gruppo, sentendo il bisogno di far sapere agli altri ragazzi che aveva notato una cosa importante e da uomo maturo come il corpo di una donna.

I ragazzi ridacchiarono all'unisono.

David continuò: «Come ho detto, era carina, una vera bambola, ma non credo che potesse essere *così* vecchia».

Gli altri assentirono col capo.

L'agente Meadows, che aveva superato la trentina, ridacchiò dentro di sé, ma mantenne un'aria seria. Rammentava di essere stato così anche lui, un tempo. «Molto bene, ragazzi. Avete visto dov'è andata?».

Si guardarono di nuovo a vicenda prima di rispondere. «No. Era ancora al telefono quando siamo andati da Charlie», riferì David. «Sembrava agitata, o arrabbiata, come se qualcosa la preoccupasse».

«Me la puoi descrivere, figliolo?», chiese Meadows, estraendo dalla tasca della camicia un taccuino e una matita.

«Direi che era alta più o meno così». David tese la mano parecchi centimetri sopra la testa di Brian.

Meadows studiò la misura, poi annotò uno e sessantadue, uno e sessantasette sul taccuino.

«Aveva i capelli castani rossicci...».

«Erano ramati», lo interruppe Mark, quello che abitualmente stava zitto di fronte agli adulti. «Lo so perché la mia mamma ha lo stesso colore di capelli questa settimana e ha detto al mio papà che erano ramati».

David annuì col capo, ammettendo che, a pensarci meglio, potevano effettivamente essere ramati. Continuò: «Erano piuttosto lunghi, arrivavano più o meno qui». Si toccò il braccio sinistro poco sopra il gomito con la mano destra. «E un po' ricci».

«Erano più ondulati che ricci», aggiunse Mark. «Come quelli di mia sorella Kate». Le donne della sua famiglia erano esperte di capelli.

Meadows fu colpito dall'accurata descrizione fatta dal ragazzo. «E non sapete proprio da che parte è andata?».

David improvvisamente ricordò. «Oh, sì», esclamò. «È arrivata a piedi mentre eravamo al telefono. Niente macchina o altro».

L'agente fissò il ragazzo più grande. «Nessuna idea di dove venisse?».

David puntò l'indice verso il grande complesso di appartamenti dal lato opposto della strada. «Penso da lì».

Meadows inforcò di nuovo i Ray-Ban e guardò dall'altro lato di Glengarry verso un gruppo di palazzi condominiali di due o tre piani, artisticamente nascosti dietro una bassa siepe ben curata e una cancellata di ferro battuto nero alta due metri.

Quando vide arrivare l'auto civetta, Meadows suppose giustamente che fosse il detective che aveva spedito lui e il suo compagno al negozio. «Voi aspettate qui». Indicò la facciata dell'emporio dov'era la fila di distributori di giornali. «Un altro poliziotto potrebbe avere qualche altra domanda da farvi».

Meadows posò il taccuino sul tetto dell'auto di Vanover e il tenente copiò le informazioni che l'agente aveva appena raccolte. Sebbene non lo dicesse a voce alta, Vanover non era sorpreso di aver azzeccato i connotati della donna.

Ringraziò Meadows e si diresse senza fretta verso i tre

schettinatori mentre Stark chiamava quelli della scientifica per rilevare le impronte digitali sul telefono. Dato che l'ignota informatrice aveva detto che era stato commesso un delitto capitale e che lei ne era a conoscenza, cercare di rilevare le sue impronte rientrava nella normale procedura.

Sebbene non spiegasse né agli agenti presenti sul luogo né al suo compagno perché fosse giunto a tale conclusione, Pete Vanover aveva la certezza che la telefonata anonima non era uno scherzo.

Ora il suo compito era aggiungere un nome ai connotati e alla voce.

Kasey poteva vedere quasi tutto il parcheggio del negozio dalla finestra del soggiorno, sebbene fosse a tre palazzi di distanza (i primi due edifici del complesso immobiliare erano disposti in maniera che lo spazio intermedio era perfettamente allineato con il negozio e il suo appartamento all'ultimo piano). L'unico altro appartamento del palazzo con una vista analoga si trovava al piano immediatamente sotto il suo. Il pendio della collina su cui il complesso era stato costruito impediva di vedere il negozio dall'appartamento al primo piano.

Aveva visto con orrore il più alto dei tre ragazzi incontrati prima puntare il maledetto dito nella direzione esatta del suo appartamento. Il suo cuore aveva mancato di nuovo un battito quando il gigantesco poliziotto in uniforme aveva inforcato gli occhiali scuri e aveva guardato attentamente lungo la linea indicata dal ragazzo. Avrebbe giurato che il poliziotto aveva addirittura incontrato il suo sguardo mentre se ne stava acquattata dietro le tende chiuse e le mini tapparelle abbassate.

Naturalmente, era impossibile che l'avesse vista, aveva ragionato la sua mente.

Ma il suo cuore sosteneva il contrario e, in questo tempestoso momento della sua vita, aveva molta più autorità nel dettare i suoi sentimenti.

Quando arrivò l'auto civetta, Kasey riconobbe la giacca

sportiva color cammello che aveva visto durante l'intervista alla Tv quella mattina e sebbene il detective che la indossava fosse troppo lontano per distinguerne chiaramente il viso, il suo istinto le diceva che era Vanover e che era venuto a cercare lei.

Kasey aveva la bocca secca. Spense la luce del soggiorno e controllò la porta d'ingresso: sprangata. Non ricordava di aver già messo il paletto prima. Benché non fossero ancora le sette pomeridiane e mancasse più di un'ora all'imbrunire, la stanza era quasi buia con le pesanti tende chiuse.

Sam le saltò in grembo non appena si sedette sul divano con le gambe ripiegate. Strofinò il ginocchio dolente e la testa di Sam con le due mani, alternando ogni pochi minuti. Non si mossero più da quella posizione per le quattro ore successive, sebbene lei sussultasse nervosamente ogni volta che udiva qualcuno bussare a una qualsiasi porta a portata del suo orecchio.

Alle undici, le palpebre troppo pesanti per tenerle ancora aperte, Kasey decise che quella sera non sarebbero venuti a prenderla.

Forse domani, ma sembrava infinitamente lontano.

Decise di non contattare più la polizia. Detestava i tribunali e gli avvocati e non intendeva certamente diventare il bersaglio della collera di Joeyboy.

Se volevano conoscere la verità su Donna Stanton, l'avrebbero dovuta scoprire senza il suo aiuto.

Capitolo nono

Laurie Ann Latham si stupì che il simpatico detective si rifacesse vivo così presto; era stato a casa sua solo poche ore prima e se n'era andato affermando in tono assolutamente convinto – e convincente – che a sua sorella non era accaduto nulla di allarmante, ma era stata semplicemente assalita da un'improvvisa voglia di prendersi una vacanza fuori programma. Perciò, le sembrò strano e un po' preoccupante che le chiedesse di dare un'altra occhiata alla stanza di Donna, «più a fondo questa volta», aveva dichiarato al telefono dalla sua auto.

Ma, d'altronde, Laurie era molto apprensiva.

Ansiosa di rintracciare la sua spesso esasperante sorella e non volendo mostrarsi poco collaborativa in alcun modo – dopo tutto, era stata lei ad avvertire la polizia in primo luogo – aveva detto al cortese tenente Vanover di venire pure subito insieme al suo compagno. Avrebbe preparato un altro bricco di caffè.

E si sarebbe angosciata.

«Perdoni se torniamo a disturbarla così sui due piedi, signorina Latham», si scusò Vanover, sperando di non dover aggiungere altro prima che potessero iniziare il loro lavoro. Dall'espressione sconvolta di Laurie Latham mentre si reggeva alla porta d'ingresso con una mano e si appoggiava allo stipite con l'altra spalla, bloccando l'entrata, comprese che avrebbe dovuto continuare. «Abbiamo ricevuto alcune nuove informazioni che c'inducono a credere che sua sorella potrebbe essere partita per un motivo diverso dallo svago». Si era espresso nel modo più gentile possibile, dato quello che gli aveva appena detto l'anonima informatrice al telefono.

Non aveva idea di quello che avrebbe scoperto nel corso di ulteriori indagini, ma sapeva che sarebbe stato qualcosa d'irregolare se soltanto avesse cercato abbastanza a fondo. Era sempre così.

Le parole del detective non avevano attenuato i timori di Laurie, anzi li avevano accresciuti, ma erano bastate a farli entrare in casa. «Nessun disturbo», assicurò lei spalancando la porta e facendosi da parte. I due uomini si pulirono istintivamente le scarpe lucide sullo zerbino davanti alla porta a due battenti di vetro intagliato dell'elegante casa decorata a stucco. Si portò la mano alla bocca: «Avete saputo qualcosa di terribile, vero?». Era più un'affermazione che una domanda e un'espressione angosciata le attraversò il viso.

«Sono certo che finirà in nulla, signorina Latham», le assicurò Vanover. Era una classica menzogna da poliziotto. Stark studiò il disegno del pavimento di marmo dell'ingresso, non desiderando d'incontrare lo sguardo della donna.

«Di che si tratta?», insisté lei temendo il peggio. Improvvisamente non era più solo irritata dall'ultimo scherzo della sorella. Si accasciò su una panchetta antica con l'imbottitura sottile che stava appoggiata alla parete nord dell'atrio.

Laurie Latham, a differenza della sorellastra più giovane, non era mai stata tipo da mandare tutti all'inferno. Era una perfezionista che s'imponeva di seguire una rigida routine e prendeva tutto ciò che accadeva nella sua vita come un fatto personale. Persino l'improvvisa scomparsa della sorella veniva considerata un fastidio in quanto era una potenziale tragedia. Era impossibile per Laurie immaginare per quale motivo una persona se ne scappasse chissà dove senza aver prima pianificato tutto per bene.

Nel poco tempo che aveva avuto per parlare con la Latham, Vanover aveva concluso che era l'esatto opposto della sorella. «Probabilmente era soltanto uno scherzo di cattivo gusto. Una pazza ha telefonato alla Centrale e ha detto di avere motivo di credere che sua sorella sia stata costretta a lasciare la città. Riceviamo questo genere di telefonate ogni volta che la televisione annuncia la scomparsa di qualcuno, specialmente se è un personaggio famoso. Tutti quelli che sognano la celebrità nel raggio di cento miglia tentano di partecipare in qualche modo alle indagini sul caso. Tuttavia, vorremmo dare un'occhiata in giro, col suo permesso, naturalmente, per vedere se troviamo qualcosa che possa convalidare quell'informazione. È semplice routine, signora».

Vanover era pronto a procedere; ne aveva abbastanza di usare tatto e cortesia; era un poliziotto, non un prete. Avrebbe voluto dire a quella ricca snob che sua sorella era stata data per morta assassinata e che lui e il suo compagno erano venuti a cercare un possibile movente per l'omicidio, quindi si togliesse dai piedi mentre facevano il loro lavoro. Ma la diplomazia era una delle doti a cui doveva la sua rapida carriera ed era più logico, date le circostanze, attenersi al metodo che aveva sempre funzionato. Vanover, l'assistente sociale; l'appellativo gli stava come un maglione ispido.

«Pensa che...».

«Non penso niente a questo punto, signorina Latham, sono qui soltanto per una verifica. Le assicuro che appena avremo qualcosa da riferire, lei sarà la prima a saperlo». Lo sguardo di Vanover indicava chiaramente che per il momento aveva chiuso con le spiegazioni.

Laurie, resasi conto di non aver più niente da dire e che non le avrebbero detto più niente, assentì. «Signori, vi andrebbe ancora un po' di caffè?». Lo aveva messo a fare quando avevano telefonato. Dopo tutto, era buona educazione offrire un caffè agli ospiti.

Sebbene i due uomini, dalle sei di mattina, avessero ingurgitato abbastanza caffè per tenere sveglio un cadavere, Vanover sapeva che la signorina Latham sarebbe stata fastidiosamente presente mentre lavoravano se non avesse avuto qualcos'altro a cui pensare. «Ottima idea. Si ricordi che io lo prendo nero».

Lei annuì con un sorriso esagerato. «E lei, detective?».

Vanover guardò il compagno che aveva ancora in bocca il sapore della tazzina appena finita di bere in macchina strada facendo. Gli fece cenno di accettare strizzando l'occhio.

«Ha della panna?», chiese Stark con un sorriso forzato.

«Ho del latte doppia panna. Le va bene?», gli chiese lei alzandosi in piedi.

"Le va bene il latte doppia panna?". Stark, sarcastico, le rifece il verso mentalmente, senza smettere di sorridere. Odiava le donne ricche e sfaccendate.

Quando lei si diresse in cucina, lui conficcò silenziosamente un dito irrigidito nelle reni del compagno.

La perquisizione ricominciò da capo nella stanza da letto di Donna.

Jordan Taylor andò distrattamente in giro per il primo piano della Centrale di polizia, un'ennesima tazza di caffè in una mano, scartoffie nell'altra. Come al solito, l'ufficio era un turbine di attività e di telefonate frammentarie, costellate d'imprecazioni esasperate e di colorito gergo da strada. Un frammento isolato di qualsiasi chiamata, e molte intere conversazioni, se per quello, sarebbero risultati del tutto incomprensibili per il normale cittadino. Taylor, d'altro canto, aveva appreso lungo il tragitto dalla macchina del caffè al suo ufficio d'angolo che due dei suoi uomini stavano indagando sulla morte di uno spacciatore in uno dei quartieri più malfamati di Nashville; altri due stavano tentando d'indurre l'FBI a fornire informazioni riguardo a una serie di rapine in banca compiute il venerdì pomeriggio a Davidson County; e un altro paio ancora si stavano recando sul luogo di una sparatoria da un'auto in corsa in cui una donna innocente era stata colpita alla guancia da una pallottola attraverso il finestrino della sua macchina.

Tutto considerato, era un venerdì sera abbastanza tranquillo nella capitale del Tennessee.

Arrivando nel suo ufficio, notò che le due scrivanie accanto alla sua porta erano vuote. «Ehi, Chuck», chiese al detective più vicino. «Dove sono Pete e Re-Pete?». Era stato proprio Jordan Taylor a chiamare Peter Wayne Vanover, Pete, e Brad Stark, il suo inseparabile compagno, Re-Pete.

Come capo degli agenti investigativi, vice-capo della polizia metropolitana e funzionario più elevato in grado del reparto, Taylor aveva affibbiato un soprannome a tutti i suoi uomini.

Charles "Chuck" Feeney, l'unico trapiantato lì dal New England e bersaglio d'infiniti motti di spirito sul Maledetto Yankee a causa del suo marcato accento bostoniano che faceva subito pensare alla tipica zuppa di molluschi, alzò gli occhi dalla tastiera; stava cercando di finire il suo rapporto su una sparatoria in un negozio di armi avvenuta qualche ora prima. «Ha ricevuto una chiamata da una tizia che affermava di sapere per certo che la Stanton era morta, capo. Lui e Brad sono corsi via come se avessero avuto il fuoco nel sedere».

Jordan Taylor ringraziò con un cenno di capo divertito e scomparve nel suo ufficio. Dopo aver parlato brevemente al telefono con l'addetto allo smistamento, afferrò la giacca e uscì.

La stanza da letto di Donna Stanton era in fondo a un lungo corridoio, a destra dell'atrio, nell'ala sud-est della casa. Aveva due massicce finestre decorate che guardavano a sud su Belle Meade Road e due porte-finestre uguali sulla parete adiacente rivolta a est, da cui si usciva su un'immensa terrazza di legno rosso con una gigantesca vasca di acqua calda, pure di legno rosso, a un'estremità. Costosi mobili di tek occupavano quasi tutto lo spazio rimanente. La terrazza era circondata da un'alta recinzione che proteggeva Donna dagli sguardi indiscreti e le permetteva di usare la Jacuzzi o di prendere il sole nuda.

Laurie, che occupava una stanza leggermente più piccola dal lato opposto della casa, non si era, né si sarebbe mai unita a sua sorella in simili sventatezze, pur essendo stata invitata più di una volta.

Tuttavia, nel segreto del suo cuore, che non apriva mai a nessuno, al momento di addormentarsi sola nel grande letto, fantasticava spesso di essere libera come Donna. Ma cose del genere erano sconvenienti e una signora veniva giudicata da come si comportava in ogni momento, anche quando non la vedeva nessuno.

D'altra parte, quasi tutto lo stile di vita di sua sorella era sconveniente, a suo modo di vedere.

Pur avendo la stessa madre, Rebecca, le sorelle erano, ed erano sempre state diverse come i loro padri: quello di Laurie era un maggiore dell'aeronautica militare, decorato due volte durante la guerra di Corea, passato poi all'American Airlines e divenuto infine un pilota di aerei charter. Era morto in un misterioso incidente sul Golfo del Messico nell'ottobre 1960, lasciando la moglie ben provvista finanziariamente e la sua unica figlia orfana. Il padre di Donna era un giocatore, un uomo che non voleva saperne di orologi e di orari e non desiderava fare nulla che somigliasse vagamente a un lavoro. La madre di Laurie lo aveva incontrato e sposato quando era ancora profondamente addolorata per la perdita del suo primo marito. Aveva capito di aver commesso uno sbaglio appena avevano lasciato l'altare, ma aveva tentato coraggiosamente di salvare il matrimonio. Quando il padre di Donna l'aveva lasciata, Rebecca aveva una bambina in fasce da allevare, oltre alla figlia di cinque anni, e soltanto un quarto del suo capitale originario per tirare avanti. Se non lo avesse nascosto con cura, lui si sarebbe preso sicuramente anche il resto.

Per diciotto anni, le tre donne avevano condotto una vita modesta e appartata in una casa di medio livello nella zona rurale di Davidson County. Le ragazze frequentavano la scuola pubblica locale e non avevano avuto il permesso di uscire con i ragazzi per tutto il liceo: cosa che apparentemente non aveva mai infastidito la timida, studiosa Laurie, ma aveva avuto un profondo effetto sulla sorella minore. Donna era stata la ribelle, una anticonformista totale. Il giorno che aveva preso il diploma, era fuggita con un ragazzo che frequentava segretamente da tre anni. Durante i dieci anni seguenti, aveva rivisto sua sorella un'unica volta al funerale di Rebecca, la vigilia del giorno del Ringraziamento nel 1991.

Dapprima, Laurie aveva odiato Donna e se l'era presa con lei per non essere stata presente quando alla loro madre era stato diagnosticato un cancro. E più ancora per non avere assistito alla sua morte. Ma, come previsto, la più avvenente e caparbia delle due aveva ottenuto facilmente il perdono della sorella, andando a stare con lei e aiutandola a sistemare l'eredità della madre, che era stata divisa fra loro in parti uguali malgrado i dieci anni di assenza di Donna. Laurie aveva sempre intuito in cuor suo che l'indisciplinata Donna occupava un posto speciale in quello della loro madre e benché quel pensiero talvolta la turbasse, era tutto merito di Rebecca se Laurie non aveva mai considerato ingiusta quella suddivisione dell'affetto materno; era solo... diversa.

Entro due anni dal funerale, Donna aveva quasi triplicato miracolosamente i soldi dell'eredità materna, versando oltre mezzo milione di dollari in contanti per la casa dove abitavano insieme a Belle Meade e aveva tirato fuori l'immutabile tradizionalista Laurie dalla sua Buick berlina a quattro porte per metterla al volante di una Eldorado Touring Coupé rossa metallizzata, pagata anch'essa in contanti.

Quando Laurie le aveva chiesto come fosse riuscita a compiere un simile prodigio finanziario, Donna si era limitata a sorridere e aveva appoggiato l'indice sulle labbra increspate, assicurandole che non le interessava saperlo. Laurie non glielo aveva più chiesto; le ricordava la volta in cui aveva domandato a Donna come fosse riuscita a superare tutti gli esami finali senza mai aver aperto un libro.

Malgrado la loro crescente agiatezza, Laurie aveva continuato a lavorare come capo ufficio di un piccolo studio legale che si occupava esclusivamente di questioni ambientali e a condurre una tranquilla vita sociale, mentre Donna amministrava quietamente i loro soldi e galoppava a briglia sciolta nel derby della celebrità. Avendo chiuso con il marito liceale prima di compiere ventun anni e non desiderando sposarsi più, Donna aveva considerato tutti gli uomini – i ricchi, almeno – come legittime prede.

A suo modo di vedere, esisteva un solo comandamento quando si trattava di uomini: non c'erano regole.

«Che cos'hai lì?», chiese Taylor, adocchiando il libretto che Vanover stava sfogliando velocemente. Il tenente non aveva udito il suo capo entrare nella stanza, non sapeva nemmeno che fosse venuto a casa della Stanton.

«Per la miseria, capo!», esclamò, sussultando all'udire la profonda voce familiare alle sue spalle.

Taylor ridacchiò. Gli piaceva arrivare all'improvviso. «Sembra un diario. La Latham ha detto che potevi leggerlo?»

«Ha detto a Stark e a me che potevamo frugare dovunque nella stanza e nel bagno di sua sorella in cerca di qualche informazione che aiuti a rintracciarla. Quindi non ci occorre la sua autorizzazione per leggere quello che troviamo». Vanover aveva ragione, naturalmente, e Taylor non era sorpreso che il suo miglior detective avesse richiesto e ottenuto il necessario permesso di compiere una perquisizione. Se n'era voluto assicurare soltanto perché troppe prove di vitale importanza erano state scartate da giudici che interpretavano i diritti del Quarto Emendamento in senso eccessivamente liberale. Fece un cenno di approvazione con il capo.

«È tutto quello che avete trovato finora?». Cercò di leggere sopra la spalla di Vanover.

«Sì. Tutto il resto sembra normale. Nemmeno uno spinello o una traccia di coca nella stanza da letto della ricca signora, soltanto uno stanzino guardaroba pieno di abiti firmati e un cassetto pieno di biancheria costosa. Dia un'occhiata. Molto bella, mia moglie sarebbe pronta a uccidere per indossare roba come quella». Indicò l'ampio cassetto di un antico comò vicino allo stanzino.

«Sì, ma sarebbe come mettere dei sedili in pelle in una utilitaria», lo canzonò Stark, che non voleva lasciarsi sfuggire una così bella opportunità di attaccare il suo compagno. Come la maggioranza dei detective della squadra, i due si tiravano stoccate dalla mattina alla sera, ogni volta che uno era tanto sciocco o disattento da offrire lo spunto all'altro.

«Vaffanculo. Mia moglie ha un aspetto splendido per aver messo al mondo quattro figli. Se non ci credi, chiedilo a lei».

Jordan Taylor scosse la testa e gettò una rapida occhiata al cassetto chiuso; per un attimo immaginò come doveva essere il contenuto. Poi rivolse la sua attenzione al diario in mano a Vanover. «Lascerò a te il compito di mettere il naso fra le mutandine, Pete. Il mio cuore non reggerebbe alla tensione. Dove hai trovato quello?»

«Brad l'ha trovato ben nascosto sotto il materasso, quasi al centro del letto. Sembra che varie pagine siano state strappate».

«Fammi un po' vedere, Pete, se non ti dispiace».

Vanover era riluttante a cedere il libro riccamente rilegato in pelle prima di aver terminato di leggerlo, ma conosceva abbastanza bene il suo capo per sapere che anche la più semplice richiesta di Taylor nel corso di un'indagine, per quanto velata di cortesia, andava presa come un ordine diretto. «Certo. Aspetti di averlo letto. È meglio che si sieda, capo. Sa, il cuore». Inarcò le sopracciglia con gesto teatrale mentre Stark, accanto a lui, annuì in silenzio.

Taylor si limitò a sorridere. «Che cosa diavolo può aver scritto nel suo librettino per cui è bene che mi sieda?». Scorse la prima pagina, datata 19 dicembre 1991. Prima che avesse finito di leggere la ventina di righe scritte in bella calligrafia, si era inconsapevolmente lasciato cadere nella grande poltrona imbottita accanto al letto. «Madre di Dio!», esclamò fra sé, poi alzò lo sguardo agli altri due detective che stavano muti dinanzi a lui, senza più traccia di umorismo sul viso.

Jordan Taylor lesse rapidamente la pagina seguente, poi un'altra e un'altra ancora. Quando arrivò al marzo 1992, scosse la testa con aria incredula. «Non può essere vero. Sta descrivendo sicuramente una vita immaginaria. Vedete chi ha menzionato nelle primissime pagine di questo libro, i primi tre mesi di...», guardò l'ultima annotazione, «un diario di cinque anni?».

Stark fece penzolare una piccola custodia di plastica trasparente in faccia a Taylor. Era divisa in modo da contenere esattamente venti microcassette audio. Quattro tasche erano vuote. «Trovata anche questa, accanto al diario. Le date sembrano tutte consecutive e corrispondono a quelle sulle pagine del diario. Naturalmente, è solo una prima veloce valutazione dato il poco tempo che abbiamo avuto a disposizione. Ma, basandoci su quello che abbiamo visto fin qui, direi che i quattro nastri mancanti sono stati intenzionalmente sfilati dalla custodia. Le loro date probabilmente corrispondono a quelle delle pagine mancanti».

Porse al suo capo un piccolo registratore Sony, del tipo in dotazione a ogni detective della squadra e usato per descrivere la scena del delitto in sito e prendere appunti col nuovo sistema elettronico, poi gli tese la custodia di plastica. «Scelga lei, capitano», gli disse sorridendo. «Sono tutti da Oscar».

Jordan Taylor prese l'apparecchio di metallo nero con i suoi pulsanti d'argento opaco, inserì il nastro che aveva scelto a caso col lato A in alto e schiacciò macchinalmente l'avvio. Aveva usato lo stesso dispositivo per anni.

Dopo appena trenta secondi della prima conversazione segreta, premette lo stop. «Sapete chi è quello senza accento?». Senza attendere risposta da uno dei due uomini, rispose da solo alla propria domanda: «È Bill Monroe! Il probabile futuro governatore dello Stato, Cristo santo, se si deve credere alla stampa. Come pensate che lei abbia registrato quella conversazione e chi è il tizio con cui lui sta trattando?».

Taylor si alzò e fissò Vanover dritto negli occhi. «Che cosa diavolo stava combinando questa donna, Pete?». La sua voce si abbassò ad un bisbiglio. «E per chi diavolo stava lavorando?».

Capitolo decimo

Joeyboy spense il motore quando fu vicino all'imbocco del vecchio viottolo sterrato e lasciò che la rombante Harley, ora silenziosa, rallentasse fino a fermarsi. Parcheggiò a pochi metri dalla strada asfaltata, sapendo che c'era troppo poco traffico su quel tratto di strada per temere per la sicurezza della sua motocicletta. Abbassò il sostegno laterale e smontò di sella, infilando gli occhiali neri con le lenti a specchio nella tasca del giubbotto di tela jeans. Chiazze striate di sole e di ombra, create dalla volta degli alberi, danzavano instancabili nella polvere, rispondendo alla voce del vento leggero che s'insinuava fra i rami.

Lontano a occidente, dense nuvole nere avevano cominciato ad ammassarsi con un brontolio sordo che preannunciava un altro acquazzone di aprile. Le studiò un momento, con più distacco che interesse o preoccupazione. I suoi pensieri erano altrove.

Da tre giorni non riusciva a togliersi dalla mente quella lontana immagine inquietante, né a renderla tanto nitida da riconoscerla. Era stata soprattutto l'incertezza a ricondurlo in questo luogo, il dubbio di essere stato effettivamente solo quando aveva ucciso la Stanton. Era un sentimento sgradevole; il sentimento più vicino alla paura che ricordasse di avere mai provato.

Joeyboy s'incamminò lentamente al centro dello stretto viottolo, lanciando ogni tanto un'occhiata di qua e di là. Non aveva idea di che cosa sperasse, semmai, di trovare, tuttavia era certo di riconoscerlo se lo avesse visto. Quando si fermò, a più di cento metri dalla motocicletta, guardò in silenzio verso il frutteto invisibile che si trovava proprio in quella direzione, anche se era ancora distante oltre mezzo miglio. Accese una sigaretta e aspirò profondamente, soffiando poi una nuvola di fumo verso il cielo. Rimise il pacchetto di sigarette nella tasca del giubbotto e ritornò verso la strada asfaltata.

Convinto e soddisfatto di non aver visto nulla quel lunedì sera, affrettò un po' il passo. Cammin facendo, scaraventò un barattolo di birra spiaccicato attraverso la strada con un veloce calcio dello stivale. Quando il barattolo si fermò sul ciglio del viottolo, gli sembrò che avesse qualcosa di strano, d'insolito, come se avesse l'aspetto di una lattina appiattita ma non le caratteristiche. Joeyboy si diresse istintivamente verso il punto dove si era fermato.

S'inginocchiò accanto allo stretto bordo infossato del viottolo e raccolse il dischetto color peltro. Era piatto, con quella che sembrava colla secca o nastro adesivo su un lato e un curioso emblema stampato leggermente in rilievo sull'altro. Mentre lo rigirava lentamente fra il pollice e l'indice, si rese conto di aver visto quel disegno molte volte. Il disco non era un barattolo spiaccicato di Budwiser e di Coca, ma il pezzo centrale di un coprimozzo. Più esattamente, il centro di un copriruota di una Honda, un oggetto che chiaramente era stato lasciato sul viottolo dopo la pioggia di lunedì mattina.

All'improvviso il frammento d'immagine, che era rimasto così ostinatamente nascosto nella sua mente, balzò fuori come un fantoccio a molla dalla sua scatola; quello che aveva visto lunedì sera non era un frutto della sua fervida immaginazione, ma un riflesso della luna piena sul vetro di un finestrino o sulle cromature di una macchina. Ne era certo come del fatto che Donna Stanton fosse morta.

Senza minimizzare il compito che lo attendeva, almeno ora aveva un punto di partenza, qualcosa di tangibile da dove iniziare la ricerca della misteriosa Honda. «Baciato dalla fortuna». Sorrise rialzandosi in piedi. «Decisamente baciato dalla fortuna».

Lanciò in aria il disco come una grossa moneta, guardandolo roteare più volte. «Testa... muori in fretta; croce... me la prendo comoda», disse con un ghigno sadico mentre il disco ricadeva sulla sua palma tesa.

Tornò alla motocicletta e inforcò il sellino di pelle nera, guardando per la prima volta l'emblema che aveva acchiappato al volo qualche metro prima. Sorrise malignamente. «E croce sia».

Jordan Taylor estrasse la microcassetta dal registratore e restituì l'apparecchio a Stark. Fece cenno al detective di dargli la custodia di plastica, stringendo sempre in mano il diario. Stark obbedì. Taylor rinfilò al suo posto il nastro di cui aveva appena ascoltato un piccolo frammento e si alzò per andarsene.

«Ehi, non scappi via con quella roba, capo. Non ho finito col diario e con i nastri», disse subito Vanover. «Diavolo, avevo appena cominciato quando è arrivato lei». Tese una mano, sicuro che il capo gli avrebbe restituito le prove che aveva raccolto.

Taylor si fermò nel vano della porta e volse lo sguardo indietro con deliberata lentezza. «Se non ti dispiace, Pete, terrò io queste cose per il momento».

«Certo che mi dispiace. Da quando ha incominciato a interferire nell'acquisizione delle prove, capo?». Era chiaro a tutti che Vanover non era contento dell'inatteso intervento del capo. Si avvicinò a Taylor. «Che cosa diavolo intende farne?». Il suo sguardo diventò freddo. «Mi vuole estromettere dal caso?»

«Il caso? Quale caso? Al momento non esiste nemmeno una denuncia in corso su cui indagare. L'hai archiviata stamattina, ricordi?»

«Quello era prima che ricevessi la telefonata dalla signora che mi ha detto di essere a conoscenza dell'omicidio della Stanton».

«Ora non è semplicemente scomparsa, ora è stata assassinata, eh? Accidenti, come sono cambiate le cose». Il suo sarcasmo non passò inosservato.

«Non ho inventato io quella storia, l'ha detto la donna».

«Come si chiama, Pete?»
«Non lo so. Ancora».
«Che cosa ha detto che è successo alla Stanton?»
«Solo che è stata assassinata».
«Come?»
«Non lo ha detto».
«Gliel'hai chiesto?»
«No, io...».
«Bene, allora dove ha detto che potevamo trovare il corpo?».
Vanover distolse lo sguardo. «Non lo ha detto», rispose in un bisbiglio.
«Dove?», lo provocò Taylor, fingendo di non sentire.
«Va bene, non l'ha detto. Ha riattaccato prima che potessi appurare meglio», rispose Vanover alzando la voce.
«Gesù, Pete, non vorrai mica costruire un caso di omicidio su una telefonata anonima? Non è la prima volta che ti telefona qualche svitato». Taylor guardò con aria scettica il suo amico da quindici anni. «Non abbiamo già abbastanza cadaveri senza bisogno di inventarne altri?»
«Quella telefonata non era uno scherzo».
«Davvero. E su che cosa basi questa affermazione, su un'intuizione?»
«Sicuro, perché no? Lo ha fatto anche lei».
«Lo abbiamo fatto tutti, Pete, ma le intuizioni generalmente sono tenui come carta velina, ancora più tenui. Non abbiamo tempo per queste cose».
Vanover lanciò un'occhiata al diario in mano a Taylor. «E quello che c'è scritto lì dentro? E i nastri? Non si tratta di semplici intuizioni. Che cosa intende fare al riguardo?»
«Ossia come intendo usare informazioni ottenute per mezzo di un'intercettazione telefonica illegale da una donna che probabilmente non avrebbe mai autorizzato la perquisizione della sua stanza che ha portato alla scoperta di tali informazioni?». Esitò. «Niente. Un accidente di niente. Le terrò nel cassetto finché non potrò parlare con Donna Stanton, in persona».
«E se la donna che ha telefonato avesse ragione e lei fosse morta?», chiese Stark.

«Senti, cowboy, non voglio che mi stiate tutti e due addosso, uno basta e avanza». Prese fiato e si volse di nuovo a Vanover. «Se scopriremo che la tua informatrice aveva ragione, sebbene dubiti che si faccia più viva, allora deciderò che cosa fare».

Vanover e Stark si fissarono un momento, poi uscirono passando in silenzio davanti al capo. Nessuno dei due approvava la sua decisione, ma entrambi riconoscevano che aveva l'autorità per agire così.

Dopo una breve esitazione, Laurie Latham non obiettò quando Jordan Taylor le chiese in prestito il diario e i nastri... a tempo indeterminato. L'assicurazione che potevano contenere un indizio utile per rintracciare sua sorella, o almeno un possibile motivo per la sua scomparsa, fu più che sufficiente per ottenere il suo consenso. Laurie era sicura che Donna non si sarebbe arrabbiata una volta capito quanto lei fosse dispiaciuta e preoccupata che se ne fosse andata senza dirle nemmeno una parola.

Jordan andò via poco dopo Vanover e Stark, trattenendosi solo il tempo necessario per parlare brevemente con Laurie delle abitudini e dello stile di vita di sua sorella. Gran parte di ciò che lei gli aveva raccontato non lo aveva stupito, specie dopo aver sfogliato il diario, ma era stato sorpreso di apprendere che Donna, oltre all'indirizzo di Belle Meade indicato negli archivi della polizia, aveva un appartamento nelle Magnolia Towers in West End Avenue, il più elegante grattacielo di Nashville, dove stava spesso per parecchi giorni di fila, senza tuttavia scordarsi mai di chiamare la sorella almeno una volta al giorno. Sebbene Laurie non fosse mai stata nell'appartamento, Donna le aveva detto che era all'ultimo piano.

Taylor non si era stupito che fosse l'attico.

Harry Winston aveva un rapporto di odio-amore con il golf, basato tutto su un semplice fatto fondamentale: se giocava con Bill Monroe, detestava il golf; con chiunque altro, lo amava. Di conseguenza, quel venerdì mattina si stava rivelando un vero disastro, dopo quattro ore e mezza passate ad ascoltare barzellette oscene raccontate male e vivide descrizioni di avventure extraconiugali per bocca dell'uomo che sarebbe sicuramente divenuto il prossimo governatore dello Stato. Winston era giunto alla conclusione che Monroe avrebbe riportato una vittoria schiacciante alle elezioni di novembre e, una volta accettato questo, aveva deciso che sarebbe stato nel suo interesse fare amicizia con il futuro uomo più potente dello Stato. Ovunque, nei rapporti politici o di affari, il rituale prevedeva di lasciarsi battere ripetutamente e spesso a golf dalla persona con cui si voleva fare affari, ma soltanto se la sconfitta poteva essere abilmente camuffata dietro un coraggioso sforzo di un avversario competente, ma sfortunatamente meno abile. Tanto migliore era la prestazione del perdente, altrettanto lo era il rapporto di affari. Winston era maestro nella coreografia della sconfitta e gli enormi profitti derivanti dalla sua gigantesca impresa di costruzioni erano dovuti, in larga misura, proprio a questo.

Tuttavia, questo particolare venerdì Harry Winston non stava cercando di perdere, tutto il contrario. Detestava Monroe, *disprezzava* Monroe e, pur essendo consapevole che Monroe doveva vincere la maggior parte delle partite, desiderava ardentemente batterlo almeno una volta. Senza una ragione specifica – Monroe non stava giocando male e lui non aveva fatto nulla di spettacolare – Winston si trovò, per la prima volta, in vantaggio di un colpo sul suo volgare avversario quando arrivarono alla diciottesima buca. A Monroe rimaneva soltanto un tiro da un metro per entrare in buca e pareggiare. Winston sapeva che se non lo avesse battuto subito, al primo colpo, la competizione si sarebbe inasprita all'improvviso e lui avrebbe avuto la peggio, come le ultime due volte. Quello che temeva di più era l'irritante risatina di Monroe che seguiva immancabilmente una vittoria.

Il biondo si tolse gli occhiali da sole e sbatté il piccolo emblema lucente sul banco coperto di linoleum nero con una violenza irritante. Due uomini che chiacchieravano fra loro vicino a un terminale collegato al computer dell'ufficio centrale interruppero la conversazione e lanciarono un'occhiata di muta riprovazione al di là del banco.

«Ci vediamo poi, Rock», dichiarò in tono reciso l'uomo in tuta da meccanico. Varcò senza fretta la porta dietro il banco e sparì all'interno del negozio.

«Desidera?», chiese l'altro uomo con un forte accento strascicato e palese disinteresse. La camicia bianca di bucato diceva che il suo nome era Rocky, anche se a Joeyboy sembrava più un Beevis.

«Da dove viene questo?», chiese con impazienza, spingendo il disco verso Beevis.

«Da una Honda», rispose l'uomo con una risatina.

Joeyboy reagì stringendo gli occhi. Le sue labbra si tesero.

Il desiderio di Rocky di mostrarsi servizievole aumentò in misura esponenziale. Prese l'emblema e lo studiò attentamente per qualche secondo. «Sembra il centro ruota di una CRX o di una Civic. Le interessa sapere quale?».

Joeyboy annuì una volta.

«E l'anno?».

Nessuna risposta.

Rocky scomparve in mezzo a un paio di alti scaffali di metallo, ognuno traboccante di pompe dell'acqua, manicotti di radiatore, gruppi di luci posteriori a vivaci colori e una varietà apparentemente infinita di altri pezzi di ricambio: tutti originali Honda. Dopo meno di un minuto tornò con parecchie scatole di pezzi simili. «Mi dia un secondo. Sono quasi sicuro che sia uno di questi». Afferrò quattro emblemi diversi e li posò sul banco accanto all'originale. «Sì, proprio come pensavo, eccolo qui: CRX. Vede, è identico». Accostò un nuovo centro a quello che aveva portato Joeyboy e sorrise compiaciuto.

«L'anno...?»

«Ah, già, dimenticavo». L'uomo batté il numero del pezzo sulla tastiera con un dito e scrutò attentamente lo schermo. «Novecento ottantaquattro o ottantacinque. Dopo hanno modificato leggermente i modelli. Quanti gliene servono?». Ora il sorriso era nauseante.

«Uno», sogghignò Joeyboy facendo scivolare il disco originario attraverso il banco e sbattendolo in faccia a Beevis. «Uno solo».

Sebbene risiedesse in Georgia da una vita, Harry Winston faceva molti affari con e nello Stato del Tennessee, abitualmente fra dodici e quindici milioni di dollari l'anno, tramite l'impresa edile che aveva fondato nel 1954 e possedeva e dirigeva ancora a sessantatré anni. Ex maggiore del corpo dei Marine, decorato di medaglie al valore in Corea e in Vietnam, Harry Winston non aveva bisogno, né desiderava che qualcun altro dirigesse la sua impresa.

Il lavoro consisteva principalmente in migliorie di autostrade e riparazioni di ponti, con un'occasionale ristrutturazione di un edificio pubblico qua e là. Sebbene il governatore non avesse il potere d'impedire ad alcuno di ottenere o conservare appalti statali, legalmente almeno, Winston sapeva che l'onerosa trafila necessaria per assicurarsi quel lavoro molto redditizio era immensamente facilitata quando si avevano degli amici nelle alte sfere.

Durante gli ultimi due mandati, aveva rigorosamente corteggiato il governatore in carica, Wayne "Buddy" Williams, e di conseguenza aveva stabilito un buon rapporto di lavoro con lui e con il suo primo assistente amministrativo, Warren Slade. Gli anni di sconfitte sul campo di golf avevano pagato ricchi dividendi. Ma i venti del cambiamento avevano cominciato a soffiare nella capitale e dopo mesi di campagna diffamatoria da entrambe le parti l'opinione prevalente dava per favorito il precedente sconfitto, Bill Monroe. Era un delicato gioco di equilibrio, destreggiarsi fra i due uomini, ma era riuscito a farlo con successo durante i nove mesi precedenti.

Se non lo obbligavano a vedere l'uno o l'altro troppo spesso – o alla stessa cerimonia pubblica, Dio ce ne guardi – poteva mantenere quell'equilibrio fino a novembre.

Monroe si era messo accuratamente in posizione sopra la pallina e piegava di scatto la testa prima a sinistra e poi di nuovo in basso. Ad ogni nuovo controllo visivo seguiva un infinitesimo spostamento delle scarpe di coccodrillo con la suola chiodata sul green impeccabilmente curato. La danza rituale, compresa e apprezzata appieno solo da un altro guerriero del fairway, continuò quasi per un minuto, fino a che non fu sicuro della sua mira.

Winston stava a una decina di metri di distanza e volgeva le spalle al suo avversario, pregando fra sé che avvenisse un piccolo miracolo. Solo per questa volta avrebbe voluto battere quel bastardo maleducato, anche a costo di perdere un affare da un milione di dollari. In questo momento, in questo preciso momento, decise, ne sarebbe valsa la pena.

La guardia del corpo fu la prima ad avvistare i giornalisti.

«Ehi, capo...». L'uomo, con un unico folto sopracciglio che abbracciava tutti e due gli occhi, parlò di sghembo, da un angolo della bocca, e si piazzò simultaneamente fra Monroe e gli intrusi. Con il suo metro e 87 di altezza, gli oltre 125 chili di peso e un corpo da sollevatore di pesi che implorava di essere liberato dall'impaccio della polo azzurra tesa fino allo spasimo, rappresentava un temibile ostacolo per chiunque avesse intenzione di avvicinarsi al suo padrone.

Per chiunque tranne Brandie Mueller.

Quando era armata di una videocamera e di un microfono, Brandie Mueller si liberava dai vincoli della sua natura mortale e diventava invincibile. Le pallottole non la turbavano, il fuoco non la sgomentava e questo scimmione che si era messo fra lei e il servizio a cui non voleva assolutamente rinunciare altro non era che un fastidioso ragazzino imbottito di steroidi.

Monroe alzò gli occhi dalla pallina e guardò oltre le ampie spalle della sua guardia del corpo. «E ora che cosa diavolo vuole quella puttana?», borbottò fra sé. «Va bene, Andy», ordinò, sfoderando il suo miglior sorriso da campagna elettorale mentre la guardia del corpo si faceva un poco da parte e lui e la Mueller si fissavano negli occhi. Pur non avendo simpatia per la donna, rispettava il potere e la Mueller, a suo modo, era potente.

«Ah, Brandie, lieto di rivederla. Che cosa posso fare per lei in questa splendida mattina di primavera? Non è sicuramente venuta fin qui dalla nostra bella capitale solo per vedermi battere di nuovo il povero Harry Winston». Tese la mano destra.

Brandie passò davanti allo scimmione senza nemmeno accennare un saluto e si piazzò davanti a Monroe senza stringergli la mano. Accese il microfono senza filo che stringeva nella sinistra.

Tim Arnold, il cameraman di Canale 9 inviato il più delle volte ad accompagnare la sfavillante e audace Mueller quando andava a fare un servizio esterno, accese prontamente la luce montata sulla videocamera, non perché fosse tanto buio da richiedere un'illuminazione supplementare in quel chiaro mattino di aprile, ma perché detestava Monroe e sperava che una lampada alogena da 250 watt puntata dritta in faccia lo infastidisse. Gli piacevano le riprese in diretta e gli piaceva lo stile di Brandie.

Monroe chiuse un attimo gli occhi quando la luce improvvisa rimbalzò sul fondo delle sue retine, ma si riprese subito e assunse di nuovo la sua migliore espressione da candidato.

Guardò in faccia Brandie e fece un largo sorriso. Lei era pronta.

«Mi trovo in un campo di golf privato fuori Chattanooga con il candidato alla carica di governatore del Tennessee, Bill Monroe. Signor Monroe, conosce Donna Louise Stanton di Nashville?». Senza un attimo di esitazione, la Mueller piazzò il microfono in faccia a Monroe.

«Stanton.... Stanton... mi lasci pensare». Lo sfintere di Monroe si contrasse. «Ma, sì, mi sembra di averla incontrata una volta l'autunno scorso durante la mia campagna elettorale nella vostra bella città. Lavora per un'agenzia pubblicitaria o qualcosa del genere a Nashville, se non vado errato». Il suo sorriso ben collaudato non faceva mai cilecca.

«Non esattamente, signor Monroe. Sapeva che la sorella ne

ha denunciato la scomparsa ieri e che la polizia ora ritiene che tale scomparsa possa essere avvenuta in circostanze misteriose e forse persino sinistre?».

Di nuovo, gli piazzò il microfono in faccia.

A Monroe non piaceva la piega che stava prendendo l'intervista improvvisata e fuori programma. Guardò Brandie Mueller e cercò di apparire sicuro di sé e di decidere al tempo stesso come porre fine a quella maledetta registrazione senza fornire informazioni superflue o dare l'impressione di nascondere qualcosa. «Ma davvero, Brandie! Mi dica, che cosa c'entro io con la scomparsa della signorina Stanton, se mi è permesso chiederlo?». Era sicuro che nessun legame potesse essere scoperto facilmente fra lui e la scomparsa, almeno non senza che venisse a saperlo prima e avesse modo di preparare un'adeguata e plausibile spiegazione.

Brandie andava solo a caccia d'informazioni, ne era certo. Piegò la testa con aria di sfida e attese la sua risposta.

«Le rispondo subito, signor Monroe. Stando alle nostre fonti, sembra che il suo nome comparisse spesso nel diario personale della Stanton, accompagnato da numerose descrizioni molto esplicite d'incontri sessuali con lei».

«È ridicolo. Come le ho già detto, ho incontrato quella donna solo una volta...».

«Ed è stato visto entrare nel suo attico in non meno di cinque occasioni diverse, secondo il portiere delle Magnolia Towers. In almeno tre di queste occasioni, è stato visto lasciare l'appartamento fra le sei e le sette antimeridiane. Smentisce queste asserzioni, signor Monroe?». La Mueller era una roccia e lui aveva di nuovo il microfono piazzato in faccia.

Bill Monroe deglutì con sforzo e con una rapida occhiata, lanciò un preciso ordine a Andy. La sua mole non lasciava intuire che potesse muoversi così velocemente: scattò come un serpente a sonagli. Con due mosse simultanee, strappò il microfono dalla mano tesa di Brandie Mueller e costrinse l'obiettivo della telecamera di Tim Arnold a riprendere soltanto l'erba rasata di fresco ai suoi piedi. Tutto in meno di un minuto.

Gettò poi il microfono nel bunker accanto al green e tese la mano per indicare che voleva anche il videotape nella Betacam. Sebbene Tim Arnold fosse disposto a sopportare ogni sorta di offese e tribolazioni per amore di un servizio, morire non figurava nell'elenco. Estrasse il nastro e lo porse all'uomo che lo sovrastava di un buon palmo e che, al momento, sembrava più grande della sua auto.

Brandie invocò una bombola di criptonite, o una .44 Magnum, ma nessuna delle due si materializzò.

Con la duplice minaccia della registrazione video e audio efficacemente eliminata per il momento, Monroe si protese verso una sconcertata Brandie Mueller, accostando la bocca alla sua guancia. «A questo punto non ho altro da dire», sussurrò, riempiendole l'orecchio del suo fiato caldo di collera. «Capisce bene quello che le sto dicendo, signorina Mueller? Ora si tolga dai piedi e se ne torni a Nashville, o dirò a Andy di trascinarla fin laggiù per i capelli tinti male». Digrignò i denti e lei sentì lo smalto sfregare contro lo smalto. «E stia molto attenta a come riporta questa storia, stronza, o avrà ben più del suo misero piccolo impiego di cui preoccuparsi. Non sa con chi ha a che fare».

Il sorriso stereotipato era scomparso.

Molto probabilmente, anche il voto di Brandie.

La Mueller e Arnold se ne andarono in silenzio e Tim si fermò solo a raccogliere dalla sabbia il microfono da millecinquecento dollari. Nessuno dei due si voltò indietro mentre tornavano alla jeep.

Andy li seguì da presso fino al parcheggio accanto alla clubhouse. Se fosse dipeso da lui, la fastidiosa coppia sarebbe andata via in ambulanza, anziché in una radiomobile del TG di Canale 9. Sebbene fosse necessario per il suo capo esporsi costantemente agli attacchi dei giornalisti, specie verso la fine di una campagna elettorale molto accesa, Andy non tollerava i media.

Nessuno degli altri tre uomini presenti, Harry Winston e i

due caddie, aveva fiatato durante tutto l'incidente. E nessuno parlò quando Monroe si rimise in posizione sopra la pallina.

Tirò uno swing corto e preciso, dimostrando di essere in forma quasi perfetta.

Per un attimo sembrò che la pallina filasse dritta verso la buca, ma all'ultimo momento deviò a destra, sfiorando il bordo e schizzando ad angolo acuto verso sinistra. Rotolò perdendo abbrivo fino a fermarsi poco più in là, come un'auto rimasta senza benzina. Monroe chinò silenziosamente la testa sul petto.

Una sola imprecazione conclusiva fu l'unico suono che gli altri tre udirono.

Harry Winston trattenne a stento una risata maligna. I muscoli del suo viso sembravano sul punto di spezzarsi. «Mi dispiace per te, Bill. Suppongo che quelli ti abbiano rovinato la concentrazione», fu tutto il conforto che riuscì a offrirgli senza tradirsi.

Era diventato, decise infine, uno splendido venerdì mattina. Dio, quanto gli piaceva questo gioco!

Bill Monroe alzò lo sguardo torcendo leggermente il capo e fissò con rabbia le figure che attraversavano rapidamente il prato in direzione del parcheggio del circolo.

Sapeva che doveva far sparire tracce compromettenti e che ci sarebbero voluti tutta la sua considerevole ricchezza e potere per riuscirci a quest'ora inattesa e indesiderata.

Kasey parcheggiò la Honda blu sbiadita nel suo posto abituale accanto alla Dumpster e spense il motore. Da quasi una settimana viveva nel timore di questo giorno, ma sapeva che la sua attuale situazione finanziaria non le permetteva d'indulgere in idee bizzarre come tenere duro con la certezza di farsi licenziare. Venerdì mattina, dopo aver trascorso un giovedì particolarmente triste e squallido, un po' aspettando che i poliziotti bussassero alla sua porta e un po' cercando di scacciare le immagini del frutteto, Kasey aveva deciso di andare a lavorare. Oltre a tenerla occupata e, sperava, distrarre la sua mente dal pensiero di Donna Stanton, le mance le avrebbero fatto molto comodo. Il venerdì era normalmente la sua serata migliore.

Si chiese come avrebbe sopportato l'inevitabile sarcasmo di Cal sulla loro giornata in tribunale, dato che ormai lui doveva aver capito che lei non aveva intentato alcuna causa per molestie sessuali.

Anche se un avvocato avesse accettato di rappresentarla gratis e avesse inoltre acconsentito a pagare tutte le spese in previsione di un cospicuo risarcimento, lei presumeva che sarebbe stata licenziata in tronco dalla Leonard's nel momento stesso in cui la direzione centrale riceveva la prima telefonata o lettera. Fra intentare una causa e comparire in tribunale c'era sempre un intervallo variabile da uno a cinque anni e la povertà si profilava all'orizzonte come una dolorosa e concreta possibilità. I nobili ideali erano concetti stupendi, aveva concluso a metà della sua settimana di permesso pagato, ma così pure i desideri più terra terra: come mangiare regolarmente e rifornire di benzina la macchina. Avrebbe detto con fermezza a Cal di stare bene attento, altrimenti il suo avvocato gli avrebbe reso la vita più nera della notte più nera. Per il momento, era disposta a dargli un'altra opportunità di trattarla con il rispetto che meritava quale brava e leale impiegata.

«Ehi, Kasey», la salutò Desmondo con calore mentre sostava sulla soglia della cucina, scuotendo la pioggia dall'ombrello prima di chiuderlo. Lasciò quello che stava facendo e venne a darle un abbraccio di benevenuto.

«Salve, Mondo», rispose lei in tono piatto.

«Ho buone notizie per te, amica mia». La strinse fra le braccia come una sorella perduta da anni e poi si ritrasse con un sorriso negli occhi.

«Bravo, Mondo, mi farebbe piacere qualche buona notizia per cambiare. Ultimamente sono state quasi tutte pessime». Appese l'ombrello e la giacca a vento nel suo armadietto e chiuse lo sportello. Lui la seguì come un cagnolino e lei non poté trattenere un sorriso. «Fammi felice e dimmi che Hardt è andato sotto un treno. Non uno molto lungo, solo quattro o cinque locomotive e qualche centinaio di vagoni carichi di pietre». Assunse un'espressione acida, in parte sincera, mentre dava una rapida girata alla serratura a combinazione.

Lui fece un sorriso ancora più smagliante. «Niente treno, ma è quasi lo stesso».

«Che cosa?», chiese lei.

«Hardt è in ferie fino al cinque maggio. È una buona notizia, no?». Il suo marcato accento ispanico faceva venire in mente Ricky Ricardo.

«Mi stai prendendo in giro, Mondo», disse lei in tono eccitato, afferrando entrambe le mani del cuoco.

Lui scosse la testa, sempre sfoggiando lo smagliante sorriso. «Alicia ce l'ha comunicato stamattina. Ha detto che ultimamente era stato sotto pressione e aveva bisogno di un po' di vacanza». Guardò Kasey con finto cipiglio. «Tu c'entri per qualcosa in questo improvviso attacco di ulcera, amica mia?».

Kasey sapeva che Alicia, la contabile, aveva sempre notizie di prima mano su tutto quello che succedeva al ristorante e se diceva che Cal non aveva passato una buona settimana, la minaccia di un'azione legale doveva aver ottenuto l'effetto desiderato. Sorrise a Mondo. «Chissà».

"Forse andrà tutto bene, in conclusione", pensò.

Baciò affettuosamente Mondo sulla guancia e andò a vedere quanta gente c'era nella sala da pranzo principale. Peccato che quel giorno Brenda avesse fatto il primo turno; la sua compagnia le avrebbe fatto piacere.

Todd Ryan, capo barista di Leonard's per gli ultimi tre anni, versò con gioia un'altra club soda a Kasey e vi aggiunse una scorza di limetta. Ammirava segretamente la cameriera che secondo lui aveva il più bel corpo ed era la più cordiale fra i colleghi, ma era troppo timido per accennare ai suoi sentimenti. Gli bastava che si sedesse al bar e chiacchierasse con lui del più e del meno in attesa di finire il suo turno. L'innocua bevanda era la terza in un'ora.

Da quando gli ultimi clienti per la cena se n'erano andati poco dopo le nove, il ristorante era silenzioso come una biblioteca. Persino gli abituali ritardatari e i clienti regolari del bar brillavano per la loro assenza. Kasey immaginò che fosse colpa della fitta pioggia che era caduta tutto il giorno.

Malgrado le poche mance, era contenta di avere avuto un turno leggero.

Dette un'occhiata all'orologio sulla parete in fondo al bar: le 9,58, ancora poco più di due ore; sembravano un'eternità quando il lavoro era così fiacco e Kasey si annoiava. Fuori, la pioggia batteva ritmicamente sul tetto di lamiera e scrosciava sulla superficie ondulata, riempiendo le grondaie e creando piccoli rivoli che scorrevano ininterrottamente attraverso il parcheggio. I lampioni sembravano grosse stelle indistinte in un cielo nero come l'inchiostro. Kasey si sentiva sola, come a volte si sente sola una bambina, e scacciava le immagini che minacciavano di farla uscire di senno.

Mescolò la sua club soda con una cannuccia e fissò con sguardo assente un punto sulla parete, giù in fondo, oltre il televisore, ascoltando con mezzo orecchio il noioso ronzio degli onnipresenti spot pubblicitari di automobili che precedevano sempre il notiziario delle dieci.

Ad un tratto, malgrado i suoi sforzi, gli occhi imploranti di Donna Stanton la trafissero dal fondo del bar, destandola bruscamente da una letargica fantasticheria che l'aveva quasi fatta addormentare.

Si raddrizzò di scatto, scaraventando il bicchiere attraverso il piano scivoloso di formica nera, oltre il bordo posteriore del bar e sul pavimento ai piedi di Todd. Lui le volgeva le spalle e non ebbe il tempo di afferrarlo prima che si frantumasse in mille schegge lucenti.

«Sai», fece in tono calmo, voltandosi verso la sua unica cliente, «se non ti piaceva il drink... bastava che lo dicessi». Era una tipica reazione da barman a un bicchiere rotto.

«Sono molto spiacente, Todd», si scusò sinceramente, scrollando più volte le spalle. «È stato un incidente, giuro. Ora pulisco». Si alzò dallo sgabello.

«Niente di grave», dichiarò lui in tono rassicurante, facendole cenno di restare seduta. «Non è il primo bicchiere che si è rotto qui. Anzi, non è nemmeno il primo oggi. Ci penso io. Vuoi che te ne versi un altro?».

Lei scosse il capo.

«Sicura?»

«Sì».

Kasey puntò il telecomando verso il televisore e cliccò due o tre volte per alzare il volume mentre Brandie Mueller apriva il notiziario della sera:

La vicenda della scomparsa di Donna Louise Stanton diventa più complicata e misteriosa ogni giorno che passa.

Come forse ricorderete, mercoledì la sorellastra della Stanton, Laurie Ann Latham, ha denunciato la sua scomparsa e ha parlato di, aperte virgolette: «comportamento strano e timore per la sua incolumità», chiuse virgolette, quali motivi per presentare la denuncia.

Dopo quanto è accaduto mercoledì pomeriggio, Canale 9 ha appreso che una donna anonima ha telefonato alla polizia metropolitana di Nashville e ha dichiarato di essere a conoscenza della morte di Donna Stanton, più esattamente del suo omicidio. La Stanton non è stata ancora ritrovata.

A seguito di questa indicazione anonima, il tenente Pete Vanover è tornato nella casa che la Stanton divideva con la Latham e, nel corso di ulteriori accurate indagini, ha scoperto un diario personale tenuto dalla Stanton, oltre a una custodia contenente microcassette simili a queste (la Mueller mostrò una custodia di plastica con venti piccole audiocassette inserite nelle tasche). Questo è il tipo di nastro audio usato nei miniregistratori (la Mueller mostrò quindi un minuscolo registratore portatile, non più grande di un mezzo pacchetto di sigarette).

Secondo le nostre fonti, sembra che da quel diario mancassero parecchie pagine, apparentemente strappate nel tentativo di nascondere il loro contenuto. Dalla custodia di plastica, presumibilmente piena e datata in ordine cronologico, mancavano quattro cassette.

Canale 9 ha inoltre appreso che le pagine e i nastri rimanenti riportano numerose conversazioni con ben note personalità dello spettacolo, degli affari e della politica, fra cui il candidato repubblicano alla carica di governatore, William "Bill" Monroe di Chattanooga.

Non si sa ancora con esattezza quale fosse, o sia, il legame fra il candidato Monroe e la signorina Stanton, ma da un'intervista esclusiva di Canale 9 con il portiere dell'appartamento della Stanton all'ultimo piano di un palazzo del centro è risultato che la signorina Stanton riceveva un flusso continuo di ospiti maschili, incluso il candidato Monroe.

Nessuno dei sostenitori di Monroe si è detto disponibile a fornire commenti, sebbene il suo avvocato e il suo addetto stampa stiano preparando congiuntamente un comunicato ufficiale.

Il candidato Monroe ha declinato la nostra offerta di apparire sul video.

Alla domanda di questa giornalista sul presunto legame fra Monroe e Donna Stanton, Jordan Taylor, capo della squadra investigativa della polizia metropolitana di Nashville, si è limitato a dichiarare che non poteva confermare né smentire.

Richiesto di mostrare il diario della donna scomparsa ai media, Taylor ha rifiutato. Richiesto di far sentire i nastri della donna scomparsa ai media, Taylor ha rifiutato. Ha rifiutato anche di rispondere a qualsiasi domanda specifica sul contenuto del diario e dei nastri.

Quando la sorella della Stanton ha saputo della telefonata anonima, ha chiamato Canale 9 per informarci che vuole offrire una ricompensa di venticinquemila dollari per qualsiasi informazione che possa condurre le autorità fino a sua sorella.

Se l'anonima informatrice che ha telefonato alla polizia venerdì sera desidera raccontare la sua storia a qualcuno, può mettersi in contatto con me tramite Canale 9 a qualunque ora del giorno e della notte. Se vuole, le sarà garantito l'anonimato.

Canale 9 terrà informati i suoi telespettatori non appena riceverà ulteriori notizie su questa bizzarra vicenda.

Kasey stava lì a bocca aperta, col cuore che le batteva all'impazzata, sbalordita da quello che aveva appena sentito. Non aveva battuto ciglio per quasi due minuti e le sembrava di avere gli occhi pieni di sabbia. Li strinse forte e si coprì il viso con le mani, il respiro ansante e caldo contro le palme. Tutto sembrava di nuovo assurdo, pazzesco, esattamente come novantasei ore prima.

«Stai bene?», chiese Todd con premura, notando che aveva mutato improvvisamente contegno.

«Oh... sì... sono solo stanca, credo». Kasey fece un profondo respiro e sorrise a Todd. «Beh, sarà meglio che torni al lavoro».

Si girò lentamente sullo sgabello del bar e posò i piedi sul pavimento di legno scuro. L'immagine della faccia della donna che esplodeva tornò per la millesima volta e sebbene la sua ferocia si fosse attenuata, la continua esposizione alla pena e all'orrore di quel ricordo le lacerò ancora l'anima.

La sua mente era divisa fra la pietà per la sconosciuta, vittima impotente di un'indicibile atrocità, e la paura di essere identificata come la sola testimone oculare del delitto di Joeyboy. Qualunque cosa avesse fatto la Stanton, per qualunque motivo, non giustificava una simile brutalità: la donna non meritava che Joeyboy fosse l'ultimo essere umano ad averla toccata, l'ultimo viso che lei aveva visto prima di concludere la sua breve e tormentata esistenza in un frutteto vicino a un'anonima stradina secondaria del Tennessee. Aggiungere il proprio nome alla lista di quelli che erano morti per mano di Joeyboy e dei suoi sconosciuti mandanti non avrebbe riportato in vita Donna.

Le restanti due ore passarono ancora più lentamente, come se le lancette dell'orologio fossero state dipinte sul quadrante.

Quando Brandie Mueller pronunciò le sue ultime parole, Jordan Taylor stava accanto al bar nel tinello di casa, prevedendo l'inevitabile chiamata. Si versò un doppio bourbon e tirò il telefono verso di sé: non dovette attendere a lungo perché squillasse.

«Taylor?», lo apostrofò la voce scostante all'altro capo del filo.

«Sì, signore», rispose seccamente, a voce bassa. Taylor detestava Warren Slade, primo assistente amministrativo e cacciatore di scalpi del governatore Williams, ma al tempo stesso era ben consapevole della possente ascia che Slade maneggiava con totale indifferenza.

«Che cosa diavolo sta succedendo lì da voi? Sembra che ci sia una falla sufficiente per affondare una corazzata». Si riferiva alla Centrale di polizia.

«Pare di sì, signore». Era più facile assentire. Aveva mal di testa ed era stato fuori sotto la maledetta pioggia tutto il giorno. Non gli mancava altro che intavolare una discussione da cui non poteva assolutamente uscire vincitore. Nessuno vinceva con Slade.

Il PAA fece un grugnito di riprovazione. «Ufficio del governatore Williams, domattina alle otto precise», borbottò. Non era inteso come una richiesta o un cortese invito, ma piuttosto come un ordine dall'alto. «Porti anche Vanover. Ci sarà anche Brandie Mueller, insieme al capo Harvey». Esitò, come se fosse incerto su come proseguire. Taylor non si lasciò ingannare dall'evidente tentativo di apparire estemporaneo: Slade non era mai impreparato per una telefonata o un incontro; sapeva sempre esattamente quello che avrebbe detto e fatto e sapeva sempre in anticipo come avrebbe reagito l'altra parte.

«Oh, un'ultima cosa, Taylor, si ricordi di portare il diario e i nastri della Stanton».

«Mi domando che cosa mai mi abbia dato l'idea che la nostra piccola riunione sarebbe stata incentrata su quelli», chiese bruscamente Taylor con tutto il sarcasmo che poté; era sprecato con Slade che se ne infischiava di come lo giudicavano gli altri purché facessero esattamente quello che voleva lui, come voleva lui e quando voleva lui.

Taylor riagganciò e ingurgitò il suo drink tutto d'un fiato.

Capitolo undicesimo

La ballerina percorse lentamente lo stretto corridoio, attenta a non rovesciare le due tazze di caffè che ora si pentiva di aver riempito fino all'orlo. Era nuda, a parte un paio di calzini di cotone floscio che isolavano i piedi dai freddi pavimenti di legno duro del suo appartamento.

Quando arrivò alla porta della camera da letto, la spinse delicatamente con il piede destro. A parte un paio di gocce che caddero sul pavimento e che lei si affrettò ad asciugare con il calzino, il caffè rimase nelle tazze.

«Ti ho portato un po' di caffè, baby. Vuoi che lo posi sul comodino?». La ballerina guardò il suo miglior cliente rigirarsi sotto le coperte. Attese pazientemente accanto al letto, sorseggiando il caffè da una tazza mentre l'uomo decideva la destinazione dell'altra.

Joeyboy si sollevò sui gomiti e girò lo sguardo. Si grattò la testa con la sinistra, come un cane che tentava di scacciare una pulce, poi usò la mano per scostare i capelli dagli occhi. «Cosa?», chiese, ancora mezzo addormentato.

«Vuoi bere subito il caffè, o vuoi che lo posi sul comodino?». Doveva liberarsi in qualche modo della seconda tazza perché sentiva freddo, stando lì nuda.

«No, dammela». Si girò e si ficcò un guanciale dietro la schiena. Lei gli porse la tazza con tre zollette di zucchero e niente crema.

Poi sedette sul bordo del letto e si coprì le gambe con il piumino. «Chi è Donna?», chiese mentre lui si portava la tazza alle labbra.

«Cosa?», domandò l'uomo, fissandola sopra l'orlo della tazza.

«Chi è Donna? Mentre dormivi, hai continuato a parlare con una certa Donna. Ero curiosa di sapere chi fosse, tutto qui». Teneva la tazza con entrambe le mani, lasciando che il calore fluisse attarverso le palme. Era molto più curiosa che gelosa di questa Donna. Sapeva che lui aveva altre donne, come lei aveva altri clienti.

Joeyboy abbassò la tazza e la posò sul ripiano dietro di lui. «Che cosa ho detto esattamente mentre facevo tutti questi discorsi nel sonno?». Allungò una mano sul letto e le accarezzò la coscia.

«Non lo so, parlavi. Non sono stata ad ascoltare».

«Davvero. Come mai non ti credo?». All'improvviso i suoi occhi la spaventarono.

«Non lo so, baby. Non ti mentirei mai. Ero piuttosto stanca anch'io. Ti ho sentito menzionare il nome Donna e basta».

«Andiamo, ti ricordi certamente qualche altra cosa che ho detto. Vorrei sapere di che cosa parlavo mentre dormivo e, dal momento che dormivo, tu sei l'unica che può dirmelo, giusto? Non è chiedere troppo, ti pare?». Continuò ad accarezzarle dolcemente la coscia.

«Mi sembra di aver sentito qualcosa a proposito di certi tuoi nastri che aveva questa tale Donna. Continuavi a ripeterle che dovevi assolutamente riaverli. Per caso, hai prestato dei nastri a questa ragazza che non te li ha restituiti? Detesto quando mi capita di prestare una cassetta a una delle ragazze del club e lei la tiene troppo a lungo oppure s'incastra nella sua radio, s'ingarbuglia e si rovina tutta. Non ti fa incazzare quando succede?».

Mentre Lela continuava a divagare, Joeyboy si rese conto di avere un problema, un problema che non poteva risolvere al momento, per quanto gli sarebbe piaciuto. Il barista del club lo aveva visto uscire con la ballerina. Per peggiorare le cose, l'inquilino di fronte li aveva visti entrare nell'appartamento della ragazza poco dopo le due del mattino. Avrebbe dovuto aspettare un'occasione migliore, pur sapendo di dover agire presto: anche una spogliarellista senza cervello come la donna seduta accanto a lui avrebbe finito per collegare quello che aveva detto nel sonno con la donna scomparsa di cui la fottuta televisione non faceva che parlare ultimamente.

Le tolse di mano la tazza e la strinse a sé, baciandola con passione. «Sì, fa incazzare anche me, baby. Senti, fra un minuto devo andare via, ho un sacco da fare oggi. Attacchi alle sei come al solito?»

«Uh huh. Vieni stasera?»

«Certo, non vedo l'ora di rivederti». Le dette un altro bacio lungo e intenso, premendo i suoi seni nudi contro di sé. Era importante che lo ricordasse con affetto.

«Uau, baby, mi piaci così».

«Allora adorerai quello che ho in serbo per te».

«Hai qualcosa in serbo per me? Come sei gentile. Mi dici che cos'è, o è una sorpresa?»

«Oh, è una sorpresa, ma non una sopresa qualunque. È qualcosa di speciale».

Jordan Taylor stava davanti a un'ampia finestra al secondo piano del palazzo municipale intitolato ad Andrew Jackson e guardava Charlotte Avenue animarsi lentamente. Alle 7,45 di sabato mattina, gran parte della città dormiva ancora.

Accanto all'enorme fontana nel piazzale a sud del Campidoglio, un folto gruppo di alunni delle classi elementari della St. Dominic Academy (lo dedusse dal piccolo mare di uniformi bianche e blu accuratamente stirate) si stava radunando per la sua prima visita alla sede del governo statale. Taylor sorseggiò una tazza di caffè tiepido McDonald's, senza latte né zucchero, e attese l'arrivo di Vanover. Questo sarebbe dovuto essere il suo giorno libero, un giorno che aveva deciso di trascorrere con sua figlia Amber.

«'giorno, capo. Siamo i primi?», chiese Vanover in tono troppo vivace per un sabato mattina.

Taylor annuì col capo.

Vanover gli porse un sacchetto di carta di Krispy Kreme e si lasciò cadere sulla prima sedia che vide. Aprì il suo sacchetto.

Taylor si avvicinò alla sedia dove stava seduto il suo amico sgranocchiando un biscotto alla gelatina di lamponi. Vanover non lo guardò mentre diceva: «Sa, capo, quello Slade può essere un vero rompi...».

«Maledizione, Pete! Come diavolo ha fatto Canale 9 a procurarsi tutta quella roba sulla Stanton?». Parlava a voce bassa, ma era palesemente agitato.

Vanover alzò gli occhi e leccò rapidamente la gelatina dal pollice e indice della mano destra. «Non se la prenda con me! Non ho parlato con nessuno. Sa bene che la Mueller è una puttana ficcanaso».

«Beh, se non sei stato tu, allora chi diavolo...».

«Buon giorno, signori», interruppe allegramente Slade attraverso la grande stanza. «Credo che conosciate entrambi il capo Harvey».

«'giorno, signore», lo salutò subito Vanover, lasciando cadere velocemente il sacchetto accanto alla sedia mentre si alzava e posando di nascosto il caffè da una parte, come uno scolaro sorpreso a scrivere sulle pareti del gabinetto.

«'giorno, Leonard», aggiunse Taylor. «Ti trovo bene. Come sta Betty?».

Il capo della polizia attraversò la stanza e dette la mano a Taylor. «Conosci le mogli, Jordan, sono tutte delle gran scocciatrici a volte. Mi dispiace per Gloria».

«Era solo questione di tempo».

Harvey annuì stringendogli la mano.

Mentre Vanover finiva di bere rapidamente il caffè accanto alla finestra, voltando le spalle alla stanza, Taylor e Harvey parlarono del più e del meno. I due uomini si conoscevano da oltre un decennio e sebbene Taylor considerasse il capo Harvey poco più di un tirapiedi del governatore Williams a questo punto della sua carriera, lo riteneva un poliziotto onesto a dispetto di Slade che avrebbe voluto cambiarlo per soddisfare le proprie particolari esigenze.

«Vedo che ci siamo tutti», dichiarò il governatore Wayne "Buddy" Williams con la sua calda voce teatrale, entrando nella stanza seguito da Brandie Mueller. I due erano stati nell'ufficio adiacente dalle sette e un quarto del mattino a discutere la storia che lei aveva riferito la sera prima. «Grazie a tutti per essere venuti nel vostro giorno libero. Prego, accomodatevi». Fece un ampio gesto circolare con la mano e si sedette nella grande poltrona di pelle dietro l'ampia scrivania di legno nodoso.

Slade prese posizione alla sua sinistra, mani incrociate dietro la schiena come una sentinella.

Gli altri trovarono rapidamente la sedia più vicina e si sedettero, tutti sforzandosi di apparire rilassati, tutti in trepida attesa.

«Vengo subito al punto. Immagino che a nessuno di noi sia sfuggita la storiellina della signorina Mueller nel notiziario delle dieci di ieri sera. Molto interessante, non vi pare?». Li fissò negli occhi, uno per uno, cominciando da Taylor alla sua destra. Tutti riuscirono a sostenere il suo sguardo, sebbene ognuno in segreto avrebbe voluto essere altrove, dovunque anziché lì.

La Mueller, dal lato opposto della stanza rispetto a Taylor, parlò per prima: «Governatore Williams, come le ho già detto, quella storia è stata riportata con obiettività e precisione, in base alle informazioni che ho ricevuto da una fonte anonima...».

«Ah, sì», Taylor si aggrappò subito alla sua prevedibile scelta di parole, «l'ignobile fonte anonima... senza una faccia o un nome, l'invisibile autorità dietro ogni storia sordida e ogni spregevole copertina di rotocalco degli ultimi cinquant'anni. Perché non la smette con queste stronzate, signorina Mueller, e non mi dice chiaro chi nel mio reparto le ha passato le informazioni sul diario della Stanton in modo che possa tagliare personalmente le palle a quel bastardo?». Il suo sguardo andò a Vanover, seduto fra loro.

«Le ho detto che non ho la minima idea di chi abbia spifferato quelle informazioni, capo. Quando ho sentito la storia, ho pensato che fosse stato lei a parlare ai media», dichiarò seccamente Vanover.

«Io! Perché mai lo avrei fatto, Pete?», chiese Taylor incredulo.

«Beh, è lei quello che se n'è andato con il diario e i nastri», disse Vanover. «A chi altro avrei dovuto pensare?»

«Smettetela, voi due», li interruppe spazientito Buddy Williams, come un padre che viene a sedersi a tavola. «Non m'importa un accidente di chi ha dato la notizia. *Non* siamo qui per questo, stamattina. Se avete un problema di sicurezza giù alla Centrale, come pare, allora vi suggerisco di tappare la falla! Per ora, voglio soltanto le informazioni contenute nel diario e nei nastri della Stanton». Si adagiò indietro nella poltrona, a braccia conserte, come in attesa di una di quelle favole che si raccontano ai bambini quando vanno a letto.

Taylor guardò il pacchetto ben involtato che aveva posato sul pavimento accanto alla sedia. I suoi occhi pieni di collera fissarono quelli del governatore Williams. «Non posso darglieli, signore, non sono autorizzato. Inoltre, fanno parte di un'indagine in corso. Perché non chiede alla Mueller quello che le interessa? A quanto pare, ne sa quanto noi».

Williams si volse al capo Harvey perché intervenisse.

Harvey disse pacatamente: «Jordan, per quanto mi risulta non c'è alcuna indagine in corso al momento e, a mio modo di vedere, non c'è motivo di aprirne una. La denuncia è stata ritirata dalla sorella della donna scomparsa che l'aveva presentata e, da quanto ho sentito, tutto fa pensare che Donna Stanton abbia lasciato la città per conto proprio e di sua volontà, malgrado la ricompensa offerta dalla Latham. Spero che sarai d'accordo con me». Harvey inarcò leggermente le sopracciglia in attesa della risposta di Taylor.

«Tutto questo può essere tecnicamente corretto, capo, ma non traccia il quadro completo. Che cosa mi dice della telefonata che ha fatto la donna dal Mapco Express mercoledì sera affermando che Donna Stanton è stata assassinata e non è partita per una vacanza improvvisata?».

Vanover rimase perplesso all'udire Taylor ripetere parola per parola la tesi da lui esposta nella stanza da letto della Stanton.

«Come si chiama? Come ha detto che è morta? Dove ha

detto che si trova il corpo?», chiese Harvey in rapida successione, sapendo che la risposta sarebbe stata uguale per ogni domanda.

Ora Taylor comprese come si era sentito Pete Vanover e non poté fare altro che offrire le stesse risposte vaghe che aveva ricevuto. «Al momento non abbiamo quelle informazioni, ma...».

«Ma, un corno!», ringhiò Buddy Williams, perdendo la poca pazienza che aveva in quelle circostanze: sentiva il fuoco ardere sotto i piedi del suo avversario, fiutava il fumo acre che portava via con sé le speranze di vittoria di Monroe. Tutto il combustibile e le fascine necessari per accendere la più desiderabile di tutte le pire funebri si trovavano nelle pagine e nei nastri ai piedi di Taylor. «Voi avete soltanto una telefonata anonima di una svitata e il vostro intuito di detective, mentre noi, viceversa, abbiamo il permesso scritto della Latham di prelevare ed esaminare sia il diario che i nastri e di comunicare ai media», lanciò un'occhiata a Brandie Mueller, che finse di non accorgersene, «tutto ciò in essi contenuto che potrebbe aiutare questo ufficio a riportare a casa sana e salva sua sorella».

Slade estrasse un foglio piegato dalla tasca della giacca e lo sventolò trionfalmente di fronte al petto.

Taylor si adagiò sulla sedia e incrociò le braccia. «E immagino che nel cercare utili indizi su dove si trova attualmente Donna Stanton, potreste imbattervi del tutto accidentalmente in due o tre succose informazioni su un certo rivale politico... lasciatemi azzardare un'ipotesi, della zona di Chattanooga?... che sarebbero un aiuto prezioso e vi consentirebbero di conservare le chiavi della toilette dei dirigenti per altri quattro anni». Taylor si protese a destra e fissò intensamente Brandie Mueller. «E immagino che lei non sarebbe contraria a riferire una simile storia, vero, signorina Mueller? Sembra proprio il suo genere».

«Le notizie sono dove uno le trova, capo Taylor, esattamente come le prove», replicò lei con un sorriso di sfida.

«Andiamo, ragazzi, comportiamoci bene», disse Williams,

l'imminente vittoria evidente nel suo tono di superiorità. «Potete fare a pugni nel campo di giochi durante la ricreazione, se volete. Non ho tempo per le vostre piccole beghe». Rivolse la sua attenzione alla Mueller. «È sicura di non avermi taciuto nulla, Brandie?». Lei scosse il capo. «E non ha mica intenzione di aiutare Taylor con la sua fuga di notizie, vero?». Williams conosceva già la risposta.

Lei continuò a scuotere lentamente la testa.

«Ottimo. Beh, questo è tutto. Può andare, Brandie. Mi dia il pacchetto ai suoi piedi, capo Taylor, se non le dispiace». Williams tese la mano destra a palma in su mentre Slade assisteva in silenzio, assaporando quel momento.

Kasey si svegliò con un acuto mal di testa dopo una notte di sonno interrotto e agitato. Era andata a letto verso l'una e si era addormentata subito, ma ben presto erano tornate le solite immagini e il buio era diventato un mosaico di urla angosciate, carne dilaniata, schizzi di sangue e terrore. Ogni notte era uguale e ogni mattina si svegliava col mal di testa: un dolore acuto, martellante che veniva puntualmente a rammentarle che non aveva fatto nulla per salvare la sconosciuta di cui ora sapeva il nome: Donna Stanton.

Andò barcollando nel bagno e versò le ultime tre compresse da una boccetta di Advil, che pure era piena pochi giorni prima. Sam la osservò da sopra il cesto della biancheria, un'espressione perplessa negli occhi color smeraldo. Non capiva il mutamento nel rituale mattutino sopravvenuto pochi giorni prima: lei avrebbe dovuto dargli da mangiare appena svegliata e poi andare a fare jogging. Questi esseri umani non ricordavano proprio nulla?

Kasey si ributtò di traverso sul letto e si mise un guanciale sulla testa.

Quando si svegliò dopo due ore abbondanti, alle nove e un quarto, un martello smussato, coperto di feltro, batteva contro il cervello ogni volta che girava la testa di scatto.

Conosceva quel dolore anche troppo bene: non era poi tanto diverso da una vecchia sbornia di tequila. Sarebbe cessato fra un'ora o due, tre al massimo, e sarebbe rimasto in beata ibernazione fino alla prossima bottiglia di Cuervo Gold, o al prossimo sogno trascorso in mezzo all'erba alta accanto al recinto di filo spinato arrugginito guardando morire Donna Stanton mille volte ancora.

La sua vita era divenuta un interminabile susseguirsi di rimorso e di dolore, intrecciati e inseparabili. Sapeva di dover fare qualcosa.

Ma cosa? Come?

Ogni volta che prendeva in considerazione la polizia, ricordava il mercoledì sera passato a tremare sul divano, aspettando che venissero a cercarla.

Si vedeva irrimediabilmente intrappolata come sospetta o complice della morte della donna; lo aveva visto succedere alla televisione e lo aveva letto nei romanzi. Più ancora, aveva visto dipingere suo padre, un uomo che era sempre stato buono e giusto, come un irresponsabile e un temerario, un pericolo per la circolazione. Era rimasta seduta lì, nell'aula del tribunale, senza dire nulla mentre gli avvocati lo descrivevano come un uomo che attribuiva molta più importanza ai propri obiettivi finanziari che all'incolumità degli altri automobilisti. Le aveva spezzato il cuore.

E, per molto tempo, anche lo spirito.

Come se non bastasse, c'era Joeyboy.

Avvertiva ancora la sua malevola presenza mentre veniva verso il recinto, pala in mano. Non voleva essere pedinata furtivamente da lui durante le settimane e i mesi di angosciosa attesa fra il gran giurì e il verdetto finale.

Anche con le migliori intenzioni, la polizia non poteva proteggerla ogni minuto. Alla fine, mentre dormiva nel suo letto, o si fermava a un semaforo, o faceva la spesa al mercato, lui le sarebbe scivolato accanto e l'avrebbe uccisa con la stessa facilità con cui aveva ucciso Donna Stanton, senza la minima esitazione.

Quelli come Joeyboy non provavano nulla che somigliasse al rimorso. Qualcosa nel loro DNA si era alterato al momento della concezione e il gene responsabile dell'amore era stato sostituito da un secondo gene dell'odio. Sapeva che era così, anche se la scienza medica non sarebbe stata d'accordo con lei.

Per tutta la mattinata, come ogni giorno da mercoledì sera, Kasey cercò di placare le tormentose dicotomie della paura e del dovere. La lotta sfibrante la stava lacerando.

Lo squillo del telefono la riportò al presente e fuori dalla tetra e malsana prigionia della disperazione. «Pronto», disse sforzandosi di assumere un tono gaio. Si diresse in cucina.

«Ciao, Kase. Ti andrebbe di pranzare con me e fare un po' di spese?». Brenda sembrava insolitamente sveglia per le dieci del mattino.

«Che cosa ti è successo?»

«Niente di che... ho solo ricevuto il rimborso delle tasse e voglio comprare tutta la città. Vieni con me, tesoro, e magari compro un "tirami su" anche a te. Dio sa se ne hai bisogno». Kasey non poté trattenere un sorriso.

«Dove andiamo a mangiare?», chiese. Guardò il toast freddo che aveva dimenticato di togliere dal tostapane due ore prima e arricciò il naso.

«Dove vuoi mangiare?»

«In un posto che costi poco. Ho soltanto una decina di dollari da spendere».

«Sbagliato! Non ti servono soldi. Ti ho già detto che oggi sono io la ricca signora. Mi hai offerto il pranzo un sacco di volte quando ero al verde, cosa che succedeva spesso».

«L'ho fatto volentieri».

«Sì, lo so, perciò andremo a fare spese dopo aver pranzato. Ti va l'Iguana?», chiese Brenda. «Servono delle *fajitas* che sono la fine del mondo. Ho sempre desiderato andarci».

«L'Iguana mi attira molto, ma è un po' su di prezzi. Pensavo piuttosto alla Pizza Hut».

«Puah! Ci andiamo sempre. Riservala per quando saremo di nuovo al verde. Non ci vorrà molto!».

Le due donne risero insieme.

«Muovi le chiappe, ti passo a prendere fra un'ora». Brenda riagganciò senza aspettare la risposta.

Kasey rise ancora e prese in braccio Sam. «Indovina un po', amico. Vado a fare spese. Sono secoli che non compro qualcosa di superfluo per te o per me. Forse convincerò la zia Brenda a comprare un nuovo topolino finto per il mio ometto».

Lo posò sul bancone di cucina, gli riempì la ciotola di cibo e andò a fare la doccia.

Jordan Taylor si fermò ai piedi dell'ampia scalinata di granito di fronte a Charlotte Street, sotto l'imponente facciata del palazzo municipale, tre o quattro metri avanti a Pete Vanover. Non aveva detto una parola all'altro detective da quando avevano lasciato l'ufficio del governatore ed era ancora furioso per come erano andate le cose.

Quando Vanover gli arrivò vicino, Taylor si voltò e disse: «Maledizione, Pete, voglio sapere come ha fatto Canale 9 a ottenere quelle informazioni. Se tu e io non abbiamo fiatato, allora dev'essere stato quel morto cerebrale del tuo compagno». Il tono era controllato, ma l'atteggiamento era molto duro.

«Ci ho pensato per qualche minuto lassù e non credo che sia stato lui, capo. Perché lo avrebbe fatto?»

«Dimmelo tu, Pete. E se non è stato Stark, allora chi?».

Vanover accese una sigaretta, esalando lentamente una densa nuvola di fumo grigio. Un forte vento caldo da ovest la sospinse subito sopra la sua spalla, verso il fiume. Il cielo si era rasserenato e c'era l'estate nell'aria. «Potrebbe essere stata una qualsiasi fra una dozzina di persone e anche più. Brad e io abbiamo parlato di quello che avevamo trovato con quasi tutti gli altri ragazzi della squadra. Gesù, era dinamite, deve ammetterlo». Le sue parole suonavano più come un'autodifesa che una spiegazione. «Ma sicuramente non parlerei mai con i media e credo che nemmeno Brad lo farebbe. Detestiamo tutti e due la Mueller. Dev'esserci un uccello canterino nella squadra». Attese la risposta di Taylor, eretto e deciso.

«È quello che mi manda in bestia, Pete, e scoprirò chi è quell'uccellino prima che qualche informazione d'importanza determinante per un'indagine criminale vada a finire nell'orecchio sbagliato. E quando lo scoprirò, gli farò desiderare di non aver mai sentito il mio nome». Si girò bruscamente e scomparve in direzione della sua macchina.

Vanover schiacciò la sigaretta sui gradini di pietra e andò verso il veicolo dove lo aspettava Stark.

Brenda giocherellò con i sottobicchieri mentre la sua amica studiava il menu. Kasey aveva mangiato qualche volta all'Iguana, ma non era mai stata invitata a pranzo lì. L'occasione richiedeva un più attento esame delle proposte culinarie di quando la scelta era limitata dal suo magro bilancio. La sua amica le aveva detto di ordinare tutto quello che voleva: alla fine optò per un piatto di patatine fritte con salsa piccante, una porzione completa di *fajitas* ai gamberi e una Pete's Wicked Summer Brew.

La birra e l'antipasto arrivarono subito.

«Allora quanto ti hanno rimborsato, maledizione?», chiese infine Kasey, visto che l'amica non glielo aveva ancora detto e stavano insieme da quasi un'ora.

«Cinquecentottantanove dollari e sessantasette centesimi», le sussurrò in segreto Brenda sporgendosi sul tavolo, come se avesse rubato personalmente i soldi dal caveau dell'ufficio delle tasse col favore della notte.

«Bene», esclamò Kasey, «è decisamente tempo di acquisti!». Fecero tintinnare rumorosamente le bottiglie con aria trionfante. Più di una testa si voltò nella loro direzione e le due amiche si misero a ridacchiare come scolarette, coprendosi la bocca con la mano.

Pur essendo sinceramente felice per Brenda, Kasey non aveva più avuto seicento dollari da spendere in cose superflue dal tempo del suo primo, e unico, anno di università. Con sua vergogna, provò una punta d'invidia: due settimane prima, aveva dovuto pagare altri settantotto dollari di tasse.

Brenda si dimenò un momento sulla sedia, apparentemente ansiosa di rivolgerle una domanda scottante, ma incerta su come cominciare.

«Che c'è?», chiese Kasey, intuendo la sua ansia.

Brenda non aveva bisogno di ulteriori incoraggiamenti: non poteva più aspettare. «Beh, ti decidi a raccontarmi della famosa azione legale o no? Da Leonard's corre voce che vuoi davvero fare causa a Hardt per molestie sessuali. Credevo che scherzassi quando ne hai parlato mercoledì, ma Alicia va dicendo a tutti che fai sul serio».

Per poco Kasey non sputò la birra. Aveva dimenticato la sua accesa conversazione con Hardt e la minaccia con cui aveva chiuso la telefonata. Bevve un altro sorso di birra. «L'altra sera ero infuriata. Sai quanto può essere stronzo».

«Sei una gran bugiarda, ragazza mia!», disse Brenda in tono saputo, certa di avere un rapporto privilegiato con l'amica. «Non m'importa che cosa ti ha consigliato il tuo avvocato, sai che a me puoi dirlo». Brenda si protese verso Kasey per essere sicura di non perdere una sillaba. «Eri andata lì giovedì? Chi è il tuo avvocato?»

«Onestamente, Brenda, non ho un avvocato e non ho intenzione di fare causa a Hardt».

«Io lo farei! Che cosa te lo impedisce? È ora che qualcuno metta quel disgraziato al suo posto».

«È facile a dirsi, ma non si tratta semplicemente di fare una telefonata e ottenere immediatamente giustizia. Mi costerebbe migliaia di dollari solo per iniziare e inoltre non me la sento di affrontare tutta la fatica del processo e l'assalto dei fotografi e tutto il resto».

«Sai quanti soldi potresti ricevere se vincessi una causa contro lui e Leonard's?»

«No, Brenda, quanti?». Kasey voleva cambiare argomento.

Brenda stava per buttare lì una cifra ma esitò un momento. «Beh, non sono sicura, ma so che sarebbe più di quanto tu o io abbiamo mai visto... né vedremo mai. Non dirmi che i soldi non ti farebbero comodo?»

«Gesù, Brenda! Certo che quei dannati soldi mi farebbero comodo. Nessuno lo sa meglio di me. Ma non intendo alzarmi in piedi davanti a un branco di avvocati e di giudici e raccontare la mia versione della storia soltanto per farmi denigrare e dare della bugiarda e della puttana e Dio sa cos'altro e sentirmi dire che è tutta colpa mia se Hardt mi ha acchiappato le tette. Che si fottano».

«Ma è successo, Kasey. Mondo e io ti appoggeremo, lo sai. Non puoi permettere che quel bastardo la faccia franca. È una tale nullità!».

«Allora avrà quello che si merita... in qualche modo, non so come. Alla fine tutto si sistema. Il karma è così. Inoltre, ho visto come gli avvocati possono distruggere la reputazione di una persona per bene in tribunale e non intendo espormi a un trattamento del genere soltanto per ricevere un grosso assegno da versare in banca, ammesso e non concesso che avessi i soldi per assumere un avvocato. Ora, possiamo cambiare argomento? Per favore».

«Allora non fai causa a Hardt?»

«No».

«Beh, io la farei».

«Brenda!».

«Ok, ok». Brenda capì che era inutile insistere. «Scusa, Kasey. Non volevo farti arrabbiare o altro».

«Non sono arrabbiata». Kasey mise la mano su quella dell'amica. «Ho soltanto questa tremenda avversione e paura dei tribunali. Dovresti essere stata al posto mio per capire».

Brenda capì all'improvviso. «Tuo padre, eh?».

Kasey annuì e nei suoi occhi apparve una lacrima.

Il cameriere portò le *fajitas*. Non avrebbe potuto essere più tempista.

Il furgone del Federal Express si fermò davanti all'enorme cancello di ferro con un acuto stridio di freni che aveva annunciato il suo imminente arrivo fin da tre metri prima. Due uomini, non molto dissimili da una coppia ben appaiata di lottatori professionisti, stavano piantati dietro le sbarre, all'interno della barriera architettonica. Nessuno dei due sembrava tipo da scambiare battute di spirito con gli sconosciuti, per cui il conducente consegnò rapidamente e in silenzio il pacco espresso, ricevette in cambio una firma indecifrabile, scarabocchiata in fretta – dall'unico dei due capace di scrivere il proprio nome, decise tacitamente – e proseguì il suo giro. Aveva altre quattro consegne da fare prima della pausa per il pranzo.

L'uomo che aveva preso il pacco lo portò nella casetta del guardiano accanto al cancello e tagliò con cautela l'involucro. Era stato addestrato – sufficientemente, almeno – a scoprire e disattivare le bombe e di conseguenza aveva il poco invidiabile compito di aprire tutti i pacchi e le lettere e di assicurarsi che fossero innocui prima d'inviarli su alla residenza principale. Questo conteneva un unico videotape che venne aperto, esaminato internamente e richiuso prima di autorizzarne la consegna nelle mani del capo.

Giacano stava adagiato su uno dei numerosi lettini sul bordo della piscina, mentre una ragazza di diciotto o diciannove anni gli spalmava olio solare sulla pelle scura e compatta. Indossava soltanto un tanga e i seni giovani e sodi non mostravano alcun segno più chiaro dell'abbronzatura. Giacano preferiva il nitido triangolo di pelle bianca creato da un tanga.

La ragazza non protestava, naturalmente, non soltanto perché conosceva le storie di quelle che non avevano soddisfatto Mario Giacano, ma più egoisticamente perché non aveva niente da fare tutto il giorno a parte crogiolarsi al sole, essere nutrita e coccolata come la figlia di un faraone, indossare gli abiti più belli che il denaro poteva comprare e andare in giro per la città in lussuose limousine.

Naturalmente, sarebbe dovuta andare a letto con lui, ma anche questo non era del tutto sgradevole. Il vecchio aveva un certo talento, una potenza che anche le ragazze giovani trovavano attraenti.

Michael Filippo attraversò rapidamente i prati ben tenuti del giardino dietro la casa in direzione della piscina, seguito da uno degli uomini del servizio interno che reggeva un videolettore e monitor portatile. Filippo aveva già visionato il nastro e sapeva che il suo capo avrebbe trovato il contenuto molto interessante.

«Devi vedere questo, Mario», annunciò quando giunse a comoda portata di voce.

Giacano si girò pigramente e inforcò un paio di occhiali da sole graduati con le lenti blu scure. Quando notò il lieve cenno di capo di Filippo, ancora distante cinque o sei metri, Giacano schioccò una volta le dita e la giovane donna si ritirò in casa. Naturalmente, sarebbe rimasta a portata di mano nel caso che lui desiderasse di nuovo la sua compagnia; non voleva sapere che cosa stava per discutere con il suo braccio destro: provava antipatia e timore per l'uomo e si faceva un dovere di stargli il più lontano possibile senza darlo a vedere.

«Che cos'è, amico mio? Hai qualche buona notizia da darmi?».

Giacano si alzò in piedi e Filippo lo aiutò a indossare l'accappatoio. La guardia del corpo posò il lettore-monitor sul bar, sotto un'ampia tenda a strisce bianche e rosse e inserì la spina nella presa accanto al frullatore. Quando fu sicuro che funzionava a dovere, tornò al suo posto.

«È arrivato pochi minuti fa», disse Filippo sorridendo. «Viene dal nostro sbirro a Nashville. Credo che lo troverai abbastanza interessante».

Quando il suo capo si fu accomodato su uno degli sgabelli del bar ed ebbe cambiato gli occhiali scuri con un paio di lenti chiare, Filippo premette l'avvio. La storia di Brandie Mueller su un possibile legame fra Donna Stanton e il candidato governatore Bill Monroe era stata registrata durante la trasmissione della sera prima. Giacano guardò due volte il videotape con vivo interesse. Poi si rimise gli occhiali da sole e andò dietro il bar a versarsi un abbondante gin con acqua tonica mentre rifletteva. Offrì un drink a Michael Filippo, che rifiutò educatamente.

Mentre Giacano girava di nuovo intorno al bar, tamburellando sul piano di marmo lucido con le dita della mano libera, un sorriso malevolo apparve sul viso scuro, segnato. Filippo lo aveva già visto molte volte. «Sembra che la bella puttanella ci abbia reso involontariamente un favore, dopo tutto. Peccato che non la possa ringraziare di persona, eh, Michael?».

Gli uomini scambiarono un sorriso d'intesa mentre Giacano alzava il bicchiere in un beffardo brindisi all'immagine di Donna Stanton ferma sullo schermo.

«Allora, vuoi sfruttare al massimo questo... incidente fortuito?», chiese Filippo in tono esitante. Sapeva che sarebbe stata un'operazione delicata e avrebbe richiesto tutto ciò che il loro amico nella polizia metropolitana di Nashville aveva da dare. Forse di più.

Giacano alzò la mano per chiamare la sua compagna di giochi, che accorse subito. «Oh, sì, amico mio», disse. «Lo voglio, eccome».

Mentre stavano sedute in un piccolo séparé per due accanto alla grande finestra affacciata sulla strada, la televisione accesa nel bar si sentiva appena sopra il chiasso dei commensali. Era mezzogiorno e *The Psychic Friends Network* stava appena iniziando su uno dei canali via cavo; il piccolo schermo era sopra la spalla sinistra di Brenda, proprio di fronte a Kasey. Si sorprese a mangiucchiare i resti delle sue costolette mentre guardava lo spettacolo con inspiegabile interesse. Metà di quello che diceva Brenda le sfuggiva completamente. L'amica sembrava non curarsene affatto, ma se Kasey avesse seguito la conversazione unilaterale avrebbe probabilmente riso per come suonava normale: Brenda che continuava a dire tutto quello che le passava per la mente mentre lei studiava l'ambiente circostante, o gli uomini o l'ultima cosa a cui pensava prima che Brenda attaccasse a parlare.

Era un quadro familiare delle due amiche; e così Brenda chiacchierava felice mentre Kasey era tutta presa dalle parole un po' confuse di Dionne Warwick e dei suoi «speciali ospiti paranormali».

Ogni tanto, come per sembrare interessata alle chiacchiere dell'amica, Kasey annuiva o arricciava il naso, magari bevendo un sorso di birra o mangiando un boccone delle sue *fajitas*. Brenda non aveva bisogno di ulteriori incoraggiamenti per continuare a parlare imperterrita altri cinque minuti senza alcun sostegno dalla sua dirimpettaia.

Poi, tutto a un tratto, le venne l'idea. Un lampo improvviso le illuminò la mente: questa era l'unica possibilità al mondo di aiutare Donna Stanton, di far cessare una volta per tutte i terribili incubi e di farlo senza diventare lei stessa un bersaglio o una sospetta.

Kasey poteva vedere il piano meraviglioso svilupparsi dinanzi ai suoi occhi con assoluta chiarezza come se stesse guardando un film in cui tutto ciò accadeva a un'altra persona. «Sì!», strillò felice al pensiero di contribuire almeno in parte a rendere giustizia alla vittima del brutale omicidio a cui aveva assistito. Ora sembrava tutto così semplice e al tempo stesso la cosa più complessa e rischiosa che avesse mai fatto.

Al diavolo il rischio: qualunque cosa sarebbe stata preferibile a un'altra settimana d'angoscia come quella appena trascorsa. Si rammentò che la settimana di Donna Stanton era stata molto peggiore.

Lo avrebbe fatto.

Brenda si era interrotta a metà di una frase quando Kasey aveva strillato e continuava a fissarla, incredula. Non riusciva a immaginare che cosa avesse detto per suscitare una reazione così entusiastica.

Kasey bevve un lungo sorso dalla bottiglia, cercando di dominare le proprie emozioni per non rischiare di lasciarsi sfuggire qualcosa che non poteva confidare a nessuno. La sua mente era in subbuglio. «Ti dispiace lasciarmi alla biblioteca, dopo?».

La ballerina salì a passo lento, distratto, le scale di cemento grigio polveroso verso la sua auto: il coupé rosso arrugginito, che attendeva docilmente al suo posto il ritorno della proprietaria, era stato un tempo un BMW 320i, ma undici inverni nel Michigan l'avevano ridotto a poco più di un rottame ambulante. Era parcheggiato nel primo spazio vuoto che era riuscita a trovare quando era arrivata al lavoro in ritardo, alle sei e cinque. Il garage aperto tutta la notte a pochi metri dalla 7th Avenue era a un solo isolato di distanza dal club e lei ci lasciava sempre la macchina quando aveva 4 dollari e 75 che non doveva spendere per il mangiare o la benzina. I primi due piani erano riservati a quelli che potevano permettersi un abbonamento mensile e Lela era finita su al quarto piano, a due spazi dalla tromba delle scale. Alle due e un quarto di domenica mattina, la sua era una delle uniche tre macchine rimaste a questo livello.

Joeyboy la guardò in silenzio da dietro il grosso pilastro portante che formava l'angolo del garage più vicino alla 7th Avenue. Dall'ultimo piano, aveva potuto osservarla lungo tutto il tragitto dalla porta del club fino a quando era entrata nel garage a pianoterra. Ora, fra meno di un minuto, sarebbe arrivata dov'era lui. Si ritrasse velocemente nell'angolo buio accanto alle scale.

Con un po' di fortuna, avrebbe potuto spezzarle il collo e gettare il corpo giù dal parapetto in meno di dieci secondi. Improvvisamente, Joeyboy udì il rombo inatteso dello scappamento di una macchina che saliva una delle rampe scanalate che portavano da un piano all'altro. Dal suono debole, soffocato, giudicò che fosse al primo piano, o al massimo al secondo. Ascoltò con più attenzione. «Maledizione!», imprecò; la macchina continuava a salire. Sapeva che molto probabilmente era un'auto della polizia di Nashville che faceva un giro d'ispezione nel garage. Appoggiò l'orecchio contro la porta di ferro accanto a lui e udì il rumore sordo e lento di un paio di suole di cuoio che salivano stancamente gli scalini di cemento.

Sapeva che sarebbe stata questione di attimi. Proprio di attimi.

Quando Lela arrivò all'ultima rampa di scale, le sue gambe stanche cominciarono a protestare. Aveva ballato per più di otto ore e fra le esibizioni obbligatorie in palcoscenico ogni cinque canzoni e una serata insolitamente impegnata ai tavoli, si era potuta sedere per meno di venti minuti in tutto. Sebbene non avesse avuto quasi tempo di notare l'assenza del suo miglior cliente, era stata felice quando l'aveva chiamata alle nove per scusarsi e avvertirla che non sarebbe potuto venire. Le aveva rammentato la sorpresa promessa e le aveva assicurato che si sarebbero visti più tardi. L'aspettativa dette un po' di slancio al suo passo stanco.

Attraverso la stretta apertura triangolare fra i piani, Joeyboy vide i fari dell'auto che si riflettevano sui pilastri di sostegno del piano sottostante. Toccò la .45 Colt automatica che portava alla cintura, ben nascosta sotto un lembo penzolante della spessa camicia di oxford, e si accertò di aver messo un colpo in canna dopo aver inserito un nuovo caricatore. Pur sapendo che lo sparo avrebbe fatto un fracasso pari a quello di una cannonata del 4 luglio nel garage vuoto e sarebbe stato udito da tutti nel raggio di due isolati, aveva deciso di uccidere il poliziotto se l'auto si fosse fermata vicino al suo nascondiglio. Con Lela per le scale e un'uscita furtiva attraverso il garage ormai impossibile, lo sbirro gli aveva lasciato poca scelta.

Udì i passi fermarsi dall'altro lato della porta di ferro.

L'auto aveva iniziato l'ultima curva e stava per imboccare la rampa del quarto piano.

Sul pianerotto dell'ultimo piano, Lela dovette spostare la pesante sacca con il costume e il necessario per il trucco dalla mano destra alla sinistra per poter girare la maniglia. La porta resisté ai suoi tentativi iniziali di aprirla, ma finalmente cedette. Era esausta. Mentre teneva la porta socchiusa con il fianco il tempo sufficiente per trascinare la grande sacca attraverso la stretta apertura, la sua gola improvvisamente si afflosciò in una innaturale fusione di ossa, sangue, tessuto e nervi mentre Joeyboy la stritolava come una manciata di argilla morbida. Il dolore fu inimmaginabile e poi scomparve in un attimo quando il cervello cessò di ricevere segnali da un midollo spinale non più collegato.

Il manico della sacca rimase preso in una stretta mortale che soltanto un chirurgo avrebbe potuto allentare.

Joeyboy afferrò il corpo inerte della donna sotto il mento e lo trascinò nell'ombra, come un rettile che sguscia nella sua tana con una preda stretta fra i denti veleniferi. Estrasse la .45 dalla cintura, avvolgendo il braccio armato intorno alla vita della donna per sostenerla meglio. L'auto fece la curva di novanta gradi e i fari illuminarono fugacemente una delle pareti che formavano la tromba delle scale. Sebbene il posto che aveva scelto potesse essere illuminato soltanto dai fari di un'auto in discesa e non in salita, Joeyboy si ritrasse con la sua preda più in fondo al nascondiglio, fino ad appoggiare la schiena contro il muro. Alzò il cane dell'automatica con il pollice, sollevando la canna di acciaio opaco fino a puntarla diritta contro la testa del poliziotto a meno di venti metri di distanza. Il conducente, l'unico occupante della macchina, continuava a fissare la vecchia, scolorita BMW che aveva visto tante volte, seguendo con gli occhi il faretto che illuminava l'interno dell'auto. La canna della pistola rimase puntata sulla testa dell'uomo mentre la macchina si allontanava lentamente dalle scale.

Quando il poliziotto oltrepassò l'auto di Lela senza fermarsi e proseguì fino in fondo, dov'erano le altre due macchine rimaste a quel livello, Joeyboy approfittò dei pochi secondi disponibili e gettò il corpo sopra il parapetto, nel vicolo sottostante. Si schiantò sul selciato venti metri più in basso con un tonfo terribile, seguito immediatamente dall'innocuo rumore sordo della sacca caduta lì vicino. Prima che il suono avesse finito di echeggiare attraverso il garage vuoto, Joeyboy si era tirato dietro la porta delle scale ed era scomparso.

«Baciato dalla fortuna», mormorò con un largo sorriso mentre scendeva gli scalini a tre a tre. «Non può essere altro».

Capitolo dodicesimo

Sam stava disteso sul letto e osservava con gli occhi socchiusi la sua padrona mentre ripeteva mentalmente le risposte da dare alle probabili domande elencate nella lista accuratamente preparata. Era la decima volta che ripassava l'elenco da cima a fondo, correggendo le risposte per renderle più credibili quando lo riteneva necessario. A Sam piaceva molto quando lei gli prestava attenzione, anche se al momento non era altro che un finto pubblico.

L'attenzione era attenzione.

Kasey, vestita soltanto di un reggiseno di cotone bianco, un paio di mutandine uguali e un paio di scarpe beige con cinque centimetri di tacco, usava lo specchio intero all'interno della porta dello stanzino per studiare il linguaggio gestuale. Sapeva che si poteva scoprire subito una menzogna tanto dall'espressione del viso e dall'atteggiamento fisico quanto dalle parole. Aveva ottenuto un diploma onorario in linguaggio gestuale, sia proprio che altrui (le sue aule scolastiche erano stati i bar e i club di New Orleans, Knoxville e Nashville) e aveva spesso fatto ricorso a quella particolare conoscenza per distinguere un potenziale compagno dalla massa di bugiardi e imbroglioni. Sebbene avesse optato troppo spesso per il più effimero piacere di un weekend d'amore (le relazioni più lunghe erano complesse e dolorose), nondimeno si considerava un'esperta in bugie.

Presto avrebbe dovuto sfruttare al massimo quella capacità e conoscenza. Mentre ripeteva impeccabilmente una delle bugie più sfacciate che avrebbe dovuto raccontare, ebbe la netta impressione che Sam la guardasse con rimprovero. «Non guardarmi in quel modo, Sam. So il fatto mio».

Sam non si scosse minimamente alle sue parole; sembrava impagliato.

«So il fatto mio, maledizione! Non capisci, così possiamo risolvere tutti i nostri problemi in un colpo solo: indichiamo alla polizia dove si trova il corpo di Donna, sbattiamo quello spregevole farabutto di Joeyboy nel posto che si merita *e*», sottolineò la parola, «facciamo entrambe le cose senza consultare un solo avvocato e senza farci ammazzare».

Sam rimase tenacemente immobile, trafiggendola con gli occhi grigi come l'acciaio.

«Che cosa c'è, maledizione? Detesto quando mi guardi così». Kasey si lasciò cadere sul letto accanto a lui. «Oh, d'accordo... siamo pagati anche piuttosto bene. Che male c'è? Non la ricattiamo mica. Ha offerto quella dannata ricompensa, no? Saremmo pazzi a voltarle le spalle, è come un dono di Dio, non capisci?».

Strinse Sam fra le braccia. Sperava che spiegando a lui le sue ragioni, sarebbe forse riuscita a capirle lei stessa. «Non posso permettere a quel bastardo di farla franca, non dopo quello che ha fatto a Donna. Lei non meritava di morire in quel campo, in quel modo, dopo aver fatto tutto quello che lui voleva. Deve marcire in prigione». Si dondolava leggermente mentre parlava, le lacrime agli occhi. «Ma se dico alla polizia quello che ho visto, lui verrà ad ammazzarmi, come ha fatto con lei. Non riusciremo mai a scappare abbastanza lontano. Non so molto di quel figlio di puttana, ma so che non mollerà mai finché non sarò morta, se scopre che ho visto quello che ha fatto».

Kasey ricacciò un'immagine dell'orribile notte dietro la porta segreta nella sua mente, rifiutando di lasciarla uscire per non perdersi di coraggio. Stava diventando molto brava a bloccare le immagini e rinnegare i propri sentimenti.

Adesso più ancora di quando erano morti i suoi genitori.

«E anche se Joeyboy venisse catturato subito dalla polizia e il giudice non gli concedesse la libertà su cauzione, rimangono sempre quelli che lo hanno mandato a uccidere Donna, la persona nella Jaguar nera. Potrebbe essere persino la mafia o qualcosa che non conosco, ho paura Sam, tutto qui». Ora le lacrime scendevano copiose. «Devo aiutare Donna ora, visto che non ho fatto nulla quando me l'ha chiesto. Che c'è di male se aiuto un po' anche me stessa? Non ha ucciso soltanto lei quella notte, Sam, ha ucciso anche una parte di me. Lo capisci, vero, amico?».

Kasey prese una fotografia dei genitori che teneva in una piccola cornice d'argento sul cassettone: mostrava suo padre che teneva fra le braccia sua madre, come se la stesse portando oltre la soglia il giorno del loro matrimonio; l'aveva scattata Kasey al ricevimento per il loro ventesimo anniversario, la settimana prima che morissero. Fissò il sorriso radioso e gli occhi vivaci di suo padre, le due cose che meglio ricordava di lui. «È un vero peccato che tu non abbia mai conosciuto il mio papà, Sam. Aveva un detto per ogni cosa. Ora sai che cosa mi direbbe? Mi direbbe: "Stupidina, la palude appartiene agli alligatori. Se hai intenzione di andarci e non sei un alligatore, è meglio che ti prepari ad essere mangiata". Mi direbbe anche che si aspetta che io faccia quello che è giusto, a prescindere. Beh, non sono disposta a farmi mangiare da nessuno, ragazzo mio, specie da quel bastardo di Joeyboy. Non possiamo giocare secondo le loro regole e aspettarci di vincere. Questo è l'unico modo in cui possiamo aiutare Donna senza finire anche noi nella merda».

Posò di nuovo la foto sul cassettone. «Dammi credito, questa volta».

Kasey baciò Sam sulla testa e lo depose di nuovo sul letto, nel posto caldo dove si era sistemato prima. «È semplice, in realtà», dichiarò in tono reciso, asciugandosi le lacrime con le mani e andando di nuovo a mettersi davanti allo specchio in atteggiamento di sfida. «Niente gran giurì, niente maledetti avvocati, nessun legame con il delitto e nessuno che mi dia la caccia. Soltanto una bugia, una piccola innocua bugia: la polizia ha quello che vuole, Canale 9 ha quello che vuole, noi abbiamo quello che vogliamo e soprattutto, Joeyboy ha quello che si merita».

Tirò su una volta col naso e passò una mano sul davanti dell'unico abito buono che possedeva mentre se lo appoggiava addosso di fronte allo specchio. «Mica male come conclusione di una faccenda squallida, direi». Fissò il gatto. «Dovrei mettere le scarpe beige con questo vestito o vanno meglio quelle marroni scure?».

Brandie Mueller prese la linea nel suo ufficio al quinto squillo; veniva dalla redazione, nella stanza accanto, dove aveva visionato dei filmati girati quel giorno. Si tolse un orecchino di perle dal lobo destro e incastrò il telefono fra la spalla e la testa, continuando a scribacchiare commenti sull'etichetta di un videotape che teneva in mano.

«Mueller». Non si perse in convenevoli.

«Vuole sapere che cosa è successo a Donna Stanton?». La domanda di Kasey fu altrettanto diretta e concisa.

Il tono di voce più che le parole destarono subito l'attenzione della giornalista. Brandie sentiva nelle viscere che la donna all'altro capo del filo non era un'altra svitata. «Chi parla? Come si chiama?», chiese, allungando la mano per prendere lo strano aggeggio che aveva posato prima sulla scrivania.

Kasey si attenne alla sua scaletta, ignorando la domanda. «È interessata?». Non aveva timore di essere rintracciata questa volta: stava chiamando da un telefono pubblico in una stazione di servizio abbandonata, dal lato opposto della città rispetto al suo appartamento. Poteva vedere bene la strada per un miglio in entrambe le direzioni e quindi non rischiava di essere sorpresa dalla polizia. Aveva parcheggiato la macchina al di là di un alto steccato, a meno di venti metri di distanza, ed era sgusciata attraverso una fessura fra le tavole di legno, troppo stretta per consentire il passaggio di un uomo di media corporatura. Non c'era modo di arrivare alla sua macchina se non attraverso questa fenditura nello steccato, dal momento che la via residenziale dov'era parcheggiata correva parallela al retro della stazione di servizio e la strada più vicina si trovava quasi un miglio a sud. Aveva esplorato accuratamente la località il giorno prima, sabato, e l'aveva giudicata ideale. Aveva persino avvolto il ricevitore in un tovagliolo di carta per non lasciarvi impronte. L'esperienza del Mapco Express l'aveva indotta a usare tutte queste elaborate precauzioni.

«Forse. *Lei* sa che cosa le è successo?»

«Sì».

«E come si è procurata questa informazione?». Brandie si sedette alla scrivania e applicò una piccola ventosa dietro il ricevitore. Lo aveva già fatto venti volte da venerdì sera. Il piccolo nastro cominciò a girare, registrando la conversazione.

«Lo saprà a tempo debito. Le interessa la verità o soltanto una storia?». A Kasey cominciarono a sudare le palme. Cambiò mano.

«Perché non possono essere tutt'uno?»

«Perché a quasi tutti i giornalisti interessa soltanto fare colpo sul pubblico. Se le dico che cosa è successo a Donna Stanton, deve promettermi di non attaccare la sua reputazione soltanto per far salire l'indice di ascolto».

Brandie Mueller fu improvvisamente incuriosita da quest'ultima interlocutrice. Era l'unica ad aver mostrato d'interessarsi alla donna scomparsa non soltanto per la ricompensa. «Lo prometto», disse nel suo tono più sincero e poi aggiunse in fretta: «Non mi ha chiesto della ricompensa. Chiama per quella, non è vero?»

«Non m'importa dei soldi. Se le mie informazioni meritano la ricompensa, tanto meglio. Voglio soltanto dormire senza più incubi».

Ora Brandie era perplessa; questa non l'aveva mai sentita. «Quali incubi, signora...».

All'altro capo del filo, Kasey rimase muta e si sentì invadere da uno strano disagio. Ad un tratto le sembrava sbagliato rivolgersi ai media invece di andare direttamente alla polizia con la sua informazione. Sapeva, tuttavia, che correva il rischio di perdere qualsiasi ricompensa se contattava di nuovo la polizia. Doveva attenersi al suo piano: solo così avrebbero vinto tutti.

«Signora, è ancora lì?», chiese Brandie con impazienza.

Kasey fece un respiro profondo e guardò attentamente di qua e di là. Non veniva nessuno eccetto un vecchio camion verde scolorito da sinistra. Passò senza incidenti. «Sono qui».

«Allora che cosa è successo a Donna Stanton?».

Kasey strizzò gli occhi mentre diceva: «È stata brutalmente assassinata e poi sepolta in una fossa poco profonda a meno di un'ora di macchina da casa sua». Le parole tagliavano come lame mentre le uscivano precipitosamente di bocca. Dovette affrettarsi per comporre una frase coerente.

Il cuore di Brandie Mueller sobbalzò. Un'esclusiva: le due parole magiche che facevano rizzare qualsiasi giornalista come un barboncino ammaestrato. Afferrò istintivamente il registratore e controllò la cassetta: stava girando regolarmente e rimanevano ancora almeno venti minuti di nastro. «Come lo sa? È lei la donna che ha chiamato la polizia mercoledì?».

Kasey non fu sorpresa che la Mueller lo avesse capito subito. «Sì», rispose piano.

Brandie si alzò dietro la scrivania. «Quando possiamo incontrarci?».

Kasey sapeva di essere arrivata al punto di non ritorno. Prese tempo per soppesare bene le parole: «Troviamoci allo studio stasera alle sei e mezza, dopo il telegiornale. Sarò nell'atrio».

«Vuole dirmi il suo nome?», chiese la Mueller, penna in mano. «O almeno come posso chiamarla».

Kasey esitò di nuovo a lungo prima di parlare. Finora, era possibile dimenticare tutto, fare come se non fosse mai successo. Sarebbe rimasta per sempre anonima, una voce al telefono, senza nome e senza volto. Appena avrebbe pronunciato le prossime due parole, sarebbe stata impegnata, irrevocabilmente. Non sarebbe più potuta tornare indietro.

Guardò la forcella del telefono e vi appoggiò un dito sopra. Mentre cominciava a premere, vide gli occhi azzurri terrorizzati di Donna che imploravano il suo aiuto. Sentì le ginocchia piegarsi. Non aveva fatto altro che stare distesa sull'erba e tremare, come tremava ora. L'immagine era molto più convincente di qualunque pensiero di soldi. «Kasey», mormorò, la parola appena percettibile. Fece un lungo respiro profondo e rivolse il viso al cielo. «Kasey Riteman. Ci vediamo alle sei e mezza». Con ciò, abbassò la forcella e chiuse la comunicazione.

Guardò l'orologio: erano quasi le due.

Riagganciò piano il ricevitore e si diresse lentamente verso la fessura nello steccato. Con il suo nome ora nelle mani del personaggio televisivo più seguito nella zona, le misure di sicurezza sembravano comiche. Quando arrivò in fondo al piccolo pendio erboso dove l'attendeva pazientemente la sua macchina, rideva forte. Mise le braccia sul volante e vi appoggiò sopra il mento, fissando attraverso il parabrezza la città che le stava di fronte. «Hai ragione, papà», bisbigliò. «È la cosa giusta da fare».

Quel pensiero servì poco a placare l'angoscia che le montava dentro come una bufera invernale.

Slammer andò alla porta della roulotte appena udì la moto che si avvicinava. Era sicuro di aver riconosciuto il rombo familiare della Harley del suo compagno di stanza, ma era un tipo nervoso e sempre pieno di dubbi. I riccioli biondi e gli Oakley Blades a specchio di Joeyboy gli confermarono che aveva sentito bene.

Posò di nuovo la pistola che aveva afferrato sulla cassetta di legno che serviva da tavolino e si stravaccò sul vecchio divano nella stessa posizione di prima. I Brave giocavano contro il Cleveland ed erano in vantaggio di un punto nell'ottavo inning. Ingurgitò un'abbondante sorsata di Miller ghiacciata.

«Come va?», chiese Joeyboy gettando gli occhiali sul mobile di cucina ingombro di roba. Andò al frigorifero.

«Te ne ho già presa una», disse Slammer, porgendogli una birra. «Ti ho sentito arrivare e ho immaginato che avresti avuto sete».

Joeyboy si buttò sul divano accanto al suo compare. «Grazie».

Slammer tentò di guardare la televisione mentre l'uomo accanto a lui giocherellava con un dischetto rotondo. Infine, la curiosità ebbe il sopravvento. «Che cos'è?», chiese, afferrandolo al volo mentre Joeyboy lo lanciava in aria come una moneta.

«È un mare di merda», rispose Joeyboy, pensieroso.

«Sembra un pezzo di una Honda. Questo non è l'emblema?».

Girò la caratteristica H maiuscola verso Joeyboy.

«Viene da una CRX, per l'esattezza. Bravo, cervello di gallina». Joeyboy si scolò metà della birra.

«E allora perché ti scoccia tanto? A me sembra piuttosto innocuo».

«Ho trovato questo piccolo bastardo nella strada vicino al posto dove ho scaricato quella puttana della Stanton. Credo che lo abbiano lasciato lì la sera che l'ho fatta fuori».

I Brave segnarono un altro punto con una battuta di David Justice e Slammer, trionfante, agitò il pugno davanti allo schermo. «Cazzo, poteva essere lì da settimane e persino anni. Che cosa ti fa pensare che lo avessero lasciato lì quella sera?»

«Non era macchiato dalla pioggia».

Slammer sembrò perplesso.

«Ha piovuto lo scorso lunedì mattina, ricorda. Qualsiasi cosa si trovasse da prima su quella strada sterrata sarebbe stata piena di macchie polverose. Questo aggeggio era pulito come uno specchio. Significa che lo hanno lasciato lì dopo la pioggia di lunedì mattina».

«Sì, e con questo?». Slammer trovava la conversazione di scarso interesse.

«Sei proprio un idiota, sai? Se per caso qualcuno era su quella strada sterrata quella sera, mi avrebbe visto andare via. Avrebbe anche visto il nostro buon amico che mi stava dietro».

«Oh, merda». L'altro afferrò improvvisamente la delicatezza della situazione. «Quando lo saprà, non gli piacerà nemmeno un po'».

«Non lo saprà. Sistemerò questa piccola faccenda personalmente. Fra una settimana, incasseremo i soldi dei gioielli della Stanton. Dobbiamo starcene buoni fino allora. Quando troverò la macchina, e puoi scommetterci il culo che la troverò, sarà facile togliere di mezzo chi la guidava quella sera».

«Sì, e come diavolo pensi di trovare proprio la macchina giusta?»

«Non lo so, ma ci riuscirò. Sono fortunato». Joeyboy finì di bere la birra e si alzò. «Oh, sì, ricordi quella pupa, Lela, con cui sono stato gli ultimi due giorni?».

Cervello di gallina assentì col capo. Avrebbe voluto prendersi lui la bella ballerina, ma lei aveva manifestato un'anormale paura dei polli.

Joeyboy sapeva che Slammer aveva ammirato la donna. «Beh, non verrà più al club per un po', tipo... diciamo... il resto della sua vita. Spiacente. Andrà meglio un'altra volta». Scoppiò in una fragorosa risata isterica mentre afferrava un'altra birra.

Kasey stava davanti allo sportello automatico e studiava il saldo del suo conto corrente sul foglietto bianco: come al solito, il nastro era vecchio e la stampa si leggeva male. Controllò il saldo sul suo libretto di assegni ed ebbe la conferma che i numeri grigi sbiaditi sulla ricevuta erano quasi sicuramente 65 dollari e 70.

Rifletté un momento, poi premette i tasti necessari per prelevare esattamente cinquanta dollari. Avrebbe voluto prelevarne sessanta, ma allora ne sarebbero rimasti meno di sei sul conto, troppo pochi per coprire le spese di gestione che la banca le avrebbe addebitato martedì.

Maledisse le spese e le banche in generale, ritirò le due banconote da venti e una da dieci, belle nuove e lisce, e gettò lo scontrino accartocciato nella spazzatura.

Mentre apriva lo sportello della macchina, si vide riflessa nello specchietto laterale. Il completo bianco sporco di Christian Dior (in realtà, un'ottima copia di un Dior originale) non era passato di moda dopo quasi cinque anni che lo indossava saltuariamente. Era il suo capo migliore e l'unico del suo limitato guardaroba che le fosse sembrato adatto per il primo cruciale incontro con Brandie Mueller. Aveva l'aria di una donna di successo, sicura di sé ma non pretenziosa. L'ideale sarebbe stato che Brandie Mueller fosse vestita un po' meglio di lei, l'avrebbe messa a suo agio.

Kasey sapeva di dover superare questo primo esame senza compiere il minimo errore. Aveva formulato le domande logiche, preparato le risposte, anche se era stata più un'esercitazione che una necessità: le immagini degli ultimi attimi di vita della Stanton erano stampate a fuoco nella sua mente e avrebbe potuto descriverle con assoluta precisione anche fra mille anni.

Aveva pensato a tutto.

Lasciò la macchina nell'angolo più lontano del parcheggio riservato ai visitatori, nascosta dietro una Dodge Caravan nuova di zecca.

In meno di un minuto attraversò il parcheggio e si fermò un momento davanti alla porta d'ingresso dell'emittente televisiva più potente dello Stato per raddrizzare lo spacco della gonna e dare una spazzolata alla giacca del tailleur. Sebbene fosse passata davanti agli studi di Canale 9 mille volte da quando si era trasferita a Nashville, non c'era mai entrata.

«Desidera?», chiese in tono efficiente l'addetta alla ricezione, una donna attraente sulla trentina con una pronuncia impeccabile e un caldo sorriso. Un tubicino trasparente quasi invisibile con una minuscola punta argentata seguiva il contorno della sua guancia sinistra e si fermava all'angolo della bocca; l'auricolare della cuffia, che lasciava le mani libere, era nascosto sotto i capelli perfettamente pettinati.

Kasey si avvicinò alla scrivania e rimase segretamente sorpresa alla vista del centralino telefonico irto di pulsanti: alcuni lampeggiavano rapidamente, altri più adagio, altri ancora erano a luce fissa; pulsanti verdi, rossi, gialli. Kasey non dubitava che la donna conoscesse ogni pulsante sul quadro di comando: ne aveva tutta l'aria.

«Devo vedere Brandie Mueller. Mi aspetta al termine del telegiornale». Kasey guardò l'orologio sopra la scrivania della donna: le cinque e cinquantasette. L'ultima inquadratura del primo turno degli spareggi NBA apparve sul monitor da 35 pollici ad alta definizione alla sua destra. Nel corso della sua indagine di sabato, Kasey aveva scoperto che l'importante evento sportivo – e quel che più contava per Canale 9, il successivo notiziario – sarebbe entrato nelle case di oltre un milione di telespettatori. Quel pensiero la spaventava e la eccitava al tempo stesso.

«Lei è la signora Riteman?», chiese la donna.

«Esatto», rispose Kasey con un attimo d'inquietudine all'idea che il suo nome avesse apparentemente fatto il giro dello studio televisivo così in fretta.

«La signorina Mueller mi ha detto di pregarla di attendere se fosse arrivata mentre lei era ancora in onda».

«Aspetterò», assentì di buon grado Kasey che, a quel punto, non sapeva bene cosa fare.

«Splendido. Se vuole accomodarsi lì», indicò tre divani di pelle ultraimbottiti che formavano uno stretto circolo in fondo all'atrio, «la signorina Mueller dovrebbe essere con lei fra trenta minuti esatti. Gradisce una tazza di caffè o un analcolico?»

«No, grazie». Kasey sorrise e si sedette velocemente in cima al divano più vicino a lei. C'erano due uomini in abiti dall'aria costosa alla sua destra, sul divano proprio di fronte al televisore ed entrambi le sorrisero cordialmente. Li trovò tutti e due attraenti e, per un gradevole momento, si permise di dimenticare il motivo della sua venuta.

Tutto intorno a lei, lo studio formicolava di attività e il chiasso era sorprendente, molto più forte che nell'anticamera di uno studio legale o di uno studio medico dello stesso calibro. Kasey ne fu affascinata e sentì il polso affrettare i battiti.

Esattamente quindici secondi prima delle sei, tutto cambiò. I corridoi ai due lati dell'atrio si vuotarono e l'edificio piombò nel silenzio, come se l'intera emittente fosse stata una singola entità e qualcuno avesse staccato la spina.

Per un ansioso momento prima che iniziasse il telegiornale, Kasey trattenne il fiato, sicura che Brandie Mueller avrebbe aperto con la storia di una strana donna che le aveva telefonato qualche ora prima per riferire che Donna Stanton era stata brutalmente uccisa e poi sepolta in una località tuttora ignota.

Strinse i denti mentre la giornalista cominciava a parlare. Brandie Mueller descrisse vividamente un incidente in cui erano state coinvolte parecchie auto sulla I-40 vicino a Dickson e che era costato la vita a un pezzo grosso dell'industria discografica: Kasey non ne afferrò il nome. E pur sapendo che il suo momento di notorietà si avvicinava – era quasi garantito se riusciva a mostrarsi convincente – era contenta che non fosse ancora giunto.

Poteva essere pronta domani, o dopodomani, ma stasera no. Il suo corpo tremava tanto che era sicura che gli uomini alla sua destra lo notassero.

Mentre guardava con occhio distratto il resto del pezzo di apertura, la mente tutta presa dal duello fra rettitudine e cupidigia, un uomo snello, stempiato, con la camicia spiegazzata e una brutta cravatta di maglia si affacciò dal corridoio alla sua destra e chiamò per nome i due begli uomini. Lo raggiunsero e il terzetto si allontanò nel corridoio.

A Kasey dispiacque che se ne andassero, ma ora che era rimasta sola nell'atrio stranamente silenzioso, si appoggiò comodamente ai grossi cuscini di pelle.

«È sempre così all'ora del telegiornale», disse la receptionist. «Un minuto, caos, un minuto dopo, silenzio. Se rimane un po' qui, ci fa l'abitudine e aspetta con ansia i rari momenti di pace».

Kasey assentì alla spiegazione e pensò ai momenti analoghi al ristorante.

«Quell'offerta di un caffè è ancora valida?», chiese alla donna con un largo sorriso.

Kasey aveva finito di bere la sua mezza tazza di caffè e stava davanti alla scrivania, parlando del più e del meno con la receptionist ogni qualvolta il centralino non reclamava la sua attenzione. Il grande orologio Simplex sulla parete dell'atrio segnava le sei e trenta appena passate quando la porta dello studio A si spalancò e otto o dieci componenti della troupe si riversarono nell'atrio.

Le rammentò la fine delle lezioni al liceo.

Tutti meno una donna si diressero verso il retro dell'edificio dove si trovavano i salottini e le sale di montaggio; Brandie Mueller girò in direzione dell'atrio e puntò dritta su Kasey, senza un attimo di esitazione e senza mai toglierle gli occhi di dosso.

Kasey la studiò velocemente di soppiatto: la Mueller era alta, molto più alta di quanto lei avesse immaginato vedendola alla televisione, un metro e settanta o un metro e settantacinque, ed era anche più magra. Tanto per peggiorare le cose, era anche più graziosa di persona, se possibile.

Brandie le tese amichevolmente la destra e si presentò, sebbene fosse uno dei volti più riconoscibili in una città piena di volti celebri.

Kasey le strinse la mano, poi, su invito di Brandie, la seguì lungo lo stesso corridoio dove erano scomparsi i due aitanti giovanotti poco prima.

«Spero che abbia il tempo di mangiare un boccone, signora Riteman. Ho lavorato a un servizio o un altro tutta la giornata e sono completamente digiuna, a parte una ciotola di Special-K alle cinque e un quarto stamattina. Sto morendo di fame». Si fermò sulla soglia del suo ufficio e guardò Kasey.

«Certo, per me va bene, ho un po' di appetito anch'io». Era una bugia. Da quando aveva chiamato la Mueller alle due, l'agitazione le aveva chiuso lo stomaco. Ora sperava che uno spuntino le avrebbe calmato i nervi. «Dove pensava di andare?».

Brandie Mueller afferrò la giacca del raffinato tailleur di Giorgio Armani in cashmere e lana grigia, appesa alla spalliera della sedia accanto alla porta. Indicò col braccio che dovevano andare verso il retro del palazzo. Questa volta camminarono affiancate. «Pensavo che la Stock-Yard nella 2nd Avenue sarebbe un posto adatto per parlare, se per lei va bene. È tranquillo e si mangia a meraviglia». Girarono l'angolo dell'atrio.

«Ottimo», rispose Kasey. «Mi piace lo Stock-Yard». Ricordava di aver mangiato nel ristorante alla moda un'unica volta, quando lei e Fred erano ancora sposati e lui voleva far colpo su un paio di possibili investitori. Sapeva che non sarebbe andata lontano con i suoi miseri cinquanta dollari, sicuramente insufficienti per pagare il pranzo a tutte e due.

C'era già un intoppo nel suo piano perfetto e non erano nemmeno uscite dal quel dannato studio televisivo.

Maledisse il suo ex marito che l'aveva lasciata completamente al verde quando si erano separati e maledisse i sei ubriachi al tavolo 34 per averla defraudata dei trenta dollari che le sarebbero spettati venerdì sera. Rimpianse di non aver prelevato gli ultimi quindici dollari dal conto, anche se avrebbe significato andare in rosso quando le avrebbero addebitato le spese. Vaffanculo la banca.

Mentre percorrevano l'intricato dedalo di corridoi degli studi di Canale 9, Kasey fu assalita improvvisamente da un altro dubbio angoscioso. E se Brandie le avesse chiesto di prendere la sua macchina?

Sapeva che la fedele ma vetusta Honda avrebbe fatto brutta impressione alla brillante giornalista, la quale avrebbe subito pensato che lei mirava unicamente a incassare la ricompensa. Kasey decise di dire a Brandie che si era fatta accompagnare da un'amica che sarebbe tornata a prenderla più tardi: la sua macchina era dal carrozziere perché qualcuno le era andato addosso; all'occorrenza sembrava una scusa abbastanza plausibile.

«Le dispiace venire in macchina con me?», chiese la Mueller mentre passavano davanti alla prima delle sei sale di montaggio. «Temo di non essere una buona passeggera».

«Niente in contrario», rispose Kasey senza esitare.

Un sorriso d'intesa apparve sul volto della Mueller a quella risposta immediata.

Per quanto si fosse preparata mentalmente all'incontro voluto da lei, Kasey non aveva idea della massa d'informazioni alla portata di una persona nella posizione di Brandie Mueller. Nelle quattro brevi ore disponibili da quando aveva udito nominare per la prima volta Kasey (i suoi contatti principali comprendevano le banche, gli uffici di credito, il Dipartimento della motorizzazione del Tennessee, la polizia metropolitana oltre a vari altri enti statali e locali), la giornalista era riuscita a scoprire molte cose sulla donna che le camminava al fianco: Kasey René Riteman, numero della previdenza sociale 416-83-1515, aveva ventotto anni e ne avrebbe compiuto ventinove fra poco; sposata con Fred Daniels nel 1990; divorziata nel 1991; viveva in un appartamento composto da soggiorno, camera da letto e servizi nei Bradbury Arms Apartments; aveva lavorato quasi sempre come cameriera: dall'ottobre '94 presso la Leonard's Steak House a Belcourt Avenue e 21st; guidava una Honda CRX 1985 libera da vincoli; non possedeva alcuna carta di credito da dopo il divorzio; era in regola con la tassa federale sul reddito; non aveva contratto debiti; non aveva alcun diploma universitario; aveva chiesto un prestito per comprare una nuova Mustang un anno prima ma le era stato rifiutato per i precedenti negativi durante il matrimonio; depositava in media 916 dollari al mese sul conto in banca; non aveva libretti di risparmio; e alle quattro pomeridiane di oggi, aveva 65 dollari e 70 centesimi su un conto corrente infruttifero.

Brandie Mueller amava il potere della stampa.

La vita di ognuno era lì a disposizione, bastava chiedere.

Questa storia sarebbe costata all'emittente non più di tre o quattromila dollari, cinquemila al massimo, aveva deciso dopo aver finito di parlare al telefono con il suo ultimo contatto nel pomeriggio, e Kasey René Riteman dei Bradbury Arms Apartments sarebbe stata grata per l'offerta più che generosa. Naturalmente, sarebbe stato un prezzo molto inferiore a quello di mercato se l'informazione fosse risultata autentica, e, in ogni caso, una somma insignificante per il colossale Clarion Broadcasting Group, genitore di Canale 9 e altre sette emittenti nel Sud-est.

Le donne arrivarono all'entrata posteriore dello studio, vicino alla mensa e a pochi passi dal posto macchina coperto riservato alla Mueller.

Kasey lanciò una rapida occhiata oltre la Mueller, che la precedeva, e vide una lucente Mercedes SL 320 bianca decappottabile.

Pagata, senza dubbio.

Tirò un lungo respiro silenzioso e pregò di non essere sul punto di commettere il più grande errore della sua vita. Era riuscita a superare lo scoglio della telefonata iniziale alla Mueller.

Ora doveva riuscire a superare lo scoglio della cena.

Capitolo tredicesimo

Bill Monroe era al telefono nel suo ufficio a casa, rigirando nervosamente una matita fra le dita. Da quaranta minuti stava cercando invano di parlare con il numero scarabocchiato sulla carta assorbente. Usò la gomma per schiacciare il tasto di ripetizione automatica. Il telefono squillò di nuovo incessantemente senza che nessuno rispondesse. «Figlio di puttana!», ringhiò a denti stretti.

Dopo essersi versato un drink e aver acceso un'altra sigaretta, Monroe fece un ennesimo tentativo. Stava per riattaccare al quarto squillo quando fu alzato il ricevitore.

«Cristo Gesù!», urlò. «Dove diavolo sei stato? È quasi un'ora che ti chiamo».

«Oh, beh, scusami tanto, Willie (Monroe detestava essere chiamato così). Se avessi saputo che avresti chiamato, sarei rimasto accanto al telefono e avrei preparato un fottuto dolce per festeggiare». All'uomo non importava un accidente di Bill Monroe. Ma gli piacevano i suoi soldi e non si peritava a farglielo sapere.

Anzi, lo aveva fatto spesso.

Posò la borsa portadocumenti sul pavimento e si lasciò cadere stancamente sulla sedia girevole dietro la scrivania.

«Non mi dire stronzate, Fieldman, piccolo...».

«Piccolo *cosa*?», lo interruppe l'uomo con fermezza ma senza alzare la voce. «Spero proprio che non mi volessi insultare, Willie. Non desidero arrabbiarmi con te dopo tutto quello che abbiamo passato insieme. Sai quanto io detesti perdere la calma».

Malgrado la sua irritazione per non essere riuscito a parlare con l'altro quando voleva, Monroe si rese conto che prenderlo per il verso sbagliato non sarebbe stata una mossa intelligente. Modificò velocemente il suo approccio. «Hai ragione. Scusami, Fieldman. È solo che ho un problema che richiede il tuo tocco speciale. Non ho avuto fortuna con le altre mie fonti. Pensano tutti che le cose scottino troppo al momento per intervenire. Sono un branco di bastardi buoni a nulla». Prese fiato. «Mi serve il tuo aiuto».

L'altro uomo aveva visto il notiziario di Nashville. Era solo stupito che Monroe ci avesse messo tanto a chiamarlo. «Direi proprio di sì, Willie, ma non sarà facile sistemare questo tuo pasticcio e le altre tue fonti avevano ragione al riguardo. Se vuoi discutere le poche alternative a tua disposizione, dopo che ho avuto un po' più di tempo per esaminarle a fondo, ti suggerisco d'incontrarmi al Cracker Barrel all'uscita per Monteagle, subito prima di entrare in città sulla I-24. È a circa un'ora dal tuo ufficio a Chattanooga. Sarò lì domani sera alle otto. E, Willie, non aspetterò a lungo».

«Non dovrai aspettare, prometto. Scusami per...».

A metà della frase di scusa, il telefono dette il freddo e indifferente segnale di libero.

«Stronzo», borbottò Monroe.

«Solo un bicchiere di Chardonnay, per favore», ordinò Kasey, sperando che fosse il vino meno caro sulla lista. Il cameriere non apprezzò molto la scelta, ma apprezzò invece il generoso décolleté chiaramente visibile fra i risvolti della giacca di Kasey dal suo angolo visuale. Come quasi tutti i suoi colleghi, era diventato un maestro di sguardi furtivi, sempre attento a non fissare tanto a lungo da offendere la clientela.

«E per lei, signorina Mueller?». Brandie era una cliente abituale del ristorante dove cenava spesso il fior fiore di Nashville. Non di rado nel locale si vedevano numerose celebrità della musica country per via dell'atmosfera tranquilla, ma soprattutto perché il cibo era eccellente.

«Che cosa proponete stasera, Robert?», chiese Brandie.

«Il filetto alla Oscar, con polpa di granchio, asparagi e salsa

Béarnaise. Suggerirei quello da tre etti, non troppo cotto».

«Sembra ottimo, probabilmente prenderò quello, e in tal caso portami un Jordan Cabernet '89. Dovrebbe andare bene con il filetto, non credi, Robert?». Il cameriere approvò col capo. Brandie gli restituì il menu senza guardarlo. «Intanto portaci un antipasto di funghi. Ordineremo la cena fra un poco».

«Bene, signorina Mueller. Sarò qui accanto in caso desiderasse qualcos'altro». Con questo, andò al bar.

A Kasey sembrava di aver appena visto all'opera il Michelangelo della clientela.

Brandie Mueller si sbottonò la giacca e si appoggiò comodamente contro una parete del séparé, proprio di fronte alla sua compagna di tavolo.

Durante il breve tragitto dallo studio televisivo, le due donne avevano parlato del più e del meno, passando da un argomento all'altro, ma senza mai nominare Donna Louise Stanton.

Kasey sapeva che il momento era venuto.

«Allora, signora Riteman...».

«La prego, mi chiami Kasey».

«D'accordo, come desidera. Allora, che ne pensa del mio ristorante preferito, Kasey? È già stata qui a cena?».

Kasey sapeva che in un incontro si poteva dire una sola bugia e tutto il resto doveva essere l'assoluta verità, altrimenti quell'unica bugia sarebbe andata a vuoto e con essa tutto il rapporto. Almeno, era quello che aveva letto nel corso della sua ricerca alla biblioteca. La massima veniva dal più autorevole libro sullo spionaggio scritto da un agente segreto che durante la seconda guerra mondiale aveva fatto il doppio gioco lavorando sia per l'Asse che per gli Alleati, con notevole vantaggio finanziario, e non era mai stato scoperto. «Solo una volta», rispose, «quando ero ancora sposata. Mio marito portò qui alcuni clienti su cui voleva fare colpo. Se ben ricordo, mi ci vollero tre mesi per pagare il conto dell'American Express». Arrivò il vino e Kasey bevve un piccolo sorso. «Abitualmente mi limito ad andare nei ristoranti che sono più alla mia portata».

Brandie, che si aspettava di sorprendere la sua ospite a mentire fin dall'inizio, ora si sentì stranamente attratta da lei; ricordò che fino a non molto tempo prima lei stessa poteva a malapena permettersi di mangiare al Burger King, figuriamoci poi in un locale di questo calibro. Annuì con simpatia per indicare che comprendeva la situazione.

Kasey voleva andare avanti. Si sentiva come un'atleta che si fosse allenata per una corsa e adesso aspettava con impazienza che la pioggia diminuisse. «Immagino che la mia telefonata l'abbia incuriosita, signorina Mueller».

«Chiamami Brandie e diamoci del tu», disse l'altra sorridendo e sorseggiando lentamente il vino. Quando ebbe posato di nuovo il bicchiere sul tavolo, si protese un po' avanti. «La tua telefonata era... beh... molto interessante. Devo ammettere che il mio primo impulso è stato quello di trattarti come una delle tante persone a caccia della ricompensa o come una che voleva fare uno scherzo».

«E perché hai cambiato idea?», chiese Kasey, sperando di scoprire che cosa avesse fatto di giusto per convincere la giornalista della sua buona fede.

«Oh, non saprei. Chiamalo fiuto per le notizie, intuizione femminile, quello che sia. Qualcosa nella tua voce mi ha detto che eri più spaventata che connivente, che avevi effettivamente qualcosa di vero da dire su Donna Stanton. Immagino che sia questo il motivo».

Kasey rise dentro di sé all'ironia delle parole di Brandie. Fece un sorriso a bocca stretta ma non disse nulla.

«Perché hai attaccato il telefono alla polizia?».

Kasey non si stupì affatto che Brandie avesse capito che era stata lei a fare la telefonata anonima dal Mapco Express. Emise un lieve sospiro: «Quando ho sentito la voce del detective al telefono, ho capito che non avrebbero mai creduto a quello che avevo da dire».

Dall'espressione di Brandie comprese di non aver risposto alla domanda. «Ricordi quando hai osservato che sembravo spaventata? Beh, sei molto perspicace, Brandie. A essere sincera, ho una paura da morire».

«Di che cosa?». Brandie si protese ancora di più sul tavolo, appoggiando le braccia sul bordo.

«Delle immagini che mi frullano in mente. Dei sogni che faccio».

«Che tipo d'immagini?».

Arrivò l'antipasto. Rimase intatto.

«Immagini vivide, più reali delle fotografie. Immagini dell'omicidio di Donna Stanton». Kasey moriva di fame ma decise di non toccare neppure un fungo prima di Brandie.

«Allora l'hai proprio *vista* morire?», indagò Brandie, rammentando il suo registratore tascabile. «Aspetta un attimo, Kasey, per favore. Non perdere il filo». Frugò nella borsa e posò il piccolo apparecchio sul tavolo in mezzo a loro. Kasey sapeva che Brandie avrebbe registrato il colloquio; si stupiva soltanto che non avesse iniziato già da prima. «Ti dispiace se uso questo registratore? Ho la calligrafia più brutta che abbia mai visto e una pessima memoria».

«No, fai pure».

Kasey ridacchiò alla spiegazione non richiesta di Brandie e bevve un altro sorso di vino.

«Vuoi che ricominci da capo, per il nastro?».

Brandie premette il pulsante rosso dell'avvio e il nastro cominciò a scorrere. «Grazie, se non ti dispiace. Ti ho chiesto se hai effettivamente visto morire Donna Stanton».

Kasey sentì una contrazione allo stomaco. Ora toccava a lei. Ripassò mentalmente i due giorni di prove. Se voleva aiutare Donna, fare in modo che Joeyboy avesse quello che si meritava e rimanere fuori dalla mischia, questa era la sua occasione. D'ora in poi non poteva commettere errori. Un lapsus l'avrebbe trasformata istantaneamente da sensitiva in testimone e sarebbe stato fatale. «Sì, l'ho vista morire».

Brandie sussultò. La bizzarra ammissione di quella donna relativamente sconosciuta era veramente imbarazzante. Guardò il nastro per assicurarsi girasse regolarmente. Guardò anche sopra la spalla di Kasey per accertarsi che Robert non fosse a portata d'orecchio.

«Oh, mio Dio, Kasey. Quando è successo?»

«La sera di lunedì. Lunedì scorso».

«Dove?»

«Non lo so con certezza».

«Vuoi dire che non sai l'indirizzo esatto?»

«No. Voglio dire che non so esattamente dove, punto».

«Non capisco. L'hai vista o non l'hai vista morire?». Brandie volse lo sguardo intorno per vedere se qualcuno aveva udito le sue parole. Abbassò un poco la voce. «Eri realmente lì?»

«Sì e no». Al che la giornalista la fissò con aria ancora più confusa. Kasey continuò, imperterrita; aveva previsto quelle reazioni. «L'ho vista morire in uno dei sogni che faccio ogni tanto». Osservò subito la reazione di Brandie alla parola "sogno". La giornalista si appoggiò alla parete del séparé. Kasey sorrise maliziosamente, come per dire che conosceva un segreto d'importanza fondamentale che l'altra donna ancora ignorava. «Vedo che non credi ai sensitivi».

L'amichevole considerazione di Brandie per Kasey e per la sua credibilità di donna con pochi mezzi fece un brusco dietrofront. Si era aspettata una testimone oculare, una complice o almeno qualcuno che aveva scoperto casualmente il piano per uccidere la Stanton: non una maledetta *sensitiva*. Ne aveva fatto indigestione durante gli anni di lavoro in televisione; tutti promettevano di condurre la polizia e i media fino a un bambino scomparso o alla vittima di un rapimento e adducevano sempre come scusante una ragione cosmica per cui le sfere celesti non erano allineate al momento, o la luna influenzava negativamente i loro poteri telepatici. Alla fin fine, volevano soltanto un momento di gloria sotto i riflettori, il proverbiale quarto d'ora di celebrità.

Brandie ripiegò il tovagliolo e lo posò sul tavolo accanto al bicchiere del vino. «Sei una sensitiva. Gesù, avrei dovuto saperlo». Non cercò di nascondere la sua frustrazione o la sua collera.

Kasey si era preparata per questa esatta reazione. Aveva letto più volte che la maggioranza della gente aveva poca o nessuna fede nei poteri paranormali e che convincere gli increduli della loro esistenza e autenticità non era compito facile.

Si attenne alla sua strategia di gioco. «Farò un patto con te, Brandie», la sfidò Kasey, fissandola negli occhi. «Dammi quindici minuti del tuo tempo. Se, al termine di quel quarto d'ora, non sarai pienamente convinta che sono sincera con te, tornerò a casa in taxi e tu potrai gustare il tuo vino costoso e il tuo filet mignon con polpa di granchio in santa pace. Per te sarò soltanto un'altra svitata, un'imbrogliona». Alzò il mento di un centimetro: «Ormai sei qui. Che cos'hai da perdere?».

Kasey non distolse mai gli occhi da quelli di Brandie. Farlo avrebbe significato sconfitta immediata. Erano i dieci secondi più critici di tutto l'incontro. Se riusciva a superare lo scetticismo iniziale di Brandie e ad avere un momento di tempo per raccontare la sua storia, sapeva di poterla convincere. Dopo tutto, aveva in mano qualcosa che nessuna sensitiva al mondo poteva garantire: sapeva esattamente dov'era sepolta Donna Stanton.

La mente di Brandie Mueller stava elaborando i dati a tutta velocità, soppesando le opzioni che le avrebbero ancora permesso di andarsene dal ristorante con una storia, anche se non era quella che aveva previsto di registrare originariamente. Quello era abile giornalismo, aveva osservato spesso, e lei era un'abile giornalista.

In un batter d'occhio, decise che smascherare una sensitiva disonesta e senza cuore, che si proponeva di sfruttare a proprio vantaggio il dolore e il lutto di Laurie Latham, sarebbe stato un ottimo spunto per una storia. Non equivaleva a trovare il corpo di Donna Stanton, naturalmente. Non avrebbe avuto lo stesso impatto sugli indici di ascolto né la stessa longevità, ma sarebbe stato abbastanza interessante da seguire per una sera o due. Nel frattempo, sarebbe capitata qualche altra cosa che avrebbe monopolizzato l'attenzione.

Succedeva sempre così.

«Cinque minuti», replicò, alzando di nuovo il bicchiere e congratulandosi in silenzio con se stessa per la sua strategia comunque vincente.

Kasey chiuse gli occhi e si toccò la fronte con le punte delle dita di entrambe le mani, come per tentare di strappare un'immagine dal suo cervello.

Brandie per poco non scoppiò a ridere, ma si trattenne. "Almeno ha studiato bene la parte. Potrebbe essere divertente".

Kasey cominciò con gli occhi umidi: «La notte del 22 aprile, una limpida notte di luna piena, fui destata da un sonno profondo dall'immagine di una donna inginocchiata in un campo. C'era un uomo in piedi accanto a lei, che stringeva in mano qualcosa di minaccioso, qualcosa di micidiale. Era nudo al pari di lei, ma non potevo vedere il suo viso né osservare qualche segno particolare. La donna era Donna Louise Stanton. L'ho riconosciuta poi vedendo il tuo primo servizio alla televisione».

Kasey aveva deciso durante le prove di lasciare alla polizia il compito di catturare Joeyboy. Con le informazioni che avrebbe fornito, presumeva che sarebbe stato abbastanza facile per loro arrestarlo senza che lei lo dovesse identificare. Sia che il suo ragionamento fosse giusto, o basato unicamente sulla paura, ormai aveva deciso così.

Notò che Brandie sembrava meno palesemente scettica, o forse era soltanto una sua speranza.

Continuò, fissando con sguardo vacuo la parete alle spalle di Brandie: «Potevo sentire i due discutere di qualcosa che lei aveva nascosto e lui voleva recuperare. Lei piangeva e lo implorava di lasciarla andare. Lui imprecava e camminava avanti e indietro. Alla fine, dopo che lei ebbe detto all'uomo quello che voleva sapere, accettò di avere rapporti sessuali con lui in cambio della libertà. Quando ebbero finito, lui la uccise. Le sparò a sangue freddo». Kasey tremava visibilmente sul sedile, ma non fingeva. Il ricordo, raccontato per la prima volta ad alta voce a un altro essere umano, era sconvolgente.

Brandie fu sinceramente colpita dalla vivezza e dai dettagli della storia. E la parte sul misterioso oggetto nascosto (le pagine del diario e i nastri mancanti, immaginava) era quanto mai stuzzicante. Non sapeva più che cosa pensare di Kasey. Era diversa da tutti gli altri sensitivi che aveva conosciuto.

La giornalista in lei sentì l'esigenza d'insistere per avere qualche dato più preciso prima di lasciarsi convincere. «Che fine ha fatto il corpo della donna?».

Di nuovo Kasey si strofinò la fronte, cercando una risposta. Attese a lungo prima di rispondere.

Questa volta Brandie non rise.

«Dopo averla uccisa, lui seppellì il suo corpo in una fossa poco profonda e poi scomparve».

«Dove?», chiese Brandie. «Dov'è sepolta?»

«Giace fra due alberi, in un grande campo con un vecchio recinto di filo spinato tutto intorno. È a sud di qui, fuori da Davidson County». Kasey continuava a fissare il vuoto alle spalle di Brandie.

«Tutto qui!? A sud di Nashville! Temo che non sia di grande aiuto, Kasey», annunciò Brandie in tono deluso.

Kasey fissò di nuovo l'altra donna. «Riconoscerò il posto quando lo vedrò, Brandie. Ma quello che stai pensando è giusto: in questo momento non posso indicarti il luogo esatto. La visione non è abbastanza precisa. Ci vorrà del tempo perché si chiarisca».

Kasey si adagiò sul sedile del séparé, come sfinita dallo sforzo, e sorseggiò il resto del suo vino.

«Quanto tempo?»

«Tempo».

«Solo tempo. È questa la tua risposta?»

«Sì, è questa. Non sto preparando un piatto di biscotti. Qui non stiamo parlando di una scienza».

Brandie sapeva che era inutile cercare di avere maggiori dettagli al momento. Era turbata dal vivido resoconto di Kasey e pur essendo molto tentata di crederle, voleva... aveva bisogno di qualcosa di più concreto del colorito racconto per convincersi che poteva essere vero.

Si appoggiò di nuovo indietro, per apparire meno conflittuale e decise d'indagare se Kasey avesse avuto altre rivelazioni paranormali in precedenza.

Vi fu un lungo momento di silenzio prima che riprendesse a parlare.

«Quanto spesso hai avuto sogni come questo?».

Kasey sorrise dentro di sé. Una calda ondata di sollievo la invase. Quella era la prima del suo elenco di possibili domande.

«Non molto spesso, ma almeno tre volte negli ultimi dieci o dodici anni». Forniva intenzionalmente le informazioni a pezzi e bocconi; un'eccessiva loquacità poteva condurla fin troppo rapidamente su una strada senza facile uscita.

«Ad esempio? Che cos'altro hai sognato che è poi risultato vero?»

«La prima volta che ricordo ero in terza liceo. Stava per finire l'ultimo trimestre. L'orchestrina dell'università doveva suonare in un'altra scuola superiore in una piccola città vicina, Lafayette in Louisiana, poche miglia a est di New Orleans».

«Sei di New Orleans?».

Kasey annuì. «La notte prima del giorno in cui l'orchestrina doveva suonare mi svegliai con in mente l'immagine di un'auto sportiva che sbatteva contro un grosso autotreno. Due studenti dell'ultimo anno rimanevano uccisi, decapitati».

Brandie si portò la mano alla gola.

«Non era come altri brutti sogni che avevo fatto prima, ma piuttosto come se avessi appena finito di vedere un servizio sull'incidente, come se fosse già successo e appartenesse già al passato. Quando andai a scuola l'indomani e lo raccontai alla mia migliore amica, rise di me e mi disse di non attingere all'armadietto dei liquori di mio padre senza invitarla».

Brandie sorrise.

Kasey aveva raccontato con scioltezza e precisione la storia che rammentava dal tempo del liceo con la piccola differenza che era stata la sua amica (morta poco dopo il diploma) a fare il sogno e lei, Kasey, a dirle di smettere di bere. Era una bugia che nessuno avrebbe mai potuto smentire: una bugia perfetta. La bugia su cui fondare la sua credibilità, quella che le avrebbe consentito di rendere giustizia a Donna e mandare Joeyboy all'inferno.

«Che cosa accadde?», chiese Brandie, ansiosa di udire il seguito della storia.

«Quel pomeriggio, mentre il resto dell'orchestrina prese l'autobus per Lafayette, il direttore, David Linley, e il suo migliore amico, Donnie Beard, andarono con l'auto di David. Credo che fosse una MG o una di quelle piccole macchine sportive». Kasey bevve un sorso dal bicchiere che Robert le aveva appena riempito. «Sbucando da una curva, a meno di un miglio dall'altra scuola superiore, andarono a sbattere contro un tir in panne. La piccola decappottabile s'infilò dritta sotto il rimorchio e... beh... la polizia disse che erano morti sul colpo. Non avevano avuto nemmeno il tempo di frenare. Era successo esattamente come nel mio sogno della vigilia».

Kasey rabbrividì mentre i pensieri le si affollavano in mente. Non aveva più parlato dell'incidente di David e Donnie dal tempo del diploma. Tutto a un tratto, le sembrava completamente sbagliato aver usato la loro morte come strumento per risultare più credibile.

Sentiva che suo padre l'avrebbe disapprovata.

«Stai bene?», le chiese Brandie, vedendo il suo viso da rosato diventare cinereo, come se qualcuno le avesse succhiato via tutto il sangue. Le toccò le mani: erano fredde e umidicce. «Mio Dio, Kasey, dev'essere stato terribile per te a quell'età».

Kasey si asciugò la fronte col tovagliolo e si appoggiò al séparé. Le girava la testa. «Da principio, pensai che fosse solo un caso fortuito, uno di quei momenti cosmici in cui accadono cose strane. Sai che cosa voglio dire?». Lesse con soddisfazione l'assenso negli occhi di Brandie. «Persino la mia migliore amica non ne volle più parlare dopo l'incidente, come se non fosse mai accaduto. Immagino che fosse spaventata. So che io lo ero». Aspirò a fondo. «Poi, circa un anno dopo, quando ero una matricola all'università di Knoxville, mi successe di nuovo. Solo che questa volta sognai di un ragazzo del mio corso di storia americana che affogava durante le vacanze di primavera. Quando morì, ne fui rattristata, ma non sorpresa come la prima volta. Era stato lo stesso genere di sogno: reale, troppo reale. Questa volta, non lo dissi a nessuno. Immaginai che avrebbero cominciato a considerarmi una strega o, peggio, una bugiarda patologica. Non ero né l'una né l'altra». Brandie annuì con dolcezza. «Durante i dieci anni successivi, accadde solo un'altra volta, cioè, fino a lunedì della scorsa settimana».

«Perché pensi di aver avuto una visione... è così che la chiami?»

«È un modo come un altro di chiamarla, suppongo».

«Perché una visione riguardante Donna Stanton? La conoscevi?»

«No, non credo».

«Ma conoscevi le altre persone che hai sognato. Perché una sconosciuta, allora?»

«Devo averla incontrata una volta, o almeno vista in televisione. Comunque, non lo ricordo chiaramente. Ma hai ragione: tutte le altre visioni riguardavano gente che conoscevo personalmente. Perciò questa è così strana. E anche il fatto che questa volta le immagini sono più vivide e spaventose. Questa visione mi dà una sensazione di realtà tridimensionale, Brandie, e mi spaventa a morte».

Ora Brandie era veramente perplessa. Per la prima volta in vita sua, le sembrava di aver incontrato finalmente una vera sensitiva capace di vedere realmente nel futuro, o nel passato, o lateralmente.

Non sapeva come esprimere con parole quello che stava pensando, ma sapeva che la storia di Kasey era coinvolgente e terrificante e che avrebbe fatto vendere giornali a mucchi, come si diceva un tempo. Con uno sforzo costrinse il suo lato professionale a prendere il sopravvento; sapeva che il distacco era l'unica maniera di riportare una storia con obiettività e professionalità.

E *questa* era una storia.

Bevve un abbondante sorso di vino e fece segno a Robert con la mano. Fissò Kasey per un lungo momento, poi chiese: «Come desideri il tuo filetto?».

Le due donne parlarono appena durante la cena. L'atmosfera non era tesa o sgradevole, piuttosto un tranquillo silenzio fra due amiche che si conoscevano da molti anni.

Eppure, era molto di più.

Durante tutto il pasto, Brandie non era riuscita a scartare la possibilità, fors'anche la probabilità, che la donna seduta dinanzi a lei potesse realmente condurla fino al cadavere della donna scomparsa e assassinata. La sola idea di una simile esclusiva le faceva rizzare i peli sulle braccia e i capelli in testa; avrebbe voluto balzare in piedi, ordinare a Kasey di portarla subito sul posto e al diavolo la cena.

Sapeva, naturalmente, che era impossibile lanciarsi in una simile avventura così all'improvviso e senza un'adeguata preparazione, anche ammettendo che tutto il resto fosse a posto, cosa che non era. Brandie voleva essere l'unica giornalista presente quando il corpo di Donna Stanton sarebbe stato scoperto e questo significava fare un patto con l'unica persona, oltre all'assassino, in grado di condurla alla tomba. Qualcosa le diceva che la storia sarebbe costata più di quanto avesse pensato in un primo momento. Intuiva che Kasey conosceva il valore di ciò che lei sola possedeva. E per un paradossale scherzo del destino, proprio il denaro offerto da Laurie Latham tramite il canale televisivo di Brandie (denaro che sarebbe stato pagato se il corpo della Stanton fosse stato ritrovato, a prescindere da quale canale avrebbe seguito l'evento) sarebbe servito a Kasey René Riteman, finora povera in canna, per trattare con Canale 9 da una posizione di forza. "Chi se ne frega", decise freddamente Brandie. Il candeliere di ottone lucido dinanzi a lei si era trasformato nella sagoma scintillante di un Emmy, con le parole "A Brandie Jean Mueller, per Eccellenza in Giornalismo" incise sulla base. "Il Gruppo Clarion può permettersi di pagare qualunque cifra io prometta a questa donna. Questa è una storia che capita una volta nella vita e io non me la lascerò sfuggire. È il tipo di storia che trasformerà immediatamente Kasey in una star e con lei la giornalista che l'avrà scoperta. Niente m'impedirà di essere quella giornalista, meno che mai il denaro altrui".

«Quanto?», chiese ad un tratto, lasciando che l'impazienza avesse la meglio sulla ragione.

«Cosa?», fece Kasey che per poco non sputò l'ultimo boccone di carne, colta di sorpresa dalle prime parole che Brandie Mueller pronunciava in venti minuti.

«Per la storia. L'esclusiva. Quanto?»

«Non so di che cosa stai parlando, Brandie». Kasey non aveva la minima idea di dove l'altra volesse arrivare.

Brandie si protese sul tavolo. «La ricompensa ti spetta, se sei in grado di condurre la polizia fino al corpo, ma questa è una faccenda strettamente privata fra te e Laurie Latham. Ti sto chiedendo quanto vuoi per dare l'esclusiva della storia a me, a Canale 9. Noi siamo disposti a pagare per una storia così insolita, sempre che tu ci possa effettivamente condurre fino a Donna Stanton, è ovvio. Ora andiamo al sodo: quanto ci costerà?».

Kasey per poco non si strozzò a quelle parole brusche. Piegò il tovagliolo sul tavolo. «Non sono venuta qui per i soldi, Brandie. Se avessi in mente le orribili immagini che ho io, pagheresti fino all'ultimo centesimo per liberartene. Voglio soltanto che quella povera donna venga tolta da quel luogo indegno e portata in un posto dove possa riposare in pace. Non meritava di morire in quel modo e non merita di rimanere in quella fossa un secondo di più». Kasey aveva le lacrime agli occhi.

«Scusami, Kasey», disse Brandie in tono comprensivo, senza perdere di vista il fatto che voleva ottenere l'esclusiva ad ogni costo. Se la donna di fronte a lei simulava ansietà e compassione per strappare più soldi a Canale 9, lo faceva con tale abilità che Brandie non ricordava di aver mai visto nessuno recitare in modo più convincente. In entrambi i casi, vero o falso, la posta era aumentata considerevolmente. Di quello era assolutamente sicura.

Tentò un approccio diverso mentre Kasey si asciugava gli occhi con il tovagliolo. «Senti, Kasey, sia che tu prenda soldi per condurci fino a Donna Stanton o che lo faccia gratis, l'aiuterai ugualmente a trovare la pace. Perché non pensare anche a te? Con sessantacinque dollari in banca, non sei precisamente in condizione di rifiutare una bella sommetta».

Kasey sgranò gli occhi. «Come sai quanti soldi ho in banca?».

A Brandie sembrò inutile giocare d'astuzia. «Sei l'unica Kasey Riteman a Nashville e ho contatti in tutte le banche della città. Non arrabbiarti, Kasey. Fa tutto parte del mestiere ed è uno dei modi di fare il mio lavoro. Perciò hai chiamato *me*, no?». Sorseggiò il caffè che aveva ordinato con la cena.

Robert portò via i piatti e Kasey incrociò le braccia sul tavolo appena sgombrato. «Immagino di sì, ma non mi va molto l'idea che tu abbia frugato nella mia vita personale in questo modo».

«Davvero? Beh, ti confiderò un piccolo segreto, Kasey. Quando andrai a raccontare la tua storia alla polizia – cosa che alla fine dovrai fare, a meno che non ti alzi subito da questa tavola, mandi al diavolo i venticinque bigliettoni della Latham e dimentichi di aver mai tentato di aiutare Donna Stanton a ottenere un po' di giustizia – quelli frugheranno nella tua vita peggio di un fratellino che va a curiosare nella tua stanza mentre tu sei uscita con qualcuno. Se hai qualche segreto, per quanto ben nascosto, te lo sbatteranno in faccia come un titolo a caratteri cubitali. E dopo che sarai stata alla polizia, se non ci mettiamo d'accordo prima, la tua storia non varrà più nulla; ogni emittente nell'ambito dei tre Stati avrà uguale accesso alla notizia e tu non avrai nulla da offrire per il tuo disturbo. Dipende da te. Fai quello che vuoi, ma non ho dubbi su quello che farei io». Brandie incrociò le braccia sul petto e si adagiò indietro con aria decisa.

A Kasey girava la testa. Non riusciva più a pensare lucidamente. Tutte le possibili sceneggiature, tutte le parole ben studiate e la strategia accuratamente preparata per entrare e uscire con il minimo di fastidio e di rischio erano volate fuori dalla finestra. Si sorprese a formulare involontariamente la domanda successiva: «Quale somma hai in mente, Brandie?».

Brandie sapeva di aver premuto il tasto giusto quando aveva fatto appello al bisogno di Kasey di aiutare Donna. "Maledizione, sono proprio in gamba", pensò sorridendo senza sorridere. «Dipende da un certo numero di cose».

«Tipo cosa?». Kasey armeggiò con la panna e ne aggiunse meno di quanto volesse al suo caffè perché le tremava la mano e non voleva che Brandie lo notasse.

A Brandie non sfuggì nulla.

«Puoi condurci realmente sul luogo dov'è sepolto il corpo di Donna Stanton? Non nelle vicinanze, ma proprio alla tomba».

Kasey aveva sempre saputo in cuor suo che sarebbe dovuta tornare nel frutteto prima o poi; c'era una faccenda in sospeso; non aveva ancora fornito l'aiuto che le era stato chiesto. Il cuore le batteva forte all'idea, ma non poteva sottrarsi al proprio dovere.

Brandie si preoccupò. «Kasey?»

«Sì, ma non da sola. Non vado da sola in quel posto».

«Benissimo. Ci saranno almeno altre due persone di Canale 9 oltre a me. Sarai in buona compagnia».

«E la polizia?», chiese Kasey, stupita che Brandie non l'avesse inclusa nel gruppo.

«Sarebbe solo d'impiccio e rovinerebbe una fantastica storia. La chiameremo quando avremo localizzato il corpo».

«Non è contro la legge?». Kasey non voleva essere coinvolta in un piano che l'avrebbe gettata in prigione.

«Ma no. I tuoi sogni non sono vangelo. Non sono una testimonianza. La nostra sarà solo una ricerca, la ricerca della verità. Se la troviamo, avvertiremo la polizia. In caso contrario, sarai ben lieta di non averli avuti addosso tutto il tempo. Non hanno la mia pazienza né il mio buon carattere». Arricciò il naso alla sua ospite, sperando di rallegrare l'atmosfera.

Kasey era sicura che Brandie avesse ragione riguardo alla polizia. Ricordava quanto fosse stato insistente Vanover quando aveva come unica traccia una voce senza nome e senza volto. Non voleva i poliziotti fra i piedi, non ancora. «Avrò bisogno di qualcuno che conosce bene la zona a sud di Nashville».

«Lo avrai. Puoi avere tutto l'aiuto che ti serve per condurre me e il mio cameraman fino a Donna Stanton. Puoi farlo?».

Kasey tremò. «Sì», bisbigliò mentre le immagini le invadevano la mente.

«In tal caso, la Clarion ti verserà una somma pari a quella offerta da Laurie Latham. Sono cinquanta bigliettoni per te quando troviamo il corpo di Donna Stanton. Ti offrirò anche la cena di stasera come contentino». Brandie si sforzò di assumere un tono professionale, d'indicare con il suo atteggiamento che Kasey non avrebbe mai potuto ottenere da una qualsiasi emittente locale più di quanto le aveva appena offerto lei. Non che le importasse di far spendere più soldi alla Clarion, naturalmente: voleva soltanto concludere un accordo e andare avanti. Era pronta a proseguire la caccia.

Kasey si sentì mancare. Non era preparata per cose del genere. Domande, sì. Come pure che frugassero nel suo passato. Ma la ricompensa offerta dalla sorella di Donna le era parsa irreale: la gente non sborsava via simili somme come se fossero soldi del Monopoli.

Ora, senza aver fatto nulla, si vedeva offrire una somma uguale. "Cinquantamila dollari", continuò a ripetere mentalmente le parole di Brandie. Non poteva fare a meno di pensare a quell'irritante ometto, il signor Polson della Consolidated Collection. Provò a immaginare che aspetto avesse. "Mi faccia chiamare dal suo avvocato, piccolo furbacchione. Gli guasterò la festa". «Come fai?», chiese.

«Vuoi dire come faccio a spendere i soldi degli altri? Diamine, sono un'esperta. Li faccio impazzire, ma approveranno la spesa, fidati di me». Brandie fece segno a Robert. Era segretamente sollevata che Kasey non avesse preteso più soldi, anche se glieli avrebbe dati. Sarebbe stato già abbastanza difficile ottenere il benestare per venticinquemila dollari entro l'indomani mattina, ma doveva assolutamente riuscirci. Non aveva intenzione di lasciar passare un altro giorno senza iniziare la ricerca di Donna Stanton e a questo punto lei era l'unica a sapere che li avrebbe portati a sud, fuori da Davidson County.

Dopo aver pagato il conto, Brandie si appoggiò comodamente al séparé. La sua mente era intenta a fare progetti e a coordinare le risorse necessarie perché il servizio riuscisse come lei voleva. «Voglio partire domattina presto. Va bene per te, è... beh... un genere di cosa che puoi fare più o meno a qualunque ora?»

«Non ti seguo».

«Voglio dire, puoi avere una visione quando vuoi?». Non sapeva bene come formulare la domanda.

«Ho già fatto il sogno, Brandie. Ora devo soltanto ricordare abbastanza dettagli per riuscire a trovare il punto esatto».

«E puoi farlo la mattina?»

«Non credo che ci saranno problemi, anche se non sono mai sicura in questi casi. Non sono un'esperta del mondo paranormale, sai». Sprazzi di quell'orribile notte rimpiazzarono la gradevole fantasticheria sull'avvocato di Polson.

Brandie si agitò un poco. «Ma credi di poterla trovare senza aiuto?».

Voleva una risposta precisa, maledizione.

Kasey attese un momento, poi annuì.

Brandie sospirò. Per un momento si era allarmata. «Che cosa vuoi esattamente da me per iniziare domattina? Basta che me lo dici».

«Non lo so», rispose Kasey. «Qualcuno che guidi mentre io osservo la strada e studio il territorio. Qualcuno che conosca la zona a sud di Nashville».

«Ma parliamo sempre di Tennessee, giusto?»

«Sono sicura di sì. Lo sentivo vicino nel sogno, quaranta o cinquanta miglia al massimo. Non credo che sia più lontano di così». Le tornarono in mente la sua ricerca e tutte le ore di preparazione. Sapeva che era meglio rimanere nel vago. La sua posizione si era rovesciata così rapidamente da disorientarla.

«Quaranta o cinquanta miglia. Parli di una zona molto vasta, Kasey. Potrebbero volerci settimane, mesi... addirittura anni». Il senso di frustrazione le colorò le guance.

«Fidati di me, Brandie, quando lo vedrò, lo riconoscerò subito», la rassicurò di nuovo Kasey.

Brandie la fissò negli occhi e si convinse che Kasey aveva parlato con assoluta sicurezza. Ma era sempre nervosa. Doveva assolutamente avere l'esclusiva della storia.

Batté leggermente le mani sul bordo del tavolo. «Beh, sembra un'impresa gigantesca, Kasey, ma sai che ti dico... se sei sicura di riuscirci, sono con te al cento per cento. Posso avere un furgoncino attrezzato, un cameraman, un autista che conosce la zona a sud di Nashville e la qui presente pronti a partire domani mattina alle otto. Se necessario, passeremo tutto il giorno a esplorare la zona. Se non la troviamo lunedì, riproveremo martedì. Se non l'avremo ancora trovata, ci riorganizzeremo e cambieremo sistema. Al massimo rischiamo di sprecare un paio di giorni e un sacco di benzina della Clarion».

Le sue parole suonavano incoraggianti eppure realistiche, ma il solo pensiero di fallire era sufficiente a mandarle di traverso la salsa Béarnaise.

«E se troviamo Donna Stanton?».

Brandie s'immaginava già nel ruolo di conduttrice associata del *Today Show* con la stessa chiarezza con cui vedeva il volto di Kasey dinanzi a lei: era quello il suo destino, ne era certa. «Allora, amica mia, tu sarai famosa e avrai un assegno bello grosso da depositare in banca».

Kasey fece un leggero sorriso, ma non sarebbe stata in grado di alzarsi neanche se fosse scoppiato un incendio; le gambe avrebbero vacillato e si sarebbero piegate come un tavolo da gioco da poco prezzo.

Famosa. Il cuore quasi le balzò fuori dal petto all'idea di tutto quello che stava per succedere.

Sapeva di aver superato brillantemente il primo vero test, sebbene la situazione le fosse sfuggita di mano prima che se ne rendesse conto.

Fortunatamente, sembrava che fosse andato tutto per il meglio.

Ora avrebbe dovuto affrontare una prova ancora più dura: le telecamere, il mondo... la polizia.

"Ma almeno non dovrò affrontare Joeyboy", pensò con immenso sollievo. "Per il resto posso cavarmela".

Steve Dacus stava dando gli ultimi tocchi a una storia che aveva appena scritto sulla Commissione elettorale di Davidson County, in programma fra meno di un'ora, quando Brandie Mueller irruppe nel suo ufficio. «Non puoi immaginare dove sono stata durante l'ultima ora e mezza!», esclamò, ansimando per aver fatto tutta una corsa dal parcheggio dove aveva appena salutato Kasey. «Stewart c'è ancora?».

Stewart Parker era il direttore generale della maggiore emittente del Clarion Broadcasting Group da quasi un decennio. Durante quel tempo, era passato attraverso un intervento per un doppio bypass al cuore, un'operazione di ulcera emorragica, due mogli e tre direttori del telegiornale.

Dacus, che occupava quel posto da quattro anni, al momento deteneva il record di longevità alle dipendenze di Parker. Erano entrambi maniaci del lavoro, che per loro era come una droga, perciò la domanda di Brandie se Stewart Parker fosse ancora in ufficio dopo appena quattordici ore era ridicola.

«Certo», affermò Dacus, sebbene non avesse guardato l'orologio per controllare l'ora né avesse più visto il suo capo dalle sei del pomeriggio. «Che cosa succede?».

Stewart Parker e Steve Dacus stettero ad ascoltare per quasi mezz'ora mentre Brandie raccontava com'era arrivata alla cena con Kasey, a cominciare dalla telefonata delle due del pomeriggio. Poi, lei posò un minuscolo Olympus Pearlcorder d'oro sul tavolo in mezzo a loro e inserì il nastro che aveva registrato allo Stock-Yard. Mentre la bobina girava, i due sedettero in silenzio, senza perdere una parola.

Quando il nastro finì, Parker guardò l'orologio: telegiornale fra dieci minuti. «Guadagnamoci il pane, ragazzi e ragazze», disse alzandosi di scatto, l'unico dei tre ad aver pensato a controllare l'ora. «Troviamoci nel mio ufficio subito dopo il telegiornale». Respirò con deliberata lentezza. «Brandie, se questa tua Riteman non è una truffa...». Con gesto teatrale puntò un dito lungo e ossuto verso l'unico Emmy vinto dall'emittente quasi dieci anni prima.

Dacus e la Mueller seguirono con gli occhi il braccio snello che indicava la teca di vetro poggiata orgogliosamente su un piedistallo di marmo nero accanto alla porta dell'ufficio. Dentro era esposto il riconoscimento dell'eccellenza radiotelevisiva, il massimo premio per un lavoro ben fatto.

Quando si era recata al ristorante tre ore prima, Brandie non accarezzava nemmeno il folle sogno che ora sembrava consumarla.

Capitolo quattordicesimo

Il telefono squillò nella redazione del telegiornale di Canale 2 a New Orleans, una delle emittenti sorelle di Canale 9 a Nashville. La potente e autorevole affiliata della NBC, che serviva tutta la Louisiana meridionale e gran parte della zona costiera del Mississippi, era la più recente acquisizione importante della Clarion Broadcasting, che aveva così portato a otto le emittenti interamente possedute. Il gruppo era cointeressato in altre quattro, senza tuttavia averne il controllo e quindi la FCC, la commissione federale per le comunicazioni, sorvegliava attentamente l'attività della Clarion allo scopo d'impedire la creazione di un monopolio regionale.

Tutti questi controlli erano solo assurdità burocratiche per Brandie, che rimpiangeva i tempi in cui le Tre Grandi – ABC, CBS e NBC – dominavano l'etere, le notizie stesse, e i loro giornalisti erano temuti e rispettati come gli sceriffi federali. Lei era venuta dopo, ma le storie raccontate dai veterani di Canale 9 le inviavano brividi lungo la schiena. L'idea del potere la eccitava più di quanto l'avesse mai eccitata un uomo. O potesse eccitarla.

«Redazione», rispose la voce annoiata di un cameraman, non molto entusiasta di dover iniziare a lavorare alle sei del mattino.

«Chi parla, prego?», chiese velocemente Brandie.

«Sono Eddie Bryan. Lei chi è?». La donna sconosciuta all'altro capo del filo sembrava avere molta fretta, cosa che al momento lo lasciava piuttosto indifferente.

«Sono Brandie Mueller di Canale 9 a Nashville. Mi servono alcune informazioni su un servizio che voi potreste aver mandato in onda una dozzina di anni fa. Chi è la persona che mi può essere di maggiore aiuto, Eddie?»

«Beh, a dire la verità, signorina Mueller, tanto vale che si rivolga a me, specie in questo momento. Qui è ancora tutto tranquillo. Ci metteremo in moto fra un'oretta. Può darmi qualche indicazione più precisa oltre al fatto che "potremmo averlo mandato in onda dodici anni fa"?», chiese con una punta di sarcasmo.

«Certo, scusi. Si trattava di un incidente fra un'auto e un camion con vari morti, accaduto nella zona di Lafayette in Louisiana in aprile o maggio 1985. Le ricorda niente?».

Eddie Bryan lavorava a Canale 2 da vent'anni, prima come aiutante dei vecchi operatori televisivi e poi come cameraman titolare per le riprese in esterno. A causa di una lesione alle reni, al momento era addetto alle riprese in studio dove non occorreva sollevare e quasi mai muovere la telecamera. Inoltre, doveva rispondere al telefono della redazione il lunedì mattina. Non vedeva l'ora che gli passasse il mal di schiena.

«Ehi, ho sentito parlare di lei». Rammentava il nome. «È quella bella conduttrice che hanno assunto un paio di anni fa a Nashville».

«Persona addetta alla conduzione del telegiornale, senza precisare il sesso», scherzò lei. «Dobbiamo essere politicamente corretti».

«Sì, d'accordo». Detestava quelle stronzate.

«E grazie per il complimento, Eddie. Crede di potermi aiutare?»

«Ha detto che questo incidente avvenne nella zona di Lafayette?»

«Così mi hanno detto. Avrebbero dovuto esservi coinvolti due componenti dell'orchestrina di una scuola superiore e un autocarro con rimorchio». Brandie ricordava la terribile storia e non aveva bisogno di appunti per rinfrescarsi la memoria. Guardò l'orologio: Kasey sarebbe arrivata fra meno di un'ora.

«Oh, cazzo!», esclamò ad un tratto Bryan quando si ricordò, facendo sobbalzare Brandie che aveva spalancato la bocca per concedersi finalmente un lungo sbadiglio. Non aveva chiuso occhio. «Scusi il linguaggio, signorina Mueller».

«Non si preoccupi», ridacchiò lei. «Allora se lo ricorda».

«Eccome, signorina Mueller. Era il primo incidente mortale che mi avevano mandato a filmare come cameraman. Mamma mia! Che fottuto incubo!». Le immagini macabre sgorgarono dal suo subconscio, emergendo dai cupi recessi della memoria dopo quasi dodici anni.

«Mi dica tutto quello che può sull'incidente, Eddie». Avviò il Pearlcorder, il microfono già attaccato al telefono.

«Se non ricordo male, questi due ragazzi rimasero uccisi andando a sbattere contro un autotreno in panne. Credo che fossero studenti dell'ultimo anno alla Central High di New Orleans». Il suo marcato accento dialettale con il colorito influsso bayou trasformava le parole "New Orleans" in un biascicato "Nawlins". Proseguì, interrotto per un momento dalla scena violenta che gli apparve dinanzi agli occhi. «Era orribile. Erano... beh... erano stati decapitati. Si erano infilati con la piccola decappottabile rossa proprio sotto un autotreno fermo di traverso sulla strada e BAM!». Le sue parole fecero sussultare Brandie. «Nessuna possibilità di cavarsela. Non avevano neppure rallentato. Giuro, non ho mai visto niente di simile né prima né dopo, grazie a Dio». Essendo un buon cattolico, si fece il segno della croce con la destra e dopo aver preso un attimo fiato, annunciò: «Ricordo di aver fatto delle splendide riprese, se mi è permesso dirlo. Dovrebbero essere ancora in archivio. Vuole che ne faccia una copia e gliele mandi?».

A Brandie venne immediatamente la pelle d'oca e rabbrividì come se un soffio di aria gelida le fosse entrato sotto la blusa. «Grazie», mormorò. «Credo che non sarà necessario dopo quello che mi ha detto. Ricorda per caso la data?»

«Sì, come ho detto, era il mio primo incidente mortale. Non si dimentica una data come quella. È un po' come un compleanno o un anniversario. Era un venerdì pomeriggio, il 21 maggio 1985».

«Grazie, Eddie. Mi ha aiutato più di quanto immagina».

«Non c'è di che, signorina Mueller. Mi ha fatto piacere parlarle».

Brandie mise giù il telefono e si sforzò di riassumere un contegno calmo e distaccato prima dell'arrivo di Kasey. Si guardò le palme delle mani: erano sudate. «Fa venire i brividi», mormorò, asciugandosi le mani sui pantaloni. «Sì!».

«Che succede?», chiese Tim Arnold, affacciandosi nell'ufficio di Brandie. La gradita intrusione la riscosse dal suo intontimento.

Arnold era il miglior operatore di Canale 9, grazie al suo senso del drammatico e alle sue impeccabili capacità teniche. Brandie aveva specificamente chiesto a Steve Dacus di assegnarlo a lei per il servizio di lunedì mattina, senza dire a lui o all'autista che cosa avessero in mente. Dacus l'aveva accontentata; sapevano quanto fosse facile perdere il vantaggio iniziale su una storia, anche con la migliore programmazione, perciò Brandie intendeva tenere unito – e zitto – il piccolo gruppo finché non trovavano la Stanton, a costo di dormire tutti nella stessa camera di motel alla fine della giornata.

Normalmente, Brandie faceva solo il turno feriale, noto come turno A, lasciando le notizie del weekend ai giornalisti meno esperti. Aveva accettato di lavorare la vigilia, domenica, per via di una sovrapposizione nei turni di ferie che aveva lasciato Dacus a corto di conduttori. In verità, Brandie era stata lieta di dargli una mano; non le dispiaceva mai di andare in onda. Ora ne era doppiamente lieta perché, grazie alla sua disponibilità, si era trovata nello studio televisivo quando Kasey aveva chiamato la prima volta. Era sicura che fosse stato il destino a piazzarla accanto al telefono alle due.

«Ciao, Tim», disse con un caldo sorriso e si alzò per salutarlo con maggiore formalità. «Sono contenta che tu sia potuto venire così di corsa. Scusa l'ora mattutina».

A lui non importava quanto voleva far loro credere. «C'è qualcosa di grosso che bolle in pentola, eh?». Si diresse verso l'atrio insieme a Brandie.

«Molto grosso, Tim, e conto sulla tua bravura. Vera roba da Hollywood... sai, l'eccitazione della vittoria...».

«E l'angoscia della sconfitta», ridacchiò.

«Accertati di avere abbastanza batterie e nastro SP per due giorni di riprese. Non torneremo a casa finché non ci saremo assicurati questo servizio».

«Dammi tregua, Brandie», gemette lui. «Ho un appuntamento stasera».

«Avevi: questa è la parola d'ordine, amico. Vedo con piacere che hai afferrato perfettamente la situazione». Lanciò un'occhiata sarcastica al suo cameraman e indicò il magazzino degli attrezzi.

Tim capì che era inutile discutere. Brandie doveva aver fiutato una storia e questo significava andare fino in fondo, a qualunque costo. «Figlia di puttana», borbottò fra sé.

Brandie lo aveva appena congedato con un'affettuosa pacca sulla spalla quando Kasey entrò dalla porta principale dello studio.

«'giorno, Brandie», la salutò con voce piatta. La notte precedente aveva dormito male. Il pensiero di tornare in quell'odioso frutteto si era dimostrato un potente stimolante.

Kasey aveva anche difficoltà a risolvere la questione morale di trarre un guadagno dalla sfortuna di un'altra persona. Continuava a ripetersi che non faceva nulla di male. Al contrario, forniva alla polizia un mezzo per risolvere un caso d'omicidio che altrimenti sarebbe probabilmente rimasto insoluto e lo faceva senza mettere a rischio la propria vita. Non poteva esserci nulla di male, no?

Per tutta la notte, si era rivolta ripetutamente quella domanda. Il ragionamento filava, ma il tormento rimaneva.

«Ciao, Kasey». Brandie la salutò con la mano. «Pronta ad andare?». Le due s'incontrarono al centro dell'atrio e Brandie serrò entrambe le spalle di Kasey, intuendo la sua angoscia. «Brutta nottata, eh?».

«Molto brutta», sospirò Kasey. «Qualcuno ha fatto il caffè stamattina? Ho proprio bisogno di una tazza di miscela extra-forte».

«È l'unica che usiamo. Secondo te, come farebbero altrimenti i giornalisti a iniziare alle cinque di mattina e resistere fino al termine delle trasmissioni ogni sera?».

Kasey seguì Brandie nel salottino accanto all'ingresso posteriore, dove entrambe riempirono una grande tazza di polistirene con un liquido maleodorante, nero come l'inchiostro, e la chiusero con l'apposito coperchio.

Con il caffè in mano, raggiunsero Tim Arnold alla jeep che stava caricando. Jerry Richards – JR per tutti coloro che lo conoscevano – nella doppia veste di aiutante e autista gli dava una mano.

Tim parlò non appena vide ricomparire Brandie. «Brandie, conosci JR. Dacus mi ha detto di prendere come aiutante qualcuno che conoscesse bene il centro del Tennessee. JR è cresciuto a Columbia e dovrebbe essere in grado di aiutarci a trovare quello che stiamo cercando, tipo...?». Piegò il capo e fece un sorriso esagerato, aspettando che lei completasse la frase.

«Saprai dove andiamo appena saremo per strada, ragazzo mio, non prima». Aprì lo sportello posteriore della jeep bianca e fece cenno a Kasey di sedersi nel posto dietro il conducente. Brandie poi occupò l'altro sedile posteriore e una volta chiuso lo sportello vi si appoggiò, girandosi verso Kasey.

Sorseggiarono il caffè senza parlare, entrambe ansiose, ma per ragioni diverse.

Gli uomini terminarono di caricare il resto dell'attrezzatura e presero posto davanti: JR al volante con Arnold, telecamera in grembo, seduto accanto in una posizione che gli avrebbe permesso di riprendere agevolmente Kasey, seduta in diagonale dietro di lui.

JR mise in moto e ingranò la marcia. Canale 9 non aveva badato a spese e aveva acquistato i migliori veicoli multiuso disponibili sul mercato. Ogni troupe del telegiornale aveva la propria jeep Grand Cherokee V-8 con quattro ruote motrici, cambio automatico, climatizzatore, controllo elettronico della velocità, scanner della polizia, telefono cellulare e grossi pneumatici adatti a tutte le superfici. «Gradirei di avere un'indicazione di massima sulla direzione da prendere». JR volse lo sguardo alternativamente da Tim a Brandie.

Brandie guardò la donna seduta in silenzio alla sua sinistra, poi i due uomini. «Tim, JR, vi presento la signora Kasey René Riteman. Oggi, è *lei* la star. Quando dice di andare, vai. Quando dice di fermarti, ti fermi. Ogni suo desiderio è un ordine». Poi aggiunse rivolgendosi solo a Tim: «Non voglio perdere neppure un'inquadratura di tutto ciò che ha attinenza con la storia. Lo voglio tutto su nastro: lo scenario, le condizioni meteorologiche, le sue espressioni, le sue parole, tutto. Chiaro?»

«Chiarissimo».

«Bene, allora, partiamo». Guardò Kasey. «Che ne dici, Kasey, da che parte si va?».

Kasey fece per rispondere. Fu allora che notò la telecamera Sony Betacam puntata minacciosamente su di lei dal sedile davanti, con le sue chip digitali in grado di assicurare un'immagine di altissima qualità anche con pochissima luce e il microfono ultrasensibile pronto a captare ogni sua parola. Lo spesso obiettivo di vetro, un servo zoom 22:1 Fujinon, con il suo grande parasole nero a meno di un metro dalla sua faccia, la fece ammutolire.

Brandie ridacchiò.

Lo aveva visto accadere centinaia di volte: punta una telecamera su un bambino che chiacchiera e smetterà immediatamente di parlare. Lo stesso valeva doppiamente per gli adulti.

«Cerca di rilassarti, Kasey. So che all'inizio non sarà facile, ma più ti scordi della telecamera, più naturale e credibile apparirà la tua storia, e l'apparenza è tutto in questo pazzo lavoro».

Kasey si sentì vagamente eccitata dalle ultime parole di Brandie. Non era stata la paura della telecamera a farla esitare, ma la sua realtà. Dov'era finito il suo vecchio sogno infantile di diventare una star? Quante vie traverse aveva preso cammin facendo?

Ora tutto ciò non aveva importanza.

Stentava a credere di essere veramente lì, in quel momento, con la telecamera puntata addosso. Era ora di aiutare Donna, ma anche di dare nuovo impulso alla sua vita. Inspirò e mandò fuori l'aria con un sospiro a effetto. «Penso che dovremmo provare prima nella zona subito a est di Columbia». Gettò un sorriso a JR. «Ho studiato una carta dello Stato ieri sera, per cercare qualche indicazione, e mi è sembrato il posto giusto dove cominciare. Potrei accorgermi che ho sbagliato quando arriviamo lì, ma facciamo un tentativo».

«Vai verso casa, JR», ordinò Brandie. «Dovresti conoscere la strada».

La jeep partì in velocità e filò giù per Knob Road. JR girò a sinistra su White Bridge, a destra sulla I-40 e si diresse a sud sulla I-65, prendendo la via più diretta verso la città di Columbia e le fattorie e le colline circostanti.

Dopo l'ultima voltata brusca che la jeep avrebbe fatto per un bel po', Brandie prese il suo microfono senza filo dalla sacca degli attrezzi di Tim (era stato predisposto in modo da registrare la voce di Brandie su una pista audio del videotape diversa da quella che lui aveva scelto per Kasey) e gli dette un colpetto sulla spalla. Tim rispose puntando la telecamera su di lei e tenendola il più ferma possibile mentre viaggiava all'indietro, il corpo appoggiato contro il cruscotto, le ginocchia contro il sedile. Lei si aggiustò un momento i capelli, poi gli fece segno con il capo che poteva incominciare a girare. Lui conosceva bene le sue abitudini e i suoi segnali e aveva già iniziato a registrare non appena lei aveva rassettato l'ultimo capello fuori posto.

Nei succesivi dieci minuti di telecronaca, Brandie preparò il terreno per la loro insolita ricerca e presentò il personaggio di Kasey, descrivendola a un certo punto come una sensitiva con un gran cuore oltre a una speciale intuizione, una donna torturata da una spaventosa visione che le tormentava la mente e l'anima. Brandie non immaginava quanto la sua colorita descrizione fosse esatta.

Non accennò mai alla possibilità che Donna Stanton fosse morta, limitandosi a dire che era scomparsa. Quando abbassò il microfono e fece di nuovo cenno col capo che la registrazione era terminata, Tim e JR avevano ancora più domande da rivolgerle di quante ne avessero prima che Brandie iniziasse a parlare.

JR sapeva che non toccava a lui parlare e continuò a guidare in silenzio, sperando che Tim avrebbe posto i suoi stessi quesiti in attesa di risposta.

«Ci stai prendendo in giro con questa stronzata della sensitiva», dichiarò Tim in tono incredulo e JR confermò con un sorriso. «È una gag, vero?».

Tim vide Kasey trasalire alle sue parole piuttosto dure. «Scusi, signora Riteman, ma io non credo a tutta quella roba. Ho visto dei sensitivi in vari show tipo *Misteri insoluti* e sembra sempre che spediscano tutti a caccia di fantasmi su piste sballate mentre loro inventano scuse che non stanno in piedi per spiegare come mai non riescono a trovare quello che cercano. Secondo me sono tutte stupidaggini, sia detto senza offesa». JR annuì in silenzio, ma gli altri tre non ebbero difficoltà a capire che era pienamente d'accordo.

Tim era seccato all'idea di mancare a un appuntamento che aveva richiesto quasi un anno di preparazione perché una svitata, che sperava d'incassare una lauta ricompensa, andava alla ricerca del corpo di una donna quando tutti sapevano che la medesima se ne stava molto probabilmente a crogiolarsi al sole a Key West.

«Cristo, Tim! Hai dimenticato quello che ho detto prima di partire?», scattò Brandie, sorpresa del candido sfogo del suo cameraman; non era da lui. Tim, pur avendo opinioni decise, normalmente le teneva per sé.

Kasey le toccò il braccio. «Va tutto bene».

«Un accidente», ringhiò Brandie. «Mi dispiace molto per quello che Tim...».

«Va tutto bene, davvero. Non mi disturba che la pensi così». Volse lo sguardo a Tim. «Sarei stata sorpresa se avesse accettato le parole di Brandie senza discutere».

«Brandie ha ragione. Non stava a me parlare. Le chiedo scusa». Tim era imbarazzato e sapeva che Brandie avrebbe riferito la sua uscita inopportuna a Steve Dacus.

Kasey annuì, ma soggiunse: «Non è il solo a pensarla così,

Tim. La maggioranza della gente ha difficoltà a credere nelle cose che non si vedono. Dovrò convincere anche lei, giusto? Brandie era del suo stesso avviso quando ci siamo incontrate ieri».

Brandie fece un cenno di assenso, che fece sentire Tim ancora più colpevole.

JR continuò a guidare in silenzio, ben contento ora di non aver detto una parola.

Kasey non si stupiva di aver trovato un detrattore, una persona che aveva difficoltà a credere nella rivelazione paranormale a qualsiasi livello. Sapeva che ce ne sarebbero stati molti altri e che avrebbe dovuto imparare a controbattere efficacemente le loro obiezioni se voleva riuscire nel suo inganno. Per un momento rimpianse di non essere andata subito a raccontare la verità alla polizia.

Il pensiero di Joeyboy la riportò bruscamente alla realtà.

Mentre scendevano sempre più a sud, Brandie osservò in silenzio la graziosa rossa in jeans e camicia western seduta accanto a lei e cercò di leggerle nel pensiero. Kasey sentì gli occhi di Brandie fissi su di sé, ma fece finta di niente e continuò a guardare le colline ondulate di Davidson County che scorrevano velocemente fuori dal finestrino.

«Pensi di riuscirci?», chiese piano Brandie, bisbigliandole nell'orecchio.

«A fare cosa?», replicò Kasey. «A convincere Tim?»

«No... a trovarla... voglio dire, credi onestamente che la tua visione fosse abbastanza chiara da poter effettivamente localizzare il corpo di Donna Stanton? Sei proprio sicura che sia morta?».

Kasey guardò fissa la donna accanto a lei con un'energia che veniva dal profondo del suo essere. «È morta, non dubitare. E sì, credo di poterla localizzare». Prese fiato. «Forse ci vorrà un po' di tempo, ma ci riuscirò».

Brandie batté sulla spalla di Tim e gli fece segno di filmare. Lui puntò di nuovo la telecamera e cominciò a girare prima ancora di averla messa perfettamente a fuoco.

«Ma come sapevi da dove incominciare, Kasey?», indagò Brandie. «La sensazione che hai avuto consultando la carta ieri sera potrebbe essere sbagliata, non ti pare? Lei potrebbe essere dovunque, anche all'estero. Perché qui? Mi sembra un posto molto improbabile».

Erano domande logiche, ma fortunatamente Kasey le aveva previste. «Come fanno i salmoni a tornare dove sono nati, in un minuscolo, remoto fiume, dopo aver trascorso tanto tempo nell'immenso oceano Pacifico?»

«Intendi dire che tu possiedi una sorta d'istinto guida, una specie di sesto senso che nessuno di noi ha?»

«Credo che lo abbiamo tutti», rispose Kasey con un sorriso rivolto alla telecamera. «Solo che alcune persone sono più in sintonia di altre con quell'istinto, come lo chiami tu».

«Quindi potrei averlo anch'io?»

«Lo hai, Brandie».

Brandie piegò di scatto la testa indietro, sorpresa da quelle parole inattese.

«Certo, pensa a quante volte nella vita hai avuto una strana sensazione che ti ha fatto fermare sul bordo della strada o smettere di fare quello che stavi facendo e qualche momento dopo hai scoperto che grazie a quella strana sensazione avevi evitato di rimanere ferita in un incidente o di farti male in qualche altro modo. Lo abbiamo sperimentato tutti, in varia misura, ma non vi diamo importanza e lo consideriamo quasi sempre un caso fortuito, un colpo di fortuna. Non attribuiamo mai a quel tipo d'intuizione la credibilità che giustamente merita».

Brandie ricordò vari episodi della sua vita che corrispondevano esattamente ai casi descritti da Kasey. Si adagiò sul sedile e si mise una mano sul cuore. Le piacevano i gesti teatrali. «Non ti spaventa avere un dono del genere... vedere le cose che hai visto in sogno?».

Il volto di Kasey perse ogni espressione. «Non puoi immaginare quanto».

Brandie annuì in silenzio e lasciò che il pezzo terminasse con quelle parole sgorgate dal cuore.

Kasey si girò di verso il finestrino. Rammentò l'ultima volta che aveva percorso la stessa strada. I pensieri neri cominciarono a riempirle la mente e pregò di riuscire a tenerli a bada tanto da arrivare in fondo alla giornata. S'immaginava Donna Stanton distesa lì, sotto la terra fredda e scura, in silenziosa attesa che Kasey tornasse a cercarla... ad aiutarla, finalmente. L'immagine le inviò un brivido di rimorso su e giù per la schiena; le si rizzarono i peli sulle braccia e le venne la bocca secca.

Brandie scosse silenziosamente il capo e Tim Arnold girò la telecamera e si mise a riprendere le colline e i prati lussureggianti del Tennessee.

Mentre JR continuava a dirigersi a sud, Brandie cominciò a comporre il servizio nella sua mente; Tim riprese splendide scene di fiori primaverili che crescevano lungo l'autostrada; e Kasey lottò con la visione di due occhi azzurri terrorizzati e pieni di lacrime che fluttuavano nell'aria pochi centimetri fuori dal finestrino.

Per quasi mezz'ora, la jeep filò liscia sull'autostrada a sud di Nashville. JR e Tim chiacchieravano a bassa voce sul sedile anteriore e Brandie inseriva appunti e idee nello Sharp Wizard che teneva nella borsetta.

«Esci qui», annunciò Kasey, facendo sobbalzare gli altri passeggeri.

«Proprio qui?», chiese immediatamente JR, non sapendo se la signora padrona intendeva in quel punto esatto o alla prossima uscita.

«No, alla prossima uscita, Sharp Road», rispose Kasey. «Era su questa strada, ne sono sicura». I suoi occhi sembravano fissare un punto lontano. Tim non era pronto con la telecamera e Brandie gli lanciò un'occhiataccia. Kasey fu l'unica a stupirsi quando Brandie le chiese di ripetere la breve scena per la telecamera, ma, sebbene impiegasse un momento a ricordare le parole esatte, riuscì ad apparire altrettanto convincente e spontanea la seconda volta.

Brandie, inizialmente timorosa d'interrompere il corso dei suoi pensieri, ma consapevole dell'importanza di quelle scene apparentemente banali per la coesione e l'efficacia di una storia, fu contenta che Kasey accettasse di buon grado di ripetere le parole su nastro e riconobbe in lei una donna naturalmente a suo agio di fronte a una telecamera.

Parlò fuori campo nel suo microfono rispondendo all'osservazione di Kasey, dopo aver detto a Tim di continuare a inquadrarla. «Che cosa ti fa pensare che sia uscita qui?»

«Solo una sensazione che ho avuto arrivando in questo punto. Vedo una donna in un'auto, una grande auto bianca. Ha paura, fugge da qualcosa». Fissò Brandie dritta negli occhi. «È Donna».

Nel telegiornale, Kasey aveva udito la vicina della Stanton menzionare che Donna era «partita nella sua grande Cadillac bianca», e sapeva di poter usare tranquillamente quel particolare.

Si accorse di non sapere come Donna fosse finita nel camioncino di Joeyboy. "Quando l'aveva acchiappata... se l'aveva acchiappata... e dov'è la sua macchina adesso?", si chiese.

Si sforzò di pensare solo al presente, al lavoro da fare. Le riusciva sempre più facile divagare, più difficile concentrarsi.

Brandie non ricordava che fosse stato fatto alcun accenno all'auto della Stanton (meno che mai al suo colore) nell'intervista di Deb Jensen con la vicina di casa, Maggie Ketchum, né con il tenente Vanover davanti alla casa della Latham. Il fatto che Kasey rammentasse l'esatto colore della vettura la eccitò. «Di che cosa ha paura, Kasey?», chiese, riferendosi intenzionalmente a Donna Stanton al presente per via della telecamera.

«Non mi è chiaro, ma ha a che fare con qualcosa che lei ha, qualcosa che appartiene a un'altra persona, una persona che lei teme molto».

Kasey ricordò di aver letto che le sensazioni, non i pensieri, erano una caratteristica peculiare dell'immaginario paranormale. I sensitivi *sentono* che è successo qualcosa, non lo pensano. Doveva tenerlo bene a mente mentre parlava; erano tante le cose da ricordare.

Sebbene, la sera del 22, non avesse fatto caso al nome dell'uscita che l'aveva portata fuori dalla I-65 (e alla fine l'aveva condotta al frutteto), Kasey era sicura che fosse questa. Aveva trascorso gran parte della notte e le prime ore del mattino a cercare di rifare lo stesso percorso e localizzare il frutteto sull'unica carta che era riuscita a trovare: una carta del Tennessee, Alabama e Mississippi che aveva comprato per un dollaro e 50 a una stazione di servizio Exxon dopo aver lasciato gli studi di Canale 9. Per ore aveva studiato ogni possibile combinazione di strade che poteva aver percorso quella notte, ma nessuna sembrava più logica di un'altra e nessuna aveva un nome che suonasse familiare. Alle sei del mattino, si era resa finalmente conto che avrebbe dovuto affidarsi alla memoria visiva e sperare che JR conoscesse veramente bene la zona come aveva affermato Brandie. Sapeva che non avrebbe avuto un'altra opportunità di trovare Donna. Avrebbe perduto ogni credibilità e sarebbe finita nel calderone con gli altri falsi sensitivi che Brandie aveva incontrato.

A quel punto, con la polizia come ultima risorsa, non avrebbe potuto aiutare Donna senza il rischio molto concreto di diventare un bersaglio di Joeyboy (chiunque egli fosse), una prospettiva che diventava sempre meno appetibile col passare delle ore.

Brandie era rimasta senza parole nell'udire la descrizione di Kasey, mentre Tim, come previsto, borbottò «stronzate» fra sé e sé. Si puntellò con il ginocchio sinistro contro lo sportello per tenere ferma la telecamera quando la jeep avrebbe voltato in fondo alla rampa.

JR imboccò l'uscita indicata e rallentò dopo la leggera discesa, attento a scuotere Tim il meno possibile.

«Da che parte?», chiese quando la jeep si fermò del tutto, con la I-65 sulla sinistra e di fronte le due corsie ben asfaltate di Sharp Road dirette a sud-ovest. Erano ancora parecchie miglia a nord-est di Columbia.

«Di là», disse Kasey, indicando l'est. «Sono sicura che ha voltato qui».

Ora Tim stava filmando tutto.

Brandie non capiva perché Donna Stanton avesse preso una strada così improbabile: non portava in nessun posto. Ma, d'altronde, poteva averla scelta proprio per quello, specie se era inseguita.

Dopo circa un miglio, quando il rumore e il trambusto dell'autostrada erano solo un ricordo nascosto dietro una serie di colline ondulate, Kasey disse a JR di fermarsi. Erano accanto a un grande campo di fieno falciato di recente e raccolto in grandi rotoli sparsi qua e là.

Kasey aprì lo sportello, scese sulla strada deserta e andò con passo sicuro davanti alla jeep, scrutando il paesaggio. Tim riprese ogni sua mossa attraverso il finestrino laterale e il parabrezza, poi, dopo che Brandie gli ebbe aperto lo sportello dall'esterno, raggiunse le due donne al margine del campo. JR rimase seduto al volante.

Brandie rammentava che, a dire di Kasey, la Stanton era stata sepolta fra due alberi, in un campo circondato da un vecchio recinto di filo spinato. Cercò subito con gli occhi un recinto, un recinto qualsiasi, ma non ce n'era neppure un millimetro in vista, poi cercò di stabilire a quali due alberi Kasey potesse riferirsi. Rabbrividì. C'erano alberi tutto intorno. "Questa maledetta campagna è piena di alberi, santo cielo!", gridò in tacita frustrazione. «È questo il posto? È qui che è sepolta?», chiese con foga poco professionale, accorgendosi soltanto dopo di non aver acceso il microfono. Si stupì di quanto si fosse lasciata prendere da tutta quella vicenda.

Tim tolse l'occhio dal mirino appena il tempo necessario per dirle con un'occhiata: "Non farai mica sul serio?". Pur cogliendo quello sguardo sprezzante, Brandie continuò a seguire con la massima attenzione ogni mossa di Kasey.

Tim decise che tentare di far rinsavire la giornalista, normalmente lucida e razionale, era probabilmente una fatica inutile, almeno per l'immediato futuro, e zumò un po' di più sulla star.

Brandie portò lentamente il microfono Sennheiser alle labbra e premette il pulsante. Era tornata la calma professionista di sempre, decisa a non mollare fino al termine della caccia.

«Per ragioni note soltanto a Kasey René Riteman, ci siamo fermati in questo campo deserto nella zona rurale di Maury County, poche miglia a est della città di Columbia, Tennessee. Forse anche Donna Stanton si è fermata qui fuggendo da Nashville e dai misteriosi demoni da cui si credeva inseguita». Tim le strizzò l'occhio in segno di approvazione; anche se la storia era poco plausibile, ammirava il modo in cui lei vi aggiungeva tensione drammatica e interesse per il pubblico.

Brandie spense il microfono e stette ansiosamente a guardare Kasey che vagava in silenzio e a passo lento in mezzo all'erba bassa, a una ventina di metri dalla strada. Rimase accanto alla jeep con Tim che poté usare il potente zoom per tenere Kasey sempre inquadrata, sperando che la maggiore distanza le permettesse di trovare più facilmente quello che stava cercando. Dubitava che servisse, ma sapeva di aver già espresso chiaramente il proprio scetticismo e non osava farlo di nuovo. Inoltre, l'angolazione e la ridotta profondità di campo assicuravano una migliore ripresa: una bella donna che si stagliava nitidamente sullo sfondo leggermente sfocato delle colline ondulate e degli innumerevoli rotoli di fieno primaverile.

Kasey piegò un ginocchio a terra e raccolse le stoppie dure e gialle rimaste dopo la falciatura. Ne portò una manciata al naso e aspirò il loro caratteristico aroma, un odore che aveva amato molto da bambina. A una trentina di metri da lei, Tim rise forte mentre immaginava Kasey in veste di segugio e la telecamera tremò per un secondo. Il piccolo errore tecnico bastò a fargli capire che doveva evitare qualsiasi coinvolgimento personale e filmare la vicenda come aveva fatto altre mille volte. Si rammentò che non occorreva credere per essere un professionista.

Brandie dominò a stento la sua impazienza aspettando che Kasey annunciasse che il posto era quello. Imprecò tacitamente per non aver pensato a mettere un microfono addosso alla sua star per captare quello che diceva, anziché affidarsi soltanto a quello della telecamera. A questa distanza, qualunque cosa dicesse Kasey sarebbe diventato un inutile guazzabuglio di parole smorzate e rumore del vento.

«Ci vuole un Tram», le bisbigliò Tim da un angolo della bocca, alludendo a un eccellente microfono senza filo quasi invisibile che si aggancia al colletto della camicia, mentre la minuscola trasmittente si fissa normalmente dietro alla cintura; le aveva letto nel pensiero vedendo aumentare la sua frustrazione a mano a mano che Kasey si allontanava da loro.

«Ne hai portato uno?», chiese lei sottovoce, poi si rese conto che probabilmente ne aveva portati parecchi, insieme a tutte le altre cose di cui potevano aver bisogno mentre erano in trasferta. «Grazie», disse muovendo solo le labbra quando lui annuì. Kasey si rialzò e tornò senza fretta verso la jeep, un'espressione sconfitta sul viso, e Brandie ebbe una stretta al cuore. «Che cosa c'è, Kasey?», le chiese quando tornò sulla strada.

Kasey si volse un momento a guardare il campo, poi si girò di nuovo verso Brandie e Tim. «È passata di qui, anche se non riesco a capire bene perché. Credo che a questo punto non fosse più sola. Continuo a vederla in un campo, fra due alberi, ma non come questi». Indicò con la mano un boschetto misto di querce e pini che cresceva sul bordo della strada dietro di loro.

Tim girò la telecamera per riprendere gli alberi.

«Dobbiamo proseguire», disse lei, guardando a est.

Le tre ore successive furono una deludente serie di ricordi confusi e di svolte sbagliate. Kasey sapeva di essere rimasta a est dell'autostrada quella notte – le luci di Columbia erano sparite dallo specchietto retrovisore mentre guidava – ma più cercava di rifare la strada che aveva percorso, più sembrava che le sfuggisse. JR poteva anche conoscere bene alcune zone di Maury County, ma a mezzogiorno era ormai tristemente palese a Kasey, se non a tutti, che questa zona non era fra quelle.

A un certo punto, le venne voglia di gridare: «Che cosa devo dire perché ci porti nel luogo che sto descrivendo da stamattina!». Era ugualmente frustrante per Brandie e Tim. L'entusiasmo con cui erano scesi dalla jeep e l'avevano seguita quando aveva creduto di sentire qualcosa che avrebbe potuto condurli a Donna Stanton era molto diminuito. Ora Tim abbassava semplicemente il finestrino e filmava dal sedile davanti, mentre Brandie abitualmente rimaneva seduta dietro, lo sportello aperto e il finestrino abbassato.

Kasey sentiva che il piano le stava scivolando fra le dita. I soldi, che diventavano anch'essi sempre più ipotetici ad ogni tentativo fallito, sembravano senza importanza; era squattrinata prima di quell'orribile notte e sarebbe sopravvissuta se lo fosse stata anche domani. Ma non intendeva farsi pedinare furtivamente da quell'essere immondo, Joeyboy, e non sopportava l'idea di lasciare Donna in un campo che ora sembrava impossibile trovare.

Cominciò a temere che la sua strategia avesse avuto l'effetto contrario a quello desiderato: inizialmente aveva programmato di fornire a JR soltanto le indicazioni strettamente necessarie per trovare il frutteto, temendo che un eccesso di informazioni dettagliate sulla scena del delitto sarebbe apparso poco plausibile, specie alla televisione e al pubblico invisibile che avrebbe poi seguito la trasmissione; non sapeva quanti veri sensitivi avrebbero potuto vederla e individuare facilmente ogni suo sbaglio.

Ora il suo piano era andato a gambe all'aria, lei aveva esaurito tutti i ricordi di quella notte, dalla fattoria semidiroccata e l'auto arrugginita e crivellata di pallottole, al numero esatto di fili spinati nel recinto che circondava il frutteto. Persino la curva della strada vicino al vecchio viottolo sterrato non era stata di aiuto. JR semplicemente non conosceva nessun campo o frutteto corrispondente alla descrizione che lei gli aveva fatto con tanta cura e dopo aver vagato per mezza giornata lungo ogni stradina della contea Kasey era più disorientata che mai.

"Per quanto tempo ho guidato quel lunedì sera?", gridò dentro di sé. "Sono andata verso est, o più verso sud-ovest?". Sapeva che la sua frustrazione era condivisa dagli altri componenti del gruppo. Stava diventando evidente a tutti che quel giorno non avrebbero trovato nessun corpo.

«Kasey», disse Brandie, prendendole la mano mentre se ne stava accanto alla jeep, un'espressione di collera, angoscia e sconfitta dipinta sul viso. «Stai bene? Non hai una buona cera».

«È così frustrante», esclamò lei. «Ce l'ho chiaro in mente come se ci fossi stata di persona, ma non riesco a trovarlo».

«È la prima volta che cerchi di localizzare un luogo preciso che hai visto in una delle tue visioni?», chiese Brandie.

Kasey sapeva che doveva trovare subito una risposta plausibile, altrimenti Brandie l'avrebbe mollata e le serviva il suo aiuto se voleva evitare di andare alla polizia. «È la prima volta che faccio un sogno come questo. Le altre volte ho visto soltanto qualcosa prima che accadesse e un paio di giorni dopo, è accaduto nella vita reale proprio come l'avevo sognato. Il luogo non aveva importanza, le immagini riguardavano *ciò* che accadeva, non *dove*. Questa volta non è così, questa volta ha importanza. Sto cercando di trovare un luogo, un luogo che a me sembra simile a mille altri. Pensavo che sarebbe stato più facile. Lo avevo così chiaro in mente quando ho iniziato».

«È ok, Kasey. Hai fatto del tuo meglio, lo sappiamo tutti», disse in tono comprensivo, malgrado l'amara delusione per essere rimasta senza il servizio a cui teneva tanto . Anche Tim assentì col capo; non credeva nei sensitivi più di quanto vi credesse all'inizio della giornata, ma credeva nell'impegno di Kasey e nel suo desiderio di trovare la donna scomparsa. La sua dedizione alla causa, per quanto basata secondo lui su premesse sbagliate, le aveva meritato il suo rispetto. Tim si vantava di essere, soprattutto, un uomo di princìpi.

«Forse questa non è la zona giusta», continuò Brandie, decisa a non rinunciare al servizio senza lottare. «È uno Stato molto vasto e ci sono un sacco di posti che si assomigliano. Se sei troppo stanca per continuare, smettiamo per oggi e andiamo in un motel. Possiamo ricominciare domattina, che ne dici?». Brandie aveva calcolato due giorni per trovare il corpo e, per Dio, li avrebbe usati per intero prima di mollare.

Pur essendo profondamente delusa, provava simpatia per l'altra donna. Era chiaro che Kasey aveva il cuore pieno di un'inquietudine di cui non riusciva a liberarsi e che la stava lacerando.

Quando vide gli occhi di Kasey riempirsi di lacrime, avrebbe voluto aiutarla, ma sapeva che non era in suo potere. Kasey avrebbe dovuto vivere con la sua sofferenza, come lei avrebbe dovuto vivere senza il suo Emmy.

JR, che era rimasto quasi sempre zitto, a quel punto parlò. «Hank Tanner potrebbe saperlo», disse in un tono casuale che gli altri udirono solo a metà, rivolgendosi al volante. «Sì, scommetto che se qualcuno può saperlo, quello è lui».

Tim girò lentamente il capo verso l'altro uomo e chiese con voce piatta: «JR, chi diavolo è Hank Tanner?».

JR fece un largo sorriso. «È l'ispettore stradale di questa zona fin da quando ero ragazzo. Conosce ogni centimetro quadrato di asfalto e di selciato della contea. Lui lo saprà, potete scommetterci».

Kasey guardò JR attraverso lo sportello posteriore aperto. Stava dondolando il capo in su e in giù e si chiedeva borbottando come mai non ci avesse pensato prima. Kasey si volse a Brandie, che a sua volta si volse a JR.

«Dove possiamo trovare questo Hank Tanner?», chiese in una maniera che gli altri interpretarono come: «Se questo Hank Tanner può aiutarci a trovare quel maledetto posto, perché diavolo stiamo ancora tutti fermi qui?».

Hank Tanner abitava in una modesta casa bianca con l'intelaiatura di legno all'angolo di Terrace Drive e Hillcrest, un quarto di miglio a nord di West 7th Street. Una volta tornati sulla 412, JR impiegò appena quindici minuti per raggiungere quel quartiere di Columbia, pulito, ma vecchiotto.

Conosceva bene la zona.

Hank Tanner stava terminando di pranzare più tardi del solito quando la jeep si fermò davanti alla casa. La sua falciatrice, usata di recente, stava ancora tintinnando e scoppiettando mentre si raffreddava sotto un albero accanto al vialetto di accesso. Le sue aiole erano tutta una profusione di splendidi fiori primaverili gialli, rossi e lilla, che risaltavano ancora di più contro il verde del prato e il bianco della veranda.

Hank guardò fuori dalla finestra della cucina e scorse due uomini e due donne, che era sicuro di non aver mai visto prima, salire a passo svelto i gradini della veranda. Posò il sandwich con salsiccia e formaggio su un piatto di carta e si spolverò la camicia da lavoro davanti allo specchio dell'entrata prima di rispondere al campanello.

Non riceveva spesso visitatori, almeno sconosciuti, e quattro tutti insieme doveva significare che qualcosa d'importante bolliva in pentola.

«Sì», disse garbatamente dopo aver aperto la porta quel tanto che bastava per mettere fuori la testa. Hank era un uomo sui sessantacinque anni con corti capelli grigi (i pochi rimasti). Non era ingrassato neppure di un'oncia da quando aveva quindici anni e le spalle strette, un po' cadenti, lo facevano apparire ancora più basso del suo metro e sessantacinque. Lavorava per la contea da quarant'anni, molto più a lungo di quanto lo stesso JR avrebbe potuto immaginare, ma aveva rinunciato ad andare in pensione come lui e sua moglie progettavano da trent'anni quando lei era morta all'improvviso tre anni prima.

Ora che la casa era più silenziosa di quanto lo fosse stata per la maggior parte degli anni che aveva trascorso fra le sue pareti, a Hank non dispiaceva avere compagnia, anche se si trattava di estranei.

«Ehi, signor Tanner», lo salutò JR da dietro il gruppo. «Sono io, JR Davenport».

«JR Davenport? Il figlio di Roy e Martha?»

«Sì, signore, sono io. Ho qui degli amici importanti che hanno bisogno del suo aiuto. Possiamo entrare un momento?».

Dopo che il resto del gruppo era stato presentato alla buona, come usa nelle cittadine di provincia, Tanner spalancò la porta e li accolse come persone di famiglia. Infatti tutti gli amici di JR Davenport, figlio di due confratelli della Chiesa di Cristo, Martha e Roy, erano suoi amici. «Vi andrebbe un sandwich con salsiccia e formaggio? Ne sto mangiando uno».

I quattro sorrisero all'unisono alla sua offerta, ma ciascuno si rammentò di essere digiuno da quasi sei ore. «Ottima idea, se non è troppo disturbo», rispose JR a nome di tutti, sapendo che il resto del gruppo poteva non essere molto pratico di ospitalità campagnola e quindi non rendersi conto che rispondere "no" a un'offerta di cibo era inaccettabile.

In campagna, se una persona sta mangiando e t'invita a unirsi a lei... mangi.

Ci vollero appena venti minuti per divorare i sandwich (Tim e JR ne mangiarono due ciascuno) e spiegare bene a Tanner di quale aiuto avevano bisogno. Lui si dichiarò più che disposto a collaborare ad un'impresa così importante e avventurosa, dato naturalmente che vi era coinvolto il figlio di Roy e Martha. Inoltre, i cinquecento dollari che Brandie aveva promesso di pagare in caso di successo più che compensavano il fastidio di dover terminare di tosare il prato martedì. Alle due e un quarto la jeep ripartì con un passeggero in più.

La caccia a Donna Stanton era ricominciata.

«Mi descriva ancora il frutteto», disse Tanner quando arrivarono all'ultimo posto che Kasey pensava di aver riconosciuto. «È sicura che gli alberi dov'è sepolta siano meli?».

Kasey ne era certa, ma ora, vista la difficoltà che aveva avuto JR a trovare il posto, cominciava a dubitare della sua memoria. «Credo di sì. Almeno, sembravano meli. Ma potrei sbagliarmi».

«Gira qui a destra, JR, e continua finché te lo dico io», disse Tanner, dirigendo la jeep in una strada ben tenuta a due corsie che correva fra due immensi campi di granturco.

Dopo cinque minuti, videro una radura sulla destra dove crescevano filari e filari di alberi da frutta piantati con cura e ben tenuti.

Tanner si sporse davanti a Brandie per chiedere a Kasey:

«Quelli sono meli, signora. È questo il posto?».

Brandie rimase a bocca aperta all'idea che Tanner li avesse condotti sul posto al primo colpo. Guardò subito Kasey per verificare.

Non era il posto giusto e Kasey lo capì subito. Scosse silenziosamente la testa.

Le spalle di Brandie si abbassarono.

Poi ad un tratto, mentre guardava i filari di meli fuori del finestrino, Kasey ebbe un lampo di memoria che le mozzò quasi il fiato. Sapeva che se fosse riuscita a snidarlo dal suo nascondiglio nella propria mente, sarebbe stato il pezzo del puzzle mancante, l'ultimo elemento chiave necessario per condurli fino a Donna Stanton; era un minuscolo frammento che era rimasto celato e silenzioso da quella orribile notte.

«Aspettate!», esclamò. Strinse il braccio di Brandie ed entrambe le donne trattennero il respiro per un attimo.

Tutti gli occhi erano puntati su Kasey.

«Devo scendere un momento», annunciò in tono claustrofobico. Spalancò lo sportello e cadde praticamente fuori dal veicolo.

L'obiettivo riprese ogni particolare e il microfono che portava attaccato al risvolto della giacca dalle dieci del mattino captò ogni sillaba.

Mentre Tim filmava e gli altri tre la osservavano attentamente dalla jeep, Kasey si diresse lentamente verso i primi due alberi del frutteto. Cercava disperatamente di ricomporre un nome senza riuscirvi; frammenti di parole le turbinavano dinanzi agli occhi della mente come tante lettere che volavano nell'aria alla rinfusa. Si sforzò di ricordare, vedendo ora chiaramente una vecchia insegna di legno con la vernice bianca tutta scrostata.

"Come si chiamava?", continuò a chiedersi. "Che nome era?".

Esattamente come aveva fatto Donna la sera della sua morte, Kasey s'inginocchiò sull'erba fra gli alberi e supplicò silenziosamente Dio d'intervenire; era ora di aiutare Donna nell'unico modo che poteva, di liberarla dalla tomba che non meritava, di fare sì che il martello della giustizia si abbattesse sul capo del bastardo che l'aveva sepolta lì.

Le lacrime le scorrevano sulle guance, ma le parole nascoste rifiutavano di svelarsi. «Oh, Dio», singhiozzò, «ti prego, mostrami il nome».

Sulla strada, a una decina di metri di distanza, Brandie era combattuta fra le sue ambizioni e la sofferenza che udiva nella voce di Kasey. Era chiedere troppo a chiunque; se non era possibile, non era possibile e basta. Descrisse questi angosciosi sentimenti al microfono, sorprendendo persino Tim con la sua sincerità.

Eppure, se fosse stato in suo potere porre fine al tormento di Kasey, permetterle di liberarsi da questa torturante chiaroveggenza, non avrebbe cambiato nulla; la storia era diventata troppo interessante... con o senza un cadavere.

Tim inquadrò sempre Kasey con la telecamera mentre le lacrime cominciavano a cadere sull'erba ai suoi piedi; udì la sua angosciata implorazione incidersi sul nastro. "Sia che trovi la Stanton o no", pensò, "questa è roba sensazionale".

Poi, in un remoto recesso del suo cervello, Kasey cominciò a vedere un pezzo di qualcosa dall'aspetto familiare. Le parole le scaturirono di bocca senza volere mentre il puzzle si componeva dinanzi a lei: «Acqua!», esclamò trionfante. «È Acqua qualcosa... no... Fattoria dell'Acqua qualcosa!».

«Fattoria dell'Acqua dolce?», chiese subito Tanner, colmando la lacuna.

«Sì, oh Dio, sì!», urlò di nuovo, alzandosi e tornando di corsa alla jeep. «È alla Fattoria dell'Acqua dolce, fra i primi due alberi del filare in fondo alla collina, il più vicino al vecchio recinto di filo spinato».

Kasey sorrise per la prima volta in tutta la giornata, forse il primo vero sorriso da una settimana. Poi la tristezza prese rapidamente il suo posto, spazzando via la gioia in un'ondata di ricordi satanici. "Finalmente ti toglieremo da quell'orribile luogo, Donna", pensò, sebbene sembrasse una ben misera consolazione per non aver fatto nulla quella notte. "Almeno ti porteremo a casa".

Capitolo quindicesimo

Alle 4,45 del pomeriggio la jeep si fermò lentamente in cima a un colle, proprio davanti a un vecchio recinto e cancello che avevano visto giorni migliori. Sopra di essi, un'insegna bianca mezza marcia annunciava pateticamente che la FATTORIA DELL'ACQUA DOLCE (o quella che un tempo era stata una fattoria) si trovava subito al di là della scritta nera scolorita.

Sebbene ogni componente del gruppetto avesse cercato questo luogo per motivi suoi, più o meno come i cavalieri di Artù avevano cercato il Graal e i pellegrini la libertà religiosa, ciascuno di loro, trovandosi davanti a questo santuario profano, ora meditava sulla legittimità della sua ricerca.

Se ne stavano fianco a fianco, in silenzio, all'entrata del frutteto, come bambini fuori dal muro di un campo di baseball, e guardavano tutti il luogo che Kasey aveva visto in sogno; era esattamente come lei lo aveva descritto e li lasciava senza fiato.

Brandie fu la prima a rompere il silenzio quasi religioso. «È questo il posto, Kasey?», chiese rispettosamente, incapace di staccare gli occhi dal pezzo di terra fra la prima coppia di alberi del filare in fondo al pendio.

Sebbene fossero sicuri della risposta, la fissarono tutti mentre confermava le loro speranze e i loro timori con un lento, doloroso cenno di capo.

«Prendi la telecamera, Tim», ordinò Brandie, costringendo i propri sentimenti a cedere il passo alla storia: la sua storia. «JR, vedi se riesci ad aprire quel cancello. Altrimenti, sfondalo con la jeep. Non sono certo venuta fino qui per essere fermata da uno stupido cancello».

«Questa è proprietà privata», protestò subito Tanner. «Non potete gironzolare là dentro senza permesso».

«A chi appartiene?», ribatté Brandie. «Lo chiamo al telefono in due secondi».

«Ora... uh... appartiene alla contea. Il precedente proprietario morì senza eredi e la contea la rilevò in conto tasse qualche anno fa. Paga qualcuno per tagliare l'erba e la gente del posto viene a cogliere la frutta che trova sugli alberi. Nessuno lavora più i campi, capisce...».

«Chi ha dato il permesso ai locali di cogliere la frutta?», chiese ancora lei.

«Permesso? Uh... nessuno... immagino. Lo fanno e basta».

«Splendido. Meraviglioso». Un sorriso le sfiorò le labbra. «Penso che andremo anche noi a cogliere un po' di quelle mele così generosamente offerte al pubblico e se nel farlo c'imbattiamo per caso nel corpo di Donna Stanton, beh, buon per noi». Fissò Hank Tanner dritto negli occhi e l'esile ometto sembrò rimpicciolirsi di parecchi centimetri. «Ha qualcosa da ridire se cogliamo un po' di "frutta comunitaria", signor ispettore stradale della contea?»

«No, immagino di no. E sono... um... vice ispettore stradale...».

Brandie non lo ascoltava più. La sua mente era già rivolta al prossimo ostacolo che si ergeva fra lei e il suo Emmy.

Gli ordini impartiti da Brandie con voce brusca fecero scattare Tim e JR. Kasey, invece, se ne stette lì, ferma e muta, incapace di dominare i sentimenti che volteggiavano dentro di lei, come moscerini estivi intorno al lume di una veranda.

La notte di orrore era tornata ed era peggio di quanto lei avesse temuto. Non voleva più giustizia o ricompense: non voleva più entrarci.

Voleva soltanto andare via.

«Salta su, Kasey», disse Brandie, sperando di scuoterla dallo strano torpore in cui sembrava caduta. «Devi mostrarci dov'è esattamente». Capì subito di aver parlato al muro.

Le andò vicino. «Che cos'hai, Kasey?».

Tim, con un nuovo nastro e nuove batterie nella Betacam, stava filmando le due donne.

«Non posso andare lì dentro», disse Kasey a voce bassa, ma decisa.

Brandie doveva tentare. «Perché no, Kasey? È necessario. Devi terminare quello che hai cominciato».

«Non avete bisogno di me. Lei è lì, esattamente dove ho detto io. Non posso proprio andare lì dentro».

«Devi, Kasey».

«Non capisci...».

«Kasey, ascolta...».

«Non hai sentito?», scattò lei. «Non posso! Non voglio. Non ha faccia!».

Brandie e Tim furono impressionati dalle parole inattese. La giornalista cercò una risposta: la telecamera continuava a filmare. «Non ha faccia? Non capisco, Kasey. Che cosa significa, non ha faccia?».

Kasey si limitò a fissare gli alberi in silenzio, sorda alle insistenze dell'altra donna.

Brandie non si spiegava perché Kasey fosse così riluttante, dopo aver cercato la donna scomparsa con tanto impegno per tutta la giornata, ma capiva che non avrebbe cambiato idea. Rifletté velocemente, riscrivendo il suo approccio alla conclusione del servizio il più in fretta possibile. "Sì, così andrà bene", decise dopo un momento. "Potrebbe persino riuscire meglio in questo modo". Si passò un dito sotto la gola e la registrazione s'interruppe. «Tim, posso parlarti un attimo?». Si appartò con il cameraman dietro la jeep mentre JR e Hank Tanner lottavano con il vecchio cancello. «Avrai capito che non viene giù con noi», gli disse.

«Sì, ho avuto quell'impressione». Girò la testa e lanciò uno sguardo a Kasey che fissava silenziosamente il frutteto. Lui non aveva idea di che cosa le passasse per la mente, ma la sua espressione angosciata la diceva lunga sul tormento che le ribolliva dentro. «Qualcosa l'ha sicuramente scombussolata tutto a un tratto. Che cosa intendeva con quel "non ha faccia"?»

«Non ne ho la minima idea».

«Se lei rimane qui, come vuoi girare questa scena, allora?»

«Pensavo di girarla da due angolazioni, una dentro la jeep mentre scendiamo la collina verso il punto indicato da Kasey e l'altra da un punto fra gli alberi, magari in basso, addirittura rasoterra se trovi l'inquadratura giusta. Stai attento a inquadrare sempre Kasey mentre ci avviciniamo alla tomba la seconda volta. Non vuole scendere giù, ma penso di convincerla a mettersi accanto al cancello, proprio lì». Brandie indicò un punto a sinistra del cancello. «Metteremo insieme le due metà in studio. Potrebbe riuscire bene così: la sensitiva turbata, con il cuore troppo angustiato per andare vicino alla tomba che solo lei ha permesso di localizzare».

«Mi sembra degno di Hollywood». Tim fece un respiro profondo e soffiò fuori l'aria per scaricare la tensione. Volse gli occhi verso i due meli più vicini in fondo al pendio, poi di nuovo a Brandie. «Pensi che la troveremo davvero... sai... sepolta laggiù?».

Brandie si era posta la stessa domanda dall'inizio della caccia, ma non era stata in grado di rispondere prima di arrivare al frutteto. Anche lei inspirò ed espirò rumorosamente, poi disse con voce tremante di aspettativa: «Gesù, Tim, non lo so. Una parte di me spera di sì, sai, la giornalista; ma devo confessarti che una parte più grande, quella femminile, spera che si stia abbronzando il suo bel culetto di lusso in Florida e che questo sia tutto tempo ed energia sprecati».

«Credi che possa essere stata una perdita di tempo?».

Lo sguardo di Brandie scivolò oltre Tim verso lo stesso paio di alberi che lui aveva fissato un momento prima. «Credo che lei sia laggiù, proprio dove ha detto Kasey».

Tim rabbrividì come se un vento freddo gli avesse sfiorato l'anima. Ripeté la domanda di prima: «Lei ha detto che la Stanton non aveva faccia. Che cosa diavolo significa?».

Brandie si strinse nelle spalle e scosse il capo. «Non ne ho idea, Tim, ma mi ha fatto venire i brividi. Facciamo questa cosa prima che cambi parere».

Con la prima sequenza già registrata su nastro, Tim Arnold cercò un'angolazione fra gli alberi che gli permettesse d'inquadrare Kasey mentre la jeep ripeteva la sua lenta discesa verso l'angolo del frutteto. Le due angolazioni avrebbero offerto maggiori spunti artistici più tardi, in fase di montaggio.

Mentre s'inginocchiava nell'erba che gli arrivava alla caviglia, tenendo quasi rasoterra la Sony Betacam da quindici chili, perse l'equilibrio; la sua mano sinistra (la destra era bloccata dalla cinghia che circondava l'obiettivo) si allungò istintivamente avanti cercando di appoggiarsi sulla terra dura. Invece trovò un avvallamento morbido che cedette sotto il suo peso.

Cadde sul fianco sinistro e la telecamera gli piombò addosso.

La caduta improvvisa lo stordì e giacque un momento sull'erba prima di muoversi. Fu allora che notò che la sua faccia, anzi l'intero corpo che sarebbe dovuto essere a livello del terreno, si trovava parecchi centimetri più in basso dell'area circostante.

"Oh, Dio! Sono disteso nella tomba!". Balzò in piedi come se l'avesse morso una tarantola e si ritrasse dal punto dov'era caduto più in fretta che poteva senza perdere di nuovo l'equilibrio, lo sguardo inchiodato sull'avvallamento.

Brandie, che aspettava il segnale di Tim per iniziare la discesa, aveva visto tutto. Ordinò a JR di tornare subito ai piedi della collina, balzando praticamente fuori dalla jeep quando erano quasi in fondo.

«Che cosa diavolo succede, Tim?». Corse da lui. «Stai bene?».

Tim Arnold era sull'orlo del panico, il volto cinereo, il respiro ansimante. «È lei», annunciò fissando il terreno, l'intero avvallamento ora visibile dal punto dove si trovava.

Brandie seguì il suo sguardo. Impiegò qualche secondo per distinguere le vaghe linee della fossa di sessanta centimetri per due metri. «Non posso crederci», mormorò, impreparata a quella vista. Poi anche lei si ritrasse, come se Donna Stanton potesse effettivamente allungare una mano e afferrarle la caviglia.

JR e Hank Tanner li raggiunsero sull'orlo dell'avvallamento, farfugliando parole confuse di meraviglia e incredulità.

«Che cosa facciamo?», chiese Tim, la telecamera ancora in terra, mezza rovesciata dentro l'avvallamento.

Brandie si dominò con uno sforzo di volontà. «Tanto per cominciare, ti suggerisco di raccogliere quella telecamera da cinquantamila dollari e vedere se funziona. E prega che sia così perché ho idea che ci servirà ancora».

«No... voglio dire, è lei... è qui... morta e sepolta. Non ci credevo, ma è proprio lei. Dobbiamo chiamare i poliziotti».

Brandie la giornalista era subentrata a Brandie la donna comprensiva e l'adrenalina le scorreva nelle vene. «I poliziotti?», fece in tono incredulo e concitato. «Non li possiamo ancora chiamare. Prima dobbiamo assicurarci che lei sia veramente qui...».

«Come?», interruppe in fretta Tanner. Questa faccenda era andata molto oltre le sue previsioni.

«Scavando, naturalmente, a meno che *lei* sia in grado di vedere sottoterra». Tanner non era affatto sicuro di approvare questa parte del piano ma non aggiunse altro per il momento.

Comunque Brandie lo avrebbe ignorato.

«Poi», continuò, «supponendo che troviamo il suo corpo, possiamo telefonare alla polizia. Qualunque cosa succeda d'ora in avanti, Tim, lo voglio su nastro».

JR continuava a balbettare. «Ma non stiamo alterando la scena di un delitto? Non rischiamo di cacciarci in un grosso guaio?», chiese guardando Brandie per assicurarsi che sapesse il fatto suo.

«Vedi la scena di un delitto?», replicò lei.

Lui guardò il terreno ai suoi piedi come per dire: «Sì, proprio lì».

«Cosa? Quello? Vedo soltanto un avvallamento nel prato. Personalmente non so che cosa ci sia sotto e lo stesso vale per il resto di noi».

«Ma, il sogno di Kasey...».

«I sogni non possono essere considerati fatti concreti, amico mio. *Se* troviamo qualcosa d'interessante per la polizia, tipo un corpo, sarò la prima a informarla. Non toccheremo più nulla da quel momento in poi: niente reato, niente punizione. Semplicissimo.

Ora, stiamo perdendo tempo prezioso. Prendi la pala, JR, quella dannata telecamera che è ancora lì per terra, Tim, e facciamo un bel servizio». Batté forte le mani due volte e si diresse verso la jeep.

Tim raccolse con cautela la telecamera, come se fosse stata un enorme osso giacente sotto il naso di un mastino addormentato, e la controllò accuratamente. Sembrava ancora perfettamente funzionante: il fabbricante l'aveva progettata per resistere a ben più di un piccolo capitombolo nell'erba. Brandie afferrò i suoi appunti e cominciò a ripassare mentalmente la sceneggiatura, lavorando sui punti salienti e la presentazione. JR, con riluttanza, prese la pala dal comparto posteriore dove l'aveva messa prima di partire. Non era molto entusiasta di questo particolare incarico; avrebbe preferito starsene al volante.

«Piazzati lì, Tim, in modo da inquadrare contemporaneamente JR, la jeep e Kasey. Dovrebbe risultare forte, drammatico. Io starò a qualche passo da JR, sulla destra, e racconterò la storia mentre lui scava. Che te ne pare?».

Era facile inquadrare insieme l'avvallamento, Brandie, JR e la jeep, ma Kasey era a oltre cento metri di distanza e in cima a un pendio. Tim impiegò parecchi minuti per trovare la posizione giusta da dove girare. Quando ebbe tutti gli elementi nel mirino, compresa Kasey, sembrò soddisfatto. «Posso riprendere tutto da qui, ma Kasey sarà sfocata».

«Perfetto. Sembrerà fatto apposta, noi qui, lei isolata». La giornalista fece un respiro profondo e dette una pacca sulla schiena al suo ansioso e riluttante becchino. «Pronto, JR?», chiese.

Pur annuendo col capo, era tutt'altro che pronto.

Tim cominciò a girare.

JR poggiò lo scarpone sulla lama della pala e la conficcò nel terreno, all'estremità dell'avvallamento più lontana da Tim.

Affondò più facilmente di quanto lui si aspettasse e smosse una grossa zolla di terra, ma niente altro.

Lui emise un sospiro di sollievo e guardò Brandie che gli fece cenno di continuare. Tim aveva fatto una lenta e ampia panoramica zumando sulla tomba e ora si concentrava esclusivamente sulla lama della pala.

JR affondò di nuovo la pala che anche questa volta ripagò i suoi sforzi soltanto con erba e terriccio. Brandie aggrottò la fronte, sapendo che la telecamera non avrebbe captato la sua espressione.

Due volte ancora la pala portò alla luce soltanto terra scura e grassa.

Al quinto tentativo, la lama stentò a entrare e così pure JR. Brandie sentì mancarle di nuovo il respiro. «Continua, per favore», sussurrò. JR ansimò.

Quando premette il pesante scarpone da lavoro sulla pala e rovesciò la lama, le due metà di una radice spezzata sbucarono fuori dal terreno con uno schiocco che li fece sussultare tutti e tre.

Tanner, rimasto nella jeep, sobbalzò anche lui, sebbene non potesse vedere lo scavo dalla sua posizione, cosa che gli andava benissimo.

JR, che non vedeva l'ora di finirla, spostò la lama di qualche centimetro verso il centro dell'avvallamento, sempre dalla parte opposta a Tim, e fece forza sulla pala con tutto il suo peso. La pala resisté al suo tentativo inziale di estrarre la terra perché ne aveva presa troppa, pensò lui. Inclinò il manico indietro, verso il basso e disse a Brandie di spostarsi un po' a destra per lasciargli più spazio di manovra.

Intanto la giornalista non smetteva mai di parlare, la voce bassa e reverente, sempre rivolta al pubblico invisibile.

JR si appoggiò sul lungo manico di legno, cercando di sollevare tutta la palata di terra. Il manico cedette all'improvviso e lui finì lungo disteso.

Nel tendergli una mano per aiutarlo a rialzarsi, Brandie notò i resti raggrinziti e putrefatti di un piede femminile che sbucavano dal terreno, i muscoli inerti parzialmente divorati dai vermi che si contorcevano sotto la pelle pallida; le ossa scoperte delle dita chiaramente visibili, ormai spogliate della carne che fino a poco tempo prima era stata viva e vibrante, capace di avvertire la calda morbidezza della lussuosa moquette di lana o il freddo pizzicore delle mattonelle di ceramica.

L'urlo le uscì dal profondo delle viscere, la realtà molto superiore a quello che la sua mente aveva immaginato o avrebbe creduto possibile. Tim per poco non vomitò e dovette tenere l'occhio incollato al mirino bianco e nero per rimanere nel mondo della finzione, lontano dalla realtà della morte e della putrefazione. JR, che si stava rialzando, crollò di nuovo a terra, le gambe troppo malferme per sorreggerlo. Tanner, che non si era mosso, si coprì gli orecchi con le mani e strizzò gli occhi il più possibile, come un bambino al suo primo film dell'orrore che cerca d'impedire ai mostri sullo schermo di venire a scovarlo nella sua poltrona.

In cima alla collina, Kasey si mise a piangere. Aveva udito l'urlo di Brandie e sapeva che la ricerca di Donna Stanton era finalmente terminata.

«Adesso tocca a te, maledizione!», imprecò silenziosamente, mentre le lacrime cominciavano a scorrere a fiumi su una faccia che ora sembrava più vecchia che alle otto di quella mattina. Serrò il pugno, battendolo più volte con rabbia sul montante di legno del cancello. «Ormai non ci vorrà molto, Joeyboy, sporco bastardo. Presto verranno a prenderti!».

Capitolo sedicesimo

Buddy Williams accettò di parlare al telefono con Taylor, pur essendo in riunione con Warren Slade e il coordinatore della sua campagna elettorale, Fred Martin. Sebbene la sua mente fosse tutta concentrata sulla sua rielezione, la segretaria gli fece presente che era molto urgente e che il capo della squadra investigativa avrebbe atteso al telefono finché il governatore non gli avesse parlato. William si chiese perché Taylor non si degnasse mai di seguire la normale scala gerarchica, passando prima attraverso Slade, invece d'insistere sempre per parlare direttamente con lui. Decise di parlare al capo Harvey della mancanza di rispetto del suo vice.

William premette il tasto lampeggiante sopra la linea quattro: «Sì, Taylor, che cosa diavolo c'è di tanto urgente da richiedere la mia personale attenzione?»

«L'hanno trovata, signore».

«Hanno trovato chi, per amor del cielo?». Williams odiava gli indovinelli.

«Donna Stanton. Almeno sembra che sia lei. Lo sapremo fra un paio di giorni, quando sarà stata completata l'autopsia. Sto andando lì adesso. Ho pensato bene d'informarla».

Williams fece cenno con la mano libera a Warren Slade di prendere l'altra linea. Slade indicò silenziosamente la porta prima di alzare il telefono accanto alla sua sedia, segnalando così a Fred Martin di andare ad aspettare in anticamera finché non lo richiamavano. Martin scomparve, chiudendosi dolcemente la porta alle spalle.

«Andando dove? Non potrebbe essere un po' più preciso, capo Taylor?»

«Sembra che Brandie Mueller e una troupe del telegiornale

abbiano trovato i resti di una donna, presumibilmente Donna Stanton, in un campo o un frutteto o roba del genere in Maury County, un paio di miglia a est di Columbia. Mi ha chiamato Stewart Parker di Canale 9 subito dopo aver parlato al telefono con la Mueller. Pare che lei seguisse una soffiata che aveva avuto in precedenza e che abbia trovato il filone d'oro, se mi passa l'espressione».

«È proprio sicuro che sia il corpo di Donna Stanton?», chiese Williams, mentre un nodo gli serrava lentamente lo stomaco.

«No, signore, posso dire soltanto che Brandie Mueller ne è convinta, almeno secondo Parker. Non ho parlato con lei personalmente».

«Parker ha detto che hanno trovato qualcosa oltre al corpo? Ha parlato delle pagine e dei nastri mancanti?».

"Che porco", pensò Taylor. "Non gl'importa un accidente della donna che ha inciso i nastri".

«Non ne ha fatto menzione. Perché le interessa, signore?». Jordan Taylor appoggiò disinvoltamente i piedi sulla scrivania.

Williams ignorò la domanda. «Ha detto che la Mueller aveva avuto una soffiata. Che tipo di soffiata? Da chi veniva?», insisté con impazienza.

«Le ho detto tutto quello che so per il momento, governatore. Non ne saprò di più fino a stasera. Sto portando i miei agenti della scientifica sulla scena del delitto. Spero che lo sceriffo locale – mi pare che si chiami Smith – non trovi da obiettare sul fatto che ci occupiamo noi del caso».

«Lo sceriffo Smith non vi darà problemi. Manderò Slade ad accompagnare lei e la sua squadra». Slade ridacchiò all'udire la proposta di Williams. Sapeva quanto Taylor lo detestasse.

Taylor fece una smorfia all'idea. «Non sarà necessario, signore. Posso vedermela io con Smith. Inoltre, questa faccenda è di competenza della polizia».

«Slade verrà con voi e basta. Potete passare a prenderlo qui, strada facendo. Ho la possibilità di appendere per i calcagni

Bill Monroe per l'omicidio di Donna Stanton e non intendo farmi sfuggire una simile occasione per mancanza di una comunicazione chiara e diretta con questo ufficio. Sono stato chiaro, capo Taylor?»

«Lei presume che Monroe sia implicato in qualche modo nella morte della Stanton. Non le sembra un'ipotesi piuttosto ardita, signore? Diavolo, potrebbe non essere nemmeno il corpo della Stanton». Taylor provava una crescente antipatia per il capo dell'esecutivo che già disprezzava e detestava l'idea di trovarsi sul groppo il suo tirapiedi, Slade.

«Chi altro potrebbe averlo fatto?», chiese Williams in tono incredulo.

«Oh, se non le dispiace, signore, direi che ci sono almeno altre dodici persone che potrebbero rientrare in quella categoria». Il suo sarcasmo non era ben mascherato.

«Ma mi dispiace, Taylor. Un simile atteggiamento serve soltanto a permettere a un colpevole di farla franca. Non è quello che mi sarei aspettato dal futuro capo della polizia metropolitana».

Non era la prima volta che *quella* carota veniva fatta dondolare in faccia a Taylor. «Bene, signore. Cercherò di non avere preconcetti».

«Quando sarete pronti a partire?»

«Fra dieci minuti. Appena arriva Polaski».

«Anche Slade sarà pronto allora. Vi aspetterà all'entrata posteriore».

«Passeremo a prenderlo partendo».

Taylor sorrise all'altro capo del filo, un sorriso che era meglio che Williams non vedesse. «Oh, signore, se poi risulta che è proprio Donna Stanton, manderò uno dei miei uomini al suo ufficio a prendere i nastri e il diario; verranno usati come prove nell'indagine sull'omicidio».

Williams e Slade si lanciarono un'occhiata acida attraverso la stanza. «Se è la Stanton, capo Taylor».

«Dica a Slade che non aspetterò».

«Sarà pronto».

Williams mise giù il telefono e aprì il cassetto della scrivania. Ne estrasse la grande busta di manilla contenente il diario e la custodia di plastica con i nastri. «Passeranno dieci minuti prima che Taylor arrivi qui e altri quarantacinque minuti prima che arriviate a Columbia. Perciò ho quasi un'ora di tempo per far copiare tutta questa roba prima che lui possa mandare uno dei suoi tirapiedi a ritirarla». Posò la mano sulla busta. «Non ho intenzione di perdere le informazioni contenute qui dentro soltanto perché un boy scout pensa di conoscere la legge. Uscendo, mandami Dorothy».

L'altro non mosse un muscolo all'ordine.

«Se non ti dispiace, Warren», aggiunse educatamente Williams.

Slade non si curò di chiudere la porta dell'ufficio uscendo.

Il governatore scosse la testa in un gesto di frustrazione e si chiese come diavolo si fosse cacciato in una situazione così avvilente.

Quando la piccola carovana proveniente da Davidson County si avvicinò all'entrata della Fattoria dell'Acqua dolce, venne fermata da un paio di agenti in uniforme che stavano in mezzo alla stradina stretta, a una trentina di metri dal cancello. Dall'auto di testa, Taylor poteva vedere un fermento di attività al cancello, comprese parecchie persone in abiti civili raccolte intorno a una jeep bianca che apparteneva palesemente a Canale 9. Non poteva scorgere nulla oltre il cancello: un piccolo dosso sul bordo della strada ostruiva la vista del frutteto.

Mentre Taylor apriva lo sportello, uno degli agenti si avvicinò e lo richiuse con una spinta, prendendogli la gamba fra lo sportello e il montante.

«Non occorre che scendiate, ragazzi, abbiamo la situazione sotto controllo. Potete risparmiare un sacco di tempo e di fatica e tornarvene alla capitale dello Stato e alla vostra giurisdizione. O forse non vi eravate accorti di essere appena un pochino fuori dal vostro territorio?». L.C. Smith, un uomo alto e tarchiato sulla cinquantina, era stato sergente maggiore e pugile nel Corpo dei Marines per undici anni prima di tornare a casa a Columbia e diventare poliziotto. Se c'era una cosa che L.C. Smith odiava, era che si mettesse in dubbio la sua autorità.

Taylor sapeva di Smith, ma non lo aveva mai incontrato.

«Sceriffo Smith, sono Jordan Taylor, capo della squadra investigativa. Non siamo sicuramente venuti per...».

«Siete venuti per non fare niente, Taylor, altro che guardare dalla strada, se lo desiderate. Ripensandoci, perché non ve ne tornate nella grande città e vi occupate dei vostri problemi. Dio sa che non vi mancano. Noi qui ce la caviamo benissimo». Smith si chinò verso il finestrino di Taylor come per dare maggior rilievo alle sue parole.

I suoi occhi incontrarono quelli di Warren Slade, l'unico uomo in tutto lo Stato per il quale Smith provava un sentimento affine alla paura. Sapeva che Slade aveva il potere di creare o distruggere una carriera e lo aveva fatto spesso; era un potere che lo sceriffo rispettava. «Oh, salve, signor Slade, non l'avevo vista. Non avevo idea che questo caso interessasse a lei e al governatore. In che posso essere d'aiuto, signore?».

Taylor vide l'espressione sul viso di Smith trasformarsi da arrogante a umile in meno di un secondo. Volse lentamente lo sguardo all'uomo seduto alla sua destra.

«Come lei sa, sceriffo Smith, la legge del Tennessee stabilisce che la giurisdizione oltrepassa i confini delle contee ogni qualvolta si ritiene che sia stato commesso un delitto in un'altra contea. Poiché sembra che la situazione sia appunto questa, il governatore vuole che la sua squadra si occupi del caso. Si assicuri soltanto che nessun giornalista della Tv o della carta stampata si avvicini al frutteto e dica ai suoi uomini di usare la massima discrezione nel parlare di questa faccenda per radio. Il governatore Williams non vuole che i media si scatenino. Non mancherò di fargli parola della sua collaborazione».

«Certamente. Nessun problema, signor Slade. Nessun membro della stampa arriverà a meno di un miglio da questo posto. Che cosa vuole che faccia riguardo alla troupe che è già qui?».

Taylor trovò imbarazzante il suo servilismo. «Li lasci stare», disse seccamente, spazientito. «Anche noi vogliamo parlare con loro. Ora, possiamo passare?»

«Certamente. Lasciateli passare», urlò Smith al resto dei suoi uomini in cima alla collina. Si toccò rispettosamente la tesa del cappello al passaggio di Slade.

Quando Brandie Mueller vide l'auto di Taylor entrare nel frutteto, acchiappò Tim e i due corsero verso di essa, telecamera e microfono puntati come un paio di pistole, pronti a dare battaglia.

Taylor parcheggiò la macchina all'interno del cancello, sulla destra, vicino al recinto, mentre l'altra auto, carica di detective, si fermò a sinistra, pure vicino alla strada, permettendo così al terzo veicolo, il furgone della scientifica, di passare nel mezzo e fermarsi subito dopo la vecchia insegna di legno. Taylor e Slade scesero dalla macchina proprio quando arrivava la giornalista. Tim stava già girando.

«Capo Taylor, qualche teoria su chi potrebbe essere responsabile dell'omicidio di Donna Stanton?». Brandie gli piantò il microfono in faccia. Solo allora si accorse che l'altro uomo era Warren Slade e ritirò il microfono prima che Taylor potesse parlare. «Signor Slade, l'ufficio del governatore s'interessa ufficialmente a questo caso e se è così, di quale natura è questo interesse?». Adesso fu l'altro uomo a trovarsi la canna della pistola puntata in faccia.

Slade afferrò l'estremità sporgente del microfono e glielo strappò di mano, gettandolo sul sedile anteriore dell'auto di Taylor come se fosse stato un giocattolo da pochi soldi anziché un costoso apparecchio.

«Che cosa diavolo crede di fare?», urlò lei. Era stanca di vedersi strappare via il microfono dagli uomini.

«La bottega chiude, signorina Mueller. Capo Taylor, faccia allontanare questi due da uno dei suoi uomini finché non avremo esaminato la scena del delitto e completato l'indagine».

Tim abbassò la telecamera.

«Non può farlo, figlio di puttana», scattò Brandie. «Ovviamente non ha mai sentito parlare del Primo Emendamento. Non andiamo da nessuna parte!».

«Oh, sì, eccome!», urlò Slade, perdendo le staffe. «Ovviamente, lei non ha mai sentito parlare di ostruzione del corso della giustizia: ha intenzionalmente occultato informazioni riguardanti un omicidio, alterato la scena di un delitto, interferito continuamente in un'indagine ufficiale...».

«Aspettate un momento, voi due», s'intromise Taylor in veste di arbitro, anche se il violento battibecco fra i due lo divertiva. «Qui siamo tutti dei professionisti. Sono sicuro che la signorina Mueller non voleva insinuare nulla con le sue domande. Sta solo facendo il suo lavoro, esattamente come noi». Le lanciò uno sguardo severo che celava un avvertimento. «So che non farà né dirà nulla che possa interferire in alcun modo nella nostra indagine ufficiale, compreso disturbarla ancora, signor Slade. Dico bene, signorina Mueller?». Il suo sguardo le consigliò di assentire subito se non voleva essere lasciata alle prese con Slade.

Pur avendo la quasi certezza di non poter essere effettivamente processata per le accuse minacciate da Slade, la prospettiva di finire in prigione per ventiquattr'ore e perdere l'esclusiva la spaventava molto più del pensiero della prigione stessa. «Sì, dice benissimo, capo Taylor. Siamo qui soltanto per aiutarvi ad arrivare alla verità. Cercheremo di non starvi fra i piedi mentre fate il vostro lavoro». Cercò un segno di capitolazione negli occhi di Slade.

«Dopo tutto, Warren, dobbiamo ringraziare la signorina Mueller per aver localizzato Donna Stanton. Merita un po' di riguardo per questo, non le pare?».

Slade aveva ancora un'espressione acida. Guardò in faccia Brandie. «Non mi venga davanti, Mueller. E stia lontana da quella dannata radio. Da qui non esce una parola finché la squadra di Taylor non ha terminato le indagini e io le do l'ok? Sono stato abbastanza chiaro?».

"Sì, certo", pensò Brandie. "Perché non censuri anche i videotape prima che li mandiamo in onda, bastardo?".

«Chiarissimo, signor Slade», sorrise asciutta.

Slade si diresse verso il furgone della scientifica dove Barnie Polaski e i suoi uomini aspettavano ordini.

Taylor guardò Brandie. «Come esattamente è venuta in possesso dell'informazione che l'ha condotta qui, signorina Mueller?», chiese, pur sapendo che la fonte era sicuramente anonima e sarebbe rimasto sbalordito se lei gliel'avesse rivelata.

«Via, capo Taylor, ci conosciamo da anni. Non è ora di chiamarmi Brandie?»

«Facciamo a cambio. Mi chiami Jordan. Non sento altro che "capo" dalla mattina alla sera».

«Affare fatto», rispose lei con un sorriso sincero. Era la prima volta che si parlavano cortesemente.

Lui guardò in fondo al pendio dove si trovavano ancora JR e Hank Tanner. «È lì che avete trovato il corpo, Brandie?».

Lei annuì in silenzio.

Taylor fece cenno a Vanover e al resto dei suoi uomini. «Ok, Pete, vediamo che cos'abbiamo qui. Di' a Barnie e ai suoi uomini di mettersi subito al lavoro sul luogo della tomba. La troverete laggiù, fra quegli alberi». Indicò JR e Tanner. «Voglio sapere al più presto possibile se il corpo è quello di Donna Stanton. Voi quattro setacciate accuratamente tutta l'area, conoscete la procedura. Questa volta facciamo le cose in piena regola». Guardò il cielo a occidente. «Abbiamo ancora un'ora, un'ora e mezza di luce prima di dover usare i riflettori. Sfruttiamola bene».

Vanover e gli altri tre detective si diressero verso Barnie e il furgone della scientifica. Dopo una breve conversazione, seguirono il furgone giù per la collina. Brandie fece cenno a Tim di seguirli, ma senza star loro addosso. Tim assentì di buon grado e appoggiò di nuovo la telecamera sulla spalla.

«Ora, Brandie», disse Taylor prendendole il braccio. «Lei e io dobbiamo fare due chiacchiere».

Barnie Polaski lavorava come medico legale per la polizia metropolitana di Nashville da oltre vent'anni e ora dirigeva anche il servizio di medicina legale di Davidson County. Sebbene Polaski avesse messo insieme un'ottima équipe di assistenti e di antropologi forensi, il "professore" era ancora quanto di meglio il dipartimento avesse a propria disposizione. Ogni qualvolta si presentava un caso delicato che richiedeva il suo tocco magistrale, Barnie veniva strappato al suo lavoro nell'ufficio al seminterrato e invitato a dirigere l'indagine. Questo lo irritava e lui non si peritava di esprimere la sua contrarietà. Sebbene avesse nostalgia del lavoro sul campo, non lo avrebbe mai confessato a nessuno. Quando Taylor aveva saputo da Stewart Parker che il cadavere scoperto da una sua giornalista poteva essere quello di Donna Stanton, aveva mandato a chiamare Polaski.

«Allora, chi di voi due tontoloni ha trovato il corpo?», chiese Vanover quando arrivò in fondo al pendio.

«Io, immagino», rispose JR in tono esitante. «Almeno, sono stato io a dissotterrarla... voglio dire, il suo piede. Ho dissotterrato solo il piede... e poi ho smesso». La polizia lo aveva sempre messo a disagio, benché non avesse mai ricevuto neppure una multa per eccesso di velocità.

«Rilassati, amico. Non sei nei guai. Per il momento, voglio sapere come mai siete venuti qui. Hai qualche problema a dirmelo?». Vanover gli offrì una sigaretta che JR rifiutò.

«No», rispose in fretta. «Nessun problema».

«È stata la signora Riteman», dichiarò spontaneamente Tanner. «Ci ha condotti in questo punto esatto».

«Chi è questa Riteman?», chiese Vanover, taccuino in mano.

Polaski aveva già cominciato a scaricare i suoi strumenti dal furgone, aiutato con efficiente professionalità dai suoi due assistenti. Fece cenno a Vanover e agli altri di allontanarsi con cautela dall'area interessata.

«Venite, voi due, andiamo lì». Vanover indicò un punto a qualche metro dall'avvallamento. Lanciò una rapida occhiata al macabro piede che sporgeva in mezzo all'erba ruvida e alla terra scura e rabbrividì. Non si era mai abituato all'infinita varietà di facce che la morte poteva mostrare. Si volse di nuovo a Tanner. «Lei chi è?»

«Sono Henry M. Tanner, vice ispettore stradale di Maury County. Lavoro per la contea da quarantadue anni».

«Sì, signore, molto bene. Perché è qui?»

«Sono venuti a cercarmi mentre mangiavo. Avevano bisogno di qualcuno che li accompagnasse alla Fattoria dell'Acqua dolce».

Vanover aveva visto il nome sull'insegna. «*Chi* è venuto a cercarla, signore?»

«Lui, JR», puntò un dito sottile verso il giovanotto alla sua destra, «e quei tre di Nashville: la signorina Mueller, Tim – mi pare che lei lo abbia chiamato così – e la Riteman. Era lei quella che sapeva di questo posto».

«Un momento fa ha detto che avevano bisogno di *lei* per trovare questo posto». Vanover detestava le contraddizioni. Significavano sempre che le cose non erano come venivano descritte.

«Sì... è così. Voglio dire che lei sapeva che aspetto aveva questo posto, ma non sapeva dove fosse». A Tanner sembrava tutto perfettamente sensato.

«Aspetti un momento. Che cosa vuol dire: "lei sapeva che aspetto aveva questo posto, ma non sapeva dove fosse"?». Abbassò il taccuino e fissò freddamente l'uomo negli occhi.

JR si sentì in dovere di venire in aiuto. «La signora Riteman è una sensitiva e intendo una sensitiva autentica, amico. Non mi sarei mai aspettato di conoscerne una di persona, ma lei lo è davvero. Ha visto in sogno il luogo dov'era sepolta la Stanton e ci ha portati direttamente qui. Beh, non proprio direttamente, ma dopo che siamo passati a prendere il signor Tanner, abbiamo trovato subito il posto». Era di una semplicità elementare e chiunque lo avrebbe capito, JR ne era certo. Sorrise, fiero della sua eccellente spiegazione.

Vanover volse lo sguardo dall'uno all'altro. «Voi due state qui e non muovetevi di un centimetro. Tornerò a parlarvi fra un minuto».

Scuotendo la testa, Vanover risalì la collina, mentre il suo compagno e gli altri due detective cominciavano a perlustrare l'area intorno alla tomba, allargando lentamente il cerchio finché Stark arrivò al vecchio recinto di filo spinato dove Kasey si era nascosta la notte dell'omicidio.

Il detective esaminò la fitta sterpaglia che copriva la collina a nord del recinto fin dove poté. Si sporse sopra il filo spinato, scostando l'erba alta con le mani nella speranza di vedere il terreno dall'altro lato del recinto. Forse c'era nascosto qualche indizio sulla morte della Stanton.

All'improvviso, una grossa vespa rossa sbucò infuriata dagli sterpi e lo punse proprio sulla guancia, sotto l'occhio sinistro. Fu come se gli avessero premuto una sigaretta accesa sulla pelle.

«Maledetta vespa, figlia di puttana!», urlò snocciolando improperi e quasi inciampò, ritraendosi con un balzo dal recinto.

Gli altri due poliziotti, Teague e Rinehart, corsero in suo aiuto, le pistole spianate, ma ben presto scoprirono che il loro amico era minacciato soltanto da un insetto.

«Dio santo, Brad, credevo che ti avessero sparato o roba del genere». Rinehart scoppiò in una fragorosa risata.

«Vuoi che spari a quella figlia di puttana, Brad?», chiese scherzando Teague e finse di seguire un bersaglio immaginario nell'aria con la sua Smith & Wesson 9 mm automatica, come un servente della contraerea che segue un bombardiere in picchiata.

«Oh, andate a farvi fottere. Mi fa un male cane!». Il suo evidente disagio non diminuì affatto l'ilarità degli amici. Semmai, servì ad accrescerla. «Tornate al lavoro», gemette, fissando l'erba alta al di là del recinto, sempre sul chi vive per timore di un altro attacco dalla boscaglia.

"Lì in mezzo non c'è niente d'interessante da vedere", decise prudentemente, toccandosi il grosso bitorzolo rosso che si stava formando rapidamente sotto l'occhio.

Per il resto della serata, si ripromise di limitare la sua ricerca al lato del recinto dove l'erba era stata tagliata.

«È lei la signora Riteman?», chiese Vanover avvicinandosi di soppiatto a Kasey. Lei stava osservando gli uomini della scientifica al lavoro dal suo posto accanto al cancello e non lo aveva visto venire. La sua voce la fece sobbalzare. «Scusi, signora. Non volevo spaventarla». Era una frase più retorica che sincera.

«Prego. Sono solo un po' nervosa. Sono Kasey Riteman».

«Piacere, sono il tenente Vanover. Mi risulta che ha trovato lei il corpo. È esatto?»

«Solo in parte. Ho avuto una visione sull'uccisione di Donna Stanton e questo è il luogo che ho visto nel mio sogno, ma in realtà è stato JR a dissotterrarla, credo».

«Sì, è quello che ha detto lui. Non le dispiace se le faccio qualche domanda?».

Le dispiaceva, ma era inutile dirlo. Si preparò al primo incontro con la polizia. Il pensiero non era gradevole, ma almeno era un cambiamento dopo la tensione emotiva delle ultime due ore trascorse lì al cancello. «No, dica pure».

«Bene. Vorrei sapere qualcosa di più riguardo a questa sua visione, signora Riteman. Non vorrà mica insistere con l'assurda storia di aver visto questo posto in sogno, vero?». Non attese che rispondesse. «Via, come sapeva realmente che la Stanton era morta? Come sapeva che era sepolta qui? È una testimone?».

Kasey non era preparata per il repentino assalto del detective. Strappata brutalmente dalla sua fantasticheria, rammentò il nome e capì, come lo aveva capito il mercoledì precedente udendo la voce di Vanover al telefono, che loro due non sarebbero mai stati amici.

Si guardò velocemente intorno sperando che Brandie venisse in suo soccorso, ma non la vide da nessuna parte.

«Allora, signora Riteman, qual è il suo legame con Donna Stanton?». Vanover si avvicinò di un passo e Kasey ebbe immediatamente un senso d'intensa claustrofobia.

Fece un profondo respiro silenzioso. Il suo cuore aveva cominciato a battere come un tamburo. Era sicura che il detective potesse udirlo.

«Non so che cosa intende, tenente Vanover. Ho fatto un sogno...».

«Senta un po', lei e io non abbiamo parlato la settimana scorsa?», la interruppe, mettendo insieme per la prima volta gli improbabili pezzi del mosaico nella sua mente. Appoggiò il braccio destro sul montante del cancello e si protese verso di lei. «Penso che non abbiamo avuto modo di terminare la nostra prima conversazione, *Mary Jones*», aggiunse con un risolino sinistro, «o sbaglio?».

Kasey si maledisse per aver fatto quella famigerata telefonata alla polizia. La sua mente cercò affannosamente di decidere che cosa fare, come rispondere. Si sforzò di apparire calma e ricordò la regola basilare: ogni bugia aumentava la probabilità di venire scoperta in misura esponenziale. Ormai la bugia più grossa era stata detta: lei era una sensitiva che aveva semplicemente sognato questo posto. Tutto quello che avrebbe detto d'ora in poi doveva essere la verità, o l'intera storia sarebbe crollata sotto il peso di dichiarazioni esatte e inesatte che non sarebbe mai riuscita a rammentare. Pregò che l'agente segreto avesse ragione. «No, infatti, tenente. Ho telefonato mercoledì scorso, ma ripensandoci, Mary Jones era uno pseudonimo poco felice. Scusi se le ho attaccato il telefono». Si sforzò di sorridergli amabilmente mentre il sudore le colava invisibile ai lati del petto.

L'ammissione candida e disinvolta colse Vanover di sorpresa.

«Allora è stata lei a chiamare».

«Sì, era l'indomani del sogno, il sogno in cui ho visto assassinare e seppellire qui Donna Stanton». Kasey aveva riacquistato un po' della sua sicurezza, anche se le ginocchia minacciavano di cedere da un momento all'altro. Sapeva di aver superato il punto di non ritorno. Ora aveva mentito di persona alla polizia e non poteva più nascondersi dietro una voce senza volto e senza nome che chiamava da un telefono pubblico.

«Oh, stava andando così bene, signora Riteman. Non siamo mica tornati al famoso sogno? Non ha intenzione d'insistere con quella ridicola storia, vero?». Cominciò a ridacchiare, poi diventò serissimo e protese il viso a meno di dieci centimetri dal suo. «Ascolti, signora Riteman, o signora Jones, o come diavolo vuole farsi chiamare, non credo una parola di questa stronzata che lei cerca di rifilarmi, perciò, se non vuole essere accusata di complicità nell'omicidio di Donna Stanton, le consiglio di tirar fuori qualcosa di molto più valido di quello che ho udito finora. Ha detto che la Stanton è stata *assassinata*, vero, signora Riteman?».

Kasey cercò di rimanere calma, ma Vanover la faceva sentire come un animale in gabbia con un bastone aguzzo conficcato nelle costole. Non le piacevano gli uomini arrabbiati così vicini a lei e istintivamente si ritrasse. «Cosa?», mormorò debolmente.

«Ha detto "assassinata", signora Riteman. Lo sapeva prima di arrivare qui questo pomeriggio, giusto?».

Kasey ripassò mentalmente quello che aveva detto al detective. "Vado ancora bene", decise dopo un lungo, penoso momento, "ma devo stare più attenta: questo bastardo vuole la mia testa!".

«Nel mio sogno, tenente. L'ho vista assassinare nel mio sogno», ripeté.

«Oh, mio Dio!», esclamò lui rabbiosamente. «Piantiamola con questa balla del sogno e atteniamoci alla semplice, banale verità, ok?».

Lei sobbalzò di nuovo alle sue parole.

«Che cos'hai qui, Pete?», chiese amabilmente Taylor, raggiungendoli al cancello. Nessuno dei due lo aveva visto venire.

Vanover si volse al suo capo. «Capo, vorrei presentarle la signora Kasey Riteman, sensibile all'influsso delle stelle e veggente di cadaveri, vicini e lontani. Signora Riteman, il capo della squadra investigativa, Taylor».

Kasey tese nervosamente la destra, ma prima che i due potessero stringersi la mano, Vanover prese il capo per un braccio e lo trascinò a un paio di metri di distanza. Parlò con voce così bassa che lei non udì.

«Penso che abbiamo una possibile sospetta, capo, o almeno una testimone oculare. Quella svampita vuol farci credere di aver visto in sogno che la Stanton era sepolta qui. Dice che sapeva dell'omicidio prima ancora che cominciassero a scavare. Per di più, è la stessa donna che mi ha chiamato la settimana scorsa e ha riagganciato; allora aveva detto di chiamarsi Mary Jones. Credo che racconti un sacco di balle. Secondo me, era proprio qui la sera che hanno fatto fuori la Stanton». Era convinto che la sua teoria fosse esatta, o almeno abbastanza vicina alla realtà per continuare a torchiare Kasey fino a scoprire tutta la verità.

Taylor lanciò un'occhiata sopra la spalla di Vanover alla donna graziosa e spaventata con i più bei capelli rossi che avesse mai visto. Amava le rosse. Ebbe un'idea.

«Fammici parlare un minuto, Pete, se non ti dispiace. Intanto vai a vedere che cosa ha trovato Barnie».

«Non ho ancora finito con lei, capo».

«Non andrà da nessuna parte. Lasciami fare un po' di yin e yang», disse Taylor alludendo alla sperimentata routine del poliziotto buono e cattivo. «Male non può fare, ti pare?». Vanover si volse di nuovo a Kasey e annuì. Taylor gli dette un colpetto sulla spalla e attese che si avviasse nuovamente giù per il pendio.

Tornò da Kasey. «Chiedo scusa per i suoi modi bruschi», disse tendendole la mano per la seconda volta. «È un bravo poliziotto, malgrado la sua occasionale tendenza a semplificare troppo». Attese che un leggero sorriso le addolcisse le labbra. «Salve, sono Jordan Taylor».

Kasey gli strinse la mano, contenta che il momento più critico fosse passato. Almeno avrebbe avuto un po' di tempo per riflettere prima d'incontrare di nuovo Vanover. Sperava anche che Taylor non si rivelasse peggiore del collega, ma d'altronde, al momento, non riusciva a immaginare nessuno peggiore di Vanover.

«Sono Kasey Riteman, ma lui gliel'ha già detto».

Taylor si appoggiò al palo del recinto in atteggiamento rilassato. «Mi piacerebbe molto sentire la sua storia, se non le secca ripeterla», disse con calore.

«Non ho ancora avuto modo di raccontarla. Lui ha cominciato ad attaccarmi, come se avessi fatto qualcosa di male. Non ho fatto niente...».

«Lo so, Kasey, lui è fatto così. Cerchi di non prendersela. In realtà, non ha cattive intenzioni».

Le piacquero i modi affabili di Taylor, che trovò piuttosto attraente, tutto l'opposto di Vanover. «Ha detto di non credere nei sensitivi. E lei ci crede, capo Taylor?»

«Oh, Dio, non mi chiami così. Il mio nome è Jordan». Lei assentì sorridendo. «E sì, credo nei sensitivi. So di vari dipartimenti che li hanno usati di tanto in tanto, spesso con successo sorprendente, sebbene ammetto di non averne mai incontrato uno di persona. Le va di parlarmene?».

Tese il braccio, indicandole la sua auto.

Brandie raggiunse Tim e gli altri accanto alla tomba, dove la squadra di Barnie aveva appena terminato di fotografare la zona immediatamente circostante e di frugare in mezzo all'erba cercando qualcosa che servisse a stabilire l'ora e la causa della morte. C'erano stati due acquazzoni dopo che Donna Stanton era stata sepolta il giorno 22, ammettendo che la data indicata da Kasey fosse esatta. Sebbene a questo punto non avesse modo di sapere da quanto tempo la Stanton fosse lì, a parte una prima ipotesi approssimativa, basata sul piede sinistro parzialmente esposto, Barnie riteneva che in superficie rimanessero poche prove materiali. Persino il suo pesante furgone non aveva lasciato tracce visibili sul campo coperto di erba. Quindi non era sorpreso che non vi fossero altre tracce o impronte degne di nota.

«Ancora niente, dottore?», chiese Slade con impazienza.

«Non molto, temo. Qui è piovuto molto, ultimamente. Dovremo trarre tutti i dati possibili dal corpo stesso».

«Può dire se si tratta di Donna Stanton?».

Il medico legale smise di fare quello che faceva e fissò incredulo sopra i trifocali l'uomo di fiducia del governatore e poi le cinque dita nude che sporgevano dal terreno. Non ebbe bisogno di rispondere.

«Quando sarà in grado d'identificarla, dottore?». Slade se

ne infischiava dell'aria condiscendente di Polaski: voleva una risposta.

Barnie avrebbe voluto far sparire quell'ometto fastidioso con un semplice schiocco delle dita. Fece un respiro esageratamente faticoso. «Domani, se la fortuna mi assiste. Più probabilmente mercoledì. Ora, per favore, se ne vada e mi lasci lavorare in pace».

Dopodiché, non prestò più attenzione al signor Slade.

L'altro si diresse verso Brad Stark, sperando che avesse scoperto qualcosa d'interessante.

Tim filmò quello che poteva, tenendosi a debita distanza mentre Brandie raccontava gli eventi. JR e Hank erano rimasti dove li aveva lasciati Vanover, in attesa del suo ritorno.

Nessuno dei due si era mosso di un centimetro.

Jordan Taylor chiuse lo sportello di Kasey e andò a sedersi al posto di guida. Brandie gli aveva già raccontato a grandi linee gli eventi che avevano portato alla scoperta del corpo, compresa la sua cena con Kasey la sera prima.

Ora, era la volta di Kasey.

Chiuse lo sportello e accese il motore, regolando l'aria condizionata a una temperatura gradevole. «Come si diventa sensitivi?», chiese per iniziare senza spaventarla; voleva che si fidasse di lui. Doveva indurla a parlargli apertamente per ragioni ufficiali, ma era anche attratto da lei; le rosse occupavano un posto speciale nella sua memoria.

«Non si diventa sensitivi», sorrise lei, «come si diventa poliziotti o infermieri. Direi che si è nati così: è come avere una bella voce».

«Allora io sono escluso», scherzò. «Non so cantare neppure sotto la doccia».

Lei continuò a sorridere educatamente, ma non replicò.

Jordan si sistemò meglio nel sedile. «È sempre stata capace di farlo, voglio dire, vedere cose che gli altri non possono vedere?». Si appoggiò allo sportello, volgendosi verso di lei. Le loro gambe si sfiorarono brevemente; entrambi ebbero un attimo di esitazione.

Kasey si spostò per lasciargli più spazio. «Immagino di sì. Ma me ne sono resa conto soltanto quando frequentavo l'ultimo anno di scuola superiore».

«Che cosa accadde?».

Kasey raccontò la storia dei due ragazzi rimasti uccisi a Lafayette. Lui sembrò accettare la storia, sebbene lei non riuscisse a leggergli nel pensiero. Istintivamente si mise a parlare con la stessa cautela che avrebbe usato con Vanover, diffidando di Taylor senza un motivo ben preciso.

«Un bel carico per una ragazza».

Kasey fece un lieve cenno di assenso.

«Quando ha avuto la prima visione... le chiama "visioni"?».

Lei assentì di nuovo, senza parlare.

«Quando ha avuto la prima visione di Donna Stanton? Ricorda il giorno esatto?». Spense la radio della polizia che crepitava fastidiosamente in sottofondo.

«Martedì notte, la notte prima che chiamassi il tenente Vanover. Avevo fatto un brutto sogno sulla scomparsa di Donna Stanton e sapevo che era sepolta qui».

«È abbastanza incredibile, Kasey, non le pare?».

Lei scrollò le spalle e lo fissò dritto negli occhi.

«Non riuscirei a dormire se pensassi di fare un sogno del genere», disse lui amichevolmente, cercando di mantenere un tono leggero.

«A volte fa un po' paura».

Lui si mise un dito sulle labbra per un attimo. «Perché ha pensato che fosse stata assassinata, Kasey?».

Lei guardò un momento fuori dal parabrezza, osservando il lavoro in corso fra i due meli, poi si volse di nuovo a Taylor. «Ho visto un'immagine di lei sepolta qui, nuda, senza la faccia, come se fosse stata tagliata via o qualcosa del genere». Le parole le si bloccarono penosamente in gola e gli occhi tradirono immediatamente la sua commozione.

«Va tutto bene, Kasey, non si affanni». Le prese la mano. Il suo tocco gentile le fece bene dopo una giornata come quella.

«Non so che cosa le sia successo, ma so che è morta di morte violenta, qui. Questo l'ho potuto vedere chiaramente».

«Perché ha riattaccato il telefono a Pete dopo essersi data la pena di chiamare la polizia?»

«Appena ho sentito la sua voce, ho capito che non avrebbe mai creduto alla mia storia».

«È arrivata a quella conclusione piuttosto rapidamente, non le pare?».

Kasey strinse gli occhi e disse in tono di sfida: «Lo ha sentito mentre m'interrogava. Secondo *lei*, il tenente mi crede, capo Taylor?».

Mentre faceva cenno di no con la testa, lui cominciò a vedere la fatica e la tensione della giornata riflesse nei suoi tristi occhi castani. «Non ne parliamo più stasera. Magari domani, dopo una buona notte di sonno». Assunse un'espressione incerta. «Riuscirà a dormire, vero? Posso farle prescrivere qualcosa da Barnie».

Kasey si asciugò la traccia di una lacrima agli angoli degli occhi. «Spero che non ce ne sia bisogno».

Barnie Polaski e i suoi uomini, indossando pesanti guanti di gomma e maschere per filtrare l'aria putrida, terminarono di rimuovere la terra che copriva il corpo supino. S'inginocchiarono accanto ad esso, cercando di scoprire i suoi segreti nascosti.

Quello che rimaneva della forma un tempo bellissima di Donna Louise Stanton era sufficiente a dare la nausea anche al veterano più incallito.

L'attenzione di Barnie andò immediatamente al viso, o dove sarebbe dovuto essere il viso. Al posto dei lineamenti, c'era un buco slabbrato, dalla mascella, dove sarebbero dovuti essere i denti, a metà della fronte; non attribuibile alla decomposizione, decise subito. La vasta lesione era probabilmente una ferita da arma da fuoco – quasi certamente un foro di uscita, gli diceva la sua pluriennale esperienza – e la sua origine doveva trovarsi dal lato opposto. Ci sarebbero arrivati dopo. Fortunatamente i denti inferiori sembravano quasi intatti.

Uno degli antropologi scattò prontamente una serie di fotografie, usando un sofisticato apparecchio Nikon con flash incorporato e una pellicola lenta per diapositive a colori. Questa combinazione avrebbe consentito sia una stampa di alta qualità che la proiezione su uno schermo per diapositive. La banca dati incorporata nella macchina stampava il numero, l'ora e la data di ogni fotogramma e un numero di otto cifre che sarebbe servito a identificare ogni foto di questo particolare caso.

Nei limiti in cui poteva zumare senza dare di stomaco, anche Tim stava filmando tutto, pur sapendo che non avrebbero potuto mostrare niente di quel filmato al pubblico impressionabile di Canale 9. Brandie si era ritirata nel punto più lontano da cui poteva seguire ugualmente lo scavo e fare la telecronaca. Preferiva non avvicinarsi troppo.

Passarono tre ore prima che Barnie e la sua squadra dichiarassero la scena del delitto ormai accessibile a tutti e sgombra da ulteriori indizi. Il corpo di Donna Stanton, quello che ne restava, era stato rinchiuso in un sacco di gomma nera contenente un potente insetticida. Aveva ancora molte cose da dire allo scienziato esperto, ma in un linguaggio che un profano non avrebbe mai potuto capire.

Vanover e gli altri detective avevano recuperato complessivamente una mezza dozzina di oggetti, ognuno ora conservato in un sacchetto di plastica con un cartellino in cui era annotata la sua posizione relativamente al corpo.

Non c'era più niente da fare alla Fattoria dell'Acqua dolce.

Mentre il furgone della scientifica risaliva lentamente la collina, tre detective si diressero verso la macchina in cui erano venuti. Vanover seguì il furgone, puntando direttamente su Kasey che stava seduta sul cofano dell'auto di Taylor e parlava con Brandie e Jordan.

Lei lo vide venire e si preparò ad un altro attacco frontale.

Tim ripose la sua attrezzatura. Alle undici e un quarto, era pronto a tornare a Nashville. JR sonnecchiava nella jeep, ascoltando appena la stazione radio locale. Hank Tanner si era fatto dare un passaggio fino in città dallo sceriffo Smith quando lui e quasi tutti i suoi uomini se n'erano andati intorno alle otto. Warren Slade si era addormentato nel sedile posteriore dell'auto di Taylor un'ora prima, seccato di non aver potuto scoprire subito quello che gli interessava e irritato di non aver trovato le pagine del diario e i nastri mancanti; aveva chiamato il governatore alle nove e mezza e gli aveva fatto un resoconto dettagliato. Williams era stato altrettanto seccato e se l'era presa con tutti eccetto Slade.

Era stata una giornataccia per tutti e nessuno si augurava di passarne un'altra simile. Ma per brutta che fosse stata, nessuno di coloro che avevano trascorso la giornata alla Fattoria dell'Acqua dolce avrebbe potuto prevedere la serie di eventi che ne sarebbero seguiti.

Vanover arrivò alla macchina di Jordan; aveva la cravatta in tasca, l'abito impolverato, le scarpe coperte di erba, l'aria esausta. «Tutto fatto, capo. La zona è pulita».

«Ottimo lavoro, Pete, grazie. Trovato niente di utile?». Jordan puntò un dito verso Brandie. «Resta fra noi, capito?».

Brandie roteò gli occhi, ma assentì col capo. Comunque avrebbe ascoltato e ricordato tutto.

Vanover non si fidava della giornalista. Jordan lo invitò con lo sguardo a rispondere alla domanda.

«Abbiamo trovato un proiettile calibro 12 sepolto nel terreno, circa tre o quattro metri a ovest del corpo. Barnie dice che dev'essere quello che l'ha uccisa. Probabilmente sparato mentre lei stava inginocchiata con le spalle all'uccisore. Sembra che prima abbiano avuto rapporti sessuali. Era nuda con gli abiti ammonticchiati sopra di lei. Non abbiamo trovato nessun documento d'identità».

Kasey non riusciva ad ascoltare il resoconto di Vanover. Le immagini le invadevano la mente, sbucando fuori da tutti i nascondigli dove le aveva rinchiuse. Era stupita dall'esattezza della ricostruzione. Trattenne il fiato e cercò di apparire calma.

«Barnie è riuscito a identificarla?», chiese Taylor, speranzoso.

«Stasera no. Il proiettile le ha fatto saltare via la faccia. Un fottuto macello. Scusate, signore», mentì Vanover. Accese una sigaretta e aspirò profondamente.

Brandie ricordò le parole di Kasey subito prima che entrassero nel frutteto e le si rizzarono i capelli in testa. Il suo rispetto per le doti paranormali di Kasey assunse un'altra dimensione.

«Cristo Gesù!», esclamò Jordan. «Sembra proprio un omicidio».

«Già, l'ho pensato anch'io». Vanover fissò intensamente Kasey, che si sforzò di sostenere il suo sguardo. «Che ne dice, signora Riteman? Era un omicidio?»

«Ehi, aspetti un momento, tenente», protestò Brandie.

«Nessuno parla con lei, signorina giornalista, quindi stia zitta. Può ritenersi molto fortunata se le è stato permesso di restare qui tanto a lungo, perciò non tiri troppo la corda. Sto parlando con la sensitiva». Gli occhi di Vanover divennero stretti e duri.

Kasey sedette più eretta e raddrizzò le spalle. «Che cosa diavolo vuole che ne sappia, tenente. Non ero mica qui quando è successo».

«Non ci scommetterei la mia pensione. Perché lei e io non torniamo alla Centrale e terminiamo la nostra piccola chiacchierata, signora Riteman? Sono sicuro che alla fine tirerà fuori una storia credibile... è solo questione di tempo».

Kasey ebbe l'orrenda sensazione che Vanover le leggesse dentro. Volse lo sguardo a Jordan, sperando che intervenisse.

«Via, Pete, c'è tutto il tempo. L'indagine è appena iniziata. È stata una giornata pesante e siamo tutti stanchi. Penso che si possa rimandare a domani». Lanciò al suo subalterno un'occhiata che equivaleva ad un ordine.

«Certo, si può rimandare, ma alla fine dovremo parlare, signora Riteman». Vanover gettò a terra la sigaretta e si diresse con calma verso l'auto in attesa.

«Grazie», disse Kasey, riconoscente. «È la seconda volta che mi viene in aiuto». Toccò leggermente il braccio di Taylor.

«Dovrà parlare con lui prima o poi», la avvertì. «Il caso è suo». Capì dalla sua espressione che non le andava l'idea d'incontrare nuovamente Vanover.

«Lo so, ma sarebbe una prospettiva un po' più gradevole se non avessi la sensazione che lui sta cercando d'incolparmi della morte di Donna».

«Nessuno te ne fa una colpa», interloquì Brandie in tono incoraggiante, ora che Vanover se n'era andato. «Sei tu che ci hai permesso di trovarla. Senza il tuo aiuto dubito che sarebbe mai stata ritrovata. Meriti l'elogio, non il biasimo di quello stitico piedipiatti».

Jordan ridacchiò alle parole di Brandie.

Kasey le strinse la mano mentre guardavano Vanover andare via in macchina, gli occhi fissi su di lei finché non scomparve alla loro vista. «Dillo a lui», mormorò.

Capitolo diciassettesimo

Michael Filippo salì lentamente l'ampia scala a spirale che portava alla stanza da letto di Mario Giacano. La notizia che recava al suo vecchio amico non gli avrebbe fatto piacere, lo sapeva, ma doveva comunicargliela e subito. C'erano decisioni da prendere, tracce da coprire, forse anche vite da sopprimere, ma così sia. Non bisognava perdere l'occasione: c'erano in gioco decine di milioni.

Mario Giacano era seduto nel gigantesco letto a due piazze, la schiena appoggiata a una parete di guanciali di raso. Sapeva che solo un uomo, Michael Filippo, avrebbe violato l'ordine di non disturbarlo mentre era "in compagnia" e mai per futili motivi. Guardò con occhio stanco la sua più recente distrazione indossare la vestaglia di seta e sgattaiolare in cucina a prendere altro vino e formaggio. Avrebbe atteso lì di essere chiamata.

«Entra, Michael», disse Giacano.

«Scusa se ti disturbo, Mario. Ho una notizia preoccupante». Filippo attese che la snella forma bronzea con due enormi seni scomparisse dietro di lui. Era stupenda e, sebbene non avesse ancora vent'anni, molto più donna delle altre ragazze della sua età.

Giacano sorrise al suo vecchio amico. «Devi lasciarti più andare, Michael. Sei troppo serio. Che ne diresti se ti prestassi Sissy per qualche notte? Ti leverebbe vent'anni da quella faccia aggrottata».

«Magari quando sarà tutto finito, amico mio», rispose in tono cupo, sebbene un pensiero intensamente erotico gli avesse invaso la mente e vi sarebbe rimasto per il resto della notte.

«Ok, Michael, parliamo di affari». Inforcò gli occhiali.

«Il nostro poliziotto a Nashville ha appena telefonato. Hanno rimosso il corpo di una donna da un campo vicino a Columbia, al centro dello Stato. È lei, Mario». Si preparò per la tempesta.

«Madre di Dio!», urlò Giacano, battendo i pugni giganteschi sul materasso. «Michael, mi sai dire che razza d'idiota ha ingaggiato quel cretino per fare il lavoro, eh? È così maledettamente facile far scomparire un corpo in modo definitivo. Che cosa diavolo hanno in testa quei maledetti terroni, laggiù? Non sono nemmeno capaci di ammazzare bene qualcuno!?». Aveva il viso paonazzo.

Filippo non rispose.

Giacano fece un altro sospiro esasperato. «Non sono passate nemmeno due settimane, maledizione, e l'hanno già trovata. Completa l'incubo, Michael, e dimmi che hanno trovato anche i fottuti nastri delle mie conversazioni con quel coglione». Le vene delle tempie erano gonfie fino a scoppiare.

«Credo che a quel riguardo siamo a posto, Mario. Non è stato trovato nulla addosso o vicino al corpo. Il nostro poliziotto dice che, secondo lui, la Metro di Nashville non ha la minima possibilità di risolvere il caso con le prove raccolte sul luogo».

Questa notizia sembrò avere un immediato effetto calmante sul vecchio siciliano. «Nemmeno con l'esame balistico?»

«Fucile da caccia. Nessuna possibilità».

«Testimoni?»

«Nessuno si è fatto avanti. È un posto sperduto».

«Beh, chi ha trovato il corpo, allora, Michael, se il posto era così sperduto?»

«Mi è stato detto che una sensitiva ha telefonato a una delle stazioni televisive locali raccontando di aver avuto una visione». Filippo assunse un'espressione incredula prevedendo la reazione del suo capo.

«Mi stai prendendo in giro? Una fottuta sensitiva!».

Filippo scosse il capo.

Giacano si tolse lentamente gli occhiali. «Stupendo. Noi

seppelliamo un corpo in un campo a un centinaio di miglia da qui e una puttana con disturbi del sonno lo vede in sogno. Dove andremo a finire?». Sorrise alla sua stessa domanda, ma solo un momento: c'era molto da fare. «Parla di nuovo col nostro poliziotto di Nashville, Michael. Ricordagli che quei nastri non devono mai venire fuori. Mai».

Giacano bevve un sorso di vino rosso dal bicchiere posato sul comodino. Premette un pulsante accanto al letto che faceva suonare un campanello in cucina.

Filippo si volse per andarsene, tirandosi rispettosamente la porta alle spalle. Prima che fosse completamente chiusa, Giacano parlò di nuovo. «Michael... di' al nostro poliziotto di sistemare le questioni in sospeso. Questa faccenda potrebbe prenderci la mano».

«Consideralo fatto», disse Filippo senza preoccuparsi minimamente delle persone che stavano per essere eliminate. «E la sensitiva?»

«Lasciatela stare per il momento. Ora sarebbe troppo pericoloso toccarla per via della pubblicità. Digli di sorvegliarla... da vicino». Fece cenno alla giovane donna che stava pazientemente in attesa dietro Michael.

«E poi?», chiese Filippo, facendosi da parte per lasciarla passare.

«Digli di darle qualcosa che l'aiuti a dormire. Quei sogni devono tenerla sveglia tutte le notti».

La ragazza lasciò cadere a terra la vestaglia e lanciò un'occhiata a Filippo prima di stendersi sul letto. Giacano sorrise all'espressione vacua dell'amico.

Filippo chiuse la porta e andò a impartire gli ordini.

Kasey era seduta sul vecchio dondolo e oscillava lentamente avanti e indietro nella veranda del ristorante. Sapeva che se fosse stata libera dall'obbligo di fare conversazione ancora per qualche minuto, si sarebbe addormentata. Non solo era stanca fisicamente, ma aveva la mente ingombra di pensieri. Le sembrava che le sarebbe scoppiata la testa se avesse dovuto pensare ancora e desiderava solo andare a letto.

Mancava ancora un'ora al rientro a casa.
«Signora Riteman», disse Tim in tono sommesso e rispettoso.
«Ciao, Tim». Kasey sorrise e gli fece posto sul dondolo. Non aveva il coraggio di dirgli che la sua emicrania raggiungeva l'ottavo grado virgola sei della scala Richter.
«Oh, no, grazie. È da ieri sera che voglio dirle una cosa». Kasey capì che quel pensiero lo importunava. Sebbene gli altri tre avessero parlato continuamente da quando avevano lasciato il frutteto, lei aveva detto a malapena una parola da prima di cena.
Fermò il dondolo e lo guardò. «Che cosa c'è, Tim?».
Lui esitò. «Mi scuso per quello che ho detto stamattina, voglio dire, lunedì mattina, sa, quando siamo partiti».
Kasey gli prese la mano. «Non ti preoccupare. Hai semplicemente espresso quello che pensavi in buona fede al momento. Dire quello che si pensa non è mai sbagliato: a volte è doloroso, ma mai sbagliato».
«Fino ad oggi non credevo ai sensitivi. Tuttora non so se mi fiderei di tutti quelli che ho visto in televisione, ma credo sicuramente in lei, signora Riteman. Lei è autentica. Ha il dono».
Kasey era stata colta di sorpresa dalle parole di Tim. Tutte le prove della recita non l'avevano preparata per l'adulazione. «Grazie, Tim», disse debolmente. «Ma non so se il mio sia proprio un dono. Ogni tanto vedo le cose, tutto qui». Era una risposta sciocca e lo sapeva. Non le importava; aveva troppo male al cuore per fare meglio.
«No, lo ha di certo. Ha il dono. Non avrei mai pensato di vederlo, ma lei lo ha». Continuando a scuotere la testa con ammirata meraviglia, raggiunse JR nel parcheggio.
"Non ammirarmi, Tim, era tutto un trucco!", gridò mentalmente Kasey. "Un trucco meschino, disonesto, vigliacco per impedire a quel bastardo di darmi la caccia!". Il tormento non era diminuito. Semmai, l'adulazione era servita soltanto ad accrescere la sofferenza.
Si alzò e andò verso la jeep, ansiosa di lasciarsi alle spalle quella giornata.

Brandie finì di pagare il conto e raggiunse i suoi tre compagni di viaggio. JR imboccò la rampa di accesso e in pochi secondi fu di nuovo sulla I-65 Nord.

«Svegliati, Steve», chiamò Brandie dal telefono cellulare. Dacus cercò a tentoni l'interruttore del lume accanto al letto. La lampada si accese, riempiendo la stanza di un chiarore giallo che lo abbagliò per un momento; dormiva solo da un'ora, ma era sprofondato in un sonno di piombo.

«Gesù, Brandie», gemette, cercando di adattare gli occhi alla luce. «Che cosa diavolo succede?».

La moglie si mise il guanciale sul capo e maledisse i giornalisti e il loro lavoro.

«Sei sveglio?», chiese Brandie. Tim e JR, seduti davanti, ridacchiarono; sapevano quanto Steve Dacus detestasse essere chiamato a casa.

«Sono sveglio, maledizione». Brandie rischiò di brutto di essere assegnata alle informazioni sul traffico del weekend mentre il cervello del suo principale cominciava lentamente a distinguere le sagome degli oggetti familiari nella stanza. «Da dove chiami?»

«Stiamo tornando da Columbia. Ci siamo fermati in un ristorante all'uscita di Franklin a mangiare un boccone. Avevamo bisogno di rilassarci». Prese fiato. «Non puoi immaginare che giornata abbiamo passato».

«Me l'ha detto Stewart. Ha detto che forse avete trovato il corpo di Donna Stanton. È vero?»

«Puoi scommetterci il tuo fottuto culo e c'è di più: è stata uccisa. E non soltanto uccisa: assassinata! Era tutto esattamente come aveva detto Kasey». Parlando, le dette una rapida pacca sul ginocchio.

Kasey fece una smorfia alle parole di Brandie. Si sforzò di tenere la mente occupata osservando i fari delle macchine sull'autostrada. Era troppo stanca per ascoltare e non vedeva l'ora di tornare da Sam.

Ora Dacus era completamente sveglio e stava seduto sul bordo del letto. «Niente annunci sensazionali, Brandie, raccontami esattamente le cose come stanno», ordinò pacatamente, conoscendo la sua tendenza a drammatizzare. Il suo silenzio gli disse che era assolutamente seria. Si alzò. «Come vuoi trattare la faccenda?», chiese dopo un momento, afferrando la penna.

«Primo, voglio una troupe a casa di Monroe fra», guardò l'orologio sul cruscotto, «cinque ore esatte, alle sei e mezza, proprio davanti alla sua porta d'ingresso. Voglio svegliare quel bastardo arrogante con la notizia della morte della sua amante. Vediamo se fa ancora l'insolente».

Tim e JR si scambiarono larghi sorrisi. Ammiravano lo stile di Brandie e nessuno dei due nutriva molta simpatia per Bill Monroe.

Dacus dovette riconoscere ancora una volta che Brandie era una giornalista davvero in gamba. Quando addentava qualcosa, significava sempre un aumento degli indici di ascolto. «Sarà un piacere, Brandie. Che altro?»

«Avrò bisogno di almeno due giornalisti addetti alle indagini per aiutarmi a raccogliere tutto il materiale necessario su Kasey e la Stanton. Dammi Dusky e Mel. Ho già molti dati, ma me ne servono di più se vogliamo mandare in onda uno special stasera dopo il telegiornale».

«Stasera!», esclamò lui. Sua moglie gli lanciò uno sguardo fulminante e andò nel bagno.

«Dici bene, stasera! Non crederai mica che Canale 2 e Canale 4 se ne staranno zitti e buoni? Appena sapranno dell'omicidio, acchiapperanno tutto quello su cui potranno mettere le loro viscide manine di second'ordine e metteranno insieme l'autentica "Storia di Donna Stanton". A costo di lavorarci tutta la mattina e tutta la giornata, manderemo in onda uno special di mezz'ora stasera».

Tim era ben contento di fare solo le riprese in esterno; avrebbe potuto dormire fino a mercoledì. A quel pensiero un sorriso illuminò il suo viso stanco.

«Oggi hai raccolto abbastanza materiale per il filmato?», chiese Dacus.

«Più che abbastanza», rispose lei con orgoglio. «Ed è esplosivo».

«Dovremmo riuscire a mettere insieme da cinque a dieci minuti di buone immagini di repertorio. Abbiamo parecchi pezzi su di lei e Rocky McCall quando stavano ancora insieme. Uno anche con il governatore Williams. Se ci aggiungi tre o quattro minuti sulla sorella o qualche altro riempitivo, dovremmo essere più o meno a posto». Vedeva già la storia comporsi davanti ai suoi occhi.

«Non ce n'è bisogno», disse Brandie in tono compiaciuto.

«Perché no?»

«Abbiamo qualcosa di meglio».

«Cosa?»

«Abbiamo Kasey». Kasey distolse lo sguardo dal finestrino e si girò verso di lei.

«È in grado di affrontare la telecamera?»

«Sembra fatta apposta. Il pubblico l'adorerà. Sarà il successo della serata. Probabilmente venderemo il servizio alla rete». Vedeva già l'Emmy campeggiare sulla sua scrivania. Le s'indurirono i capezzoli per l'eccitazione.

Kasey lanciò uno sguardo incredulo alla sua infaticabile e appassionata compagna. «Io?», chiese muovendo solo le labbra.

Brandie fece un largo sorriso, coprendo il telefono con la mano. «Sì, tu. È quello che volevi, no, essere famosa?».

L'antico sogno si ridestò in fondo all'animo di Kasey.

Pete Vanover voltò a destra uscendo dalla White Bridge Pike e rallentò fino a fermarsi davanti alla linda casetta suburbana di Brad Stark a Canebrake. Erano le due e venti del mattino di martedì e i due uomini erano pronti a staccare per la giornata. Da lì, Vanover avrebbe impiegato solo quattro minuti e mezzo per arrivare a casa sua a Whitland e Leonard, tre miglia a est. Aveva fatto quel tragitto cento volte da quando era stato promosso tenente in novembre ed era stato autorizzato a usare un'auto municipale per tornare a casa alla fine del turno. Dava volentieri un passaggio al suo collega; generalmente Stark era di buona compagnia, anche alle sette di mattina.

«Non credi alla Riteman, vero?», chiese Stark mentre allungava la mano verso la maniglia. Dopo aver lasciato Teague e Rinehart alla Centrale, erano le prime parole che dicevano, sia l'uno che l'altro; la stanchezza lascia il segno in molti modi.

«Nemmeno una parola», dichiarò freddamente Vanover, gli occhi sempre fissi dinanzi a sé.

Stark scese e chiuse adagio lo sportello. Si accucciò accanto all'auto e infilò la faccia nel finestrino aperto. «Allora portiamola di peso in ufficio questo pomeriggio e spaventiamola a morte. Se è un'imbrogliona, crollerà».

Vanover fece un sospiro stanco. «Vattene, sono stanco morto. E poi alle dieci dobbiamo andare a scaldarci il culo in tribunale per quella sparatoria nel negozio di liquori il mese scorso». Non sembrava entusiasta all'idea.

«Ah, già, cercavo di scordarmelo», disse Stark con un'espressione altrettanto scocciata. I detective detestavano di perdere tempo nelle aule di tribunale in attesa che la bilancia della giustizia annullasse tutto il loro duro lavoro.

«Cucineremo la sensitiva mercoledì», disse Vanover, accendendo una sigaretta. «Non andrà da nessuna parte... non ha ancora incassato i soldi».

«Credi che sia tutta una questione di soldi?», chiese Stark, senza un vero interesse.

Vanover esalò una densa nuvola di fumo. Rivolse a Stark un sorrisetto che significava "non è sempre questione di soldi?" e ripartì adagio.

Capitolo diciottesimo

Mentre terminava il telegiornale della sera e Brandie Mueller annunciava il prossimo servizio speciale, Kasey era seduta davanti al televisore; un nastro nuovo girava nel videoregistratore, la cena era dinanzi a lei e Sam, sazio, stava comodamente adagiato nella sua poltrona accanto alla finestra. La sua padrona era seduta sul pavimento con la schiena appoggiata al divano, i piedi uniti, le ginocchia divaricate, il piatto sulla moquette fra le gambe... e lo ignorava.

Kasey era tutt'altro che rilassata: lo stomaco ribolliva come un frullatore; la solita emicrania, ormai vecchia di una settimana, le attanagliava la nuca; e il cuore galoppava al punto da farle male. Il semplice piano di aiutare a trovare Donna Stanton e poi uscirne in fretta, senza impegolarsi con la polizia o con i cattivi, chiunque essi fossero, aveva bruscamente preso una piega drammatica che la spaventava a morte. Non era ben sicura, pur avendolo tanto sognato da adolescente, di essere pronta a diventare "più famosa dei Beatles", come aveva detto Brandie.

«Attento, Sam», disse al suo compagno di stanza. «Viene subito dopo la pubblicità». Sapeva, naturalmente, che al birmano non importava nulla, ma l'idea di avere qualcuno con cui condividere la propria eccitazione la faceva stare meglio. Sam la guardò per un momento quando si sentì chiamare, ma il suo interesse terminò lì.

Brandie aveva insistito perché Kasey guardasse il pezzo finito nello studio televisivo, insieme a lei e ai tecnici con cui avevano lavorato tutto il giorno, registrando più volte segmento dopo segmento, ripulendo la copia finita, provando le battute, recitandole, montando i pezzi e poi ricominciando tutto da capo. Lei aveva declinato l'offerta dicendo a Brandie che doveva dare da mangiare a Sam. Brandie era convinta che fosse un pretesto, ma capiva che la sua star aveva bisogno di starsene per conto suo. Kasey aveva sempre ritenuto che la televisione fosse estemporanea e immediata e aveva imparato, dopo appena quattro ore di sonno e dieci ore di duro lavoro a Canale 9, che era tutt'altro che spontanea.

Controllò (per la seconda volta) che il registratore funzionasse a dovere e si accovacciò di nuovo al suo posto davanti al divano. Mangiucchiò per un momento un sandwich di tonno ma si accorse di non aver più appetito. Spinse via il vassoio e allungò le gambe. Quando lo special iniziò, Kasey alzò il volume, assorbendo ogni inquadratura, ogni sillaba. Non aveva ancora visto la versione finale ed era sorpresa di quanto risultasse convincente il montaggio dei vari frammenti: Donna Stanton veniva descritta con passione e simpatia come il tragico prodotto di un'infanzia infelice, la probabile vittima di uno dei molti amanti segreti che aveva avuto durante la sua breve e turbolenta vita, sebbene chi avesse posto fine a quella vita rimanesse un mistero. Kasey giudicò il filmato un po' a effetto, ma fu contenta che Donna non venisse ritratta come una donna destinata a finire in quel modo.

Pur avendo già visto il suo pezzo finito nello studio televisivo e avendone approvato il contenuto, vederlo nel contesto del programma di mezz'ora conferiva al pezzo stesso un altro peso, una stupefacente realtà. Alla fine dello special, in una parte che Kasey non aveva ancora visto, Brandie la definiva la sensitiva più dotata del suo tempo.

Kasey fermò il nastro e chiamò Sam. Mentre gli strofinava i lati del muso e il suo ron-ron riempiva la stanza ora silenziosa, fu sopraffatta dall'emozione, da sentimenti accuratamente nascosti che non si era permessa di provare da quando erano morti i suoi genitori.

La tristezza per la morte di Donna, contrapposta alla gioia per il proprio senso di sollievo, le lacerò la mente e il cuore. Lacrime di dolore e di felicità si mescolarono in un fiume confuso che le sgorgava dall'intimo dell'animo. Sembrava che fosse trascorsa un'ora prima che il telefono la strappasse alla sua fantasticheria, sebbene in realtà lo special fosse terminato da un minuto appena. Era Brenda.

«Kasey?», strillò quando l'amica alzò il ricevitore.

Kasey si asciugò le lacrime e cercò di concentrarsi sui primi buoni sentimenti che provava dalla morte di Donna... dalla morte dei suoi genitori. Cominciava a stancarsi della nuvola cupa e morbosa che l'aveva costantemente accompagnata da... non ricordava da quanto tempo, ma sicuramente da molto prima del lunedì precedente. Appoggiò il telefono sul petto e fece un sorriso forzato. «Immaginavo che fossi tu. Come mai ci hai messo tanto?»

«Se non l'avessi visto con i miei occhi, non ci avrei mai creduto. Per la miseria, l'ho visto e stento a crederci! Che cosa succede, Kasey? Hai fatto tutte quelle cose che ha detto la Mueller? È lì che sei stata tutto lunedì? Non sei realmente una sensitiva, vero? Perché non me l'hai detto? È da lunedì mattina che provo a chiamarti. Avrei pensato che almeno tu...».

«Presumo che tu abbia visto lo special», la interruppe Kasey. Ridacchiò alla raffica di domande dell'amica.

«Maledizione, Kasey», urlò Brenda, «non scherzare. Voglio sapere che cosa sta succedendo. Credevo di conoscerti. Quella storia che trovi i cadaveri nei sogni mi fa una paura del diavolo».

«Beh, che effetto credi che faccia a me?». Kasey avrebbe voluto smetterla con tutta quella messa in scena e dire la verità alla sua amica, ma sapeva che Brenda non avrebbe tenuto la bocca chiusa, anche se giurava solennemente di mantenere il segreto.

«Non saprei. Che effetto ti fa?»

«Spaventa anche me, Brenda. Non è che succede continuamente e ci sono abituata, sai».

«Perché non me l'hai detto?», chiese e la sua voce esprimeva chiaramente il dispiacere per la mancanza di fiducia dell'amica.

«Non lo so. Non l'ho detto a nessuno. Poi non sono più riuscita a tenermi tutto dentro e sono andata da Brandie Mueller. È molto semplice, in realtà».

«Semplice! Vedere cadaveri nel sonno che poi risultano sepolti proprio dove hai sognato tu, non è semplice, Kase!». Brenda accese un'altra sigaretta e bevve un altro sorso di birra.

«Aspetta un secondo, Brenda, qualcuno sta cercando d'inserirsi». Prima che Brenda potesse obiettare, Kasey rispose alla chiamata in attesa.

«La signora Kasey René Riteman?», chiese una voce maschile molto formale.

«Sono io», rispose Kasey, senza riconoscere la persona che chiamava.

«Scusi se la disturbo a casa, signora Riteman, ma era urgente parlare con lei al più presto possibile. Mi chiamo Laughton Towns e sono il direttore del telegiornale di Canale 4. Vorremmo intervistarla domani mattina se ha tempo. Naturalmente, la pagheremo bene».

Kasey era stupefatta. Non si aspettava di essere chiamata da un'altra stazione televisiva, pur sapendo che cosa doveva dire. «Spiacente, signor Towns, ma deve parlare con Stewart Parker a Canale 9. Ho firmato alcuni documenti questo pomeriggio e devo avere la sua autorizzazione prima di parlare con voi».

«Conosco bene Stewart. Non mi sorprende che si sia assicurato l'esclusiva. Gli darò un colpo di telefono e poi la richiamerò. Mi spiace di averla disturbata, signora Riteman».

«Nessun disturbo, signor Towns. Grazie per aver chiamato». Tornò a Brenda per terminare la conversazione. «Sei ancora lì?», chiese.

«Dove volevi che andassi? Non mi hai ancora risposto. Allora, dicevi...».

Il telefono fece di nuovo clic. «Scusa, Brenda. C'è un'altra chiamata. Non riattaccare, per favore».

«Posso parlare con Kasey René Riteman?», chiese la donna.

«Sono io».

«Salve, sono Debi O'Conner, capo cronista del "Banner" di

Nashville». Il resto della conversazione fu identico a quella di poco prima con Canale 4, tranne che il giornale si aspettava che lei si facesse intervistare gratis.

Durante i venti minuti successivi, Kasey riuscì a raccontare molto concisamente a Brenda gli eventi di lunedì fra una chiamata e l'altra di altri quattro giornali e stazioni Tv locali. Quasi tutti offrivano soldi per la sua storia e ognuno fu rimandato a Stewart Parker. Brenda, stranamente, rinunciò e propose all'amica di pranzare con lei l'indomani. Kasey accettò e sedette in gradevole silenzio per un intero minuto prima che il telefono squillasse di nuovo.

«Pronto», rispose allegramente. Si accorse che le piaceva tutta quell'attenzione. Riempiva un doloroso vuoto in una vita che era diventata grigia e monotona.

«La signora Kasey Riteman?», chiese l'uomo.

«Sì».

«Sono Dan Herbert della CNN di Atlanta. Ha un momento di tempo?».

Il cuore di Kasey mancò un battito. Sapeva che l'accordo con Canale 9 non comprendeva stazioni televisive e giornali al di fuori della sua zona di maggiore ascolto: come la CNN! «Certo», rispose con troppa precipitazione.

Impiegò un momento a riprendere il dominio di se stessa, tenendo il ricevitore a distanza.

«Vorrei sentire la sua storia, signora Riteman. Sembra proprio che lei sia l'articolo autentico, fin troppo raro di questi tempi, temo. Mi è piaciuto il servizio di Brandie Mueller su di lei e la Stanton. Era ben fatto. Pensa di potermi dedicare un paio d'ore domani?». Lei esitò, incapace di parlare. «Sono pronto a pagare cinquantamila dollari». Dan Herbert era cortese e professionale, ma non aveva tempo da perdere. "Sì" significava mandare una troupe a Nashville; "no" significava passare alla successiva storia in lista. Semplice.

Kasey si accasciò sulla sedia e per poco non cadde addosso a Sam. I suoi riflessi pronti lo fecero balzare a terra appena in tempo.

A questo punto lei non riusciva nemmeno più a pensare lucidamente.

«Signora Riteman?», chiese Herbert.

«Eh... scusi», mormorò Kasey. «Il mio gatto stava per mettere le zampe in una vaschetta di ammoniaca che avevo lasciato in giro», inventò in fretta. «Quando vorrebbe fare questa intervista?»

«Il più presto possibile. Posso inviare una troupe a casa sua domani pomeriggio verso le tre. Se è d'accordo, le manderò un assegno circolare tramite loro». L'uomo voleva realizzare il servizio che interessava alla sua emittente, ma a questo punto non vedeva la necessità di dire alla donna che era stato autorizzato ad arrivare fino a centomila dollari.

«Vi aspetto alle tre», disse lei con tutta la compostezza che poté.

«Arrivederci alle tre, allora».

Quando riagganciarono, Kasey danzò volteggiando per la stanza come una scolaretta che era stata appena invitata al ballo studentesco dal capitano della squadra di football.

Non si era mai sentita così elettrizzata in vita sua ed era una sensazione inebriante.

Al culmine dell'ebbrezza, squillò il telefono. «Sì», rispose ansimando, sicura a questo punto che fosse la NBC.

Sembrava che non ci fosse nessuno all'altro capo del filo.

Ripeté il «sì».

Ancora nessuna risposta.

Decise che avevano sbagliato numero o era uno scherzo e mise il dito sul tasto per chiudere la comunicazione.

«Signora Riteman?», mormorò sommessamente una voce di donna. Era poco più di un bisbiglio.

«Sì», ripeté ancora in tono esitante.

«Scusi se la chiamo così, ma non ho nessun altro a cui rivolgermi». La voce della donna s'incrinò nel confessarlo.

Kasey fu tentata di tagliare quella strana comunicazione, ma c'era una nota di disperazione nel tono della donna. «Perché mi ha chiamata?», chiese.

«Perché lei è stata inviata da Dio per ritrovare la mia Denise. È scomparsa da quando un uomo l'ha presa mentre tornava a casa da scuola. È successo tre anni fa, la vigilia del suo settimo compleanno. Compirà dieci anni il prossimo primo ottobre. Ho una sua bellissima fotografia da mostrarle se crede che possa aiutarla a ritrovarla».

La gola di Kasey si chiuse come stretta dalle mani di un lottatore; le parve che le pareti della stanza venissero avanti e la schiacciassero. Mentre si lasciava cadere sul divano senza parlare, la donna continuò.

«La polizia non è riuscita a trovarla. Mi hanno assicurato di aver fatto tutto il possibile, ma non c'erano abbastanza indizi su cui lavorare. Un'altra bambina ha visto un uomo afferrare la mia piccola Denise e gettarla nel suo furgone...». Le si spezzò la voce e scoppiò a piangere. «Scusi. Avevo giurato a me stessa di non fare così».

«Non si preoccupi», mormorò Kasey. «Capisco».

«Grazie. Lei è una persona meravigliosa. L'ho capito guardandola cercare quella donna che è stata uccisa. Ma io so che la mia Denise è ancora viva. Le madri sanno queste cose. È viva, ma non è capace di trovare la via di casa, tutto qui. Ne sono certa. Me la ritroverà, vero, signora Riteman? Lei è l'ultima speranza che mi resta al mondo».

La mente di Kasey implorava di fuggire. Le parole della donna erano taglienti come un rasoio e la svuotavano di tutto ciò che era buono e gentile e onesto. «Non credo di poterlo fare», disse debolmente.

«Ma deve farlo. La prego, non dica così. Si segni il mio nome e numero di telefono e mi chiami fra qualche giorno quando si sarà un po' riposata. So che dev'essere esausta dopo aver aiutato quella giornalista. Va bene. Posso aspettare ancora qualche giorno. Ho aspettato tanto la sua venuta». Malgrado il tono cortese, controllato, la voce supplicava, implorando sollievo da una sofferenza che trascendeva il dolore fisico. Le parole strinsero il cuore di Kasey come se una mano gigantesca lo avesse afferrato e lo stesse stritolando.

«Non credo di poterla aiutare», ripeté piano. Nell'uscire

dalle labbra, le parole le lasciarono un sapore acido in bocca.

La donna rifiutò di darle ascolto. «Mi chiamo Bet Van Zandt. Mia figlia si chiama Denise, Denise Van Zandt. Il mio numero telefonico è...».

«*No!*», urlò Kasey al telefono. «Non posso farlo! Non decido io che cosa vedo. Mi capita e basta. Scusi, ora devo andare». Kasey spense il telefono e se lo strinse al petto. «Non posso farlo», pianse. «Non posso farlo, non capisce». Le ultime parole erano un bisbiglio doloroso.

Fece per gettare il telefono sul divano; le squillò in mano.

Kasey pensò a che cos'altro poteva dire a quella povera donna. Forse questa volta sarebbe riuscita a farle capire.

«Sì», rispose di nuovo.

Vi fu un altro lungo silenzio.

«Mi dispiace, signora Van Zandt, mi dispiace moltissimo per la sua pena...».

«Davvero?», la interruppe l'uomo. «Le dispiace anche per la mia pena?». Lei si sforzò di riconoscere la voce.

«Chi parla?»

«Diciamo soltanto che è qualcuno molto meno eccitato dal suo dono particolare della sua amica esibizionista Mueller».

Un balordo. Sapeva che prima o poi avrebbero telefonato. «E come mai?», chiese secca.

L'unica risposta fu un inatteso segnale di libero.

Lei snocciolò una sfilza di improperi e scagliò il telefono contro il muro, facendolo tacere per sempre.

Si premette le mani sulla bocca e rigettò quel poco che aveva mangiato a cena. Era quasi mezzanotte quando finalmente si alzò dal pavimento del bagno e si raggomitolò in posizione fetale sul divano con Sam fra le braccia.

Da Sir Robert's, un bar scuro e fumoso a South Broadway vicino all'8th, nel cuore del quartiere più malfamato di Nashville, un uomo quieto e scialbo, vestito con una vecchia e logora giacca di tweed stava seduto rimescolando lentamente il quarto cattivo scotch della serata. Era un habitué del locale, insieme agli altri clienti disoccupati e privati dei diritti civili.

L'uomo guardava con occhio distratto la televisione, immerso nell'amaro rimpianto di sogni impossibili, quando la sua autocommiserazione fu interrotta dall'annuncio dell'imminente servizio speciale su Kasey René Riteman, la donna che aveva condotto una troupe del telegiornale di Canale 9 fino al corpo di Donna Stanton.

Mandò giù il drink tutto d'un fiato e ordinò al barista di alzare il volume tanto da consentirgli di sentire sopra il chiasso del biliardino e del jukebox. Il barista lo accontentò con riluttanza, ma soltanto nella misura strettamente necessaria: da Sir Robert's la maggioranza dei clienti era poco interessata ai fatti di cronaca.

«Grazie, stronzo», mormorò l'uomo fra sé. «Mi dai un altro di questi? Non vedi che sto morendo di sete?», borbottò a voce alta.

La richiesta sgarbata gli valse un drink in dose ridotta e un'occhiataccia.

Per i trenta minuti successivi guardò il servizio con totale concentrazione finché non terminò con i commenti conclusivi di Brandie. «Sensitiva, un cavolo», brontolò fra sé. La curiosità iniziale si era trasformata in collera e la collera in odio. «Dovremo proprio occuparci di questa faccenda».

L'uomo ordinò al barista un altro drink, doppio stavolta.

Il bicchiere, al pari dei precedenti, fu vuotato tutto d'un fiato. Il liquido gli bruciò la gola e l'uomo strinse gli occhi e scosse più volte la testa per vincere il gusto sgradevole del liquore torcibudella. Ricordò i tempi in cui beveva Chivas. Si alzò dal bar e si appoggiò barcollando alla sedia per un momento, cercando di riprendere l'equilibrio. Accese la sua ultima Salem e gettò il pacchetto accartocciato sul pavimento sporco. Dopo aver frugato in fondo alla tasca anteriore dei pantaloni spiegazzati e aver gettato sul bancone due banconote molto sbiadite, una da dieci e una da cinque, l'uomo con la giacca di tweed scomparve nella strada.

Bill Monroe aveva un'aria ridicola mentre sedeva da solo a un tavolo d'angolo nella sala da pranzo del Cracker Barrel, il più lontano possibile dagli altri ospiti. Il tentativo di camuffarsi indossando un paio di jeans scoloriti, una camicia di cotone sgualcita e un berretto da baseball degli Atlanta Braves era servito soltanto ad attirare l'attenzione su di lui. La prima cosa che Fieldman notò non fu l'abbigliamento sciatto, ma gli occhiali da sole quasi neri alle otto di sera.

«Gesù, Willie, sembri un manichino di Wal-Mart dopo una scorribanda di vandali». L'uomo si lasciò cadere sulla sedia di fronte a Monroe, le spalle alla parete, lontano dalle finestre. Si sedeva sempre così, a costo di non andare a mangiare in un locale che non offriva una sistemazione del genere.

«Sei in ritardo!», si lamentò Monroe con voce rauca.

L'uomo si dondolò indietro sulla sedia senza rispondere.

Monroe si tolse gli occhiali da quattro soldi, ma tenne la mano destra accanto alla testa per nascondere in parte la faccia. Era a disagio. «Questo locale è troppo affollato», brontolò.

«Rilassati. Nessuno ti ha riconosciuto. Pensano tutti che sei solo un imbecille che tradisce la moglie. Anzi, pensano probabilmente che sei omosessuale, ora che sono arrivato io invece di una ragazza». L'uomo rise abbastanza forte da attirare qualche sguardo sul loro tavolo.

«Maledizione!», borbottò Monroe.

L'uomo tacque e il suo viso perse ogni espressione. Tirò fuori una Pall Mall da un pacchetto morbido semivuoto e la batté ripetutamente sul tavolo. «Hai un problema molto più grosso di quello che avevi venerdì, Willie, ragazzo mio». Accese la sigaretta e soffiò il fumo quasi in faccia a Monroe.

«Merda! Che cosa hai sentito?». Monroe era palesemente teso.

«Solo che la tua graziosa amichetta è stata presa, fatta fuori e poi sepolta in un campo sperduto in Maury County e che una parte del suo diario, quella che punta un dito proprio contro il tuo stupido culo secondo i telegiornali, non è stata ancora ritrovata. Vado bene fin qui, Willie?»

«Non era la mia amichetta, maledizione! Non l'ho mai toccata. Cercavo soltanto di procurarmi qualche notizia compromettente su Buddy Williams, tutto qui. Sapevo che lei aveva il materiale migliore su tutti i pezzi grossi della città, lui compreso. Ma non l'ho mai toccata, lo giuro, e non l'ho uccisa!». Con gesto nervoso mandò via una cameriera che stava venendo verso il loro tavolo, ma era ancora a tre metri di distanza.

«Ehi, Willie, non devi convincere me. Non farò parte della tua giuria». L'uomo masticò l'estremità della sigaretta e fece un largo sorriso.

«Devi fare qualcosa», implorò rabbiosamente Monroe. «Tutto quello per cui ho lavorato in questa elezione finirà nel cesso se non consegno quelle pagine e quei nastri ai media».

«A cosa diavolo servirebbe?», chiese l'uomo in tono incredulo. Aveva pensato che Monroe volesse distruggere i nastri.

«La persona da cui lei scappava, chiunque fosse, è in quei nastri. Lo so con sicurezza, com'è sicuro che ora sono seduto qui. Quando stava mettendo insieme quello che aveva su Williams, la Stanton disse di aver paura di qualcuno, ma non volle dirmi di chi. Ho l'impressione che non fosse Williams, o quel suo tirapiedi baciaculo, Slade. Era qualcun altro, qualcuno veramente potente. Devo scoprire chi era e fotterlo con la stessa merda che cercano di appiccicare a me».

Fieldman fece un fischio. «Non è un'impresa facile, Monroe. Se è possibile, e non dico che lo sia, costerà un bel po' di soldi».

«Non m'importa quanto costerà!». Abbassò la voce. «Trovami quei fottuti nastri prima che chiunque altro li stia cercando ci metta le mani sopra. Se vengono distrutti, lo sarò anch'io. Passi per uno in gamba che si destreggia bene; è ora che lo dimostri». Si guardò intorno per accertarsi che le sue parole non avessero attirato un'attenzione indesiderata. Ma nessuno si curava di loro.

L'altro non si mosse se non per aspirare ogni tanto una boccata di fumo della sigaretta.

«Conosci i poliziotti che indagano sul caso?», chiese Monroe.

«Sì», rispose Fieldman. «Ho già fatto un paio di telefonate ad alcuni amici nella polizia. Non preoccuparti, posso lavorarmi Vanover e quel cretino del suo compagno, Stark. Con Jordan Taylor il discorso cambia. Non è stupido come gli altri».

«Non me ne frega niente! Anche se fosse uno scienziato nucleare, lo devi sistemare e basta. Ci sono cento biglietti da mille nella valigetta ai tuoi piedi perché tu sappia che non sto scherzando. Chiamami appena sai qualcosa... qualsiasi cosa... capito?».

L'uomo assentì col capo ma ridacchiò mentre Monroe si alzava per andarsene. «Ehi, Willie, non dimenticare gli occhiali neri».

Capitolo diciannovesimo

Barnie Polaski terminò di scrivere i suoi appunti e compose il numero diretto di Jordan Taylor. Erano quasi le nove del mattino di mercoledì; aveva trascorso le ultime ventiquattr'ore a esaminare i resti di Donna Stanton che gli avevano detto molte cose. Era ora di trasmettere tali informazioni e, come richiesto, Taylor sarebbe stato il primo a conoscerle. Per quanto lo riguardava, se Slade voleva una copia del rapporto, poteva farsela dare dal capo della squadra investigativa. E se Slade lo faceva licenziare, un po' di riposo gli avrebbe fatto molto piacere.

«Taylor», rispose Jordan, cercando una matita per mescolare il caffè. Decise di usare un tagliacarte che somigliava a una piccola baionetta della seconda guerra mondiale.

«Ho terminato con lei», annunciò Barnie sbadigliando. Non aveva chiuso occhio da martedì mattina.

«Scendo subito». Jordan dimenticò il caffè e afferrò la giacca; faceva sempre un freddo tremendo nell'ufficio di Barnie.

L'ufficio del medico legale di Davidson County era situato nel seminterrato inferiore della Centrale di polizia al 200 di James Robertson Parkway, due piani sotto l'ufficio di Taylor. Jordan impiegò solo due minuti per raggiungere la porta esterna.

«Mi ha appena chiamato», disse alla vecchia zitella che faceva da segretaria a Barnie. Taylor aveva deciso anni prima che nessuno avrebbe lavorato volentieri in mezzo ai cadaveri per tutto quel tempo se avesse avuto abbastanza personalità per trovare un impiego meno macabro. E più caldo. Alzò il bavero della giacca.

«Lo so, capo Taylor, l'aspetta nel suo ufficio. Gradisce un caffè?».

Jordan rispose istintivamente di sì prima di rammentare che il caffè là sotto puzzava sempre di formaldeide. Aveva già commesso quello sbaglio. «No, grazie, Millie», si corresse. «Ne ho appena bevuto una tazza su in ufficio». Rabbrividì al pensiero della bevanda disgustosa.

Barnie era seduto dietro la scrivania, ingombra di libri e documenti ammonticchiati ovunque. Sembrava che Taylor fosse capitato nel bel mezzo di una vendita di oggetti usati. Jordan guardò il medico aggiungere una seconda zolletta di zucchero a una tazza di peste nera, come lui aveva battezzato il caffè servito lì giù. Era sicuro che non vi fosse dolcificante bastante a migliorarlo.

Infine Barnie alzò lo sguardo. «Siediti, capo, siediti. M'innervosisci stando lì in piedi».

Jordan si guardò intorno cercando invano un posto dove sedersi. L'unica altra poltrona nella stanza era quasi sparita sotto una montagna di cartelle e di schedari.

«Oh, per amor del cielo, sposta qualcosa. Non importa dove finisce, tanto non metterò mai in ordine tutta questa roba prima di morire». L'uomo più anziano fece un ampio gesto circolare con la mano libera mentre mescolava il caffè.

Jordan cercò di sgombrare la poltrona senza scompaginare le pile di documenti, ma una crollò e poi un'altra, spargendo le carte sul pavimento. Si volse verso la scrivania.

«Lascia stare, capo. Siediti. Siediti».

«Hai detto che avevi terminato con lei». La vecchia poltrona di pelle era dura come una panca di legno e Jordan avrebbe voluto alzarsi di nuovo in piedi, ma sapeva che se lo avesse fatto, si sarebbe sentito ripetere immediatamente «siediti, siediti, siediti». Cercò di trovare una posizione comoda.

«Ho finito verso le sei di stamattina. È proprio Donna Stanton. La dentatura inferiore corrisponde perfettamente. Ho anche confrontato le impronte con quelle rilevate dai tuoi ragazzi a casa sua ieri. Ho saputo che sua sorella ha preso la notizia molto male».

«Così hanno detto. Ma non è stata sorpresa. Che cos'hai trovato, dottore?». Jordan era dispiaciuto per Laurie Latham, ma aveva visto troppi parenti e amici piangenti nella sua carriera. La vita era dura e la morte anche più dura. Il suo lavoro era il delitto e castigo, non la terapia familiare. In questo momento gli servivano informazioni su un omicida.

«La morte risale a poco più di una settimana. La vicina non ha detto di aver visto la Stanton andarsene in fretta il 22?».

Jordan ci pensò un momento. «Sì. Era lunedì scorso, l'ultimo giorno in cui tutti quelli con cui abbiamo parlato ricordano di averla vista viva».

«Direi che è morta quel giorno». Barnie consultò il calendario sulla scrivania: «Sarebbero nove giorni oggi». Si grattò l'orecchio con una matita, studiando mentalmente la sua tabella. «Con le piogge che abbiamo avuto, la decomposizione sarebbe più o meno perfetta», annuì. «Non credo che l'omicidio sia avvenuto più tardi, nemmeno martedì 23».

«Com'è stata uccisa, Barnie?»

«Con un proiettile calibro dodici in testa. È entrato più o meno qui in cima», prese un cranio di plastica sulla scrivania e indicò il punto sul retro corrispondente al foro d'entrata del proiettile nella testa della Stanton, «ed è uscito qui, portando via tutto questo». Il medico legale indicò la parte mancante del viso tracciando una linea immaginaria col dito.

Jordan fu stupito dall'enorme quantità di ossa e di tessuti distrutti, ma poi considerò l'energia balistica di un proiettile delle dimensioni di un mezzo rotolo di nichelini. «A che distanza le ha sparato?»

«La canna era a non più di un palmo di distanza. L'esplosione ha bruciato i capelli per un raggio di dieci centimetri tutto intorno al foro d'entrata. Lei stava inginocchiata e gli volgeva le spalle. Direi che l'uomo è alto circa un metro e ottanta, forse uno e ottantacinque». Guardò Taylor sopra le lenti spesse. «Non è la prima volta che fa una cosa del genere e non sarà l'ultima. Ci scommetto la testa. Gli piace troppo».

Jordan rispettava la capacità di Barnie di penetrare nella

mente criminale. Sebbene a volte le sue introspezioni non avessero una base scientifica, risultavano sempre esatte. «Spiegami, dottore, perché dici questo?»

«Ci vogliono nervi d'acciaio e un senso malsano di potere assoluto per puntare un fucile alla testa di qualcuno e fargli letteralmente saltare le cervella. Non è come sparare da lontano, o anche con una pistola, se è per quello. È un carnaio, un vero carnaio. Ti sporchi tutto di sangue e di frammenti di cervello». All'udire quella descrizione così vivida, Jordan si rallegrò di non aver mangiato nulla quella mattina. «Inoltre, ha schiacciato il petto e l'addome, probabilmente con la pala, sperando di causare un minore avvallamento nel terreno quando il corpo si sarebbe decomposto. È il tipo di cosa che s'impara con la pratica, o in galera da un altro detenuto che ha commesso l'errore di non farlo. Se la sensitiva non avesse individuato il posto, dubito che sarebbe mai stata ritrovata».

«Come pensi che sia questo tizio, oltre a essere alto un metro e ottanta?»

«Caucasico. Biondo... capelli molto chiari. Ho trovato parecchi dei suoi peli pubici mescolati a quelli della donna. È morta sul colpo, naturalmente, ma non prima che lui avesse avuto rapporti sessuali con lei».

«Quanto tempo prima?»

«Due o tre minuti. Cinque al massimo. L'ha scopata, poi l'ha ammazzata. Un vero figlio di puttana con la mente malata». Barnie finì di bere il caffè.

Dopo gli anni passati con Polaski, Jordan si aspettava da lui rapporti meticolosi e dettagliati, ma non cessava mai di stupirsi di quante cose l'anziano medico riuscisse ad apprendere da un cadavere muto. «Che altro?»

«Ci sono un altro paio di cose che ho trovato particolarmente interessanti. Primo, c'erano due campioni di sperma nella vagina. Uno di poco prima della morte, l'altro di dieci o dodici ore prima. Gruppo sanguigno diverso, uomo diverso. Li ho mandati entrambi al laboratorio per l'esame del DNA nel caso tu avessi un sospetto». Jordan assentì in segno di apprezzamento. Barnie prese un enorme sigaro da una scatola sulla sua scrivania e se lo ficcò fra le labbra. Sarebbe rimasto lì, spento, per quasi tutta la giornata. Aveva smesso di fumare dieci anni prima, ma serbava l'abitudine di girare con un sigaro in bocca. «Secondo, ho estratto vari frammenti di metallo dalle suole delle scarpe da tennis della donna».

«Metallo. Che tipo di metallo?»

«Piccoli pezzetti di bronzo e di carbonio. Tondino da saldatore, per essere esatti. Il tipo di particelle che si staccano durante la saldatura, come scintille. Cadono sul pavimento di cemento di un'officina o di un garage e si raffreddano rapidamente. Hanno i bordi ruvidi, persino taglienti e si conficcano in qualsiasi suola morbida, come quella di una scarpa da tennis». Andò alla parete e riempì la tazza, volgendosi verso Jordan. «Quello che lei non può dirmi è: che cosa diavolo ci faceva una donna di classe come lei in un'officina poco prima di morire?».

Era una domanda a cui Jordan Taylor doveva rispondere.

Ringraziò Barnie e se ne andò. Era tempo di vedere quanto sapeva veramente questa sensitiva.

Sam si era svegliato alle otto e girava da due ore nell'appartamento in cerca di svago. Era già tornato due volte nel luogo dove dormiva la sua padrona per vedere se, per caso, si fosse alzata nel frattempo, ma tutte e due le volte l'aveva trovata ancora sotto le coperte, che russava sommessamente. Alla fine si accontentò di un sottile raggio di luce che filtrava da una fessura fra le tende della stanza e si spostava attraverso il letto con il sole. Ma il serpente bianco, che si muoveva lentamente sulle coperte, non reagì nemmeno ai suoi attacchi più aggressivi.

Quando il pugno pesante batté tre colpi alla porta d'ingresso, Kasey balzò giù dal letto.

«Kasey Riteman?», chiamò una voce così profonda che doveva provenire sicuramente dai piedi dell'uomo. Benché disorientata, Kasey era sicura di non conoscerla. Andò cautamente al centro della finestra dove si congiungevano le tende del soggiorno. Le scostò quel tanto che bastava per vedere a chi appartenesse la voce: il viso dell'uomo era a cinque centimetri dal suo, praticamente premuto contro il vetro, gli stretti occhi neri socchiusi per vedere all'interno della stanza.

«AAAHHH!», urlò Kasey al vederlo e si ritrasse immediatamente dalla finestra. Il suo movimento brusco lasciò le tende scostate di parecchi centimetri, consentendo all'uomo di vedere chiaramente la stanza.

E lei.

Kasey si rese conto di avere addosso soltanto un minuscolo paio di slip di cotone bianco e una maglietta senza maniche; gli altri indumenti, imbrattati del vomito della sera prima, erano stati messi a lavare. Verso mezzanotte si era trascinata barcollando fino al letto, troppo esausta per preoccuparsi se fosse o no vestita in maniera adatta a ricevere ospiti. Ora, il suo abbigliamento rappresentava un problema.

Kasey afferrò la coperta multicolore e se l'avvolse intorno, distogliendo lo sguardo dall'uomo solo per un momento. La sua sagoma gigantesca, proiettata sulle tende, aveva qualcosa di soprannaturale. Dopo pochi secondi, scomparve di vista.

Vi fu un colpo alla porta, un po' meno violento questa volta. «Signora Riteman, sono l'agente King. Il capo Taylor mi ha mandato a controllare». Sebbene ancora roboante, la voce aveva perso il tono minaccioso.

Lei sbirciò attraverso lo spioncino e vide un solo poliziotto in divisa nera davanti alla porta, anche se con i suoi centocinquanta chili di peso e il suo metro e novantacinque di altezza avrebbe avuto scarso bisogno di un collega.

Aprì uno spiraglio, sapendo che l'uomo poteva facilmente spingerla da parte se avesse voluto, con o senza la catena inserita.

«Signora Kasey René Riteman?», chiese l'agente, controllando il suo taccuino mentre parlava.

«Sì», rispose Kasey in tono esitante.

«Salve. Come ho detto, sono l'agente King. Il capo Taylor

ha cercato di chiamarla parecchie volte stamattina. Apparentemente il suo telefono è guasto. Va tutto bene?».

Kasey guardò i pezzi del portatile Sony sparsi sulla moquette accanto alla porta d'ingresso. Ricordava di averlo scaraventato via, ma non prevedeva che si sarebbe disintegrato. «Sì... benissimo. Il telefono... uh... mi è caduto ieri sera e ora sembra che non funzioni». Continuò a ripararsi dietro la porta.

«Già, è normale. A casa mia succede continuamente. Quattro ragazzi». Sfoderò un largo sorriso.

«Perché mi ha chiamato il capo Taylor?». La domanda le parve improvvisamente ridicola.

«Non l'ha detto, signora. Mi ha solo mandato a controllare e a darle un passaggio in macchina fino alla Centrale».

«Vuole che venga alla Centrale?», chiese lei, lasciando trasparire la sua preoccupazione nel tono della voce.

King protese un po' la testa di qua e di là, cercando di spingere lo sguardo oltre Kasey. Sentiva che qualcosa non andava. «È sicura di stare bene, signora?»

«Sì, sì, sto bene. Sono solo ancora un po' assonnata. Sono stati due giorni pesanti». Finse di sbadigliare come se si stesse svegliando in quel momento, sebbene, in realtà, la faccia dell'uomo alla finestra l'avesse proiettata di colpo dalla semi incoscienza alla totale lucidità. Ma era sicura che lui non si sarebbe lasciato ingannare. «Ho tempo di fare una doccia?», chiese speranzosa.

L'uomo abbassò gli occhi sulla coperta variopinta che le copriva buona parte, ma non tutto il corpo e fece un sorrisino. «Sì, signora. L'aspetto qui fuori. Ma il capo vuole che l'accompagni alla Centrale entro le undici».

Kasey guardò l'orologio sul videoregistratore: King aveva trentacinque minuti di tempo per fare contento Taylor. A lei ne rimanevano appena venti per fare la doccia e vestirsi. «Stupendo, grazie. Mi sbrigherò».

Il Metropolitan Criminal Justice Center (Centrale di polizia giudiziaria metropolitana), denominato CJC, o semplicemente Centrale dai detective e dagli agenti che vi lavoravano, spesso intimoriva chi vi andava per la prima volta. Kasey non fece eccezione alla regola e l'inquietante tragitto da casa al palazzo in un'auto di pattuglia accrebbe la sua ansietà.

Quando scese sul mare di cemento che formava il cortile anteriore del complesso e fissò il cilindro di mattoni rossi a tre piani che sorgeva al centro dello spiazzo bianco, simile a una versione moderna della Torre di Londra, ebbe l'assoluta certezza che loro sapevano del suo inganno.

«Lui la sta aspettando, signora Riteman».

Kasey si volse verso la sua scorta. Le tremavano le ginocchia.

«Quando entra dalla porta di vetro, dica semplicemente all'agente di servizio che il capo Taylor ha mandato un'auto a prenderla. Lo chiamerà subito».

Kasey si rese conto che l'agente King voleva esserle d'aiuto, ma le sue maniere brusche erano tutt'altro che rassicuranti. «Lui la sta aspettando... ha mandato un'auto a prenderla». Ripassò mentalmente quelle parole mentre attraversava lentamente il vasto cortile. Le suole di cuoio delle sue scarpe battevano rumorosamente sulla superficie levigata e l'eco rimbalzava minacciosa dalle due ali che sporgevano ad angolo retto a sud e a est della torre. "Perché King si è espresso così?", si chiese sprezzantemente. "Mi sta veramente aspettando come un cacciatore aspetta che un animale gli capiti a tiro?".

Quando giunse finalmente alle doppie porte di vetro, aveva la bocca asciutta.

Mentre stringeva fra le dita la fredda maniglia di acciaio inossidabile della porta di destra, fu tentata di fare dietrofront e scappare. Scappare di corsa. Se fosse andata da Brandie e le avesse detto perché aveva mentito, certamente lei, come donna, avrebbe capito la paura che era all'origine di quel piano pazzesco. Era sicura che Brandie avrebbe potuto spiegare tutto alla polizia in modo tale che sarebbero stati obbligati a lasciarla andare.

Dopo tutto, che cosa aveva fatto? Potevano tenersi i loro

soldi. Lei temeva per la sua vita, lo avrebbero sicuramente capito. Forse avrebbe potuto persino usare Joeyboy come carta vincente. Conoscere il nome dell'assassino sarebbe pur valso qualcosa per la polizia.

La faccia angosciata di Donna Stanton nel momento in cui Joeyboy le puntava con noncuranza il fucile sul capo prorup-pe dalla nebbia mefitica che la circondava, avvolgendo i suoi pensieri in un'ombra di paura. La polizia poteva metterla in prigione, ma Joeyboy l'avrebbe uccisa, assassinata con geli-do, patologico distacco. Ne avrebbe goduto, come quando aveva ucciso Donna Stanton. Kasey si chiese quanti altri ce ne fossero stati. La parte della sua mente ancora lucida lottò per mantenere un certo controllo sulla parte emotiva che sta-va rapidamente prendendo il sopravvento. Il suo corpo era ri-gido come una statua davanti alle porte della torre, l'imma-gine riflessa nel vetro scuro era quella di una donna che lei non conosceva né capiva più, una donna piena di rimorsi, di paura e di dubbi.

«Buon giorno», disse Taylor aprendo un poco la porta di si-nistra per salutare la bella rossa nel completo pantaloni ver-de acceso.

Kasey reagì come una bambina sorpresa dal fratello mag-giore sbucato fuori da un armadio all'improvviso.

Jordan vide l'effetto della sua inattesa comparsa. «Ehi, mi dispiace di averla spaventata. L'ho vista arrivare con l'agen-te e sono venuto ad accoglierla. Ho pensato che le avrebbe fatto piacere vedere un viso familiare. Il suo salvatore... ram-menta?». Le sue parole erano gentili e rassicuranti.

Kasey si mise le mani sul cuore. «Va tutto bene», mentì. «È stata la sorpresa». Lui spalancò la porta.

Lei gli camminò accanto mentre passavano davanti al ban-co della reception e percorrevano il corridoio di sinistra. Una volta attraversato lo stanzone pieno di detective che parlava-no forte al telefono ed entrati nella relativa solitudine del-l'ufficio privato di Jordan, Kasey cominciò a rilassarsi.

«Starà più comoda qui», disse Jordan chiudendo la porta dell'ufficio alle loro spalle. «Gradisce un po' di caffè?».

Kasey sarebbe stata più comoda a casa sua, addormentata sul divano con Sam, che in questo ufficio a lei sconosciuto, aspettando ansiosamente di sentirsi dire che avevano scoperto la magagna nella sua storia. Si sedette con riluttanza su una delle due sedie con la spalliera diritta davanti alla scrivania. «No, grazie», disse con finta cortesia. Sebbene avesse effettivamente voglia di bere qualcosa, il pensiero di un caffè versato da un bricco che probabilmente non era stato pulito da un decennio era poco allettante.

«Preferisce una Coca?», insisté lui.

Kasey si arrese; pensò che avrebbe avuto bisogno di bere qualcosa quando sarebbe iniziato l'interrogatorio. «Ha un analcolico?», chiese. Jordan sedette dietro la scrivania e alzò il telefono. Non aveva visto Pete o Re-Pete da prima delle dieci antimeridiane. Chiamò Feeney. «Chuck, mandami Pete e Brad appena tornano. Avvertili che ho Kasey Riteman qui in ufficio. E porta un Dr Pepper per la signora Riteman, per favore».

«Subito, capo», rispose Feeney.

Kasey mormorò un breve «grazie» e concentrò la sua attenzione sulle targhe e le fotografie che coprivano le pareti. Al momento non voleva pensare alla sua storia per timore di cominciare a modificare cose che non ne avevano bisogno: come cambiare una risposta in un test subito prima che l'insegnante raccolga i fogli, solo per scoprire poi che l'avevi azzeccata alla prima. Aveva fermamente deciso, a metà strada fra l'entrata e l'ufficio di Jordan, di attenersi coraggiosamente al racconto originale. Se riuscivano a screditarla, pazienza: non li avrebbe aiutati in alcun modo. Sapeva che doveva badare solo a non tradirsi da sola e rispondere sinceramente a tutto. Tranne l'unica grossa bugia, naturalmente, e sapeva che non doveva metterci troppo a rispondere alle loro domande. Sarebbe stato come camminare in delicato equilibrio su un filo teso sopra una fossa piena di alligatori pronti a divorarla se fosse caduta, ma persino quella sgradevole situazione era mille volte meglio che starsene lì ad aspettare che Joeyboy venisse a scovarla.

«Ecco il suo Dr Pepper, signora Riteman», le offrì Feeney, dopo che Jordan gli aveva fatto segno di entrare. Sorrise a Kasey; non capitava spesso di avere un'ospite così attraente nel reparto.

Kasey lo ringraziò e poi armeggiò nervosamente con la linguetta. Ora che era lì, non vedeva l'ora di cominciare. Più l'attesa si prolungava, peggio era.

«Grazie per essere venuta», disse Jordan dopo un lungo silenzio, irrompendo di nuovo nella sua fantasticheria, come aveva fatto giù all'ingresso. Questa volta lei trasalì appena. «Può fare una certa impressione, voglio dire, venire al CJC per la prima volta. Ho cercato di chiamarla, ma la società dei telefoni mi ha detto che il suo apparecchio era guasto». Si lasciò cadere sulla sedia accanto a lei, aspettando la risposta.

Kasey cercò di apparire sicura di sé, ma sapeva di avere gli occhi pieni di ansia. Ignorò l'ultimo commento di Taylor. «È come il primo giorno alla scuola superiore», osservò debolmente.

«Rammento quel giorno. Ne ho buscate da un paio di studenti del secondo anno». Jordan rise all'immagine e poi ricordò che aveva dovuto attendere di aver messo su venti chili di muscoli, giocando per due stagioni nella squadra di football dell'università, per regolare il conto con i due bulli che frequentavano ormai l'ultimo anno.

Le loro risate si fusero e si spensero dopo un momento. «Allora che cos'è successo al suo telefono, Kasey?».

Anche se il tono della domanda era premuroso, lei sapeva che altro non era se non un cortese interrogatorio. Il suo sguardo non vacillò. «Si è rotto».

Jordan sorrise, poi disse alla persona che bussava alla porta di entrare.

«Scusi il ritardo, capo». Entrando nella stanza, Vanover e il suo compagno si piazzarono volutamente in modo che Kasey, sempre seduta con le spalle alla porta, non li potesse vedere entrambi contemporaneamente. L'espediente sortì l'effetto desiderato d'innervosirla, e loro lo sapevano. La coppia aveva lavorato insieme abbastanza a lungo per essere in grado di comunicare tacitamente con lo sguardo o con un cenno di capo.

Taylor ridacchiò dentro di sé alla prevedibile manovra, ma rimase impassibile. Si sedette dietro la scrivania. «Kasey, ho detto a Pete e Brad che potevano rivolgerle una serie di domande che hanno compilato durante le ultime trentasei ore. Ora, per favore, cerchi di rilassarsi. Non è in arresto o altre brutte cose del genere. Abbiamo pensato semplicemente che lei potrebbe aiutarci a chiarire alcuni punti che al momento sono un po' confusi». I tre uomini sorrisero caldamente all'unisono. Kasey sapeva che era una delle scene che recitavano spesso con consumata maestria.

Aspirò a lungo e lentamente, poi fece un gran sospiro, senza curarsi di come potevano interpretarlo. «Non ho spesso il piacere di trovarmi in compagnia di persone così interessate». Li guardò ognuno negli occhi, voltando quasi completamente la testa per sorridere a Brad Stark. «Come posso aiutarvi?». Sedeva eretta e sicura, ma senza arroganza. Si alzava il sipario: era adesso o mai più.

Vanover spinse la sedia vuota verso la parete e sedette sul bordo della scrivania a sinistra di Kasey. Stark si piazzò all'estremo opposto. Era ancora impossibile per Kasey vedere bene entrambi gli uomini contemporaneamente. Jordan si adagiò indietro nella sua alta poltroncina girevole e incrociò le braccia con noncuranza. Era ovvio che avrebbe assunto il ruolo di arbitro, lasciando l'interrogatorio ai suoi uomini.

Ora toccava all'ostinato bastardo alla sinistra di Kasey condurre il gioco insieme al collega che non si era ancora manifestato.

Vanover aprì un pacchetto rigido di Marlboro e batté una sigaretta sul piano della scrivania di Taylor. «Le dà fastidio se fumo, signora Riteman?», chiese seccamente, ma lei comprese che la sua era una domanda rituale, dettata da un codice di comportamento sociale che lui chiaramente non sottoscriveva in spirito. Forse non avrebbe acceso la sigaretta se lei avesse obiettato, ma Kasey sapeva che non gli importava un accidente di darle fastidio. Alzò leggermente le spalle e

Vanover accese senza indugio la sigaretta che gli penzolava dalle labbra. «Spero che il capo l'abbia ringraziata per essere venuta qui, signora Riteman. C'eravamo preoccupati quando lei non rispondeva al telefono». Aspirò una profonda boccata e fece un maldestro tentativo di soffiare il fumo verso lo sfiatatoio nel soffitto.

Kasey annuì leggermente, ma non offrì a Vanover nemmeno la breve spiegazione che aveva dato a Taylor.

Lui lasciò correre.

«Devo dirle, signora Riteman, che abbiamo visto il suo show su Canale 9 ieri sera. Era interessante, non trovi, Brad?»

«Sì, interessante», fece eco Stark.

«Abbastanza misteriosa questa faccenda delle sue visioni paranormali. Non è come rispondere al telefono in un ufficio, vero?». Le si accostò. «Quando ha capito per la prima volta di essere una sensitiva, signora Riteman?».

Kasey aveva immaginato che Vanover avrebbe usato quell'approccio la volta successiva al loro primo incontro. «Non mi sono mai realmente considerata una sensitiva, detective Vanover, come certi uomini e certe donne. A volte vedo cose che si avverano, tutto qui. La morte di Donna Stanton è stata una di quelle».

«E le altre volte?», chiese Stark.

«Tutte un po' diverse, temo, detective...».

«Sergente Stark, signora», rispose Stark.

Kasey prese nota del nome.

«Quindi, inaspettatamente una notte ha immaginato questa piccola tiritera su Donna Stanton, una donna che lei afferma di non aver mai incontrato prima, e miracolo!». Kasey si ritrasse. «È successo tutto esattamente come lei aveva sognato». Questa volta Vanover le soffiò il fumo in faccia a denti stretti.

Kasey non batté ciglio quando la densa nuvola grigia le fluttuò sul capo. «Lei è un tipo molto intelligente, detective Vanover. La maggioranza delle persone in genere non afferra il significato delle immagini paranormali così in fretta».

Jordan per poco non scoppiò a ridere a quella risposta.

In contrasto con il muto divertimento del capo, il sarcasmo di Kasey fece infuriare il bersaglio delle sue parole. «Ho passato tutto ieri a controllare il suo passato, signora Riteman, e non ho trovato niente che confermi la sua asserzione di essere una sensitiva o di aver avuto un episodio paranormale. Se vuol sapere la mia opinione, io penso che lei abbia assistito all'omicidio di persona, molto semplicemente. Forse vi ha persino partecipato e ora cerca di rivendere questa storia assurda ai media per... quanto le daranno per il suo incomodo... cinquanta bigliettoni, se non vado errato».

Jordan fu sorpreso dalla rivelazione di Vanover. «È esatto quello che dice Pete?»

«Sì. È la somma che mi ha promesso la stazione televisiva, compresa la ricompensa offerta dalla sorella», rispose lei in tono calmo. Jordan si adagiò di nuovo indietro, colpito dalla notizia. Cominciò a rivedere il suo giudizio sulla donna seduta di fronte a lui.

«È un bell'incentivo a mentire, non le pare, signora Riteman?», chiese Stark. «Un sacco di gente ha mentito per meno».

«Perché è così sicuro che io abbia mentito, sergente Stark?»

«Perché non credo che si possa vedere il futuro, signora Riteman».

Vanover tentò un approccio diverso. «Sapeva che la sorella ci ha detto che Donna aveva con sé gioielli per oltre duecentomila dollari quando è scomparsa, signora Riteman, nonché una Caddie che ne valeva almeno altri trentamila o giù di lì? Se somma tutto insieme, è quasi un quarto di milione di dollari». Si protese ancora di più verso di lei. «Qualcuno ha incassato un bel po' di quattrini togliendola di mezzo. Ha idea di chi possa essere stato, signora Riteman?»

«Temo di no, tenente Vanover, ma se mi venisse in mente qualcosa, non mancherò di dirlo al suo capo». Era abbastanza sicura che il detective non l'avrebbe realmente schiaffeggiata per il suo continuo sarcasmo, anche se quell'idea le attraversò la mente.

Vanover era visibilmente irritato. «Chi era il tipo biondo nel frutteto quella notte?», chiese, sperando che i pochi indizi certi sul sospetto omicida la facessero confondere.

Il ricordo dei corti capelli biondi di Joeyboy mentre stava fra i due alberi volgendole le spalle le invase la mente. Desiderava consegnarlo alla polizia più di quanto loro potessero immaginare, ma sapeva che facendolo si sarebbe messa in una situazione infinitamente peggiore di quella in cui si trovava ora. «Non ricordo di aver sognato un uomo biondo», rispose con noncuranza, aggiungendo un sorriso. «Dovrebbe essere implicato nella morte di Donna Stanton?»

«Sa benissimo che è così», replicò Stark con asprezza.

«So soltanto quello che vi ho già detto, signori, e niente più». Mantenne il suo atteggiamento di cortese fermezza, ma il coraggio la stava rapidamente abbandonando. Doveva mettere fine a questo interrogatorio al più presto, era troppo tutto in una volta.

«Davvero? Deve ammettere, signora Riteman, che persino cinquanta bigliettoni impallidiscono accanto al suo quarto di milione di dollari».

«Mi sta dicendo che, secondo lei, ho realmente avuto qualcosa a che fare con l'omicidio, detective Vanover?»

«Sto dicendo che non credo nei sensitivi e che centoquindici biglietti da mille non sono pochi, specialmente per una cameriera spiantata con uno schifo di macchina, un paio di genitori morti e cinquanta miseri dollari in banca».

Le sue parole crudeli bruciarono come fuoco. Kasey non era sorpresa che la polizia avesse controllato il suo conto in banca, se l'aspettava dopo l'avvertimento di Brandie. Ma sapere che sarebbe potuto accadere non valse a diminuire il senso di violazione che la assalì. «Se essere povera è un reato, allora mi arresti, tenente Vanover. Altrimenti, sono stanca delle sue accuse e ho di meglio da fare che starmene ancora seduta qui ad ascoltarle». Si alzò afferrando la borsetta che aveva posato sul pavimento accanto alla sedia.

Sapeva che Vanover non aveva alcuna prova concreta per poterla collegare al delitto. A un certo punto, in mezzo alle domande martellanti e alle accuse vaghe, se n'era resa conto. Volse lo sguardo all'uomo seduto al centro. «Desidero ringraziarla, capo Taylor, per la deliziosa mattinata. È stata molto divertente. Ora, se intende accusarmi dell'omicidio di Donna Stanton o di complicità nella sua morte, me lo dica subito così posso chiamare il mio avvocato e Brandie Mueller. Sono sicura che piacerebbe molto a tutti e due sentire com'è giunto a questa conclusione. Non manchi di salutare i suoi due amici da parte mia». Si girò e andò alla porta. «Se ha qualche domanda che valga veramente un po' del mio tempo, sono certa che saprà dove trovarmi».

I tre uomini non si mossero quando lei uscì sbattendo la porta. Feeney alzò gli occhi al rumore e guardò la bella visitatrice attraversare la stanza con passo disinvolto in direzione della porta d'ingresso.

Jordan fece un sorrisetto. «Non credo che tu le vada molto a genio, Pete, e non posso biasimarla». Divenne più serio. «E che cos'è questa storia che potrebbe essere sospettata di omicidio? Ammetto che sa più di quanto dice, ma non è un'assassina».

Vanover accese un'altra sigaretta e rigirò l'accendino fra le dita. Ancora irritato dallo scarso spirito collaborativo di Kasey e dal rimprovero di Taylor, non era in vena di spiegazioni.

«Non dirmi che stavi cercando semplicemente d'innervosirla», osservò Jordan, divertito.

«Sa più di quanto dice, capo, e lei lo sa». Gli occhi di Vanover erano torvi.

«Anch'io sento odore di depistaggio», aggiunse Stark. «Potrebbe persino sapere dove sono i nastri mancanti, o addirittura averli lei».

«Me ne infischio di che odore sentite o di cosa credete di sapere. Per quanto ne so io, è autentica. E ora ha il pubblico dalla sua parte. L'adorano. Non sarà facile screditare questa signora senza qualcosa di più concreto del tuo fiuto, Stark». Guardò Vanover. «Hai scoperto qualcosa nel suo passato che t'induca a ritenerla capace di un simile delitto?».

L'altro esitò.

«Beh?»

«No. Ma non ho trovato nemmeno qualcosa che dimostri che è una maledetta sensitiva!». Il tono di Vanover era deciso.

«E i due ragazzi che rimasero uccisi durante il suo ultimo anno alla scuola superiore? Lei lo aveva predetto, sai?»

«Come lo sa? Gliel'ha detto lei?», fece Vanover, stizzito.

«Perché diavolo dovrebbe raccontare una frottola?»

«Mi vengono in mente cinquantamila ragioni», replicò Vanover, «anche se lei non ha partecipato materialmente al delitto».

«Ma inizialmente ha chiamato qui, prima che ci fossero in ballo dei soldi. L'hai spaventata, ricordi?»

«Se fosse stata in buona fede, avrebbe continuato a parlare con me invece di correre da quella puttana ficcanaso di Canale 9». Vanover si girò verso la finestra, tutto concentrato su come smascherare la donna che lo aveva fatto infuriare.

«È quello che ti brucia veramente, eh, Pete? So quanto detesti la Mueller. Ora sei doppiamente irritato perché lei non è crollata sotto il tuo interrogatorio. Spiacente, amico caro, ma non mi pare che tu abbia in mano qualcosa di concreto. Siamo sinceri, Pete», Taylor si mise a ridere, «tu non credi semplicemente negli indovini».

«Non ci ha detto un accidente di niente. Credo che dovremmo interrogarla ancora, forse chiedere addirittura un mandato di perquisizione per il suo appartamento». Stark si alzò e assunse il suo atteggiamento più determinato.

«Non se ne parla, Brad. Non esiste un motivo valido, lo sai bene. Anche tu sei soltanto infuriato. E interrogarla di nuovo? Perché? Per sentirvi ripetere la stessa cosa. Non sa niente più di quello che vi ha già detto. Ci scommetterei».

«Beh, io no», borbottò Vanover fissando il capo negli occhi.

«Ascoltate, ragazzi, questa volta avete fatto i duri senza ottenere nulla e non andrà meglio in futuro. A suo modo, è dura come una sbarra d'acciaio. Ora, se potete collegarla con la morte della Stanton, se trovate qualche prova concreta, vi autorizzerò a portarla qui e torchiarla finché non vi dice cose che non sapeva nemmeno di sapere. Fino ad allora, lasciate che se la lavori il vecchio esperto». Fece un largo sorriso e si dondolò sulla sedia. «Dio sa che non posso fare peggio di voi due».

L'uomo di Giacano rispose alla telefonata che gli aveva passato il centralino; non riconobbe il nome della persona che chiamava, sebbene avesse chiesto specificamente di lui.

«Pronto», disse con voce annoiata, mettendosi a sedere. Riceveva continuamente telefonate da gente che non conosceva, gente che aveva sentito il suo nome alla televisione o lo aveva letto sul giornale.

«Soooono Johnny», fu l'irritante risposta.

«Perché diavolo mi chiami su questa linea? Dovresti usare il mio cellulare», lo redarguì bruscamente, attento a non farsi sentire.

«Il cliente della Bell South Mobility che state chiamando non può essere raggiunto in questo momento. Siete pregati di riprovare più tardi». Joeyboy imitò la voce dell'operatore della società telefonica.

L'uomo di Giacano guardò il telefono cellulare Nokia posato sulla sua scrivania; era spento. «Non ha importanza. Non chiamarmi mai più a questo numero».

«Rilassati, ti farai venire l'ulcera. Nessuno conosce la mia voce. Penseranno che sono solo uno dei tuoi devoti ammiratori».

«Vaffanculo», ringhiò il poliziotto. Detestava Joeyboy e gli avrebbe cacciato volentieri una pallottola nel cervello se fosse dipeso da lui. Forse un giorno. Il pensiero lo fece sorridere.

«Ooh, ora va meglio. Non ti domando nemmeno se hai visto quel fottuto special ieri sera. Immagino che metà di questo maledetto Stato lo stesse guardando».

«La sensitiva?», disse, ma era una domanda retorica.

«No, la fottuta pubblicità della Pepsi. Ci hai parlato?»

«Proprio ora. È andata via meno di un minuto fa».

«E?»

«E cosa?»

«Cosa sa la sensitiva che non ha ancora detto a quella puttana della Mueller?». Joeyboy era palesemente molto turbato dalla trasmissione.

«A questo punto non sono sicuro...».

«Non sei sicuro!?»

«Sono ragionevolmente sicuro che lei non sa nient'altro. Se sa qualcosa che non ci ha ancora detto, lo scoprirò presto». Il poliziotto voleva terminare la conversazione prima che venisse qualcuno. «Perché vuoi saperlo?»

«Perché? Semplice. Questa storia non mi piace, anzi, mi fa impazzire. Quella conduce la Mueller sulla tomba come se fosse stata accanto a me quando la Stanton è stata seppellita». Joeyboy strappò la linguetta di una lattina di birra, la terza della mattinata. «Dev'essere eliminata. Ora!».

«Non sta a te decidere, ricordati. Tu prendi ordini dall'alto, esattamente come me».

«Sì, beh, tu ricordati che non me ne starò con le mani in mano e non mi lascerò fregare da lei, con o senza il permesso del vecchio». Mandò giù metà della birra.

«Non farai nulla finché non te lo diranno, o non riuscirai nemmeno a contare tutti quelli che il vecchio manderà ad ammazzarti». Il poliziotto si era alzato in piedi. «Non vuole che venga toccata, per il momento; scotta troppo». Si accertò che la sua voce non fosse giunta ad altri orecchi. Nessuno era abbastanza vicino per sentire.

La minaccia, il fatto che gli era stato appena prospettato era l'unica cosa che trattenesse Joeyboy dal compiere il breve tragitto fino all'appartamento di Kasey e spararle in testa non appena possibile. Finì di bere la birra e schiacciò rabbiosamente la lattina. «Sì, beh, se quella puttana fa uno dei suoi fottuti sogni sul tizio che ha fatto fuori la Stanton, non pensare nemmeno per un attimo che vivrà abbastanza per comparire un'altra volta in televisione. Me ne frego del vecchio».

«Sì, beh, non parliamo del futuro: parliamo di adesso. E per adesso, stai lontano da lei. Capito?»

«Certo, certo, nessun problema». Joeyboy roteò gli occhi. «Ehi, senti un po', ancora una cosa prima che torni ad acchiappare i delinquenti».

«Cosa?». Aveva esaurito la pazienza.

«Ehi, non ti arrabbiare. Prendiamo tutti e due ordini dall'alto, rammenti?». Joeyboy ridacchiò compiaciuto.

«Cosa?», ripeté l'uomo con odio.

«Sai quella ballerina con le tette fuori che è stata trovata nel vicolo l'altro giorno?».

Il detective abbassò il ricevitore al livello della vita. Aveva bisogno di un momento di pausa. Avvicinò di nuovo il microfono alle labbra. «Non dirmi che è stata opera tua, depravato figlio di puttana».

«Ehi, sarebbe stata un problema. Aveva sentito qualcosa. Il vecchio avrebbe approvato». L'approvazione o disapprovazione di Giacano non gli era mai passata per la mente; la ballerina era autoconservazione, né più né meno.

«Suppongo che ora dovrei insabbiare l'indagine?»

«Era una ballerina con le tette fuori, per amor del cielo, non una persona vera. Non ti mettere a cercare quelli che la conoscevano, tutto qui».

«Sei pulito?», chiese seccamente, come se stesse controllando il pannolino di un bambino viziato.

«Certo, bello mio. Candido, come sempre».

Il detective si sentì sollevato, ma non sorpreso. La pratica rende perfetti. Sapeva che, se nessuno avesse premuto per una soluzione dall'interno, il caso sarebbe finito come altri cento prima di quello: nel nulla.

Era una spogliarellista, dopo tutto. Non il presidente dell'Associazione genitori-insegnanti o del Rotary Club. «Nient'altro?», chiese.

«No, direi di no. Sei stato molto utile, agente Amico».

L'uomo di Giacano strinse a pugno la mano libera. «Sai che tu e io dovremo sistemare le nostre piccole divergenze quando sarà tutto finito, vero?».

A differenza della minacciata ira di Giacano, le parole del detective non fecero accelerare il polso di Joeyboy nemmeno di un battito, se non in gradevole aspettativa. «Credo che mi piacerà più che scopare tua figlia quando sarai morto».

Riattaccò prima che il poliziotto potesse rispondere.

Kasey si era tolta le scarpe con i tacchi e camminava scalza, a passo svelto, lungo James Robertson Parkway quando Jordan le si accostò da dietro nella sua auto senza contrassegni. Lei tremava ancora dopo la sua sparata nell'ufficio di Taylor ed era sicura che sarebbero venuti ad arrestarla da un momento all'altro.

Quando guardò sopra la spalla per la ventesima volta in dieci minuti e Taylor la salutò con la mano attraverso il parabrezza della berlina, Kasey non si fermò. Ma si rassegnò a malincuore ad un altro angosciante incontro con Vanover e Stark. Non era sicura di poterli affrontare di nuovo a così breve intervallo senza crollare.

«Mi sono ricordato che non aveva macchina», disse Jordan abbassando il finestrino dal lato del passeggero e cercando di non sbattere contro il bordo del marciapiede. Kasey si limitò a guardarlo con aria truce, le scarpe penzolanti da una mano, la borsetta dall'altra. «Ha intenzione di andare a casa a piedi?».

Quando rischiò di urtare un idrante e si rese conto che i suoi sforzi non approdavano a nulla, Jordan avanzò di cento metri e fermò la macchina.

Scese e le si piazzò davanti sul marciapiede.

Kasey gli passò accanto senza una parola o uno sguardo.

Divertito, la seguì a un passo di distanza. «Ha tutti i diritti di essere in collera, Kasey, ma non con me. Non avevo idea che Vanover avrebbe usato quel tono insultante interrogandola».

Kasey si fermò così di botto che Jordan la urtò leggermente. Fece un passo indietro.

«Lavora per lei, no?», lo apostrofò bruscamente.

«Certo, ma non mi dice tutto quello che pensa prima di aprire la bocca». Affondò le mani nelle tasche dei pantaloni per apparire più benevolo.

«Lei sa che sta cercando di addossarmi la colpa per la morte di Donna Stanton dalla prima volta che mi ha visto. Non mi piace e non lo accetto. Io non ho avuto nulla, capito, nulla a che fare con l'omicidio!».

«Lo so, Kasey», disse lui dolcemente, sperando di calmarla.

«Inoltre, non ero... Come ha detto?», chiese a metà frase, sicura di non aver udito bene.

«Ho detto che so che lei non ha avuto nulla a che fare con la morte di Donna Stanton».

Le sue parole la fecero ammutolire.

Le sorrise con calore. «Ascolti, credo che lei sia un'autentica sensitiva e vorrei esprimerle il mio apprezzamento per essersi fatta avanti. Senza di lei, Kasey, forse non avremmo mai saputo che fine avesse fatto Donna Stanton. Sarebbe ancora sepolta in quel campo sperduto. Ora invece abbiamo prove solide e possiamo accusare di omicidio il bastardo che l'ha uccisa quando lo prenderemo».

Kasey era stupefatta. E sollevata.

Fino a un momento prima, ce l'aveva con i poliziotti, tutti i poliziotti. Ora sembrava che quest'uomo, che l'aveva già soccorsa due volte, lo facesse di nuovo. Fece un largo sorriso. «Prego, non c'è di che», disse.

Risero un momento insieme sul marciapiede e la tensione fra loro svanì come il vapore che fuoriesce da una valvola aperta. «Ha fame?», le chiese.

«Sì, un po'». Il suo stomaco brontolava al pensiero del cibo.

«Vuol mangiare un boccone prima che l'accompagni a casa? Il meno che posso fare dopo averla sottoposta a Pete e Re-Pete è offrirle un hamburger». Inarcò le sopracciglia e reclinò scherzosamente il capo.

«D'accordo», accettò ricambiando il sorriso. «Sembra abbastanza innocuo».

Capitolo ventesimo

Kasey divorò l'hamburger e le patatine fritte che Jordan aveva ordinato per lei al Back Yard Burger in Wayne Avenue, a due isolati dalla Centrale. Lui non aveva quasi toccato cibo e osservava con muto interesse la donna che mangiava con voracità.

Lo stomaco di Kasey brontolava rumorosamente da quando l'agente King l'aveva svegliata due ore prima e dopo tutta la tensione e l'ansia della mattinata, sommate al fatto di aver rimesso la cena della sera prima, persino il fast food aveva un sapore insolitamente squisito. Era più o meno come la volta che aveva provato a fumare l'erba all'università e l'indomani mattina si era ritrovata a mangiare tutto quello che le capitava sottomano.

«Fanno un ottimo hamburger», disse finendo l'ultimo boccone. Il ventilatore sopra il tavolo da picnic nel patio le agitava dolcemente i capelli e recava un gradevole refrigerio in una giornata che si stava riscaldando rapidamente. «Era un po' che volevo fermarmi in uno di questi locali ma poi finivo sempre da Wendy's o McDonald's». Mangiò l'ultima patatina fritta, aggiungendovi un pizzico di pepe prima di ficcarsela in bocca. «Lei ci viene spesso?», chiese, allungando la mano per prendere il suo drink. Non era il suo miglior tentativo di conversazione spiritosa e stimolante, ma decise che non poteva fare di meglio date le circonstanze. Era troppo stanca e svuotata per essere sexy o intelligente.

Jordan sorrise al vedere la sua ospite così vivace e animata. Sembrava molto diversa dalla donna triste e spaventata che aveva incontrato nel frutteto. «Una o due volte la settimana. È vicino. Sono contento che le sia piaciuto».

«Non ha mangiato quasi nulla».

«Non avevo fame, immagino. Ho bevuto tutto il caffè». Spilluzzicò una patatina fritta e guardò una coppia ordinare qualcosa al banco.

«Che cosa c'è?», gli chiese, intuendo che le taceva qualcosa.

Jordan volse di nuovo gli occhi verso di lei. «Avevo intenzione di rivolgerle qualche domanda sulla sua visione una volta usciti dalla Centrale, ma ora non sembra più tanto importante».

Kasey si sforzò con riluttanza di rivolgere di nuovo la mente alla questione che non era stata completamente risolta in ufficio, come lei ben sapeva. Decise che se doveva rispondere ad altre domande, preferiva essere interrogata da Jordan che dai due villani maleducati di prima. Appoggiò i gomiti sul tavolo di cemento levigato, reggendosi la testa fra le mani. «Avanti, signor poliziotto, mi faccia le domande. Cercherò di non aggredirla questa volta».

Lui bevve un sorso di tè freddo. «Lei sa molto di più su quella notte di quanto ci ha detto, vero?».

Kasey fu colta di sorpresa dalla domanda e non seppe che cosa rispondere. La sua mente annaspò cercando le parole giuste. Jordan dubitava di lei malgrado la sua professione di fede? Le venne un nodo allo stomaco. «Come?», fu tutto quello che riuscì a dire.

«La sua visione non era limitata all'ubicazione del corpo di Donna dopo la morte, vero? Se ben ricordo, nel suo sogno ha visto dettagli dell'omicidio e poi della sepoltura».

Kasey emise un tacito sospiro di sollievo. «Non capisco bene dove vuole andare a parare, Jordan. Potrebbe essere un po' più preciso?». Bevve un sorso di tè, non tanto perché avesse sete quanto perché sentiva il bisogno di tenere le mani occupate.

«Devo sapere tutto ciò che può dirmi sull'omicidio. Qualsiasi indicazione sulla pista da seguire, anche se a lei sembra del tutto insignificante, può risultare preziosa per la nostra indagine. Al momento, temo che lei sia la nostra unica risorsa».

«Mi pareva che avesse detto che avevate raccolto prove sufficienti per inchiodare l'assassino di Donna». Sentirgli ammettere che la sua squadra era a un punto morto l'angustiava. Joeyboy non poteva rimanere a piede libero.

«Abbiamo vari elementi che si possono usare per condannare l'uomo, o gli uomini, una volta presi, ma prima dobbiamo prenderli. Temo che le prospettive non siano incoraggianti». Le sembrò frustrato; gli occhi avevano perso la loro vivacità.

Kasey avrebbe voluto gridare forte il nome di Joeyboy, ma non riusciva a vincere il timore che lui venisse a ucciderla. Non riusciva a scacciare l'immagine dell'uomo che le puntava il fucile sul capo. «Ha detto "uomo o uomini". Perché pensa che potessero essere più di uno?», chiese. La Jaguar nera le apparve dinanzi agli occhi della mente come un film amatoriale, proiettato sulla parete alle sue spalle.

«Non può raccontare a nessuno quello che sto per confidarle, capito?». Non stava scherzando e la sua espressione lo dimostrava.

«Certo», promise.

«Dal corpo della morta sono stati prelevati due campioni di sperma, uno fresco e uno che risaliva a parecchie ore prima, probabilmente a quel lunedì mattina. Se non troviamo l'uomo corrispondente a ciascuno dei due campioni, non abbiamo altro che poche cellule su un vetrino e un DNA anonimo».

Kasey si commosse nell'apprendere che due uomini diversi avevano avuto rapporti sessuali con Donna nell'ultimo giorno della sua vita, uomini che l'avevano usata e poi gettata via come un sacco di spazzatura. Sapeva chi era stato l'ultimo uomo, conosceva il suo nome, se non il suo viso. "Il primo non sarà stato per caso Bill Monroe?", si chiese. "Era lui l'uomo nella Jaguar nera?". «Non può assolutamente permettere a quei bastardi di farla franca!», sbottò.

«Chi?», chiese subito Jordan.

«Cosa?». L'esclamazione rabbiosa le era scappata di bocca.

«Ha detto che non posso assolutamente permettere a quelli di farla franca. Permettere a chi di farla franca? Ha visto più di un uomo?». Si protese avanti e le prese le mani.

Kasey voleva mettere da parte le paure che l'avevano assillata per nove giorni, le immagini che le avevano rubato il sonno e la pace. A volte, temeva che la facessero uscire di senno. Tirò via le mani e se le portò al viso, come una bimba spaventata. «Mi dia un minuto, per favore». Nascose il viso fra le mani e appoggiò i gomiti sul tavolo. Per quasi un minuto non disse una parola.

Jordan sedette quieto, in attesa.

Kasey tolse le mani dal viso e lo guardò. Non riusciva proprio a pronunciare il nome, anche se ciò significava che Joeyboy sarebbe rimasto a piede libero; la paura era più forte di tutto. «Non vedo nessun particolare dell'uomo. È tutto confuso. Vedo soltanto Donna Stanton inginocchiata per terra che ci grida di trovare gli uomini che l'hanno uccisa». Kasey esalò un lungo respiro e prese il suo bicchiere di tè con mano nervosa.

«Ma continua a parlare al plurale, Kasey. Erano più di uno gli uomini coinvolti nella morte di Donna?». Poteva immaginare facilmente Monroe, con tutto quello che aveva da perdere, dietro il delitto brutale.

Kasey sapeva che, avendo menzionato accidentalmente un secondo uomo, doveva dare qualcosa a Jordan per pacificarlo. «Vedo una sagoma vaga dietro di lei al momento della sua morte. Impugna un fucile a canna corta di qualche tipo».

«Quello sarebbe il fucile usato per ucciderla», interloquì Jordan, protendendosi ancora di più verso di lei. «Che altro?». La sua impazienza cominciava ad affiorare.

«Vedo la sagoma di una macchina accanto al campo, una macchina che parte subito dopo la sua morte. C'è dentro qualcun altro, ma non posso dirle nulla riguardo al conducente». Si strinse le braccia intorno alla persona come se un vento freddo l'avesse sfiorata. Era una sensazione reale. «È tutto qui, davvero. Temo di non poterla aiutare più di così».

Jordan era palesemente incuriosito dall'accenno a un secondo veicolo nel frutteto. Non poteva lasciar correre. «Che tipo di macchina guidava l'altro uomo, Kasey?», la incalzò.

«Non riesco a distinguerla», rispose lei, ora con voce bassa e monotona.

«Si sforzi, Kasey», disse a voce più alta, come se potesse aiutarla a vedere più chiaramente.

«Non riesco a vederla», mormorò lei.

«Deve riuscirci», insisté in tono brusco, scuotendola dal suo stordimento.

«Ho detto che non c'è altro, maledizione!». I caldi occhi castani, fissi su di lui, si strinsero, scuri e minacciosi. «Non insista, Jordan. Non posso vedere qualcosa che non c'è solo per farle piacere. Non è così che funziona». Distolse lo sguardo, palesemente irritata dalla sua insistenza. «Non so quando, o se, avrò mai un'altra visione».

Jordan capì di aver insistito troppo. «Mi dispiace, Kasey, veramente. La prego di capire che sto solo cercando di trovare le risposte e lei è l'unica fonte che ho al momento. Voglio che i responsabili di questo delitto vengano puniti e voglio sapere perché è successo». Le prese le mani e le strinse con dolce fermezza.

«Lo voglio anch'io», sussurrò lei.

Mentre Jordan si faceva abilmente strada in mezzo al moderato traffico pomeridiano del centro città, Kasey sedeva in silenzio osservando le auto alla sua destra. Si sentiva ancora scombussolata dalle sue insistenti domande durante il pranzo e non desiderava altro che essere accompagnata a casa.

Jordan aveva altri progetti.

Quando passò Murphy Street in Charlotte Avenue, voltò rapidamente a sinistra e percorse la 25th Avenue fino a Leslie. Cento metri a ovest sorgeva il Partenone, una copia in grandezza naturale del famoso monumento greco, circondato da trentadue ettari di parco splendidamente curato.

S'infilò in uno spazio fra due auto parcheggiate all'estremità nord del laghetto artificiale e spense il motore. «È una giornata così bella che non posso rinunciare all'opportunità di ricominciare da capo con lei. Vuole fare due passi intorno al lago con me?»

«A che scopo?», replicò freddamente. «Per potermi interrogare di nuovo?»

«Sono quello che l'ha salvata dal poliziotto cattivo nel frutteto. Non ho un certo merito?»

«È anche quello che me lo ha aizzato di nuovo contro stamattina», gli rammentò, incrociando le braccia e facendo il broncio.

Jordan non replicò. Batté ritmicamente i pollici sul volante, in attesa. Sapeva che lei avrebbe ceduto.

Kasey studiò silenziosamente il suo profilo. Vide la stessa aria di fanciullesca innocenza cui non aveva mai saputo resistere da quando aveva incominciato a uscire con i ragazzi. Gli piantò un indice nella spalla dichiarando con enfasi: «Se dice una parola sul caso, prendo la sua macchina e la lascio qui in mezzo al parco. Chiaro?». Il tono era serio e Jordan quasi credette che l'avrebbe fatto. Mentre annuiva di buon grado, vide un leggero sorriso aleggiarle sulle labbra. Lei lo cancellò non appena se ne accorse. «Dico sul serio», aggiunse con forza.

«Vuole la mia pistola come garanzia?»

«No, grazie, non mi piacciono le pistole. Le sue chiavi andranno benissimo», disse e tese la mano.

Lui le lasciò cadere docilmente nel palmo disteso.

«Desidera?», chiese la direttrice all'uomo ben vestito che era appena entrato nell'ufficio locazioni.

«Buon giorno, Angie», la salutò affabilmente l'uomo, chiudendo silenziosamente la porta alle sue spalle. Una targhetta con il nome e la qualifica della donna era posata sul bordo della modesta scrivania. «Vorrei visitare un appartamento, se possibile».

«Temo che al momento ne abbiamo solo due disponibili, signor...».

«Stanley», sorrise stringendole la mano. Non era il suo vero nome.

«Bene, signor Stanley, siamo onorati che lei pensi di venire ad abitare a Bradbury Arms». Sfoderò uno dei suoi migliori sorrisi professionali e attese che lui lo ricambiasse. «Ho uno splendido triletto a pianterreno, proprio dietro l'ufficio, con due posti macchina coperti. È un vero affare a 675 dollari al mese».

L'uomo non mutò espressione. «E l'altro?», chiese.

«L'altro appartamento ha una sola camera da letto, sul retro del complesso. È al terzo piano, vicino alla piscina. Temo che a volte sia un po' rumoroso. Ci sono un sacco di studenti universitari qui da noi e amano riunirsi intorno alla piscina nei weekend. Vuole vedere il triletto?». Si alzò e andò a un armadietto che conteneva le piante dei vari appartamenti e altri opuscoli pubblicitari.

«Dormo come un sasso. Il rumore non mi disturba affatto e dato che non ho famiglia, il triletto potrebbe essere un po' troppo grande. Se non le dispiace, Angie, vorrei vedere quello vicino alla piscina».

Non era dispiaciuta, ma sorpresa. In realtà, pensava che l'appartamento meno attraente al terzo piano sarebbe rimasto sfitto per mesi, almeno fino all'inizio del prossimo trimestre scolastico. Gli fece un altro largo sorriso e lo presentò alla sua assistente, Lisa.

Mentre Lisa armeggiava con la chiave della porta, l'uomo si affacciò al balcone e guardò oltre la piscina e il giardino comune verso il caseggiato a sud. Disteso nel vano della finestra di un soggiorno, proprio di fronte a dove stava lui ora, un gatto birmano nero si godeva il sole pomeridiano. Sorrise della sua buona sorte e guardò una bella ragazza su una sdraio accanto alla piscina sganciare il reggiseno del bikini.

«Ecco», disse Lisa aprendo la porta. «Questo appartamento è stato appena ripulito completamente e sembra che i pittori abbiano passato un po' di vernice sullo stipite. Lo farò sistemare appena torno in ufficio». Entrarono dentro.

L'uomo dette un'occhiata superficiale all'interno, anche se, per quel che gl'importava, i pavimenti sarebbero potuti essere di terra battuta. «È perfetto», sorrise. «Lo prendo, ma soltanto se posso traslocare subito».

«Splendido, signor Stanley. Dirò a Angie di preparare subito i documenti. Non vedo perché non possiamo darle una chiave appena firmato il contratto. L'affitto è di 425 dollari al mese. Dovrà versare il primo mese anticipato più un deposito di 100 dollari per gli eventuali danni. Il deposito le sarà restituito se...».

«Sono sicuro che sia tutto perfettamente corretto e accettabile. Ma in questo momento sto trasferendo il mio conto corrente alla banca e non ho ancora ricevuto il nuovo libretto di assegni. Non avrete difficoltà ad accettare contanti, immagino?».

La donna fece un largo sorriso mentre chiudeva la porta d'ingresso a doppia mandata. «Contanti? No, nessuna difficoltà, signor Stanley».

Il tepore dell'inizio di maggio, senza la fastidiosa umidità che avrebbero portato poi i mesi estivi, era ideale per rendere rilassante la loro lenta passeggiata fra gli alberi.

Per dieci minuti nessuno dei due parlò. Camminare semplicemente fianco a fianco senza parlare di omicidi o di sospetti o di sogni paranormali recò un po' di distensione a Kasey, che ne aveva molto bisogno. Mentre lanciava brevi occhiate furtive a Jordan, si rese conto che era la prima volta che si trovava in compagnia di un uomo da una settimana e mezza. In tutto quel tempo non aveva ricevuto nemmeno una telefonata da un uomo che s'interessasse a lei. Ridacchiò fra sé; non ci aveva fatto caso con tutto quello che le era successo.

C'era stato un tempo non molto remoto in cui le cose erano diverse, ma sembrava che quel tempo e la donna che viveva quei giorni e quelle notti si fossero trasformati, fossero spariti.

«Si vuole sedere un momento?», chiese Jordan mentre si avvicinavano a una piccola panchina a mezzaluna. «Possiamo darci del tu?», soggiunse. I raggi frastagliati del sole filtravano attraverso il tessuto di foglie sopra di loro, spargendo innumerevoli chiazze di luce guizzante sulla folta erba verde, come una gigantesca tela vivente.

«Volentieri», assentì, sedendosi a un'estremità della panchina.

Jordan sedette all'estremità opposta e fissò per un lungo

momento il viso della sua compagna. Kasey aveva sciolto il nastro che legava strettamente i capelli, lasciando che le lunghe ciocche ramate le scendessero sulle spalle e sulla schiena. «Parlami di Kasey Riteman», cominciò lui affabilmente.

Lei scostò i capelli dagli occhi e lo fissò per un momento. «Che cosa c'è da dire che tu già non sappia?», chiese, per nulla sorpresa dalla sua prima domanda. Era uno dei tre classici approcci maschili che aveva diviso in categorie nel corso degli anni. Era stato usato in precedenza, molte volte. Mai, però, da un uomo attraente come quello che ora sedeva di fronte a lei, almeno per quanto poteva ricordare.

Decise di non imputargli la mancanza di originalità.

«Veramente, so soltanto quello che mi hai detto nel frutteto lunedì. Pete può sapere tutto di te, ma non me ne ha fatto parte. Inoltre, il tipo d'informazioni di cui disponiamo non rivela mai la persona vera, ma soltanto un guazzabuglio di frammenti del suo passato». Si allentò la cravatta e si sbottonò il colletto. «Voglio sapere chi sei, non se sei stata multata per eccesso di velocità negli ultimi tre anni».

«Perché?», chiese senza emozione.

Jordan sorrise. «Perché no?»

«Diciamo solo che l'unico uomo a cui ho mai aperto il mio animo si è rivelato una cattiva scelta». Guardò la sua mano sinistra, poi lo fissò dritto negli occhi. «Sei sposato?». Non portava la fede.

Jordan aveva pensato a una dozzina di maniere diverse di rispondere alla domanda che sarebbe stata inevitabilmente la prima che gli avrebbe rivolto questa donna e ogni volta la risposta che aveva preparato aveva finito per suonare artificiosa. Sapeva che avere un legame sentimentale con un'altra donna, specialmente questa donna, in questa fase della sua vita, gli sarebbe costato tutto ciò per cui aveva lavorato da quando era entrato nella polizia. «Sì», rispose semplicemente.

«Lo pensavo», disse lei in tono piatto. Sapeva che il suo viso tradiva la leggera delusione, malgrado il suo sforzo di rimanere distaccata.

«Come lo hai capito?», le chiese, strappando un lungo filo d'erba accanto alla gamba della panchina e infilandolo fra i denti.

Kasey sospirò, poi sorrise. «Non ha importanza». Si accomodò meglio nella curva della panchina, appoggiando il braccio destro sulla spalliera di legno e lasciando penzolare il sinistro lungo il fianco. «Perché t'interessa la mia vita? Se fa parte di un elaborato piano per mettermi in galera, dillo chiaro. Non sono una bambina».

Jordan fu sorpreso dalla sua noncurante franchezza. Sapeva che fare il furbo con lei sarebbe stato un errore, anche se avrebbe preferito che non gli avesse letto dentro tanto facilmente. «Sei sempre così franca?», chiese.

«Oh, posso giocare d'astuzia come e meglio di chiunque», sorrise. «Ma preferisco sempre la sincerità pura e semplice. Probabilmente ti sei stupito perché è raro incontrare una persona che sia capace di un rapporto sincero, specie con un uomo».

«Un po' cinica, non ti pare?»

«Direi piuttosto un po' esperta. Per esempio, se non ti avessi chiesto se eri sposato, quanto saresti andato avanti senza affrontare l'argomento?»

«Non ho cercato di nascondertelo», replicò lui.

«Allora, non possiedi una fede nuziale, esatto?». Intrecciò le mani sul grembo.

«Sono separato da mia moglie», rispose onestamente.

Kasey fu sorpresa dalla sua risposta perché lo immaginava come un bravo padre di famiglia con una casa piena di bambini che tagliava il prato ogni sabato mattina. Come faceva suo padre. Mormorò un menzognero «Mi dispiace», contenta di non trastullarsi con l'uomo di un'altra donna.

«Non preoccuparti, sono cose che capitano. Ora, seriamente, vorrei sapere di te», ripeté. «Non ho detto che volevo andare a letto con te».

«Allora non vuoi?»

«Cosa?», disse, confuso.

«Andare a letto con me».

«Non ho detto nemmeno quello. Mentirei se dicessi che il pensiero non mi è passato per la mente».

Kasey tacque e volse lo sguardo a destra, verso il sontuoso edificio con le colonne che sembrava così fuori posto al centro di Nashville.

«Perché io?»

«Perché credo che tu sia onesta, genuina, e non incontro molte persone di cui possa dire altrettanto. Non importa quello che pensi dei miei moventi perché so quello che provo, anche se mi spiego molto male».

Kasey lo guardò. I suoi occhi sembravano dolci e caldi, le sue parole suonavano gentili e sincere. Non sapeva da dove cominciare; erano passati cinque anni da quando si era fidata di un uomo abbastanza per parlargli del suo passato, della sua vita, dei suoi sentimenti. Non le era chiaro perché ora stesse per dividere queste cose con questo relativo sconosciuto, eppure si ritrovò a parlare quasi senza accorgersene. «Sono nata a New Orleans il primo giugno 1967. Così ora sai la mia età», disse con una risatina. Lui ricambiò il sorriso, ma non disse nulla. «I miei genitori morirono entrambi in un incidente quando frequentavo il primo anno di università a Knoxville. Non ho parenti stretti ancora in vita, ma solo dei cugini in terzo o quarto grado, se ben ricordo quello che diceva mia madre: comunque non ne rammento nessuno, quindi immagino di essere tecnicamente un'orfana». Le parole le venivano con difficoltà. «Faccio la cameriera alla Leonard's Steak House e ho un gatto chiamato Sam. In realtà il suo nome è Sam-I-Am, come nel libro per bambini. È il mio compagno di stanza e il mio migliore amico». Per un momento Kasey fu sopraffatta dall'emozione e distolse di nuovo lo sguardo.

Jordan le posò dolcemente una mano sul braccio destro, ma decise di non dire nulla.

«Mio padre costruiva centri commerciali. Conosci il Rivergate Mall a New Orleans?», chiese.

Jordan assentì col capo.

«L'aveva costruito mio padre. Aveva fatto anche il progetto. Era il primo centro commerciale del genere nello Stato della Louisiana», dichiarò con orgoglio.

«E tua madre?», chiese.

«Non aveva una professione. A volte gli dava una mano in ufficio quando c'erano delle gare di appalto e il lavoro diventava frenetico, ma più che altro allevava me e si occupava della casa. Era una donna speciale». Una lacrima le scivolò velocemente sulla guancia destra. L'asciugò in fretta e tirò un respiro esageratamente lungo, come per sfidare altre lacrime a tentare un'azione così sleale.

Jordan le strinse leggermente l'avambraccio e sentì i muscoli vibrare sotto le dita. «Come morirono?».

Ora Kasey aveva un'espressione impenetrabile, sebbene continuasse a guardare a est. «Avevano questo enorme camper, un Airstream LTD, credo. Era bellissimo. Mio padre non amava volare, ma costruiva roba in tutta la Louisiana, il Mississippi e l'Alabama. Aveva anche un grattacielo per uffici in costruzione alla periferia di Phoenix. Era la prima volta che aveva un cantiere così lontano da casa. I lunghi tragitti dovevano essere diventati troppo faticosi per lui (mia madre non aveva mai imparato a guidare il camper) perché dissero che si era addormentato al volante sull'autostrada fuori Amarillo in Texas. Era mercoledì 9 ottobre 1987. Non dormiva da quasi quarantott'ore. Gli capitava quando era nel bel mezzo di un progetto importante». Si sforzò di proseguire. «Comunque, quando si addormentò, il camper finì sull'altra corsia e sbatté frontalmente contro un'altra macchina. Dissero che mio padre e mia madre erano morti sul colpo e l'altro conducente rimase paralizzato. Vi fu una gigantesca causa con gli avvocati delle due parti che andavano in giro puntando il dito e addossando colpe a destra e a sinistra e quando fu tutto finito, l'unica cosa rimasta di tutto il lavoro di mio padre era l'auto che mi aveva regalato quando ero andata all'università. Dovetti supplicare i legali dell'altro tizio perché mi lasciassero almeno quella. Non credo che avrebbero accettato se non fosse stato per la cattiva pubblicità che ne sarebbe probabilmente derivata. Volevano dimostrare che gli avvocati hanno veramente un cuore». Jordan vide la mascella di Kasey irrigidirsi sotto la pelle morbida delle guance. Gli occhi erano di nuovo stretti e duri. «Non lo trovi buffo: avvocati con il cuore?».

Lui annuì con simpatia. «Dovesti lasciare l'università?», chiese, incapace di pensare a qualcosa di più profondo da chiedere.

«Sì. Fra il funerale e la causa in corso, potei frequentare poco le lezioni nel primo semestre del secondo anno. Arrivati al semestre di primavera, era ovvio che non sarebbero rimasti soldi sufficienti per la retta e i libri. Ma non m'importava. Studiare non m'interessava più. Immagino che ormai la mia vita avesse perso gran parte del suo scopo e del suo indirizzo».

«È comprensibile», la rassicurò. «Non so come si possa sopportare una simile prova a qualunque età e specialmente appena usciti dalla scuola superiore».

Kasey lo guardò, cercando di capire se fosse sincero, o volesse soltanto essere gentile.

Lui parve intuire la sua incertezza. «Dico davvero, Kasey. È un grosso fardello per chiunque. Ti ammiro per non esserti sparata un colpo in testa».

Un sorriso smussò un po' la sua espressione dura. «Non che non ci abbia pensato», gli assicurò. «Più di una volta».

Jordan si astenne dal commentare. Sapeva che qualunque cosa avesse detto sarebbe stata sbagliata. «E poi cosa facesti?»

«Non volevo tornare in una casa vuota che stava per finire nelle grinfie degli avvocati, così rimasi a Knoxville e lavorai per un po' in un bar accanto al campus dell'università, sai, a servire gli altri ragazzi che avevano abbastanza soldi per non dover lavorare. Gli amici che mi ero fatta il primo anno non impiegarono molto a capire che non sarei tornata all'università. Se ne andarono tutti per le loro strade, lasciandomi a lavare i piatti e a servire ai tavoli. Resistetti per qualche mese, ma poi dovetti andarmene di lì». Kasey si alzò e si stirò tutta. «Ti dispiace se camminiamo?».

Jordan rispose alzandosi prontamente. Si diressero a passo lento verso il museo.

«Sei sicuro di voler sentire queste stronzate?», gli chiese.

«Sicurissimo e non sono stronzate. Per favore, non fermarti adesso», insisté lui.

Gli sorrise. «Lasciata Knoxville, andai a Music City, in cerca di fama e di fortuna come cantante country». Si fermò sul vialetto lastricato e gli si piazzò di fronte. «Ho una discreta voce, sai. Potevo anche riuscire a sfondare».

«Non ne dubito», disse lui.

Kasey soppesò di nuovo le sue parole ma si astenne dal commentare e decise invece di proseguire. «Comunque, una sera andai in questo club a Printer's Alley e vinsi la gara per dilettanti. Cantai *Don't it Make Your Brown Eyes Blue*, la canzone portata al successo da Crystal Gayle. Duecento dollari! Ricordo ancora quanto comodo mi fecero quei soldi in più».

Jordan la osservò mentre il gradevole ricordo scacciava momentaneamente la tristezza dal suo viso. Vide con piacere che rievocare la perdita dei suoi genitori non aveva rovinato il loro pomeriggio; non poteva sapere che la loro morte era soltanto la prima di una lunga serie di disgrazie. «Non hai più cantato dopo quella volta?», chiese.

Erano arrivati alla scalinata del Partenone.

«Uno del pubblico venne da me e mi disse che aveva un piccolo complesso e cercava una cantante. Andava in tutti i club nella serata dei dilettanti sperando di scoprire una voce nuova, ancora sconosciuta. Mi disse che avevo la voce più bella che avesse udito in un anno e mi propose di unirmi al suo complesso». Kasey e Jordan arrivarono all'ingresso del museo. «Vuoi entrare?», gli chiese.

«Non particolarmente. E tu?».

Kasey scosse la testa. C'era già stata parecchie volte. Tornarono alla scalinata e si sedettero sugli ultimi due gradini, Kasey su quello più alto e Jordan su quello più basso.

«Che cosa accadde?»

«Beh, non divenni ricca e famosa, come probabilmente avrai già capito».

Il suo sguardo chiese: «E allora?»

«Suonammo in tutti i Moose Lodge e Elks Club in un raggio di duecento miglia da qui; in buona parte delle feste universitarie private e persino in un raduno del Klan, pensa un po', ma non venimmo mai invitati a esibirci nei locali importanti. Eravamo piuttosto bravi, lavoravamo sodo, facevamo anche un po' di soldi, ma sembrava che servissero sempre per comprare le gomme per il furgone o una chitarra nuova, magari elettrica, per uno dei ragazzi. Dopo tre anni passati sempre con la valigia in mano, mangiando al Taco Bell o al McDonald's sette giorni la settimana, ne avevo abbastanza di fama e fortuna. Forse avrei resistito ancora un po' se i ragazzi del complesso non avessero cominciato a fare a gara a chi riusciva a portarmi a letto per primo. All'inizio era comico. Ma ben presto divenne tutta un'altra cosa».

«Che cosa accadde?»

«Non ho mai avuto difficoltà a gestire un uomo alla volta», disse Kasey e la disperazione riaffiorò nella sua voce al ricordo dei sentimenti che accompagnavano quelle rievocazioni. Sentiva ancora il bruciore della sigaretta accesa, premuta sulla carne fremente del suo seno sinistro mentre un membro del complesso la teneva ferma e un altro si vendicava della ginocchiata che gli aveva sferrato fra le gambe. Guardò sprezzantemente Jordan. «Perché voi bastardi vi date sempre man forte quando non potete ottenere quello che volete da soli?».

Non occorreva che gli dipingesse il quadro nei dettagli: la sua mente completò rapidamente la scena. «Gesù, Kasey, mi dispiace», disse il più dolcemente possibile. «A volte gli uomini possono essere dei veri imbecilli...».

«Quasi sempre», scattò lei, lanciandogli un'occhiata truce. Fece un lungo respiro e rivolse un momento lo sguardo al cielo. «Scusa», disse guardandolo di nuovo amichevolmente. «Non intendevo considerarti alla stessa stregua di quei bastardi».

«Non ti scusare», disse. «Possiamo essere tutti dei bastardi a volte».

Kasey ringraziò Jordan per averla accompagnata a casa e chiuse lo sportello dietro di sé. Aveva l'inquietante sensazione di dover andare in qualche posto o di aver dimenticato di fare qualcosa.

Mentre attraversava il piccolo prato accanto alla piscina e iniziava a salire la scala apparentemente interminabile che portava al suo appartamento, una voce maschile chiese da sopra: «È lei Kasey Riteman?».

Kasey si fermò e si guardò velocemente intorno cercando il viso corrispondente alla voce ignota. Un uomo che non aveva mai visto prima stava sul pianerottolo, dieci gradini più su, e la fissava. Kasey guardò a destra, attraverso la ringhiera di ferro che cintava il pianerottolo e vide altri due uomini fermi accanto alla porta. Ai loro piedi giacevano tre grandi sacche di attrezzi coperte di etichette autoadesive di compagnie aeree e di frammenti di nastro isolante nero e grigio. «Sì», disse in tono incerto, pronta a fuggire giù per le scale se necessario.

«Mi chiamo Terry Leigh. Dan Herbert della CNN ci ha mandati a fare un servizio su di lei. Temevo che se ne fosse scordata».

Kasey guardò l'orologio. Erano quasi le tre e venti minuti e l'appuntamento era per le tre. Pensò ai cinquantamila dollari che per poco non erano sfumati e quasi imprecò a voce alta. «Oh, Dio, sono in ritardo, vero?», disse subito. «Stavo aiutando la polizia nelle indagini. Non mi è stato possibile liberarmi prima, veramente. Sono molto spiacente di avervi fatto aspettare».

Aprì la porta e i tre uomini entrarono in fila dietro di lei.

Dall'altro lato del giardino, nell'appartamento proprio di fronte al suo, una videocamera captò ogni movimento. A differenza di quella davanti a cui sarebbe apparsa fra pochi minuti, il nastro inserito in questa sarebbe stato visto soltanto da un pubblico di due persone.

Capitolo ventunesimo

Sam annusò lo strano pezzo di carta in mano a Kasey e lo giudicò immangiabile e immeritevole di ulteriore attenzione. Perché la sua padrona ci avesse giocherellato tutta la notte e si fosse addormentata stringendolo ancora in mano, superava la sua comprensione felina. Era contento che i tre sconosciuti se ne fossero andati con le loro batterie di luci e le loro videocamere. La casa era tornata alla normalità solo alle nove passate, ma allora la sua padrona, invece di accarezzarlo, era stata tutta presa da quello stupido pezzo di carta che trovava affascinante.

Lo fiutò di nuovo, nel caso si fosse sbagliato, poi se ne andò a cercare qualcosa di più divertente. Forse erano tornate le calde luci danzanti sul pavimento del soggiorno.

Kasey si stirò sotto le coperte, gettando a terra un guanciale. Sognava splendidi vestiti, auto sportive gialle e vacanze sulla spiaggia. Pur essendo tecnicamente sveglia, la parte del suo cervello che si distraeva sempre durante la lezione d'inglese al liceo rifiutava di ammettere che era mattina e che lo stomaco cominciava a contorcersi per la fame.

Ridacchiò nel suo bozzolo di coperte quando si rese conto di stringere ancora in mano l'assegno, un assegno vero. Decise che, dopo dieci anni, era ora di pensare a sostituire la sua vecchia e fedele Honda con una macchina nuova. Sportiva. Gialla. Magari addirittura una decappottabile con un lettore CD. «Più tardi», mormorò, abbracciando il guanciale che le copriva ancora il capo. «Andrò più tardi».

Il telefono al Mapco Express era ancora occupato quando Kasey uscì dall'emporio con il suo ghiacciolo di ciliegia, formato gigante. Borbottò qualche improperio fra sé e sé e si sedette sul bordo del marciapiede, appoggiando la schiena contro la cassetta bianca lucida che conteneva una nuova pila di copie di «Usa Today».

Dopo altri dieci minuti, la donna al telefono rimise l'agenda nella borsetta e risalì in una Taunus bianca con un adesivo della Hertz sul paraurti.

Kasey finì di succhiare la poltiglia rossa mezza liquefatta e si alzò. «La storia della mia vita», mormorò. «Ho più denaro di quanto abbia mai visto e devo usare un maledetto telefono a gettone». Scosse la testa con divertito stupore mentre componeva il numero scarabocchiato sul retro del semplice biglietto da visita.

«Taylor».

«Buon giorno», disse Kasey in tono volutamente indifferente.

Lui riconobbe subito la voce e spinse da parte le carte che stava studiando. «Sento rumore di traffico in sottofondo. Il tuo telefono è ancora guasto?».

Kasey pensò alla scatola piena di frammenti di telefono che aveva buttato nel secchio della spazzatura dopo che quelli della CNN se n'erano andati. «Sì», sorrise. «Credo che sia ora di comprarne uno nuovo».

«Allora, facciamo colazione insieme?». Taylor si adagiò nella poltrona e mise i piedi sulla scrivania.

«Non ho detto che avrei fatto colazione con te. Ho detto solo che ci avrei pensato».

«Allora, ci hai pensato?», le chiese in tono scherzoso.

«Sì. Sei ancora sposato, ricordi? Non esco con uomini sposati».

«Non mi risultava che uscissimo insieme, la consideravo soltanto una colazione occasionale».

Kasey esitò, turbata dalla forte attrazione che provava per il poliziotto e incapace d'interpretare razionalmente la catena di eventi che sapeva di aver già messo in moto. Una parte di lei voleva riagganciare e riprendere la sua vita normale. La saggia vocina interiore continuava ad avvertirla che una relazione amorosa con quest'uomo avrebbe finito per costarle cara.

Prima che potesse fare una scelta razionale, la parte del suo cervello che controllava il bisogno e il desiderio spinse via la parte responsabile del giusto e del razionale. «Perché vuoi fare colazione con me? Ti ho già detto tutto quello che c'è da sapere sul mio conto».

«Mi è difficile crederlo. Non puoi sostenere di avermi raccontato tutta la storia della tua vita nel tempo che abbiamo trascorso ieri nel parco. Scommetto che non hai nemmeno scalfito la superficie». Jordan mandò via con un cenno il detective che stava per entrare nel suo ufficio.

Kasey era sorpresa dalla sua tenacia. Le piaceva essere inseguita. «Tutte le cose interessanti».

Jordan sospirò forte nel ricevitore. «D'accordo, se non ti rimane più niente d'interessante da raccontarmi, allora ti racconterò la mia storia. Occuperà almeno un'intera colazione, forse due. Che ne dici, Kasey? Alla Market Street Brewery in 2nd Street, a mezzogiorno, offro io».

«È vicino al Wild Horse, vero?», chiese. Non c'era mai stata, ma aveva visto l'insegna.

«Proprio a fianco».

Kasey cedette e sorrise allegramente. «Facciamo le dodici e mezza», disse. «Devo ancora prepararmi».

«Vada per le dodici e mezza».

Attraversò di corsa la strada diretta a casa, ignara dell'uomo in giacca di tweed che attraversò la strada pochi secondi dopo di lei.

Kasey chiuse la porta con una spinta e si strappò di dosso la T-shirt, lanciandola con mano esperta verso la cesta della biancheria sporca mentre passava davanti al bagno, diretta in camera da letto. «Due punti», scherzò quando la maglietta cadde esattamente dentro la cesta aperta. Si sfilò prima una poi l'altra scarpa da tennis con il piede contrario e si calò i pantaloni della tuta, calciandoli via appena le scesero alle caviglie. Afferrò un asciugamano da una pila di biancheria pulita sul cassettone e andò a fare la doccia. Voleva essere in gran forma a colazione.

L'uomo in giacca di tweed uscì dall'ombra del ballatoio al pianterreno e osservò attentamente Kasey salire di corsa le tre rampe di scale. Con grande interesse, prese nota della porta in cui lei entrò: appartamento in fondo, terzo piano. Accese un'altra Salem e si ritrasse nel suo nascondiglio all'ombra della scala. Controllò l'orologio: sarebbe riuscita presto.

Dall'altro lato della piscina e delle strette strisce di giardino, Fieldman puntò il potente binocolo sulla strana figura che aveva seguito Kasey fino al suo caseggiato. Osservò con attenzione l'uomo mentre evitava abilmente di farsi vedere da lei e si chiese perché fosse lì. Aveva una faccia a lui ignota, ma che avrebbe sicuramente conosciuto meglio in seguito.

Tirò avanti la sedia e si sedette, puntando il binocolo sull'angolo buio in cui lo strano uomo si era rintanato di nuovo.

Aspettare non era la parte del lavoro che preferiva, ma in quello era bravissimo.

Alle dodici e un quarto Kasey scese velocemente le scale, voltò di corsa l'angolo al pianterreno e si diresse alla macchina.

La sua mente era concentrata sulla colazione, non sulle sagome vaghe nascoste nell'ombra.

L'uomo nella vecchia giacca di tweed guardò la CRX uscire dal parcheggio e scomparire alla vista. Quando fu sicuro che se n'era andata, salì le scale fino al terzo piano. Arrivato in cima, sostò un momento in silenzio. Notò che tutti gli appartamenti visibili avevano un lume sopra la porta d'ingresso, ma in quello di Kasey e dell'appartamento a sinistra mancava la lampadina. Sorrise.

Si volse verso le scale e vide una sola luce con un sensore solare destinata a illuminare il pozzo delle scale e il vicino pianerottolo all'imbrunire. Controllò tutto il terzo piano fino all'estremo opposto, poi esaminò l'edificio di fronte a lui e decise che per il momento era solo.

Andò ad alzare la levetta di ottone che teneva fermo lo sportellino di vetro del lume. Lo aprì e svitò la lampadina quel tanto che bastava perché non funzionasse, senza tuttavia toglierla del tutto. Richiuse lo sportellino e andò velocemente in fondo al pianerottolo, davanti alla finestra del soggiorno di Kasey che si trovava sul lato stretto dell'edificio, ad angolo retto con la porta d'ingresso. Dei quattro appartamenti in ogni piano, soltanto quelli alle due estremità avevano il lusso di una finestra in più sia nel soggiorno che in cucina. Sorrise soddisfatto. Acquattato sotto il davanzale della finestra laterale, era nascosto alla vista di chiunque si trovasse sul pianerottolo e poteva continuare liberamente il suo lavoro senza essere scoperto.

Mentre s'inginocchiava davanti alla finestra aperta, le tende si aprirono e il grasso e dispettoso birmano riempì il vuoto appena creato. Il gatto si tenne in precario equilibrio sullo stretto davanzale, il corpo premuto contro la retina e fissò con intenso interesse l'uomo accovacciato davanti a lui.

«Ciao, Sam», bisbigliò l'uomo. «Ti ricordi di me?».

Alle dodici e quaranta del limpido e caldo pomeriggio di maggio, ogni posto nella Market Street Brewery era occupato da uomini e donne degli uffici circostanti che cercavano di mangiare un boccone in fretta, nonché di vacanzieri curiosi che erano venuti a visitare il vecchio Forte Nashborough lì vicino, sul fiume Cumberland.

Ormai bisognava aspettare venticinque minuti per avere un tavolo e Jordan stava appoggiato impazientemente al muro di mattoni accanto all'ingresso, aspettando che lo chiamassero e che arrivasse la sua ospite. Guardava l'entrata che dava su Broadway e poi il suo orologio. Sebbene il fatto che lei fosse in ritardo non lo sorprendesse, nondimeno lo irritava. Sorrise educatamente a una coppia che s'infilò nel locale passandogli davanti.

«Il suo tavolo è pronto, capo Taylor», annunciò la voce

sommessa. Si volse a ringraziare la direttrice e vide Kasey che gli sorrideva sulla soglia della porta.

«Ehi, da dove sbuchi?», chiese, sorpreso dalla sua apparizione improvvisa.

«Sapevo che sarebbe stato impossibile parcheggiare davanti, così ho trovato un posto qui di fianco. Sono entrata dal retro». Kasey si schiacciò contro la porta per lasciar passare un folto gruppo di clienti in uscita che si erano infilati goffamente fra lei e Jordan.

«Immagino che il nostro tavolo non sia pronto, allora», riuscì a dire Jordan attraverso la barriera di corpi. «Sono passati solo dieci minuti».

«Vuoi scherzare?». Kasey si chinò verso di lui quando il gruppo fu passato e bisbigliò orgogliosamente: «Siamo in cima alla lista di attesa. Vieni». Gli fece cenno con l'indice di seguirlo.

La direttrice afferrò due menu e condusse Kasey e Jordan in un séparé nell'angolo a sinistra del bar. «Grazie per averci fatti sedere così in fretta», sorrise Kasey.

«Per lei c'è sempre un tavolo libero, signora Riteman. Mi chiamo Ashley. Mi faccia sapere se ha bisogno di qualcosa». Sorrise con calore alla coppia e scomparve di nuovo fra la folla all'ingresso del locale.

«Questo posto è sempre gremito», disse Kasey, girando il menu che era a rovescio.

«Mi dispiace», si scusò Jordan. «In genere vengo a mangiare qui verso le due o le tre, quando posso concedermi un momento di pausa, e non è mai così». Svolse le posate e spiegò il tovagliolo sulle ginocchia.

«Fra mezzogiorno e l'una e mezza è così anche dove lavoro io. Sono contenta di non dover più servire le colazioni». Kasey si rese conto che non avrebbe più dovuto servire nemmeno le cene. Per un breve, solitario momento, sebbene ancora tecnicamente impiegata da Leonard's, ebbe nostalgia del ristorante e dei suoi amici. Il pensiero di Cal dissipò ben presto la malinconia.

Sconcertato dal commento della giovane donna, Jordan non poté trattenersi dal chiedere: «Conosci la direttrice?»

«No, mai vista prima». Kasey giocherellò con le posate, disponendole a gusto suo.

«Allora come mai conosceva il tuo nome e perché ci ha assegnato un tavolo così rapidamente?». Non era tipo da lasciare una domanda senza risposta.

Kasey si appoggiò alla spalliera imbottita del séparé. «Mi ha vista in Tv martedì sera». Le parole la fecero arrossire, sebbene l'inattesa notorietà le avesse procurato una piacevole ondata di emozione.

Jordan appoggiò i gomiti sul tavolo. «Allora sto pranzando con una star». Estrasse la penna dalla tasca della giacca. «Posso avere il suo autografo, signora Riteman?»

«Ora no. Rilascio autografi solo fra le dieci e le dieci e un quarto», scherzò, spingendogli via le mani con mossa giocosa.

«A proposito, sei uno splendore», disse lui, avendo notato con ammirazione come le stavano bene i jeans. Kasey indossava un paio di pantaloni Rocky Mountain di tela verde azzurra, molto aderenti, con dietro due applicazioni di camoscio marrone rossiccio a forma di rombo che partivano dalla cintura e scendevano per una quindicina di centimetri fino al punto dove normalmente sarebbero state le tasche. Il modello western, combinato con gli stivali a mezzo tacco, metteva in risalto la sua figura e questo a lui non era sfuggito.

«Grazie», disse lei sorridendo. I jeans avevano funzionato.

Passarono la mezz'ora successiva a mangiare una pietanza ordinata in comune, mentre Kasey raccontava la sua prima esperienza del *Mardi Gras*. Jordan, abitualmente taciturno e riservato, si sorprese a ridere forte ascoltandola rievocare i guai in cui si era cacciata. Vicino a lei si sentiva un altro: era così fresca e vibrante, così diversa da sua moglie.

Appallottolò il tovagliolo e lo posò sul bordo del tavolo. «Non posso mandar giù un altro boccone».

«Lo credo. Hai mangiato tutto tu». Kasey rigirò con la forchetta i vermicelli e i peperoni cercando un resto di pollo alla griglia o di funghi. «Ti costerà un dessert», disse, rinunciando al primo piatto.

«Prenderò qualcosa a metà con te».

«Nemmeno per idea, Taylor. Ho visto come dividi le cose. Mangerò quello che mi va e tu puoi avere il resto».

«Affare fatto», ridacchiò lui.

Mentre il cameriere sparecchiava il tavolo, Jordan si appoggiò comodamente contro il séparé. Kasey osservava gli altri clienti andare e venire, ma sentiva lo sguardo dell'uomo su di sé. Rivolse di nuovo la sua attenzione al tavolo. «Allora, parlami di Jordan Taylor», disse, rannicchiandosi nell'angolo fra il séparé e il muro. «Hai detto che la tua storia avrebbe occupato una colazione o due».

«Che cosa vuoi sapere?»

«Non ripetermi la solita frase fatta, Jordan», lo canzonò. «Ora sembri me».

Risero. «Per cominciare, sono nato a Seattle, Washington, il 21 luglio. Mio padre...».

«Che anno?»

Jordan abbassò il mento e la fissò. «Novecento quarantasette», disse, osservando la sua reazione. «E non dirmi che sono vecchio quasi come tuo padre». Appena pronunciate quelle parole si ricordò che suo padre era morto. «Scusa», mormorò.

Kasey gli toccò la mano, senza parlare.

Arrivò il dessert e Kasey ne ingurgitò velocemente tre quarti. «Ecco, siamo pari», sorrise, spingendo verso di lui il boccone e mezzo rimasto. Era sorpresa di apprendere che lui avrebbe compiuto ben presto cinquant'anni, ma non delusa. Spesso trovava gli uomini attempati più attraenti dei suoi coetanei e niente in Jordan le aveva fatto sospettare che avesse superato addirittura la quarantina. «Continua», disse quando lui mise in bocca una cucchiaiata di dolce.

«Cosa?», chiese, inghiottendo in fretta.

«Avevi appena finito di dirmi che non eri vecchio proprio come mio padre».

Jordan sorrise del suo ardire. «Mio padre entrò alla Boeing durante la guerra e mia madre lavorava per il Comune di Seattle. Ora sono tutti e due in pensione e abitano ancora nella casa dove sono cresciuto a Mercer Island.

Quando presi il diploma di scuola superiore, ottenni una borsa di studio parziale qui alla Vanderbilt. Per fortuna, i miei potevano permettersi di pagare la differenza e così andai all'università a Nashville. Non mi sono mai voltato indietro». Mangiò l'ultimo boccone di dolce al cioccolato. «Sapevi che a Seattle piove duecento giorni all'anno? Io non lo sapevo, finché non me ne andai. Da bambino avevo sempre pensato che fosse normale».

«Perché hai deciso di fare il poliziotto?»

«Per le solite ragioni che citano nei film: onore, dovere, avventura, tutte quelle cose edificanti. Ma non è così. A Hollywood non l'hanno ancora capito bene. Immagino che non si possa fare altrimenti senza scandalizzare il pubblico o annoiarlo a morte».

Arrivò il conto e Jordan vi mise sopra una Mastercard. All'una e mezza la folla era diminuita. Vedendo che c'erano due o tre tavoli liberi, Jordan non aveva fretta di alzarsi.

Kasey sorseggiò il caffè che aveva ordinato con il dessert. «Hai figli?».

Jordan sapeva che questa parte della conversazione era inevitabile e cercò di non mutare espressione. «Una figlia. Amber».

«Quanti anni ha?»

«Dieci... va per gli undici. Frequenta la quinta e gioca da portiere nella sua squadra di calcio», disse con orgoglio paterno.

«Scommetto che tu e sua madre...». Kasey aspettò che le dicesse il nome.

«Gloria».

«Scommetto che tu e Gloria siete fieri della piccola Amber», disse nel tono più piano possibile.

«Immagino che a questo punto vorresti sapere qualcosa di mia moglie, eh?». Jordan appoggiò le braccia sul tavolo.

«Non ho detto questo. Se vuoi parlarmi di lei, fai pure». Kasey non si era mossa.

«Lei e io siamo diversi, tutto qui, e non soltanto di età. L'hai già sentito dire, immagino». Kasey non batté ciglio. «Un tempo l'amavo, ma non ricordo nemmeno chi ero allora. Sono successe tante cose negli ultimi dodici anni».

«Sei sposato solo da dodici anni?».

Jordan era più imbarazzato di quanto avesse immaginato. Malgrado il suo infelice matrimonio e la sua separazione tre mesi prima, non aveva mai avuto una relazione. Per lui questo era un territorio inesplorato. «Sì, dal 1984. Sono rimasto scapolo per quindici anni dopo l'università, impegnato a fare carriera, a mettere da parte soldi, a uscire con un paio di ragazze, sai. Sono stato sul punto di sposarmi una o due volte strada facendo, ma invece mi sono tuffato sempre più nel lavoro. Ero deciso a diventare il più giovane capo della polizia nella storia del dipartimento.

Una sera, ad una grande festa organizzata dal senatore Stafford in onore dei capitani neo promossi, conobbi la sua figlia minore. Gloria era ricca, bella e aveva un'ottima posizione. Tutte cose che mi servivano per arrivare in cima. Il senatore aveva in mente di far sposare la sua piccolina con un chirurgo o un grosso avvocato commercialista: non con un poliziotto che aveva vent'anni più di lei. Non conosceva sua figlia così bene come credeva. Lei aveva i suoi progetti: andare contro la volontà del padre e infastidire la famiglia. Devo esserle sembrato l'uomo ideale per raggiungere il suo scopo. Infatti la cosa funzionò, ma non esattamente come lei aveva previsto. Il giorno che ci sposammo, il padre chiuse il suo conto personale e la escluse dal testamento. Quel vecchio bastardo morì due anni dopo senza averle più rivolto la parola».

«Ha mai visto la sua nipotina?», chiese Kasey, rattristata all'idea di un padre che aveva voltato volontariamente le spalle alla figlia.

«Una volta. Lo vedemmo in piedi in fondo alla chiesa durante il battesimo. Se ne andò prima che Gloria potesse parlargli. Nel suo testamento destinò un grosso capitale ad Amber quando compirà ventun anni, ma a Gloria non lasciò neppure un centesimo.

A me non importava. Non volevo nemmeno un soldo di quel

vecchio caprone, ma Gloria non si è mai rassegnata». Jordan finì il suo caffè, malgrado che fosse ormai freddo come acqua del rubinetto. «Non puoi vivere a Belle Meade con uno stipendio da poliziotto. Per lei adattarsi fu un vero trauma».

Kasey si era aspettata una storia ben diversa e le dispiaceva per Jordan. Mise le mani sulle sue e mormorò: «Posso intuire che non ha funzionato bene nemmeno per te». Aveva bisogno di sapere ancora una cosa: «Da quanto tempo siete separati?»

«Circa tre mesi».

«Qual è stato il motivo?»

«Tutto e niente. Che vuoi che dica? Ma va bene così. In un certo senso, vivere senza di lei è più facile che vivere con lei».

Kasey gli strinse le mani.

La coppia lasciò il ristorante e si diresse verso la macchina di lei. Si sedette e abbassò il finestrino, mentre chiudeva lo sportello. «Grazie per il pranzo, Jordan. È stato molto piacevole».

«Forse lo rifaremo, allora».

«Volentieri», disse lei.

La seguì con lo sguardo finché l'auto si perse nel traffico di 2nd Street.

Kasey arrivò al suo appartamento poco prima delle sette e mezza, avendo trascorso il resto del pomeriggio a raccontare a Brandie l'intervista della CNN e a discutere la lista delle altre offerte di interviste che Stewart Parker aveva compilato negli ultimi due giorni.

Dopo aver lasciato Canale 9, aveva passato un'ora in banca per aprire un deposito a risparmio e riempire i moduli necessari per ottenere una Gold Mastercard.

"È sorprendente", pensò, "come dimenticano in fretta i tuoi vecchi problemi di scoperto quando gli metti cento bigliettoni sul banco".

Una visita al più grande concessionario Ford di Nashville e una cenetta con Brenda avevano completato la lunga e faticosa giornata.

Con un opuscolo sulle nuove Mustang arrotolato strettamente in mano, aprì la porta e posò la borsetta e il dépliant pubblicitario sulla poltrona accanto alla finestra. «Sam», chiamò. Niente. Scrollò le spalle e decise di togliersi i jeans aderenti e mettere qualcosa di più comodo.

Si fermò sulla soglia del bagno e sbirciò nella stanza buia. Il coperchio della cesta della biancheria era aperto. "Ecco dove ti nascondi", pensò.

Finì di sbottonare la blusa e la appallottolò. Con un perfetto tiro libero, la blusa entrò nel canestro.

Ancora nessuna risposta.

Kasey piegò la testa e si diresse in camera da letto. «Sam», chiamò più forte, sorpresa che non fosse ancora venuto a salutarla. «Piccolo malandrino indipendente», borbottò, sicura che stesse mangiando in cucina.

Aprì la cerniera dei jeans e si sedette ai piedi del letto.

Mentre si accingeva a sfilarsi uno stivale, udì un rumore nello stanzino, come se qualcosa si fosse mosso dietro la porta chiusa. «Allora ti ho lasciato chiuso lì», mormorò. Ridacchiò al pensiero di averlo rinchiuso accidentalmente per tutto il giorno. «Ti sta bene», sorrise, considerando la tendenza di Sam a cercare sempre posti nuovi dove nascondersi o dormire.

Kasey andò lentamente alla porta dello stanzino e afferrò delicatamente la maniglia. Con uno strattone, spalancò la porta e urlò verso il pavimento: «*Bù!*». Sam le schizzò fra le gambe, attraversò la moquette della stanza da letto e scomparve in corridoio.

Kasey lo seguì immediatamente fino alla porta della stanza e si affacciò nel corridoio, reggendosi con le mani allo stipite della porta. «Oh, tesoro, non ti volevo spaventare tanto, stupidone», ridacchiò, badando a non farsi sentire da lui.

Sapeva che le avrebbe tenuto il broncio per un po' e poi gli sarebbe passato. Al momento desiderava un bagno caldo più che fare la pace con lui.

Tornò in camera.

L'uomo le mise subito la mano destra sulla bocca e la sinistra dietro la testa serrandola in una morsa. La costrinse a indietreggiare e a stendersi sul letto e si mise a cavalcioni su di lei. Il cuore quasi le balzò fuori dal petto, il respiro le si mozzò in gola, bloccato dalla mano che le tappava le narici e la bocca. I suoi occhi cercarono freneticamente qualche particolare riconoscibile. Il viso vacuo di Joeyboy le balenò davanti e la sua paura crebbe vertiginosamente.

L'uomo le serrò la mano sinistra intorno alla gola fino a farle male. Si chinò sul suo viso e il suo fiato puzzolente di whisky la soffocò. «Se prometti di non urlare, ti lascio andare».

Si drizzò a sedere ma non allentò la presa in attesa della risposta.

Kasey rammentò la voce ancora prima di riconoscere la faccia che adesso era a fuoco. Sebbene l'uomo in giacca di tweed ora pesasse dieci chili di meno e portasse una barba ispida, gli occhi erano inconfondibili.

Annuì.

L'uomo tolse lentamente la mano, osservandola attentamente.

«Così va meglio», bisbigliò.

«Cristo Gesù, Fred, sudicio figlio di puttana!», gli gridò con tutto il fiato che aveva in gola. «Che cosa diavolo ci fai nel mio appartamento? Come sei...».

«Zitta, maledizione!», abbaiò lui, coprendole di nuovo la bocca. «Non voglio farti del male». Lo sguardo gli cadde sul petto, coperto soltanto da un reggiseno di pizzo nero. Il seno sinistro era quasi uscito dalla coppa, scoprendo il capezzolo. Il respiro ansimante alzava e abbassava il petto in rapidi movimenti, inviando piccoli fremiti attraverso i morbidi monticelli di carne. «Dio, avevo dimenticato quanto ti dona il pizzo nero, Kasey. Hai finito di fare i capricci?».

Annuì, gli occhi duri come non li aveva mai visti.

Le tolse la mano dalla bocca e si ritrasse, pur continuando a gravarle sui fianchi con tutto il suo peso.

«Che cosa fai in casa mia?», ripeté lei, a voce più bassa ma sempre carica di odio.

«Veramente è una lunga storia di cui sono sicuro che parleremo dettagliatamente in seguito. Al momento, vorrei un drink. Hai una bottiglia nascosta da qualche parte? Non ne ho vista nemmeno una quando l'ho cercata prima». Sfoderò quel vecchio sorriso compiaciuto che l'aveva attratta all'inizio, ma che aveva finito per disprezzare.

«Ho del vino bianco economico nel frigorifero...», lui fece la faccia acida e finse di strozzarsi, «...e un po' di tequila nell'armadietto di cucina», aggiunse lei, sollevandosi sui gomiti. Rimise a posto la coppa del reggiseno con uno strattone. «Toglimiti di dosso, bastardo. Ho una mezza idea di chiamare la polizia e farti arrestare per effrazione. E magari tentativo di stupro in sovrappiù». Lo fissò con aria di sfida alzando il mento e stringendo rabbiosamente i denti dietro le labbra tese.

«Devi andare a telefonare dalla casa di un vicino», ridacchiò lui, «o di nuovo dal Mapco Express».

Kasey ricordò che era ancora senza telefono. Il suo sguardo diventò gelido. «Non ti ripeterò di levarmi il culo di dosso, Fred». Lo allontanò da sé puntandogli le mani contro il petto.

L'uomo si alzò e si scostò dal letto. Kasey si mise a sedere e spinse indietro i capelli arruffati che le ricadevano sul viso. Si alzò a sua volta e guardò lo stanzino. «Permesso!», esclamò spazientita.

L'uomo si fece da parte e Kasey afferrò un maglione appeso a una stampella. Chiuse la lampo dei jeans, ma lasciò fuori i lembi della camicia.

«Allora, quella tequila?», disse lui.

Kasey sbatté la porta dello stanzino e passò davanti al suo ex marito, lanciandogli un'occhiata di profondo disprezzo.

Doug Fieldman accese una Pall Mall e richiuse l'accendino. A parte il breve chiarore giallo della fiamma e il piccolo monitor che gettava un riflesso verde pallido sul pannello fatto a mano con i telecomandi dei registratori audio e video, l'appartamento d'affitto era buio. Le tende attraverso cui era puntata la telecamera erano scostate appena di un palmo per lasciare spazio al potente zoom. Lui stava quasi immobile dietro la telecamera, annoiato e affamato.

Rivolse la sua attenzione al piccolo monitor Sony che fungeva da occhi della camera a luce bassa; il tubo intensificatore non produceva un'immagine a colori e nemmeno in bianco e nero, ma raffigurava la scena in strane sfumature di un verde soprannaturale. Gli orecchi dell'uomo erano coperti dalla cuffia stereo che captava ogni parola pronunciata fra le pareti dell'appartamento di Kasey.

Ora Fieldman aveva un nome, Fred qualcosa, da accoppiare al filmato dell'uomo che aveva ripreso mentre entrava in casa di Kasey dalla stessa finestra che lui aveva usato tre ore prima.

«Stai diventando molto popolare, mia piccola signora», rifletté. Allungò una mano per prendere il telefono cellulare: doveva sapere chi era questo Fred.

L'auto civetta della polizia si fermò senza far rumore in fondo al parcheggio, a un centinaio di metri dalla Honda di Kasey. Aveva i fari spenti da quando era entrata nel complesso immobiliare. Il poliziotto al volante premette l'interruttore della luce interna perché non si accendesse quando apriva lo sportello.

Mentre sgusciava silenziosamente sul retro del caseggiato di Kasey, si guardò accuratamente intorno. Era già stato lì tre volte e niente sembrava cambiato, a parte le azalee e le argentine che l'inquilina dell'appartamento centrale al pianterreno aveva piantato vicino alla porta di servizio. Prese nota di questo particolare senza importanza, continuò silenziosamente fino all'angolo dell'edificio, girò a destra e si fermò accanto alla finestra del soggiorno sulla parete laterale. Quella analoga di Kasey era due piani più in alto.

L'uomo si schiacciò contro il breve muro di mattoni fra lo stipite della finestra e l'angolo della facciata. Ora poteva vedere chiaramente i dodici appartamenti dall'altro lato della piscina e fece bene attenzione a mostrare solo quel tanto del suo corpo che era strettamente necessario per fare il suo lavoro.

S'inginocchiò sull'erba tagliata e aprì una sacca nera Gore-

Tex da cui estrasse un oggetto di forma strana che somigliava a un binocolo avveniristico. Allacciò la cinghia intorno al capo, posizionò gli oculari di gomma morbida in modo da escludere completamente la luce esterna e premette il pulsante. L'apparecchio emise immediatamente un ronzio sommesso e le lenti andarono bruscamente a fuoco, ma l'immagine prodotta era poco più di un collage di forme prive di senso. L'ingrandimento era eccessivo.

Il detective zumò all'indietro perché entrambe le lenti avessero un campo visivo più ampio. Improvvisamente, un cespuglio al di là della piscina divenne riconoscibile, sebbene all'occhio nudo apparisse nero come l'area circostante da oltre un'ora. L'uomo alzò la testa, puntando gli occhiali per la visione notturna sulla finestra della stanza da letto in fondo all'appartamento, tre piani più in alto. Puntellandosi con il corpo contro il muro, inquadrò un'area di un metro per due, comprendente il davanzale della finestra e la fessura fra le tende. L'immagine non era ancora abbastanza nitida. Premette il moltiplicatore sul lato dell'apparecchio aumentando la luminosità di altri 200 lux. La visuale divenne immediatamente più chiara, come se fosse stato acceso un lume nella stanza.

L'immagine che gl'interessava era lì dinanzi a lui.

«Fieldman, sudicia carogna. Avrei dovuto immaginare che ti avrebbe ingaggiato».

Spense l'apparecchio e scomparve da dove era venuto.

Kasey versò con malgarbo una seconda tequila a Fred e ne prese un goccio per sé, sebbene non ne avesse bevuto prima. Il suo ex marito non aveva aperto bocca da quando si era buttato sul divano del soggiorno pochi minuti prima; era rimasto seduto in silenzio, sfogliando l'opuscolo sulle nuove Ford Mustang e ridacchiando come se fosse l'unico a conoscere un'elaborata barzelletta.

Kasey aveva perduto la pazienza.

Si sedette nella poltrona di fronte al divano con le gambe ripiegate sotto di sé. Sam le si accoccolò in grembo, ma senza mai distogliere il suo sguardo felino dall'uomo sul divano.

«Maledizione, Fred, posso anche essere nell'impossibilità di chiamare la polizia da qui, ma se non mi dici perché diavolo ti sei introdotto nel mio appartamento, e subito, la chiamerò da qualche altro dannato telefono!».

Fred Daniels alzò lo sguardo dall'opuscolo ma continuò a ridacchiare. Infine, gettò il dépliant sulla moquette e allungò le braccia sulla spalliera del divano. «Molto astuta, Kasey, questa stronzata della sensitiva. Io, per me, non ti avrei mai ritenuta capace di un piano così ingegnoso, lo ammetto». Si protese verso di lei. «Quanto hai incassato finora... trenta, quaranta biglietttoni? Accidenti, Kasey, è un bel mucchio di soldi da tenersi tutto per sé». L'ammonì con l'indice teso, come se fosse stata una bambina cattiva.

«Dove diavolo vuoi andare a parare, Fred? Non sei mai stato capace di parlare chiaro. Perché devi sempre fare il furbo?»

«Sto dicendo semplicemente che potrei fare meraviglie solo con metà di quei soldi. In un batter d'occhio, navigherei nell'oro». Agitò il bicchiere vuoto verso di lei.

«Se vuoi un altro drink, serviti da te». Kasey attirò a sé Sam e lo baciò sul lato della testa.

L'amabile loquacità di Fred si trasformò in un silenzio minaccioso. Si alzò e scomparve in cucina, tornando con la bottiglia quasi vuota. «Sei una pessima ospite, non c'è più niente da bere in questa casa».

Fece una risatina lasciandosi cadere di nuovo sul divano.

«Senti, Fred, non so che cos'hai in mente, ma sei pazzo se speri che ti dia un altro centesimo. Ho finanziato le tue bevute e il tuo gioco d'azzardo per trentanove mesi e mezzo ed è abbastanza per due vite intere. Ora vattene!». Sam decise di trasferirsi nella cesta della biancheria. Li aveva già visti litigare.

Fred si portò la bottiglia alle labbra e si versò in gola il resto del Cuervo Gold. Si pulì la bocca con il dorso della mano. «Mi chiedo quanto mi pagherebbe quella Brandie Mueller per smascherarti? Scommetto che potrei avere la stessa somma che hai avuto tu per aver mentito a lei e alla polizia».

Kasey credeva di aver visto il lato peggiore di Fred, vivendo con lui durante gli anni magri di difficoltà finanziarie, ma non lo aveva mai ritenuto capace di estorsione. Era irritata con se stessa per aver sottovalutato la sua avidità e furibonda per averlo trovato in casa. Non era disposta a dividere i soldi con il suo spregevole ex marito. Se era stata capace d'ingannare la polizia e i media, che erano certamente molto più astuti di Fred, sarebbe riuscita a ingannare anche lui. Fece un profondo respiro e si adagiò comodamente nella poltrona. «Senti un po', signor so-tutto, che cosa ti dà la certezza che sono un'imbrogliona?»

«Oh, piantala, Kasey. Stai parlando con il vecchio Freddie, ricordi? Non credi che l'avrei capito se avessi sposato una maledetta sensitiva?»

«Non necessariamente. Soltanto perché non ho avuto visioni nei tre anni che siamo stati insieme, sei convinto che io sia un'imbrogliona». Fece un largo sorriso. «Allora come spieghi il fatto che io abbia rintracciato Donna Stanton?».

Fred fece per parlare, ma non trovò una risposta valida. «Non lo so. Forse qualcuno ti ha detto dov'era sepolta?»

«E ha perso la ricompensa?»

«Ok, forse ti trovavi lì».

«Lì?». Kasey fece una risata incredula. «Non credi che la polizia ci avrebbe pensato, o Brandie Mueller? Credi che quelli della Clarion mi abbiano pagato perché sono stupidi? Sei proprio un fallito, Fred. Ma d'altronde, lo sei sempre stato».

«Dunque sei stata pagata!». Sgranò gli occhi.

Kasey sedette con faccia impassibile per quello che sembrò un minuto intero, poi sorrise con aria di superiorità.

«Sei proprio una figlia di puttana, Kasey», scattò lui, «ma d'altronde, lo sei sempre stata».

«Credo che sia ora che tu te ne vada». Si alzò, andò alla porta e impugnò la maniglia. «Oppure vado alla polizia. Detestano i ricattatori ancora più degli imbroglioni».

«Aspetta un momento, maledizione. Non abbiamo ancora finito il discorso. Se tu fossi stata una sensitiva mentre eravamo sposati, perché diavolo non me l'hai mai detto? Ti rendi conto di quanto avremmo potuto guadagnare con i cavalli, Dio santo?», ringhiò, alzandosi e avanzando con passo malfermo verso di lei. «Avrei potuto sapere chi avrebbe vinto prima ancora che iniziassero le fottute corse».

«Sei proprio un imbecille, sai, Fred? Credi che funzioni così? Credi che io veda in sogno un branco di stupidi cavalli da corsa o le schedine del totocalcio? Temo che quello sia il tuo mondo immaginario, non il mio. Ora vattene!». Kasey spalancò la porta e vi si addossò.

«Non è finita, Kasey».

«Oh, sì, invece». Gli conficcò l'indice nello sterno con tale violenza che lui fece una smorfia di dolore. «E se entrerai di nuovo in casa mia senza essere invitato, chiamerò la polizia così in fretta da farti girare la testa come una trottola».

Fred Daniels fece per rispondere alla sua minaccia ma Kasey lo spinse fuori sul ballatoio e gli sbatté la porta dietro prima che il suo cervello formulasse una risposta appropriata. Scese rumorosamente le scale, borbottando improperi ad ogni passo malfermo.

Quando fu sicura che se n'era andato, Kasey andò alla finestra piccola del soggiorno e aprì le tende con uno strattone. «Maledizione!», imprecò trovando la retina socchiusa e il binario di alluminio della finestra leggermente piegato. Sbatté giù la finestra.

Entro dieci minuti l'aveva bloccata con una sbarra ricavata dal manico della sua unica scopa e incastrata saldamente nella scanalatura.

Decise che era ora di muoversi.

Mentre Fred, nero di rabbia, attraversava la parte comune fra gli edifici, studiando un nuovo piano d'attacco, Fieldman fermò il nastro nel videoregistratore. Cercò le sigarette e decise di lasciar perdere per quel giorno. Con l'appartamento di

Kasey ormai vuoto a parte lei e il gatto e senza telefono, non si aspettava di registrare niente altro d'interessante fino al mattino seguente. Si sdraiò sul sacco a pelo e svitò il tappo di una bottiglia di Miller tiepida.

Anche l'uomo di Giacano vide Fred Daniels uscire dall'appartamento di Kasey. Prese il telefono cellulare dalla tasca della giacca e compose una serie di dieci numeri a memoria.

«Sì», rispose semplicemente una voce al secondo squillo. A quel numero non occorreva aggiungere altro.

«Un uomo è venuto a trovare la nostra piccola sognatrice. Credo che lei lo conosca».

«È qualcuno d'importante?»

«Non direi, a giudicare dalla sua auto».

Quando Fred uscì dal parcheggio, il poliziotto lo seguì da presso senza farsi notare.

Filippo coprì il microfono e ripeté le parole del poliziotto. Giacano prese il ricevitore. «Chi è quel figlio di puttana?», chiese il vecchio. «Che cosa voleva?»

«Non lo so, ma posso scoprirlo se vuole».

«Allora fallo! Se sa qualcosa riguardo ai miei nastri, cavaglielo di bocca, mi hai sentito!?»

«Sì, signore. E se non è nessuno e non sa niente?»

«Fa lo stesso, ci sono troppe persone coinvolte in questa festa. Se non ne eliminiamo qualcuna in fretta, sarò io a dover pagare il fottuto conto».

«Capisco. Conti pure su di me».

«Conto su di te», disse Giacano in tono minaccioso.

Silenzio. Segnale di linea libera.

Il poliziotto spense il telefono e se lo rimise in tasca.

Meno di un quarto d'ora dopo il suo uomo si era fermato a uno stop dietro Sir Robert's; aveva bisogno di bere qualcosa.

Mentre Fred Daniels stava seduto al volante della sua vetusta Plymouth berlina e frugava in un pacchetto spiaccicato di Salem per estrarne una delle poche sigarette rimaste, il calcio di una Smith & Wesson automatica lo colpì violentemente sul lato del cranio.

Il colpo alla porta era breve e sommesso, appena sufficiente perché Doug Fieldman lo udisse nel suo dormiveglia. Disteso sul sacco a pelo di cotone, si grattò un momento lo stomaco nudo, poi l'inguine, cercando di stabilire se il suono era reale o immaginario. Quando lo udì una seconda volta, si drizzò a sedere, afferrando al tempo stesso la Browning .380, che raramente era fuori dalla sua portata. Premette l'interruttore del corridoio e la luce gialla si diffuse nel soggiorno. Arma in pugno, aprì la porta d'ingresso.

«Salve, Fieldman», disse il poliziotto con un caldo sorriso. «Non ci vediamo da un pezzo».

«È vero. Non ti ho più visto da quando ho lasciato il dipartimento nel novantadue. Ma, di' un po', come sapevi che ero qui?»

«Te lo dico dopo. Ora dobbiamo discutere di una certa faccenda. Riguarda il tuo capo, Monroe».

«Allora sarà meglio che ne parliamo dentro».

«Credo di sì».

Fieldman abbassò la piccola automatica e dette una leggera spinta alla porta, voltando le spalle al vano. Il poliziotto chiuse la porta dietro di sé con la mano sinistra coperta dal sottile, quasi invisibile guanto chirurgico per non lasciare la minima impronta.

Fieldman posò l'arma sul tavolo da gioco che serviva da unico mobile nella stanza e afferrò il pacchetto di sigarette che giaceva lì. «Senza scherzi, come sapevi...».

Lo stiletto lungo quindici centimetri penetrò nella schiena di Fieldman fra due costole nel punto di congiunzione con la spina dorsale. Lui emise un gemito patetico, pieno di dolore e annaspò dietro di sé con entrambe le mani, come per cercare la causa dell'intenso bruciore alla schiena. Le sigarette caddero sulla moquette.

Una possente spinta verso l'alto, seguita da un'esperta torsione della lama nel senso delle lancette dell'orologio, e la punta acuminata gli trafisse il cuore.

Fieldman morì all'istante.

Il poliziotto puntò il tallone dietro le ginocchia dell'uomo, lasciando cadere il corpo sul pavimento a faccia avanti, scompostamente.

Nel giro di tre minuti tutti i nastri audio e video erano stati raccolti e il relativo lettore era stato infilato in una sacca di tela nera che il poliziotto aveva trovato accanto alla finestra. Stava per uscire dalla stanza quando notò in un angolo una valigetta portadocumenti che prima, nella penombra, gli era sfuggita. S'inginocchiò davanti ad essa, la mise piatta sul pavimento e fece scattare le serrature gemelle. Quando alzò il coperchio, si ritrasse. «Maria Vergine», balbettò. Non aveva mai visto tanti soldi tutti insieme. La richiuse in fretta e afferrò la maniglia con la mano libera.

Nel tentativo di ritardare la scoperta del corpo almeno di qualche giorno, il poliziotto regolò l'aria condizionata al massimo e si assicurò che tutti gli scuri e le tende fossero ermeticamente chiusi.

Soddisfatto, si diresse alla porta. «Spiacente, Doug», disse alzando leggermente la valigetta in un saluto beffardo. «Morire scoccia, vero?».

Capitolo ventiduesimo

La Mustang GT rispose senza sforzo al tocco di Kasey; il potente motore 5 litri V-8 e il cambio sincronizzato a cinque marce agivano in perfetta armonia per trasmettere i suoi comandi agli aggressivi radiali da sedici pollici. Kasey armeggiò con la radio mentre si immetteva nella corsia di sorpasso della Interstate-40 all'uscita di Charlotte Street in direzione ovest, rimpiangendo di non avere uno dei suoi CD preferiti da inserire nell'apposita fessura. Il venditore tenne gli occhi fissi sul traffico di fronte a lui che veniva superato rapidamente dalla guidatrice alla sua sinistra e premette più volte il pedale del freno inesistente dal lato del passeggero.

Kasey non se ne accorse e schiacciò l'acceleratore a tavoletta. Ogni cavallo nel cofano scattò come se gli avessero appena schioccato una frusta sulla schiena. Quando l'ago del tachimetro toccò le cento miglia, il venditore non poté più tacere. «Vorrei che...».

«La compro», lo interruppe Kasey, tornando al limite di velocità con un generoso uso dei freni ABS. «Posso averla subito?»

«Cosa? Sì... beh... certamente. Voglio dire, una volta approvato il prestito...».

«Pagherò in contanti», lo interruppe di nuovo. «Ha detto ventiseimila, vero?». Gli strizzò l'occhio mentre imboccava l'uscita che li avrebbe riportati alla concessionaria.

Il venditore fece per parlare, ma poi ci ripensò. Ricordava ancora la vendita mancata perché aveva ignorato il vecchio agricoltore che teneva un rotolo di banconote da cento nascosto nella tasca della tuta sudicia. Sorrise all'affascinante giovane donna in jeans ben stirati e camicetta bianca inamidata. «Darà indietro la sua CRX?», chiese per ingraziarsela.

Kasey pensò alla Honda azzurra scolorita che aspettava umilmente nel parcheggio dietro la concessionaria e le venne un groppo in gola. «Sì e voglio che mi facciate un buon prezzo. È stata una vera amica».

Il venditore calcolò la sua percentuale sulla vendita e fece un largo sorriso. Diavolo, la signora poteva anche considerare quel vecchio rottame come una persona di famiglia, per quel che gli importava.

Arrivarono al parcheggio. Kasey guardò la sua vecchia auto e sospirò.

«Gradisce un po' di caffè mentre prepariamo i documenti, signora Riteman?», offrì il venditore prima che lei potesse cambiare idea.

Kasey si affacciò alla ringhiera del ballatoio del terzo piano, all'estremo opposto al suo appartamento e guardò la decappottabile di un colore giallo quasi incandescente, giù in basso. Per parecchi minuti stette lì in silenzio, immensamente orgogliosa del suo acquisto. Era la prima auto che avesse mai comprato. "Che cosa ne pensi, papà?", chiese silenziosamente, alzando il viso al cielo.

S'inginocchiò sul pavimento del soggiorno, la scatola che aveva contenuto un nuovo telefono cordless con segreteria incorporata da 900 MHz (perché il commesso le aveva assicurato che avrebbe avuto la ricezione migliore) accanto al ginocchio destro. Guardò i due capi del filo del telefono e decise che erano identici. Ne infilò uno nel jack al muro, poi girò la base verso di sé, sperando di riuscire a decifrare le minuscole parole sopra un paio di attacchi uguali sul retro. «Perché le scritte sono sempre così piccole?», borbottò, incapace di capire quale attacco usare. Strizzò gli occhi e inclinò la base verso la finestra finché riuscì faticosamente a decifrare la parola "Linea" sopra l'attacco più vicino al bordo dell'apparecchio. V'inserì l'altro capo del filo.

Fece uno strillo quando l'apparecchio si mise a squillare freneticamente. Lo lasciò cadere sulla moquette come se le avesse scottato le mani, ma scoppiò a ridere appena si rese conto che era soltanto una chiamata in arrivo. Rovistò in mezzo alla pila di pezzi sparsi ai suoi ginocchi in cerca del ricevitore. «Pronto», esclamò al quinto squillo.

«Kasey?», chiese Jordan, sorpreso di essere riuscito finalmente a parlarle e altrettanto sorpreso dal suo tono eccitato.

«Sì», ansimò lei, «sono io».

«Sono Jordan».

«Oh, salve. Temevo di averti mancato».

«Pensavo che oggi avresti sistemato il tuo telefono. Ho chiamato un paio di volte».

«Sì, sono rientrata poco fa. L'avevo appena attaccato quando si è messo a squillare. Credevo di aver preso la scossa». Kasey scivolò sulla moquette e si appoggiò al divano.

Jordan ridacchiò all'immagine evocata dalle sue parole. Sebbene fossero quasi le sette di sera, era ancora alla Centrale. Dal momento che non poteva passare a prendere sua figlia a scuola prima delle nove, quando terminava l'ultima prova del saggio di fine anno, non aveva motivo di correre a casa. Persino il logorante lavoro d'ufficio era preferibile alla solitudine della casa vuota. «Com'è andata la giornata?», chiese.

«A meraviglia», disse tutta eccitata. «Ho comprato una macchina nuova! La devi vedere». Kasey passò a raccontare a Jordan la sua giornata. Mentre parlava, un trillo ripetuto annunciò una chiamata in arrivo. «Puoi aspettare un attimo, Jordan? C'è un'altra chiamata».

«Certo». Premette il pulsante del viva voce, mise giù il telefono e riprese in mano il rapporto che stava leggendo prima di telefonarle. «Fai con comodo. Io sto smaltendo un po' di lavoro arretrato».

«Faccio presto». Kasey passò all'altra chiamata. «Pronto», disse.

«Dio buono, Kasey. Credevo di dover mandare un autista a prenderti. Perché il tuo telefono è stato fuori uso così a lungo?». Era Brandie.

«È una lunga storia, Brandie, ma ora è a posto. Che cosa succede?»

«Siediti, se non sei già seduta».
«Dimmi, Brandie».
«Non sto scherzando. È bene che tu sia seduta quando sentirai quello che ho da dirti».
Kasey ripiegò le ginocchia contro il petto. Sgranò gli occhi e sentì il polso affrettare i battiti. «Che cosa c'è, Brandie? Ho fatto qualcosa di sbagliato? Sono nei guai?». Era sicura che Fred fosse andato da Brandie quel giorno. "Lo ammazzo, quel figlio di puttana buono a nulla!", giurò dentro di sé.
«Ho ricevuto una telefonata molto interessante oggi. Indovina da chi?». Il suo tono non rivelava nulla.
Kasey aspirò, chiuse gli occhi ed espirò lentamente. «Fred».
Brandie rise. «Chi diavolo è Fred? Ho ricevuto una chiamata da *20/20*. Ti vogliono a New York domani pomeriggio per un servizio speciale. Barbara Walters t'intervisterà». Ora fu Brandie a fare un bel respiro. «Il produttore ha detto che gli è piaciuto molto il nostro special e che tu sei un incredibile richiamo per il pubblico. È la grande televisione, Kasey, con tutti i suoi soldi».
Kasey aveva udito a malapena una parola dopo quella sigla: *20/20*. Era talmente sollevata e contenta che non fosse stato il suo ex marito a telefonare che aveva la testa completamente vuota. «Ripeti quello che hai detto».
«Vieni in ufficio da me domattina alle otto e ti darò tutti i particolari. Ce la fai a prendere un aereo all'una, o hai qualche problema?». Non attese la risposta di Kasey. «Spero proprio di no, perché ti hanno prenotato un posto su quel volo... in prima classe».
«Eh... all'una... direi che va benissimo». Kasey rimase a bocca aperta. «Che cosa sta succedendo, Brandie? Non capisco».
Brandie fece una gran risata. «Trovati nel mio ufficio alle otto precise e non ti preoccupare. Buona notte, Kasey. Sogni d'oro». Stava ancora ridendo quando riagganciò.
Kasey aveva dimenticato che Jordan aspettava in linea. Stava per posare il telefono a terra quando squillò. «Pronto», rispose debolmente.

«Pronto?», le fece eco lui.

«Oh, Dio, Jordan, scusami. Mi ero dimenticata di te». Sebbene fosse di nuovo in linea, la mente di Kasey era lontana mille miglia, a New York. «Posso chiamarti domattina?»

«Che cosa c'è, Kasey? Stai bene?», chiese, sorpreso dal suo tono.

«Bene? Sì, sto bene... benissimo. Scusami, Jordan. Possiamo parlare domattina?»

«Certo. Chiamami quando hai tempo. Sarò qui come al solito». Riagganciò e si dondolò indietro nella poltroncina.

Jordan Taylor si batté una matita sul mento e fissò la cartella sulla sua scrivania; in un angolo del risvolto c'era scritto a mano: RITEMAN, KASEY RENÉ.

Brenda si riempì il palmo di lozione abbronzante Hawaiian Tropic e gettò di nuovo il flacone nella grande borsa di tela, dove andò a far compagnia al Gatorade, ai bicchieri, alle patatine fritte, ai cracker, alla spazzola per capelli, al necessario per il trucco, all'orologio, agli asciugamani e all'ultimo romanzo di Anne Rice in edizione economica. Malgrado i ripetuti ammonimenti di Kasey, Brenda rifiutava di usare e persino di ammettere l'esistenza delle creme solari protettive. Non era colpa sua se Kasey aveva i capelli rossi e andava soggetta alle scottature se non copriva di SPF-15 ogni centimetro di pelle nuda. Brenda viveva per il sole. Non si preoccupava delle rughe: l'Oil of Olay era fatto apposta per quelle.

Mentre si spalmava l'olio chiaro al profumo di cocco sulle spalle e sui seni, si chiese dove fosse l'aereo di Kasey in quel momento. Probabilmente ormai stava sorvolando Washington o Baltimora. Le dispiaceva che Kasey non fosse lì a trascorrere il pomeriggio con lei: si divertivano tanto in piscina durante l'estate. Si passò le mani ancora unte d'olio sulle reni.

Non vide l'uomo che si avvicinava da sinistra.

«Serve aiuto per la schiena?», chiese affabilmente, inginocchiandosi accanto alla sua sdraio. «Salve, mi chiamo Ray».

Le tese la mano. «La stavo osservando dall'altro lato della piscina. Non abita qui, vero... voglio dire, in questi appartamenti?».

I modi dell'uomo erano insolitamente amichevoli; il largo sorriso scopriva i denti candidi e perfetti; il corpo era asciutto e muscoloso. Brenda ne fu affascinata. Normalmente gli uomini così belli non l'abbordavano. Kasey, sì, ma lei molto di rado. «Mi chiamo Brenda». Gli strinse la mano e poi si rese conto che la sua era ancora coperta di olio. «Oh, sono molto spiacente», si scusò subito, afferrando il più piccolo dei due asciugamani nella sacca e porgendoglielo. «Ho dimenticato...». Non finì la frase e fece invece una smorfietta, sapendo che lui capiva quello che intendeva dire.

«Non si preoccupi. Mi ungerò tutte e due le mani quando le spalmerò l'olio sulla schiena». Prese il flacone dalla sacca e ne spremette una dose abbondante nel palmo di una mano. Brenda rimase immobile, perduta nello sguardo magnetico dei suoi occhi scuri. «La schiena...», le rammentò in un sussurro, strofinando insieme le mani per distribuire l'olio.

«Non occorre che si disturbi», disse lei.

«Nessun disturbo. Si giri».

Brenda si girò bocconi e allungò una mano dietro per slacciare il reggiseno del bikini. Ebbe cura di tenere le braccia vicine al corpo, pur cercando di dare l'impressione che il gesto pudico fosse automatico e non diretto a lui. Rammentò di non aver risposto alla sua domanda. «Ha ragione... voglio dire che effettivamente non abito qui. La mia migliore amica abita lassù», indicò con il capo l'edificio alla sua destra, «e mi permette di usare la piscina come sua ospite. Non c'è piscina dove sto io».

«Sono nella stessa situazione. Anch'io sfrutto uno dei miei amici che abita qui. Non l'ho mai vista da quando hanno aperto la piscina per l'estate. Me ne sarei ricordato». Le spalmò lentamente la lozione fresca sulle spalle e sulla schiena, attento a non toccarla in modo da metterla a disagio.

Brenda arrossì. Aveva già sentito tutte le solite frasi ed era convinta di non poter più subire l'influsso di semplici parole. Le faceva piacere scoprire che c'era ancora un'incrinatura nella corazza che circondava il suo cuore.

Quando Ray ebbe finito di ungerle la schiena, allacciò con cura il gancio del bikini. «Ecco fatto», disse, sedendosi sull'asciugamano che aveva portato.

Brenda si mise supina, sistemando il reggiseno per evitare di mostrare accidentalmente qualcosa che preferiva tenere nascosto per il momento. «Grazie. Vuole un po' di Gatorade? Ne ho in abbondanza, più un altro bicchiere». Tirò fuori una bottiglia di plastica da un litro, il contenuto ancora parzialmente ghiacciato. «L'ho ficcata nel freezer ieri sera. Mentre si scioglie, rimane bella fredda».

«Certo. Un'ottima idea».

Lei prese il bicchiere in più e lo riempì a tre quarti.

«La sua amica non viene a raggiungerla?», chiese lui.

«No. È partita per New York un po' di tempo fa. Parteciperà a *20/20*. Si chiama Kasey Riteman». Brenda era orgogliosa di conoscere una celebrità.

«È la sensitiva che ho visto su Canale 9 martedì sera?»

«Precisamente».

«Davvero? Accidenti, quella roba supera la mia comprensione. Siete amiche da molto tempo? Voglio dire, è sempre stata capace di fare cose del genere? Devo confessarle che mi ha veramente impressionato il fatto che avesse trovato il corpo della donna assassinata mentre tutti gli altri credevano che fosse scappata dalla città».

Brenda vide l'opportunità di spartire un po' di fama con la sua amica. Sapeva che a Kasey non sarebbe importato. «Oh, sì, la conosco da anni. Ha avuto la capacità di vedere cose, sa ... visioni, fin da bambina. Lei e io ne parliamo continuamente. In realtà, credo che non sarebbe neppure andata da Brandie Mueller se non glielo avessi consigliato io. Siamo molto intime. Mi racconta tutto». Aprì la scatola di cracker integrali e li offrì a Ray.

«No, grazie. Ho appena mangiato». Guardò un attimo verso l'appartamento di Kasey, poi si volse di nuovo a Brenda.

«Per caso, Brenda, era la famosa sensitiva in persona quella che ho visto uscire di qui verso mezzogiorno? Mi pare che guidasse una piccola Honda?»

«Un paio di ore fa?»

«Sì, proprio mentre arrivavo?»

«No. Ha una nuova Mustang decappottabile gialla. Se ha visto qualcuno in una Honda, non era lei. Non oggi».

Il viso dell'uomo tradì il suo disappunto.

«Qualcosa non va, Ray?»

«No, niente. Allora la sua migliore amica è una vera celebrità, eh?»

«Eccome», fece Brenda con una punta di gelosia.

«Sarebbe a dire?», chiese, fissandola in viso per scoprire la verità celata dietro quelle parole.

«È ok, immagino, ma non abbiamo quasi più tempo di parlare. Il suo telefono squilla in continuazione. La coprono di soldi come se fosse denaro di Monopoli. Ho visto un cambiamento in lei durante l'ultima settimana e suppongo che potrà solo andare peggio, o meglio secondo il punto di vista, dopo questa faccenda di *20/20*».

Ray annuì.

«Però sono contenta di essere sua amica, anche se al momento la sua mente è altrove», disse Brenda tristemente. «È una persona su cui puoi contare in una crisi, ma è anche il tipo di persona che ha bisogno di una spalla su cui piangere ogni tanto».

«E quello è il suo compito, giusto?»

«Lo è sempre stato. Probabilmente lo sarà sempre. Almeno lo spero».

«Sembrate molto intime, voi due».

«Come nessun altro», disse Brenda con orgoglio, sgranocchiando uno dei cracker per non diventare troppo pensosa.

Ray si alzò e afferrò il suo asciugamano. «Beh, sarà meglio che vada. Devo aiutare un amico a spostare una macchina a cui abbiamo lavorato per un po'. È stato un piacere conoscerla, Brenda». Si volse per andarsene. Brenda ebbe una stretta al cuore. «Senta, le va di mangiare un hamburger e bere una birra uno di questi giorni?», chiese lui all'improvviso.

Lei non resisté alla tentazione di fare un po' la difficile, anche se lo non era. «Forse, ma non conosco nemmeno il suo nome».

«Mi chiamo Ray. Non lo avrà già dimenticato?»

«Lo so che si chiama Ray, sciocco. Ma avrà anche un cognome, no?»

«L'ultima volta ho controllato sulla patente. È Griffin. Ray Griffin. Ma gli amici mi chiamano Joeyboy».

«Come vuole che la chiami io?», chiese Brenda.

«Mi piace quando una donna mi chiama Ray, come faceva la mia mamma».

«Vada per Ray e diamoci del tu», disse lei sorridendo. «Vuoi il mio numero per potermi chiamare, Ray?»

«Speravo che me lo chiedessi». Sorrise, assicurandosi che i suoi splendidi denti bianchi fossero bene in vista.

Dalla sua suite al quindicesimo piano, Kasey aveva una splendida vista su Central Park. La grande distesa di verzura circondata da muretti di pietra e cancellate sembrava un gigantesco recinto che rinchiudeva i resti dell'opera originaria di Dio in un'elaborata prigione fatta dagli uomini. Non aveva mai considerato gli alberi e l'erba come qualcosa a cui era permesso di vivere e di crescere. La vista l'affascinava e la turbava al tempo stesso, come l'oceano di grattacieli che sembrava stendersi da un orizzonte all'altro.

Il volo diretto da Nashville si era svolto senza incidenti, a parte il fatto che Kasey ora capiva perché la gente fosse pronta a pagare di più per volare in prima classe.

Squillò il telefono nella stanza.

«Sì», rispose Kasey, lasciandosi cadere sul lussuoso letto a due piazze.

«Buon pomeriggio, signora Riteman. Mi chiamo Ann Lennon-Masters e sono l'assistente della signora Walters. L'autista ha telefonato per dire che era arrivata in orario e che il volo da Nashville era andato bene».

«Sì. Mi piace la prima classe». Kasey si rese conto che doveva sembrare proprio una provinciale e si ripromise di assumere un tono più cosmopolita.

«Spero che abbia trovato la stanza di suo gradimento. Il Plaza ha un ottimo personale che sa esattamente come desideriamo che vengano trattati i nostri ospiti, perciò se le serve qualcosa, la prego di dirlo».

«È tutto perfetto», disse Kasey nel tono più tranquillo possibile.

«Splendido. Un austista verrà a prenderla alle sei e quarantacinque. Le rimane abbastanza tempo per riposarsi?»

«Più che abbastanza».

«Dopo la registrazione andremo a cena. Ci sono molti ottimi locali dove mangiare in città». Esitò. «Le piace la cucina dell'Italia settentrionale?»

«Sì, certo», accettò Kasey con scioltezza. Avrebbe detto sì anche a una pizza.

«Benissimo. Sono impaziente di conoscerla di persona, signora Riteman. La sua storia mi affascina».

Kasey mise giù il telefono e si abbandonò sul soffice piumino, ripassando mentalmente le ultime parole dell'assistente. Chiuse gli occhi e pregò che Brandie avesse avuto ragione nel dire che lei aveva un talento naturale per la televisione. «Sarai bravissima, Kasey», mormorò senza troppa convinzione, ripetendo quello che le aveva detto Brandie al momento di salutarla. Era ora di pensare ad altro; le battute le sarebbero venute alle labbra quando si sarebbe trovata sotto i riflettori. «Sarai bravissima», ripeté in tono sicuro, sperando di convincere il suo cuore.

Guardò l'orologio accanto al letto: mancavano oltre novanta minuti all'arrivo dell'autista. Tornò nel bagno dove si era appena affacciata prima e vide con piacere che la grande vasca era anche una Jacuzzi. Fece scorrere l'acqua alla massima temperatura sopportabile, sapendo che si sarebbe raffreddata nell'ora che intendeva rimanervi immersa, e cominciò a spogliarsi.

«Servizio in camera», rispose la voce incisiva quando Kasey premette il relativo pulsante sul quadrante del telefono.

Era stesa bocconi sul piumino e la fodera di raso morbido le accarezzava piacevolmente la pelle nuda. «Che cosa posso fare per lei questo pomeriggio, signora Riteman?».

Sulle prime Kasey fu colta di sorpresa, ma poi un largo sorriso le illuminò il volto. «Potrebbe mandarmi un piatto di frutta fresca e una tazza di caffè, per favore?», chiese, senza darsi la pena di consultare il menu sul tavolo dell'angolo salotto. «Vado di fretta e mi sono appena resa conto che non ho mangiato nulla in tutta la giornata».

«Subito, signora Riteman».

«Sarò nel bagno. Può lasciare tutto sul tavolo?»

«Certo, signora Riteman».

«Devo firmare qualcosa?»

«È già tutto sistemato. Desidera qualcos'altro, signora Riteman?»

«Penso che sia tutto per il momento. Grazie».

«Grazie a lei, signora Riteman».

Kasey riagganciò. "Grazie, signora Riteman. Subito, signora Riteman. È già tutto sistemato, signora Riteman". Ripeté allegramente le parole nella sua mente mentre passeggiava nuda nella grande suite, fermandosi di nuovo davanti alla finestra affacciata su Central Park.

«Credo che mi ci potrei abituare», disse affondando le dita dei piedi nella spessa moquette di lana.

La sua vocina cominciò a mormorare la propria disapprovazione.

«Oh, chetati», l'ammonì mentre andava saltellando in bagno.

Capitolo ventitreesimo

Kasey aveva lasciato Manhattan in preda a opposti sentimenti, un miscuglio dolceamaro di tristezza e di aspettativa e la sensazione di lasciare il magico mondo di Oz per la routine del Kansas. Quando respirò l'aria pulita e frizzante del Tennessee per la prima volta da giovedì pomeriggio, ventiquattr'ore prima, fu sopraffatta da una cupa tristezza. Pur essendo di nuovo a Nashville, l'idea non recava con sé le vivide immagini sensoriali dei ritorni a casa hollywoodiani, in cui gli stanchi viaggiatori venivano ricevuti a braccia aperte da parenti e amici, ansiosi di udire il racconto delle loro avventure e di accoglierli di nuovo in seno alla famiglia amorosa e sicura. Persino le incessanti domande di Brenda sul viaggio sarebbero state preferibili all'attraversare il lungo atrio da sola. Purtroppo la sua amica era dovuta andare in tribunale a lottare per ottenere la custodia del figlio e l'udienza aveva la precedenza anche su una giramondo come lei.

Kasey osservò un uomo che era con lei in aereo baciare la moglie e inginocchiarsi per abbracciare i suoi due bambini, il più piccolo dei quali stringeva in mano un palloncino colorato con la scritta TI VOGLIO BENE PAPÀ dipinta a grandi lettere tutto intorno. All'improvviso, il dispiacere di non trovare ad accoglierla né fratello, né sorella, né madre, né padre divenne insopportabile e la costrinse a fermarsi un momento mentre gli occhi le si riempivano di lacrime.

Caparbiamente, trattenne il pianto, come aveva fatto per quasi un decennio, e continuò lungo l'affollato, solitario androne.

Ad ogni passo il suo umore cominciò a migliorare. Le venne una gran voglia di rivedere Sam e di raccontare tutte le sue avventure newyorkesi a Brandie. Rigirò fra le dita le chiavi della sua nuova decappottabile e l'aggiunse all'elenco dei motivi per sentirsi contenta di essere tornata a casa.

Mentre la scala mobile scendeva lentamente verso il passaggio pedonale che portava al parcheggio per lunghe soste, pensò per un fugace attimo di aver visto una faccia nota fra la folla in fondo agli scalini d'acciaio. Protese il capo di qua e di là per vedere meglio, ma tutti gli occhi che incontrò appartenevano a sconosciuti. Sorrise brevemente all'uomo accanto a lei, poi guardò di nuovo dinanzi a sé, pronta a proseguire.

In fondo alla scala, si fece strada in mezzo a una massa di corpi immobili fino ad arrivare alle porte di accesso al passaggio pedonale. Le varcò appena si aprirono dinanzi a lei con un sibilo acuto e si fermò sul bordo del marciapiede, sacca da viaggio in mano.

«Bentornata a casa», disse una profonda voce maschile dietro di lei.

Sebbene fossero soltanto tre parole, avevano qualcosa di familiare. Kasey si girò bruscamente verso la voce. Jordan inarcò le sopracciglia e fece un largo sorriso, compiaciuto di non averla mancata. «Salve!», lo salutò radiosa. «Che cosa fai qui?». Lo abbracciò stretto con il braccio libero, sorpresa del proprio gesto istintivo. Nel breve istante che durò l'abbraccio, decise che le piaceva sentirlo contro di sé.

«Non so te, ma io detesto scendere da un aereo e non vedere in giro una faccia conosciuta. Ho pensato che ti avrebbe fatto piacere trovarmi all'uscita quando atterravi». Scosse la spalle come un ragazzino arrivato in ritardo a scuola. «Scusa. Non prevedevo che l'aereo arrivasse con venti minuti di anticipo».

«Non ti scusare. Il pilota ha detto che abbiamo guadagnato tempo al ritorno perché avevamo il vento in coda o qualcosa del genere. Sei stato molto gentile a venire». Lo guardò con un cipiglio scherzoso. «Come sapevi con quale aereo sarei arrivata?».

Kasey non era riuscita a telefonare a Jordan prima di partire giovedì e aveva deciso che sarebbe stato meglio per entrambi non chiamarlo in ufficio dal Plaza. Per quanto desiderasse parlargli, dirgli dov'era andata, sapeva di aver preso la decisione giusta.

«Ti scordi sempre che sono un poliziotto», sorrise prendendole la sacca. «Brandie mi ha detto che eri andata all'ABC a New York per registrare un'intervista per *20/20* e loro mi hanno detto che eri prenotata sul volo American 1323 che doveva arrivare qui all'una e cinquantanove». Guardò l'orologio: mancavano ancora sei minuti all'ora d'arrivo prevista. Kasey gli batté sul braccio per assicurargli che era tutto a posto. «Ho detto a entrambi che avevo bisogno del tuo aiuto per le nostre indagini il più presto possibile».

«Davvero? Che cosa è successo, Jordan? Avete trovato l'assassino di Donna?», chiese con aria preoccupata... e speranzosa. Lui le prese il braccio e la condusse verso il garage a pagamento.

«Non è successo nulla. Era solo una scusa per scoprire il tuo itinerario. Spero che non ti dispiaccia». Si fermò in mezzo al passaggio pedonale e la guardò, cercando la sua approvazione.

«Che cosa credi?», sorrise stringendogli la mano.

«Quel tailleur è nuovo?», chiese, osservandola bene ora che erano fuori dalla folla. Lei assentì. «Ti sta a meraviglia».

«Brandie e io lo abbiamo comprato ieri mattina prima che partissi. Ti piace davvero?». Kasey si girò leggermente di lato per mostrargli il dietro. Sapeva che la gonna metteva in risalto il suo personale.

«È delizioso».

Lei arricciò il naso. «A proposito, stai benissimo in jeans. Sapevo che dopo aver vissuto tanto tempo a Nashville, dovevi avere un lato campagnolo nascosto da qualche parte».

«Grazie».

«Non lavori oggi?», chiese in tono speranzoso.

«Ho mandato tutto al diavolo e ho preso una giornata di libertà. Mi sembra di essere stato inchiodato alla scrivania ultimamente».

«Buona idea. Un po' di riposo e di svago non ha mai fatto

male a nessuno. Come soleva dire sempre la mia mamma, "ogni tanto devi fermarti e annusare la zuppa"».

Jordan ridacchiò.

«Dove hai parcheggiato?»

«Vicino a te». Prevenne la sua domanda: «Hai l'unica Mustang GT '96 decappottabile gialla con lo scontrino del parcheggio a tempo. Me l'hai descritta nei minimi dettagli mercoledì sera, rammenti? Era più o meno come trovare un limone in un cestino di mirtilli».

Kasey provò qualcosa che non provava più da anni. La riscaldò e le mise dentro uno strano formicolio.

Cominciava a innamorarsi del poliziotto alto e bruno con la voce calda e il sorriso spontaneo.

Chiuse gli occhi e disse alla vocina ammonitrice della coscienza di tacere e fare un sonnellino.

«Devi andare in qualche posto questo pomeriggio?», chiese Jordan quando arrivarono alla macchina di Kasey.

Il cuore le balzò in petto. «Non necessariamente. Perché?». Aprì il portabagagli con il comando a distanza e lui vi posò la sacca da un lato.

«Ti va di passare il pomeriggio con me?». Prima che lei potesse rispondere, aprì il suo portabagagli e tirò fuori un grande cesto da picnic. Lo depose con cura nel portabagagli di Kasey e sollevò orgogliosamente un lato del coperchio. «Formaggio Cheddar, salsiccia d'estate, pane francese, uva – senza semi, naturalmente – una bottiglia di Merlot e una di Zinfandel ghiacciato. Non sapevo se preferivi rosso o bianco. E per dessert, biscotti di cioccolata alle noci». Rinfilò dentro la tovaglia a quadretti bianchi e rossi, chiuse il cestino e stette accanto al baule con un largo sorriso sul volto.

«E dove *andiamo* esattamente?», chiese lei con civetteria.

«Mai stata all'Hermitage?».

Kasey fece segno di no con la testa e gli sorrise.

«Ti piacerà». Si diresse verso lo sportello del passeggero.

«Non vuoi guidare?», gli chiese.

«No. È la tua macchina nuova, guidi tu. E poi così vedo meglio».

«Vedi meglio?»
«Te», rispose sorridendo.

Monroe compose per la sesta volta il numero che gli aveva dato Fieldman, sempre senza ottenere risposta. Lasciò un altro messaggio sibillino sulla segreteria telefonica dell'ex poliziotto e riaggànciò, la sua impazienza evidente non soltanto nelle parole ma anche nel tono della voce.

Sbatté giù il telefono e si mise a camminare in su e in giù davanti alla finestra del suo ufficio, come aveva fatto per gran parte della mattina e del pomeriggio. Era stanco di aspettare. Era ora di parlare con Fieldman, ora di procedere con questa maledetta faccenda. Afferrò la sua agenda elettronica e digitò il suo PIN. Apparve una rubrica telefonica segreta.

Dopo pochi secondi aveva trovato il numero che cercava. Batté le cifre e attese. Non dovette attendere a lungo. «Non riesco a parlare con quel bastardo», cominciò senza il minimo saluto. «Mi avevi garantito che era affidabile. Devo mettermi in contatto con lui, ora!».

«Si calmi, signore. È affidabile, come ho detto. Se non è dove dovrebbe essere, qualcosa non va. Controllo subito e la richiamo». L'uomo prese una Beretta 92F dallo scaffale e infilò la 9 mm automatica nella fondina a spalla mentre parlava.

«Fallo e fallo in fretta. È solo questione di tempo: quei fottuti nastri verranno sicuramente fuori da qualche parte e sarà meglio che li abbia in mano io, altrimenti renderò la vita estremamente spiacevole a un sacco di gente prima di finire nel cesso».

«Sì, signore».

Dall'altro capo del filo giunse un silenzio arrogante.

L'uomo spense il telefono portatile e lo gettò con malagrazia sulla scrivania. «Hai già reso la vita spiacevole a tutti, stupido pallone gonfiato, perciò che differenza fa?». Afferrò un foglietto con l'ultima ubicazione nota di Fieldman, la giacca, le sigarette e scomparve nella strada.

Kasey aveva insistito per fermarsi a una stazione di servizio Amoco sulla Lebanon Pike e indossare qualcosa di più pratico per la loro gita. Sebbene il tailleur nuovo fosse perfetto per la sua intervista a *20/20*, non la entusiasmava l'idea di sedersi sulla rigogliosa erba primaverile con addosso seicento dollari di lana e seta. La sostituzione del tailleur con un paio di comodi short di tela e una maglietta corta aveva richiesto solo pochi minuti e non soltanto l'aveva messa a suo agio, ma le aveva valso anche una nuova serie di complimenti da parte del suo compagno.

Dopo aver proseguito per altri dieci minuti verso nord-est, Kasey e Jordan giunsero a Rachel's Lane e alla casa del settimo presidente americano.

L'Hermitage, residenza di Andrew Jackson, sorgeva in un pittoresco scenario di maestosi cedri del Libano, quasi tutti piantati dallo stesso Jackson, e di prati ben curati che somigliava più a un country club che al parco di una casa privata.

Kasey parcheggiò accanto al centro visitatori. «Questo posto è stupendo!», gridò correndo al recinto che delimitava il lato ovest della proprietà. «Jordan, vieni a vedere! Il vecchio viale di accesso è a forma di chitarra!». Le sue parole erano euforiche.

Jordan la raggiunse, portando il cesto e le restituì le chiavi. «Immagino che il vecchio Jackson amasse la musica. Hai fame?»

«Una fame da lupi».

«Vieni con me». Kasey seguì Jordan nel piccolo edificio di mattoni accanto al centro visitatori dove comprò due biglietti d'ingresso alla casa e ai giardini. Fianco a fianco, senza toccarsi, percorsero a passo lento lo stretto vialetto lastricato che portava alla villa anteriore alla guerra di Secessione. Kasey avrebbe voluto prendere la mano di Jordan, ma decise di aspettare che fosse lui a fare la prima mossa. A una biforcazione accanto alla cucina e all'affumicatoio, presero il vialetto di sinistra che portava a un piccolo spiazzo per i picnic vicino all'originaria sorgente di acqua dolce, a un centinaio di metri dal retro della casa. La volta di foglie che copriva il tavolo di legno offriva un gradevole riparo dal pieno sole pomeridiano; il termometro aveva già superato abbondantemente i trenta gradi senza una nuvola in cielo. «Che te ne pare?», le chiese. Una stilla di sudore gli scivolò lentamente lungo la schiena.

«Perfetto». Kasey lo aiutò a stendere la tovaglia, poi si sedette sulla panca, rivolta verso il retro della casa. «Jordan, credi che il presidente e sua moglie abbiano mai fatto un picnic qui?».

Jordan scrollò silenziosamente le spalle e si accinse a stappare la bottiglia di Merlot.

Kasey appoggiò la testa fra le mani e fissò con rispettosa meraviglia la maestosa dimora che aveva resistito a centosettantacinque anni di gelide piogge invernali e torride calure estive. Sebbene l'edificio fosse in perfette condizioni e fosse stato ammirato da innumerevoli turisti nel corso degli anni per la sua architettura classica, erano le persone che vi avevano vissuto e amato che Kasey poteva vedere con più chiarezza nella sua mente. Senza difficoltà, riusciva a immaginarsi affacciata al balcone del primo piano in un lungo abito di velluto, il morbido tessuto graziosamente ondeggiante su strati e strati di sottovesti; al suo braccio, l'uomo più potente del paese si univa a lei per dare il benvenuto agli invitati a cena mentre i servitori parcheggiavano le eleganti carrozze e abbeveravano e nutrivano i cavalli. Emise un sospiro melodrammatico. «Vorrei avere una casa come questa, con centinaia di alberi ed ettari ed ettari di splendidi prati dove i miei cavalli si sentirebbero in paradiso».

«Non sapevo che avessi cavalli». Le versò un dito di vino, nel caso non le piacesse il Merlot.

«Infatti non ne ho. Immaginavo semplicemente che, se mi potessi permettere un posto come questo, potrei anche includerci uno o due cavalli».

«Almeno due», sorrise lui.

Kasey portò il bicchiere alle labbra.

«Oh, no, aspetta», la rimproverò. «Prima brindiamo. Alla tua nuova fama e fortuna: possa essere tutto ciò che hai sempre sperato».

«E», aggiunse lei, «ai miei nuovi amici, Brandie e Jordan».

Jordan toccò il bicchiere di Kasey con il suo.

«È buono», si rallegrò lei, che abitualmente non era un'amante del vino rosso.

Jordan le sedette accanto sulla panca, prese una manciatina di acini verdi dolci e li tenne sospesi sopra il suo capo. «Il meglio deve ancora venire», disse. «Piega la testa indietro, apri la bocca e chiudi gli occhi».

Quando Kasey obbedì docilmente, Jordan le posò delicatamente un acino sulla lingua, seguito da un breve bacio scherzoso sulle labbra. Kasey aprì bruscamente gli occhi e si ritrasse, sorpresa. Aprì la bocca per parlare, per protestare, ma quella parte di lei che anelava a un amore romantico, a lunghi baci umidi e abbracci appassionati, la fece tacere. Chiuse gli occhi e rovesciò di nuovo la testa indietro. Questa volta il bacio fu intenso e sensuale e la colmò di desideri che erano rimasti sopiti troppo a lungo e di una sensazione che dalle cosce si diffuse in tutto il corpo come un fuoco greco attraverso una distesa di erba secca. I capezzoli s'indurirono e il suo corpo spasimò per il desiderio di sentirlo dentro di sé.

«Sarà meglio mangiare», disse riprendendo fiato dopo il secondo bacio. La vocina interna aveva ripreso le redini e costretto i suoi desideri sfrenati a un riluttante arresto.

Jordan le riempì il bicchiere di vino e ne versò uno per sé. Mordicchiò per un momento un pezzo di pane prima di parlare. «Scusami, Kasey. Avrei dovuto chiedertelo prima di...».

Kasey gli posò le dita sulle labbra. «Va tutto bene», mormorò. «Dammi solo un po' di tempo. Sono dieci giorni che la mia vita scorre a ritmo accelerato senza un attimo di tregua. Succedono cose che non capisco e la gente continua a spingermi e trascinarmi in tutte le direzioni. Voglio essere sicura di avere le idee chiare, tutto qui». Si chinò verso di lui e lo baciò sulle labbra, una volta, delicatamente. «Voglio semplicemente evitare di commettere uno sbaglio con te».

La Mustang affrontò agevolmente le curve che si snodavano attraverso le colline dell'Hermitage; i grossi pneumatici dalle elevate prestazioni aderivano al selciato così saldamente da rendere vani gli occasionali, sebbene involontari sforzi di Kasey di allentare la presa. Mentre si rilassava un attimo lungo uno dei pochi rettilinei incontrati negli ultimi minuti, si rese conto che Jordan era tranquillo come se fosse andato in macchina con lei un migliaio di volte. Stava comodamente seduto alla sua destra, con una mano che batteva ritmicamente sul rivestimento esterno dello sportello e l'altra sulla sua coscia destra, poco più su del ginocchio.

Kasey ripassò mentalmente la lista degli uomini che aveva conosciuto nell'ultimo anno, poi la estese a due anni, poi a tre e quattro, e infine risalì addirittura al primo appuntamento di cui aveva ricordo.

"Quest'uomo è così diverso", decise con tacita meraviglia, "non somiglia a nessuno degli altri uomini che ho conosciuto".

Lo fissò negli occhi, cercando il segno rivelatore dell'inganno, il sottile luccichio che le avrebbe indicato che si sbagliava, che anche lui era come gli altri. Non vide nulla di cui aver paura, soltanto il medesimo calore che aveva sentito nel frutteto. Gli sfiorò la guancia con la mano destra e gli passò le dita intorno alle labbra.

«Com'era New York?», le chiese quando lei ebbe ripreso il volante con tutte e due le mani. Per la mezz'ora seguente, Kasey parlò dettagliatamente della sua intervista con Barbara Walters, dell'Hotel Plaza, della sua visita all'ABC e dell'incredibile ristorante italiano dov'erano andati a mangiare tutti insieme. Quando prese fiato, Jordan ne approfittò per chiedere: «L'intervistatrice ti ha fatto qualche domanda sull'assassino della Stanton?»

«Sì. Voleva sapere se pensavo di poterlo trovare».

«Che cosa hai risposto?»

«La stessa cosa che ho detto a te, che non ero sicura, che non potevo prevedere quando avrei avuto una visione». Kasey lo guardò per valutare la sua reazione. Tutto a un tratto sembrava indifferente.

Jordan distolse il viso per la prima volta da quando avevano iniziato il viaggio di ritorno all'aeroporto.

«Che cosa c'è, Jordan?», gli chiese.

Lui osservò gli alberi che gli correvano accanto per un interminabile momento e infine si girò di nuovo verso di lei. «Devo prendere quel bastardo, Kasey», disse solennemente. «Potrebbe essere decisivo per la mia carriera. Speravo soltanto... sai... oh, accidenti. Hai già abbastanza preoccupazioni in questo momento. Non fare caso a quello che ho detto». Le batté affettuosamente sul ginocchio.

Kasey desiderava disperatamente di aiutarlo e fece per parlare, ma un'immagine di Joeyboy cancellò ogni pensiero razionale. «Mi dispiace, Jordan», disse, frustrata. «Sai che ti aiuterei se potessi, vero?».

Lui si girò verso di lei. «Certo che lo faresti». Sorrise e le scostò i capelli dal viso. Sapeva che oggi le sue domande sarebbero rimaste senza risposta.

Per il quarto d'ora seguente nessuno dei due parlò, lasciando che la radio impedisse al silenzio di diventare imbarazzante. Quando le tortuose strade di campagna lasciarono il posto alle grandi arterie meno pittoresche del centro cittadino, Kasey s'immise nella Briley Parkway e si mescolò al flusso ininterrotto di traffico pomeridiano diretto a sud, verso l'aeroporto.

Dopo altri cinque minuti si era fermata accanto all'auto civetta di Jordan nel parcheggio per lunghe soste. Spense il motore e si appoggiò allo sportello, girandosi verso di lui. «Grazie per il più bel pomeriggio che abbia trascorso da molto tempo».

«È stato un piacere».

Si protese avanti e lo baciò appassionatamente sulla bocca. «Dico sul serio, Jordan, è stato bellissimo».

Jordan scese dalla macchina e tirò fuori le sue chiavi. «Ne sono lieto», sorrise. «L'idea era quella». Aprì il suo sportello e scivolò al posto di guida.

«E il tuo cesto da picnic?», chiese lei, ricordandosi che era ancora nel suo portabagagli.

Jordan fece un sorriso malizioso. «Tienilo tu. Può servirci di nuovo in avvenire».

Capitolo ventiquattresimo

Brandie era nel soggiorno e aspettava l'approvazione di Kasey. Non erano ancora le otto del mattino, ma lei era ansiosa di mostrare all'amica l'appartamento composto da una camera da letto e un bagno e doccia a Belmont Place. Brandie vi aveva abitato per due anni prima di comprare la sua attuale casa a Brentwood. Aveva deciso di tenere l'appartamento e lo aveva affittato a un collega giornalista di Canale 9 per i ventitré mesi precedenti; adesso si era appena liberato. Quando Kasey, giovedì mattina, aveva detto di volersi trasferire in un alloggio più sicuro, con un parcheggio sorvegliato e senza tre rampe di scale da salire ogni giorno, Brandie aveva suggerito la sua precedente residenza.

«Mi piace molto la vista», osservò Kasey con eccitazione, mentre stava fuori sul balcone dell'appartamento al ventitreesimo piano e contemplava la città che si svegliava lentamente sotto di lei.

Brandie le venne vicino. «Sarai felice qui, Kasey. La vista non è mai uguale due giorni di fila». Brandie si rammentò dell'attuale situazione di Kasey. «Potrai rescindere l'affitto del tuo appartamento?».

Kasey annuì. «Lo rinnovo di mese in mese. Ho già pagato l'affitto di maggio; devo semplicemente dare un assegno per giugno e sono a posto». Kasey guardò la sua nuova amica con sincerità. «Ma non so se posso permettermi di prendere in affitto un appartamento come questo», disse umilmente. «Abitare qui deve costare una fortuna. Voglio dire che è già magnificamente ammobiliato e tutto». Sebbene avesse ancora la maggior parte dei soldi in banca, la sua educazione prudente le diceva che potevano anche dover durare a lungo. In avvenire non ci sarebbe più stata una Donna Stanton ad aiutarla a pagare i conti. Dopo appena due giorni, rimpiangeva già i soldi che aveva speso per la nuova auto; aveva nostalgia della "vecchia azzurra".

Brandie fece una risatina. «Rilassati. Pago soltanto millecinquecento dollari al mese. Puoi averlo allo stesso prezzo e senza firmare un contratto».

Kasey fu sorpresa dalla cifra; sebbene alta, era molto inferiore a quello che aveva immaginato. «Perché così poco?», chiese.

«La società Fortune 500, proprietaria del palazzo, lo usa come rifugio fiscale. Apparentemente non hanno bisogno del reddito e inoltre tengono i due piani sopra di te vuoti, ma interamente arredati per ospitare i pezzi grossi europei e giapponesi quando vengono qui a Music City. Vanno pazzi per la musica country.

Il palazzo è mantenuto in modo impeccabile e hai una splendida vista della città a metà del prezzo di mercato. Perciò raramente un appartamento rimane vuoto più di qualche ora». Sebbene fossero sole, Brandie si accostò a Kasey. «Non mettono mai l'annuncio quando si libera qualcosa. Gli appartamenti... beh... cambiano di mano tacitamente, non so se mi spiego. Così gli indesiderabili rimangono fuori». Fece un sorrisetto storto. «Ma non ti preoccupare, ho garantito per te».

«Sei una vera amica!», scherzò Kasey.

«Allora, lo vuoi?», chiese Brandie quando Kasey uscì di nuovo sul balcone.

Kasey assentì con entusiasmo. «Come potrò mai ringraziarti?», disse quando Brandie venne ad affacciarsi accanto a lei.

«Lo faccio con piacere, Kasey. Solo non dimenticare chi sono i tuoi amici la prossima volta che hai una delle tue visioni».

«Non ti preoccupare. Se mai l'avessi, sarai la prima a saperlo». La mente di Kasey andò al poliziotto di cui si stava rapidamente innamorando. Sapeva che il momento di fare un altro sogno era più vicino di quanto la giornalista potesse immaginare.

Il resto del sabato passò rapidamente. Dopo aver portato i suoi abiti e le poche cose che valeva la pena di conservare nel suo nuovo appartamento, Kasey trascorse quasi tutta la serata a risistemare i mobili di Brandie, a spostare quadri e accessori e a disporre con cura le poche cose che aveva comprato per aggiungere un tocco personale finché l'insieme assunse il fascino pittoresco di una delle case che figuravano nella rivista «Southern Living».

Kasey si mise sulla soglia della porta d'ingresso, cercando d'immaginare come Jordan avrebbe giudicato la casa vedendola per la prima volta. Si morse nervosamente il labbro inferiore mentre faceva la spola fra la porta e un oggetto o un mobile che doveva essere spostato di un millimetro o due. Dopo un'altra ora di questo andirivieni, si dichiarò finalmente soddisfatta. Il lavoro, sebbene non fosse fisicamente stancante, era continuato ininterrottamente per quasi venti ore, fino alle quattro del mattino. Ora tutta la fatica e la cura sembravano giustificate; l'appartamento rappresentava molto più di un posto in cui vivere in relativa comodità e sicurezza: era diventato l'incarnazione di un sogno decennale che era quasi morto, il sogno di tornare alla sua vita di bambina.

Si era coricata poco prima dell'alba di domenica e siccome le avrebbero attaccato il telefono solo dopo le cinque del pomeriggio, intendeva dormire quasi tutta la mattina.

Durante il febbrile e affrettato trasloco nel nuovo appartamento, Kasey era stata troppo occupata per sentire la mancanza di Sam e troppo stanca quando si era fermata. Era grata a Brenda che aveva offerto di fare la baby-sitter: lei e Sam erano sempre andati d'accordo. Ora che il silenzio e la quiete opprimente del nuovo ambiente circonstante le risuonavano negli orecchi, si accorse che il gatto le mancava enormemente. Sarebbe andata a prendere Sam per prima cosa l'indomani mattina, giurò, e avrebbe invitato Brenda a cena l'indomani sera. Sempre che riuscisse a strappare la sua amica al nuovo uomo della sua vita.

Forse li avrebbe invitati tutti e due. A Brenda avrebbe fatto piacere e l'uomo, come diavolo si chiamava, sembrava proprio delizioso. Si chiese perché la sua amica facesse tanti misteri. "Probabilmente vuole semplicemente tenerlo tutto per sé per un poco e la posso capire", pensò Kasey considerando il suo rapporto con Jordan.

Kasey sorseggiò il bicchiere di Merlot e andò a controllare la cena. Jordan sarebbe arrivato fra poco più di un'ora e c'era ancora tanto da fare.

Dopo aver condito l'insalata e averla messa in frigorifero, assaggiò la salsa per l'ultima volta. «Spero proprio che ti piacciano gli spaghetti, capo, perché quelli mangeremo», mormorò mentre soffiava sull'assaggino nel cucchiaio di legno che teneva vicino alla bocca. Era perfetta: densa, sostanziosa, piena di peperoni, salsiccia e funghi, proprio come le aveva insegnato Desmondo.

Posò il mestolo e coprì la salsa.

Annusò il sacchetto di caffè alla cannella e nocciola che aveva comprato per dopocena; il suo intenso aroma europeo si sarebbe fuso voluttuosamente con la densa salsa rossa per gli spaghetti e avrebbe riempito l'appartamento con i profumi di un idillio in fiore.

Sorrise passando la mano sulla superficie liscia della caffettiera di plastica: ad eccezione di Sam e dei suoi abiti, era uno dei pochi oggetti della sua vita precedente inclusi nel trasloco. L'Esercito della Salvezza era stato ben lieto di portare via il resto della roba che Brenda non aveva voluto.

Guardò l'orologio: ancora quarantacinque minuti. Lasciò la salsa a bollire piano piano e corse a fare la doccia.

Quando si guardò allo specchio della nuova toletta, fu soddisfatta dell'immagine che le rimandò. I difficili giorni e notti che aveva appena affrontato avevano lasciato il segno: aveva perso quasi sei chili e non tutti dove avrebbe voluto, anche se il concetto non era sbagliato. Il viso era troppo magro per i suoi gusti, come all'epoca del suo divorzio, e anche le gambe le sembravano troppo esili. Si girò di lato e studiò i suo seni. "Almeno ho ancora voi", sorrise, contenta che non avessero risentito del dimagrimento.

Aprì il primo cassetto del comò, scelse un paio di slip nuovi blu notte e li indossò, tirandoli molto in alto sui fianchi. Trovò il reggiseno uguale e lo riempì dei morbidi seni rotondi, premendo la carne tenera contro il pizzo rado. Regolò le spalline in modo da creare il giusto incavo fra i seni e si guardò ancora una volta allo specchio. Un'espressione compiaciuta le illuminò il volto.

Andò vicino al letto e aprì il sacchetto di plastica che conteneva il suo acquisto più recente. Ne estrasse un miniabito di seta lavata blu notte con le spalline sottili e un'ampia scollatura profonda. Lo fece scivolare sul capo e lo tirò sui fianchi. Le stava bene, né troppo largo né troppo stretto, e l'orlo arrivava una decina di centimetri sopra i ginocchi. Infilò le scarpe di camoscio in tinta con il tacco alto e si mise al collo una sottile catena d'oro a serpentina; gli orecchini erano due semplici zirconi di un quarto di carato. Volgendosi verso lo specchio intero dietro la porta della stanza da letto, sorrise di nuovo: "Se pensavi di desiderarmi venerdì pomeriggio, signor Jordan Lee Taylor, non hai ancora visto nulla, tesoro". La vocina interna evocò immediatamente un'immagine inventata di Gloria Taylor, in lacrime sulla porta di casa mentre suo marito faceva l'amore con un'altra. «E tu non t'immischiare stasera. Sono separati, ricorda», l'ammonì Kasey istantaneamente. «Questa è la *mia* serata».

L'ultima luce arancione del pomeriggio dipingeva sul pavimento lunghe forme grigie che salivano lentamente sulla parete di fronte alla grande porta-finestra del balcone. Le ombre create dalle candele danzavano al ritmo lento di un ventilatore roteante sul soffitto del soggiorno e davano l'impressione che le pareti della stanza da pranzo fossero vive. Jordan si adagiò indietro sulla sedia e fissò la sua ospite fra le candele; alla luce delle fiamme gialle gemelle, era sicuramente la donna più desiderabile che avesse mai conosciuto, sebbene non la più bella secondo i canoni classici. «Non ho mai mangiato meglio. Era tutto perfetto».

«Mai?»

«Beh, almeno a mio ricordo».

«Che cosa avresti detto se avessi trovato tutto pessimo?», scherzò lei.

«Facile», rispose lui con un sorriso timido. «Avrei detto che non avevo mai mangiato meglio. Hai passato l'intero pomeriggio a cucinare per me, senza parlare dell'abito nuovo che ti sta a meraviglia. Ho l'aria di un perfetto imbecille?». Bevve il vino. «Onestamente, erano i migliori spaghetti che abbia mai mangiato, penso».

«Lo dirò a Mondo», sorrise.

«Mondo?»

«Un amico. Un mio ex compagno di lavoro». Si appoggiò alla spalliera della sedia e contemplò il buio che invadeva il soggiorno. «Ora sembra che appartenga a un'altra vita». Bevve un piccolo sorso di vino. «È difficile immaginare che appena due settimane fa servivo a tavola e mi chiedevo dove avrei trovato i soldi per comprare un paio di Nike nuove quando le mie scarpe da jogging sarebbero definitivamente defunte. Ora...».

«Ora?», le chiese dolcemente dopo il suo prolungato silenzio.

«Ora questo», terminò lei, facendo un ampio gesto circolare con il bicchiere.

«Te lo meriti, Kasey. Dovresti essere orgogliosa».

«Sono anche spaventata, Jordan».

«Di che cosa hai paura, Kasey?». Si protese avanti e appoggiò i gomiti sul pesante tavolo di vetro.

«Di perderlo». Continuò a fissare la stanza sempre più buia alla sua destra.

«Perché dovresti perderlo? Non voglio essere indiscreto, ma non parli mica del denaro?»

«Oh, il denaro non è un problema a questo punto», replicò in tono solenne. «Immagino che non ti giunga nuovo il fatto che ho più soldi in banca di quanti ne abbia portati a casa in dieci anni come cameriera. È soltanto...». Lasciò di nuovo la frase in sospeso. Come poteva dirgli, come avrebbe mai potuto dirgli che la sua vita era una menzogna, che aveva avuto i soldi perché era stata troppo maledettamente spaventata per dire alla polizia che aveva assistito all'omicidio di Donna? Una bugia grandiosa aveva creato un mondo altrettanto grandioso, pieno di tutte le comodità possibili e immaginabili, ma il prezzo si stava rivelando molto superiore a quello che aveva dato in cambio. Lentamente, inesorabilmente stava pagando anche la sua anima e non c'era diniego o inganno o vino che potesse mutare quel fatto.

C'era una sola via di uscita, una sola cosa da fare.

«Kasey?», disse Jordan mettendole le mani sulle spalle.

Lei sussultò leggermente quando la toccò; nel suo volontario momento d'isolamento non si era accorta che lui si era alzato. «Scusa, Jordan. È successo tutto così all'improvviso che non sembra vero. Ho paura che qualcuno entri da quella porta da un momento all'altro e mi dica che è stato tutto uno sbaglio e che è ora di tornare al ristorante». Toccò la mano posata sulla sua spalla nuda.

«Una specie di Cenerentola».

«Soltanto che non sono sicura che questa favola sia a lieto fine».

Senza togliere le mani dalle spalle, le accarezzò teneramente la schiena con i pollici. «Domani sarà quel che sarà, Kasey. Stasera sei al sicuro». Le sollevò il mento e si chinò a baciarle le labbra.

«Spero che venendo qui non rischi di... sai che cosa intendo».

Lui scosse la testa ma non parlò.

Kasey spinse indietro la sedia e si alzò, volgendosi verso di lui. «Ti ho detto che sapevo cucinare».

Serrò a sé il suo corpo sinuoso e la baciò intensamente sulla bocca. Rimasero stretti in un caldo abbraccio amoroso.

Infine Kasey nascose il viso contro il collo e il petto di lui e gli allacciò le braccia intorno alla vita, sentendosi tranquilla e sicura per la prima volta in un decennio. «Vuoi un po' di caffè?», bisbigliò, sperando che rifiutasse per il momento, pregando che non se ne dovesse andare.

«Preferisco te», le sussurrò all'orecchio.

Kasey giaceva sulle fresche lenzuola di cotone da un lato del letto, la testa sul guanciale, gli occhi fissi sull'uomo ritto sopra di lei.

Jordan allentò la cravatta e con un gesto rapido e disinvolto, sfilò l'estremità più stretta dal nodo e gettò la cravatta sul pavimento. Si tolse la giacca e la camicia, senza fretta né esitazione, e rimase immobile davanti alla finestra della stanza da letto, il corpo dipinto a strisce alterne bianche e nere dalle luci della città che filtravano attraverso le veneziane socchiuse. Kasey seguì ogni sua mossa, osservando la sua figura asciutta e muscolosa. Lo desiderava ancor più di quanto avesse immaginato.

Jordan si sfilò i mocassini come se fossero sandali, poi si tolse lentamente i pantaloni e i boxer di cotone nero, facendoli scivolare lungo le cosce e lasciandoli cadere a terra. Si sedette sul bordo del letto, prendendo Kasey fra le braccia. Appoggiò il petto contro i suoi seni e la baciò, cercando con la lingua quella di lei.

Le mise le braccia dietro le spalle e la sollevò in modo che le sue gambe pendessero fuori del letto e inserì il proprio corpo fra le sue ginocchia. Afferrò l'orlo dell'abito e lo arricciò lentamente, facendolo scivolare in alto, oltre i fianchi. Quando il tessuto delicato le scivolò sui seni, lei alzò le braccia verso il soffitto in modo che il vestito le passasse agevolmente sul capo.

Quando lui posò lo sguardo per la prima volta sul suo corpo, percorse lentamente con gli occhi ogni centimetro della sua figura dalla testa alle ginocchia. Lei mise una mano fra i seni e sganciò il reggiseno. Lo fece scivolare lentamente ai lati del petto, indugiando brevemente quando il tessuto stava per scoprire i capezzoli. Lui teneva lo sguardo fisso sulle punte delle sue dita.

Quando infine lasciò cadere il reggiseno sulle lenzuola dietro di lei e lui le ebbe sfilate le mutandine, gettandole sul pavimento, la attirò a sé e sentì i seni sodi e rotondi come sfere premere contro il suo petto. Le loro bocche s'incontrarono impetuosamente.

Kasey cadde supina sulle lenzuola e trascinò con sé Jordan. Sentiva il cuore dell'uomo battere contro i suoi seni. Jordan mise una mano sotto di lei e la sollevò lentamente, sistemandola meglio sul letto in modo che tutto il loro peso gravasse sulle coperte.

Con entrambe le mani, le sollevò le braccia sul capo e iniziò la tanto attesa e avventurosa esplorazione del suo corpo. Appoggiò le labbra sul suo viso, baciando la morbida pelle lentigginosa; poi le labbra le sfiorarono le palpebre e le guance finché incontrarono di nuovo la bocca ansiosa e vi si soffermarono.

Quando le passò la lingua sul mento e sul collo, lei rovesciò indietro la testa istintivamente e sollevò il petto come per toccarlo. Lui continuò a scendere lungo il dolce pendio del seno destro finché la sua bocca passò sopra il capezzolo, divorandolo. Si spostò sul seno sinistro. Tracciò più e più volte i cerchi sensuali e ogni volta i capezzoli diventavano più tesi e sensibili.

Si spostò sul ventre piatto, facendo scivolare la lingua all'indietro dal solco fra i seni al leggero avvallamento intorno all'ombelico. Vi girò intorno parecchie volte prima di baciare la carne tenera ai lati dell'addome, nel punto dove si elevavano leggermente per formare i fianchi. Di nuovo Kasey si protese in alto, accompagnando questa volta il movimento con un rauco grido sommesso.

La bocca dell'uomo tornò sul roseo altopiano sotto l'ombelico, poi scese in basso. Il mento sfiorò i morbidi peli ramati, seguito dalle labbra. Quando premette il viso su di lei, la donna s'inarcò e i suoi fianchi ondeggiarono involontariamente; l'odore del suo desiderio gli pervase i sensi.

Nella sua mente ormai nulla esisteva nell'universo tranne quest'uomo e il suo tocco.

Si sollevò verso di lui e poi ricadde, attirando il corpo dell'uomo contro il suo, divaricando le ginocchia perché potesse penetrarla agevolmente. Raggiunse subito l'orgasmo e il suo corpo eruppe in uno spasimo estatico. Gli conficcò le dita nella schiena e tenne la bocca premuta sulla sua, assaporando ogni delizia, ogni ondata di piacere.

Quando la sentì fremere sotto di lui, si mosse ritmicamente e profondamente, sentendola intorno a sé, contro di sé. Corresse i propri movimenti parecchie volte per mantenere vivo il suo desiderio. Per venti minuti si fusero in silenziosa unione mentre lei riacquistava la sensibilità necessaria per raggiungere di nuovo l'orgasmo, insieme a lui. Le era accaduto solo poche volte in tutta la sua vita e soltanto per caso. Ma quest'uomo era diverso, paziente, fiducioso. Sapeva che con lui sarebbe stato facile.

Era meglio di quanto avesse sperato.

Jordan abbassò la testa, incapace di sostenerne ancora il peso, poi calò il proprio corpo su quello di lei, scivolando da un lato ma mantenendo il contatto. Le posò il braccio destro sul petto, sotto i seni e la avvolse in una stretta dolce e sicura, il volto nascosto nell'incavo del suo collo.

Rimasero così, immobili ed esausti, finché Kasey cadde in un sonno profondo e tranquillo.

Capitolo venticinquesimo

Kasey si girò sul fianco destro e abbracciò un guanciale. Aveva dormito profondamente sotto le coperte per quasi tre ore e vivide fantasie di gioventù avevano animato i suoi sogni. Nell'isolamento del suo bozzolo emotivo, Kasey si rese conto di essere sola, di non averlo più accanto. Si drizzò a sedere e cercò qualcosa di riconoscibile nella stanza buia e poco familiare. Soltanto sottili strisce orizzontali di luce filtravano attraverso gli scuri che lui aveva chiuso prima di andarsene.

Kasey si alzò e andò barcollando in bagno. Quando tornò in camera, la luce del bagno cadde sul letto. Vide un foglietto piegato due volte e posato sul comodino accanto alla sveglia. Si sedette sul bordo del letto e accese il piccolo lume da lettura. Prese il foglietto e lo spiegò. Le parole di Jordan la fecero sorridere: «Sei meravigliosa. Possiamo pranzare insieme domani?».

Kasey ripiegò il foglietto e lo rimise sul comodino, nel posto esatto dove l'aveva trovato: voleva scoprirlo di nuovo quando si sarebbe svegliata. Mise la sveglia alle otto e spense il lume accanto al letto, lasciando che la luce del bagno filtrasse attraverso un largo spiraglio nella porta. La faceva sentire meno sola, come quando era bambina.

Aveva bisogno della luce ora che Jordan se n'era andato.

Chiuse gli occhi e cercò nel suo cuore l'immagine perfetta di lui stretto contro di lei.

Kasey scivolò fra i fili spinati arrugginiti del vecchio recinto e andò lentamente verso Donna Stanton. Joeyboy stava in silenzio a osservare tutto. Il fucile era a pochi centimetri dai capelli biondi arruffati di Donna. Kasey vedeva ancora i fili d'erba che sporgevano dalle ciocche dorate... lo sguardo impaurito nei suoi occhi.

«Kasey», la chiamò Donna.

Lei si fermò a poca distanza dalla coppia. Joeyboy abbassò il fucile e accese la sigaretta che si era ficcato fra le labbra.

«Non vuoi aiutarmi?». Gli occhi di Donna si riempirono di lacrime.

«Che cosa posso fare? Non vedi che ha un fucile?». Lanciò un'occhiata a Joeyboy, poi si volse di nuovo a Donna. «Li ho già condotti da te».

«Non basta. Devi aiutarmi, Kasey».

«Mi dispiace, ma non posso fare altro. Ho tanta paura».

«Devi», la implorò.

«Ma non ti ho messo io qui. Non sono responsabile». Kasey vide la donna tremare, gli occhi pieni di terrore.

«I soldi, la fama, il nuovo amante: sono tutti doni che ti ho fatto io. In cambio non vuoi aiutarmi?»

«Che altro posso fare? Che cosa vuoi da me?». Kasey tentò di fuggire, ma il suo corpo non le obbedì.

«Voglio quello che vorresti tu, Kasey: giustizia e basta».

Joeyboy ridacchiò e assentì lentamente, aspirando una densa nuvola di fumo. Lo soffiò verso Kasey, facendola ritrarre.

«Ho tanta paura che venga ad ammazzarmi. Non capisci?»

«Capisco, Kasey, più di chiunque altro, ma sei l'unica che può rendermi giustizia come merito».

«No, quello è compito della polizia. Loro ti dovrebbero aiutare».

«Ma non mi stanno aiutando, Kasey, lo vedi anche tu. Il tuo amante non sa nemmeno di Joeyboy». Kasey guardò Joeyboy con disprezzo, ma la sua disapprovazione non significava niente per lui. Meno che niente. «Soltanto tu puoi aiutarmi ora», supplicò Donna. «Non vuoi rendermi giustizia?»

«Smetti di ripetermelo. Non sono l'unica che può aiutarti. Smetti di chiedermelo! Non posso... non posso proprio».

«Allora la mia vita non conterà nulla, la mia morte meno ancora. Non sapranno mai chi fosse il responsabile». Donna si volse verso l'uomo alle sue spalle: «Ora sono pronta. Non c'è più nulla che possa dirle».

Joeyboy alzò di nuovo la canna del fucile.

«*No!*», urlò disperatamente Kasey. «Non farlo! Non puoi farlo! So chi sei!».

«Chi se ne frega», rise Joeyboy. «Ora vattene, piccola fifona. Spendi i soldi guadagnati con il tuo silenzio e lasciami lavorare in pace».

La violenta esplosione le echeggiò negli orecchi mentre guardava l'altra donna stramazzare sulla terra fredda e dura.

Kasey lanciò un urlo e si drizzò di scatto nel letto, il corpo scosso da un violento tremito, le lenzuola fradice di sudore.

Si strappò le coperte di dosso e corse in bagno.

«Buon giorno», rispose allegramente Brandie quando il centralino le passò la chiamata di Kasey. «Com'è il nuovo appartamento?».

Kasey chiuse strettamente gli occhi per un momento. A un certo punto, fra la fine dell'orribile sogno e il caldo sole del nuovo giorno che splendeva sul balcone dove aveva trascorso il resto della notte, la decisione era stata presa perché voleva aiutare Jordan a trovare il brutale assassino e arrestarlo come chiedevano insistentemente i media e perché gli incubi dovevano finalmente cessare. Scelse le parole con cura. «Ho avuto un'altra visione, Brandie. Devo vederti subito».

La giornalista spense la radio che mormorava sulla sua scrivania. «Riguardava... lei?», chiese incrociando le dita.

«Ho visto l'uomo che l'ha uccisa».

Brandie si alzò fra la sedia e la scrivania, catapultata in piedi dalle inattese parole di Kasey. «Sì!», bisbigliò tutta eccitata, allontanando momentaneamente il telefono dalle labbra.

«Devo dirlo a qualcuno». Dopo quasi una dozzina d'interviste a pagamento, Kasey era diventata una provetta bugiarda e la sua abilità aveva destato in lei un odio per se stessa che la stava consumando. Voleva smettere, essere perdonata, ma sapeva che ormai era troppo tardi per una penitenza così semplice.

«Fra quanto puoi essere qui?», chiese Brandie con impazienza.

«Arriverò fra venti minuti», rispose con voce inespressiva.

«Saremo pronti, Kasey». Brandie riagganciò. «Steve!», gridò attraverso la sala stampa.

Brenda Poole si girò nel letto gemello e dette a Ray un lungo bacio sulle labbra. Lui aprì pigramente gli occhi e fece un mezzo sorriso. Lei gli appoggiò la testa sul petto e passò le punte delle dita fra i peli del pube sperando, ora che il suo cervello era sveglio, di riuscire a destare il resto del corpo. Avevano già fatto l'amore quattro volte da quando lei aveva smesso di lavorare a mezzanotte, sei ore prima, e mentre lui sembrava reduce da una maratona, lei era pronta a rifarlo per la quinta volta. Era un pezzo che un uomo non le aveva dedicato tanta attenzione.

«Che cosa c'è, baby?», gli chiese scherzando quando lui non reagì alle sue carezze. «Troppo stanco per farlo di nuovo?».

Ray emise un gemito di finta sofferenza. «Prima devo mangiare un boccone. Altrimenti mi ridurrò uno straccio. Puoi preparare qualcosa?»

«Uova con la pancetta affumicata e credo che sia avanzato un po' di caffè».

«Va bene. Una cosa qualsiasi per rimettermi in forze. Sei una gatta selvatica, sai?». Le afferrò il seno sinistro e lo strinse fino a farle male.

«Oooh, attento, baby. Devono durare ancora un po'». Si mise a sedere nel letto e gli puntò le mani sul petto. «Ti piace fare l'amore con me, Ray?»

«Eccome. Sei grande. Sono contento di aver avuto il coraggio di parlarti in piscina».

«Anch'io. Mi dispiace che ho avuto da fare venerdì e sabato e non ho potuto passare molto tempo con te. Sam era sconvolto dal trasloco di Kasey e non potevo lasciarlo qui solo. Spero di aver rimediato un po' la notte scorsa». Gli tastò i muscoli del torace e ammirò le braccia muscolose. Era bello sentirle contro il suo corpo.

«Non mi hai detto dove si è trasferita la tua amica».

«Dovrebbe essere un segreto». Sam fece capolino nella stanza ma non entrò. Non aveva nessuna simpatia per l'uomo con gli occhi neri.

«Un segreto?»

«Sì, riceveva tutte queste telefonate da gente che le chiedeva di ritrovare parenti scomparsi e gioielli perduti e roba del genere. Un tale voleva persino che ritrovasse il suo cane. Incredibile, no? Il suo nuovo numero non è sull'elenco».

«Non posso biasimarla. Tu ce l'hai, naturalmente».

«Certo. Ho anche una chiave. Anzi, dovrei portare lì Sam questo pomeriggio».

«Perché non passa a prenderlo lei?». Joeyboy pensò che sarebbe stato perfetto. Avrebbe potuto farle fuori tutte e due insieme. Un lavoro facile e pulito.

«Ha una cosa importante da fare oggi. Non mi pesa di andare fino lì». Brenda si alzò e s'infilò una camicia nuova che aveva comprato per la loro prima notte insieme e non aveva ancora avuto tempo d'indossare. Ricordò il dispositivo di sicurezza del garage. «Avrei dovuto farmi dare il codice del suo cancello prima che se ne andasse, maledizione». Mostrò la succinta camiciola al suo nuovo uomo alla maniera di un'indossatrice. «Ti piace?»

«Certo, è stupenda. Quale codice del cancello?». Si mise a sedere nel letto, appoggiando la schiena alla testiera.

«Oh, c'è un cancello di sicurezza nel garage sotterraneo. Ci vuole un codice speciale per aprirlo. Dovrò passare dall'ingresso principale, immagino». Andò alla porta. «Come vuoi le uova?»

«Strapazzate. Non lasciare le chiare troppo liquide». Si ficcò un secondo guanciale dietro le spalle.

«Scommetto che sarà ben lieta di non dover parcheggiare la sua nuova Mustang fuori all'aperto come la sua vecchia Honda. La vernice si era tutta rovinata a forza di stare al sole», spiegò mentre percorreva il corridoio in direzione della cucina.

Joeyboy era sulla porta prima che lei avesse fatto altri dieci passi. «Credevo che la tua amica avesse la Mustang già da un po'».

Brenda si fermò sulla soglia della cucina. «Solo da quattro o cinque giorni, per la verità. L'ha comprata il giorno che ci siamo incontrati in piscina, ora che ci penso».

«E prima aveva una Honda?», chiese lui, appoggiandosi con noncuranza allo stipite. Non voleva apparire troppo interessato.

Brenda non capì lo strano interesse di Ray per il mezzo di trasposto di Kasey ma immaginò che fosse una mania maschile. «Sì, una CRX. L'aveva dal tempo del liceo. Era ora di darla via, non ti pare? Vuoi un po' di crema nel caffè?»

«No», mormorò lui.

La mente di Joeyboy mise insieme rapidamente i pezzi, come un semplice puzzle da bambini. La migliore amica tanto loquace era almeno servita allo scopo, oltre ad essere niente male a letto, e ora non serviva più. Guardò Sam. Il gatto, invece, poteva ancora essere di qualche utilità.

Fece un largo sorriso alla donna, i denti perfetti luccicanti nel corridoio scuro. «Vuoi che ti dia una mano in cucina?»

«Certo. Sai cucinare?». Tirò fuori la confezione di uova dal frigorifero e prese una padella di ferro da sotto la stufa.

Lui seguì Brenda nella stanza angusta. «Puoi scommetterci. Ho creato dei veri capolavori in cucina». Mentre Brenda preparava la colazione, lui premette il suo corpo nudo contro la camicia di pizzo, passandole la lingua sulla nuca fino al lobo dell'orecchio sinistro.

Un brivido le indurì i capezzoli e le venne la pelle d'oca sulle braccia. «Ora devi aspettare», disse rompendo il primo uovo per la loro colazione. «Ma il tuo culo è mio appena avrai finito di mangiare».

«Urlerai di nuovo che mi vuoi?».

Lei tornò con la mente al suo primo orgasmo la notte precedente. «Se ti fa piacere. Certi uomini lo detestano».

«Mi piace sentire le donne gridare». Le massaggiò dolcemente le spalle, premendo i fianchi nudi contro di lei.

Cercò di sbattere le uova, ma il suo contatto la stava eccitando. «Questo è il vantaggio di non avere vicini nell'altra metà della casa al momento. Posso urlare quanto voglio senza che qualcuno senta».

Le sue parole lo eccitarono molto più di quanto lei potesse immaginare. Mentre le accarezzava lentamente la schiena con la punta delle dita della mano sinistra, Joeyboy estrasse di soppiatto un coltello da cucina dalla custodia di legno andante sul mobile dietro di lui e abbassò la lama seghettata, lunga venti centimetri, all'altezza della coscia. «È una splendida notizia, baby, perché voglio che urli a perdifiato, questa volta».

Brandie Mueller era già in attesa accanto alla porta dell'atrio di Canale 9 quando Kasey arrivò. La giornalista era impeccabilmente vestita, come sempre, e truccata alla perfezione. Kasey sembrava che avesse passato la notte a bere. «Kasey, stai bene?». Brandie l'abbracciò forte.

Kasey fece cenno di sì col capo, ma il suo aspetto la smentiva.

«Vuoi una tazza di caffè prima di raggiungere gli altri?», chiese Brandie.

«Magari», disse lei con un profondo sospiro. «Falla doppia».

Le due donne si avviarono a passo rapido verso la mensa.

«Ci vuoi qualcosa dentro?»

«Un po' di arsenico», mormorò Kasey.

«Spiacente. Lo abbiamo appena terminato. Ehi, sei sicura di stare bene?»

«Veramente no, ma starò meglio o peggio fra qualche ora».

«Speriamo che non sia peggio. Non credo di avere con me abbastanza make-up», scherzò Brandie.

Pete Vanover fece capolino nell'ufficio di Jordan Taylor e annunciò che lui e Stark stavano andando a Columbia a controllare un'informazione che avevano appena ricevuto da un'impiegata di banca.

«Aspetta un momento, Pete», disse Taylor, posando sulla

scrivania la prima tazza di caffè della giornata. «Dimmi di questa informazione».

«So soltanto che questa impiegata della First Tennessee Bank giura che la Stanton ha ritirato un sacco di soldi dalla sua banca a Columbia nel pomeriggio di lunedì 22 aprile, ma dice che ha usato uno pseudonimo. L'impiegata si è resa conto solo adesso che le due donne erano la stessa persona».

«La banca ha un filmato su di lei?»

«L'impiegata dice che c'è una telecamera proprio sopra il suo sportello. Scatta una foto ogni tre secondi. Dovremmo ricavare tutto quello che ci serve da quel film».

Taylor annuì. «Chiamami appena avrai finito con lei. Fai stampare dal laboratorio ogni fotogramma del film relativo alla transazione. Se è lei, e lui l'ha rapita all'uscita dalla banca, forse saremo tanto fortunati da trovare un'immagine del nostro assassino in uno dei fotogrammi».

Dette un colpetto sulla spalla dell'amico e guardò il detective scomparire verso il retro del palazzo.

Tim Arnold ripose la videocamera nella custodia e la sistemò con cura nel retro della jeep. Aveva filmato quello per cui erano venuti: materiale più che sufficiente per qualsiasi storia Brandie decidesse di scrivere. Rivolse un ultimo sguardo al frutteto: come sembrava diverso adesso: pacifico, sereno, invitante. Era difficile immaginare che un delitto così efferato fosse stato commesso in quel luogo tranquillo.

Scosse la testa e mormorò il nome di Joeyboy, chiedendosi che cosa trasformasse un uomo in un animale, un assassino di donne.

Brandie consultò la sua rubrica telefonica, cercando un nome di cui non aveva avuto bisogno da mesi. «Eccoti qui», sorrise. «Johnny Foster, detective, ufficio informazioni, Nashville Metro». Salì nel posto davanti e disse a JR di tornare a Canale 9. Controllò come stava Kasey: la donna triste e silenziosa seduta dietro era palesemente scossa dagli eventi della mattinata. Le dette un colpetto sul ginocchio, poi compose il numero di Foster sul telefono cellulare. Kasey si sarebbe ripresa, si consolò. Per il momento, c'erano cose più importanti a cui pensare.

«Ufficio informazioni, parla Goff».

«C'è il detective Foster?», chiese con impazienza.

«Resti in linea». Il ricevitore venne posato rumorosamente sulla vecchia scrivania di legno.

Dopo quasi cinque minuti di attesa, fu alzato di nuovo. «Informazioni, Foster». Se possibile, sembrava ancora più annoiato del suo compagno. Lei lo conosceva bene e ridacchiò: tutti i cretini finivano all'ufficio informazioni.

«Ciao, Johnny, sono Brandie Mueller. Ho bisogno di un favore».

«Ciao, Brandie. Dopo tanto tempo. Che cosa posso fare per te?». Sperava che fosse qualcosa di grosso. Ricordava l'ultima volta che lei aveva avuto bisogno di un favore: gli aveva fruttato due posti in prima fila a un concerto di Reba McEntire che era tutto esaurito da settimane.

«Dovresti controllare una targa, a chi è intestata, che tipo di veicolo, eccetera. Sai quello che m'interessa sapere, Johnny».

«Una targa di Davidson County?», chiese.

«Non ne sono sicura. Comunque è una targa del Tennessee».

«Che cosa me ne viene?», chiese senza alcun imbarazzo.

«Che cosa vuoi?»

«C'è un concerto di George Strait qui il 31. Hanno venduto tutti i biglietti in quaranta minuti e non sono riuscito a trovarne nemmeno uno».

«Non credo che la stazione ne abbia».

«Ma te li puoi procurare, no?»

«Forse. Quanti ne vorresti?»

«Sei».

«Sei!», esclamò lei.

«Stanno diventando molto rigorosi riguardo a queste informazioni non autorizzate. Potrei cacciarmi in un sacco di guai».

«Va bene, sei. La targa è personalizzata: J-O-E-Y-B-O-Y». Dettò il nome lettera per lettera al detective e coprì il microfono con la mano. «Normalmente ci vuole solo un minuto o due», informò gli altri tre occupanti della jeep.

Foster mise Brandie in attesa e girò la sedia verso il computer. Chiuse la videata che stava usando prima ed entrò nel programma di ricerca automatica, DCAT (Davidson County Automated Tracking). Questa nuova videata gli fornì i dati di registrazione della targa. Batté rapidamente: TMVRI, PL, OOJOEYBOY seguito da Invio. In dieci secondi sullo schermo dinanzi a lui apparvero i dati essenziali, ossia numero d'identificazione del veicolo, marca, modello, colore, tipo, nome del proprietario, indirizzo, città e codice postale. Riprese la linea e disse a Brandie: «Quel veicolo è un camioncino Dodge Ram 3500 nero del 1996 appartenente a un certo Griffin, Joey. L'indirizzo indicato è 16068 Old Highway 318, Davidson County. Il veicolo, che è stato acquistato presso la Music City Dodge a Nashville il 4 aprile di quest'anno, è libero da vincoli». Dondolò indietro sulla sedia girevole e mise i piedi sulla scrivania. «Allora mi devi sei, ripeto, sei biglietti per George Strait. E non in piccionaia».

«Aspetta un minuto, Johnny, per favore. Ti metto in attesa mentre parlo con qualcuno».

«Certo, Brandie».

Questa volta Brandie tolse l'audio al telefono cellulare e si volse a Kasey con un sorriso compiaciuto. «Tombola! Il vero nome di quel figlio di puttana è Joey Griffin e ha un camioncino nero nuovo, come hai detto tu». Strinse il ginocchio dell'amica. Tim e JR annuirono in segno di rispettosa approvazione, sebbene nessuno dei due fosse sorpreso questa volta.

Dopo aver udito Kasey descrivere con grande commozione l'omicidio assurdo, entrambi gli uomini volevano vedere Joeyboy sulla sedia elettrica.

Brandie voleva altre informazioni. «Sei ancora lì, Johnny?», chiese riaprendo l'audio.

«Sì, Brandie, sono ancora qui».

«Ho bisogno di altri dati, Johnny. Primo, voglio i connotati di questo Griffin».

«Che diavolo te ne fai, Brandie?»

«Non posso dirtelo, ma nessuno saprà mai che me li hai forniti tu, lo giuro su Dio».

«Poltrone di *prima fila,* Brandie. Sei».

«Prima fila, Johnny». Fece una smorfia al telefono.

Foster si volse di nuovo al computer. Batté: Z, RNAM, GRIFFIN, JOEY. Dopo altri quindici secondi, Foster riferì che c'erano tre "Griffin, Joey" nel computer: una, femmina bianca, 23, che Brandie scartò subito; il secondo era un maschio bianco, 67, che Brandie scartò ugualmente; il terzo e ultimo Griffin, Joey Ray era un maschio bianco, 33, capelli biondi, occhi castani, altezza 1 e 82, peso 90 chili.

Brandie coprì il microfono e ripeté l'ultima descrizione a Kasey, che immediatamente si portò le mani alla bocca. Non fiatò, ma Brandie e gli altri lessero la conferma nei suoi occhi.

«È quello», disse Brandie al detective.

«C'è altro?», chiese Foster.

«Solo una cosa, Johnny. Voglio sapere se questo tizio ha precedenti penali».

Foster mise giù i piedi e si alzò. «Aspetta un secondo, Brandie. Ora mi chiedi roba seria, non le quisquilie con cui ci siamo trastullati fino adesso. Potrei rimetterci il posto».

«Beh, se hai paura, o non sei all'altezza, Johnny, chiamerò uno dei miei amici alla Centrale. Grazie per l'aiuto. Ti manderò i biglietti per il concerto».

«Aspetta un minuto, maledizione». Si sedette di nuovo. «Non ho detto che non potevo procurarti l'informazione. Ho detto soltanto che era roba seria, tutto qui. E ti costerà più di qualche pidocchioso biglietto per un concerto».

«Quanto?», gli chiese.

Lui rifletté un secondo. «Un paio di abbonamenti per tutta la stagione a Opryland e il Grand Ole Opry».

«Costano una fortuna!», protestò lei, recitando a perfezione la sua parte. Potevano anche costare cinquemila dollari: il suo Emmy era lì che l'aspettava. Inoltre, avrebbe pagato la Clarion, non lei.

«Ci tieni molto ad avere questa informazione?», ribatté lui.

Brandie coprì il telefono solo parzialmente e finse di essere seccata. «Affare fatto», borbottò.

Per la terza volta Foster si volse allo schermo. Batté 3333, selezionò il campo successivo e batté AHIS (Arrest HIStory). Dopo mezzo minuto aveva dinanzi agli occhi l'intera fedina penale di Griffin. Le parole che lesse gli fecero cadere il mento. «Brandie, questo Griffin è una vera carogna. Non so perché t'interessi a lui, ma se fossi in te, attraverserei la strada per non incontrarlo e andrei in giro armata».

«Dimmi di lui, Johnny», lo invitò lei senza esitare.

«La lista delle sue imputazioni riempie tutto lo schermo, a partire da un tentato omicidio a diciotto anni... uh... tre, no quattro imputazioni di violenza aggravata... vediamo cos'altro... un'imputazione di porto abusivo di armi... e non meno di una dozzina di altri arresti per vari reati, tutti di natura violenta. Almeno c'è una buona notizia».

«Sì, quale diavolo può essere?»

«È a Brushy Mountain per i prossimi trent'anni, sempre che si comporti bene».

«Che cosa vuoi dire?», chiese immediatamente Brandie.

«Voglio dire che sta scontando una condanna da trent'anni all'ergastolo per omicidio di primo grado». Foster studiò di nuovo lo schermo, facendo scorrere il file di Griffin sul video. «Sembra che abbia ucciso un motociclista in un locale topless nel dicembre '91. Gli ha sparato in testa con un fucile mentre stava seduto voltandogli le spalle. Per quanto posso vedere, è la prima volta che ha avuto una condanna così pesante».

Brandie era perplessa. Come poteva Joey Griffin essere in prigione per omicidio e tuttavia aver ucciso Donna Stanton nel frutteto due settimane prima? Stava per cambiare parere riguardo alla più recente visione di Kasey. «Qualcuno ha creduto di vederlo in Maury County il 22 aprile, Johnny», disse speranzosa.

«Impossibile, Brandie. Non è precisamente il tipo che mandi a lavorare fuori».

«Controlla, per favore». Guardò Kasey.

«Il tuo amico può dire quello che vuole, Brandie. Era lui». Lo sguardo negli occhi di Kasey esprimeva una certezza assoluta.

«Non ti puoi sbagliare, vero, Kasey?»

«No».

«Beh, figlio di puttana! Questo è assurdo», urlò praticamente il detective al telefono.

«Che cos'hai trovato, Johnny?», chiese Brandie, sempre tentando disperatamente di capire qualcosa in tutto quel pasticcio.

«Non posso crederci... beh, forse posso. Tutto il sistema sta andando rapidamente a farsi fottere».

«Che cos'hai trovato, maledizione?», ripeté Brandie, spazientita.

«Hanno rilasciato quel bastardo quattro mesi fa, dopo aver scontato solo quattro miseri anni di carcere. Che stronzata! Ci rompiamo il culo per arrestarli e un giudice li rimanda fuori per strada dopo una breve vacanza in cella con tre compari della loro risma. Probabilmente fra un anno sarà di nuovo dentro».

«O anche meno», disse Brandie in tono sprezzante. «C'è una cosa che non capisco, Johnny. So che il sistema è marcio, ma come diavolo ha fatto Griffin a ottenere la libertà condizionale?».

Foster studiò lo schermo. «Guarda, guarda», mormorò.

«Cosa?»

«L'ordine di scarcerazione è stato firmato dal vecchio in persona. Dev'essere bello avere amici in alto loco».

«Il vecchio?», chiese Brandie. «Vuoi dire il direttore del carcere?»

«Non il direttore, non ha abbastanza potere per farlo. Williams», sogghignò Foster. «Parlo del buon vecchio Buddy Williams».

«Avrai gli abbonamenti sulla scrivania fra un paio di giorni, Johnny», dichiarò lei in tono reciso, chiudendo la comunicazione. Non udì l'ammonimento di Foster ad essere prudente.

Brandie guardò la sua amica silenziosa. Mise di nuovo una mano sul ginocchio di Kasey. «Ho la strana sensazione che questa faccenda stia per sfuggirci di mano».

Kasey annuì lentamente in silenzio. Sentiva il cuore battere forte sotto la blusa.

"Lo temevo", sussurrò la vocina nel suo cervello.

Joeyboy estrasse una chiave Schlage nuova dalla tasca anteriore; aprì senza difficoltà le due serrature. Entrò nell'appartamento di Kasey e scaraventò il fastidioso gatto sulla moquette. Non lo aveva ucciso unicamente per guadagnare un po' di tempo. Se Kasey si aspettava effettivamente che l'animale tornasse a casa quel giorno, come aveva detto Brenda, lui non voleva metterla in allarme più del necessario e sicuramente non voleva che andasse a casa di Brenda. Se il gatto era a casa, come previsto, l'amica doveva stare bene, sia che rispondesse al telefono o no.

Sam atterrò agilmente sulle quattro zampe al centro del pavimento del soggiorno e lanciò un'occhiata torva all'uomo che puzzava tanto, prima di sparire in cucina.

L'uomo sapeva già che Kasey non era in casa. Aveva provato a chiamare il numero che non figurava sull'elenco pochi momenti prima da un telefono pubblico di fronte alle Magnolia Towers. Sarebbe stato così bello se fosse stata in casa. Imprecò fra i denti contro l'insolita sfortuna mentre andava rapidamente da una stanza all'altra.

Quando arrivò nella camera da letto, aprì quello che immaginò fosse il cassetto della biancheria intima. Dentro c'erano parecchie paia di graziose mutandine nuove con i reggiseni uguali. Infilò la mano fra gli indumenti morbidi ed estrasse un paio di mutandine di seta nera. Guardandosi allo specchio, si passò il tessuto delicato sotto il naso e sui fianchi. «Mi piacciono queste, Kasey Riteman. Il nero è sempre stato il mio colore preferito». Richiuse accuratamente il cassetto. «Credo che te le farò indossare per me prima di ucciderti».

Jordan prese la telefonata nel suo ufficio. Aveva in programma di pranzare con Kasey e non essendo riuscito a parlarle in tutta la mattinata, sperava che fosse lei. «Jordan Taylor», rispose affabilmente.

«Salve, Jordan, sono Brandie Mueller». Guardò l'orologio sulla parete dell'ufficio: l'una e venticinque. «Potrebbe venire nel mio ufficio verso le due? Credo che troverà la visita molto interessante».

Jordan aveva poca simpatia per la giornalista, ma capì che doveva essere successo qualcosa perché lei gli telefonasse. «È possibile. Dipende dalla ragione, Brandie». Frugò fra le scartoffie che si erano ammonticchiate sulla sua scrivania durante la notte.

«Ho pensato che le potrebbe interessare di conoscere il nome dell'uomo che ha ucciso Donna Stanton».

«E suppongo che *lei* lo conosca», disse lui con sarcasmo.

«Ora sì. Kasey Riteman me l'ha detto stamattina».

Si alzò di scatto. «Sarò lì fra dieci minuti».

L'addetta alla ricezione mandò Jordan direttamente su, senza il protocollo richiesto per recarsi nell'ufficio del direttore generale. C'era già stato e conosceva la strada.

Quando Jordan uscì dall'ascensore, trovò ad accoglierlo la segretaria personale di Stewart Parker. «Buon pomeriggio, capo Taylor. Il signor Parker l'attende. Se vuole seguirmi, prego». Le stette alle calcagna mentre lo conduceva attraverso il terzo piano verso il maestoso ufficio d'angolo del suo capo.

Parker lo ricevette sulla soglia della porta di noce a due battenti. «Grazie per essere venuto, capo Taylor. Credo che conosca tutti». Indicò al detective una sedia vuota accanto al grande tavolo di pelle e ciliegio. Tim Arnold stava in piedi in un angolo, sorseggiando una Diet Coke.

Jordan salutò con un rapido cenno di capo tutto il gruppo e si mise a sedere. Gli era difficile non chiedere a Kasey perché non fosse andata prima da lui, ma comprendeva le sue ragioni. «Ok, eccomi qui», disse nel tono più professionale possibile.

Brandie fece cenno a Steve Dacus di far partire il nastro. Era stato montato alla buona, ma conteneva tutte le informazioni che il detective doveva vedere.

Per i venti minuti successivi, Jordan Taylor rimase seduto in silenzio, la mente e gli occhi puntati sullo schermo del monitor. Quando Kasey, inginocchiata fra i meli con le mani che sfioravano l'avvallamento lasciato dalla squadra scientifica di Polaski, pronunciò il nome «Joeyboy» e poi si accasciò piangendo, i vividi occhi azzurri di Jordan divennero duri e stretti.

Dacus fermò il nastro.

«Joeyboy?», chiese Jordan. «Tutto qui: solo Joeyboy?»

«Non è soltanto il suo nome», disse Brandie, «è anche il numero della sua targa».

«Fatemi capire bene: il suo camioncino, il camioncino nero che la signora Riteman ha menzionato a metà del nastro, aveva la parola Joeyboy sulla targa?».

Brandie, Kasey e Tim annuirono tutti in silenzio. Se JR fosse stato invitato, avrebbe annuito anche lui.

«Datemi un telefono», disse Jordan dopo averli fissati tutti e tre in faccia. Impiegò meno di cinque minuti per ottenere le stesse informazioni che Brandie aveva ottenuto qualche ora prima: tutte tranne la parte sul rilascio di Joeyboy. Taylor riagganciò prima che Feeney fosse arrivato a leggere fino lì.

Si adagiò indietro sulla sedia e incrociò le braccia. Purtroppo Kasey sarebbe rimasta male per quello che stava per dire, ma in compenso avrebbe rimesso a posto quella presuntuosa Brandie Mueller. «Spiacente, ragazzi», disse, «ma questa volta avete fallito il colpo. Temo che il vostro presunto assassino fosse fuori gioco all'epoca della morte di Donna Stanton. Sembra che fosse, e sia ancora, un ospite dello Stato. In realtà, ho collaborato a mettere in prigione il vostro signor Joeyboy nel 1990, anche se allora usava un altro nome. Se sarà molto fortunato, potrà ottenere la libertà condizionale nell'anno 2011». Guardò brevemente Kasey negli occhi.

«Richiami il suo ufficio, capo Taylor. Si faccia leggere il resto del file di Griffin... dove dice che è stato rilasciato in gennaio». Ora fu Brandie ad adagiarsi indietro e incrociare le braccia.

«Impossibile», disse lui con recisione.

«Scommettiamo?», sorrise.

Jordan avrebbe voluto dire tutto il suo pensiero, ma alzò il telefono e premette il tasto RP. «Parla Taylor. Passatemi di nuovo Feeney», ordinò. Appena l'ex bostoniano prese il ricevitore, Taylor gli disse di richiamare il file di Griffin sullo schermo e di leggergli tutte le informazioni che non aveva già sentito prima. Quando arrivò alla parte riguardante il rilascio di Griffin in gennaio, Jordan mise giù il telefono in silenzio. Fissò Kasey negli occhi con un rispetto ormai assoluto per le sue capacità.

Si volse a Brandie. «Lo sapeva già».

Lei annuì.

«Come? Oh, lasci andare. Mi racconterebbe qualche stronzata sul Primo Emendamento, vero?».

Lei continuò ad annuire.

Guardò di nuovo Kasey. «La sua visione non è ammissibile in tribunale, lo sa, no?». Lei rimase praticamente immobile. «Non riuscirò mai a ottenere un mandato di cattura basato sui suoi sogni, ma», il detective tamburellò con le dita sul tavolo e rifletté un momento, «potrebbe esserci un altro modo di acciuffare Griffin». Si volse a Stewart Parker. «Mi serve quel nastro».

«Stronzate!», esclamarono Brandie e Steve Dacus all'unisono.

«Aspettate un minuto, voi due. Sentiamo che cos'ha da dire il capo Taylor». Stewart Parker appoggiò i gomiti sul tavolo, pronto a battersi, se necessario, per impedire che il lavoro della sua giornalista, la storia unica-nella-vita, lasciasse lo studio. «Perché il nastro, Jordan?»

«Non posso permettere che quel genere d'informazioni arrivi al pubblico prima che riusciamo a collegare Griffin all'omicidio, ammesso che ci riusciamo. Significherebbe probabilmente un procedimento giudiziario nullo, potrebbe persino impedire di arrivare a un processo». Tese la mano per prendere il nastro.

Parker rifletté un secondo. «E se ti giurassi che nemmeno una parola di questa storia andrà in onda se prima non ci avrai autorizzato personalmente con una telefonata? Possiamo tenere il nastro a questa condizione?».

Jordan sapeva che, nastro o non nastro, Canale 9 avrebbe mandato in onda un servizio su Griffin nel prossimo notiziario, tutto pur di battere la concorrenza. Nella migliore ipotesi, poteva sperare in un'ordinanza giudiziaria che imponeva il silenzio, anche se sapeva che avrebbe fatto una fatica infernale per ottenerla. Altrimenti, la soluzione di ripiego era l'impegno di Parker a non trasmettere la storia finché Griffin non fosse stato collegato all'omicidio. Guardò un attimo Brandie e poi Kasey. I volti delle due donne mostravano il loro coinvolgimento emotivo nella storia. «Ho la tua parola, Stewart. Né un fotogramma del video né una sillaba dell'audio su Griffin finché non ti telefono personalmente».

«Affare fatto», accettò. Finalmente tutti si rilassarono.

«Deve chiamare appena lo arrestate», aggiunse Brandie. «La storia non varrà più niente dopo che sarà ripresa da tutte le altre emittenti».

«Vogliamo anche un'esclusiva su quello che troverete a riprova del collegamento fra Griffin e la morte di Donna Stanton», intervenne Dacus.

«Non chiedete mica molto, vi pare?», osservò Jordan in tono sarcastico.

«L'accordo è questo», disse Parker a bocca stretta, appoggiando i suoi dipendenti.

«Appena stabiliremo un legame con la Stanton, ti telefonerò dalla mia macchina. Dovreste precedere gli altri di un'intera giornata». Si volse a Kasey. «Ma, in ogni caso, siete ancora gli unici ad avere la signora Riteman, no?».

Kasey permise ai suoi occhi di sorridere un momento a Jordan. «Forse, sarà nominato capo della polizia dopo questo».

Brandie guardò Kasey, poi di nuovo Jordan. Intuì qualcosa di elettrico fra loro sotto la facciata di educato distacco. Decise di lasciar correre per il momento.

Alle due e un quarto Jordan attraversò di corsa il parcheggio dello studio verso la sua auto. Ingranò la marcia e filò a tutta velocità in Knob Road. «Parla Taylor», disse in fretta al detective del suo reparto che rispose al telefono. «Pete e Re-Pete sono tornati?»

«Pete è qui accanto, capo. Gli vuole parlare?»

«Passamelo!».

Vanover prese il telefono che gli porgeva il collega. «Sì, capo».

«Pete, tira fuori la pratica di un certo Joey Ray Griffin, numero...». Jordan cercò di ricordarsi il numero citato da Feeney. «Merda! Non me lo ricordo, Pete... chiedilo a Chuck. La voglio sulla mia scrivania fra dieci minuti. Sto venendo lì. E rintraccia Mike Castle. Digli di tenere pronti i suoi ragazzi per un'incursione urbana fra quindici minuti». Voltò bruscamente a sinistra in White Bridge Road e premette sull'acceleratore.

«Perché Griffin, capo?», chiese Vanover. Brad Stark, che era appena arrivato alla scrivania, guardò sopra la spalla di Vanover e cercò di decifrare i suoi appunti. Posò accanto al telefono il caffè che il collega gli aveva chiesto e si sedette.

«Kasey Riteman... ricordi, quella graziosa piccola sensitiva a cui tu non credevi? Beh, sembra che ci abbia appena consegnato l'assassino della Stanton». Chiuse la comunicazione e accese le luci e la sirena quando un'auto più lenta gli sbarrò la strada sulla rampa di accesso alla I-40.

Alle due e ventuno, squillò il telefono nell'ufficio di Mario Giacano a Chicago. Michael Filippo rispose con un secco «Sì».

«Griffin è stato appena denunciato dalla sensitiva che ha trovato il corpo della Stanton. Ora non ci resta altra scelta che dargli la caccia».

«Non puoi avvertirlo?», chiese Filippo, l'acido nello stomaco già in subbuglio.

«Ho provato. Nessuna risposta. Riprovare è troppo rischioso. Dovrà affidarsi alla sua buona stella. Farò quello che posso, ma temo di non poter fare molto».

Filippo riferì rapidamente l'informazione al suo capo.

Giacano si alzò, rosso in faccia. Strappò il telefono di mano a Filippo. «Se non lo puoi aiutare, ammazzalo. Griffin non deve arrivare in prigione, intesi?»

«Intesi, signore».

«Sono stufo di tutto questo fottuto pasticcio. Fai pulizia, hai sentito? Fai pulizia, subito!».

«Ci vorrà solo un giorno o due. Non ci saranno strascichi, le do la mia parola».

«Sarai ricompensato lautamente se sistemerai questa situazione senza ulteriori rischi per le mie attività quaggiù. Sono stato chiaro, amico mio?»

«Chiarissimo. Può contare su di me».

Giacano mise giù il ricevitore e fissò severamente il suo più vecchio amico. «Quando il nostro poliziotto che vuole il pensionamento anticipato termina il suo lavoro, Michael, credo che debba andare a riposo. Conducilo in un luogo di pace eterna. E fallo tu stesso, Michael. Basta con i dilettanti».

Filippo ridacchiò. «Sarà un piacere, Mario».

Capitolo ventiseiesimo

Il tenente Mike Castle prestava servizio nel gruppo di supporto tattico della SWAT, la squadra armi e tattiche speciali della polizia metropolitana di Nashville, da otto anni e lo comandava da due. Era il poliziotto più duro che Jordan avesse mai conosciuto: intrepido, spietato, abilissimo. Castle rappresentava il meglio nell'applicazione della legge.

Il suo unico difetto, sebbene pochi colleghi lo avrebbero definito tale, era quello di odiare le regole. Non quelle che proteggevano i cittadini dai falliti e dai marioli (come lui amava chiamarli), ma quelle che permettevano a questa feccia della società di andare libera dopo aver commesso crimini orrendi, soltanto grazie a qualche cavillo approvato dall'ACLU, l'Unione americana per le libertà civili.

Nutriva sentimenti di violento disprezzo al riguardo, anche se li esprimeva di rado ad alta voce. Lui e i suoi compagni sapevano che avrebbero servito meglio i loro fini privati in silenzio.

Castle era un uomo d'azione, un militarista avrebbe detto Jordan, perché preferiva sfondare una porta con il suo stivale da giungla numero quarantacinque con la punta d'acciaio e sparare all'impazzata piuttosto che stare seduto senza far nulla mentre un mellifluo assistente del procuratore distrettuale sprecava in trattative un'occasione di liberare la società dalla sua feccia.

Era per questa ragione che Taylor aveva voluto Mike Castle come uomo di punta nella caccia a Joey Ray Griffin.

L'uomo che Castle aveva inviato in ricognizione tornò di corsa all'unità di comunicazione mobile, un Winnebago di medie dimensioni cospicuamente modificato e pieno di PC Pentium, sofisticate linee di comunicazione radiofoniche e telefoniche, telecamere per riprese diurne e notturne, videolettori e monitor, e tutta una serie di altri apparecchi di supporto tecnico.

«Niente, signore». L'uomo ansimava appena, pur avendo corso per duecento metri in tenuta da campagna e giubbotto antiproiettile portando un fucile M-16 a cannocchiale. L'addestramento era tutto. «Il perimetro è del tutto sgombro di persone, compreso il sospetto. Il veicolo che ci è stato segnalato è parcheggiato sul lato nord della roulotte del sospetto. Sembra vuoto, skipper».

«Dietro?», chiese Castle.

«Niente. Nessuna traccia del sospetto».

«Molto bene, Conners. Attenti, ragazzi». Castle s'inginocchiò sulla strada sterrata accanto alla porta dell'UCM ed estrasse un coltello da combattimento opacizzato dal fodero nello stivale. Le sue quattro squadre di tre uomini, con Taylor, Vanover e Stark, formarono uno stretto cerchio intorno a lui.

Il comandante della SWAT tracciò nel terriccio polveroso uno schizzo grossolano della roulotte, del camioncino, della strada di accesso e del riparo offerto dagli alberi circostanti. Conficcò la punta del coltello nel terreno, spostandola da un punto all'altro del disegno mentre parlava. L'entrata principale della roulotte fu designata come lato uno, secondo la prassi operativa regolamentare; l'estremità sinistra (sul davanti della roulotte) come lato due; il retro, lato tre; e l'estremità destra, lato quattro. Dopo un accurato studio dell'obiettivo, Castle aveva deciso di predisporre i suoi uomini per un'irruzione Alto/Basso attraverso la porta principale che era situata al centro del lato uno della roulotte del sospetto (durante un'irruzione Alto/Basso, un componente della squadra di due uomini assume la posizione alta per tenere l'obiettivo sotto tiro e coprire il compagno che invece sta acquattato ed effettua una prima perquisizione. Questo metodo riduce al minimo le probabilità di ferite da fuoco incrociato e mantiene al tempo stesso un alto livello di aggressione). «Sorowoski, la tua squadra copre il lato uno; Conners, due; Merle, tre; Blackstone, quattro. Un uomo avanza, due osservano e coprono. Non appena gli uomini in avanscoperta raggiungono il perimetro interno, voglio dati precisi sul due e quattro. Una volta che la squadra uno penetra all'interno, nessuno deve fare fuoco nella roulotte, chiaro?»

«Chiaro, skipper», risposero in coro.

Castle guardò Taylor per un attimo prima di continuare. Jordan gli fece brevemente cenno di procedere. «Questo è un Codice Giallo, ragazzi. Se qualcosa, ripeto, qualsiasi cosa si presenta come una minaccia per qualunque membro del gruppo, neutralizzatelo con il massimo danno. Siete stati tutti istruiti sul sospetto. Sapete che aspetto ha e conoscete i suoi precedenti. Riteniamo che il sospetto non si arrenderà senza combattere. Lo voglio vivo, ragazzi, se possibile, ma non a spese di un membro di questo gruppo. State attenti, cerchiamo di tornare tutti a casa stasera». Castle guardò negli occhi ogni componente della squadra prima di continuare. «Prendete posizione e aspettate il mio segnale».

Lui e i tre detective andarono ai loro posti nell'UCM. Una piccola videocamera con teleobiettivo era stata piazzata precedentemente al limitare dei boschi fra la loro posizione e la roulotte e forniva una veduta completa del vicino perimetro. Castle e Taylor stavano davanti alla consolle, Vanover e Stark dietro di loro.

Castle chiamò l'elicottero della SWAT per avere un ultimo rapporto prima di schierare i suoi uomini. L'apparecchio biposto McDonnell-Douglas 500E portava due uomini: il pilota, Anderson, era un tenente della Metro, ma non faceva parte della SWAT; Goldman, invece, era un membro della squadra di Castle che fungeva da osservatore. Era anche un tiratore scelto, un cecchino, come venivano chiamati nella SWAT.

Il pilota dell'elicottero, librandosi a circa duecento metri sopra la roulotte di Griffin, rispose alla chiamata di Castle. «Niente, TACT-1. Nessun segno di movimento. Vi avvertirò appena cambia qualcosa».

«Ci muoveremo fra due minuti, elicottero, ripeto due-zero, ricevuto?»

«Due-zero minuti, affermativo, TACT-1».

«Tenete d'occhio l'autostrada, ma cercate di non farvi vedere. Non voglio che quel figlio di puttana si metta in allarme, se compare».

«Ricevuto, TACT-1».

Castle dette un'altra rapida occhiata alla sua lista: pur avendolo già fatto un centinaio di volte, non dava mai niente per scontato. L'unica voce non ancora smarcata era chiedere alla società dei telefoni d'isolare l'apparecchio di Griffin. Una volta gli era capitato che un vicino ben intenzionato avvertisse un sospetto della presenza della squadra della SWAT fuori da casa sua, scambiandoli per ladri. Come risultato uno dei suoi uomini era morto inutilmente. Ora fece un segno accanto alla voce (aveva controllato personalmente che la richiesta fosse stata eseguita subito prima di uscire dall'autostrada) e si rimproverò tacitamente per non averla smarcata al momento. Pronto ad agire, guardò Taylor in attesa del suo via.

Jordan fece un respiro teso. «Muoviamoci».

Castle afferrò il microfono e si rivolse in tono calmo e deciso a ogni capo squadra: «Merle...».

«Pronti, skipper».

«Conners...».

«Pronti».

«Sorowski...».

«Pronti».

«Blackstone...».

«Pronti, skipper».

«Procedete», ordinò.

Da ogni lato della roulotte, un uomo strisciò verso l'angolo a lui assegnato, mentre il secondo uomo di ogni squadra teneva il mirino del suo M-16 puntato su una finestra o una porta assegnate in precedenza. Intanto gli osservatori muniti di binocolo mantenevano una più ampia visuale della roulotte e del vicino perimetro.

Un Codice Giallo li autorizzava a neutralizzare qualsiasi minaccia che poteva presentarsi. Tutti lo sapevano. Nessuno avrebbe esitato.

Gli uomini in avanscoperta impiegarono appena quaranta secondi per raggiungere la roulotte. L'uomo di Conners si alzò rapidamente e applicò la ventosa di un microfono molto sensibile al vetro di una finestra e l'operazione fu ripetuta all'unisono all'estremità opposta della roulotte. Poi l'uomo si acquattò di nuovo e infilò l'auricolare nell'orecchio sinistro. Poteva udire chiaramente il suono monotono di un rubinetto che gocciava e il ticchettio regolare di un orologio, ma niente altro. Guardò a destra e segnalò all'uomo di Sorowoski, a cinque metri da lui, che apparentemente il sospetto non era nella roulotte. Il segnale fu poi trasmesso al resto della squadra in avanscoperta.

Quando un secondo uomo del gruppo di Blackstone raggiunse la roulotte, erano pronti a effettuare un'irruzione. Soltanto due uomini sarebbero entrati dalla porta davanti, Stone e Martini, e Denton l'avrebbe sfondata, se era chiusa a chiave. Gli altri uomini nell'immediato perimetro dovevano creare diversioni rompendo i vetri sui lati due e quattro un attimo prima che i compagni si muovessero.

Martini sgusciò su per la scaletta di legno nudo che conduceva alla porta davanti. Sempre acquattato, allungò una mano sopra la testa e provò delicatamente la maniglia. Girò leggermente in entrambe le direzioni, ma la porta non si aprì. L'uomo lo segnalò silenziosamente ai suoi due compagni. Denton salì con cautela gli scalini portando una mazza col manico corto. Si fermò accanto alla porta, voltando le spalle alla roulotte. L'adrenalina affluì nelle vene degli uomini come una droga potente, irrigidendo i muscoli ed elettrizzando i nervi.

Martini impugnò saldamente l'attrezzo, alzò tre dita e le tenne così finché gli uomini ai lati due e quattro fecero un cenno d'intesa col capo. Lui contò silenziosamente, usando le dita.

Quando abbassò l'ultimo dito, ogni uomo si mosse. In un'esplosione di vetro frantumato e di alluminio sfondato, resa più intensa e impressionante dalle urla e dalle grida di cinque uomini armati, la squadra irruppe attraverso la sottile porta della roulotte nel soggiorno di Griffin. Le loro armi cercarono abilmente qualche segno di ritirata.

Niente!

La roulotte era deserta, sebbene dai cubetti di ghiaccio parzialmente sciolti che galleggiavano ancora in un pallido bicchiere di Coca sul mobile di cucina appariva evidente che qualcuno era stato lì appena un'ora prima.

Dopo aver controllato ogni locale, Martini chiamò l'UCM e diede il cessato allarme. Castle e i tre detective vennero a raggiungere il gruppo.

«Il sospetto non c'è, skipper», dichiarò Martini quando arrivò Castle. «Sembra che *fosse* qui poco tempo fa. Ora che si fa?».

Castle prese una gomma dalla tasca della camicia e se la infilò fra i denti. Il resto della squadra si radunò davanti alla roulotte.

Jordan disse: «Mike, manda i tuoi uomini a perlustrare il perimetro nel caso ci fosse qualcosa che colleghi Griffin all'omicidio della Stanton o che violi la sua libertà condizionale. I miei uomini perquisiranno l'interno». Vanover e Stark capirono al volo e si diressero verso la roulotte. «Puoi far aprire il suo camioncino da qualcuno, Mike? Vorrei dare un'occhiata anche lì dentro».

«Ha un mandato per tutto questo, capo?», chiese Castle con noncuranza. «Semplice curiosità».

«Sì. Si chiama stato di necessità».

Castle ridacchiò. Sapeva che dichiarare lo stato di necessità avrebbe concesso loro ampia libertà di perquisire aree che normalmente sarebbero state vietate senza un mandato. Gli piaceva lo stile di Taylor. «È il mio tipo di mandato, capo».

Castle chiamò con un cenno uno dei suoi uomini. «Gira il mio furgone e portalo vicino all'autostrada, McGowan. Lascia le chiavi nel cruscotto. Ma accertati che non sia visibile dall'autostrada».

«Agli ordini», scattò McGowan. Attraversò di corsa il campo e scomparve nei boschi che si stendevano fra la roulotte e i loro veicoli.

«Che cosa stai facendo, Mike?», chiese Jordan.

«Mi sto preparando, signore. Se Griffin compare adesso, si allarmerà di sicuro. Voglio essere pronto a piombargli addosso se necessario».

Jordan assentì. «Per favore, vuoi dire al tuo uomo di mettere la mia auto dietro la tua?»

«Lo consideri fatto».

«Ehi, tesoro», disse Joeyboy nel suo tono più affabile. Poteva individuare una fuggiasca in un bar affollato anche quando era talmente sbronzo da non reggersi in piedi. Appena la vide, capì che la graziosa ragazza esile e spaventata, seduta sola soletta nel séparé d'angolo, era vergine e inesperta... della strada, in ogni caso. Si sedette di fronte a lei.

La ragazza fece scivolare la borsetta giù dal tavolo e la posò prudentemente sulla panca accanto a lei. «Salve», lo salutò timidamente. Non era il primo a tentare un approccio, sebbene fosse il più vicino alla sua età. E il più attraente.

«Da quanto tempo manchi da casa?», chiese Joeyboy.

«Che cosa vuoi dire?», replicò lei sulla difensiva. Forse il motociclista in realtà era un poliziotto. Lo osservò meglio.

«Ehi, rilassati, baby, non sono uno sbirro», le assicurò, leggendole nel pensiero. La ragazza sorrise. Le piacevano i suoi occhi scuri. «Mi chiamo Joey».

«Io Bridget. Piacere di conoscerti».

«Altrettanto».

«Tre settimane».

«Cosa?»

«Sono via da tre settimane. Come sapevi che ero scappata da casa?»

«Ehi, sono un tipo sensibile, Bridget. Ho capito che avevi bisogno di un amico. Spero non ti dispiaccia se sono venuto qui da te».

«No, è ok. Cominciavo a sentirmi un po' sola, seduta qui per conto mio». Pensò ai novantatré centesimi che aveva nella borsa quando il suo stomaco ricominciò a brontolare. Non aveva mangiato nulla dalla mattina del giorno prima, quando un vecchio alla stazione degli autobus Greyhound a Crossville si era fatto masturbare in cambio della colazione.

«Hai fame?», chiese Joeyboy. La faccia della ragazza la diceva lunga sulla sua breve vita di vagabonda. «Hanno un ottimo barbecue qui. Stavo per mangiare e detesto mangiare da solo».

«E il tuo amico?», chiese lei, indicando Slammer.

«Oh, lui? Gli piace mangiare da solo. Ma è innocuo».

Lei guardò l'orrendo tatuaggio che sembrava divorargli la testa e dubitò dell'ultima affermazione di Joeyboy. Ma aveva troppa fame per preoccuparsi dei suoi gusti in fatto di amici. «Non ho più un soldo».

«Ho parlato di soldi, Bridget? Ti ho detto che sono un tipo sensibile. Sapevo che eri al verde quando ti ho chiesto se volevi mangiare. Vuoi la costata di maiale gigante? La servono con fagioli, cavolo, patate fritte e una bevanda. Io prendo quella».

«Certo, se non è chiedere troppo».

«Ehi, gli amici ci sono apposta. Noi gente della strada dobbiamo stare uniti, mi spiego?»

«Sei un tesoro, Joey. Come ti posso ringraziare?».

Lui mise la mano sulla sua. «Non ce n'è bisogno. Goditi il pranzo».

La perquisizione di tutta l'area continuò per quasi quindici minuti. Castle aveva piazzato quattro uomini sul perimetro esterno, a cinquanta metri dai lati della roulotte. Sapeva che Griffin poteva comparire da un momento all'altro e non voleva farsi cogliere di sorpresa.

Mentre lui e Jordan frugavano il Dodge Ram in cerca di prove, uno degli uomini venne di corsa verso il camioncino. «Ho trovato questa sotto la roulotte, skipper. Era dentro un buco nel terreno, quasi completamente sepolta. Per poco non l'ho vista». Posò una pesante sacca di tela ai piedi del comandante. A giudicare dai bozzi che sporgevano alle due estremità sotto il tessuto, sembrava piena di attrezzi di qualche tipo. La sacca era chiusa con una lampo.

Jordan girò intorno al camioncino e andò dalla parte di Castle. «Nel videotape che ho visto prima, la sensitiva menzionava il fatto che Joeyboy aveva una sacca lunga con la chiusura lampo. Diceva che lui ci aveva messo dentro il fucile e gli attrezzi per scavare la fossa dopo aver ucciso la Stanton e sepolto il corpo». S'inginocchiò accanto alla sacca ed esaminò la lampo. Sarebbe stato così facile aprirla e guardare dentro, ma sapeva che, se lo avesse fatto, il tribunale avrebbe sicuramente respinto qualsiasi prova trovata nella sacca. Nemmeno lo stato di necessità consentiva di rovistare nei cassetti chiusi o di aprire sacche sigillate. Avrebbe dovuto attendere che un giudice rilasciasse un regolare mandato. Tastò la sacca, cercando d'indovinarne il contenuto.

«Vorrei tanto sapere che cosa c'è in questa maledetta cosa», disse rialzandosi in piedi.

Castle fece un largo sorriso e sferrò un calcio a un'estremità della sacca con tale forza che l'oggetto più prominente sfondò il tessuto: era la canna di un fucile a canne mozze. «I suoi desideri sono ordini, capo».

Jordan gli rivolse un'occhiata severa, seguita da un sorriso che non riuscì a trattenere. Gli puntò contro l'indice teso. «Tu e io dobbiamo fare un discorsetto sull'etica uno di questi giorni, Mike».

S'inginocchiò di nuovo ed esaminò il fucile. «Diresti che questo giocattolo è sotto il limite legale, tenente?»

«Sicuramente, signore».

«E quindi il possesso del medesimo costituisce un reato oltre che una grave violazione della libertà condizionale?»

«Infatti, signore».

«Allora, a mio parere, abbiamo pieno diritto di sequestrare quest'arma perfettamente visibile e assolutamente illegale, la sacca e tutto il suo contenuto».

«È così, signore». Castle si stava divertendo immensamente.

Jordan aprì la chiusura lampo e sbirciò dentro la sacca. «Ehi, Mike, guarda un po' qui».

Castle s'inginocchiò accanto a lui.

«Non ti sembra sangue?».

Castle scrutò attentamente la pala pieghevole indicata da Jordan. L'estremità era coperta di terra secca e di un residuo indurito e quasi nero che risaliva lungo la lama per parecchi centimetri. «Direi di sì, capo. Barnie potrebbe stabilirlo con certezza».

Jordan richiuse la lampo. «Mike, di' al tuo uomo di mettere questa sacca nel baule della mia macchina, per favore. Non voglio che il contenuto venga toccato finché i ragazzi del laboratorio non ci hanno dato un'occhiata».

«Subito». Castle fece un rapido gesto col pollice a McGowan e l'agente tornò immediatamente alle auto, stringendo in mano la sacca di tela con il suo prezioso contenuto.

Jordan si appoggiò al camioncino e incrociò le braccia. «Dove supponi che sia quel figlio di puttana, Mike?».

Castle mise il piede sullo scalino di mezzo della veranda e appoggiò le braccia sul ginocchio piegato. «Non lo so, capo. Forse è fuori...».

«TACT-1, TACT-1, abbiamo compagnia!». Era l'elicottero. «Due motociclisti in arrivo da nord sulla 318».

«Vi hanno già visti?», chiese Castle servendosi della sua radio portatile. Jordan gridò rapidamente agli uomini nella roulotte di uscire subito e di tirarsi dietro la porta sfondata. Da lontano, almeno, sarebbe sembrata intatta.

«Non credo, TACT-1. Quelle grosse Harley fanno un baccano del diavolo. Che cosa volete che facciamo?»

«Portatevi sul loro lato cieco, elicottero. Girate largo se necessario. Quanto tempo abbiamo?». Ordinò ai suoi uomini di ritirarsi fino al perimetro esterno con una serie di gesti ben collaudati, poi si precipitò verso l'unità di comunicazioni mobile.

«Un minuto, forse novanta secondi... aspettate, TACT-1, potremmo avere un problema». Guardando col potente binocolo, Goldman aveva appena scoperto la presenza di un passeggero imprevisto su una delle motociclette.

«Che tipo di problema, elicottero? Rispondete!». Lui e i tre detective arrivarono all'UCM e balzarono dentro.

Jordan osservò ansiosamente la roulotte sul monitor. Dal loro angolo visuale, sembrava intatta. I motociclisti non avrebbero dovuto allarmarsi finché non ci arrivavano praticamente addosso. Allora gli uomini di Castle avrebbero potuto prenderli in trappola.

L'elicottero comunicò via radio: «TACT-1, c'è una donna sul sedile posteriore di una delle motociclette. Non posso determinare l'età, ma è sicuramente una donna. È insieme all'uomo che risponde ai connotati del sospetto».

«Maledizione!», urlò Castle. «Siamo fregati!». Si rivolse ai suoi capisquadra. «Merle, Conners, Sorowski, Blackstone... avete sentito l'ultima comunicazione dell'elicottero?»

«Forte e chiaro, skipper. Che cosa vuole fare?», chiese Blackstone.

Castle guardò Jordan. «Questo è un vero guaio, signore. Non possiamo fare nulla senza rischiare di trovarci con un ostaggio e conoscendo Griffin, userà la donna come copertura appena vede il primo poliziotto».

«Figlio di puttana!». La mente di Jordan cercò freneticamente una soluzione per quella svolta inattesa.

Joeyboy e Slammer superarono l'ultima ampia curva sull'autostrada 318 prima d'imboccare la strada sterrata che portava alla loro roulotte. Viaggiavano fianco a fianco come avevano fatto per innumerevoli miglia. Le loro pance erano piene di carne alla griglia e di birra, le loro Harley-Davidson facevano un frastuono assordante e le loro menti erano tutte prese dall'idea di dividere la giovane fuggiasca che avevano abbordato nel ristorante lungo la strada.

Forse fu la naturale tendenza di Joeyboy alla paranoia o una fugace visione dell'elicottero fra gli alberi che fiancheggiavano l'autostrada a metterlo in allarme, ma comunque fosse, schiacciò i freni della motocicletta un attimo prima d'imboccare la strada sterrata e guardò con sospetto in direzione della roulotte.

Slammer si fermò venti metri più avanti. «Ehi, sei impazzito? Che cosa diavolo combini?».

Joeyboy alzò una mano per farlo tacere. Continuò a fissare la strada ma non vide nulla. Istintivamente, spense il motore della motocicletta e si passò un dito sotto il collo per indicare all'amico di fare altrettanto. Non appena calò il silenzio sull'autostrada deserta, l'inconfondibile ronzio dell'elicottero gli echeggiò negli orecchi. «Andiamocene di qui!», urlò immediatamente a Slammer.

Riaccesero i motori e filarono rombando verso sud sulla 318. Ora Bridget stava aggrappata con tutte le sue forze alla vita di Joeyboy; il suo divertente pomeriggio di droga e di sesso si stava trasformando in qualcosa che non avrebbe mai potuto immaginare.

«Ci hanno individuati, TACT-1!», urlò il pilota al microfono.

«State con lui, elicottero!», ruggì Castle. «Se perdete quel figlio di puttana, vi abbatterò personalmente a fucilate!». Balzò in piedi e puntò un dito contro Jordan. «Viene con me?»

«Puoi scommeterci il culo!».

Castle era già quasi arrivato al suo furgone mentre Jordan gridava ai due detective di seguirlo nella sua macchina.

«Vai!», urlò Jordan lanciandosi a tuffo nel sedile del passeggero.

Castle ingranò la prima e partì a tutta velocità. Entro dieci secondi le gomme del Plymouth Voyager mordevano l'asfalto della 318, filando a sud sulle tracce delle due motociclette. «Che effetto le fanno gli inseguimenti a tutto gas, capo?», chiese Castle con voce tesa mentre il suo veicolo stava per toccare le 100 miglia l'ora. Si agganciò la cintura.

«A dirti la verità, Mike, me la faccio sotto per la paura». Jordan si afferrò alla maniglia sopra lo sportello con la mano destra e si aggrappò saldamente al cruscotto con la sinistra. Aveva già agganciato la cintura quando il furgone aveva imboccato l'autostrada.

«Anch'io, amico», rispose Castle. «Anch'io». Indicò la radio.

Jordan capì e sintonizzò la radio del furgone sul canale 9,

quello operativo. «Elicottero, parla Taylor. Avete ancora in vista il nostro sospetto?»

«Affermativo, TACT-1. Possiamo vedere anche il vostro veicolo. Siete circa mezzo miglio dietro a loro in questo momento. Goldman dice che per i prossimi minuti non possono fare altro che andare a sud sulla 318».

«Potete vedere la nostra seconda macchina, elicottero?»

«Negativo, signore. Devono essere un miglio o più indietro, probabilmente nascosti dagli alberi. State attenti, TACT-1, fra una ventina di secondi arriverete a una curva brusca a destra, seguita da una curva brusca a sinistra».

Anche Castle udì l'avvertimento, ma continuò a premere l'acceleratore più di quanto l'avrebbe fatto Jordan se avesse guidato lui.

Entrambi gli uomini si prepararono per la prima curva.

Mentre correvano all'impazzata, solo pochi secondi avanti alla legge, Joeyboy e Slammer avevano dimenticato tutti i piaceri della vita. Il loro unico pensiero adesso era la sopravvivenza: quel puro bisogno istintivo di vivere ancora un'ora, ancora un minuto, ancora un secondo. Avrebbero fatto tutto il necessario per garantirla.

La ragazza, che aveva solo due poggiapiedi cromati e un sedile di trenta centimetri quadrati, ricoperto di vinile nero, per aggrapparsi alla vita, implorò piangendo all'orecchio di Joeyboy: «Fammi scendere, ti prego. Voglio andare a casa!».

«Chiudi il becco, puttanella!», urlò Joeyboy, frenando prima della curva.

Malgrado la sua normale abilità nella guida di qualsiasi motocicletta, Griffin per poco non finì fuori strada alla prima curva, rasentando pericolosamente la spalletta con la ruota posteriore. Slammer, che era solo, se la cavò molto meglio, prendendo la curva larga e guadagnando parecchio terreno sulla motocicletta di Joeyboy, assai più carica. Joeyboy vide la curva cieca a sinistra che si avvicinava rapidamente e improvvisamente pensò a un modo per guadagnare tempo prezioso. Mentre inclinava la motocicletta all'imboccatura della curva, colpì selvaggiamente la ragazza sul naso e sull'occhio sinistro con il gomito. Lei perse la fragile presa e scivolò indietro, sbattendo contro il selciato a quasi 80 miglia l'ora. Il suo corpo roteò, ruzzolò e scivolò sull'asfalto ruvido come una patetica bambola di stracci.

Joeyboy terminò la curva e sorrise trionfante quando lanciò un'occhiata indietro e la vide fermarsi all'apice della curva, la sua forma inerte scompostamente adagiata attraverso la linea mediana. «Perfetto!», urlò, alzando il pugno in trionfo.

La 318 era una strada ben tenuta a due corsie, tagliata nelle colline ondulate del Tennessee e serviva di accesso alle fattorie della zona. Sul lato est, nel tratto a sud della roulotte di Joeyboy, la sponda era alta circa tre metri e saliva verticalmente dal bordo della strada. A ovest, discendeva in ripido pendio per parecchie centinaia di metri fino a un ruscello che scorreva in mezzo al declivio cosparso di alberi.

Castle rallentò appena quando arrivò alla prima curva, deciso a sorpassare i motociclisti.

Le gomme del furgone stridettero sull'asfalto mentre stringeva la curva. Jordan lasciò cadere il microfono che reggeva ancora in mano per aggrapparsi di nuovo al cruscotto. Nessuno dei due si accorse che, finendo sotto il sedile del passeggero, il tasto di ricezione del microfono si era schiacciato, bloccando ogni comunicazione in arrivo.

In qualche modo, Castle riuscì a terminare la curva senza perdere il controllo, sebbene per un momento Jordan avrebbe giurato che sarebbero andati a sbattere contro la sponda. I due tirarono un respiro di sollievo all'unisono quando imboccarono un breve rettilineo.

Prima che potessero rilassarsi un momento, la curva brusca a sinistra gli si parò davanti a poca distanza.

Con le gomme dal lato opposto che ora stridevano da forare i timpani, il furgone imboccò rombando la curva. Castle manovrò abilmente il veicolo in modo da tagliare l'arco il più possibile in linea retta.

Nello stesso istante Jordan scorse il corpo della ragazza. «Mike!».

Castle sterzò tutto a sinistra in un disperato tentativo di evitarla. Un tonfo tremendo sollevò quasi il furgone dalla strada, scagliandolo contro la sponda rocciosa. Con un fracasso assordante di metallo lacerato e di vetri che volavano, il Voyager sbatté contro le rocce sul lato est. Jordan fu proiettato con violenza contro la cintura; Castle batté brutalmente la testa contro il montante dello sportello. Poi il furgone, ormai fuori controllo, rimbalzò perpendicolarmente attraverso la strada, malgrado i freni fossero ancora bloccati dal peso del corpo di Castle, e i pneumatici radiali lasciarono quattro larghe strisce di gomma nera sul selciato.

Uscì di strada a ritroso e andò a fermarsi contro la base di una grossa quercia una decina di metri più in basso, sulla sponda ovest.

Vanover e Stark erano stati avvertiti della presenza del corpo della ragazza e avevano immediatamente rallentato, ma l'elicottero non era riuscito a ottenere risposta dal primo veicolo inseguitore ai suoi ripetuti avvertimenti. I detective si avvicinarono alla seconda curva con cautela, cercando i loro colleghi.

La scena che apparve dinanzi ai loro occhi era orribile: in mezzo alla polvere sul bordo della strada giaceva un groviglio di membra e torso straziati: i resti sanguinanti e maciullati dell'innocente ragazza fuggita da casa. La sua esile forma non aveva quasi più nulla di umano; schegge di ossa spezzate sporgevano dalla morbida carne rosea; il selciato era macchiato del ben noto colore della morte.

Superarono la curva con cautela, non volendo accrescere la carneficina. «Laggiù, Pete!», indicò Brad Stark quando scorse la calandra e il cofano contorti del Voyager, appena visibili dalla strada. Vanover bloccò la macchina e corse giù per la collina, seguendo Stark verso il furgone accartocciato.

In quel momento Jordan scese barcollando dal sedile del passeggero sul pendio erboso e perse l'equilibrio. Vanover lo afferrò e lo puntellò contro lo sportello. «Cristo, Jordan, stai bene!?», chiese, scrutando l'amico negli occhi.

«Sì, Pete, io sto bene, credo. Dammi la tua radio e vai a vedere come sta Castle».

Vanover gli porse la sua radio portatile e raggiunse Stark.

«Elicottero!», urlò Jordan.

Anderson rispose: «TACT-1, perché non avete risposto alla mia trasmissione?»

«Stai zitto e ascolta! La ragazza è morta. Abbiamo un Codice Viola... Castle è svenuto. Il tuo osservatore ha con sé il suo M-16?»

«Affermativo, TACT-1».

«Supera i motociclisti! Trova un tratto scoperto dove devono passare e porta l'agente della SWAT il più basso possibile. Vi ordino di far fuori quei figli di puttana! Ripeto: è un Codice Verde, mi sentite?»

«La sentiamo chiaro e forte, signore: è un Codice Verde. Ricevuto».

Goldman afferrò il fucile e controllò il caricatore: 30 colpi ad alta velocità, .223 full-metal jacket. Mise un colpo in canna.

Il pilota, Anderson, aveva già risposto all'ordine di Taylor.

«Vi raggiungeremo appena possibile, elicottero», urlò Jordan. Restituì la radio a Vanover. «Come sta Mike?»

«Difficile a dirsi, capo. Sembra una commozione cerebrale, o addirittura una frattura cranica. Respira regolarmente, ma è privo di sensi», rispose Stark.

«Resta con lui, Brad. Informa il resto della squadra SWAT di quello che è successo, dovrebbero essere qui da un momento all'altro, poi occupati di questo macello. Chiama un'ambulanza e non usare la radio, usa il tuo cellulare. Non voglio un branco di maledetti giornalisti fra i piedi finché non abbiamo ripulito tutto e inchiodato questo bastardo!». Jordan studiò la scena; sentiva la rabbia montargli dentro.

«Non vuole che venga con lei?», chiese in fretta Stark.

«Occupati di Mike. Andiamo, Pete!».

«Eccomi, capo».

Anderson riuscì a tenere sempre d'occhio i due motociclisti, pur rischiando di perderli di vista due volte in mezzo agli alberi folti. Goldman studiò freneticamente la carta e si assicurò che i due non potevano lasciare l'autostrada fin dopo Hamilton Creek.

«Ho trovato!», urlò al pilota. «Possiamo bloccarli al ponte! Ci sarà spazio per atterrare. Vai a sud!».

Le due Harley bruciavano l'asfalto mentre i loro guidatori cercavano disperatamente di seminare gli inseguitori. Joeyboy imprecò violentemente fra sé. Quando guardò il cielo approfittando di un varco fra gli alberi, fu sorpreso di non vedere più l'elicottero. Girò la testa di qua, di là e indietro per quanto glielo consentiva la velocità: niente altro che cielo vuoto. Sorrise, sicuro che gli agenti fossero tornati indietro ad aiutare i colleghi vittime dell'incidente.

Sbagliava di grosso.

Goldman era un tipico componente della squadra SWAT: abile, rotto a tutto, legato a tutti gli altri membri del reparto da una fedeltà incrollabile. Se Taylor non gli avesse ordinato di far fuori i due motociclisti che avevano appena sacrificato una ragazza e tentato di uccidere due dei suoi superiori, avrebbe probabilmente agito di testa sua e si sarebbe preoccupato delle conseguenze solo alla successiva udienza.

È più facile ottenere l'assoluzione che il permesso, era il motto della squadra.

Joeyboy e Slammer frenarono di nuovo inaspettatamente e le motociclette si fermarono rumorosamente in cima all'ultimo dosso prima di Hamilton Creek Bridge. Sospeso a una decina di metri dal suolo, al centro dell'arcata di cemento lunga oltre cento metri, l'elicottero sembrava una gigantesca vespa.

Joeyboy ebbe un attimo di confusione e abbassò la testa, scuotendola lentamente di qua e di là. Il suo mondo era sottosopra e non poteva farci nulla.

«Joey!», urlò Slammer. «Che cosa diavolo facciamo?».

Griffin alzò lentamente lo sguardo dal suo silenzio rabbioso e fissò gli occhi ansiosi, spaventati dell'unica persona che avesse mai chiamato amica. Aveva appena scoperto di non essere più armato: la sua .45 Colt automatica gli era caduta dalla cintura durante il disperato tentativo della ragazza di aggrapparsi di nuovo a lui mentre cadeva dalla motocicletta. Non disse nulla.

«Maledizione, Joey, parlami! Che cosa facciamo?».

Dopo un momento angoscioso, Griffin parlò in tono piatto, prova evidente che capiva perfettamente la situazione. «Che cosa facciamo?», ripeté. «Credo che moriremo, amico mio».

Non erano le parole che Slammer voleva udire.

«Non voglio tornare in quella fottuta prigione, mai! Non m'importa un accidente di quello che fai tu, Joey, ma se devo morire, porterò con me qualcuna di quelle carogne!». Slammer estrasse una Browning BDM 14-colpi automatica e l'agitò in faccia a Griffin. «Non si sa mai, compare... potrei avere fortuna. Ci vediamo all'inferno».

Goldman guardò attraverso il finestrino di plexiglas aperto mentre il motociclista metteva in moto la massiccia Harley e dava gas. I due erano troppo lontani per avere la certezza di colpirli dall'elicottero sospeso a mezz'aria, ma adesso, con la motocicletta che veniva a tutta velocità verso di lui sarebbe stata solo questione di secondi.

Prese accuratamente la mira.

Slammer lo sentì appena le gomme sobbalzarono sulla superficie del ponte di cemento solcata dalla pioggia. Levò l'automatica e lanciò un urlo inumano, sparando all'impazzata contro l'unico ostacolo che ancora si frapponeva fra lui e la libertà.

Joeyboy esaminò rapidamente il terreno: la sponda sinistra saliva sempre ripidamente ad angolo retto con il selciato; la sponda destra adesso era diventata un pendio molto erto che scendeva a picco per trenta metri fino a un largo torrente giù in basso. Alberi molto fitti fiancheggiavano i due lati della strada.

C'era un'unica possibilità.

Accelerò verso l'elicottero appena Slammer ebbe percorso metà della distanza intermedia. Contava sulla confusione dello scontro a fuoco per guadagnare pochi secondi preziosi.

Era tutto ciò che chiedeva, tutto ciò che gli serviva.

Puntò la ruota anteriore verso uno stretto varco fra la spalletta del ponte e l'intrico di alberi al margine della strada.

L'apertura non era più larga di una porta, forse meno. Sapeva che doveva centrarla perfettamente, o morire.

Quando Slammer cominciò a crivellare l'elicottero di proiettili, nessuno dei due agenti si occupò più di Joeyboy.

Goldman rispose immediatamente al fuoco, sparando una dozzina di colpi ben mirati in direzione del loro folle assalitore. Colpì Slammer alla mascella, al petto, all'addome e al collo (in seguito appresero che il suo corpo era stato dilaniato da un totale di sette proiettili), fracassando ossa e distruggendo organi vitali. Stramazzò esanime sulla sua motocicletta, che andò a sbattere contro la spalletta di cemento, spaccando il motore e il serbatoio del carburante e spargendo benzina in fiamme e olio bollente attraverso il ponte.

Il pilota si era istintivamente alzato per sicurezza non appena era iniziata la sparatoria. Se non l'avesse fatto, l'elicottero sarebbe stato avvolto dalle fiamme.

In mezzo alla densa nuvola di fumo nero, sospinta e sfilacciata dal turbinio dei rotori, gli agenti cercarono la minaccia restante; i loro occhi scrutarono il ponte sperando in qualche traccia del secondo motociclista, ma non videro nulla. Non riuscivano a capire dove fosse finito l'altro uomo. Anderson portò l'elicottero più in alto e studiò l'autostrada più oltre. Il suo sguardo spaziava per un miglio verso sud, ma era tutto deserto. Griffin non poteva aver percorso tutta quella distanza.

Taylor si fermò slittando all'estremità nord del ponte, dal lato opposto all'elicottero. Balzò giù dalla macchina e s'inginocchiò dietro lo sportello aperto, la pistola spianata e pronta a sparare. Vanover assunse un'identica posizione dietro lo sportello del passeggero. Impiegarono solo pochi secondi per stabilire che la sparatoria era finita, la situazione momentaneamente a un punto morto.

Jordan afferrò la radio. «Parla, elicottero!», urlò.

«Uno dei motociclisti è a terra, TACT-1, ma abbiamo perso il sospetto principale durante lo scontro! Dovete averlo passato!». Anderson era totalmente confuso dalla scomparsa del secondo uomo e della sua motocicletta.

«Che cosa diavolo dici, elicottero... non abbiamo passato un bel niente!».

«Signore, pensavamo che fosse tornato indietro quando l'altro motociclista ci ha attaccato. Un attimo era lì e un attimo dopo era sparito!».

«Deve essere riuscito a superarvi!», urlò Jordan.

«Impossibile, TACT-1!».

Jordan guardò Vanover, ma l'altro detective si limitò a scrollare le spalle. «Hai abbastanza spazio per posare quell'aggeggio sul ponte?»

«Affermativo, TACT-1».

«Allora porta giù quel figlio di puttana e di' a Goldman di cominciare a controllare quel lato del ponte. Noi controlleremo questa parte. Non so come abbia fatto, ma in qualche modo è riuscito a entrare in acqua».

Jordan si volse a Vanover, gli occhi stretti e torvi. «Voglio questo bastardo, Pete. Non m'importa se è già cibo per i pesci o se sta cercando di arrivare in Cina a nuoto, lo voglio! Non c'è niente, dico niente, di più importante che trovare questo sacco di merda!». Abbassò la voce. «C'è in ballo molto più di quanto tu possa immaginare».

Vanover non capì tutte le parole del suo capo, ma la sua intenzione era inequivocabile. Assentì in silenzio.

Jordan guardò sopra la spalletta la densa brodaglia marrone che scorreva sotto di loro. Parlò rivolto all'acqua: «Se dovesse opporre resistenza quando lo trovi, Pete... beh.... ci farebbe risparmiare un bel po' di tempo in tribunale, non ti pare?».

Capitolo ventisettesimo

Brandie Mueller si stava ravviando i capelli nella toilette delle signore vicino alla mensa quando Steve Dacus irruppe nella stanza. «È al telefono, Brandie! Ti vuole parlare... ora!». Lei gettò la spazzola nella borsa, afferrò la giacca del tailleur e seguì a meno di due passi di distanza il direttore del telegiornale che si precipitava verso il suo ufficio.

Inserì il viva voce. «Parla Brandie», rispose ansimando. Dacus le stava a fianco, vicino alla scrivania.

«Trasmetta il suo servizio, Brandie, e mandi una troupe a Hamilton Creek Bridge sulla vecchia autostrada 318. Ho già detto agli uomini di lasciar passare una delle vostre jeep». Dacus si affacciò nella sala della redazione e chiamò Tim Arnold.

«Che cosa c'è là fuori?», chiese lei in fretta.

«Un macello. Dovrebbe essere proprio il suo genere».

«E Griffin... lo avete arrestato?».

Jordan fece un breve respiro e lo ributtò fuori in un moto di rabbiosa frustrazione. «Non proprio».

«Come sarebbe a dire, Taylor?»

«Sarebbe a dire che abbiamo collegato Griffin all'omicidio di Donna Stanton, esattamente come diceva Kas... la signora Riteman, ma per adesso... beh... diciamo che è ancora a piede libero. Potrei aggiungere che è dato per morto, anche se non siamo in grado di confermarlo per il momento».

«Quando sarete in grado di confermarlo, capo Taylor?». Lei scribacchiò sul suo block-notes.

«Presto, Brandie, spero. È tutto ciò che posso dire al momento. La signora Riteman è ancora lì da voi?»

«No. È andata via più di un'ora fa. Credo che fosse diretta a casa. Perché?». Brandie sentiva che fra Kasey e lui c'era un legame.

«Credo che sia il caso di avvertirla della fuga di Griffin, tutto qui».

«Pensavo che fosse dato per morto!».

«Lo è, maledizione! Ma la prudenza non è mai troppa, non le pare? Se è ancora in giro da qualche parte, non sarà molto contento quando saprà che è stata Kasey a puntargli un dito contro».

Per una volta, la giornalista concordò con il poliziotto. «Ha il suo nuovo numero di telefono?»

«Ho già provato a chiamarla varie volte».

«Ma ha lasciato un messaggio, giusto?»

«Gradirebbe di trovare quel genere di messaggio sulla sua maledetta segreteria telefonica?», fece lui, sarcastico.

«Capisco quello che vuol dire. Vuole che provi a mettermi in contatto con lei?», chiese.

«Ci penso io, Brandie. Sono stato io a lasciarlo scappare. Le suggerisco di mandare una troupe sulla 318: non potremo tenere nascosta questa faccenda per molto tempo. Passerò dall'appartamento della signora Riteman sulla via del ritorno. Non correrà rischi ancora per un po'».

Brandie disinserì il viva voce e ripensò alle parole di Taylor. Sorrise ai pensieri lascivi che le vennero in mente, ma poi l'immagine di Joeyboy che veniva a uccidere Kasey la fece tornare subito seria. Scacciò gli uni e l'altra per il momento e afferrò il block-notes. «Tim», gridò attraverso lo stanzone, «non pensare nemmeno per un attimo di andartene senza di me!».

Kasey uscì dall'ascensore e girò nel corridoio, verso il suo appartamento. Era passata a casa di Brenda a prendere Sam, come d'accordo, ma aveva bussato più volte senza ricevere risposta, pur avendo trovato la macchina di Brenda nel vialetto della bifamiliare. Era seccata di non aver potuto riprendere Sam che non vedeva da due giorni, ma anche dispiaciuta di non aver potuto raccontare a Brenda gli eventi della mattinata.

Come una melodia orecchiabile, continuava a ripetere mentalmente le parole di Brenda sul suo nuovo boyfriend. "Ha detto che si chiamava Ray?". Il suo cuore si fermò all'idea. "Smettila, Kasey. Hai impresso in mente il nome di quel bastardo, tutto qui". Cercò di scacciare l'inquietante sensazione prima che potesse far presa sui suoi nervi scossi.

Infilò la chiave nella serratura di sicurezza; appena varcò la porta, si accorse che c'era qualcosa di diverso. Lasciò istintivamente la porta socchiusa, come via di scampo, e andò cautamente al centro del soggiorno, tentando d'individuare la causa della sua inquietudine. Ecco: un suono, qualcosa che non c'era quando era uscita per andare a Canale 9. Si diresse con riluttanza verso la sua origine.

Quando voltò l'angolo della stanza da pranzo adiacente alla cucina, si arrestò di colpo, sorpresa. «Sam!», gridò mentre il gatto le saltava in braccio. «Come sei arrivato qui?».

Aveva appena posato le chiavi sulla credenza e cominciato ad accarezzare la testa di Sam quando squillò il telefono. «Pronto», disse, incastrando il ricevitore fra la spalla e l'orecchio per poter coccolare Sam con entrambe le mani.

«Kasey, dove diavolo sei stata?»

«Scusami, Jordan, sono appena entrata. Sono andata da Brenda, ma non c'era. Ho fatto il pieno di benzina e sono venuta direttamente a casa. Che cosa succede?».

Jordan abbassò la voce. «No, sono io a dovermi scusare, Kasey. È un'ora che cerco di parlarti ed ero un po' deluso. Ti chiedo scusa per il mio tono».

«Non essere sciocco». Nella sua voce c'era qualcosa di più della semplice delusione per non averla trovata a casa. «Che cosa c'è, Jordan?»

«Che ne diresti di andare fuori città con me per un paio di giorni?», chiese con il suo tono più vivace.

Kasey si lasciò cadere su una delle sedie della stanza da pranzo. «Jordan, dimmi che cosa c'è che non va».

«Niente. Ho pensato semplicemente che ti poteva far piacere passare un paio di giorni sola con me. Sai, andare in un posto appartato, dove nessuno può trovarci. Faremo l'amore tutta la notte e dormiremo tutto il giorno. Che ne dici?»

«Sarebbe divino, a parte due cose: mi nascondi qualcosa... e... hai una moglie, rammenti?»

«Chiariamo questa faccenda una volta per tutte: Gloria è ospite di una sua vecchia amica da tre mesi e Amber, che normalmente passa metà del tempo con me, questa settimana va a stare con sua madre. Perciò sarò solo almeno per quattro giorni».

«E se tua moglie telefona e non ti trova?», chiese in fretta Kasey, ragionando da donna.

«Gloria non telefona mai. Non lo faceva quando abitavamo nella stessa casa, perché diavolo dovrebbe incominciare adesso?».

Kasey provò pena per l'uomo sapendo che meritava di meglio. Ma c'era qualcos'altro, qualcosa di più pressante. Si mise una mano sul cuore. «Ma hai ricevuto cattive notizie riguardo a Joeyboy, vero? Perciò vuoi che vada fuori città».

Jordan imprecò fra sé. Avrebbe dovuto sapere che non sarebbe stato così facile. «Senti, Kasey...».

«Oh, mio Dio! È così, vero!? Sapevo che sarebbe successo!». L'orrenda immagine del viso di Donna Stanton al momento che esplodeva era dipinta su ogni parete, trasformando le stanze in un mattatoio infernale. Corse alla porta, la sbatté rumorosamente e girò la chiave.

«Kasey! Ascoltami! Griffin non ti farà del male!».

«Cosa....?». Udì a malapena le sue parole mentre si allontanava dalla porta. Le pareti grondavano sangue, il suo sangue, e la moquette sembrava inzuppata.

«Ho detto, Griffin non ti farà mai del male. Non farà più del male a nessuno. Sarò lì fra poco e ti spiegherò tutto».

«È morto, Jordan? Dimmi solo che è morto, per favore». Si abbandonò sul divano, le gambe ripiegate sotto il corpo, gli occhi fissi sulla porta.

«Sarò lì fra poco, te lo prometto. Ti racconterò tutto. Sei al sicuro, giuro».

«Non puoi venire subito?», implorò sottovoce.

«Non ancora. Devo prima sistemare una faccenda. Fidati di me, sarò lì in men che non si dica. Andremo via per un paio di giorni. Andrà tutto benissimo».

«Sbrigati, Jordan, per favore».

L'auto civetta si fermò lentamente vicino al vecchio capannone di lamiera, le gomme scricchiolanti sulla ghiaia del vialetto d'accesso.

Dopo aver spento il motore, il conducente infilò una mano nella tasca sinistra della giacca e tastò il silenziatore da applicare sulla .32 automatica nella tasca destra. In precedenza entrambi erano appartenuti a uno spacciatore ucciso e lui si era assicurato che non comparissero mai nell'inventario degli oggetti di proprietà della vittima rinvenuti sulla scena del delitto.

Per un momento rimase seduto in macchina, pensando all'unica fastidiosa questione che sarebbe rimasta in sospeso dopo aver terminato lì, e al modo migliore per eliminarla. A differenza di Joeyboy, Kasey Riteman non era un indesiderato rottame umano che poteva venire semplicemente gettato via senza timore di rappresaglie.

Il poliziotto sapeva che, mentre pochi funzionari avrebbero notato o si sarebbero preoccupati della morte violenta di un motociclista ex galeotto, al di là delle noiose pratiche obbligatorie, lui non poteva andare dall'attuale beniamina degli intervistatori di celebrità e piazzarle una pallottola in testa senza che qualcuno, come Brandie Mueller, esigesse di sapere chi e perché.

Erano due domande a cui non voleva rispondere.

Né lo voleva Mario Giacano.

Il modo migliore per evitarlo era assicurarsi che non venissero mai poste. La soluzione, di una semplicità infantile, gli balenò all'improvviso, strappandogli un sorriso di apprezzamento per il colpo di genio personale. Tornò con la mente al momento presente. C'era ancora un sacco di lavoro da fare prima che potesse prendersi un po' di sospirato riposo.

Il poliziotto scese dall'auto e chiuse con mano ferma lo sportello. Si aggiustò la cravatta specchiandosi sul vetro del finestrino laterale e infilò con noncuranza le mani nelle tasche della giacca. In questo posto non aveva niente da temere.

Bagnato, dolorante e quasi pazzo di rabbia, Joeyboy guardò l'uomo venire verso la porta. Si ritrasse nell'ombra del vecchio compressore ad aria, stringendo una .357 Magnum a canna corta nella mano sinistra. Il braccio destro era ferito e quasi inservibile. Sopra l'occhio destro, un brutto taglio non voleva smettere di sanguinare. Sputò a terra una sigaretta mezza consumata e la spense schiacciandola con lo stivale che trasudava ancora acqua fangosa dalla suola. In meno di due ore, era già al secondo pacchetto di sigarette che aveva lasciato nell'officina il giorno che aveva finito di smontare la Caddy di Donna Stanton. Alzò il cane della rivoltella con il pollice e attese in silenzio che l'uomo entrasse nel capannone buio.

«Griffin!», chiamò il poliziotto mentre i suoi occhi cercavano di adattarsi all'improvvisa penombra. Entrò nell'officina e scrutò le schegge di luce che disegnavano forme irregolari sul pavimento e sui banconi da lavoro. Individuò i resti semicoperti della Seville, anche se non l'avrebbe riconosciuta nemmeno la proprietaria se fosse stata lì.

Chiamò di nuovo.

La risposta giunse in una forma inattesa.

Joeyboy appoggiò la canna della vecchia pistola sulla testa del poliziotto e premette il grilletto. Il cane si abbassò con uno scatto inconfondibile mentre il poliziotto strizzava simultaneamente gli occhi.

Non vi fu esplosione, nessuna pallottola gli attraversò il cervello a seicento metri al secondo. Il poliziotto se la fece quasi addosso.

«Il prossimo non è a vuoto», disse Joeyboy con voce carica d'odio. «Che cosa diavolo sta succedendo? Mi avevi dato la tua parola che nessuno dei tuoi uomini mi sarebbe venuto vicino. Ho una mezza intenzione di ammazzarti qui, subito, sporco bugiardo. Dammi una ragione per non farlo».

Il poliziotto si girò lentamente, le mani sempre affondate nelle tasche della giacca. «Io non c'entro niente, perciò rilassati. Hai bisogno di me, ora più che mai».

«Sì, beh, qualcuno deve pagare col sangue questa porcata».

Era sorpreso del brutto aspetto di Griffin. «Sei svanito nel nulla, Joeyboy. Mezza polizia ti sta cercando, stanno dragando il fiume. Diavolo, hanno sguinzagliato persino i cani».

«Ho avuto fortuna, ma del resto io ho sempre fortuna quando serve. Sono nato fortunato, non l'hai ancora capito?». Infilò la pistola sotto il braccio ferito e afferrò una sigaretta. Prese un fiammifero di legno da dietro l'orecchio e lo accese con l'unghia del pollice. I suoi occhi erano strette fessure al chiarore tremolante della fiammella arancione. «Chi diavolo mi ha denunciato? È stata quella puttana della Riteman, vero?»

«Sì, la sensitiva», confermò il poliziotto.

«Sensitiva, col cavolo, stupidi bastardi. Era lì quella notte. Doveva essersi nascosta fra i cespugli o qualcosa del genere».

«Stronzate».

«Niente affatto. Ho trovato un pezzo della sua macchina vicino alla scena. Mi ha imbrogliato per un po' con quella nuova Mustang gialla, ma poi ho ricostruito tutto grazie alla sua amica».

«La sua amica?»

«Defunta amica, dovrei dire».

Il poliziotto si rallegrò di non dover sistemare anche quella pendenza.

«Quella fottuta puttana!», sbottò Joeyboy, ricordando i soldi e gli oggetti ora nelle mani della polizia. «Le strapperò il cuore e glielo mostrerò prima che muoia!». Tirò una lunga boccata e la buttò fuori rabbiosamente. «Quella puttana buona a nulla!», ripeté.

«Non ti preoccupare della Riteman», dichiarò il poliziotto in tono deciso. «Sarà sistemata quanto prima. Ora devi filare via, a mille miglia da qui. Il grand'uomo ti ha mandato un po' di soldi per il viaggio».

Joeyboy mise la mano sulla pistola mentre il poliziotto frugava nella tasca interna della giacca. Tenne la giacca aperta per mostrare all'altro uomo che non era armato.

«Stai calmo, la mia pistola è in macchina. Non essere così

sospettoso. Come ho detto, sono l'unico amico che hai». Estrasse di tasca una grossa busta, piegata due volte.

Griffin continuò a stringere il calcio della pistola sotto il braccio per un momento, ma poi mollò la presa e lasciò l'arma dov'era. Tese la mano.

Mentre Joeyboy prendeva la busta, il poliziotto infilò la mano nella tasca esterna destra, estrasse la .32 automatica che stava nel palmo di una mano e sparò istantaneamente due colpi in direzione del motociclista.

Joeyboy aveva previsto la mossa a tradimento e si girò di fianco mentre gli spari echeggiavano sinistramente nel capannone di lamiera. Riuscì a sparare a sua volta un colpo verso l'assalitore prima di crollare all'indietro contro il vecchio compressore.

Mentre il suo corpo stramazzava sul lurido pavimento di cemento, vide l'uomo di Giacano andare barcollando verso la porta.

Capitolo ventottesimo

Faceva buio quando Jordan arrivò all'appartamento di Kasey. Mentre metteva la mano sul pomo della porta, tirò un profondo respiro, che gli causò una fitta di dolore al petto. Istintivamente premette la mano sul fianco sinistro e fece una smorfia. Il dolore era andato continuamente crescendo da quando il flusso di adrenalina che lo aveva sostenuto durante l'inseguimento a tutta velocità era cessato un paio d'ore prima. Tirò parecchi altri respiri brevi, cercando di non gonfiare troppo il torace, e batté un colpo leggero alla porta. Vide lo spioncino oscurarsi, poi illuminarsi di nuovo.

«Oh, Jordan, come sono contenta che tu sia qui!». Kasey gli gettò le braccia intorno alla vita e lo abbracciò stretto. Lui emise un lieve gemito di dolore e cercò di ricambiare l'abbraccio. Kasey non si accorse di nulla, felice della sua presenza. «Che cosa succede, Jordan?», chiese tremebonda.

Jordan le mise un braccio intorno alle spalle e chiuse la porta dietro di loro. Tirò il paletto e la baciò dolcemente sulle labbra. «È tutto ok, Kasey. Va tutto bene. Hai ancora un po' di quel Merlot di ieri sera?»

«Certo. Prendo i bicchieri». La seguì in cucina.

Mentre versava un bicchiere di vino per ciascuno, Kasey tentò di leggergli in viso. Nascondeva qualcosa sotto la facciata rassicurante, anche se lei non sapeva che cosa. «Avete dato la caccia a Joeyboy, vero?»

«Sì». Si appoggiò al ripiano del mobile e cercò di apparire rilassato. «Abbiamo avuto il suo attuale indirizzo dal funzionario di sorveglianza e ci siamo andati con la squadra della SWAT».

«E lo avete preso, giusto? Dimmi che lo avete preso». Gli stava dinanzi, eretta e ansiosa.

Jordan fece un lungo respiro aspro. I suoi occhi tradivano il crescente dolore al petto.

«Che cos'hai? Sei ferito?». Kasey gli appoggiò amorevolmente la mano sul petto in un gesto di affetto e di conforto, senza aspettarsi di provocare una smorfia di dolore. Ritirò in fretta la mano. «Mio Dio, Jordan, che cosa c'è!?»

«Vedrai comunque tutto nel telegiornale fra un'ora, quindi tanto vale che te lo dica. Non abbiamo precisamente arrestato Joeyboy. C'è stato...».

«Come sarebbe a dire, "non precisamente", Jordan? L'avete arrestato o no, quel figlio di puttana?»

«Calmati, Kasey, e ascoltami un minuto... per favore».

Si appoggiò al mobile di fronte a lui, le mani tremanti. «Scusami».

«Non è nulla. Abbiamo circondato la sua roulotte, ma lui ha visto il nostro elicottero prima che potessimo prenderlo. Era insieme a un altro motociclista e una...». Esitò quando le immagini dell'accaduto gli invasero la mente.

«E una cosa?», chiese lei in fretta.

Sapeva che il telegiornale avrebbe trasmesso la notizia a forti tinte sia che lui dicesse qualcosa o no. Scelse le parole con cura. «Griffin portava una ragazza sul sedile posteriore della sua motocicletta».

Kasey si portò una mano alla bocca. «Non dirmi che la ragazza è...».

Jordan annuì gravemente.

«Oh, Dio. Come?», chiese in un sussurro.

«I motociclisti sono scappati quando ci hanno visti. Volevamo soltanto bloccarli per poter arrestare Griffin. Non avevamo intenzione di far del male alla ragazza».

Gli occhi di Kasey gli ordinarono di continuare.

Jordan raccontò gli eventi del pomeriggio, tenendosi il più possibile sul vago riguardo alla morte della ragazza. Il petto gli doleva terribilmente mentre parlava. «Dopo che il nostro furgone è andato a sbattere, ho dovuto aspettare che Pete e

Brad ci raggiungessero. Quando siamo arrivati al ponte di Hamilton Creek, il compagno di fuga di Griffin era morto e Griffin e la sua motocicletta erano in acqua».

«Avete trovato il suo corpo?», chiese Kasey senza esitazione.

Jordan comprese il suo timore, ma sapeva di non poterle dare rispose soddisfacenti. «No... non l'abbiamo trovato».

Questa volta fu lei a fare un profondo respiro. «Allora non siete sicuri che sia morto, vero?»

«È morto, Kasey. Non può essere altrimenti. È precipitato in acqua a cinquanta metri al secondo. Nessun essere umano può sopravvivere a un impatto del genere».

Gli occhi di Kasey divennero freddi, inflessibili. «Lui non è un essere umano! Non associare mai quel bastardo al resto di noi che diamo importanza all'amore e ai sentimenti, mi hai sentito!? Non ne capisce nulla e spero che abbia impiegato un'ora ad affogare! Spero che sia rimasto impigliato pochi centimetri sotto la superficie, vedendo il sole, sentendo quasi l'aria sulla pelle senza poter fare nulla se non soffrire e affogare!». Jordan le aprì le braccia e lei si lasciò avvincere dolcemente. «Sei sicuro che sia finito per sempre? Non dirmi quello che pensi mi farebbe piacere di sentire, dimmi l'assoluta verità. Sei sicuro, Jordan?»

«Come sono sicuro di essere con te ora. Credi che permetterei che ti succedesse qualcosa?».

Kasey sentì il suo calore contro il proprio corpo, la sua forza, le sue parole amorevoli. Rabbrividì al pensiero che l'uomo più malvagio che avesse mai conosciuto fosse finalmente scomparso dalla sua vita, scomparso dal mondo. Sapeva che le sarebbe rimasto in mente per anni, al pari di Donna Stanton, ma almeno la sua vita non era più minacciata.

Se l'orrore e il tormento delle ultime due settimane avevano lasciato dietro di loro qualcosa di buono, era il ricordo che la sua vita un tempo aveva un senso. Quando i suoi genitori erano morti, una parte di lei era morta con loro. Gli anni di solitudine l'avevano resa sempre più cinica e chiusa in se stessa e il dolore era stato curato con un miscuglio esplosivo di liquori forti e uomini spregevoli. Forse, ora che Joeyboy non c'era più, quella parte dimenticata di lei sarebbe potuta rinascere.

Gli avvolse di nuovo le braccia intorno alla vita e ricambiò il suo abbraccio, provocando lo stesso sussulto di dolore. «Ti sei fatto male quando il furgone si è sfasciato?», chiese in tono premuroso.

«Parrebbe di sì», disse con un sorriso storto. «La cintura».

«Sei già stato da un medico?»

«Ero occupato. Avevo troppe cose da fare prima di venire qui».

«Gli uomini! Con il vostro maledetto machismo sareste tutti morti se non fosse per le donne». Lui non ribatté. «Togliti la giacca e la camicia».

Dopo aver lasciato Hamilton Creek, Jordan era passato da casa e si era messo un paio di jeans, una polo e una giacca a vento leggera. Aprì la lampo della giacca e cercò di sfilarsela dalle spalle. Una fitta di dolore gli attraversò il petto facendolo piegare in due. Kasey lo aiutò a raddrizzarsi.

«Gesù, che male», gemette con una smorfia.

«Vieni con me. Voglio darti un'occhiata al petto». Andarono verso la camera da letto.

«No... voglio dire che fra un momento starò bene, Kasey. Sono stato anche peggio e ho fatto ugualmente il mio lavoro». Jordan si sedette sul bordo del letto e Kasey gli si mise accanto.

«Stronzate! Hai bisogno di un medico. Potresti avere delle costole rotte».

«Infatti ho delle costole rotte. Quattro, credo. Le ho tastate quando mi sono cambiato d'abito a casa».

«Ti porto all'ospedale. Alzati». Si alzò e si mise le mani sui fianchi in gesto perentorio.

Jordan si sdraiò supino sul letto invece di obbedire. Alzò la mano sinistra e la chiamò col dito. Quando gli andò vicino e s'inginocchiò accanto al letto, le accarezzò il viso. «Non ho bisogno di un medico. Si limiterebbe a confermare quello che già so e a fasciarmi il petto col cerotto. L'ho già fatto e ora non resta che aspettare che guarisca. Non preferisci sdraiarti accanto a me su questo letto invece di sedermi accanto in un pronto soccorso affollato?»

«Fammi vedere il cerotto».

«È solo cerotto. Non c'è niente da vedere».

«Quello lo deciderò io. Togliti la camicia».

Jordan sfilò i lembi della camicia dai jeans e la rialzò sul petto. «Vedi: solo cerotto».

Kasey vide qualcosa che non era normale in una lesione provocata da una cintura di sicurezza. «Stai perdendo sangue», disse, toccando istintivamente la macchia rossa che tentava di filtrare attraverso i tre strati di cerotto. «Perché sanguina?»

«Sanguina?». Abbassò la testa per controllare di persona. «Oh, quello. Immagino che sia il punto dove la penna mi ha ferito quando abbiamo sbattuto contro il terrapieno. Credevo di aver fermato il sangue».

«Vai subito all'ospedale».

«No, Kasey, non ci vado. Resto qui con te. Hai della garza e del cerotto per caso?»

«Sì. Sono caduta facendo jogging un paio di settimane fa e ho comprato una cassetta di pronto soccorso in farmacia. Dentro c'è garza e cerotto. Faccio io», offrì.

«Faccio da me», replicò lui.

«Uomini», sbuffò lei.

Quando Jordan ebbe terminato nel bagno, vietando a Kasey persino di guardare, lei lo rimboccò amorevolmente nel suo letto e gli ordinò, pena altre lesioni corporali, di non muoversi nemmeno di un centimetro. Lui decise di non discutere.

Kasey preparò un paio di toast al formaggio e un po' di minestra di pollo per cena, poi imboccò Jordan come un bimbo in fasce. Visto che le sue proteste non avevano alcun visibile effetto su di lei, Jordan si appoggiò al mucchio di guanciali e si lasciò coccolare.

«Hai mangiato abbastanza?», gli chiese quando ebbe finito l'ultimo cucchiaio di minestra.

«Da scoppiare, grazie. Credo che fosse il miglior toast al formaggio che abbia mai assaggiato».

Kasey gli dette uno schiaffetto scherzoso, ricordando il suo commento a cena la sera prima. Mise i piatti nell'acquaio di cucina e tornò in camera da letto, spegnendo le luci via via. Quando arrivò in camera, aveva in braccio Sam. Si era nascosto sotto il tavolo da pranzo, per nulla soddisfatto del nuovo mobilio e ambiente.

«Allora, questo è il famigerato Sam-I-Am. Dov'è stato?»

«Dalla mia amica Brenda. Ho pensato che il trasloco e tutto quello che succedeva qui intorno questo weekend fosse troppo traumatico per lui. Deve averlo riportato oggi nel primo pomeriggio. È ancora un po' stranito». Gli carezzò dolcemente la testa e se lo strinse al petto. «Curioso che Brenda non mi abbia lasciato un biglietto».

«Mi sono sempre chiesto come si può capire, voglio dire trattandosi di un gatto... come si può capire che si comporta in modo strano».

«Se mi stai dicendo che non ti piacciono i gatti, avremo un serio problema di letto». Inarcò un sopracciglio e fissò con aria di sfida il suo ospite mentre baciava dolcemente Sam sulla sommità del capo.

«Oh, sì, certo che mi piacciono. Li adoro! Ho pensato spesso di prenderne una coppia io stesso». Un'improvvisa smorfia di dolore cancellò il sorriso scherzoso.

Kasey posò Sam sul pavimento e gli andò rapidamente vicino. «C'è niente che posso fare?».

Lui l'attirò a sé e le dette un caldo bacio sulla bocca. «C'è soltanto una cosa che può farmi dimenticare il dolore». Le dette un altro bacio appassionato e cominciò a giocherellare con il primo bottone della sua blusa. Il suo viso assunse quell'aria da bimbo smarrito che la inteneriva sempre.

«Te la senti?», gli chiese.

«Dovrai stare sopra», rispose ridacchiando.

«È la mia specialità». Si alzò e cominciò a spogliarsi.

«Buon giorno, bello», disse Kasey, posando il vassoio da letto a cavallo del corpo di Jordan. Si chinò su di lui e gli dette un caldo bacio. Si era alzata alle sette e aveva preparato la colazione, ansiosa di lasciare la città con lui. Aveva sognato i due interi giorni e notti da passare insieme. Era la prima volta dal 22 aprile che il suo sonno non era stato turbato da uno degli incubi del frutteto.

Jordan era mezzo sveglio quando era scivolata giù dal letto mezz'ora prima, sebbene fosse meno ansioso di lei d'iniziare il nuovo giorno. Mentre fare l'amore con Kasey gli aveva fatto dimenticare la sua ferita per quasi un'ora, il resto della notte era stato un misto di sonno irrequieto e di dolorosi risvegli. Ogni volta che si addormentava, si girava inevitabilmente su un fianco o sull'altro e si svegliava per il dolore.

«Prima prendi questi», gli disse porgendogli quattro Advil. Lui mandò giù le piccole compresse marroni con un abbondante sorso di succo d'arancia. «Vuoi che t'imbocchi di nuovo?».

Jordan sorrise. Si sollevò lentamente appoggiandosi alla testiera ed esaminò il festino: toast imburrati, gelatina di frutta, uova strapazzate con funghi e formaggio, trance di bacon, succo d'arancia e caffè. Prese un pezzetto di bacon e lo sgranocchiò. «Che lauta colazione. Cucini sempre così quando hai compagnia?»

«Ti confiderò un segreto. Non ho mai permesso a un uomo di passare la notte a casa mia prima di te, a parte il mio ex marito, naturalmente. E non cucino mai la prima colazione. Ho sempre desiderato farlo... per un uomo, sai... ma non ho mai avuto una valida ragione fino ad ora». Bevve un sorso di caffè.

«Significa che io sono una ragione valida?»

«Ti sembrano corn flakes?»

«No. Grazie».

«Mangia», lo rimproverò. «Dovrai essere in forze nei prossimi due giorni». Kasey mangiò voracemente la sua parte di colazione. «Non mi hai detto dove andiamo, Jordan», disse in tono eccitato.

«Dove vorresti andare?»

«Posso scegliere?»

«Qualunque posto dove possiamo andare e tornare in due giorni. Premesso questo, a te la scelta».

«Non sono mai stata a St. Louis. Abbiamo tempo di arrivare fin lì?».

Stava seduta a gambe incrociate sul letto, la corta camicia di seta raccolta fra le cosce.

Jordan non poté impedirsi di ammirare il suo corpo, i seni turgidi che si muovevano vivacemente contro il tessuto morbido. «St. Louis. Certo. Possiamo essere lì in un paio d'ore, in tempo per pranzare su uno dei battelli fluviali ai piedi dell'arco». Sorrise con calore. «St. Louis è un'ottima scelta. Ti piacerà moltissimo».

«Oh, sono così eccitata, Jordan! Partiamo subito!». Balzò in piedi e gettò a terra la camicia. Arricciando il naso, scomparve in direzione del bagno.

Mentre Kasey era sotto la doccia, Jordan fece un salto giù nel garage sotterraneo di Belmont Place a prendere la leggera sacca da viaggio che aveva lasciato in macchina.

Si fece la barba e si lavò i denti nel bagnetto mentre Kasey si truccava e si pettinava con cura particolare davanti alla toilette. Aveva deciso di non togliere la fasciatura, che sembrava procurargli finalmente un certo sollievo. La ferita aveva smesso di sanguinare.

Quando ebbe terminato, controllò a che punto era Kasey.

«Vieni così», insisté mentre lei si chinava nuda sulla toilette, finendo di truccarsi. La baciò sulla nuca. «Quanto ti manca?»

«Cinque minuti», rispose sorridendo. «Devo soltanto buttare il resto della roba nella sacca sul letto e mettermi qualcosa addosso».

«Che cosa ne fai di Sam?». Il gatto era acciambellato stretto stretto in mezzo al guanciale di Kasey.

Lei si affacciò alla porta e sorrise al suo gatto. «Starà benissimo per quarantott'ore. Cibo, acqua, aria condizionata, un letto a due piazze dove dormire. È una vita dura». Tornò al suo trucco.

«Ti serve aiuto per portare la sacca?», chiese.

«No. È leggera».

«Allora scendo», disse. «Devo chiamare la Centrale».

«Puoi telefonare da qui, se vuoi», offrì.

«Possono individuare la provenienza di una chiamata. Preferirei non dare adito a chiacchiere, se per te è lo stesso». La baciò di nuovo sul collo e le dette una pacca sul sedere. «Ci vediamo giù fra cinque minuti?»

«Cinque minuti. Ehi, Jordan», lo richiamò in fretta mentre si avviava lungo il corridoio, «andiamo con la tua auto o con la mia?»

«Andremo con la mia. È nuova. Ora tocca a me sfoggiare. Sono parcheggiato al primo livello, proprio vicino a te».

«Vengo tra un momento». Sorrise, afferrando la spazzola.

Capitolo ventinovesimo

L'ascensore si fermò al livello B-1 del parcheggio e le porte di acciaio brunito si aprirono obbedientemente con un sommesso sibilo metallico. Kasey afferrò la sacca che aveva posato ai suoi piedi e sgattaiolò fuori, sostando accanto alle porte per ricordarsi dove aveva parcheggiato la macchina la sera prima. La sua mente era piena d'immagini di St. Louis e le ci volle un momento per orientarsi. Nelle dozzine di occasioni in cui aveva dovuto parcheggiare nel nuovo garage, aveva potuto mettere la macchina nello stesso posto solo due volte.

Scrutò la catacomba di cemento sfavillante di luci, ma un po' oppressiva con il suo soffitto basso e i muri massicci, e finalmente individuò il caratteristico paraurti giallo della sua Mustang. Era quasi nascosto da un furgone Toyota. Jordan apparve dietro la sua macchina. Erano passati dieci minuti.

«Vieni, tesoro. Credevo che avessi fretta di partire», la chiamò attraverso lo stanzone. Aprì il baule della sua auto e andò ad aiutarla il più presto che poteva senza sussultare di dolore. «Dammi quella», disse quando le fu vicino.

«Grazie», sorrise, circondandogli cautamente la vita con un braccio. Lui le mise il braccio libero intorno alle spalle. Mentre camminavano, lei studiò il suo viso forte e gli occhi blu acciaio e pensò che era proprio un bell'uomo e che era molto fortunata ad averlo incontrato. Aveva deciso di preoccuparsi di quale sarebbe potuto essere il loro futuro insieme in un altro momento. Per ora, avrebbe soltanto gioito della sua buona sorte.

Quando arrivarono alla macchina di Jordan, parcheggiata fra il furgone e la Mustang di Kasey, lui mise la sacca nel baule accanto alla sua, sussultando di dolore perché nel farlo si era stirato i muscoli indolenziti del petto.

«Stai bene?», gli chiese quando si raddrizzò.

«Non potrei stare meglio. Pronta?». Chiuse il baule e la condusse verso lo sportello di destra.

Fu allora che lei la notò: una sagoma diabolica uscita da qualche recesso della sua memoria. Il suo cervello si rifiutò di credere a quello che i suoi occhi gli mostravano eppure era lì: la Jaguar nera con le lucenti ruote dorate. Le ginocchia minacciarono di piegarsi sotto il suo peso. La sua mente lottò contro la paura e il panico che la stavano privando della lucidità di cui aveva disperatamente bisogno in quel momento.

Jordan afferrò la maniglia e aprì lo sportello. «Ti piace?», chiese con orgoglio.

«Cosa?», disse Kasey in un bisbiglio confuso.

«La mia nuova Jaguar. È una bellezza, non trovi?».

Kasey si guardò rapidamente intorno, sperando di vedere qualcuno, una persona qualsiasi nel garage che potesse aiutarla. Alle otto di martedì mattina, quando il resto del mondo era al lavoro, era una speranza vana.

Erano soli. Spaventosamente soli.

Sentì il proprio corpo resistere involontariamente al gesto di Jordan che la invitava a salire in macchina.

«Che cosa c'è, Kasey? Credevo che non vedessi l'ora di partire. Stai bene?».

Kasey si girò verso Jordan, che teneva la mano destra sopra lo sportello e la sinistra al fianco. Gli rivolse un sorriso forzato e cercò di pensare a un modo qualsiasi per guadagnare un po' di tempo. «Sto benissimo. Mi è solo venuto in mente che ho dimenticato qualcosa su in casa».

«Cosa?», chiese.

Ebbe un vuoto mentale.

«Che cos'hai dimenticato?»

«Io... eh... non ho messo fuori il mangiare di Sam».

«La sua ciotola è quella piccola cosa celeste vicino al frigorifero, giusto?».

Kasey annuì.

«L'ho vista prima di uscire. Era piena fino all'orlo di croccantini per gatti appena venti minuti fa. Dubito che li abbia mangiati tutti così velocemente». Jordan appoggiò la mano sinistra sul tetto della macchina e si chinò a baciarla. Allora Kasey notò, quando la giacca si scostò dal fianco, che l'uomo aveva infilato la pistola nella cintura. Ricambiò il bacio e si sedette al posto del passeggero.

Decise che anche a costo di saltare giù dalla macchina in mezzo al traffico, avrebbe avuto un'opportunità di fuggire.

In caso contrario... avrebbe dovuto crearne una.

La Jaguar percorse le strade del centro di Nashville con la grazia fluida del felino di cui portava il nome. In Commerce Street c'era poco traffico, specie per un giorno feriale, e l'elegante berlina arrivò alla rampa di accesso della I-24W per St. Louis senza mai doversi fermare del tutto lungo il breve tragitto. Kasey guardò con muto orrore il terreno scorrere fuori del finestrino a trenta metri al secondo.

La sua memoria rievocò la notte in cui aveva visto per la prima volta l'auto abietta. Non aveva dubbi su quale sarebbe stato il suo destino se non si fosse mossa prima che lui la portasse fuori città.

«Ti piace la musica country, giusto?», le chiese, toccandole la gamba. Senza aspettare una risposta più decisa del suo sorriso forzato, si sintonizzò su WSM-FM e alzò il volume. Martina McBride cantava una canzone sentimentale cha parlava della gioia di sentirsi sicuri fra le braccia dell'amore.

Kasey rifletté per un momento sull'ironia delle parole, ma poi i suoi pensieri tornarono all'autostrada che scorreva veloce fuori dal finestrino.

«Sei sicura di stare bene?», chiese Jordan per la seconda volta. «Sei così distante da quando siamo partiti. Ho detto qualcosa che non va?». Le batté affettuosamente sulla coscia.

Kasey esitò. «Perché hai portato la pistola oggi? Finora non l'avevi mai quando eri con me». Pregò che la domanda non lo allarmasse.

«Porto sempre la pistola. Fa parte del mio lavoro, rammenti?»

«Non l'avevi domenica sera, o ieri sera».

«L'avevo lasciata in macchina quando sono salito da te, tutto qui. La porto sempre con me quando sono fuori. Conosci il vecchio detto: è meglio avere una pistola e non averne bisogno...».

Kasey annuì in silenzio, infischiandosene dei vecchi detti.

«Ehi, senti, se ti rende nervosa, non la porterò mentre siamo in macchina». Allungò una mano sul fianco e sfilò rapidamente dalla cintura la Smith & Wesson automatica blu acciaio, porgendogliela col calcio avanti. «Tieni, mettila nel cassetto del cruscotto».

Kasey prese deliberatamente la pistola con la mano destra, stringendo l'impugnatura fra le dita. Era molto più pesante di quanto si aspettasse. Emanava un senso di minaccia, di potere inebriante. Sfiorò il grilletto con l'indice e la sua mente fu inondata di possibilità inconcepibili fino a pochi secondi prima. Per un lungo momento sedette con la pistola stretta in mano, fissandola come se fosse viva.

Jordan notò la sua esitazione e spinse la canna via dal suo corpo, verso il cruscotto. «Quell'arnese è carico, sai. Non vorrei proprio che sparasse accidentalmente, fa un buco del diavolo». Kasey continuò a tenerla stretta. «Credevo che le armi non ti piacessero».

«Infatti non mi piacciono», disse, appoggiandola mollemente contro la gamba. Non riusciva a immaginare per quale motivo le avesse porto un'arma carica.

"Non sa che io so", si rese conto. "È così: questo stupido bastardo non ha ancora capito che l'ho scoperto".

Emise un profondo sospiro e chiuse l'arma nel cassetto portaguanti.

"Forse ho una possibilità, dopo tutto".

Piccole stalattiti di luce mattutina sembravano aderire alle pareti e al soffitto a mano a mano che il sole di maggio penetrava a forza attraverso le lamiere arrugginite del tetto. Da quasi un'ora Joeyboy giaceva lì, sicuro di essere moribondo, o già morto. La testa gli doleva più ancora del braccio destro, sebbene fosse un dolore diverso da qualsiasi altro che poteva ricordare. La stanza continuava a girare da quando aveva riaperto gli occhi. Non sembrava importante.

La stanza tornò buia.

Quando riprese i sensi, i raggi di luce erano scesi lungo il muro. La stanza girava meno e il dolore era diminuito fino a un livello tollerabile. Tentò di mettersi seduto, ma un'ondata di nausea lo costrinse a stendersi di nuovo sul pavimento di cemento sporco di grasso. Giacque immobile, guardando le formazioni allungarsi sulla parete.

Dopo parecchi minuti, un nuovo accesso di dolore lancinante gli esplose nel vuoto del cervello, rammentandogli che era ancora nel mondo dei vivi e che c'erano dei conti da saldare. Si alzò faticosamente in piedi e si trascinò nel bagno lurido in fondo al capannone. Con la mano valida pulì lo specchio. Scoprì con sorpresa che la pallottola che lo aveva colpito al capo e che pensava gli avesse portato via quasi tutto il lato destro del cranio, in realtà aveva lasciato una semplice escoriazione sulla tempia destra. Era stato ridotto peggio nelle risse di osteria e aveva scopato la sera stessa. Sorrise al suo riflesso lurido, chiedendosi se l'uomo che gli aveva sparato se l'era cavata altrettanto bene.

Si dedicò al fastidioso compito di rimettersi in condizioni di andarsene e d'iniziare la caccia ai responsabili del suo attuale stato senza attirare l'attenzione. Gettò gli indumenti bagnati nell'angolo e afferrò i jeans e la camicia di tela che aveva lasciato nell'officina qualche giorno prima. Aveva anche un paio di calzini asciutti di ricambio, ma avrebbe dovuto rimettersi gli stivali umidi e infangati.

Quando emerse dal capannone, fu insieme sorpreso e compiaciuto della fortuna che giaceva, letteralmente, ai suoi piedi.

Per quasi mezz'ora la Jaguar filò sull'autostrada alla velocità costante di 70 miglia l'ora, mentre Kasey stava seduta in silenzio, progettando la sua fuga e fingendo di ascoltare la musica che la circondava senza fare presa.

Ad un tratto Jordan schiacciò il pedale del freno. La pesante berlina si fermò di botto, stridendo. A Kasey balzò il cuore in gola. Un autotreno, cinquecento metri avanti a loro, stava scagliando in aria pezzi di gomma rinforzata d'acciaio mentre uno dei suoi massicci pneumatici cominciava a disintegrarsi dopo essere scoppiato. I pezzi, alcuni grandi come un pallone da football, volavano contro le calandre e i parabrezza dei veicoli immediatamente dietro l'autotreno.

La Jaguar, le quattro auto che la precedevano e il semirimorchio si fermarono stridendo e fumando. La macchina di Jordan era bloccata da una station wagon che si era messa di traverso su entrambe le corsie dirette a ovest. Una donna, scossa e stordita, sedeva ammutolita al volante.

Jordan aprì il suo sportello e mise un piede sul selciato e l'altro sul bordo dello sportello, cercando di capire se la guidatrice della station wagon fosse ferita.

Kasey non aspettava altro.

Afferrò la pistola dal cassetto portaguanti, spalancò il suo sportello e attraversò di corsa la corsia di destra, scavalcò la recinzione e un po' scivolò, un po' ruzzolò lungo il pendio erboso che si stendeva al di là. Dopo pochi secondi era scomparsa nel boschetto di pini a nord.

Jordan la chiamò gridando. Non riusciva a crederci. Portò la Jaguar fuori dalla carreggiata, nell'ampia aiola spartitraffico. L'uomo dietro di lui suonò più volte il clacson a quella manovra inattesa. «Vaffanculo!», gridò Jordan mentre si precipitava attraverso le corsie gemelle di cemento bianco e balzava oltre la recinzione. Atterrò sull'erba viscida più velocemente di quanto si aspettasse e cominciò a scivolare lungo il pendio senza potersi fermare. Arrivato in fondo, giacque carponi come un animale ferito, con la spalla destra e il petto che gli bruciavano terribilmente. «Maledizione!», urlò.

Kasey corse all'impazzata, sfrecciando in mezzo agli alberi e schivando frasche e rami caduti come una creatura della foresta. Avrebbe voluto voltarsi a guardare, ma non si fermava mai abbastanza a lungo, timorosa di quello che poteva vedere, timorosa che lui la seguisse da presso. Lo udiva chiamare il suo nome e la voce le gelava le ossa. Non vide neppure di sfuggita il ramo che la colpì sulla fronte, subito sopra il sopracciglio sinistro, scaraventandola in terra, stordita e dolorante.

Giacque in stato di shock, l'occhio sinistro coperto di sangue denso e caldo. Quando cominciò a riprendere lentamente i sensi, si strofinò l'occhio insanguinato con il palmo della mano. Un'ondata di nausea l'assalì non appena toccò la lacerazione. Avrebbe voluto restare distesa lì a piangere, ma udì di nuovo il suo nome, più vicino questa volta, e capì di aver già perso tempo prezioso. Si girò sul fianco, poi si mise in ginocchio e si costrinse ad alzarsi. Le girò tutto intorno. «Oh, Dio! Da che parte!?», pianse. Quasi folle di terrore, scelse la direzione che sembrava opposta alla voce e si allontanò barcollando più in fretta che poté. Nella sua mente, si vedeva distesa in una fossa poco profonda, il petto e l'addome schiacciati dal maniaco che la inseguiva da presso.

Si costrinse a proseguire mentre il sangue le sgorgava sull'occhio sinistro e sul viso, colava nell'angolo della bocca e gocciolava dal mento. Tre o quattro volte dovette fermarsi ad asciugarlo con la manica della camicetta per poter vedere davanti a sé. Aveva le gambe molli e i polmoni le bruciavano. Divenne più impacciata ad ogni passo e sbatté due volte contro un ramo quando aveva la vista troppo confusa per vederlo.

Poi, senza preavviso, il terreno dinanzi a lei semplicemente scomparve. Fin dove poteva spingere lo sguardo, di fronte e ai due lati, il terreno piatto all'interno della foresta lasciava il posto a uno strapiombo che scendeva a picco per un centinaio di metri fino al fondo valle. Le pareti erano troppo ripide per consentire una discesa sicura, qualsiasi discesa. Cadde in ginocchio e si sporse sull'orlo dell'abisso, pregando di scorgere una via per arrivare in fondo. «Aiutami!», gridò, asciugandosi di nuovo il sangue sul viso. «Ti prego, aiutami!».

Fu allora che si accorse di non aver più la pistola.

Jordan urlò quando la scorse inginocchiata al limitare del bosco.

Kasey si girò di scatto al suono della sua voce, i piedi penzolanti pericolosamente sull'orlo dello strapiombo. La terra morbida cedette leggermente sotto le sue ginocchia, facendo cadere nel vuoto piccole zolle bruno-rossastre. «Non ti avvicinare o mi butto, lo giuro su Dio! Non mi lascerò seppellire come hai sepolto Donna Stanton!».

Jordan si fermò a parecchi metri da dove si trovava lei, paralizzato dalle sue parole folli. Mise le palme aperte di fronte a sé, dita alzate, braccia tese. «Non farò un altro passo verso di te, lo prometto. Resterò qui dove sono e parleremo, ok? Parleremo soltanto». Studiò la sua pericolosa posizione e si rese conto che qualsiasi movimento brusco l'avrebbe fatta precipitare. «Perché non ti allontani un po' dall'orlo, Kasey? Io mi tirerò indietro e ti lascerò un po' più di spazio».

«Non mi muovo! Se cado... allora... così sia. Preferisco che mi trovino in fondo a questo precipizio piuttosto che essere sepolta da te». Non gli staccò mai gli occhi di dosso. Anche quando si asciugò il sangue che le colava sulla guancia, tenne lo sguardo fisso sul suo viso.

«Maledizione, Kasey, che cosa succede?». Abbassò le braccia e cercò di rilassarsi. Il petto gli bruciava, le costole rotte gli penetravano nei polmoni.

«Oh, così va bene, Jordan! Continua a mentire il più a lungo possibile, giusto? Perché non facciamo di nuovo l'amore, così dopo mi puoi ammazzare come quel maniaco del tuo amichetto, Joeyboy!?».

Jordan fece un lungo respiro ed espirò penosamente. «Kasey, non so di che cosa diavolo stai parlando. Come puoi pensare che io tenti di farti del male?»

«Smettila, Jordan! Smettila, ti prego», pianse. «Ti ho visto! Ti ho visto quella notte. Guidavi l'altra macchina!».

Jordan s'inginocchiò lentamente, attento a non avvicinarsi a lei. Tuttavia, il suo movimento la fece ritrarre. Lui tentò di assicurarle con le mani aperte che non si sarebbe avvicinato di più. Quando si fu inginocchiato, si sedette sui calcagni.

Aveva condotto la sua buona dose di trattative con i criminali e sapeva che questa volta doveva dare il meglio di sé. Appoggiò le mani sulle cosce, bene in vista. «Kasey, cerca di fingere per un momento che io non sappia di che cosa stai parlando. Dimmi la tua versione dei fatti. Non ci crederai, ma ti potresti sbagliare. Non rischi nulla a dirmi come sei arrivata a credere queste cose. Farai almeno questo?».

Kasey non si era mossa dalla sua posizione carponi sull'orlo del precipizio. Ogni muscolo del suo corpo gridava pietà e l'occhio e la fronte bruciavano come se qualcuno vi premesse contro un carbone ardente. Era troppo stanca per tentare ancora di salvarsi la vita. Era esausta, pronta per la fine di tutto. Si asciugò l'occhio velato e si mise in ginocchio. Di nuovo, altra terra sotto di lei si staccò dalla parete a picco.

Kasey non capiva il gioco: rabbonire l'uomo di fronte a lei che pure fingeva di non sapere nulla. Lo guardò e tentò di vedere l'uomo con cui aveva fatto l'amore la sera prima. Inutile. Aveva troppa paura.

«Ti prego, Kasey», ripeté lui. «Parlami».

«Sai i tuoi compagnucci, Pete e Re-Pete?», cominciò. «Non sono stupidi come sembrano. Non credono che io sia una sensitiva, vero?».

Jordan scrollò le spalle. «All'inizio non erano convinti. Credo che ora lo siano».

«Allora sono stupidi come sembrano», rise istericamente.

Jordan apparve profondamente sconcertato.

«Vuoi sapere che brava sensitiva sono, Jordan? Sono la migliore che ci sia! Posso descrivere ogni secondo degli ultimi momenti di vita di Donna Stanton. Conosco ogni sillaba che Joeyboy le ha detto. Posso dirti che porco è stato quando l'ha costretta a fare l'amore con lui prima di ammazzarla. Posso dirti che espressione avevano i suoi occhi quando hanno incontrato i miei, mentre stavo nascosta nell'erba come una maledetta vigliacca a dieci metri di distanza. Posso dirti tutto.... perché ero lì quella notte!».

La sua rabbia crebbe e raddrizzò le spalle con aria di sfida. «E posso dirti anche che ti ho visto andare via in macchina dal frutteto, pochi metri dietro il camioncino di Joeyboy... andare via nella tua Jaguar nera con le sue ruote a raggi dorati!».

Jordan fissò un momento il cielo scuotendo la testa prima di parlare. «Allora, per questo sapevi tante cose», bisbigliò con un sorriso ammirato. «Figlia di puttana». Scoppiò a ridere, poi tornò serio. «Se eri effettivamente lì, Kasey, non puoi avermi visto».

«Ti ho visto, sporco bugiardo!».

«È impossibile, Kasey. L'omicidio è avvenuto un lunedì sera, giusto? Il 22 aprile».

Kasey annuì.

«A che ora?», le chiese.

«Sette e un quarto... forse sette e mezza».

«Lunedì sera, 22 aprile, ero a Washington, D.C., a una conferenza sulla determinazione del DNA. Ci sono almeno una dozzina di agenti dell'FBI che saranno lieti di confermartelo, se vorrai chiamarli al telefono. Ma la parte che riguarda la macchina mi lascia perplesso. Se sei sicura che aveva le ruote dorate, allora qualcun altro guidava la mia auto quella sera».

«Sono sicura», disse lei in tono rigido. «Non dimenticherò mai nessun particolare di quella sera». Kasey cambiò posizione, allontanandosi leggermente dall'orlo. Era stupefatta che Jordan avesse semplicemente fornito il suo alibi aspettandosi di essere creduto, come se gli ultimi venti minuti non fossero mai esistiti. «Jordan!», esclamò adirata.

Lui alzò lo sguardo.

«Ti aspetti che io creda che eri a Washington semplicemente perché me lo hai detto tu?». Kasey stava ancora tremando, la testa le martellava, le sue emozioni erano al limite di rottura.

«Certo», rispose semplicemente. «Perché dovrei mentirti a quel riguardo?».

Le cadde il mento. «Perché eri implicato nell'omicidio di Donna Stanton, ecco perché! E ora vuoi uccidere me».

«È questo che credi, che ti voglio uccidere?»

«Ho visto la tua macchina. È tua. Eri lì quella sera. È tutto quello che so».

Jordan si alzò in piedi, tenendosi il petto. «Se ti volessi morta, Kasey, mi basterebbe fare un passo verso di te. Sarebbe facilissimo. Nessun testimone. Niente che mi colleghi alla tua morte. Potrei andarmene via tranquillo».

Lei lo fissò attentamente negli occhi, la mente confusa, intontita.

«Ora torno a Nashville. Devo risolvere questo enigma una volta per tutte prima che muoia qualcun altro. Puoi venire con me o restare qui. In entrambi i casi, non sono una minaccia per te. Qualunque cosa tu decida, devi farti medicare quell'occhio». Allungò una mano dietro la schiena ed estrasse la pistola dalla cintura dei jeans e gliela lanciò ai ginocchi mentre si girava per andarsene. «Ti è caduta questa. È la seconda volta che ti do la mia pistola».

Kasey lo seguì con lo sguardo mentre s'incamminava fra gli alberi. Afferrò la pistola e tirò indietro l'otturatore. Lo aveva visto fare al suo ex marito con l'automatica che possedeva prima di doverla impegnare. Un proiettile da 9 mm a punta cava schizzò fuori e un altro prese il suo posto. La pistola era carica. «Jordan!», gli gridò dietro.

Lui si fermò a qualche metro di distanza e si girò verso di lei. Corse da lui e gli gettò le braccia intorno alla vita. Sebbene gli facesse ancora male essere abbracciato, era troppo contento per preoccuparsene. «Sono proprio una stupida», esclamò. «Avrei dovuto sapere che non potevi farmi del male».

Jordan le sollevò il mento ed esaminò il sopracciglio ferito. Prese un fazzoletto di cotone piegato dalla tasca posteriore e lo premette sulla lacerazione. Toccò a lei fare una smorfia di dolore. «Scusa», le disse con simpatia. «Devi tenere questo premuto sul taglio. Aiuterà a fermare il sangue».

Kasey annuì e gli restituì la pistola. «Ti ho detto che le armi non mi piacciono».

Impiegarono molto più tempo per tornare alla macchina di quanto ne avessero impiegato per arrivare allo strapiombo, sebbene il tragitto all'inverso fosse molto meno estenuante e penoso. Quando furono di nuovo in autostrada diretti a Nashville, erano quasi le dieci.

«Come va l'occhio?», le chiese spingendo il tachimetro oltre le ottanta miglia.

Kasey si guardò nello specchietto retrovisore per la prima volta. Il lato destro del viso era striato di sangue coagulato. Piccoli grumi di sangue rosso scuro erano attaccati ai capelli accanto all'orecchio. Esaminò attentamente il taglio che correva parallelo all'occhio sinistro, subito sopra il sopracciglio. Era lungo un paio di centimetri e probabilmente avrebbe avuto bisogno di parecchi punti. Per il momento, era una larga linea nera e secca, nello stesso punto dove si era ferita la sera della morte di Donna. «Sembra che abbia smesso di sanguinare», rispose. Inumidì il fazzoletto con la saliva e si pulì alla meglio la guancia e la fronte.

«Vuoi dirmi perché eri nel frutteto quella sera?», le chiese.

«Avevo guai con la macchina».

«Che cosa diavolo ci facevi in mezzo alla campagna in Maury County?»

«Stavo facendo solo un giro in macchina, cercando di fuggire dai miei problemi. Invece, mi sono cacciata in guai peggiori». Si adagiò nel morbido sedile di pelle e tentò di rilassarsi.

«Quindi hai effettivamente assistito a tutta la scena?».

Kasey annuì.

«La Mueller lo sa?»

«Tu sei l'unico a saperlo».

«È successo esattamente come hai detto?»

«Sì, esattamente! Non mentirei su una cosa del genere».

Jordan distolse gli occhi dalla strada per un secondo. «Dov'eri mentre succedeva tutto questo, Kasey? Come mai Griffin non ti vide?»

«Ero nascosta in mezzo all'erba alta vicino al recinto. Non sapeva che fossi lì». Kasey rivide la scena e le s'incrinò la voce. «Ma lei mi vide».

«Che vuoi dire?»

«Ci guardammo negli occhi prima che lui la uccidesse».

«Perché non gridò, non chiese aiuto?»

«Immagino sapesse che lui ci avrebbe uccise entrambe.

Sulle prime, pensavo che volesse dirmi di andare a cercare aiuto, ma... ora... non lo so».

«Credi che sapesse che stava per morire?», chiese Jordan.

«Lui non l'avrebbe lasciata in vita dopo che gli aveva detto quello che gli interessava. Lei lo sapeva».

«Gli aveva detto? Detto che cosa, Kasey?».

Kasey chiuse gli occhi e cercò di rammentare le parole esatte. «All'inizio, quando potei captare la loro conversazione, litigavano per qualcosa che lei aveva nascosto, qualcosa che lui era stato mandato a prendere».

«I nastri», disse Jordan. «Sei sicura che lui dicesse che era stato "mandato"?».

Lei rifletté attentamente. «Sì. Diceva che gli avevano ordinato di non tornare senza».

«Questo significa che lavorava per qualcun altro. Lei che cosa gli disse?»

«Disse che aveva nascosto quello che lui cercava sotto il lavabo nel bagno del suo appartamento».

«Vuoi dire in casa sua, giusto?»

«No, ricordo che disse appartamento perché mi parve strano al momento che una come lei abitasse in un appartamento anziché in una casa. Sembrava il tipo di donna che ha un marito e una grande casa con...».

«Dannazione!», urlò lui, facendola sobbalzare. «Abbiamo trovato gli altri nastri che aveva registrato e il diario scritto di suo pugno nascosti nella sua stanza da letto a Belle Meade, non nel suo appartamento in centro. Se gli altri erano lì, significa che li aveva portati con sé!».

«Forse li aveva nascosti dopo essere andata via da casa».

«Lo escludo. Erano troppo preziosi. Doveva averli tenuti sempre con sé».

«Non è possibile. Lui frugò nella sua borsetta. La fece spogliare. Non avrebbe potuto nascondere nemmeno un fiammifero».

«Ma hai detto che sei arrivata lì dopo che loro avevano incominciato a litigare, giusto? Si sarebbe potuta liberare dei nastri prima che lui la perquisisse».

«Come?»

«Non lo so. È quello che sto cercando d'immaginare. Lei deve aver trovato un modo d'impedire a Griffin di metterci le mani sopra».

Kasey cercò di disporre le azioni e le parole nel giusto ordine di successione e per farlo dovette rievocare particolari che si era tanto sforzata di bandire e dimenticare. «Immagino che avrebbe potuto liberarsene. So che lui se ne andò senza».

«Pensa, Kasey. Hai detto che lei ti guardò negli occhi. Fece nient'altro?». Osservò la sua espressione.

«Tentò di mandarmi a chiedere aiuto, te l'ho detto. Voglio dire, allora ebbi quell'impressione».

«Come! Che cosa fece... esattamente!».

Kasey chiuse gli occhi e ritornò a quel preciso momento: «Quando Joeyboy le voltò la schiena, mentre lei stava inginocchiata nell'erba, mi fece un cenno col capo. Credevo che... oh, Dio! Jordan, è così, vero!? Non voleva mandarmi a cercare aiuto. Mi stava dicendo dove aveva nascosto i nastri. Sapeva che stava per morire e voleva che qualcuno sapesse perché». Ora Kasey sedeva eretta nel sedile e guardava Jordan. Gli afferrò il braccio. «Dobbiamo tornare nel frutteto, Jordan!».

Lui assentì. «Sei stata bravissima, Kasey. Non so chi siano, ma c'è un sacco di gente che cerca quei nastri». Le accarezzò la guancia sinistra e le strofinò dolcemente le labbra con il pollice. «Andremo nel frutteto, ma prima dobbiamo fare una sosta».

«Una sosta?», chiese lei. «Perché?»

«Devo sapere chi era con Griffin quella notte... chi guidava la mia macchina».

«Come farai a scoprirlo?», gli chiese.

Lui ridacchiò. «Sono un detective, ricorda».

Capitolo trentesimo

Jordan entrò nel deposito delle auto sequestrate dalla polizia all'11 di Russell Street. Fermò la macchina a sinistra della porta della doppia roulotte che fungeva da ufficio, senza spegnere il motore. «Aspetta qui», disse, allungando la mano sulla maniglia. «Ci vorrà solo un minuto». L'agente che aveva avvertito in precedenza era già nell'ufficio.

«Perché siamo venuti qui, Jordan?», chiese Kasey, stupita dallo strano ambiente circostante. Tutto intorno a loro e a perdita d'occhio c'erano veicoli di ogni genere e in ogni condizione possibile e immaginabile.

Lui richiuse lo sportello. «Ho comprato questa macchina dalla Metro la settimana scorsa. Era stata confiscata in un'operazione antidroga...».

«Cioè a dire?»

«Apparteneva a uno spacciatore che abbiamo arrestato. Secondo la legge federale sul sequestro, il bene diventa proprietà dell'agenzia che ha effettuato l'arresto, la quale può disporne come vuole. Ho sempre desiderato una di queste auto, così l'ho comprata a una finta asta, sabato 20. Non è giusto, immagino, ma essere il capo ha i suoi vantaggi». Lei sorrise della sua piccola confessione. Non era in condizione di dare lezioni di etica a nessuno. «Comunque, non ne ho preso possesso materialmente fino a mercoledì, 24 aprile, il giorno che tornai da Washington. Qualcun altro doveva guidarla quando la vedesti nel frutteto. Consultando il registro, troveremo il nome e sapremo chi è quel bastardo».

L'anonima Chevy bianca divorava senza sforzo i chilometri in direzione di Nashville; i nuovi pneumatici radiali sibilavano ritmicamente sul selciato. Al volante, Joeyboy, sporco e con la barba lunga, sembrava la morte incarnata. Viceversa, il passeggero, se non fosse stato per la larga striscia di nastro isolante grigio che gli copriva la bocca e l'espressione tormentata e impaurita del viso, sarebbe apparso perfettamente a proprio agio. Dopo tutto, era la sua macchina o almeno quella che gli veniva normalmente assegnata durante il suo turno di servizio.

Brad Stark lottò con le manette che gli stringevano dolorosamente i polsi dietro la schiena, ma sapeva che i suoi sforzi erano inutili. Sebbene la pallottola di Joeyboy fosse ancora conficcata nella sua spalla destra, non aveva perso molto sangue e forza, ma non sarebbe riuscito ugualmente a liberarsi dalle manette di acciaio inossidabile.

Joeyboy notò l'inutile lotta. Sterzò bruscamente, mandando a sbattere il detective contro lo sportello. «Ehi, Brad, amico... rilassati. Ricomincerai a sanguinare e non voglio che tu muoia ora, subito. Andiamo a trovare una famosa celebrità, la signora Kasey Riteman. Poi, dopo che ti avrò fatto saltare le cervella di fronte a lei – l'ho già fatto e credo che le piaccia molto – la trascinerò nel posto dove ho fatto fuori Donna Stanton e le sparerò al fegato. Impiegherà quindici minuti a morire e la scoperò durante tutto il tempo. Se avrò fortuna, potrò venire proprio mentre lei se ne starà andando. Allora, non ti vorrai mica perdere un pomeriggio così?».

Stark pensò di aprirsi la via della libertà a calci, ma la cintura ben stretta sui fianchi e sul petto lo immobilizzava. Si maledisse per non aver ucciso Joeyboy appena entrato nel vecchio capannone. Se fosse riuscito a liberarsi, non avrebbe rifatto lo stesso sbaglio.

Il cicaleccio della radio della polizia attirò l'attenzione di Joeyboy: Jordan Taylor aveva appena ordinato al centralino d'inviare un agente al deposito della polizia in Russell Street con le chiavi dell'ufficio, dato che il deposito era normalmente chiuso il martedì.

«Hai sentito, Brad, vecchio mio? Ci ha appena detto dove sta andando ed è appena a un isolato di distanza da qui. Molto gentile da parte sua, non ti pare?». Joeyboy voltò bruscamente a sinistra in Union Street. Tre minuti dopo, parcheggiò l'auto di Stark dietro un rimorchio in un deposito di fronte a quello della polizia, nascosto alla vista ma con una chiara visuale del parcheggio di fronte al piccolo ufficio. «Ora non ci resta che attendere». Innestò il silenziatore sulla canna della piccola automatica. «Vedi com'è facile ammazzare qualcuno, Brad? Se avessi imparato in prigione, invece che in quella stupida scuola di polizia, ora sarei morto e tu guideresti la tua macchina». Guardò Stark con aria divertita. «Vuoi una matita? Dovresti prendere appunti».

Kasey stava esaminando il taglio sopra l'occhio nello specchio retrovisore quando Jordan uscì dalla porta dov'era entrato appena due minuti prima. Si sedette al posto di guida senza una parola, ingranò la marcia e uscì a tutta velocità dal deposito. Poco dopo filavano a ovest lungo Union Street, verso il raccordo fra la I-40 e la 65 South. La loro destinazione era a meno di quarantacinque minuti di strada.

«Figlio di puttana!», urlò in un miscuglio di collera e di eccitazione.

«Chi è?», chiese lei in fretta. «Chi aveva preso la tua macchina?».

Jordan imboccò la rampa di accesso con una brusca voltata e accelerò per superare un camion che non mostrava alcuna intenzione di correre. Spense la radio. «Warren Slade».

Kasey riconobbe il nome dell'uomo che i media abitualmente indicavano come il vero governatore dello Stato. La sua reputazione lasciava pochi dubbi sulla sua natura spietata, o sulla vastità delle sue conoscenze. «Siamo fregati, vero, Jordan?».

Lui guardò dritto davanti a sé. «No, amore mio. Se hai ragione riguardo ai nastri, è Slade che sta per essere fregato».

Mentre facevano progetti per il resto del pomeriggio, nessuno dei due notò l'auto civetta che s'infilò dietro di loro, a una certa distanza. Non c'era bisogno di stare attaccati alla Jaguar, Joeyboy sapeva dov'era diretta.

Sorrise alla fortuna che stava per consegnare Stark, Jordan, Kasey e i nastri nelle sue mani tese. Giacano lo avrebbe ben ricompensato. Forse si sarebbe persino rifatto di tutto quello che aveva perduto.

Dall'ultima volta che Kasey l'aveva vista lunedì mattina, l'insegna di legno stinto sul cancello del frutteto si era staccata da una parte. Parzialmente liberata dai suoi legami, opera dell'uomo, adesso poteva oscillare e volteggiare dolcemente al muto canto di una brezza leggera e il sommesso cigolio della catena conferiva al frutteto un che di spettrale, il suono ora più simile a un avvertimento che ad un invito.

Jordan fermò la Jaguar al cancello sotto l'insegna, aprì il baule e prese la falciatrice a benzina che avevano noleggiato al Ken's Lawn and Garden a Columbia prima di percorrere i restanti chilometri fino al frutteto.

La coppia andò nel punto lungo il recinto dove Kasey si era nascosta quella notte. Stando accanto al reticolato, Kasey studiò l'allineamento degli ultimi due meli per un momento. Poi si voltò indietro a guardare l'erba alta al di là del filo spinato. Il cespuglio più vicino le sembrava diverso alla luce del giorno, ma era sicura che fosse quello giusto. «Qui, credo», disse. «Ero accanto a quel cespuglio quando accadde».

Jordan considerò la breve distanza fra gli alberi e il recinto. «Sei fortunata. Meno male che non hai cercato di fare l'eroina. Bastava il minimo suono e quella sera Griffin avrebbe sepolto due donne invece di una e non avremmo mai avuto idea di quello che era successo a entrambe».

Nel tentativo di giustificare la sua vigliaccheria e paura, Kasey si era ripetuta quelle esatte parole per quattordici giorni. La sua unica redenzione: non avrebbe potuto fare nulla. Fece un cenno di assenso e di gratitudine col capo.

«Sei in grado di dire dove indicava la Stanton?», le chiese.

«Non indicava esattamente. Annuiva col capo. Credo che intendesse laggiù». Kasy puntò un dito verso la folta sterpaglia alla loro sinistra.

«Cominciamo da lì, allora», disse lui in tono deciso. Gettò

la giacca a vento sul recinto e indossò i guanti da lavoro di cotone spesso che gli aveva prestato l'uomo del centro di giardinaggio. La falciatrice partì al secondo strattone, mettendosi in moto con un ronzio rabbioso.

Jordan la fece andare lungo il recinto per un minuto, tagliando l'erba che nascondeva i fili spinati. Mise il piede sul secondo filo e sollevò quello più alto con la mano guantata. Kasey sgusciò attraverso l'apertura, poi fece lo stesso per lui. Ormai era mezzogiorno passato e il sole estivo bruciava senza pietà. Dopo pochi minuti, erano entrambi fradici di sudore.

Mentre Jordan tagliava l'erba alta, Kasey la raccoglieva e la gettava oltre il recinto. Ogni pochi minuti, si mettevano entrambi carponi e setacciavano il tratto appena ripulito dalle erbacce. Ripulirono un'area di tre metri per cinque senza trovare nulla.

«Sei sicura che sia il posto giusto?», le chiese, frustrato.

Kasey studiò la loro posizione relativamente a dove stava inginocchiata Donna quella sera. «Sono sicura che ero qui quella sera, ma lei potrebbe aver indicato un punto qualsiasi lungo il recinto». Kasey era altrettanto frustrata.

«Tieni questa, per favore», disse Jordan, porgendole di nuovo la sua pistola. Si sfilò la camicia fradicia di sudore e si asciugò il viso. Con l'unico pezzetto di stoffa ancora relativamente asciutto, asciugò il viso di Kasey, evitando con cura la zona intorno al sopracciglio ferito. La baciò dolcemente sulle labbra. «Sai di sale».

«Anche tu. Però mi piace. Fallo di nuovo». Gli tolse di mano la camicia.

Questa volta Jordan la baciò con passione, attirandola contro il suo corpo malconcio. Quando fissò il suo bel viso, fece un largo sorriso. «Sei l'unica donna che ho mai conosciuto capace di rendermi completamente felice».

Kasey chinò il capo. Pensò alla mattina. «Sono spiacente di non aver avuto fiducia in te», mormorò. «Sono spiacente di averti mentito sulla mia presenza qui. Ero così spaventata...».

Le mise un dito sulle labbra. «Avrei fatto lo stesso. Hai passato momenti terribili e cerchi ancora di fare la cosa giusta.

Ci vuole fegato, Kasey, più di quanto ne abbia la maggioranza della gente». Le strizzò l'occhio. «Non preoccuparti, il tuo segreto è al sicuro con me. Non dirò mai ad anima viva che non sei la sensitiva più straordinaria del mondo. Ora, troviamo questi dannati nastri e finiamola con questa storia una volta per tutte».

Kasey fece per posare la pistola sull'erba, ma decise che era meglio metterla in cima a uno dei pali del recinto. La coprì con la camicia di Jordan e tornò al suo lavoro.

Continuarono a tagliare l'erba, raccoglierla e setacciare il terreno fino ad un'estensione doppia di quella originaria. Una dozzina di volte Jordan dovette ripulire le lame della falciatrice troppo impastoiate per funzionare. Era un lavoro lento, spossante. Dopo un'ora di dura fatica, i loro sforzi avevano fruttato soltanto vesciche e cavallette.

«Questa è pura follia!», sbottò Kasey. «Qui non c'è niente! Non tentava di dirmi nulla, maledizione!». Si accasciò a terra sconfortata.

«Forse non abbiamo cercato abbastanza lontano dal recinto», disse Jordan, sempre l'ultimo a mollare. «Procediamo di qualche altro metro in quella direzione». Indicò l'area a nord del recinto.

«Perché?», gemette. «A che scopo?»

«Perché è l'unica pista che abbiamo. Prima mi hai chiesto se eravamo fregati. Se non troviamo i nastri, lo saremo. L'unico modo di mettere in galera quei bastardi e di garantire la tua incolumità è trovare quello che cercano prima di loro. Ora, rimettiamoci al lavoro, così dopo possiamo fare una doccia e divertirci un po'».

«Come puoi pensare a fare l'amore in un momento come questo?»

«Non posso starti accanto e non pensare a fare l'amore». Si chinò a baciarla di nuovo.

«Continuo a credere che sia una perdita di tempo», borbottò lei mentre lui rimetteva in moto la falciatrice. Il ronzio la stava facendo impazzire.

Mentre Jordan cominciava a falciare l'erba in un altro pezzo di terreno, più lontano dal recinto, Kasey si alzò lentamente e riprese il noioso procedimento di gettare l'erba tagliata oltre il filo spinato e poi frugare fra le stoppie. Mentre strisciava carponi, la fronte grondante di sudore, le ginocchia e le palme scorticate dai tronconi taglienti, la sua mano sinistra si posò su una cosa liscia e dura. Lei scavò tutto intorno, spazzando via la polvere granulosa e i residui di foglie che coprivano il terreno. Lì, a meno di dieci metri dal suo nascondiglio, scoprì una piccola scatola d'argento. «Jordan!», gridò tutta eccitata.

Jordan fermò la falciatrice e accorse, inginocchiandosi davanti a lei. Scorse l'oggetto lucente che lei aveva disseppellito. Era una scatola portasigarette d'argento con le iniziali DLS.

«Donna Louise Stanton», disse in tono reverente mentre lei la raccoglieva da terra. Fissò in viso Kasey e incontrò il suo sguardo.

«Ho paura di aprirla», disse.

«Avanti», la incoraggiò. «Aprila».

Kasey provò ad aprirla con delicatezza ma la scatola resisté. Esercitò un po' di forza e la scatola si divise a metà; ne uscì un involtino di carta fermato con un elastico. Si guardarono di nuovo negli occhi. Lei posò a terra le due metà della scatola e prese l'involtino. Tolse con cautela l'elastico e spiegò la carta. Dentro c'erano quattro pagine di un diario e altrettante microcassette, ognuna contrassegnata con una data. Kasey depose i nastri nelle mani di Jordan e si mise a leggere le pagine, iniziando da quella con la data più vecchia. Lui le venne vicino e guardò sopra la sua spalla. Lessero in silenzio.

Arrivati all'ultima riga, Jordan prese i nastri e li involse di nuovo nella carta. Fermò il tutto con l'elastico, come prima, e rimise il pacchetto nella scatola, chiudendola bene. Rimasero in ginocchio, volgendo le spalle al recinto.

«È incredibile», disse lei debolmente.

«Ho sempre pensato che Slade fosse sporco, ma credevo che Williams fosse soltanto stupido e tronfio. Non mi sarei mai aspettato che lavorasse per la malavita. Ma non riesco a immaginare perché. Che cosa può volere quella gente dal governatore del Tennessee?»

«È semplice». La voce d'uomo proveniva dall'interno del frutteto. Jordan e Kasey si voltarono di scatto e s'immobilizzarono. Joeyboy stava lì con una faccia da morto vivente, la barba lunga di due giorni, i capelli biondi striati di marrone dopo il bagno nell'acqua fangosa del fiume, la mascella destra sporca di sangue coagulato. Nella mano sinistra stringeva una piccola automatica, che teneva premuta contro la tempia destra di Brad Stark. I polsi del detective erano chiusi nelle sue stesse manette e una larga striscia di nastro isolante gli copriva la bocca. Aveva un aspetto peggiore di quello del suo catturatore, la pelle di un pallore malsano per il sangue perduto. «È tutta questione di cupidigia», continuò Joeyboy. «Buddy Williams e la malavita stanno comprando o ricattando ogni legislatore contrario al gioco d'azzardo sui battelli fluviali in Tennessee. Una volta ottenuto qualche altro voto, Music City diventerà la Vegas del Sud. Splendido».

Ora Jordan capiva tutto. Guardò il suo detective. «Stai bene, Brad?»

«Questo sacco di merda?». Joeyboy rispose per lui, premendo con forza la punta della canna contro la tempia di Stark. Gli occhi spaventati dell'uomo rispecchiarono immediatamente il dolore.

«Lascialo stare», scattò Kasey.

«Non ho ancora incominciato con lui, tesoro», minacciò Joeyboy. Guardò freddamente Jordan. «Sai che cosa ha tentato di fare questo piccolo bastardo, Taylor? Ha tentato di uccidermi. Ha fatto finta di venire ad aiutarmi e poi mi ha sparato un paio di colpi. Con questa pistola! Ti pare possibile?». A Taylor pareva possibilissimo. «Dopo tutto quello che abbiamo passato insieme. Credevo che fossimo amici, io e questo piccolo tirapiedi di Giacano».

Le sue parole giunsero inattese. «Che cosa intendi dire, Griffin?», chiese Taylor con veemenza. Vedeva la sua camicia appoggiata sul palo del recinto a sinistra e sapeva che la sua pistola era lì sotto. Ma era troppo lontana per cercare di afferrarla.

«Sei un imbecille considerando il mestiere che fai, sai, Taylor? Il tuo ragazzo qui lavora anche per Chicago. Lo hanno mandato a coprirmi il culo dopo che mi hai sguinzagliato dietro la squadra della SWAT e hai fatto cilecca. Beh, indovina?». Joeyboy fece fuoco con la piccola automatica, sparando un colpo nell'orecchio destro di Brad Stark. Il detective era già morto prima che la sua testa finisse di rimbalzare per l'impatto. Il corpo inerte cadde grottescamente sul recinto, abbassando il filo spinato più alto fino a toccare quello sottostante. «Non sapeva che io sono nato fortunato. Nessuno mi ammazza. Nessuno!».

Malgrado lo scoppio da pistola giocattolo della .32 automatica col silenziatore, Kasey sobbalzò quando il proiettile penetrò nella testa di Brad Stark. Il suo corpo parve cadere al rallentatore verso il filo arrugginito, esattamente come Donna era caduta a terra quella terribile sera.

Jordan fece per andare verso Joeyboy, ma la pistola era già rivolta nella loro direzione prima che potesse fare due passi.

«Non fare l'eroe, sbirro», lo avvertì Joeyboy, l'arma ora puntata dritta in faccia a Kasey. «O la tua puttana si busca una pallottola in mezzo agli occhi mentre tu stai a guardare».

Jordan spinse Kasey un po' dietro di sé, sperando di proteggerla. «Lasciala fuori da questa storia, Griffin. È una faccenda fra te e me».

«Al contrario, stronzo, questa faccenda riguarda proprio la sensitiva, o meglio la testimone oculare, e me».

Kasey si sentì invadere da una calma innaturale. Le sembrò molto ironico morire nel luogo esatto dove era iniziata l'orrenda sequela di eventi. Si domandò se in realtà fosse morta quel lunedì sera e le settimane intermedie fossero state solo un lungo incubo. Si aggrappò al braccio destro di Jordan per sostegno, stringendolo con entrambi le mani, gli occhi fissi sulla pistola di Joeyboy.

Joeyboy tese la mano destra, palmo in su. «Ora voglio quei nastri».

«No!», urlò Kasey, stringendo di più il braccio di Jordan. «Se glieli dai, ci ucciderà».

«Vi ucciderò comunque tutti e due», rise lui. «Taylor lo sa. Lui e io abbiamo un vecchio conto da saldare, e tu, piccola signora... beh... diciamo che anche tu e io abbiamo una questione in sospeso. Potete darmi quei nastri oppure li prenderò da me dopo avervi ammazzati. Si tratta solo di stabilire se volete vivere altri cinque minuti o altri cinque secondi». Puntò alternativamente la canna della pistola sulla faccia dell'uno e dell'altra.

«Rispondi a una domanda prima di ammazzarci», disse Jordan, prendendo tempo. «Perché ti hanno ordinato di uccidere Donna?»

«Ehi, voglio esaudire il tuo ultimo desiderio. Sono un tipo generoso. La bella puttana si sarebbe dovuta limitare a fare pompini ai ricchi e famosi invece di tentare di rubare segreti commerciali. Ha commesso l'errore di registrare le conversazioni fra il vecchio e Williams mentre facevano i loro intrallazzi sul gioco d'azzardo. Il vecchio lo ha scoperto. Semplice».

«Giacano».

«Sì».

«Quindi Monroe non aveva niente a che fare con la morte della Stanton?»

«Quella testa di cazzo non potrebbe ordinare di far fuori nemmeno un cane zoppo. Vuole solo diventare governatore. Immagino che ora sia fottuto». Joeyboy era stanco di parlare. «I nastri, Taylor».

Jordan fece per andargli incontro con la scatola portasigarette.

«Oh, no, non tu, sbirro», lo ammonì Joeyboy. «Dalli alla tua puttana».

Kasey andò vicino a Jordan e prese il pacchettino. Sapeva che c'era una sola possibilità. Rigirò la scatola d'argento fra le dita e avanzò lentamente di qualche passo, fingendo di porgerla obbedientemente a Joeyboy. Quando fu a un metro e mezzo da lui e a metà strada dalla pistola di Jordan, lanciò la scatola di metallo come un frisbee in faccia a Griffin, correndo al tempo stesso verso il palo del recinto.

Griffin si piegò per schivare la scatola e sparò simultaneamente a Kasey, colpendola all'avambraccio sinistro e scaraventandola a terra roteando. Jordan aveva fatto contemporaneamente una mossa verso di lui, sperando di distogliere la sua attenzione da Kasey. Joeyboy puntò di scatto la pistola contro l'uomo che lo aveva mandato all'ergastolo. Sparò due volte, colpendo Jordan al petto con entrambi i proiettili. Jordan barcollò per un momento, uno sguardo incredulo nei profondi occhi azzurri. Cadde pesantemente a terra e giacque supino, le gambe ripiegate sotto di lui.

Joeyboy rivolse di nuovo la sua attenzione alla donna che voleva uccidere più di qualsiasi altra nella sua vita perversa, ma non subito. «Dove vorresti andare?», chiese in tono secco, abbassando la pistola. Kasey si alzò faticosamente; il braccio le bruciava come se avessero conficcato un ferro rovente nel muscolo e ce lo avessero lasciato.

Si accorse allora che Jordan non era più in piedi. «Jordan!», gridò mentre gli andava vicino con passo barcollante, gli occhi pieni di lacrime. Lui non reagì al suo tocco.

«Alzati, puttana. Abbiamo del lavoro da fare». Joeyboy raccolse la scatola portasigarette e la infilò nella tasca posteriore.

Kasey girò lentamente il capo verso quell'uomo abbietto. «Giuro su Dio che ti ammazzerò per questo». La sua voce era sorprendentemente calma e controllata.

«Non credo, comunque non in questa vita. Forse avrai una seconda occasione all'inferno. So che andrò lì e sono quasi sicuro che mentendo a Dio e a tutti per salvarti il culo ti sei meritata un posto accanto a me». Le strizzò l'occhio facendole cenno con la pistola di avvicinarsi.

Kasey si volse a guardare Jordan e si alzò lentamente, la sua mente ora tutta presa da un unico pensiero: uccidere l'uomo che aveva fatto tanto male a tanta gente. Pregò Dio di darle la forza e l'opportunità, sperando che Egli capisse e la perdonasse.

Joeyboy si allontanò dal recinto e permise a Kasey di sgusciare goffamente fra i fili spinati. Era stupito che fosse diventata tanto collaborativa. Si frugò in tasca ed estrasse lo stiletto che Stark teneva nella tasca della giacca. Fece scattare la lama in posizione. «Ancora con me, vedo. Credevo che ti saresti persa l'ultimo atto. Lo stress può fare quell'effetto a certe persone. A me non è mai capitato. Dev'essere brutto, eh?». Punzecchiò l'avambraccio sanguinante di Kasey con la punta del coltello mentre si dirigevano a passo lento verso l'avvallamento fra i due meli. Il cervello di Kasey lottò per scacciare il dolore e rimanere lucido; vi riuscì solo in parte. «Fa male?», la canzonò.

Lei non gli dette la soddisfazione di rispondere.

Quando stava sull'orlo della fossa dove aveva visto seppellire Donna Stanton, si girò verso il suo giustiziere.

«Riconosci queste?», chiese Joeyboy, estraendo dalla tasca della camicia le mutandine di seta nera. Se le passò lentamente sotto il naso.

Sebbene fossero uguali a tante altre, Kasey capì che venivano dal suo appartamento, che lui era stato in casa sua. Il senso di totale violazione la sopraffece. «Vai a farti fottere!», fu l'unica risposta che le venne in mente.

«A dirti la verità, pensavo proprio a quello, tesoro. Come con quella ricca puttana. Soltanto ti metterò prima un'altra pallottola in corpo, più o meno qui», appoggiò la punta del coltello subito sotto il suo sterno, «e vedrò se riesco a venire prima che mi muori sotto. Ci sto pensando da quando ho scoperto che eri tu quella che mi ha guardato uccidere la Stanton. Adesso, da brava, mettiti queste».

Kasey ripeté le sue ultime parole.

«Non sei molto collaborativa, cara sensitiva. Pensavo che lo desiderassi. Altrimenti perché diavolo non hai tenuto chiusa quella tua bella boccuccia? Credo che ti dispiaccia di non aver fatto la fine della ricca puttana quella sera». Le punzecchiò di nuovo il braccio ferito con la punta della lama. «Ho ragione?»

«A volte ho desiderato di morire per quello che non ho fatto, ma non c'era nulla che potessi fare per aiutare Donna quella sera, non con uno schifoso pezzo di merda come te che le stava addosso». Kasey si eresse nelle spalle con aria di sfida. «Da me non avrai più nulla. Ho smesso di aver paura, di sentirmi colpevole. Puoi ammazzarmi, sporco bastardo, ma finché vivrò, non avrai il mio corpo».

Joeyboy si grattò il mento con la lama del coltello e soppesò le sue parole. Lanciò il coltello contro il melo alla sua destra, piantandolo abilmente nel tronco all'altezza della spalla. «Questo pone un piccolo problema, Riteman». Passò la pistola nella mano destra, ora libera, e lasciò ricadere il braccio lungo il fianco. Poi, all'improvviso, le sferrò un pugno nel plesso solare con la sinistra, facendola piombare in ginocchio come un sasso.

Kasey aveva il fiato mozzo, gli occhi annebbiati, la bocca piena di bile.

«Così va meglio. Mi piacciono le donne in ginocchio». Le puntò la pistola sul fegato. Kasey oscillava avanti e indietro cercando di tirare il fiato. «Se non la smetti di dondolare come una stupida, rischio di colpirti al cuore. Allora sarebbe un bel guaio». Kasey chiuse gli occhi mentre lui metteva il dito sul grilletto; pensò ai suoi genitori e pregò.

L'esplosione le echeggiò negli orecchi come un colpo di tuono. Attese di sentire dolore, ma non accadde nulla. L'esplosione echeggiò di nuovo e lei aprì gli occhi. Al recinto, Jordan stava appoggiato contro un vecchio palo di legno, l'arma in pugno, tentando disperatamente di centrare il bersaglio prima che Joeyboy potesse fare lo stesso. Il braccio gli tremava e la canna ondeggiava come una foglia al vento.

«Devi fare molto meglio di così se vuoi farmi fuori, capo», rise Joeyboy quando una terza pallottola si conficcò in terra, spostata di parecchio sulla destra. «A quanto pare hai dimenticato che sono nato fortunato». Senza levare la propria arma in difesa, Joeyboy andò baldanzosamente verso il recinto.

Jordan cercò disperatamente di prendere la mira, ma il suo corpo martoriato si rifiutò di collaborare. Sparò altri due colpi a casaccio e il secondo per poco non colpì Kasey.

Joeyboy si fermò a metà strada fra gli alberi e il recinto: una distanza da cui non avrebbe sicuramente mancato il bersaglio. Jordan si sforzò di alzare la pesante automatica ancora una volta mentre Joeyboy puntava la propria arma su un punto immaginario fra i suoi occhi. Il dolore che gli trafisse il collo era qualcosa che il motociclista non aveva mai provato prima. Lasciò cadere la pistola e annaspò con tutte e due le mani nel tentativo di eliminare l'atroce sofferenza. Lo stiletto era conficcato fino all'elsa nel lato sinistro del collo. Kasey stringeva ancora l'impugnatura di ebano e la girò ferocemente quando i loro occhi s'incontrarono. Per la prima volta nella sua vita brutale l'uomo ebbe paura. Puro, incontrollato terrore.

«Questo è per Donna», disse Kasey con disprezzo, spingendo più a fondo il coltello. Non lasciò la presa finché la luce negli occhi quasi neri non si fu spenta.

Joeyboy cadde su un fianco, poi rotolò bocconi; per lui non ci sarebbe stata clemenza. Ora doveva presentarsi davanti al giudice supremo.

Kasey si precipitò al recinto, facendosi largo fra i fili spinati mentre Jordan si accasciava a terra. «Oh, Gesù!», gridò inginocchiandosi accanto al suo corpo inerte. «Non mi lasciare. Dimmi, che cosa posso fare?». Un debole segno di vita gli sollevava ancora il petto in brevi respiri. Lei premette le mani sulle due ferite stillanti sangue, cercando d'impedire alla vita di fuggire via; le lacrime le bagnavano il viso. Gli sollevò il capo e se lo appoggiò in grembo. Implorò Dio di non portarle via quest'uomo. «Resisti, amore mio, ti prego», pianse.

Vedendo che lui rimaneva inerte, Kasey gli batté i pugni sul petto per impedirgli di scivolare nel sonno eterno. Le sue lacrime gli gocciolarono sulla pelle. «Svegliati, maledizione!», urlò.

«Oh, merda, mi fai male», gemette lui quando lo colpì di nuovo. Jordan alzò lo sguardo a lei e si sforzò di sorridere debolmente. «Stai cercando di ammazzarmi?».

Kasey gli scostò i capelli dalla fronte e lo baciò ripetutamente sul viso. «Sei vivo!».

«Così pare. Non crederai mica che mi sarei lasciato ammazzare da quel figlio di puttana di Griffin, vero?».

Anche nella sua gioia, lei capì che lui aveva bisogno di cure immediate. «Che cosa devo fare, tesoro?»

«La mia auto. Usa la radio nel cassetto del cruscotto per chiamare aiuto. Digli che è un Codice Viola...».

«Codice Viola», ripeté lei, non avendo mai sentito quel termine. Gli passò le dita fra i capelli.

«Dagli la nostra posizione. Così gli aiuti dovrebbero arrivare dal posto più vicino». Tossì penosamente. «Sarò ok mentre vai a chiamarli».

Kasey annuì piangendo. Lo baciò sulla fronte, poi di nuovo sulle labbra. «Non mi morire adesso, maledizione, mi hai sentito! Torno subito».

Gli appoggiò delicatamente la testa a terra e s'inginocchiò accanto a lui, osservandolo attentamente per un attimo prima di andare. «Sei sicuro di essere ok per il momento?».

Lui le regalò il suo più bel sorriso. «Ok per uno abbastanza vecchio per essere tuo padre». Ridere faceva male a entrambi, ma era bello sullo sfondo di un dolore insopportabile.

«Ce la farai con quel braccio?». Lui riuscì a malapena a sollevare il capo mentre parlava.

«Ce la farò», disse Kasey in tono sicuro stringendo l'avambraccio sinistro con la mano destra per arrestare il sangue. «Tu resisti finché arrivano gli aiuti, capito?».

Lui annuì con un pallido sorriso.

Lei si alzò il più velocemente possibile. Aveva paura di lasciarlo ma sapeva di dover fare quella chiamata, subito.

«Kasey», mormorò. Lei chinò lo sguardo su di lui. «Non ho mai amato nessuno come amo te. Comunque vada, qualunque cosa ci succeda, non dimenticarlo mai».

Tornarono le lacrime. «No, amore mio. Ora tu resisti. Tornerò fra un attimo, giuro».

I suoi occhi azzurri non le erano mai parsi più luminosi. «Non vado in nessun posto».

Capitolo trentunesimo

Brandie Mueller fissava come ipnotizzata il monitor nell'ufficio del direttore generale. Sebbene avesse scritto lei la storia, stentava a credere alle proprie parole. Seduti al tavolo delle riunioni insieme a lei, anche Steve Dacus e Stewart Parker guardavano in silenzio attonito il servizio che stava per finire. Il procuratore generale degli Stati Uniti Janet Reno si rivolgeva ai media:

«Vorrei leggere un comunicato preparato dal mio ufficio: meno di un'ora fa, un reparto di pronto intervento formato da marescialli di polizia degli Stati Uniti, agendo su mio ordine, ha tratto in arresto Wayne "Buddy" Williams, governatore del Tennessee, nella sua residenza di Nashville. Questo arresto è stato effettuato sulla base delle informazioni fornite al mio ufficio dal detective Peter Vanover della polizia metropolitana di Nashville, dopo una settimana d'indagini sul legame esistente fra il governatore Williams e il crimine organizzato, in particolare, l'associazione criminale di Giacano con base a Chicago, Illinois.

Il mio ufficio ha accusato il governatore Williams di numerosi reati, fra cui principalmente: attività criminosa organizzata, cospirazione tesa a commettere omicidio, complicità in omicidio, estorsione, corruzione ed evasione fiscale.

Nel corso di un'azione condotta simultaneamente da marescialli di polizia a Chicago, Mario Antonio Giacano è stato arrestato e accusato di reati analoghi.

Il mio ufficio ha anche tentato di arrestare il primo assistente amministrativo di Williams, Warren Allen Slade. Quando la polizia è arrivata a casa di Slade stamattina presto, lo ha trovato morto apparentemente a seguito di una fe-

rita da arma da fuoco. Il suicidio è stato escluso come causa della morte. Il governatore Williams ha offerto di collaborare con il mio ufficio in cambio della protezione federale. Nessun accordo è stato finora raggiunto.

Grazie. È tutto per il momento».

Brandie Mueller alla telecamera: «Avete appena udito il procuratore generale, Janet Reno. Riassumendo: il governatore del Tennessee, Buddy Williams, è indiziato e accusato di numerosi reati, compreso quello di complicità in omicidio per la parte da lui avuta nell'assassinio di Donna Louise Stanton, che ha segnato l'inizio di una delle più bizzarre sequele di eventi nella storia del nostro Sato.

Qui Brandie Mueller, del telegiornale di Canale 9, che vi parla dalla scalinata del Tribunale Federale di Washington, D.C.» .

«Figlia di puttana!», esclamò Stewart Parker in tono eccitato, battendo rumorosamente la mano sul grande tavolo. «Kasey li ha snidati tutti, da Griffin a Giacano: tutti quelli che erano implicati nella morte di Donna Stanton». Guardò Brandie. «Eccezionale, Brandie! Ringrazia Tim per me. Sarà una settimana di notizie sensazionali. Spero che non avessi in programma di dormire per un po'. Voglio lo special pronto ad andare in onda mercoledì».

Parker e Dacus scherzarono ancora un momento con la collega sulla settimana che l'aspettava, poi uscirono dall'ufficio, fermandosi ognuno a stringere rispettosamente la mano a Kasey ed esprimerle la loro sincera simpatia per la perdita della sua migliore amica.

Kasey poté rispondere soltanto con un cenno di capo.

Brenda le sarebbe mancata.

Brandie guardò la giovane donna, ancora seduta quietamente nell'angolo dell'ufficio. Nei giorni precedenti avevano lungamente parlato di Brenda e del legame sentimentale fra Kasey e Jordan. Per una volta, Brandie era sincera quando aveva detto che la loro conversazione sarebbe rimasta assolutamente privata.

La giornalista si alzò e avvicinò una sedia a quella dell'amica. «Sei sicura di star bene?», chiese. «È passata appena una settimana. Il tuo medico mi ha detto che ci vorranno un paio di mesi perché il braccio guarisca completamente».

Kasey fece un lungo respiro lento, gli occhi stanchi e tristi. Era stata la settimana più lunga della sua vita da quando lei e Jordan avevano lasciato il frutteto in ambulanza. «Sto benissimo, Brandie. Mi fa male soltanto se provo a usarlo troppo».

«Devi prendertela comoda, maledizione».

«Ho un sacco di cose da fare. Non posso stare in ozio».

«Ascolta, abbiamo finito di registrare tutto quello che ti riguarda. Abbiamo materiale sufficiente per mettere insieme quello special a cui ha accennato Stewart. Hai fatto abbastanza. Di' agli avvoltoi che ti vogliono intervistare che possono aspettare».

Kasey annuì. «Ne ho già respinti parecchi, ma non posso nascondermi per sempre. Volevo diventare famosa, ricordi?».

Brandie estrasse la busta con la scritta HBO Pictures, Hollywood, dalla borsa aperta di Kasey e gliel'agitò scherzosamente davanti al naso. «Consulente tecnica per un film televisivo non suona come qualcuno che ha intenzione di nascondersi per il resto della vita».

«Mi ci vedi nei panni di consulente tecnica?»

«Certo. Ti vedo fare qualsiasi cosa ti metti in mente, Kasey».

Lei si limitò a sorridere, la sua mente troppo occupata per rispondere alle parole di Brandie. Il suo cuore continuava a evocare immagini della sua infanzia a New Orleans; aveva nostalgia del mondo che aveva conosciuto un tempo e che amava tanto. Forse era ora di chiudere il capitolo sulle cose che aveva perso e aprirne uno nuovo su quelle che aveva trovato.

Brandie allungò una mano sul tavolo alle sue spalle e prese due buste bianche che aveva lasciato Parker. «Questa è per Griffin», disse sorridendo. «Non abbiamo mai avuto modo di dartela con tutte le cose pazzesche che sono successe». Depose la prima busta nella borsa di Kasey. «E questa... questa è una gratifica per averci consegnato Buddy Williams su un piatto d'argento. Riceverai un altro assegno – bello grosso, immagino – dalla Clarion se vendono il tuo special alla rete».

Brandie aggiunse con invidia: «Tutto considerato, la tua nuova ricchezza dovrebbe consentirti di stare sdraiata sulla spiaggia per parecchi anni».

Kasey sembrava indifferente, lo sguardo perduto nel vuoto alle spalle di Brandie.

La giornalista infilò la seconda busta accanto alle altre due nella borsa di Kasey ed esalò un sospiro malinconico: «Allora... si parte per la terra dei sushi bar e delle stelle cinematografiche, eh?».

Kasey si destò dalla sua fantasticheria e scosse dolcemente la testa. «Pensavo di tornare a New Orleans quando avremo finito le riprese».

Brandie era sorpresa, ma poi comprese. «Buon per te, Kasey. La città sarà più allegra con te di nuovo in giro».

Kasey le prese la mano e la strinse affettuosamente. «E tu?», chiese. «Come farai ad arrivare in fondo a una giornata di notizie senza di me?».

Brandie guardò la porta dell'ufficio per accertarsi che fosse ancora chiusa, poi si volse di nuovo a Kasey. «New York!», confidò eccitata, muovendo solo le labbra.

«Stai scherzando?», bisbigliò Kasey, sinceramente contenta per la sua amica.

«Appena riesco a concludere quello che sto facendo qui. Una brillante carriera nella Grande Mela... ti pare possibile?». Brandie sgranò gli occhi.

Kasey annuì in segno di assenso.

Quando si alzarono, si mise la borsa a tracolla e abbracciò Brandie. «Sono felice che il tuo sogno si sia finalmente avverato», disse con calore.

«Direi che entrambi i nostri sogni si sono avverati».

Kasey pensò al suo successo, alla nuova capacità di apprezzare tutto quello che la vita aveva da offrire e all'amore che serbava in cuore per il poliziotto con gli occhi azzurri e il sorriso da ragazzino smarrito.

«Immagino di sì», disse senza una traccia di emozione.

Capitolo trentaduesimo

Il tiepido sole di giugno accarezzava piacevolmente la schiena di Kasey mentre stava inginocchiata sulla morbida erba verde accanto a Jordan. Dondolò distrattamente indietro sui talloni nudi. I suoi pensieri erano pieni d'immagini della prima volta che si erano toccati; il piacere di sentire la sua pelle contro il proprio corpo; il suo modo di sorridere; lo scintillio dei suoi occhi ogni volta che la vedeva.

Giocherellò con i vividi fiori gialli che teneva in mano, accostandoli al naso per aspirare il loro fresco profumo naturale. «Ricordo che una volta mi dicesti che i fiori di campo, secondo te, erano i più belli. Ho trovato questi lungo la strada mentre venivo qui e ho pensato che ti sarebbero piaciuti».

Le mani le tremavano nervosamente e fissò il limpido cielo azzurro per un lungo momento, incapace di parlare.

Infine trovò la forza di continuare. «Sam e io siamo diretti in California per qualche settimana, amore mio, perciò non ti potrò vedere per un poco. Tu e io sappiamo che non posso restare qui con tutti i ricordi che mi ossessionano.

Vuoi sentirne una bella? Faranno un film Tv sulla morte di Donna Stanton e tutto quello che abbiamo passato tu e io cercando di mettere insieme i pezzi del puzzle. Mi hanno chiesto di aiutarli... come consulente tecnica, nientemeno. È piuttosto buffo, non ti pare?».

Sorrise maliziosamente. «Naturalmente, non dirò mai la verità su... beh, lo sai... su di noi. Quello sarà sempre il nostro segreto, ok? Comunque, nessuno capirebbe.

Vorrei che mi avessi vista alle prese con i federali. Saresti stato orgoglioso di me, amore mio. Il momento migliore è stato quando ho raccontato di com'eravamo riusciti a scoprire dov'erano nascosti i nastri e di come Joeyboy aveva cercato di portarceli via. Persino Vanover mi crede adesso. È una brava persona, sai. Ha trovato le nostre sacche nel baule della tua auto e non le ha mostrate ai media e agli altri detective. Ha detto che la tua vita privata era affare tuo e non del resto del mondo. So che non avresti mai potuto ringraziarlo per bene, così l'ho abbracciato a nome di tutti e due».

Gli occhi le si riempirono di lacrime.

«Hanno detto che ti avrebbero dato una medaglia al valore quando ho raccontato che mi avevi salvato la vita. Amber è rimasta molto colpita dall'eroismo del suo papà. Ti ho detto che ho avuto occasione di parlarle? È bellissima e sta diventando una vera signorina. Ha il tuo stesso sorriso... e credo anche un po' della tua forza».

Le s'incrinò la voce mentre le lacrime cominciavano a scorrerle sulle guance. «Ho detto ad Amber che volevi che lei sapesse che l'amavi più di qualsiasi cosa al mondo e che il suo nome era stata l'ultima parola che avevi pronunciato prima di...».

Per la seconda volta fissò silenziosamente il cielo.

«Ora devo andare, amore mio. Ricordi di avermi detto che mi amavi come nessun'altra donna che avevi mai conosciuto? Beh, non ho avuto modo di dirti che è lo stesso per me. Non credo che incontrerò mai un altro uomo che mi farà provare quello che provavo quando ero con te. Abbiamo avuto solo pochi giorni, ma quello che c'è stato fra noi durerà una vita intera».

Kasey depose i fiori di campo per terra ai suoi ginocchi e baciò le punte delle dita della sua mano destra. Si chinò e passò le dita sul nome, inciso profondamente nella semplice lapide di granito. «Dormi bene, Jordan, mio diletto. Ti vedrò ogni volta che potrò.

Rammenta... sempre... che ti amo».

La Mustang decappottabile scese la rampa di accesso in Commerce Street e superò rapidamente il poco traffico che c'era sulla strada in quella favolosa mattinata estiva. Il vento che le danzava fra le lunghe ciocche ramate sembrava un alito di paradiso e il cielo limpido, senza nuvole, sembrava promettere che questo giorno non era la fine, ma l'inizio della sua vita. Lei fece tacere la sua voce rasserenante.

A volte la tristezza è la migliore compagnia.

Kasey infilò le dita nello sportello a griglia del cestino e accarezzò amorevolmente la morbida pelliccia di Sam. Riposava tranquillo e sapeva che col tempo si sarebbe adattato. Era contenta della sua muta compagnia. In qualche modo, avere un altro essere vivente accanto a lei per il momento le bastava.

Non avrebbe chiesto altro a questa giornata.

Tolse l'involucro di plastica dal nuovo CD di Chris Isaak, *Forever Blue*, che aveva comprato qualche settimana prima ma non aveva ancora avuto tempo di ascoltare. Sarebbe stato un passeggero familiare e piacevole lungo la strada: una benefica medicina per il suo spirito sofferente.

Infilò il disco nell'apposita fessura e alzò il volume di *Graduation Day* abbastanza per sovrastare il vento e l'autostrada e la rabbiosa voce interiore che cercava di farsi udire. Non era in vena di sentirsi ripetere tutte le cose che avrebbe dovuto fare.

Forse un altro giorno... quando i suoi occhi scintillanti non sarebbero stati così azzurri... e le vivide immagini sarebbero un po' sbiadite, come le fotografie della sua infanzia.

Forse no.

Alzò ancora il volume.

Kasey ascoltava sempre Chris Isaak a volume altissimo quando voleva dimenticare.

I MIEI PIÙ SINCERI RINGRAZIAMENTI...

a Bill A. per la sua tenacia; a Terry P. per avermi consentito di fare nottata alla tastiera; al sergente Bill W. ("Bubba") per le procedure e i dettagli; a Brian & Carol per l'occasionale rifugio; a Todd S. & Holly L. per la loro amicizia; a Dusky N. & Charlie H. per il loro aiuto nel momento del bisogno; a Gary & Glenda S. per la via d'acqua; a Chris K. per l'Iguana; a Chuck, Micki, Sybil & Casey per rendermi sempre orgoglioso; a Shelbey F. semplicemente per esistere; a BRF e RAF per averci stipato in sette in una roulotte... e averci portato in giro; e ad Anita... per essere sempre la mia primavera.

Indice